परस्त्री

विमल मित्र

राजकमल पेपरबैक्स

पहला पुस्तकालय संस्करण
राजकमल प्रकाशन प्राइवेट लिमिटेड द्वारा
1976 में प्रकाशित

राजकमल पेपरबैक्स में
पहला संस्करण : 2019
दूसरा संस्करण : 2026

राजकमल पेपरबैक्स : उत्कृष्ट साहित्य के जनसुलभ संस्करण

राजकमल प्रकाशन प्रा.लि.
1-बी, नेताजी सुभाष मार्ग, दरियागंज
नई दिल्ली-110 002
द्वारा प्रकाशित

शाखाएँ : अशोक राजपथ, साइंस कॉलेज के सामने, पटना-800 006
पहली मंजिल, दरबारी बिल्डिंग, महात्मा गांधी मार्ग, प्रयागराज-211 001
1, अनमोल सोराबजी सन्तुक लेन, धोबी तलाव, मरीन लाइंस, मुम्बई-400 002
वेबसाइट : www.rajkamalprakashan.com
ई-मेल : info@rajkamalprakashan.com

बी.के. ऑफसेट
नवीन शाहदरा, दिल्ली-110 032
द्वारा मुद्रित

मूल्य : ₹499

PAR-STREE
Novel by Bimal Mitra

ISBN : 978-81-939692-0-5

समर्पण

बन्धुवर डॉ. पशुपति राय, एम.बी.—

पशुपति भाई, 'आसामी हाज़िर' के लेखन की परिश्रान्ति से जब मैं मृतप्राय हो उठा था, उस समय तुम्हारी नि:स्वार्थ चिकित्सा ने मुझे फिर से कार्य करने की क्षमता प्रदान की। उसी के फलस्वरूप 'परस्त्री' का लेखन सम्भव हुआ। उस कृतज्ञता की स्वीकृति को इस पुस्तक के साथ लिखित रूप में सम्बद्ध करने के लिए तुम्हें ही यह पुस्तक समर्पित की है। इति 21 अगस्त, 1974।

तुम्हारा

विमल मित्र

मौत के पहले मनुष्य क्या सोचता है? कौन-सी बात उसके मन में पैदा होती है? वह क्या फिर नये प्रकार से जीवित रहना चाहता है? वह क्या फिर से नये रूप से शुरू करना चाहता है अपनी जिन्दगी? वह क्या फिर से वापस पाना चाहता है अपना यौवन? जो दुःख, जो शोक, जो यन्त्रणा वह सारे जीवन भोग करता आया है उसी दुःख-शोक-यन्त्रणा में वह क्या फिर नये क्रम से चक्कर लगाने को राजी होता है?

जीवन में जिस प्रकार दुःख है उसी प्रकार सुख भी तो है। शोक जैसे है वैसे ही आराम भी है। और जैसे यन्त्रणा है वैसे ही है आनन्द।

इतने दिनों के बाद सुललित से भेंट होगी, यह मैंने सोचा नहीं था।

और भेंट होने के बाद उसकी ऐसी मर्मान्तक परिणति भी मुझे देखनी होगी, यह भी मैंने सोचा नहीं था।

मैं घर-गिरिस्ती का मनुष्य हूँ। वर्तमान को बचाकर भविष्य सोचकर काम करता हूँ। ऐसा कोई काम नहीं करता जिससे लोक-समाज के सामने मुझे लज्जित होने का कारण पैदा हो। अर्थात् मैं कीचड़ बचाकर रास्ते में चलता हूँ। बस के लोहे के खोंचे से मेरे कपड़े न फट जाएँ इसलिए बस में बैठने और उससे उतरने के समय सतर्क रहता हूँ। कहीं जेब न कट जाए इसलिए चारों तरफ नजर रखता हूँ। लेकिन कहाँ मेरा धर्म बचा कहाँ नहीं बचा यह तो मैं नहीं देखता। कहाँ सत्य बचा कहाँ नहीं बचा उस तरफ तो मैं नजर नहीं रखता।

लेकिन ये सब बातें करना आज के जुग में शायद अन्याय है। आज के जुग में हमारे समान व्यक्ति के लिए अपने अस्तित्व की रक्षा कर लेना ही ऐसी जिम्मेदारी हो गयी है कि सत्य बचा या नहीं, धर्म की रक्षा हो पायी या नहीं यह ख्याल हम रक्खें कब?

और मेरा दोस्त? मेरा दोस्त सुललित?

सुललित की बात कहने के लिए ही मैं आज यह कहानी लिख रहा हूँ। सुललित चैटर्जी। अर्थात् सुललित चट्टोपाध्याय।

सुललित चट्टोपाध्याय शायद इस जुग की जिज्ञासा है। माने नोट आफ इंटेरोगेशन।

इस जुग का कुछ भी पसन्द न आता सुललित को। बीच-बीच में वह कहता-तुम लोग कनपटी में इतनी बड़ी कलम क्यों रखते हो रे?

हम लोग इसके जवाब में क्या बोलते! मैं सिर्फ कहता—इस ज़माने में कलम रखने का फैशन जो है, सभी तो कलम रखते हैं—

सुललित कहता—सब रखते हैं तो तुम लोग भी रक्खोगे?

हम लोग चुप रह जाते। इसका जवाब हमारे मुँह में नहीं आता। मुहल्ले के सब लड़के जिस डिजाइन के पैंट-शर्ट पहनते, हम भी वैसा ही पहनते। लेकिन सुललित मानो मगरमच्छ के समान उसका प्रतिवाद था।

सुललित कहता—इसी तरह बंगाली एक दिन मिट्टी में मिल जाएँगे, देखना—

बंगालियों के मिट्टी में मिल जाने पर मानो सुललित के माथे पर गाज गिर पड़ेगी। देश के मनुष्य का कुछ खराब हुआ तो मानो उसका ही सर्वनाश होगा। सो उसी सुललित से इतने दिनों के बाद इस हालत में भेंट हो जाएगी, यह जिस तरह मैंने नहीं सोचा था, सुललित भी उसी प्रकार कल्पना नहीं कर सका था।

और भेंट भी हुई अन्त में तो लखनऊ शहर की एक गली में।

मुझे मानो एक तरह का सन्देह हुआ था। नजदीक जाकर मैंने पूछा, "आपका नाम क्या सुललित चट्टोपाध्याय है?"

सुललित ने कहा, "हाँ, लेकिन..."

मैंने ज्यों ही अपना नाम बताया, वह मेरी तरफ मुँह फाड़कर, ताककर देखता रह गया।

लेकिन मैं भी उस समय सुललित की तरफ एक दृष्टि से ताककर देखता रहा था। वही सुललित, जो हमारी इतनी बड़ी जुल्फें रखने का विरोध करता, उसने खुद ही तो इतनी बड़ी दाढ़ी-मूँछें रख ली हैं! और यह कैसा चेहरा हो गया है उसका?"

थोड़ी देर के बाद मानो मुझे पहचान पाया सुललित।

उसने पूछा, "तुम यहाँ?"

उलटकर प्रश्न किया मैंने ही। मैं बोला, "लेकिन तुम? तुम ही आखिर यहाँ क्यों हो?"

सुललित बोला, "यहाँ आने का मेरा एक कारण है। लेकिन वह बात तो रास्ते में खड़े होकर कही नहीं जा सकेगी।"

मैंने पूछा, "तुम्हारा आफिस कहाँ है?"

सुललित बोला, "आफिस? आफिस तो है नहीं? आफिस कैसे रहेगा? मैंने तो नौकरी छोड़ दी है—

मैं बोला, "यह क्या? सुना था तुम तो नौकरी करते थे। बिलासपुर में या कहीं रहते थे!"

"हाँ, वहीं रहता था। लेकिन अब मेरी वह नौकरी नहीं है, मैंने नौकरी छोड़ जो दी है—"

"तो फिर अब क्या करते हो?"

"कुछ भी नहीं करता।"

बोलते-बोलते सुललित का मुँह जाने कैसा तो फीका पड़ गया। रास्ते में चारों तरफ गाड़ी-घोड़े, लोगों की भीड़-भाड़, सुललित मानो उन सबके नीचे दब-सा गया। सुललित को देखकर लगा मानो वह सिर से पैर तक बदल गया है। उसका पहले का-सा चेहरा भी अब नहीं रह गया है, अपना वह मन भी मानो उसने उसी तरह खो दिया है।

मैं बोला, "लेकिन नौकरी छोड़ी क्यों तुमने? तुमने खुद नौकरी छोड़ी, या आफिस ने तुम्हें नौकरी से निकाल दिया?"

सुललित बोला, "मैंने खुद ही नौकरी छोड़ दी है—"

"क्यों?"

सुललित बोला, "मैंने झूठ बात कही थी—"

बात सुनकर मैं स्तम्भित उसकी तरफ देखता रह गया। जो झूठ बोलता है उसे आफिस ही तो नौकरी से छुड़ा देता है, वह खुद क्यों नौकरी छोड़ेगा? तब क्या उसके झूठे आचरण की बात खुल गयी थी?

"तुम तो गवर्नमेंट के एंटी करप्शन में नौकरी करते थे?"

सुललित बोला, "हाँ, घूस पकड़ने की नौकरी। सरकारी नौकरों का घूस देना-लेना सबकुछ बन्द करना ही मेरा काम था। लेकिन ऐसा एक मामला आ गया जिसके बाद मैं नौकरी में रह नहीं सका—"

मैं बोला, "तो अब क्या करते हो?"

"कुछ भी नहीं।"

"तो फिर यहाँ लखनऊ में क्यों आए?"

सुललित बोला, "मैं तो अब यहीं रहता हूँ।"

"तुम्हारे साथ यहाँ कौन रहता है?"

सुललित बोला, "मेरा भगीरथ।"

वही भगीरथ! भगीरथ की बात भी याद आयी। छुटपन में सुललित के घर में देखा था भगीरथ को। भगीरथ था चैटर्जी के घर का पुराना नौकर। असल में नौकर होने पर भी वह नौकर नहीं था। भगीरथ की इज्जत थी उस घर में।

मैंने पूछा, "अब फिर तुमसे कब भेंट होगी?"

सुललित ने पूछा, "तुम कहाँ रहते हो?"

मेरा पता सुनकर सुललित शायद कुछ चिन्ता में पड़ गया। मैंने कहा, "मुझे तुम सब समय नहीं पाओगे। आफिस के काम से मैं लखनऊ आया हूँ, कब कहाँ रहूँगा, इसका कुछ ठीक नहीं है, इसके बदले तुम अपना पता बताओ, मैं वहीं एक दिन आऊँगा—"

इतने दिनों के बाद सुललित से भेंट हुई। मेरे मन में उससे भेंट करने के लिए बड़ा कौतूहल था। जिस सुललित को हम छुटपन से देखते आए, जिसे बराबर हम लोगों ने अपने से ज्ञान-गुण-चरित्रबल में बड़ा माना है उसी सुललित की यह परिणति देखकर उसके बारे में बहुत कुछ जानने का आग्रह हो रहा था।

सुललित का मन शायद अपने घर का पता देने का नहीं था। लगा, शायद उसके मन में कुछ संकोच है।

उसके बाद उसके अपना पता बताते ही मैंने कहा, "कब रहते हो तुम घर में?"

सुललित बोला, "मैं सब समय रहता हूँ—कल ही आओ न—"

"ठीक है!" यह कहकर मैं चला आ रहा था। दो-चार पल में पीछे फिरकर मैंने देखा, सुललित अपने में डूबा फिर सामने बढ़ा जा रहा है। लगा, वह कुछ कुबड़े के समान झुका हुआ चल रहा है। कहाँ गया उसका लम्बा छहफुटा कद? शरीर के कपड़े भी मैले मैले। पाजामा भी मानो कुछ फटा-फटा-सा। पैर के जूते-उन पर भी मानो धूल जमी हुई, तमाम दिनों से उन पर पालिश नहीं हुई थी।

सुललित को देखते-देखते तमाम बातें मुझे याद आने लगीं। यही क्या वह सुललित है? इसी सुललित के लिए क्या हमारे स्कूल के मास्टर को इतना गर्व था? इसी सुललित को क्या हमने अपने क्लब का प्रेसिडेंट बनाया था? यही सुललित क्या हम सब दोस्तों में आदर्श था?

सोच-सोचकर मैं कुछ भी ठीक नहीं कर पा रहा था। क्यों ऐसा हुआ? ऐसा क्या हुआ था जिसके लिए सुललित को झूठ बोलना पड़ा? कौन-सी ऐसी झूठी बात है? और झूठ तो हम सब सारे जीवन बोलते चले आ रहे हैं। स्वार्थसिद्धि के लिए हम मामूली मनुष्य तो रोज ही झूठ बोलते हैं। झूठ बोलने की बात दूर रही, प्रकारान्तर से हम कितने ही खून भी तो करते हैं। लेकिन हममें से तो कोई भी नौकरी नहीं छोड़ता। घूस लेकर परम परितृप्ति से हम खाते-पीते, सोते हैं। हमारी तो उससे कहीं मन की

विमल मित्र

बाँग्ला के प्रसिद्ध लेखक विमल मित्र का जन्म 18 मार्च, 1912 को कोलकाता में हुआ। उन्होंने कोलकाता विश्वविद्यालय से एम.ए. किया। अनेक कहानियों और लगभग 70 उपन्यासों के रचयिता विमल मित्र बाँग्लाभाषी समाज के अलावा हिन्दी व तमिल समाज में भी समान रूप से लोकप्रिय हैं।

उनकी उल्लेखनीय कृतियाँ हैं—'अन्यरूप', 'साहब बीबी गुलाम', 'मैं', 'राजाबदल', 'परस्त्री', 'इकाई दहाई सैकड़ा', 'चार आँखों का खेल', 'वे आँखें', 'विषय : नर-नारी', 'पति-पत्नी संवाद', 'बनारसी बाई', 'शुभ संयोग', 'खरीदी कौड़ियों के मोल', 'मुजरिम हाजिर', 'पति परमगुरु', 'बेगम मेरी विश्वास', 'चलो कलकत्ता' (उपन्यास); 'पुतुल दीदी', 'रानी साहिबा' (कहानी); 'कन्यापक्ष' (रेखाचित्र)।

2 दिसम्बर, 1991 को उनका निधन हुआ।

शान्ति में बाधा नहीं पड़ती। लेकिन सुललित का मन एक मामूली झूठ बोल देने पर ही इतना मलिन हो गया कि उसने नौकरी ही छोड़ दी! अपने किये अपराध के लिए अपने सिर पर कोई इतनी बड़ी सजा का भार उठा लेता है? तमाम सोचकर भी मैं कुछ भी ठीक नहीं कर सका। उसके बाद मैं अपने ठिकाने के रास्ते से चलने लगा।

शेष के बाद जैसे अशेष रहता है उसी तरह आरम्भ के पहले भी रहती है एक भूमिका। इस उपन्यास की उसी भूमिका में एक बात कह रक्खूँ। कुछ पाठक ऐसे होते हैं जो शुरू करते ही एकदम आखिरी पत्ता तक पढ़ डालते हैं। लेकिन मैं कहता हूँ तीर्थयात्रा का तीर्थ ही यदि असल हो तो यात्रा क्या कुछ कम असल है? यात्रा किये बिना हम तीर्थ तक पहुँचेंगे कैसे? आइए, यह भूमिका छोड़कर हम अब यात्रा शुरू करें। अर्थात् सुललित के जीवन के यात्रारम्भ से—

बचपन से हममें से सबके मन में एक ही चिन्ता प्रबल रूप से हम सबको कष्ट देती है। वह चिन्ता हुई आत्मरक्षा, छोटा बच्चा पैदा होते ही रो उठता है। उसे डर लगता है कि कोई मानो उसे मारने आ रहा है। वह असहाय है। वह निराश्रय है। वह अकेला है। आत्मरक्षा के तकाजे से वह रो पड़कर सहायता चाहता है, आश्रय चाहता है, एक का साथ चाहता है।

यह तो हुआ बचपन का मामला।

लेकिन जितने दिनों मनुष्य जीवित रहता है उतने ही दिनों उसकी यही आत्मरक्षा की समस्या है। उतने दिनों ही वह असहाय है, उतने दिनों ही वह निराश्रय है, उतने दिनों ही वह अकेला है, उतने दिनों ही उसका अपना कोई नहीं होता।

इसीलिए एक अँगरेज कवि ने कहा है—एक-एक मनुष्य एक-एक द्वीप के समान है। द्वीप के चारों तरफ जैसे पानी रहता है, मनुष्य के चारों तरफ भी उसी प्रकार रहती है शून्यता। इसीलिए सीमाहीन शून्यता में से मनुष्य अपना निजी अस्तित्व टिकाकर रखने के लिए सारे जीवन संग्राम करता रहता है।

सुललित कहता, "पृथ्वी की समस्त मनुष्यजाति की यही हुई अमोघ विधि-लिपि—"

हम सब जब अपने छोटे-छोटे घेरे में सुख-दुःख की छोटी-छोटी समस्या लेकर डूबते-उतराते, अपने पढ़ने-लिखने या अपनी नौकरी के प्रोमोशन-डिमोशन की समस्या लेकर आकाश-पाताल की दौड़ लगाते, अन्याय के साथ समझौता करके हम इज्जत के ऊँचे शिखर पर चढ़ने के लिए प्रतियोगिता की मृग मरीचिका में दौड़-धूप करते तब सुललित हँसता। हमारी छोटी इच्छाओं की माप-जोख देखकर वह करुणा की

हँसी हँसता।

कहता, "तुम लोग बहुत छोटी चीज के पीछे पगला गए हो रे—"

और कहता, "देखो, छोटे में सुख नहीं है, है वृहत् में—"

हम लोग सुललित की बात समझ न पाते। कहते, "वृहत् माने?"

सुललित कहता, "वृहत् माने विराट्।"

हम लोग और भी अवाक् हो जाते। कहते, "विराट् माने?"

सुललित कहता, "न, तुम लोगों से अब बात नहीं करूँगा। तुम लोग कुछ भी पढ़ोगे नहीं, कुछ भी समझोगे नहीं, तो फिर मुझसे बात करने क्यों आते हो?"

सुललित ये सब बातें कहता जरूर, लेकिन हम लोगों से मिले-जुले बिना रह भी नहीं पाता।

पृथ्वी के मनुष्य के सामने सुललित की सबसे बड़ी अधिकार घोषणा थी सतता। बचपन से ही सुललित चाहता सब सत् हों।

इस जुग में यह एक जिद ही तो है! जब संसार के सबकुछ में मिलावट है तब हम लोग माने समान उम्र के हम सब सत् कैसे रह पाएँगे?

हम लोग देखते चारों तरफ जैसे भी हो सब अपना-अपना मतलब हल करने में लगे हैं। कोई खुशामद करके, या कोई घूस देकर—काम सफल करना ही इस जुग में सबका व्रत है। कहा जाए तो हम सब आपस के लोग उसी कौशल से काम बनाने का व्रतपालन कर रहे थे। हम बड़ा आदमी देखते ही उसकी ज्यादा खातिर करते। हमारे आत्मीयों में से जिनके पास रुपया है, गाड़ी है, बड़ा घर है, क्षमता है, नाम है, हम उसकी ज्यादा खातिर करते। और हमारे आत्मीयों में से जो लोग मामूली बाबूगिरी श्रेणी के हैं, जिनका नाम बताने से कोई पहचानता नहीं, उनके घर हम भूलकर भी नहीं जाते। यह सब हमें किसी ने सिखाया नहीं। चारों तरफ की आबहवा देखकर ही हम समझ गए थे कि जीवन में उन्नति करने के लिए खूँटी का जोर रहना जरूरी है। और बड़े आदमी ही हुए यह खूंटी।

असल में सुललित को भी हम उस समय एक खूंटी के समान मानते। सुललित के परिवार के लोग सात पुरखों से बड़े आदमी थे। सात पुरखों से बड़े आदमी के समान टिके रहना सहज बात नहीं है। लेकिन सुललित का परिवार उस समय भी टिका था।

सुललित का घर इस किनारे से उस किनारे तक फैला था। शाखा प्रशाखा डाल-पत्तों से भरा हुआ। एकतल्ले में विराट् एक बैठकखाना था। हम लोग जब सुललित से परिचित हुए तब उस बैठकखाने में उतनी चमक-दमक नहीं रही थी। सारे कमरे के काठ के फर्श पर एक फटी हुई शतरंजी बिछी रहती। उस पर धूल जमी रहती एक इंच। हम लोग उसी शतरंजी पर जाकर बैठते। और कैरम बोर्ड खेलते।

दोपहर को गर्मी के मारे हम सब पसीने-पसीने हो उठते। लेकिन उस समय छत पर एक पंखा भी नहीं था। किसी समय शायद पंखा था, लेकिन पंखा रखना गैरजरूरी मानकर उसे कोई हिस्सेदार उठा ले गया था। इतने बड़े बैठक-खाने में उस समय सिर्फ पंखा न रहा हो इतना ही नहीं, तमाम कुछ नहीं था। एक समय घर के मालिकों की आयलपेंटिग दीवालों में टँगी रहतीं। मालिक लोग वहाँ बैठकर हुक्के की नली मुँह में लगाए गाव तकिये के सहारे बैठे टिककर बैठे हुए दावा खेलते। एक पुश्त के बाद और एक पुश्त आयी, और उस बैठकखाने का स्वरूप बदल गया। हुक्के की गड़गड़ी से आया सिगरेट। दावा से आखिर में गप-शप। एक जमाने में जहाँ वेतनभोगी पंडितों ने आकर मालिकों को गीता पाठ करके सुनाया है, अखबार पढ़कर सुना गए हैं, वहीं उस समय मोटी एक तह धूल जम गयी है। मालिक तब बुढ़ापे के भार से एकतल्ले के बैठकखाने में उतर नहीं पाते थे। वे सब अपने-अपने कमरों की चारपाई पर पड़े-पड़े सोये हुए अतीत की स्मृति की जुगाली करते और आयुर्वेदी मकरध्वज खाकर परमायु बढ़ाने की चेष्टा करते। और परिवार के शामिल-शरीक छोकरे उस समय उसी बैठकखाने में बैठे मोहनबागान और ईस्ट बेंगाल के फुटबाल खेल के तर्क-वितर्क में मशगूल छत कँपा देते।

ऐसा ही होता है। इसी प्रकार सुललित का घर हिस्से-हिस्से में टुकड़े-टुकड़े में बंटकर भी बाहर के ठाट की रक्षा किये हुए चल रहा था। इन्हीं तमाम भागों में से एक भाग का मालिक सुललित हम सबके साथ अपने बैठकखाने में बैठा कैरम बोर्ड खेलता। खेलते-खेलते अगर किसी खेल में हो-हल्ला हुआ है तो भीतर से दूसरे किसी हिस्सेदार के नौकर ने आकर सावधान कर दिया है। कहा है-दादा बाबू, बड़े बाबू गोलमाल करने को मना करते हैं—

बड़े बाबू! बड़े बाबू नाम सुनकर हम लोग समझ नहीं पाते उस समय। पूछते, "बड़े बाबू कौन हैं रे सुललित?"

सुललित कहता, "हमारे सँझले ताऊजी—"

सिर्फ बड़े ताऊजी, मझले ताऊजी, सँझले ताऊजी नहीं, सुललित के कितने ताऊ और कितने चाचा थे इसका ठिकाना नहीं था। कहना होगा कि सबके नाम या चेहरे याद रखना भी मुश्किल था हमारे लिए।

हम लोग बराबर उन लोगों के घर को शक्तिधर चाटुज्जे का घर ही समझते। आदि पूर्वपुरुष कोई अवश्य थे इस नाम के। लेकिन हमने उन्हें देखा नहीं। शक्तिधर चाटुज्जे ऐसे कोई महापुरुष नहीं थे। वे ऐसी कोई महाकीर्ति फैला नहीं गए जिससे हमारे कानों में उनकी कीर्ति कहानी भर उठती। लेकिन एक काम उन्होंने जी-जान लगाकर किया—वह हुआ धन जमाना। उस जुग में वे इतना रुपया कमाकर जमा कर

गए थे कि यह कथा प्राय: किंवदन्ती के समान फैल गयी थी। दो-एक किंवदन्तियाँ हमने भी सुनी हैं। जैसे वे रुपयों के बिछौने पर सोते थे। रुपयों का बिस्तर कैसा होता है? माने उनके पास इतना रुपया था कि सन्दूकों में नहीं समाता। तब शायद बैंकों की इतनी चलन नहीं थी। कच्चा रुपया सब। अर्थात् चांदी का रुपया। रुपये तोशक के नीचे बिछा देते, उसके ऊपर चित पड़े रहते। किसी प्रकार की फिजूलखर्ची भी नहीं थी शक्तिधर चाटुज्जे में बड़े आदमियों में कितने ही प्रकार के बदख्याल रहते हैं। कितने ही प्रकार के नशे-भांग का अभ्यास रहता है। वह भी कुछ नहीं था। दान-ध्यान की मंगल धारणा भी नहीं थी उनमें। जो हाथ में आता वह सब हाथ में आकर जमा हो जाता।

असल में रुपया भी उन्होंने भगवान् के आशीर्वाद से पाया था। बुरे लोग तमाम तरह की बातें करते। कोई कहता, वे शायद कहीं पड़ा हुआ पर-धन पा गए हैं। बड़े बाजार के एक मारवाड़ी की गद्दी में तीन रुपये माहवारी पर बैठे हुए वे खाता लिखने में रमे हुए थे। हठात् कहीं से एक साधु आकर हाजिर हो गए।

साधु जटाजूटधारी थे। यह लम्बा-चौड़ा चेहरा। वे बोले, "बाबूजी—"

शक्तिधर चाटुज्जे हिसाब-किताब से मुँह उठाकर साधु को देखते ही अवाक् रह गए। बोले, "क्या बाबा?"

साधु ने कहा, "मेरी यह पोटली अपने पास रख लेगा बाबा, मैं गंगा से स्नान करके आऊँगा।"

शक्तिधर चाटुज्जे बोले, "तो रखिए न बाबा, मैं यहाँ शाम तक हूँ—"

साधु निश्चिन्त मन से स्नान करने चले गए। लेकिन गए सो गए। सबेरा बीता, दुपहर बीती, साँझ बीती—साधु फिर लौटे नहीं। मारवाड़ी की दुकान में खाता लिखने का काम। उस काम में समय का माप-जोख नहीं है। अन्त में जब रात को आठ बज गए तब फिर और देरी न कर सके शक्तिधर। वे चिन्ता में पड़े। गद्दी घर का दरबान आया बत्ती बुझाने। तब वे उठे। सोचा, पोटली घर लेते जाएँ। उसके बाद कल जब साधु लौट आएँगे उस समय लौटाल देने से ही काम चल जाएगा।

लेकिन घर में पोटली ले आने पर कैसा कौतूहल हुआ कौन जाने! वे उसे खोलकर, देखकर अवाक् रह गए। साधु की पोटली में साधारणत: आखिर रहता ही क्या है। कुछ भीख माँगा हुआ चावल, दो अन्नियाँ अथवा दुअन्नी। और हुई तो दो हड़ें। इसके बाद भी और कुछ हो तो एक फटा मैला गेरुए रंग का पहनने का कपड़ा।

लेकिन नहीं, शक्तिधर चाटुज्जे के बेहोश हो जाने की हालत हो गयी। उन्होंने देखा, पोटली के भीतर थक्की-थक्की नोट हैं। करेन्सी नोट। एक सौ रुपये के नोट थक्की-थक्की में सजे हुए!

पहले शक्तिधर को कुछ लोभ हुआ।

सोचा, रुपये वे ले लेंगे। किसी से यह बात नहीं बताएँगे। दबा ही जाएँगे प्रसंग। मानो कुछ भी नहीं हुआ, कोई घटना ही नहीं घटी।

लेकिन उसके बाद ही सुमति ने उनका माथा ऊपर उठा दिया। डर भी लगा उन्हें। साधु-संन्यासी मनुष्य के कोपानल में पड़ने पर शायद उनका असली भविष्य ही न नष्ट हो जाए। अन्त में जो कुछ है वह भी न चला जाए। उसके बदले आशीर्वाद पा लेना ही अच्छा है।

दूसरे दिन वे फिर गद्दी-घर गए। गए पोटली संग लेकर। सोचा, साधुजी के आने पर उनकी पोटली उन्हें ही लौटाल देंगे।

लेकिन सारे दिन रास्ता देखने पर भी साधुजी नहीं आए।

उसके दूसरे दिन भी नहीं आए। और उसके दूसरे दिन भी नहीं।

अन्त में क्या करें कुछ ठीक नहीं कर पाये। एक महीना कट गया। उसके छह महीने भी बीत गए। उसके बाद सोचा, साधुजी शायद उन्हें रुपया दे ही गए हैं। असल में शायद स्वयं भगवान् ही साधुजी के वेश में उनके पास आकर रुपया उन्हें दान कर गए हैं। रुपये पर उनका ही सोलहो आने अधिकार है। वह रुपया उनका ही रुपया है। वह रुपया उनका जैसा मन हो उसी तरह वे खर्च करेंगे। उसके लिए किसी के सामने जवाबदेही करने की जरूरत नहीं है उन्हें।

सो आखिर में रुपया उनका ही हो गया।

यह सब हमारी सुनी हुई बात है। सुललित का विराट् घर जिन्होंने देखा है वे ही यह किंवदन्ती जानते थे। ईश्वर के आशीर्वाद के बिना इतना ऐश्वर्य भी जैसे किसी को नहीं होता, और ईश्वर के अभिशाप के बिना इतनी दुर्दशा भी शायद किसी की नहीं होती।

नहीं तो सुललित की इतनी दुर्दशा ही आखिर क्यों हुई?

सुललित के पूर्वपुरुष शक्तिधर चाटुज्जे बड़े आराम से ही दिन काट गए हैं। घर में बड़े समारोह से अन्नपूर्णा-पूजा होती उस जुग में। उस पूजा में हो न हो मुहल्ले भर के लोगों को झाड़कर न्यौता दिया जाता। सब लोग चाटुज्जे-परिवार में पेट भरकर ठाकुर का प्रसाद खाकर लौटते और धन्य-धन्य कहते सुललित को। सब ईर्ष्या करते सुललित परिवार पर, सबका सुललित परिवार के समान बड़े होने का मन करता।

सुललित के बचपन में भी उस ऐश्वर्य का बहुत-कुछ बाकी था। नहीं-नहीं कर-करके भी उस समय भी घटा होती खूब। दूसरे सब दोस्तों के साथ मैं भी उसके घर में न्यौता खाने जाता। बीस-इक्कीस प्रकार की शाकाहारी तरकारी। कौन-सी छोड़कर

कौन-सी खाएँ, यही होती हमारी चिन्ता। उसके बाद ठाकुर-विसर्जन होता गंगा में।

याद है एक घटना से हम लोग खूब विचलित हुए थे उस समय। उस बार अन्नपूर्णा-पूजा में चार-पाँच सौ लोग घर में आए और खा गए। तीसरे पहर से खाना शुरू हुआ था, उसके बाद रात को ग्यारह बजे तक वही खाने की भीड़। खाने के लिए कहना होगा कि सुललित के घर में लाइन लग जाती।

उस समय सब खाने में मगन थे। हठात् नीचे हो-हल्ले की आवाज से लोग चमक उठे। जाने कौन किसी को चिल्ला-चिल्लाकर बक-झक कर रहा है। खाते-खाते सब झाँककर नीचे मुँह बढ़ाकर देखने लगे। लेकिन कुछ भी देख सकने का उपाय नहीं था। चारों तरफ पाल ढँके थे।

और सब जो वहाँ थे वे घटना देखने को दौड़ पड़े। कौन? कौन किसको मार रहा है? हुडहुड़ाकर सब सीढ़ियों से नीचे उतरने लगे।

नीचे उस समय अवाक् कांड; मझले बाबू एक भले आदमी को पकड़कर मुट्ठी बाँधे चाँटे-घूँसे जमाये जा रहे हैं। भला आदमी बढ़िया साज-पोशाक पहने था।

मझले बाबू की बात लेकर कौन और बोलेगा? एक-एक घूँसा मार रहे हैं मझले बाबू और वह आदमी पीछे हट हटकर अपने को बचा ले रहा है। अधेड़ उमर का था वह। सिर और कनपटी के बाल थोड़े-थोड़े पक रहे थे।

लेकिन सब यह सोचकर अवाक् रह गए कि इतने लोगों के होते हुए इनको मार क्यों रहे हैं मझले बाबू? क्या किया है इन्होंने?

यह एकतरफा मार-पीट जिस समय चल रही थी उस समय आसपास के सब खड़े-खड़े बड़ा मजा लूट रहे थे। मानो किसी को कुछ करना नहीं है, किसी को कुछ बोलने या करने का अधिकार भी नहीं है।

हठात् कहाँ था सुललित! वह कांड सुनकर दौड़ आया। आते ही मझले बाबू को एकदम सरासर चैलेंज किया उसने। बोला, "उसे मार क्यों रहे हो काका? उसने क्या किया है?"

मझले बाबू ने कहा, "तू ठहर—"

सुललित भी वैसा ही है। वह बोल उठा, "वाह रे, मैं ठहरूँगा क्यों? तुम उसे मार डालोगे और मैं चुप रह जाऊँगा?"

मझले बाबू ने कहा, "हाँ, उसे मैं मार ही डालूँगा—"

सुललित बोला, "ना, मैं उसे मार डालने नहीं दूँगा। उसने अगर कोई अपराध किया हो तो उसे पकड़कर तुम पुलिस को दे दो—मारोगे क्यों?"

मझले बाबू ने कहा, "अच्छा करूँगा, मैं मारूँगा—"

सुललित छाती फुलाकर खड़ा हुआ। बोला, "ना, तुम फिजूल-फिजूल उसे मार

नहीं पाओगे, उसने क्या किया है यह पहले मुझसे बताना होगा—"

"इसके माने? तेरा हुक्म मानकर चलना होगा क्या हमें?"

सुललित ने कहा, "नहीं, ऐसा क्यों होगा? पहले उसने क्या किया है, यही मुझसे बताना होगा—"

मंझले बाबू बोले, "क्या किया है उसने, यह तू उससे ही पूछ न? वह तो तेरे सामने ही खड़ा है—"

सुललित ने व्यक्ति से पूछा, "आपने क्या किया है बोलिए तो?"

इतनी देर के बाद भले आदमी को थोड़ी साँस लेने की फुरसत मिली। चादर से उसने मुँह का पसीना पोंछ लिया। मानो यहाँ से भाग सकने पर ही वह बच पायेगा।

"बोलिए? क्या किया है आपने, बोलिए?"

भले आदमी की दोनों आँखें उस समय आँसुओं से छलछला उठी थीं। वह बोला, "अब मैं ऐसा नहीं करूँगा सर, मुझे दया करके छोड़ दीजिए—"

सुललित बोला, "लेकिन क्या किया था आपने?"

भला आदमी बोला, "मैं भूख की जलन से यहाँ खाने आया था—"

मझले बाबू बीच में धमका उठे, "लेकिन किसने तुम्हें खाने का न्यौता दिया था?"

"जी, मैं कह तो रहा हूँ, मैं भूख की ज्वाला सँभाल नहीं सका—"

सुललित ने पूछा, "तुम कहाँ रहते हो?"

व्यक्ति ने कहा, "श्यामबाजार में—"

—श्यामबाजार में—

"श्यामबाजार से यहाँ इतनी दूर खाने आए हो?"

भले आदमी ने कहा, "हर साल तो आता हूँ, कोई मुझे पहले पकड़ नहीं पाया, इसीलिए इस बार भी आया हूँ—"

मझले बाबू ने कहा, "हर साल आते हो? तब तो तुम एक दागी आसामी हो, तुम्हें तो फाँसी मिलनी चाहिए—"

उसके बाद सुललित ने किया क्या, वह उसे भीड़ से सबसे अलग सबके सामने से हटाकर बाहर निकाल ले गया। उसके बाद उसने एक पोटली में भात, तरकारी, मिठाई बाँधकर व्यक्ति के हाथों में दिया। फिर बोला, "जाओ, यह सब घर ले जाओ—फिर अगले बरस इसी दिन आना—"

व्यक्ति की आँखों से उस समय और भी जोर से आँसू बह उठे। वह कहने लगा, "मैं बहुत गरीब आदमी हूँ हुजूर, मुझे इस तरह लोभ मत दिखाइए—"

सुललित बोला, "तुम अकेले ही तो गरीब नहीं हो कलकत्ता में, कलकत्ता में तुम्हारे समान और भी तमाम गरीब हैं, उन सबकी तुम्हारी-सी ही दशा है।"

व्यक्ति रोते-रोते बोला, "उन सबकी बात अलहदा है—"क्यों, अलहदा क्यों?"

व्यक्ति फिर रोने लगा। रोते-रोते बोला, "जी, मेरी औरत के कैन्सर—"

कैन्सर? कैन्सर की बात सुनते ही सुललित का मुँह जाने कैसा फीका पड़ गया। वह कुछ ठहरकर बोला, "ठीक है, तुम अब जाओ—"

कहकर वह फिर वहाँ ठहरा नहीं।

कैन्सर। कैन्सर किसे कहते हैं यह सुललित जानता था, उसकी यन्त्रणा की बात भी जानता था। वह व्यक्ति भी सुललित से यह व्यवहार पाकर थोड़ा अवाक् हो गया था। ऐसा विपरीत व्यवहार भी वह पायेगा यह कल्पना तक वह नहीं कर सका था।

लेकिन उस व्यक्ति का जो भी हो, उस घटना को उस दिन प्रसन्न मन से मन में रख नहीं सके मझले बाबू। यह तो बहुत-कुछ थप्पड़ मारकर थप्पड़ हजम करने का-सा मामला हो गया। जो आधात बाहर के व्यक्ति के पाने की बात थी वह मानो इसी घर पर आ लगा। और यह आघात मझले बाबू को लगने के साथ-साथ ही उससे चाटुज्जे भवन की पुरानी फटी छत में और एक छोटी दरार कर गया।

ऐसा ही होता है। एक दिन शक्तिधर चाटुज्जे के समान शक्तिधर पुरुष आकर एक वंश की प्रतिष्ठा कर गए और उस वंश की प्रतिष्ठा में शुरू से ही ध्वंस का बीज गड़ गया। उस समय से ही एक तरफ शुरू हुई वृद्धि और उसके आसपास ही शुरू होने लगा ध्वंस। पहले ध्वंस समझ में नहीं आ सका, वृद्धि की तेजोद्दीप्त डालों-पत्तों में छिपा वह एक किनारे के अँधेरे में ढँका पड़ा रहा। कालक्रम से जब वह तेज कम होने लगा तभी अन्धकार के फटे हिस्से से उसके किल्ले माथे पर चढ़कर सामने आ खड़े हुए। तभी सबकी नजर में आया कि जो देखा था वह पूरा सत्य नहीं है, आंशिक सत्य है।

सुललित के जीवन में भी यही घटा था। बचपन में जब किसी तरफ किसी की नजर नहीं रहती तब वह मन में सोचता था कि इस घर का सारा मालिकाना हक उसका है। उसमें और सबका जो अधिकार है वही अधिकार शायद उसका भी है। इसीलिए जब जहाँ वह थोड़ा-सा भी अन्याय-अविचार देखता वहीं उसका प्रतिकार करने की चेष्टा करता।

लेकिन भीतर-भीतर कब वह सब बँट-बँटा गया इसकी खबर उसे नहीं लग पायी। घर की चौहद्दी के भीतर ताऊ चाचा के वे सब लड़के खेलते-खेलते कब अनात्मीय हो गए यह वह जान नहीं सका।

अन्नपूर्णा-पूजा की उस घटना के दूसरे दिन ही मझले बाबू ने अपने निजी कमरे में सुललित को बुला भेजा।

सुललित जाकर खड़ा हुआ। पूछा उसने, "मुझे तुम बुला रहे हो काका?"

मझले काका का मुँह गम्भीर। गड़गड़ी की नली उस समय भी मुँह में लगी है। वे बोले, "देख, तुझसे एक बात कहने के लिए मैंने बुलाया है। अपनी नौकरानी को थोड़ा सावधान कर देना—"

नौकरानी! नौकरानी को सावधान कर देना होगा सुललित को! मझले बाबू ने कहा, "न जाने क्या तुम्हारी नौकरानी का नाम है?" सुललित बोला, "कौन-सी नौकरानी? घर में तो बहुतेरी नौकरानियाँ हैं—"

किसकी बात तुम कह रहे हो काका, मैं ठीक समझ नहीं पा रहा हूँ—"

मझले काका ने कहा, "लेकिन तुम लोगों की नौकरानी तो एक ही है।"

"हम लोगों की एक नौकरानी?"

"हाँ-हाँ, तुम्हारी दस नौकरानियाँ फिर कब हो गयीं? वह आँगन में मैला फेंक जाती है, हमारे आँगन में मैला फेंकने को उसे मना कर देना—"

सुललित अवाक् हो गया मझले काका की बात सुनकर। घर की नौकरानी आँगन में मैला फेंके तो सुललित से कहने की क्या जरूरत? सीधे-सादे ढंग से एक-दम सौदामिनी से ही कहा जा सकता है। मामला कुछ समझ नहीं पाया सुललित। माँ से जाकर उसने सब घटना सुनायी।

माँ ने कहा, "देखो, यह बात लेकर तुम कुछ कहना मत, मझले मालिक ने जो कहा है ठीक ही तो कहा है। जहाँ-तहाँ आखिर वह मैला फेंकती ही क्यों है? मैं होती तो मैं भी तो यही कहती—"

सुललित ने कहा, "लेकिन यह बात मझले काका मुझसे क्यों कहने गए? सीधे-सीधे नौकरानी से भी तो कह सकते थे—"

इस बात के जवाब में माँ ने और कुछ नहीं कहा।

रात को सन्दीपबाबू से यह बात उठायी उन्होंने। रात को ही कष्ट ज्यादा होता है सन्दीपबाबू को। सारी रात प्राय: जगते ही रहते हैं वे। कब रात बीते सिनेमा टूटने पर लोगों के चलने-फिरने की आवाज होती है, सब उनके कानों में सुनायी पड़ता है। उसके बाद घर में कब एक बजा, दो बजे, यह भी उनके कानों में आता है। आखिरी पहर में शायद थोड़ी तन्द्रा आती है। लेकिन वह भी सिर्फ थोड़े-से पलों के लिए। लेकिन उस समय भी केवल अतीत की कथाएँ उन्हें याद हो आतीं। शक्तिधर चाटुज्जे के विराट् भवन के लम्बे दिनों के ऐश्वर्य के चित्र एक-एक करके उनकी आँखों के सामने उतराने लगते। उन्हें याद आता जिस दिन उनका सुललित हुआ, उस दिन कैसी घटा थी। सारे घर में शंख बाजे की धूम थी। कितनी संख्या में लोग आए थे बच्चे के अन्नप्राशन के दिन। तब भाइयों भाइयों में कितना मेल, कितना सौहार्द था! जब सब मिलकर बरामदे में खाने बैठते तब वह देखने योग्य एक दृश्य होता। इस

किनारे से उस किनारे तक एक पाँत में खाने बैठे हैं सब मालिक और उनके सामने की पाँत में बैठे हैं लड़के, नाती सब। घर की बहुएँ खाने की चीजों का बन्दोबस्त कर रही हैं और परोस रही हैं छह-सात बहुएँ।

हठात् सन्दीपबाबू का ध्यान भंग हो गया। पूछा, "हमसे कुछ कहा?" ज्ञानदामयी बोलीं, "आज मझले मालिक ने हमारी नौकरानी को उनके आँगन में मैला फेंकने से मना किया है—"

"क्या कहा?"

ज्ञानदामयी ने बात फिर एक बार कही।

सन्दीपबाबू बोले, "मझली बहू ने कहा है या मझले मालिक ने कहा है?" ज्ञानदामयी बोलीं, "मझले मालिक ने।"

सन्दीपबाबू ने पूछा, "तो तुम सुनकर क्या बोलीं?"

ज्ञानदामयी बोलीं, "मुझसे तो कहा नहीं, कहा है खोका से।"

"खोका? सुललित? उससे क्यों कहा?"

ज्ञानदामयी बोलीं, "वही जो अन्नपूर्णा-पूजा के दिन की वह घटना—याद नहीं है तुम्हें!"

सन्दीपबाबू को याद थी। लेकिन उन्होंने मुँह से और कुछ नहीं कहा। सिर्फ सन्दीपबाबू क्यों, सबको याद थी। घर के लोगों को जैसे याद थी, वैसे ही मुहल्ले के लोगों को भी याद थी। उस दिन की घटना के बाद से मुहल्ले के लोगों के सामने भी सब बातें खुल गयी थीं।

ये सब घटनाएँ वही बचपन की हैं। जीवन में हमने अनेक उत्थान देखे हैं, अनेक पतन भी देखे हैं। लेकिन चाटुज्जे परिवार का ऐसा पतन भगवान न करे किसी को देखना पड़े। अन्त में ऐसा हो गया था कि कोई किसी का मुँह तक नहीं देखता था।

लेकिन आश्चर्यजनक है सुललित का धैर्य!

एक दिन मैंने पूछा था, "क्यों रे, इतना गम्भीर क्यों है तेरा मुँह?"

सुललित प्रश्न के साथ-साथ ही हँस उठा। बोला, "बोल सकते हो भाई, संसार आखिर इतना जघन्य क्यों है? पृथ्वी-भर के लोग इतने भिखारी क्यों है?"

"क्यों? किसकी बात कह रहा है?"

सुललित बोला, "किसकी बात नहीं करता, यही तू पूछ—"

उसके बाद बार-बार उससे अनुरोध करता, लेकिन सुललित उस बात का कोई जवाब नहीं देता। और पीछे कोई जवाब देना पड़ेगा, इसीलिए हम लोगों के सामने

से भाग जाता।

एक दिन सुना कि इतने बड़े परिवार के भीतर हो-न-हो सबके हाँड़ी-चूल्हे अलग-अलग हो गए हैं। हम लोग जब उसके घर में जाते तब देखते कि उनके एक-तल्ले की बैठक में झाड़-बुहारी तक नहीं लगी है। बहुत दिनों पहले जब मालिक लोग वहाँ बैठते तब उसके भीतर कितनी साज-सज्जा थी। बड़े-बड़े आयलपेंटिग टँगे रहते दीवालों में। झालरें-रोशनदानियाँ झूलतीं कड़ी-खूँटियों में। मुहल्ले के विशिष्ट व्यक्ति या गण्यमान्य व्यक्ति के आने पर इसी बैठकखाने में उनकी अभ्यर्थना की जाती।

वह सब एक दिन था सुललित के घर में। हम सत्र, उसके दोस्त, बगल के छोटे कमरे में बैठे हुए दरवाजे के झरोखे से वह सब देखते, और उसके परिवार के ऐश्वर्य के, उनके बड़प्पन के और परम्परा-इतिहास के दर्शक होते।

आज इतने दिनों के बाद वे सब बातें सोचने पर ही मानो शंका होती है। आँखें मूँदने पर भी मानो वह सब दृश्य देख पाएँ। लगता है मानो वह सब यही उस दिन की बात है।

लेकिन इतिहास के कक्ष-परिवर्तन के साथ-साथ एक दिन सबकुछ कैसे बदल गया! वह सुललित कहाँ चला गया, कहाँ गुम हो गया, यह सब ख्याल रखने का समय भी हम लोग उस समय नहीं पा सके।

भगीरथ था सुललित का पुराना नौकर। नौकर माने परिचारक। परिचारक होने पर भी, कहना होगा, वह सुललित का एक प्रकार से अभिभावक भी है। हम लोग जब उसके घर में जाते तब सुललित को पुकारते ही भगीरथ बाहर निकल आता।

हम कहते, "भगीरथ, अपने छोटे बाबू को एक बार बुला दो तो—"

भगीरथ गम्भीर प्रकृति का मनुष्य है। छोटी उमर से ही वह गम्भीर है। कहता, "छोटे बाबू नहीं हैं"

बात कहकर ही वह चला जाता। लेकिन हम लोग छोड़ते नहीं। कहते, "छोटे बाबू नहीं हैं माने? कहाँ गए हैं?"

भगीरथ कहता, "कहाँ गए हैं यह मैं क्या जानूं? छोटे बाबू कहाँ जाते हैं यह क्या मुझे बताकर जाते हैं?"

हम लोग भगीरथ की बात से नाराज नहीं होते। क्योंकि हम जानते थे कि सुललित से भगीरथ का क्या सम्पर्क है। कब एक आत्मीय के साथ भगीरथ अपने बचपन में इस घर में आ पहुँचा था। पिता-माताहीन लड़का। असंख्य नौकर-नौकरानियों के साथ एक कोने में पड़ा रहता वह। उसके बाद जब बड़े बाबू के लड़का हुआ तब उसे लेकर खेलना ही एकमात्र काम हुआ भगीरथ का। जब सुललित की उम्र एक बरस की थी तब भगीरथ प्राय: छह बरस का था। भगीरथ का एकमात्र काम हुआ

सुललित के साथ-साथ रहना। वह जो इस घर में घुसा, फिर निकल नहीं सका। चिरकाल के समान सचमुच वह निकला तब जब सुललित ने घर छोड़कर बाहर अपना अड्डा जमाया, कहना होगा कि सुललित के साथ ही वह बाहर निकल गया।

लेकिन ये सब बातें अभी रहने दें।

पहले, याद है, हम लोग जब बैठकखाने में बैठकर सुललित के साथ अड्डा जमाते तब भगीरथ बीच-बीच में हठात् वहाँ उदय होता। कहता, "तुम लोग सब समय खोका के साथ अड्डां क्यों जमाते हो, बोलो तो? तुम सबके घर-द्वार नहीं है? तुम लोगों को लिखना-पढ़ना नहीं है?"

सुललित डाँट देता भगीरथ को कहता, "तू चुप तो रह भगीरथ, तुझे किसने सरदारी करने को कहा है?"

भगीरथ गला ऊँचा कर देता। कहता, "जरूर करूँगा सरदारी, तुम सारे दिन यार-दोस्तों से गप-शप करोगे। गप-शप करने से ही तुम्हारा काम चल जाएगा? लिखना पढ़ना नहीं होगा?"

भगीरथ मानो था सुललित का गार्जियन। वह समझता मानो वही सुललित के असल भले-बुरे का धारक-वाहक है। सुललित के पिता-माता, काका-काकी की बनिस्बत हम लोग सबसे ज्यादा भगीरथ से डरते।

सुललित जब घर से बाहर निकलता तब भगीरथ बार-बार उसे सावधान कर देता, "जल्दी-जल्दी लौट आना दादा बाबू, देरी करोगे तो आज अब दरवाजा नहीं खोलूँगा, यह बताये देता हूँ—"

हम लोग भगीरथ की बात सुनकर हँसते। हम सुललित से कहते, "पिछले जन्म में भगीरथ निश्चय तेरा मास्टर था—"

सुललित हँसता नहीं। सिर्फ हम लोगों की बातें सुनता। जिस घर में एक दिन सुललित का अखंड प्रताप था, उस घर में घुसने पर उस समय खराब लगता था।

एक दिन एक अद्भुत कांड देखा। हमारे हेडमास्टर, हेमन्त बाबू बाजार से लौट रहे थे। वे भी बड़े गम्भीर मनुष्य हैं। लेकिन दूसरी दृष्टि से बड़े सीधे-सादे। लड़कों से बहुत प्रेम करते। लेकिन साथ ही साथ लड़के उनसे बहुत डरते भी। भविष्य जीवन में हम लोगों में से जो मनुष्य-समाज में माथा ऊँचा करके खड़े हो सके हैं वे केवल छुटपन के स्कूल के हेडमास्टर, हेमन्त बाबू के कारण ही। कोई लड़का बीमार होता तो हेमन्त बाबू सीधे उसके घर जा पहुँचते। कोई परीक्षा में फेल हो जाता तो उसे निराश होने से मना करते। उसे उत्साहित करते—इससे क्या हुआ, इस बार मन लगाकर पढ़ो, जरूर पास होओगे—

सुललित ने रास्ते से लौटते-लौटते देखा कि हेडमास्टर साहब बाजार करके

लौट रहे हैं। उनके दोनों हाथों में बड़ी-बड़ी दो थैलियाँ हैं। थैलियों के बोझ से उन्हें चलने में कष्ट हो रहा है।

पास आकर सुललित के उनके पैर छूते ही वे चमक उठे।

"कौन?"

उसके बाद अच्छी तरह सुललित को देखकर बोले, "ओ तुम! रहने दो बेट, रास्ते में पैर छूने की जरूरत नहीं है—"

कहकर थोड़ी आपत्ति करने की चेष्टा करने लगे। लेकिन सुललित यह आपत्ति सुननेवाला लड़का नहीं था, उसने तब तक हेडमास्टर साहब के पैरों की धूल माथे से लगाकर उनकी दोनों थैलियाँ खींचकर अपने हाथों में रख ली थीं। बोला, "दीजिए मास्टर साहब, मैं ये दोनों आपके घर पहुँचा आता हूँ—"

यह कहकर हेडमास्टर साहब की दोनों थैलियाँ लेकर उनके घर पहुँचा आया।

हम लोगों ने दूर से लुक-लुककर घटना देखी थी। लौटते हुए बात करते ही वह गुस्सा हो गया। बोला, "देखो, गुरुजन का सम्मान करना न जानने से अपने-आपका भी सम्मान नहीं किया जा सकता, यह जान रक्खो—"

हम लोग सुललित की बात सुनकर चकित रह गए। हम लोग बोले, "लेकिन तू? तूने ही क्या उस दिन मझले काका को सम्मान दिखाया था?"

सुललित के मुँह का रंग हठात् लाल हो उठा। वह बोला, "किसने कहा कि मैंने मझले काका का सम्मान नहीं किया?"

हम लोगों ने कहा, "मझले काका का सम्मान करने पर क्या उनके मुँह पर ऐसी बातें कर पाता?"

सुललित ने कहा, "सम्मान एक बात है और अन्याय दूसरी बात है। सम्मान दिखाने पर ही क्या अन्याय भी सहन करना होगा?"

यह बात कहकर हम सबकी तरफ अवज्ञा की भंगिमा से देखते हुए उसने फिर कहा, "गुरुजन की श्रद्धा करेंगे इसीलिए जो लोग अन्याय का पालन करते हैं उन्हें मैं मनुष्य नहीं कहता—"

कहता हुआ फिर वह हम लोगों के पास खड़ा नहीं हुआ। दनदनाकर अपने घर की तरफ चल पड़ा।

यही है सुललित। जिसके साथ इतने दिनों के बाद इस लखनऊ के रास्ते में भेंट हुई।

लेकिन असल में जिसकी बात अब तक करता आ रहा हूँ वह सुललित हमारे उपन्यास का प्रधान पात्र होने पर भी आरती यदि कलकत्ता में आकर उदय न होती

तो इस उपन्यास की भूमिका ही न रची जा सकती। सुख-दुःख में मनुष्य का जीवन कट ही जाता है। सचमुच, किसका जीवन फिर नहीं कटता! लेकिन सुललित के समान इस तरह किसका जीवन कटता है!

सुललित के जीवन में इस आरती गांगुली के आने के पहले तक ऐसा ही चल रहा था। सुललित तब हमारे क्लब और अपने लिखने-पढ़ने में व्यस्त था। कहा जाए तो सुललित ही था हमारे क्लब का सबकुछ। सुललित ने ही हमारे क्लब की प्रतिष्ठा की थी। पहले-पहल हम सब मुहल्ले के लड़के मिलकर सरस्वती पूजा करते। उसका आधा खर्च सुललित ही देता, वही था पहले समय का प्रेसिडेंट।

लेकिन छुटपन की उस सरस्वती पूजा से शुरू करके किस तरह हमारा अड्डा धीरे-धीरे एक क्लब में बदल गया, यह हम लोगों ने खुद भी ख्याल नहीं किया। सुललित ही सब काम करता। हम लोग सिर्फ उसका हुकुम तामील करते। आर्टिस्ट जब आते तब उन्हें देखने-सुनने, उनका आदर-सम्मान करने का भार ले लेता सुललित। आखिर में सुललित ने कह दिया कि हर साल इसी तरह का फंक्शन करना होगा—

हम लोगों ने कहा, "रुपया? रुपया कौन देगा?"

सुललित बोला, "मैं कुछ दूँगा और बाकी टिकिट बेचकर जमा करना होगा—"

तो फिर यही तय हुआ। दूसरे वरस टिकिट बेचकर फंक्शन हुआ। बड़ी भीड़ हुई। रुपये भी आए बहुत। हम लोगों का उत्साह बढ़ गया। सुललित का उत्साह भी बढ़ गया। लेकिन जब फिर स्कूल की परीक्षा का नतीजा निकला तब देखा गया कि प्रथम आया वही सुललित। सुललित किस समय लिखता-पढ़ता, इसका अन्दाज ही हम लोगों को न लग पाता। देख-सुन-सोचकर हम लोगों को लगता मानो सुललित मैजिक जानता है।

ठीक इसी समय सुललित के घर में शुरू हुआ पारिवारिक गोलमाल।

हम लोग सुनते कि काका लोग भीतर-भीतर अलग हो गए हैं। इस बात से हम लोग कुछ चकित हुए। इतने दिनों का घर, इतने दिनों का पुराना वंश, इतने दिनों का सम्मानित बड़ा परिवार, उसमें भी ऐसा हुआ! तो फिर हमारे समान मध्यवित्त समाज किस भरोसे संसार चला ले जाएगा!

इसी समय से सुललित ने मानो हम लोगों से थोड़ा कटकर रहना शुरू किया था। घर जाने पर भी उसे ठीक समय में न पाते। और जाने पर भी आमने-सामने सुललित की तमाम कड़ी बातें हम लोगों को सुननी पड़तीं।

और दुर्घटना क्या ठीक इसी समय घटनी थी?

हाँ, दुर्घटना ही तो है। सुललित के जीवन में आरती गांगुली का आविर्भाव सचमुच एक दुर्घटना है। और सब एक दिन विवाह करते हैं, विवाह करके संसार

चलाते हैं और सन्तान को जनम देते हैं। उसके बाद नौकरी से रिटायर होकर पेंशन से अपना जीवन काटते हैं। और एक प्रकार के लोग जो एक दिन प्रेम करके किसी लड़की से विवाह करते हैं, वे भी उसी तरह निभाते हैं। एक प्रकार की परिणति ही अधिकांश लोगों की है।

लेकिन यह सुललित? जिसे लेकर आज यह उपन्यास लिख रहा हूँ?

क्यों लखनऊ शहर से उस समय भूधर गांगुली कलकत्ता आए, और अपने साथ ले आए आरती गांगुली को कौन जाने! हम लोग तो पहले कुछ भी नहीं जान सके। कुछ कल्पना भी नहीं कर सके।

हवड़ा स्टेशन गया था सुललित। घड़ी का काँटा पकड़कर आ खड़ा हुआ था वह। लेकिन ट्रेन आने की बात थी सवेरे छह बजे, वह देर से पहुँची।

भूधर बाबू के चेहरे का एक वर्णन किया था पिता ने। ट्रेन के आकर रुकते ही सुललित सब पैसिंजर के मुँह रत्ती-रत्ती देखने लगा। तमाम लोगों की भीड़ में ठीक कौन पिताजी के दोस्त हैं सो वह ठीक नहीं कर पाया।

एक व्यक्ति को देखकर मानो कुछ सन्देह हुआ। ठीक वैसा ही चेहरा, ठीक वही उमर। साथ में एक लड़की।

सुललित भीड़ ठेलकर आगे बढ़ गया। उसने पूछा, "आप क्या लखनऊ से आ रहे हैं?"

भूधर बाबू रुककर खड़े हुए। कुली समान लेकर हनहनाता हुआ बढ़ा जा रहा था। उसे उन्होंने बुलाया, "ए कुली—कुली—ठहरो बाबा, थोड़ा ठहरो—"

उसके बाद सुललित की तरफ देखकर बोले, "तुम क्या सन्दीप के लड़के हो?"

सुललित बोला, "हाँ—"

कहकर भीड़ से भरे प्लेटफार्म पर ही भूधर बाबू के पैरों की धूल सुललित ने अपने माथे पर लगायी।

"आहा, हो गया, हो गया, हो गया,—कर क्या रहे हो, कर क्या रहे हो?" कहकर पैर हटा लेने की चेष्टा की भूधर बाबू ने। पास में जो लड़की खड़ी थी, वह इस घटना से मानसिक रूप से जाने कैसी चंचल हो उठी।

भूधर बाबू ने लड़की की तरफ देखकर कहा, "इसे पहचान गयी न आरती? यह सन्दीप का लड़का है।"

उसके बाद सुललित की तरफ देखकर बोले, "तुम्हारा नाम सुललित है न?"

सुललित बोला, "हाँ, पिताजी ने मुझे स्टेशन आने को कहा था।"

भूधर बाबू ने पूछा, "तुम्हारे पिताजी कैसे हैं अब? बीच में तो बहुत बीमार हो गए थे—"

इसके बाद ज्यादा बात करने का समय भी नहीं था, तिस पर बातचीत-चर्चा की जगह भी वह नहीं थी। सुललित सीधे टैक्सी बुलाकर भूधर बाबू को बिठाल-कर एकदम अपने घर ले आया। पहले से सब इन्तजाम पक्का हो चुका था। बाहर से कलकत्ता आकर कहाँ-कहाँ राँधेंगे, कहाँ ठहरेंगे इसका कुछ ठीक नहीं था, इसी-लिए सन्दीप बाबू ने यह सब इन्तजाम पहले से कर रक्खा था।

सन्दीप बाबू उस समय बहुत अस्वस्थ थे। तो भी बहुत दिनों के बाद पुराने दोस्त को देखकर खुश हो उठे। बोले, "उसके बाद? अन्त में इसी कलकत्ता में आना पड़ा न?"

उसके बाद आरती की तरफ देखा। बोले, "यही वह रानू है?"

भूधर बाबू ने कहा, "नहीं, रानू नहीं, यह आरती है।"

—आरती? सन्दीप बाबू अवाक् हो गए। आरती! आरती कब हुई यह वे याद नहीं कर सके।

"तो फिर तुम्हारी रानू? तुम्हारी वह रानू कहाँ है? उसका क्या विवाह हो गया है?"

बात सुनते ही भूधर बाबू का मुँह जाने कैसा गम्भीर हो गया। न जाने क्या वे बोलने जा रहे थे, आरती ने ही उनकी तरफ से जवाब दिया। बोली, "मेरी दीदी मर गयी है—"

सन्दीप बाबू का मन बात सुनकर करुण हो उठा। बोले, "मर गयी है? कब? मैंने तो कुछ सुना नहीं।"

भूधर बाबू बात घुमाकर कुछ और कहने जा रहे थे, लेकिन सन्दीप बाबू उसके पहले ही बोले, "लेकिन तुमने मुझे तो कुछ लिखा नहीं, भूधर! मैं तो कुछ भी जानता नहीं था। क्या हुआ था उसे?"

भूधर बाबू बोले, "होगा और क्या, नियति भाई, नियति—"

सन्दीप बाबू बोले, "नियति तो समझा लेकिन तुम तो खुद ही डाक्टर हो, तुम लड़की को बचा नहीं सके?"

उसके बाद कुछ ठहरकर बोले, "लेकिन जो जाने के लिए आया है, उसे तुम रोक कैसे सकते हो—" यह कहकर उन्होंने एक लम्बी साँस ली।

ऐसे ही समय भीतर से बुलावा आया। सुललित ने कहा, "आइए काका बाबू, आप लोगों का भोजन परोस दिया गया है—"

इस घर में बचपन में भूधर बाबू कितनी ही बार आए हैं। इसी बैठकखाने में बैठकर कितनी बार उन्होंने तास खेला है। छिप छिपकर मालिकों के हुक्के से कितनी तम्बाकू पी है। वे सब बातें उन्हें अब भी याद थीं। उसके बाद डाक्टरी पास करके और कहीं नौकरी न पाने पर अन्त में मिलिटरी की नौकरी लेकर भूधर बाबू ने कलकत्ता

छोड़ा। और उसके बाद एक दिन कलकत्ता आकर बाल-बच्चों को लेकर वे अपनी नौकरी पर चले गए। उस समय वे जो गए, फिर कलकत्ता नहीं लौटे।

वे सब बहुत दिनों की बातें हैं। वह सस्ता ज़माना था। जरूर आज के समान कालाबाजारी नहीं थी, लेकिन उस जमाने में भी अभावी दु:ख-दुर्दशा और अभाव का सामना करना पड़ता था। लड़के नौकरी के लिए मारे-मारे आफिसों के दरवाजे-दरवाज़े के चक्कर लगाया करते थे। मेदिनीपुर में हर वर्ष अकाल पड़ता। तीन रुपये मन चावल का भाव था, उस चावल के लिए उन दिनों भी हाहाकार मच जाता था बाजार में।

सन्दीप बड़े घर का लड़का ठहरा। उसे उस समय कोई चिन्ता नहीं थी। बैठकखाने में तास-पाशा-दावा-तम्बाकू इत्यादि के मजे में उसके दिन कट जाते।

लेकिन भूधर? भूधर गांगुली कलकत्ता के सामान्य मध्यवित्त घर के लड़के थे। उनके परिवार की हमेशा तमाम समस्याएँ थीं। तिस पर उन्होंने माँ के गहनों से मेडिकल कालेज की फीस का जुगाड़ किया है। और वही डाक्टरी पास करके क्या अन्त तक बेकार रहना होगा?

इस बीच बूढ़ी माँ ने उनका विवाह भी कर दिया था। माँ कहतीं, "मैं कब तक हूँ कब तक नहीं, विवाह कर ले फिर जहाँ तेरा मन हो तू वहाँ जा।"

विवश भूधर गांगुली को विवाह करना पड़ा। और उसके साथ ही माँ की इच्छा पूरी भी करनी पड़ी। रथ देखने और केले बेचने का काम एक संग पूरा कर लेने के कारण भूधर गांगुली निश्चिन्त हुए।

और माँ का भाग्य भी ऐसा निकला कि उन्हीं दिनों उन्होंने प्राण त्यागे। सन्दीप ने कहा, "तू फिर हमेशा के लिए चला जाएगा?"

भूधर बोला, "और गति ही क्या है? और माँ ही जब नहीं रहीं तब कलकत्ता से सम्पर्क रखने के कोई माने ही नहीं होते।"

उसके बाद कुछ ठहरकर बोला, "इसके अलावा कलकत्ता में घर रखने की भी आखिर क्या जरूरत है?"

नयी शादी की बहू को लेकर एक दिन भूधर गांगुली घर छोड़कर बाहर जो गए उसके बाद कलकत्ता आने का सुयोग ही उन्हें नहीं मिला।

सन्दीप हवड़ा स्टेशन तक भूवर को रेल में बिठालने गए थे। गाड़ी जब छूट गयी तब भूधर ने नयी बहू से कहा था, "यह है मेरा दोस्त।"

दोस्त नहीं तो और क्या। परन्तु मनुष्य का संसार जिस प्रकार मनुष्य की ही परवा नहीं करता, उसी प्रकार मनुष्य मनुष्य के प्रेम की भी परवा नहीं करता। शायद इसका

एकमात्र कारण प्रयोजन है। प्रीति की अपेक्षा प्रयोजन ने ही आज मनुष्य को सबसे अधिक ग्रस लिया है। प्रयोजन ही आज सबके सामने सर्वस्व हो उठा है। इसीलिए प्रयोजन की जिम्मेदारी सबसे बड़ी जिम्मेदारी है।

इसीलिए प्रयोजन की जिम्मेदारी लेकर वह भूधर गांगुली जो एक दिन कहीं चले गए, फिर उनका कुछ पता-ठिकाना नहीं लगा। उसके बाद बहुत दिनों के बाद एक चिट्ठी आयी बरेली या रावलपिंडी से। वह चिट्ठी पाकर ही सन्दीप जान सके कि भूधर अच्छे हैं और जीवित हैं। इसके बाद क्या हुआ कौन जाने, चिट्ठियाँ आने लगीं बार-बार। मनुष्य की जितनी उम्र बढ़ती है उतना ही वह अतीत की ओर लौट जाता है। सामने का भविष्यत् उसके सामने अस्पष्ट हो जाता है इसीलिए शायद सब लोग अतीत के विषय में ही बुढ़ापे में ज्यादा हलचल करते हैं।

उसी प्रकार एक बार हठात् भूधर के पास से सन्दीप के नाम एक चिट्ठी आयी थी जिसमें उनकी स्त्री का मृत्यु-संवाद था। दो कन्याएँ छोड़कर भूधर की स्त्री मर गयी थी।

उस बार सन्दीप ने कलकत्ता से सान्त्वना की एक चिट्ठी लिखी थी। शोक में जिस प्रकार मनुष्य बन्धुवान्धव को सान्त्वना देते हैं।

उसके तमाम वर्षों के बाद एक दिन फिर एक चिट्ठी आयी लखनऊ से। भूधर ने लिखा था—जल्दी ही रिटायर हो रहा है वह। रिटायर होने के बाद भूधर ने कलकत्ता आने की बात ठीक की है, और आखिरी दिन कलकत्ता में ही काटेंगे।

उस चिट्ठी के पाने के बाद एक घर ठीक कर रक्खा था सन्दीप ने। महीने में तीन सौ रुपये भाड़ा। तीन कमरे। खूब रोशनी-हवा है। सब बन्दोबस्त करके उन्होंने सुललित से हवड़ा स्टेशन जाकर उन लोगों को ले आने के लिए कहा था।

सो तमाम दिनों के बाद दोनों की पहली बार भेंट हुई, पुराने दिनों की बातें करते-करते ही तमाम समय कट गया।

अन्त में भूधर ने कहा, "तो फिर अब जाऊँ भाई, जहाँ बराबर रहना होगा वहाँ जाने के लिए मन छटपट कर रहा है। उसके बाद न हो कल-परसों एक दिन आऊँगा।"—कहकर वे उठे।

सन्दीप बाबू ने सुललित से आगे से ही कह रक्खा था। सुललित भी उन्हें ले जाकर ठीक-ठिकाने से पहुँचा आया।

ये सब बातें हमने तभी सुनी थीं।

घर बहुत पसन्द आ गया भूधर बाबू को।

इतने दिनों के बाद कलकत्ता आना हुआ। यह मानो उनका पुनरागमन है। सारे जीवन बाहर-बाहर काटकर मानो घर का व्यक्ति घर लौट आया।

सुललित ने कहा, "मैं अब जाऊँ काका बाबू!"

भूधर बाबू सुललित की बात सुनकर बोले, "अरी ओ आरती, इधर आ बेटी, सुललित चला जा रहा है।"

आरती भीतर क्या कर रही थी पता नहीं। उसके आने में देर हो रही थी। भूधर बाबू खुद भीतर गए लड़की को बुलाने। भीतर जाकर देखा उन्होंने, बिछौने पर पसरकर लेट गयी है।

भूधर बाबू बोले, "ओ री, सुललित चला जा रहा है—आ उससे मिल ले।"

आरती बोली, "मुझे अच्छा नहीं लग रहा पिताजी, मैं बड़ी टायर्ड हूँ।"

भूधर बाबू बोले, "मिलने में और कितना समय लगेगा? हम लोगों के लिए लड़के ने कितना किया और तू थोड़ा मिल भी नहीं सकेगी? एक मिनिट का ही तो काम है।"

आरती उठी। बोली, "तुम्हारी जिद के मारे तो मुश्किल हो गयी, देखती हूँ। चलो।"—कहकर सामने के कमरे में आयी। लेकिन क्या बोलेगी वह। सिर्फ पिता की बात माननी होती है वही उसने मानी। सुललित के सामने आकर थोड़ा मुस्कुराने का यत्न किया आरती ने। बिल्कुल नपी-जुखी मुस्कुराहट।

लड़की की तरफ से भूधर बाबू ने माफी माँग ली सुललित से। वे बोले, "तुम कुछ सोचना मत बेटा, मेरी लड़की ऐसी ही है। बराबर बाहर रहने से जो होता है।"

आरती विरोध कर उठी। बोली, "मेरे नाम पर दोष क्यों मढ़ रहे हैं पिताजी? दो दिन ट्रेन में चलकर टायर्ड हो गयी हूँ, यह भी मेरा ही दोष हुआ?"

उसके बाद सुललित की तरफ देखकर बोली, "आप लेकिन कुछ सोचिए मत।"

सुललित बोला, "ना-ना, मैं क्यों कुछ सोचने लगा? मैंने कुछ भी नहीं सोचा—मैं चलूँ—आप लोगों को घर पसन्द आया इसी से मैं खुश हूँ—"

भूधर बाबू बोले, "हाँ-हाँ, घर हम लोगों को खूब ही पसन्द आया। यह तुम्हारी वजह से ही हुआ, बेटा! सन्दीप ने तो खुद कुछ देखा नहीं, तुमने ही सबकुछ किया है।"

आरती बोली, "अब आप देर मत कीजिए, बहुत रात हो गयी है।"

सुललित बोला, "तो फिर कल किस समय आऊँगा?"

भूधर बाबू बोले, "क्यों बेटा, कल फिर क्यों तकलीफ करोगे?"

सुललित बोला, "पिताजी ने मुझसे कह दिया है कि मैं रोज एक बार आप लोगों को देख आया करूँ।"

भूधर बाबू बोले, "जिस आदमी को तुमने दिया है वह, जब तुम कहते हो, खूब विश्वासी है तब तुम खुद क्यों कष्ट करोगे? बाहर का काम-काज, बाजार जाना,

खाना बनाना सब तो वह कर सकता है।"

सुललित बोला, "वह कैसा काम करता है दो-चार दिन देखिए, उससे अगर काम न चले तो दूसरे आदमी का इन्तजाम करूँगा मैं।"

उसके बाद कुछ ठहरकर बोला, "और एक अच्छा घर ढूँढ़ रहा हूँ आप लोगों के लिए, अगर उसे पाऊँ तो यहाँ से आप लोगों को उठा ले जाऊँगा"

भूवर बाबू अवाक् हो गए। बोले, "क्यों? अब दूसरे घर की क्या जरूरत? यही तो बहुत अच्छा घर है।"

सुललित ने कहा, "पिताजी ने कहा था कि हमारे घर के पास ही एक अच्छा घर किराये में ले लो, उससे आप लोगों की ठीक देख-भाल की जा सकती है। हमारे घर से आपका घर इतना दूर हो गया।"

भूधर बाबू बोले, "वह जब पाओगे तब ले लेना, अभी यहाँ रहने में हम लोगों को कुछ खराब नहीं लगेगा।"

सुललित बोला, "जो भी हो वह फिर सोचेंगे, मैं अब चलूँ, मैं कल फिर आऊँगा—"

भूधर बाबू बोले, "तुम फिर फिजूल फिजूल क्यों कष्ट करने आओगे, बेटा? तुमने तो सब इन्तजाम कर दिया है। जरूरत होने पर न हो मैं ही तुम्हें खबर दूँगा।"

सुललित बोला, "ना, आप लोगों की देख-भाल न करने पर पिताजी मुझसे नाराज होंगे।"

भूधर बाबू बोले, "तुम्हारे पिताजी सब कामों में इसी तरह खूब व्यस्त हो जाते हैं। जानते हो, तुम्हारे पिताजी हमेशा से ऐसे ही स्वभाव के हैं। बड़े नर्वस आदमी हैं। ट्रेन पकड़ने जाएँगे, रात को आठ बजे ट्रेन है, वे शाम को सात बजे स्टेशन पर जाकर हाजिर हो जाएँगे।"

सुललित फिर खड़ा नहीं हुआ, बातें करके बाहर के रास्ते में जा पहुँचा। सुललित के चले जाने के बाद भूधर बाबू ने सदर दरवाजा बन्द कर दिया। पास ही आरती खड़ी थी।

"क्यों री, कैसा देखा सुललित को? बचपन में ही तो उसे देखा था, उस समय खूब चंचल था, अब एकदम बड़ा होकर जेंटिलमैन बन गया है। बोल न तुझे कैसा लगा?"

आरती हँसने लगी। वह बोली, "क्यों, तुम उसे दामाद बनाने की बात सोच रहे हो शायद?"

भूधर बाबू भी हो-हो करके हँसने लगे। बोले, "देखता हूँ तू बड़ी इंटेलिजेंट हैरी।"

आरती भी पिता के गले से गला मिलाकर हँस उठी। बोली, "मैं तो तुम्हारा

स्वभाव जानती हूँ। इतने दिनों से देख रही हूँ, और मैं तुम्हें पहचान नहीं पाऊँगी?"

भूधर बाबू को कौतूहल हुआ खूब। बोले, 'ना-ना, सच बोल न, तूने कैसे जान लिया?"

"वाह रे, उस दिन हवड़ा स्टेशन पर उतरने के बाद से ही तुम जिस मनोभाव से उसकी तरफ देख रहे थे, उससे और कोई लड़का होता तो तुरन्त यह बात समझ जाता।"

भूधर बाबू लड़की की बुद्धि देखकर अवाक् हो गए। बोले, "यह क्या बात है री, मैं किस प्रकार उसे देख रहा था?"

आरती बोली, "यह तुम समझ नहीं पाओगे पिताजी।"

भूधर बाबू बोले, "मैं समझ नहीं पाऊँगा? मैं डाक्टर मनुष्य होकर समझ नहीं पाऊँगा और जितना समझेगी सब तू?"

"वाह, डाक्टर हो जाने से ही मन की बात समझ में आ जाती है क्या? तुम तो सिर्फ रोगियों का शरीर लेकर कारोबार करते हो, तुम मन की खबर रक्खोगे कैसे?"

"तो तू ही फिर इतनी मन की खबर कैसे रख लेती है?"

आरती बोली, "मैं तो लड़की की जात हूँ!"

भूधर बाबू ने मानो एक नया ज्ञान अर्जित किया। बोले, "लड़कियाँ शायद सबके मन की खबर पा जाती हैं?"

"हाँ।"

"सबके मन की खबर?"

आरती बोली, "हाँ, सबके मन की खबर का पता पा जाती हैं हम लोग।" भूधर बाबू ने पूछा, "तो फिर बोल तो भला मैं इस समय मन-ही-मन क्या सोच रहा हूँ?".

आरती बोली, "ठहरो, थोड़ा सोचूँ।"

फिर सोच-विचारकर उसने कहा, "तुम क्या सोच रहे हो बताऊँ? तुम सोच रहे हो कि तुम्हारे मित्र मेरे साथ अपने लड़के का विवाह करेंगे या नहीं, और करें तो कितने रुपयों का दहेज वे लेंगे।"

भूधर बाबू हँसते-हँसते लोट-पोट हो गए।

भूधर बाबू बोले, "तेरी यह सब बदमाशी की बुद्धि है। मैंने कभी यह बात नहीं सोची।"

"तो फिर कौन-सी बात सोच रहे थे तुम?"

भूधर बाबू बोले, "तेरी सब बातें गलत सलत हैं। मैं तो दूसरी बात सोच रहा था।"

"कौन-सी बात?"

"सोच रहा था सन्दीप के घर की अवस्था उस समय कितनी अच्छी थी और

अब क्या हो गया है! जानती है, उनके बैठकखाने का कमरा उन दिनों कितना सजा-धजा रहता था। कितने ही दिनों वहाँ बैठकर हमने बड़े-बूढ़ों के हुक्के में तम्बाकू पी है छिप-छिपकर। और अब उस कमरे में देखता हूँ झाड़ तक नहीं लगती। मनुष्य की अवस्था किस तरह बदल जाती है रातों-रात, यही सोच रहा था।"

आरती उठी। बोली, "फिर तुम तो वे सब बातें ही अब सोचो, मुझे नींद लग रही है, मैं सोना चाहती हूँ—"

"हाँ-हाँ, तू जा, मैं भी सोऊँगा।" यह कहकर वे अपने कमरे में सोने चले गए।

आरती भी अपने कमरे में सोने चली गयी।

आसपास ही दोनों के दो कमरे थे। ट्रेन में दो दिनों तक बैठकर आने का सारा धक्का दोनों पर बीता था। उसके बाद कलकत्ता में उतरते ही सीधे पहुँचे सन्दीप के घर। सन्दीप का चेहरा देखते ही भूधर बाबू अवाक् हो गए थे।

वह सुन्दर चेहरा आज ऐसा हो गया? कितना सुन्दर रूप था सन्दीप का। क्लास में सबकी नजर पड़ती सन्दीप पर। उसके बाद सन्दीप का एक दिन विवाह भी हुआ। वर देखने के लिए दौड़े सब। वर का चेहरा देखकर सब अवाक्। पुरुष-मनुष्य का ऐसा रूप भी होता है क्या!

उसके बाद सन्दीप के लड़का भी हुआ।

यह सुललित! छुटपन में सब सुललित को गोद में लेना चाहते। गोद में लेकर लाड़-प्यार करते, उसके गाल चूमते। मानो वह आलू से गढ़ी मूर्ति हो।

नौकरी से रिटायर करके भूधर बाबू मानो फिर अपने पुराने दिनों में लौट गए हैं। अब फिर उन्हें नये सिरे से इस शहर में ही रहना होगा। लेकिन जो कलकत्ता शहर वे छोड़कर चले गए थे, वह क्या वही शहर है। वे लोग ही जाने कहाँ चले गए? लोगों के साथ मिल-बैठकर कितना मजा किया है उन दिनों!

जब रिटायर होने की बात उठी तब लड़की से उन्होंने कहा था, "कलकत्ता जाकर तू रह सकेगी न?"

"कलकत्ते में? क्यों पिताजी?"

भूधर बाबू बोले थे, "तो क्या चिरकाल परदेस परदेस में ही रहते आएँगे? अपने देश में लौट जाने की इच्छा मनुष्य की नहीं होती?"

आरती ने कहा था, "हमारे यहाँ के कालेज की लड़कियाँ क्या कहती हैं जानते हो? कहती हैं कलकत्ता में लड़कियाँ केवल किसने कौन-सा गहना पहना है, कौन भात के साथ क्या-क्या खाता है ये ही बातें करती हैं। एक कोई अच्छी तरह रहने लगे तो शायद आत्मीय स्वजन को रात को नींद नहीं आती।"

"ऐसा है क्या? वे ये ही सब बातें करती हैं? आरती ने कहा था, "हाँ, वे लोग

कहती हैं कि मैं बंगालियों के समान नहीं हूँ।"

वे बोले थे, "यह हो सकता है। लेकिन पूरी जात ही खराब है, यह कभी नहीं हो सकता। खराब और अच्छे सब मनुष्यों में हैं। बंगाली खराब हैं, मद्रासी अच्छे हैं इस प्रकार का विचार अविचार है। मैं कितने ही अच्छे बंगालियों को पहचानता हूँ, वे लोग कितने अच्छे हैं तू नहीं जानती।"

"तुम अपने मित्र की बात कह रहे हो न?"

"हाँ री हाँ, सन्दीप की बात कह रहा हूँ; उसी ने तो मुझे लिखा है कलकत्ता जाने के लिए। मैंने सोचा था रिटायर होकर यहीं लखनऊ में रहूँगा, लेकिन सन्दीप बहुत जिद कर रहा है, यह देख न सन्दीप की चिट्ठी।"

इसलिए उसी समय उन्होंने सन्दीप से वादा किया था कि अगर सन्दीप एक अच्छे घर का इन्तजाम कर सके तो वे शेष जीवन में कलकत्ता जाकर अपने दोस्त के पास ही रहेंगे।

मिलिटरी की नौकरी। मिलिटरी की जरूरत के मुताबिक सारे जीवन कितनी ही जगहों में घूमे हैं। कितनी ही अजीब बुरी जगहों में। और कश्मीर के समान जगह में भी कुछ दिन बिताये हैं। यही रावलपिंडी, रायबरेली, हजारीबाग, पंजाब, राजस्थान, वगैरह में। कोई जगह छूटी नहीं। यहाँ तक कि सिंगापुर, बर्मा, मलाया के समान जगहों में भी नौकरी की खातिर जाना पड़ा है। लड़कियाँ कभी रही हैं स्कूल-कालेज के होस्टेल में और कभी अपने कैंट्नमेंट के क्वार्टर में।

दो लड़कियाँ। लड़कियों के लिए कभी सोचना नहीं पड़ा उन्हें। पत्नी जरूर थी नहीं, लेकिन उसके लिए ऐसी कोई दुश्चिन्ता नहीं थी उनके मन में। लड़कियाँ जानती थीं कि उनके पिता की जिस प्रकार की नौकरी है उससे सब समय वे लोग पिता के पास रहने का सुयोग नहीं पाएँगी। उन्होंने लड़कियों के आराम में कोई कमी खामी नहीं रक्खी। ट्यूटर रखकर पढ़ाने लिखाने की व्यवस्था जिस प्रकार की थी, उसी प्रकार गाना-बजाना सीखने की व्यवस्था भी कर दी थी। रानू की बात भी याद आ गयी उन्हें। रानू जिस प्रकार इमनकल्याण की ठुमरी गाती, उसी प्रकार उसने भजन गाना भी सीखा था। और आरती?

वे जब घर लौटते, आरती कहती, "तुम मेरी बनिस्बत दीदी को ज्यादा प्यार करते हो पिताजी, मैं समझ गयी हूँ।"

वे छोटी लड़की की बात सुनकर चमक उठते। कहते, "यह कैसी बात है री, किसने कहा मैं तेरी दीदी की बनिस्बत तुझे कम प्यार करता हूँ?"

आरती कहती, "तो फिर तुम खाली अकेले दीदी को ही क्यों चिट्ठी लिखते हो?"

आरती उन दिनों बहुत छोटी थी। बड़ी लड़की को चिट्ठी लिखना दोनों लड़कियों

को चिट्ठी लिखने के समान हो जाता है, यह उसे कौन समझायेगा। उस समय से रानू की चिट्ठी में छोटी लड़की के लिए भी वे अलग एक चिट्ठी लिखते।

उसके बाद जाने कितने दिन कट गए, नौकरी की म्याद भी धीरे-धीरे पूरी हो चली उनकी। उम्र बढ़ने के साथ-साथ लगता है मनुष्य का मन भी अतीत जीवन की ओर लौट जाना पसन्द करता है। इसीलिए वे एकान्त में रहने पर कलकत्ते की बात सोचते। वही सन्दीप के घर का अड्डा, वही श्यामवाजार, वही मेडिकल कालेज और बसन्त केबिन के सँकरे-अँधेरे कमरे में बैठकर टोस्ट के साथ चाय पीने की याद आती। वही पहले-पहल लुककर उनका सिगरेट के कश खींचना। सबकुछ मानो स्वप्न के समान उनकी आँखों के सामने नाच उठता।

सूबेदार हरवंशलाल पूछता, "मेजर साहब, आप रिटायर होकर कहाँ रहियेगा?"

मेजर भूधर गांगुली बोलते, "क्यों, कलकत्ता में।"

वे कहते, "कलकत्ता मेरा बर्थ प्लेस है, मेरा जन्मस्थान, आखिरी जिन्दगी सब जन्मभूमि में ही काटना चाहते हैं। और उसके अलावा मुझे अपनी लड़कियों का विवाह भी तो करना होगा। इस देश में अच्छे बंगाली वर कहाँ मिलेंगे?"

"यह तो ठीक है! जो कोई जहाँ कहीं भी नौकरी करे, लड़के-लड़कियों का विवाह करने के लिए तो जन्मभूमि में ही जाना होगा।"

लेकिन सो फिर नहीं हो सका। फिर हो नहीं सका वह।

क्यों हो नहीं सका, यह सोचने से दिल के टुकड़े-टुकड़े होने लगते हैं। ऐसा भी होगा क्या वे यह कल्पना भी कर सके थे? उस विपद् के दिनों उनकी छोटी लड़की अगर उनके नजदीक न होती तो क्या होता?

रास्ते से तमाम लोगों के चलने-फिरने की आवाज कानों में पड़ी। इतनी रात को कौन चल रहे हैं? कहाँ जा रहे हैं? मेजर गांगुली के मन को लगा मानो फिर कहीं लड़ाई शुरू हो रही है। सब चुपचाप किसी पर आक्रमण करने के षड्यन्त्र कर रहे हैं। अभी मानो सिर पर कुछ फाइटर प्लेन आकर हाजिर हो जाएँगे! लेकिन साइरन क्यों नहीं बज रहा है? ओरी रानू, रानू, कहाँ हो तुम लोग? तुम लोग कहाँ गयी। ओ री—

"ओ पिताजी, पिताजी पिता..."

हठात् नींद खुलते ही उन्होंने देखा आरती सामने खड़ी है। जाने कैसे अवाक् हो गए वे घर के चारों तरफ देखकर? यह कहाँ हैं वे? यह तो कलकत्ता है! अब तक वे सोच रहे थे कि वे अम्बाला के मिलिटरी हेडक्वार्टर में हैं। वे जो कल कलकत्ता में आ गए हैं, यह ख्याल नहीं था उन्हें।

आरती बोली, "तुम दीदी को क्यों बुला रहे थे?"

दोनों आँखें दोनों हाथों से पोंछकर वे बिछौने से उठ बैठे। बोले, "क्यों री, भोर हो गयी? मैं कुछ भी समझ नहीं पाया।"

आश्चर्य! बाहर निकलते ही उन्होंने देखा, सुललित खड़ा है। बोले, "अरे तुम? तुम इतने सवेरे आ गए हो? कितने बज गए?"

सुललित बोला, "पिताजी ने सवेरे ही मुझे जगा दिया। बोले, तुम अभी जाओ, नयी जगह है, क्या जरूरत-वरूरत है जाकर देख आओ।"

"तुम आ गए, यह तुमने अच्छा ही किया।" कहकर उन्होंने लड़की की तरफ देखा। बोले, "सुललित को चा-वा पीने को दे। सब तयार-वयार कर लिया है क्या आज?"

लड़की ने कहा, "मैं और क्या तैयार करूँगी, वे ही तो सब एकदम तैयार करके ले आए हैं।"

"यह क्या! सुललित तैयार कर लाया है? इसके माने?"

आरती बोली, "वह देखो न, उधर देखो—" कहकर टेबुल की तरफ उँगली बढ़ाकर दिखाया। उन्होंने देखा, टेबुल पर कतार की कतार खाने की प्लेटें हैं—तिस पर नमकीन नाश्ता, मिठाई, फल, और भी कितनी ही चीजें!

"यह सब क्यों ले आए सुललित? यह सब लाए क्यों?"

सुललित ने कहा, "पिताजी बोले, पहला दिन ठहरा, हो सकता है शायद कोई इन्तजाम ही न हुआ हो, तुम खाने-पीने की सब चीजें ले जाओ, नये घर में सब इन्तजाम करना सम्भव नहीं होगा। इसीलिए सवेरे ही चला आया।"

"लेकिन इतना कौन खाएगा? लोग तो हम सिर्फ दो ही हैं।"

सुललित ने इस बात का जवाब दिए बिना कहा, "बाजार से क्या लाना होगा बोलिए, तो फिर मैं इकट्ठे आपके बाजार का लेना-देना खत्म करके लौटूँ।"

भूधर बाबू बोले, "क्यों? तुम बाजार क्यों करोगे? बाजार मैं खुद ही कर ले सकूँगा। तुम्हें तकलीफ नहीं करनी होगी।"

सुललित बोला, "आप नये आदमी हैं, बाजार पहचानेंगे कैसे? शुरू-शुरू में हो न हो मैं ही रोज बाजार कर दूँगा।"

"ऐसा भी कभी होता है? असम्भव, असम्भव। तुम जानते हो मैं मिलिटरी का आदमी हूँ, मुझे सब काम अपने हाथों से करने का मुहावरा है। तुमने मुझे समझा क्या है? मैं बाजार कर नहीं सकूँगा?"

आरती बातों के बीच में बोल उठी, "पिताजी, आप अभी बातें मत कीजिए, पहले मुँह-हाथ धो आइए तो। खाने की चीजें ठंडी हुई जा रही हैं।"

पिता के जाते ही आरती ने सुललित से कहा, "क्यों, आप खड़े क्यों रह गए, बैठिए।"

सुललित ने कहा, "मैं अपने खाने के लिए तो यह लाया नहीं।"

आरती बोली, "तो आप क्या सोचते हैं हम लोग राक्षस हैं? हम दो जने इतना खा सकेंगे?"

सुललित बोला, "न हो कुछ रख दीजिए, बाद को जब भूख लगेगी तब खाइयेगा।"

आरती बोली, "लेकिन हम लोग खाएँगे और आप खड़े-खड़े देखियेगा, यह क्या हमको अच्छा लगेगा?"

सुललित बोला, "तो फिर एक काम क्यों न करूँ, मैं अभी बाहर चला जाऊँ, आप खा लें तब फिर लौट आऊँगा।"

आरती हँस उठी। बोली, "आप तो बड़े मजेदार आदमी हैं, देखती हूँ..."

सुललित बोला, "क्यों? यह क्यों कहती हैं?"

"नहीं, कहूँगी नहीं? खाने के समय घर में कोई आए तो कोई उसे भगा देता है?"

सुललित ने कहा, "नहीं-नहीं, मैंने इसलिए आपसे वह बात नहीं कही।"

"तो फिर क्यों वह बात आपने कही?"

इतने में भूधर बाबू आ हाजिर हुए। वे बोले, "यह क्या, आरती से तुम आप-जी लगाकर क्यों बात करते हो? तुमसे वह कितनी छोटी है, यह जानते हो?"

उसके बाद लड़की की तरफ देखकर बोले, "तेरा किस साल में जनम हुआ था री आरती? बता तो किस साल?"

आरती बोल उठी, "तुम ठहरो पिताजी, देखते हो वे कुछ खाना ही नहीं चाहते, मैं जोर करके उनसे खाने को कहती हूँ, और तुम अभी कौन बड़ा है कौन छोटा है यह बात लेकर सिर खपा रहे हो।"

"यह बात है क्या? सुललित खाना नहीं चाहता? तुम्हें गैस्टिक ट्रबल है क्या सुललित?"

बात सुनकर आरती जितना हँस उठी, सुललित भी उतना ही हँसने लगा।

भूधर बाबू बोले, "तुम हँसते हो सुललित? गैसट्राइटिस रोग हंसने की चीज है क्या? तुम कौन-सी दवा खाते हो? ऐं? मैं डाक्टर मनुष्य हूँ, मुझसे बताओ न। मुझसे कहने में तुम्हें शर्म क्या है? मैं एक डोज दवा देकर तुम्हें अभी अच्छा कर दूँगा।"

"पिताजी! तुम खाओ चलकर, अब बात मत करो, चलो—"

भूधर बाबू बोले, "तो सुललित नहीं खाएगा और मैं कैसे खाऊँ बोल तो! सुललित बोला, "मेरे लिए मत सोचिए, मैं घर जाकर खा लूँगा।"

भूधर बाबू बोले, "घर जाकर शायद बार्ली खाओगे?"

आरती उनकी बात पर कान न देकर सुललित के पास जा खड़ी हुई। वह बोली, "आइए, आइए, आप अगर नहीं खाइयेगा तो मैं भी नहीं खाऊँगी यह कहे दे रही हूँ।"

लेकिन सुललित के कुछ कहने के पहले ही भूधर बाबू लड़की की तरफ देखकर बोले, "क्यों उससे खाने को कहती है बेटी, गैस्टिक ट्रबल रहने पर उसका क्या यह सब खाना वाजिब है?"

"पिताजी, तुम अब कुछ मत बोलो।"

यह कहकर आरती तब भी सुललित के मुँह की तरफ ताकती रही। फिर बोली, "आप नहीं खाइयेगा तो सचमुच मैं नहीं खाऊँगी, यह बात कहे दे रही हूँ।"

सुललित बोला, "तो भी क्यों मुझसे खाने की जिद कर रही हैं?"

आरती बोली, "खाने से आपका क्या नुकसान होगा यही बताइए? यह तो आपका ही दिया हुआ नाश्ता है, हम लोग तो आपके ही मेहमान हैं। हम लोगों को खाने को देकर आप खड़े-खड़े देखें यह क्या अच्छा दिखता है, या हम लोग ही खा सकते हैं? और अगर नहीं ही खाइयेगा तो यह सब लाए क्यों? हम लोगों का अपमान करने के लिए?"

भूधर बाबू चकित हो गए। बोले, "यह क्या बोल रही है री तू? किससे क्या कह रही है? यह सब नाश्ता तो सन्दीप ने भेजा है। न खाने पर सन्दीप का ही तो अपमान करना होगा।"

उसके बाद सुललित की तरफ ताककर बोले, "और तुम भी कैसे लड़के हो सुललित? आरती इतना कह रही है और तुम उसकी मामूली बात नहीं रख पा रहे हो? क्या हुआ है तुम्हें बोलो तो भला? मुझसे ठीक-ठीक बताओ तो? मेरे बैग के भीतर दवा है, दूँ?"

सुललित बोला, "आप बार-बार जब कह रहे हैं तब बिना बताये मैं रह नहीं सकता। असल में पूजा किये बिना मैं कुछ खाता नहीं। यहाँ तक कि पानी भी नहीं पीता।"

"पूजा? तुम भी पूजा करते हो क्या?"

सुललित बोला, "हाँ काका बाबू, मैं सवेरे नींद से उठकर रोज पूजा करता हूँ।"

सुललित की बात के साथ-साथ ही सारा वातावरण जाने कैसा गम्भीर हो गया। आरती और भूधर बाबू दोनों के मुँह का भाव एक मुहूर्त में बदल गया।

भूधर बाबू बोले, "कौन-सी पूजा तुम करते हो?"

सुललित बोला, "जप करता हूँ, बचपन में मेरा जनेऊ हुआ था। उस समय मामूली तरह से उसी हालत में एक बरस पूजा करने का नियम है। लेकिन वह पूजा

मुझे बहुत अच्छी लगी थी इसीलिए वह अभ्यास मैंने फिर नहीं छोड़ा, अब तक चलाए जा रहा हूँ मैं उसे।"

"वेरि गुड, वेरि गुड सुललित। इस माडर्न जमाने में भी तुम हिन्दुओं का आचरण इस प्रकार पालन करते आ रहे हो यह सुनकर हमें खूब आशा होती है। मैं मिलिटरी में घुसने के बाद वह सब फिर मान नहीं सका। सब तरह का अखाद्य-कुखाद्य खाना पड़ा है, कितने अजात कुजातों के साथ मिलना पड़ा है इसका कुछ ठीक-ठिकाना नहीं है..."

उसके बाद आरती की तरफ निगाह डालकर बोले, "तू अब खाने के लिए जिद मत कर बेटी, जो जिस बात पर विश्वास करता है, उसे वह विश्वास करने देना वाजिब है।"

सुललित बात के बीच में बोल उठा, "तो फिर इस वक्त बाजार से क्या लाना होगा बोलिए, मैं बाजार का काम पूरा करके जाऊँ।"

भूधर बाबू बोले, "ना ना, उसके लिए तुम्हें हैरान नहीं होना होगा। तुम सन्दीप से जाकर मेरा नाम लेकर बोलो, हम लोगों को कोई असुविधा नहीं है। तुमने खाना बनाने के लिए जो आदमी दिया है वह भी अच्छा है, मैंने उसका चेहरा देखकर ही आरती से यह बात कही है।"

"ठीक है, तो फिर मैं अब चलूँ।" भूधर बाबू बोले, "हाँ जाओ।"

"तो अब फिर कब आऊँगा?"

"यही जब तुम्हारी खुशी हो। अपना काम-काज पूरा करके तुम्हारी जब खुशी हो आना। पहले तुम्हारे लिखने-पढ़ने का काम-काज, फिर हम लोगों का काम।"

सुललित चला जा रहा था। फिर बुलाया भूधर बाबू ने। बोले, "और एक बात, और एक बात बोल रक्खूँ।"

सुललित लौटकर खड़ा हुआ। भूधर बाबू बोले, "हाँ, तुम्हें पहले से ही बोल-कर रखना अच्छा है।"

सुललित बोला, "बोलिए न, मैं क्या कर सकता हूँ आप लोगों के लिए।"

"मुझे गाने-बजाने का बड़ा शौक है, तुमने शायद सुना है अपने पिता से।" सुललित बोला, "कहाँ, नहीं तो, मैंने तो कुछ सुना नहीं!"

भूधर बाबू बोले, "वह सब बहुत दिनों पहले का मामला है न, तुम्हारे पिता शायद अब भूल गए हैं। हमारी आरती जानती है। एक समय मैंने खुद बहुत गाया-बजाया है, लेकिन डाक्टरी पढ़ने की वजह से वह शौक बहुत दूर बढ़ा नहीं पाया। उसके बाद तो मिलिटरी में नौकरी करने जाकर वे सब बातें भूल ही गया एकदम। लेकिन गाना सुनने का नशा अब तक नहीं गया। लखनऊ में यही एक सुभीता था,

बीच-बीच में अच्छे उस्तादों के गाने सुनने को मिल जाते थे। लेकिन कलकत्ता में भी तो तुम लोगों की म्यूजिक कान्फरेन्स होती है, होती है न?"

सुललित बोला, "मैं ठीक बता नहीं सकूँगा, आप अगर बोलिए तो मैं पता लगा सकता हूँ।"

"हाँ, पता लगाना तो। कलकत्ता में आया हूँ तो गाना सुनने को नहीं मिलेगा यह तो हो नहीं सकता। तुम थोड़ा खबर लगाओ सुललित चला गया।

"अच्छा, मैं खबर पाते ही आपको बताऊँगा।" यह बोलकर सुललित चला

सुललित के जाते ही भूधर बाबू बोले, "क्यों री, सुललित को कैसा देखा?"

पिता की तरफ चाय का कप बढाकर चेयर पर बैठ गयी आरती।

भूधर बाबू बोले, "कैसे री, तू तो कोई बात ही नहीं बता रही?"

आरती बोली, "तुम्हारा दामाद-सेलेक्शन लेकिन अच्छा नहीं हुआ, यह मैं बोले दे रही हूँ।"

भूधर बाबू ने चाय की चुस्की लेने जाते हुए भी नहीं ली। बोले, "क्यों? सुललित खराब लड़का है? इतना बड़ा नामजादा वंश, इतना बड़ा घर, ऐसा चमत्कार चेहरा, मेरी पसन्द खराब हुई? तिस पर तू जो है वह भी वही है, दोनों ही बी. ए. पास।"

आरती बोली, "देखती हूँ तुमने हिसाब-किताब करके घटकाली की है।"

भूधर बाबू बोले, "घटकाली क्यों कहती है? तुझे अगर पसन्द न हो तो क्या तू समझती है जोर-जबर्दस्ती जिसके-तिसके साथ मैं तेरा विवाह कर दूँगा?"

आरती पिता की बात से हो-हो करके हँस पड़ी। बोली, "तुम, देखती हूँ पिताजी, सचमुच दिन-दिन बच्चे होते जा रहे हो। जिसका विवाह होना है उसे कोई हैरानी नहीं है, बिचवानी में तुम्हें नींद नहीं आती।"

भूधर बाबू बोले, "ना ना ना, मैं इस बार अब देरी नहीं करूँगा। पहले जो भूल की है वह कर ली, लेकिन इस बार मैं किसी की बात नहीं सुनूँगा, देख लेना।"

आरती बोली, "तुम तो मेरा विवाह किसी भी तरह करके छुट्टी पा जाओगे, अन्त में जितना झमेला है वह सब मेरे कन्धे पर ही तो पड़ेगा।"

"क्यों? क्यों? कैसा झमेला?"

आरती बोली, "झमेला नहीं है? तुमने तो देखा, तुम्हारा होनहार दामाद संन्यासी आदमी है, जप-तप पूजा किये बिना चाय तक नहीं छुएगा। उस संन्यासो के लिए बाघम्बर, कमंडल और जप-तप की चीजें जुटाने में ही मेरा प्राणान्त हो जाएगा! और मुझे जो तुमने इतनी गाने-बजाने की तालीम दिलवायी वह सब तो भस्म में घी डालने के समान हो गया। मुझे गाना सिखाने में तुम्हारा कितना रुपया खर्च हुआ है बताओ तो। मैं क्या तो फिर सारी जिन्दगी संन्यासी मनुष्य का ध्यान भंग करने के लिए गाना

गाती रहूँगी, यह कहना चाहते हो?"

भूधर बाबू मानो इतनी देर के बाद लड़की की बात सुनकर होश में आए। बोले, "ठीक ही तो है! तू तो ठीक ही कहती है बेटी! वह संन्यासी आदमी ही तो ठहरा। और उसके साथ अगर तेरा विवाह ही कर दूँ तो उस्ताद रखकर तुझे मैंने ठुमरी क्यों सिखायी? ठीक है-मुझे इस बात का बिल्कुल ख्याल नहीं था, भाग्य से तूने याद दिला दिया..."

कहकर वे मानो अपने मन से ही खाते-खाते सोचने लगे।

उसके बाद बोले, "तो फिर मैं आज सुललित से साफ-साफ ही कह दूँगा'

"क्या कह देंगे?"

भूधर बाबू बोले, "कह दूँगा कि उसे अब म्यूजिक कान्फरेन्स की खोज-खबर नहीं लेनी होगी।"

आरती बोली, "यह कैसी बात है, तुमने जो कहा था कि कलकत्ता आकर तुम खूब गाना सुनोगे, कलकत्ते में खूब म्यूजिक कान्फरेन्स होती है!"

भूधर बाबू बोले, "अगर गाना सुनना होगा तो मैं खुद जाकर टिकिट कटवा लूँगा। मैं इसी कलकत्ता में पैदा हुआ हूँ और मैं कलकत्ता को पहचान नहीं पाऊँगा? मैं कलकत्ता के सब रास्ते पहचानता हूँ, यह जानती है? इस घर से लेकर टालीगंज तक की सब जगह, मेरे लिए कोई जगह पहचानने को बाकी नहीं है, यह मेरा जन्मस्थान है।"

यह कहकर वे उठे। तब तक वे नाश्ता कर चुके थे। कमरे में जाने के समय बोले, "चलूँ, बाजार से क्या-क्या लाना होगा बता तो और उसे बुला दे—"

"किसे?"

"वही जो, जाने क्या उसका नाम है, नाम भूला जा रहा हूँ—"

आरती बोली, "वैद्यनाथ..."

"वैद्यनाथ? सन्दीप के घर के आदमी का नाम भगीरथ है, और इसका नाम वैद्यनाथ। यह भगीरथ का कोई भाई-वाई लगता है क्या?"

आरती के कुछ बोलने के पहले ही भूधर बाबू अपने कमरे में घुस गए।

एक तो नयी जगह तिस पर पहला दिन। आरती पहले कभी कलकत्ता नहीं आयी। पूरे दो दिन ट्रेन में काटकर एक दिन पहले कलकत्ता आयी थी। सुललित के घर में खाने-पीने से निबटकर शाम को अपने पिता के साथ इस घर में पहुँची थी। आसपास की खिड़कियों-दरवाजों के सामने खड़ी होकर बाहर की तरफ उसने ताककर देखा।

दूर किसी के मकान में एक बहू छत पर भीगे कपड़े सुखा रही थी। उसके पीछे एक बिना पत्तों का नारियल का पेड़ है। हाँ, नारियल का पेड़ तो देखने में ऐसा ही होता है। लखनऊ में नारियल का पेड़ नहीं था। नारियल के पेड़ उसने देखे हैं त्रिवेन्द्रम में। पिता के साथ कितनी ही जगहों में घूमी है वह। कितनी ही तरह के लोगों के साथ उसे मिलना-जुलना पड़ा है। कितने तरह के समाज से। कितने विचित्र स्वभाव के मनुष्य हैं सब।

बगल के मकान की खिड़की से एक मुँह दिखायी पड़ा। आरती ने देखा, एक बहू उसकी ही तरफ एक दृष्टि से ताक रही हैं। आरती की आँखों की दृष्टि उधर पड़ते ही बहू ने हँसकर पूछा, "आप लोग नयी आयी लगता है भाई?"

आरती ने कहा, "हाँ"

"कब आयो?"

"कल।"

बहू ने फिर पूछा, "सवेरे घर में जिन्हें देखा वे शायद आपके पिता हैं?"

आरती बोली, "हाँ।"

"आपकी माँ?"

आरती बोली, "मेरी माँ नहीं हैं, माँ मर गयी हैं।"

"ओ—" कहकर बहू कुछ हँसी। उसके बाद उसने फिर पूछा, "पिता को छोड़कर और कोई नहीं है आपके?"

आरती ने कहा, "नहीं।"

"भाई?"

आरती बोली, "नहीं, भाई भी नहीं है।"

बहू बोली, "मेरे भी भाई नहीं है, भाई। भइयादूज किसे कहते हैं, मैं इस जनम में जान नहीं सकी।"

"आपके माँ नहीं है?" आरती ने पूछा।

बहू का मुँह जाने कैसा करुण हो गया। "मेरी भी अपनी माँ आपके समान मर गयी हैं। मेरे पिता ने दूसरा विवाह किया है।"

आरती बोली, "तो पिता के घर जाती नहीं आप?"

बहू बोली, "अब पिता के घर! सौतेली माँ तो ठहरीं, किसके लिए अब वहाँ जाऊँगी! एक बार गयी थी, लेकिन दो दिन ठहरकर ही भाग आयी, ज्यादा ठहरने में अच्छा नहीं लगा।"

उसके बाद थोड़ा ठहरकर बहू ने फिर पूछा, "कल और एक आदमी को देखा था, वह कौन है?"

आरती ने कहा, "वह हमारा नया नौकर है।"

बहू ने कहा, "ना, उसकी बात नहीं कह रही, उसे तो चेहरा देखते ही समझ गयी। लेकिन और एक आदमी को जो देखा, लड़कौंधी उमर है, खूब गोरा, देखने में बड़ा खूबसूरत—"

आरती बोली, "ओ, आप सुललित दादा की बात कह रही हैं?"

सुललित दादा! नाम सुनते ही बहूरानी के कौतूहल की मानो सीमा नहीं रही।

"क्या नाम बोलों?"

आरती बोली, "सुललित दादा, सुललित चट्टोपाध्याय।"

बहू ने कहा, "और आप लोग? आप लोग भी ब्राह्मण हैं शायद?"

"हाँ, हम लोग गांगुली हैं, मेरे पिता का नाम है मेजर डाक्टर भूधरचन्द्र गांगुली, मिलिटरी के डाक्टर। पिताजी के और छह महीने बाकी हैं रिटायर होने में, अभी छुट्टी में हैं।"

"तब तो फिर ब्राह्मण हैं आप लोग..."

हठात् बातचीत के बीच में ही बाधा पड़ी। सदर दरवाजे के कड़े बजने की आवाज कान में पड़ी।

आरती बोली, "वे पिताजी आ गए, जाऊँ, दरवाजा खोल आऊँ।"

बहू बोली, "फिर आपको बुलाऊँगी।"

आरती ने जल्दी-जल्दी सदर दरवाजा खोलते ही देखा, सुललित खड़ा है। एक पल के लिए आरती के मानो बोल बन्द हो गए। सुललित स्नान करके पहनने के कपड़े बदलकर आया है। उसके बाद अपने को सँभालकर बोली, "आप? मैंने समझा था शायद पिताजी..."

सुललित बोला, "काका बाबू घर में नहीं हैं? कहाँ गए हैं?"

"पिताजी वैद्यनाथ को लेकर बाजार गए हैं।"

सुललित बोला, "क्यों? मैं जो कह गया था कि मैं खुद आकर बाजार से चीज-वस्तु ला दूँगा, तो फिर काका बाबू व्यर्थ बाजार क्यों गए?"

आरती ने उस बात का जवाब दिए बिना कहा, "वहाँ क्यों खड़े रह गए, भीतर आइये!"

सुललित बोला, "भीतर आकर अब क्या होगा, उसके बदले में बाजार की तरफ ही जाऊँ। वे कितनी देर पहले बाजार गए हैं?

"यही करीब एक घंटा हुआ।"

"बाजार करने में इतना समय लगता है? तो क्या रास्ता भूल गए शायद? जाऊँ, मैं खुद ही एक बार बाजार की तरफ जाऊँ..."

आरती सुललित की बात सुनकर हँसने लगी। बोली, "देखती हूँ आप ठीक मेरे पिताजी के समान हैं। सब कामों में हड़बड़ी। सिर्फ क्या बाजार ही करेंगे, इतने दिन के बाद अपने देश में आए हैं, कुछ घूम-घामकर देखने का मन नहीं होगा? शायद घूम-घामकर देख रहे हैं सब।"

सुललित बोला, "तो इतनी देर तक? अब तक भी चीज वस्तुएँ नहीं खरीदीं तो खाने को कब बनायेगा वैद्यनाथ और कब जाने आप लोग खाइयेगा?"

आरती बोली, "आज हम लोगों के न खाने से भी काम चल जाएगा।"

"क्यों? बिना खाए चल जाएगा माने?"

"सवेरे आप जो ढेर सारा नाश्ता दे गए हैं वही तो सब खा-पीकर खत्म नहीं कर सकी। इस पहर बल्कि खाना न बनाने पर ही अच्छा हो।"

सुललित बोला, "ना ना, यह आप लोगों का लखनऊ नहीं है, यह कलकत्ता है, यहाँ की आबहवा बहुत खराब है। यहाँ अनियम करने से ही तबीयत बिगड़ जाएगी।"

आरती उस बात का जवाब दिए बिना ही हठात् बोली, "आपका जप-तप हो गया है न?"

हठात् जप-तप की बात कहते ही सुललित जैसे चौंक उठा। बोला, "क्यों? यह बात क्यों पूछ रही हैं?"

"ना, आप जप-तप किये बिना तो पानी तक नहीं पीते, इसीलिए पूछा सुललित बोला, "मैं नाश्ता कर चुका हूँ। मैं बाजार जाऊँगा सोचकर सब पूरा कर आया हूँ।"

आरती बोली, "तो फिर आइये।"

कहकर उसने घर के भीतर की तरफ दिखाया।

सुललित बोला, "घर के भीतर अभी क्या करने जाऊँगा?"

"पहले आइये न, उसके बाद बताती हूँ..."

सुललित भीतर जाना नहीं चाहता था। आरती ने हठात् उसका एक हाथ धप से पकड़कर खींचा।

सुललित बोला, "आता हूँ, आता हूँ, छोड़िए छोड़िए।"

हठात् सामने के घर पर नजर पड़ते ही दोनों ने देखा, खिड़की के उस पार से एक बहू उनकी तरफ एक दृष्टि से ताक रही है।

आरती बोली, "देखते हैं, आप ऐसा कांड करते हैं कि सब अवाक् होकर ताककर देख रहे हैं।"

सुललित घर के भीतर जाते-जाते बोला, "वे कौन हैं?"

आरती बोली, "वे हमारे बगल के घर में ही रहती हैं।"

सुललित बोल उठा, "छि:, उन्होंने क्या सोचा बोलिए तो! आपने ऐसा कांड किया।"

आरती बोली, "और क्या सोचा उन्होंने, यह खींचतान देखकर लोग जो सोचते हैं उन्होंने भी वही सोचा।"

सुललित बोला, "आपके कारण ही तो..."

घर के भीतर घुसकर टेबुल पर सजी खाने की चीजें देखकर सुललित अवाक्। आरती बोली, "बैठिये, यह खा लीजिये। बैठिये, चेयर पर बैठिये।"

सुललित बोला, "मैं तो अभी खाकर आ रहा हूँ।"

आरती ने सुललित की वे ही बातें दुहरा दीं। बोली, "यह लखनऊ नहीं है, यह कलकत्ता शहर है, यहाँ अनियम करने से तबीयत बिगड़ जाएगी।"

सुललित हँस रहा था। बोला, "अनियम मैंने कब किया? मैं तो नियम से खाकर ही आया हूँ।"

आरती बोली, "वाह, हम लोगों के लिए खाने को लाकर खुद खड़े-खड़े देखना ही शायद नियम है? हम लोग लखनऊ के रहनेवाले हैं। लखनऊ का नियम है घर में अतिथि आने पर उसके साथ बैठकर खाना होता है। कौर मुँह में लीजिये।"

सुललित बोला, "उस समय मेरी पूजा सन्ध्या-वन्दना कुछ भी जो नहीं हुई थी।"

आरती बोली, "लेकिन अब तो पूजा सन्ध्या-वन्दना-जप-तप सब हो चुका है, अब खाने में एतराज क्यों?"

सुललित बोला, "देखता हूँ यहाँ न आने से ही अच्छा होता..."

आरती उस समय दृढ़प्रतिज्ञ थी। बोली, "आपको बिना खिलाए छोड़ेंगी नहीं आज, यह आपको खाना ही होगा।"

सुललित मुँह उठाकर हँसा। बोला, "अगर न खाऊँ?"

आरती बोली, "न खाने पर आपको सजा दूँगी।"

"सजा? कौन-सी सजा देंगी?"

आरती बोली, "कौन-सी सजा दूँगी? यही सजा दूँगी कि कल से इस घर में घुसने ही नहीं दूँगी। तब आपको मजे का पता चलेगा।"

तकलीफ सुललित ने कहा, "आपने शायद समझा है यहाँ न आने पर मुझे खूब होगी? पिताजी ने आप लोगों को देखने-सुनने को कहा है, इसीलिए तो मैं आता। ऐसा न होता तो आपने क्या सोचा है मैं आता?"

आरती बोली, "यह और कहना नहीं होगा। आपके पिताजी ने हम लोगों की देखभाल करने को कहा है, इसीलिए कल से आप गोंद की तरह चिपके हैं।"

आरती का दुस्साहस देखकर सुललित कुछ क्षणों के लिए अचम्भे में पड़ गया। उसके बाद चेयर से उठ खड़ा हुआ।

उठकर खड़े होकर कहा, "आपने अगर यही मन में समझा हो तो मैं कहूँगा

कि आपने मनुष्य पहचानने में मूल की है। मैं चलूँ..."

आरती बोली, "आप थोड़ी-सी रसिकता भी नहीं समझते? आइये, भीतर आइये, आइये।"

यह कहकर वह सुललित का हाथ पकड़कर उसे भीतर खींच ले आयी। बोली, "हम लोग लखनऊ के मनुष्य हैं, कलकत्ता के लोगों से किस तरह बात करने से वे खुश होंगे नहीं जानते। वहाँ किसी लड़के से यह कहने पर वह कृतार्थ हो जाता। लेकिन यह बात जाने दीजिए, आप अब खा लीजिये। न खाइये तो कुछ अन्ततः मुँह में रख लीजिये, मेरी बात रखिये।"

सुललित बोला, "इसके बाद भी खा सकता है मनुष्य?"

"खाते न बनने पर भी मेरा मन रखने के लिए ही थोड़ा कुछ मुँह में रखिये। उससे मैं समझूँगी कि आप मुझसे नाराज नहीं हुए।"

सुललित कौर मुँह में डालने जा रहा था, लेकिन उसके पहले ही काका बाबू की आवाज सुनायी पड़ी, "आरती, ओ री आरती, दरवाजा खोल।"

आरती बोली, "ये पिताजी बाजार से आए हैं। आप बैठिये, मैं आती हूँ।"

यह कहकर वह कमरे से बाहर चली गयी। दरवाजा खोलते ही भूधर बाबू बोले, "यह देख, ये सब चीजें देख, वैद्यनाथ ने जो-जो कहा मैं सब लाया हूँ।"

आरती बोली, "लेकिन तुम्हें इतनी देर क्यों हो गयी? बाजार पहचान नहीं सके शायद?"

भूधर बावू बोले, "पहचान नहीं सका माने? सुललित ने क्या समझा है मैं कलकत्ता नहीं पहचानूँगा? जानती है, दीवाल-दीवाल में पोस्टर चिपके देखे—"

"काहे के पोस्टर?"

"म्यूजिक कान्फरेन्स के। अब्दुल करीम खाँ साहब आ रहे हैं, उस्ताद फैयाज खाँ साहब आ रहे हैं। पन्द्रह रुपये, दस रुपये, पाँच रुपये सब दरों के टिकिट हैं। यूनिवर्सिटी इंस्टिट्यूट में कान्फरेन्स होगी। उस सुललित टुललित किसी की अब खुशामद करनी नहीं होगी, आज मैं खुद ही जाकर टिकिट कटा लाऊँगा।"

आरती पिता को रोकने लगी। बोली, "पिताजी..."

लेकिन भूधर बाबू रुके नहीं। कहने लगे, "न री, तूने ठीक कहा था। और मैंने भी सोचकर देखा, समझी, इस उमर में ही जो लोग पूजा-सन्ध्या-वन्दना करते हैं..."

आरती फिर रोकने लगी। कहने लगी, "पिताजी..."

भूधर बाबू बोलते ही गए, "समझा, समझा, तू क्या बोलेगी सो मैं समझ गया हूँ, तेरे मन के खिलाफ क्या कभी सुललित से तेरा विवाह करूंगा? मुझे क्या तूने पागल समझा है?"

अब तक भीतर के कमरे में बैठा सुललित सबकुछ सुन रहा था। इस बार अब वह बैठा नहीं रह सका। वह बाहर चला आया।

सुललित को देखते ही भूधर बाबू चौंक उठे। बोले, "अरे तुम? तुम कब आए? तूने तो मुझसे बताया नहीं आरती कि सुललित आया है..."

सुललित का मुँह पहले से ही गम्भीर हो गया था। ऐसी परिस्थिति में उसका मानो एक क्षण भी वहाँ ठहरने का मन नहीं कर रहा था उस समय। वह बोला, "मैं आप लोगों का बाजार कर देने के लिए आया था काका बाबू, लेकिन बाजार जब हो ही चुका है तब अब मेरी जरूरत नहीं है, मैं चलूँ..."

"यह क्या बेटा, तुम जाओगे? ऐसे ही चले जाओगे?"

आरती बोल उठी, "सो तो जाएँगे ही, तुमने जिस तरह की सब बातें कहनी शुरू कीं उसके बाद अपने कानों से सबकुछ सुनकर फिर किस तरह वे यहीं ठहरें, बोलो। तुम्हारा ही तो दोष है।"

"मेरा दोष?"

भूधर बाबू लड़की की बात से नाराज हो गए। बोले, "मेरा क्या दोष "तो तुम्हारा दोष नहीं तो क्या मेरा दोष है? तुम खुद ही तो जो बात नहीं है हुआ?"

वह सब अपने मुँह से बोले।"

भूधर बाबू बोले, "यह देखो सुललित, आरती क्या कह रही है देखो। उसने खुद ही तो मुझसे कहा है कि साधु-संन्यासी मनुष्यों को वह देख नहीं सकती, और अब वही मेरे कन्धों पर दोष मढ़ रही है। अब वह उल्टी बात कह रही है।"

सुललित ने देखा, आरती लज्जा के मारे आधी लाल हो उठी है। आरती की लज्जा बचाने के लिए ही सुललित ने कहा, "मैंने समझा था काका बाबू, आप बाजार पहचान नहीं पाएँगे।"

"क्यों? बाजार क्यों नहीं पहचानूँगा? क्या तुम सोच रहे हो मैं कलकत्ता में नया आया हूँ?"

सुललित ने कहा, "नहीं, मैंने यह नहीं कहा। मेरे कहने का मतलब था कि आप खुद क्यों बाजार करने की तकलीफ उठाएँगे, मेरे पास तो बहुत वक्त है, मैं हो न हो रोज आकर आपका बाजार कर देता।"

भूधर बाबू ने लड़की की तरफ ताका। पूछा उन्होंने, "क्यों री, ऐसा ही करेगा सुललित? तू क्या कहती है?"

आरती नाराज हो उठी। बोली, "वाह रे, कौन बाजार करेगा यह तुम मुझसे पूछते क्यों हो? मैं कौन हूँ? तुम लोगों में कौन बाजार करेगा कौन नहीं करेगा यह तुम लोग ही जानो, मैं खुद तो बाजार जाऊँगी नहीं..."

कहकर वहाँ वह खड़ी नहीं हुई। सीधे रसोईघर की तरफ चली गयी। उधर देखकर भूधर बाबू ने सुललित की तरफ देखा। सुललित से क्या कहें, उस समय वे यह बात समझ नहीं सके।

सुललित बड़ी देर से परेशानी भोग रहा था। इस बार बोला, "तो फिर मैं चलूँ काका बाबू।"

कहकर वह फिर खड़ा नहीं हुआ। सीधे सदर दरवाजे से रास्ते में जा पहुँचा। पीछे-पीछे भूधर बाबू भी उसके साथ बाहर निकले। बोले, "सुललित, बेटा, एक बात मैं तुमको चुपचाप बताऊँ, सुनो—"

सुललित बोला, "कहिए।"

भूधर बाबू गला नीचा करके बोले, "तुम मेरी लड़की की बात से नाराज हो गए क्या?"

सुललित बोला, "क्यों, नाराज क्यों होऊँगा?"

"नहीं, नाराज मत होओ। छोटी लड़की है न! किससे क्या बात करनी चाहिए यह अभी तक सीखा नहीं, जानते हो। उसकी माँ नहीं है न। इसीलिए कुछ अभिमानी तरह की है। उसे लेकर मैं इसीलिए तो बड़ी मुश्किल में पड़ जाता हूँ बीच-बीच में। उस पर तुमने कुछ बुरा माना तो मैं बहुत कष्ट पाऊँगा बेटा!"

सुललित बोला, "ना ना, आप सोचिये मत, मैंने कुछ बुरा नहीं माना।"

"ना, बुरा मत मानो और एक बात है, तुम फिर आओगे न? नाराज होकर तुम फिर आना बन्द तो नहीं कर दोगे?"

सुललित बोला, "नहीं काका बाबू, आप लोगों का तो सब इन्तजाम कर ही दिया है। रहने का घर मिल गया है, काम करने के लिए आदमी का भी इन्तजाम कर दिया है, और आप भी जब कलकत्ता शहर में नये नहीं हैं तब मेरे आने की जरूरत ही क्या है बताइये? जरूरत तो कुछ नहीं है।"

भूधर बाबू बोले, "यह देखो, यह तुम्हारी नाराजगी की बात हुई सुललित, तुमने जरूर बुरा माना है। तुमने शायद अन्त में उस जरा-सी लड़की की बात का बुरा मान लिया।"

सुललित बोला, "नहीं, नहीं, मैं आरती की बात से नाराज नहीं हुआ।"

यह कहकर वह फिर वहाँ खड़ा नहीं हुआ। हनहनाता हुआ सीधे रास्ते से लोगों की भीड़ में अदृश्य हो गया।

भूधर बाबू उस समय भी वहीं खड़े रहे।

घर के भीतर से हठात् आरती के गले की आवाज सुनायी पड़ी, "पिताजी!" लड़की के गले की आवाज से मानो होश आया भूधर बाबू को, मानो फिर वे कल्पना

का महल छोड़कर असली संसार में लौट आए। पीछे फिरकर देखा उन्होंने, यह उनका मिलिटरी हेडक्वार्टर नहीं है, यह कलकत्ता है।

वे फिर घर के भीतर घुसे। देखा, उनकी लड़की उनकी तरफ दृष्टि लगाए है। पूछा उन्होंने, "हाँ री, मुझे बुला रही थी तू?"

आरती बोली, "कहाँ, मैंने तुम्हें कब बुलाया। मैं तो वैद्यनाथ को काम समझाये दे रही हूँ, वह नया आदमी है। तुमने गलत सुना है..."

भूधर बाबू को तो भी विश्वास नहीं हुआ। तब क्या सचमुच गलत सुना उन्होंने। लेकिन उन्होंने साफ-साफ सुना है, आरती ने उन्हें बुलाया। बोले, "ऐसा ही होगा, तो मैंने शायद फिर गलत ही सुना है री।"

आरती बोली, "हाँ पिताजी, तुम आजकल बड़े अन्यमनस्क हुए जा रहे हो। जिस-तिसके सामने तुम जो जी में आया बोल पड़ते हो।"

भूधर बाबू बोले, "सुललित की बात कह रही है न? हाँ, तेरे ऊपर सचमुच सुललित खूब नाराज हो गया है री।"

"मेरे ऊपर? क्यों? मेरे ऊपर क्यों नाराज हुए हैं?"

भूधर बाबू बोले, "तो तेरे ऊपर नाराज नहीं होगा तो क्या मेरे ऊपर नाराज होगा? तू ही तो बोली कि वह साधु-संन्यासी भनुष्य है, उससे तू विवाह नहीं करेगी।"

आरती बोली, "यह बात मैंने कही है, या तुमने कही है। तुम्हीं तो बाजार से आकर जो सो सब कहना शुरू कर बैठे, और उन्होंने कमरे के भीतर बैठे-बैठे सब सुन लिया।"

भूधर बाबू बोले, "तो मैं क्या खाक जानूँगा कि सुललित उस समय कमरे में बैठा था! ऐसा होता तो क्या मैं वे सब बातें कहता? लेकिन तू मुझे थोड़ा सावधान नहीं कर दे सकती थी?"

कि आरती बोली, "मैंने तुमको कितना सावधान किया, कितना आँखों का इशारा किया, तुम सुनो तब तो!"

भूधर बाबू बोले, "तब तो बड़ा अन्याय हो गया री, अब क्या करूँ बता तो?"

आरती बोली, "और क्या करेंगे! जो होना था सो तो हो ही गया, अब नहा-धो लो।"

भूधर बाबू बोले, "लेकिन वह जो मैंने कहा गाने के जलसे का पोस्टर देखा, उसका टिकिट कौन कटवा देगा बोल तो? उस्ताद अब्दुल करीम खाँ साहब की ठुमरी सुनने का बड़ा लोभ हो रहा था।"

आरती हँस पड़ी। बोली, "तुम उन लोगों के घर जाओ, जाकर फिर उसकी खुशामद करके उसे लिवा लाओ।"

भूधर बाबू बोले, "इससे तू नाराज तो नहीं होगी...?"

आरती बोली, "वाह रे, अपने दोस्त के लड़के को तुम घर में लिवा लाओगे इससे मैं क्यों नाराज होने जाऊँगी?"

भूधर बाबू ने अब रण भंग किया। वे बोले, "अच्छा-अच्छा, ठीक है, मैं अब और कुछ नहीं बोलूँगा। असल में मैंने तेरी बात सोचकर ही इतनी बातें कहीं, और जितना दोष है, सब मेरा ही हो गया! इस बार से मैं तुझसे वादा करता हूँ तुम लोगों की किसी बात में मैं कोई बात नहीं बोलूँगा, लो अभी से मैं चुप हो गया।"

मेजर बी.सी. गांगुली का नाम सुनकर पहले सुललित के मन में आया था कि वे शायद खूब गम्भीर प्रकृति के मनुष्य हैं। तिस पर फिर मिलिटरी के डाक्टर।

पिता कहते, "मिलिटरी की नौकरी न करने पर भूधर डाक्टर के हिसाब से और भी बड़ा हो सकता था, जानते हो! नाम भी और ज्यादा कमा सकता था।"

लेकिन उन दिनों चाहे डाक्टर हो चाहे इंजीनियर, नौकरी पाना बड़ा मुश्किल था। वे सब दिनकाल अलहदा हैं। सन्दीप बाबू के दोस्त लोग बी.ए., एम.ए. पास करके सिर्फ चैटर्जी के मकान में आकर बैठे-बैठे तास पीटते। लेकिन उसके बाद जब लड़ाई छिड़ी तब फिर सबकी हुडहुड़ाकर नौकरी हो गयी। भूधर का भाग्य अच्छा था कि वह उसके कुछ दिन पहले ही मिलिटरी की नौकरी पाकर धन्य हो गया।

और उसके बाद से ही मानो सब उलट-पलट हो गया चारों तरफ। जो लोग ऊपर माथा उठाये थे वे नीचे उतर आए, और उनमें से तमाम जो नीचे थे वे उठ गए ऊपर। पड़ोस में चैजियों का घर ही उस समय धन-मान-गौरव में एकदम सबके माथे पर विराज करता। लेकिन लड़ाई के बीच में दिखायी पड़ा, आसपास के तमाम लोगों ने दुमंजिले तीनमंजिले पक्के मकान बना लिए हैं। किसी ने लोहे का रोजगार करके रुपया जमाया है, या कोई मिलिटरी की कॉन्ट्रैक्टरी करके फूल-फल गया है। जो मनुष्य एक दिन चैटर्जी परिवार के मालिकों को देख पाने पर माथा झुकाकर जमीन पर सिर टेककर प्रणाम करते, वे ही उन दिनों नयी मोटरगाड़ी में चढ़कर मुँह के सामने धूल उड़ाते चले जाते।

देखते-देखते मानो कलकत्ता के साथ-साथ पुरखों के समय से स्वनामधन्य जियों का मकान भी खसना शुरू हो गया। किसी दिन या तो किसी शामिल-शरीक की नौकरानी के गन्दगी फेंकने का मामला लेकर अथवा अन्नपूर्णा-पूजा में निमन्त्रित-अनिमन्त्रितों के खिलाने-पिलाने को लेकर। इसी प्रकार एक न एक मामूली झगड़ा-झंझट से शुरू करके चैर्जियों के घर के अन्दरमहल में गम्भीर गंडगोल पैदा हो गया

और घर के मालिकों के मन में धीरे-धीरे शामिल परिवार के सम्बन्ध में विरक्ति पैदा हो गयी। भीतर-भीतर सबके खिलाफ सबका मन विषाक्त हो उठा।

हम लोग जो बाहर मिलते-जुलते हैं, वे उस समय भी चैटर्जी निवास के बैठक-खाने में जाकर बैठते। लेकिन इससे ज्यादा और कुछ नहीं। उसी सीमा तक हम लोगों की दौड़ थी।

एक दिन हमेशा की तरह हम दो मित्र बाहर के बैठकखाने में बैठे थे। हम लोग सुललित का रास्ता देख रहे थे। भगीरथ ने हम लोगों से कहा, छोटे दादा बाबू घर में नहीं हैं। तो भी बैठे हैं कि अगर सुललित घर आ जाए तो हम लोगों से भेंट हो जाएगी।

हठात् हमने देखा, एक टैक्सी आकर मकान के सामने खड़ी हुई। गाड़ी से एक बूढ़े भले आदमी उतरे। खूब लम्बा-चौड़ा चेहरा। और उनके साथ ही एक महिला वह भले आदमी की लड़की के समान लगी।

भले आदमी सीधे एकदम हम लोगों के कमरे में घुस पड़े। बोले, "सुललित? सुललित है यहाँ?"

हम लोगों के कुछ कहने के पहले ही लड़की बोल उठी, "तुम इन लोगों से क्यों पूछते हो पिताजी, चलो, घर के भीतर चलो—"

जैसे हम लोगों की परवा ही न हो, इस प्रकार ही लड़की अपने पिता को लेकर अन्दर महल में घुसी। दरवाजे से घर के भीतर घुसते ही पुकारने लगी, "भगीरथ—भगीरथ—"

वे लोग कौन हैं यह हम लोग पहचान नहीं सके। लेकिन उन लोगों का हाव-भाव, चाल-चलन देखकर लगा कि वे लोग सुललित के परिवार से बहुत घनिष्ठ रूप से परिचित कोई हैं।

भीतर से भगीरथ का गला सुनायी पड़ा, "आइये काका बाबू—आइये—दादा बाबू घर में नहीं हैं, बाबू ऊपर हैं, बाबू की तबीयत अच्छी नहीं है—"

भले आदमी भगीरथ की बात सुनकर बोले, "सुललित घर में नहीं है? सुललित को खोजने ही तो हम लोग आए हैं, यही जो उस दिन वह हम लोगों को नये घर में पहुँचा आया, उसके बाद से तो उससे भेंट ही नहीं है। सोचा, बीमार-वीमार तो नहीं हो गया, इसीलिए देखने आए—"

हम लोग फिर वहाँ नहीं बैठे। क्योंकि बैठने से भी सुललित से बात करने का कोई मौका नहीं मिलेगा। वह उस समय उन लोगों के साथ ही मगन हो जाएगा। भगीरथ उसी समय भूधर बाबू को सीधे सन्दीप बाबू के पास ले गया।

भूधर बाबू बोले, "कैसे हो भाई?"

सुललित के पिता उस समय भी बिछौने पर बैठे थे। अबेर हो जाने पर भी

उनका बिछौने से उठने का मन नहीं कर रहा था। मित्र को देखकर बिछौने पर कुछ उचककर बैठे। बोले, "आओ, अब तक आए क्यों नहीं? इतने दिन के बाद देश में आए, कैसा लग रहा है?"

उसके बाद लड़की की तरफ देखकर बोले, "कैसा लगता है बेटी तुम्हें कलकत्ता?"

लड़की की तरफ से भूधर बाबू ने जवाब दिया, "कलकत्ता उसने अभी देखा ही कब है जो बोलेगी। वह जो ट्रेन से आकर उस घर में घुसी है, फिर वह निकली नहीं। मैं फिर भी बाहर निकलता हूँ, बाजार जाता हूँ, और उसके बाद खाना पकने पर खाता हूँ।"

सन्दीप बाबू बोले, "क्यों, और कहीं क्यों नहीं जाते? छोटी लड़की को सारे दिन घर में बैठे रहने से अच्छा कैसे लगेगा? कलकत्ते में कितनी ही चीजें देखने लायक हैं—सुललित को बोलने से ही हो जाता, वह उसे घुमा घुमाकर दिखा सकता! सुललित तो रोज ही जाता है तुम्हारे घर, वह वहाँ जाकर क्या करता है?"

"सुललित? सुललित तो अभी हमारे घर गया नहीं!"

"गया नहीं?"

भूधर बाबू बोले, "इसीलिए तो पता लगाने आया उसे क्या हुआ है। हम लोगों को उस घर में पहुँचाकर दूसरे दिन सबेरे सिर्फ एक मिनिट के लिए एक बार गया था, उसके बाद से फिर तो वह दिखायी नहीं पड़ा।"

"यह बात है क्या? तो फिर वह एक बार आए, मैं उससे कहूँगा। मैंने तुम लोगों की देखभाल करने को कह रक्खा है! यह तो बड़े ताज्जुब की बात है।"

भूधर बाबू बोले, "भाई, सोचा था रिटायर होने के बाद कलकत्ता में आकर बड़े आराम से रहूँगा, पहले थोड़ा गाने-बजाने का शौक था, नौकरी के कारण शौक पूरी तरह मिटा नहीं सका, इस बार वक्त मिला है, पेट भरकर गाना-बजाना सुनूँगा। तिस पर और सिर्फ छह महीने ही तो हैं बाद को एकदम मुक्ति।"

सन्दीप बाबू बोले, "तो एक काम करो न। तुमने तो इतने दिनों डाक्टरी की नौकरी की, इस बार यहाँ डाक्टरी की प्रैक्टिस भी करो न। किसी अच्छी जगह में किराये का घर लेकर एक चेम्बर खोल लो।"

भूधर बाबू बोले, "मिलिटरी में नौकरी करते-करते डाक्टरी एकदम भूलकर खत्म कर दी है भाई, वह सब अब मुझसे नहीं होगा।"

"तो फिर अब आरती का विवाह कर दो, जो तुम्हारा दामाद भी होगा और लड़के के समान बुढ़ापे में तुम्हारी देखभाल भी करेगा!"

आरती इस बार उठी। बोली, "मैं एक बार भीतर चाचीजी के पास जा रही हूँ।"

यह कहकर खड़ी होकर भीतर के कमरे में चली गयी।

अन्दर महल में चाची के कानों में सब बातें सुनायी पड़ रही थीं। आरती को देखते ही उनके मुँह पर हँसी फूट उठी।

आरती ने जाकर सीधे जेठी चाची के पैर छूकर उन पर माथा रख दिया*।

जेठी चाची बाधा देकर बोलीं, "हो गया, हो गया बेटी, कब आयी हो और इतने दिनों के बाद जेठी चाची की याद आयी?"

आरती बोली, "आज पिताजी आए, इसीसे उनके साथ आयी हूँ।" जेठी चाची बोलीं, "तुम लोगों की खबर लड़के से ही मिलती है, कोई असुविधा तो नहीं होती तुम लोगों को?"

आरती बोली, "हाँ, खूब असुविधा हो रही है।"

जेठी चाची विचलित हो उठीं। बोलीं, "खूब असुविधा हो रही है? लेकिन कहाँ, लड़के ने तो यह सब मुझसे कहा नहीं? क्या असुविधा हो रही है तुम लोगों को बेटी?"

आरती बोली, "देखिए न जेठी चाची, यह जो आपका लड़का है उसने हम लोगों को नये घर में पहुँचा दिया, उसके बाद से एक दिन भी नहीं गया।"

"यह क्या बात है? लड़का गया नहीं?"

"ना, कहाँ गया? इसीलिए तो हम दोनों जने खूब चिन्ता में पड़ गए हैं। सोचो, यह कैसा बेअक्ल मनुष्य है! एक बार खबर लेने भी नहीं आता! आपका लड़का आए तब आप उसे थोड़ा डाटिए तो—"

जेठी चाची खूब चिन्ता में पड़ गयीं। बोली, "जरूर डाटूँगी बेटी। सच तो है, नयी जगह में तुम्हें तो फिर खूब ही कष्ट हो रहा है—"

आरती बोली, "क्या साधारण कष्ट है, पिताजी तो कलकत्ते का कुछ भी नहीं पहचानते—"

जेठी चाची बोलीं, "क्यों? तुमने जरूर कलकत्ता देखा नहीं कभी, लेकिन तुम्हारे पिता तो कलकत्ते के ही मनुष्य हैं!"

आरती बोली, "आप तो घर के भीतर रहती हैं जेठी चाची, आप कुछ भी नहीं जानतीं। पिताजी कहते हैं कलकत्ता अब वह कलकत्ता नहीं है। रास्ता घाट सब बदल गया है, अब यह एकदम दूसरी तरह का कलकत्ता हो गया है—"

जेठी चाची बोलीं, "यह हो सकता है बेटी, मैं तो तीस-चालीस बरस हुए इस घर से बाहर निकली नहीं! ब्याह होने के बाद जो इस घर में घुसी हूँ फिर कहीं निकल नहीं सकी, एकदम जब मरूँगी तभी निकलूँगी—"

---

* बंगाल में कन्याएँ बड़े-बूढ़ों के पैर छूती हैं।

कहकर अंचल से उन्होंने आँखें पोंछीं। उसके बाद एक मुहूर्त में स्वाभाविक होकर उसकी तरफ देखकर बोलीं, "अब वह लड़का ही हमारा सब कुछ भरोसा है, तुम्हारे समान एक लड़की मिलने पर मैं लड़के से उसका ब्याह करके निश्चिन्त होकर मर पाती बेटी—"

आरती बोली, "मेरे समान लड़की?"

जेठीं चाची बोली, "हाँ वेटी, तुम मुझे बहुत पसन्द आयी हो। उस दिन जब तुम्हें पहले पहल देखा तभी मुझे बहुत अच्छा लगा बेटी! इसीलिए तो मैंने लड़के से एक बार रोज तुम्हारे यहाँ जाने को कह दिया था, लेकिन अभी मैं तुम्हारे मुँह से ही सुन रही हूँ, वह उसके बाद से एक दिन भी तुम्हारे यहाँ गया नहीं—"

आरती बोली, "तिस पर देखिए, सुललित दादा बहुत अच्छी तरह जान्ते हैं कि मेरे पिताजी बूढ़े मनुष्य हैं—"

जेठी चाची मानो कुछ चिन्ता में पड़ गयीं। बोलीं, "लड़का तुम्हारे यहाँ नहीं जाता तो कहाँ जाता है, समझ नहीं पा रही हूँ।"

उसके बाद कुछ ठड्रकर बोलीं, "ठहरो बेटी, मैं एक बार भगीरथ को बुलाऊँ, तुम लोगों के लिए थोड़ा नाश्ते का इन्तजाम करूँ—"

आरती बोल उठी, "जेठी चाची, हम लोग उठें, यह सब करने में देरी हो जाएगी फिर उधर हम लोगों के घर में कोई नहीं है, घर में ताला-चाबी लगाकर चले आए हैं—"

आरती की बात खत्म होने के पहले ही हठात् सुललित आकर कमरे में घुसा।

माँ बोली, "हाँ रे लड़के, तू कहाँ रहता है बोल तो, यह देख आरती आयी है हमारे पास। मैं समझती हूँ तू रोज उन लोगों के घर जाता है—"

आरती सुललित को देखकर जड़-सी हो गयी। क्या बोलेगी, यह वह ठीक नहीं कर सकी। सुललित की तरफ देखकर वह समझ गयी कि उन लोगों का आना सुललित को पसन्द नहीं आया।

आरती बोली, "तो फिर मैं उठूँ जेठी चाची—"

जेठी चाची आरती का हाथ पकड़कर विठलाकर सुललित से बोलीं, "हाँ रे, भगीरथ कहाँ गया? भगीरथ को एक बार बुला दे तो, इन लोगों के नाश्ते का बन्दोबस्त करना होगा न?

सुललित बोला, "लेकिन इन लोगों को तुम खाने को तो दोगी लेकिन तुम्हें भी इनके साथ खाना होगा माँ—"

माँ अवाक् हो गयीं। बोलीं, "क्यों, मुझे क्यों खाना होगा?"

सुललित बोला, "हाँ माँ, इन लोगों के लखनऊ का यही नियम है। तुम अगर इन लोगों को खिलाओ तो तुम्हें भी उनके साथ खाना होगा—"

"इसके माने?"

सुललित बोला, "तुम कलकत्ता की लड़की हो, उसके माने तुम समझोगी नहीं माँ। तिस पर तुम जब कह रही हो मैं विरोध क्यों करूँगा? मैं खुद ही बल्कि नाश्ता खरीद लाता हूँ।"

बोलकर हठात् बाहर आकर खड़ा हुआ। कमरे से बरामदा पार करके एकतल्ले में उतरने की सीढ़ियाँ हैं। सीढ़ियों से नीचे उतरने के रास्ते में ही पार्टिशन की दीवाल है। बायीं तरफ मुड़कर एक अँधेरे झौंसे कमरे को पार करके सदर में आना पड़ता है। चाटुज्जे-वंश में शरीफ लोगों के बँटवारा हो जाने के बाद बाहर निकलने और भीतर घुसने का रास्ता अदल-बदलकर दूसरे किस्म का हो गया है। सुललित के सीढ़ी के निचले पग पर पैर रखकर अँधेरे-झौंसे कमरे के बीच में आते ही पीछे से आरती ने बुलाया, "सुनिए!"

सुललित ने पीछे फिरकर देखा।

आरती बोली, "आपको अब हमारे लिए तकलीफ नहीं करनी होगी, हम लोग चले जा रहे हैं।"

सुललित ने कहा, "देखता हूँ आप उस दिन की बात अभी तक मन में रक्खे हुए हैं।"

आरती ने कहा, "आप अपराध कीजिएगा और हम लोगों के मन में रखने से ही शायद सारा दोष हो गया—"

सुललित हँसा, "लेकिन आपको तो मेरे समान बदरोग नहीं है—"

"बदरोग माने?"

सुललित बोला, "क्यों, मैंने तो कहा ही है पूजा करने का रोग है मुझे आरती बोली, "वही बात मन में रखकर शायद आपने हम लोगों का बाय-काट किया है?"

सुललित बोला, "ऐसा क्यों, मुझे काम था—"

आरती बोली, "लेकिन आपके घर में सभी समझते हैं कि आप हमारे घर में पड़े रहते हैं—"

सुललित बोला, "वह बात रहने दीजिए, आप माँ के पास जाकर बैठिए, मैं जल्दी से आप लोगों के नाश्ते का इन्तजाम कर दूँ—"

आरती बोली, "आप मेरी बात का जवाब नहीं दीजिएगा तो मैं किसी प्रकार आप लोगों के घर में पानी नहीं पियूँगी—"

सुललित बोला, "मैं मामूली आदमी हूँ, मुझ पर आप इतनी नाराज क्यों हो रही हैं?"

आरती बोली, "बात टालने की कोशिश मत कीजिए। बोलिए, उसके बाद से

आप हमारे घर गए क्यों नहीं? आपको क्या हुआ है?"

सुललित बोला, "उसके बाद से थोड़ा काम में व्यस्त हो गया हूँ—"

आरती ने कहा, "नहीं, कभी नहीं, आप अब हम लोगों के घर नहीं जाइयेगा, इसीलिए झूठ बोल रहे हैं—"

सुललित हठात् गम्भीर हो गया। बोला, "क्या कहा? मैं झूठ बोला हूँ?"

आरती बोली, "हाँ, झूठ ही तो नहीं तो जेठी चाची, ताऊजी सबके मन में यही विश्वास है कि आप हमारे घर जाकर रोज ही हम लोगों को देखते-सुनते हैं।"

सुललित बोला, "मेरे नाम से आप जितने भी अपराध लगाइए, मैं मिथ्यावादी यह मेरा सबसे बड़ा दुश्मन भी बोल नहीं सका। आप शायद जानती नहीं, इसीलिए यह बात कह रही हैं। दया करके यह अपवाद अब कभी मुझ पर मत लगाइयेगा—"

आरती सुललित के गम्भीर गले की आवाज से चौंक उठी। तो भी बोली, "झूठ न बोले ऐसा आदमी तो मैंने कभी देखा नहीं!"

सुललित बोला, "आपने न देखा हो तो मेरा कोई नुकसान नहीं है, लेकिन जान रखिए, झूठ बोलने के समान पाप और कोई नहीं है।"

"तो फिर आप शायद धर्मपुत्र युधिष्ठिर हैं?"

लेकिन इस बात का जवाब देने के पहले ही मानो किसी के पैरों की आहट सुनायी पड़ी।

सुललित बोला, "कौन है रे वहाँ?"

भगीरथ के गले की आवाज आयी। वह बोला, "मैं भगीरथ हूँ छोटे दादा बाबू—"

भगीरथ के सामने आते ही सुललित बोला, "तू कहाँ रहता है? देख रहा है घर में लोग आए हैं, इन लोगों के लिए थोड़े नाश्ते का इन्तजाम करना होगा, माँ तुझे जाने कब से ढूँढ़ रही हैं—"

भगीरथ फिर खड़ा नहीं हुआ। उसी क्षण सीढ़ियों से दुतल्ले पर चढ़ गया।

सुललित ने आरती की तरफ देखकर कहा, "चलिए, पिताजी के कमरे में जाएँ, वहाँ काका बाबू बैठे हैं—"

आरती बोली, "भाग्य से भगीरथ आ पहुँचा था, नहीं तो..."

सुललित बोला, "नहीं तो क्या?"

आरती बोली, "आपकी बात सुनकर मैं खूब डर गयी थी लेकिन..."

सुललित बोला, "आइए, पिताजी आपको बुला रहे हैं—"

इसी तरह सूत्रपात हुआ। एक परिवार इसी तरह हठात् एक दिन इस कलकत्ता शहर

में आ पहुँचा था और सुललित उस परिवार से एकदम जड़ित होकर हम लोगों की बात भूल गया।

हमारे क्लब से सुललित का सम्बन्ध अपरिहार्य था। क्लब का कोई भी आयोजन होता तो सुललित सबके माथे के ऊपर रहता था। साथ ही साथ वह क्लब का ट्रेजरर अर्थात् हिसाब-किताब का रक्षक था। क्लब के आमद खर्च के हिसाब रखने का मालिक। हम लोगों का विश्वास था उस पर। हम लोग निस्सन्देह जानते थे कि जितने दिनों सुललित के हाथ में रुपये-पैसे का हिसाब रहेगा, उतने दिनों उससे एक पाई-पैसा भी खोने का डर नहीं है। वह हम लोगों के सामने था शुद्ध, पवित्र, निष्पाप, निष्कलंक चरित्र।

लेकिन कई दिनों से उसे देख न पाने पर हम लोगों ने उस पर भी सन्देह किया। क्लब का तमाम काम बाकी पड़ा था और ट्रेजरर से भेंट नहीं। तो फिर वह गया कहाँ?

हम लोग कुछ दिनों पहले एक सुन्दरी लड़की को टैक्सी से उतरते देखकर उसके साथ सुललित को जोड़कर बहुत-कुछ कल्पना करने लगे। अन्त में क्या सुललित का भी यह अध:पतन हुआ? वह भी खप्पर में जा गिरा?

हम लोगों का एक दोस्त बोला, "असम्भव! सुललित कभी खराब नहीं हो सकता," और एक बोला, "यह जरूर प्रेम घटित मामला है भाई—"

अन्त तक हम लोग इस निर्णय पर पहुँचे कि सुललित अब हमारे क्लब में नहीं आएगा। लेकिन सुललित के न आने पर क्लब कैसे चलेगा? कौन क्लब के लिए इतनी प्राणदेवा मिहनत करेगा?

हम लोग सुललित के घर जाने लगे उसकी खोज में। लेकिन जब कभी जाएँ, वह घर में रहता ही नहीं। सबेरे, दोपहर को तीसरे पहर शाम को, किसी समय उसे उसके घर में नहीं पाते। भगीरथ कहता, वह कब घर लौटेगा इसका कुछ ठीक-ठिकाना नहीं है। रात को जब वह घर आता है तब किसी-किसी दिन आधी रात हो जाती है।

"कहाँ जाता है वह?"

भगीरथ कहता, "काका बाबू के घर—"

"काका बाबू! काका बाबू कौन हैं?"

भगीरथ इतनी बातें कर नहीं पाता। कहता, "लखनऊ से जो काका बाबू आए हैं वे ही काका बाबू।"

लखनऊ में सुललित के कौन-से काका बाबू थे, यह हम लोग नहीं जानते थे। सुललित के पिता, चाचा, ताऊ सब सशरीर कलकत्ता में ही रहते हैं यही हम जानते थे।

हमने पूछा, "लखनऊ में सुललित के और कौन काका बाबू रहते हैं, भगीरथ?"

भगीरथ काम का आदमी है। हम लोगों के साथ ऊट-पटाँग बात करने का समय

उसके पास नहीं रहता था। हम लोगों की बात का जवाब दिए बिना ही वह अपने निजी काम से घर के भीतर चला जाता।

हम लोग हताश होकर फिर अपने क्लब में आ बैठते और धूनी जलाए रखते। लेकिन सुललित किसी दिन न आता।

बाद को समझ पाए थे कि लखनऊ की आरती गांगुली ने किस प्रकार, कैसे, किस कौशल से सुललित को हम लोगों से छीन लिया था। सुललित एकदम सवेरे नींद से उठकर पूजा खत्म करके काका बाबू के घर में जाकर हाजिर हो जाता।

काका बाबू ने कह रक्खा था, "तुम सवेरे ही पूजा-ऊजा सब खत्म करके आना सुललित—आकर यहीं हम लोगों के साथ चाय पीना—"

उसके बाद बाजार। सुललित कहता, "आप खुद क्यों तकलीफ करके बाजार जाइयेगा काका बाबू, मैं जा रहा हूँ—"

पहले-पहल भूधर बाबू की तरफ से एतराज उठता। लेकिन सुललित ने उन सब एतराजों को अपने शरीर से छूने नहीं दिया। रिटायरमेंट के पहले की छुट्टी। सिर्फ थोड़े से महीने। वे ही कुछ महीने कट जाने पर एकदम मुक्ति। सिर्फ हर महीने पहली तारीख को हेड क्वार्टर में जाकर महीने की तनखा ले आना। उसी पहली तारीख को फिर मिलिटरी का झमेला आ पहुँचता। वे वही सब पोशाक पहनते। उसके बाद तनखा लेने जाते।

कहते, "और पाँच महीने, समझे सुललित, और सिर्फ पाँच महीने। उसके बाद शरीर से इस दासत्व का खोल एकदम खोलकर फेंक दूँगा, फिर कभी नहीं पहनूँगा। फिर कभी नहीं पहनूँगा। उसके बाद एकदम हमेशा-हमेशा के लिए छुट्टी। तब तुम और हम दोनों मिलकर सिर्फ बैठे-बैठे गप मारेंगे—"

आरती कहती, "हाँ, गप मारने से तुम्हारा हो न हो चल जाएगा, लेकिन सुललित दादा का? सुललित दादा शायद किसी काल में अपना काज-कर्म नहीं करेंगे?"

लड़की की बात से शायद तब याद आता काका बाबू को। कहते, "यह भी तो ठीक है मैंने सिर्फ अपनी निजी बात ही सोची है। सुललित की बात एकदम याद नहीं आयी—"

सुललित कहता, "उस समय की बात उस समय सोची जाएगी काका बाबू, अभी तो मुझे कोई काम नहीं है—"

भूधर बाबू को मानो याद आ जाता। कहते, "लेकिन तुम्हारा वह क्लब? जिस क्लब के तुम ट्रेजरर हो?"

सुललित कहता, "क्लब ठीक है—"

"ठीक है, माने? तुम तो यहीं सब समय काटते हो, तो फिर तुम्हारा क्लब कौन

देखता है?"

क्लब की बात सचमुच भूल गया था सुललित। काका बाबू वगैरह के आने के कुछ दिनों बाद से ही सुललित के लिए हम लोग मानो तुच्छ हो गए थे। तिस पर क्लब के किसी आयोजन में जरा-सी कुछ त्रुटि हो जाने पर सुललित सहन नहीं कर पाता था।

एक दिन सवेरे उसके घर जाकर हम लोगों ने देखा, सुललित घर से बाहर निकल रहा है।

पूछा, "कहाँ जा रहा है?"

सुललित के पास उस समय हमारे साथ खड़े होकर बात करने का भी समय नहीं था। बोला, "काका बाबू के पास जा रहा हूँ भाई—"

"काका बाबू? भगीरथ कह रहा था जरूर। पर वे तुम्हारे किस प्रकार के काका बाबू हैं?"

सुललित बोला, "हमारे पिता के बचपन के मित्र। वे लोग कलकत्ता में नये आए हैं, यहाँ का कुछ भी पहचानते नहीं, इसीलिए मैं उन लोगों को देखने-सुनने जाता हूँ—"

"उनके कोई लड़की है शायद?"

सुललित बोला, "हाँ, काकी तो नहीं हैं। वही लड़की रहती है काका के साथ। और एक बड़ी लड़की थी काका बाबू की, वह मर गयी है। अब काका बाबू की यही एकमात्र सन्तान है।"

उसके बाद कुछ ठहरकर बोला, "मैं जाऊँ भाई, मुझे देर हो गयी—" यह कहकर सुललित चला ही जा रहा था, पीछे से हम लोग बोले, "तू क्लब में कब आएगा? तेरे लिए सबकुछ जो अटका पड़ा है।"

सुललित जाते-जाते बोला, "मैं भाई बड़ा व्यस्त हूँ आजकल, अब क्लब जाना मेरे लिए सम्भव नहीं होगा—"

कहकर करीब-करीब दौड़ते-दौड़ते बस के रास्ते की तरफ चला गया। और हम लोग, उसके दोस्त, उसकी तरफ हताश नजर से देखते रहे।

हम लोगों में से एक बोल उठा, "सुललित इस बार कठिन रूप से अध:पतित हो जाएगा। एक बार जब लड़की के पल्ले में पड़ गया है तब उससे बचाने का रास्ता नहीं है—"

बात रसिकता से कहने पर भी वह भविष्यत् में एक किसी दिन इस प्रकार मर्मान्तक सच हो जाएगी, यह हम लोग उस समय सचमुच कल्पना नहीं कर सके थे। मामूली आदमी हैं जो, वे सहज साधारण नियम से ही जीवन काटते हैं। संसार के समस्त

झंझट झमेले सिर पर उठाकर टिके रहने की आप्राण चेष्टा से क्षत-विक्षत होकर भी सिर उठाकर खड़े होना चाहते हैं वे।

लेकिन सुललित?

इन सुललितों का जीवन-दर्शन ही लगता है अलहदा है, इसीलिए वे जब जिस काम में लगे रहते हैं उसी में जीवन ढाल देकर तृप्ति पाते हैं। इन सुललितों ने ही जब देश सेवा की है तब देश के लिए फाँसी के तख्ते पर झूलने में भी बाधा नहीं मानी। और उसी प्रकार कितने लाख-लाख सुललित जो विस्मृति के अतल में दबकर निश्चिह्न हो गए हैं उनकी खबर भी क्या कहीं किसी उपन्यास-इतिहास में लिखी रहती है? ऐतिहासिक उनके लिए एक लाइन जगह देने में भी कंजूसी करते हैं इसीलिए वे भी किसी के मन में चिह्न बनाकर रख नहीं जा सकते। विराट् प्रतिभा के अधिकारी होने पर भी मनुष्य उन्हें भूल जाते हैं।

हमारा सुललित भी उसी प्रकार का था। हममें से सिर्फ कुछ लोग उसके बन्धु-बान्धव होने के कारण ही तो आज उसे मन में याद रक्खे हुए हैं। और मैं लेखक हुआ था, इसीलिए तो उसे लेकर गल्प लिख रहा हूँ। गल्प लिखकर उसे लाख-लाख लोगों को यह बता रहा हूँ।

उस दिन वैद्यनाथ से सवेरे-सवेरे रँधवाया गया। भूधर बाबू उस दिन गाना सुनने जाएँगे। कलकत्ते में आकर ऐसा सुयोग वे नहीं छोड़ेंगे। रात आठ बजे फंक्शन शुरू होगा। बड़े-बड़े उस्तादजी लोग आएँगे। आरती भी इसीलिए तैयार हो गयी है।

बहुत दिनों के बाद फिर से भूधर बाबू का अच्छा सूट निकला है। ट्रंक से कोट-शर्ट निकाल दिया है आरती ने। आरती ने खुद भी एक दामी साड़ी पहनी है।

आरती दामी साड़ी पहनकर पिता के पास आकर बोली, "देखो तो पिताजी, यह साड़ी फबी है मुझे?"

भूधर बाबू ने अच्छी तरह नजर डालकर, देखकर, विचारकर बोले, "यह साड़ी क्यों पहनी बेटी तूने? तेरी वह साड़ी कहाँ गयी?"

आरती समझ नहीं सकी। उसने पूछा, "कौन-सी साड़ी?"

भूधर बाबू बोले, "क्यों, वही जो उस दिन जब हम लोग सिनेमा देखने गए थे, तब सुललित ने तेरी साड़ी की प्रशंसा की थी, मैंने सुन लिया था।"

"ओ समझी, लेकिन..."

"लेकिन क्या?"

आरती कहती, "रोज-रोज वही एक ही साड़ी पहनना क्या अच्छा है। सुललित दादा शायद सोचेंगे मेरे पास वही एक अच्छी साड़ी है।"

भूधर बाबू बोले, "तो और कुछ साड़ियाँ तुम सुललित से पसन्द करवाके खरीद

लो न? मैं भाई वे सब साड़ियाँ—वाड़ियाँ ज्यादा पहचानता नहीं। तुम्हारी माँ को मैंने जितनी बार साड़ियाँ खरीद दी हैं, उतनी बार तुम्हारी माँ ने उन्हें खोलकर फेंक दिया है, उसके बाद से फिर मैं तुम्हारी माँ की साड़ी नहीं खरीदता था। कहता, तुम रुपये लेकर दूकान में जाओ, तुम्हारी जैसी खुशी हो साड़ी खरीद लाओ—"

उसके बाद कुछ ठहरकर बोले, "इस बार तू सुललित को साथ ले जाकर साड़ी खरीदना बेटी, उसे जैसा पसन्द हो, वैसी ही साड़ी खरीदना तेरे लिए अच्छा है—"

पिता की बात सुनकर सिर्फ साड़ी नहीं, और भी बाछे हुए कुछ नये साज-पोशाक पहन लिए आरती ने। एक ब्लाउज पहनकर आइने के सामने खड़ी होकर अपना फिगर देखने पर भी शायद ठीक उतना देखने में अच्छा नहीं लगा। यह मानो अपने को बार-बार सजाकर भी निज को ही अस्वीकार करने के समान हुआ। और यह तो सिर्फ आइने में अपनी आँखों से अपने को देखना नहीं है, दूसरे की आँखों से अपने को देखना है। इस प्रकार के देखने में कुछ सन्देह का विष रहता है। असल मतलब यह है कि और एक व्यक्ति उसे पसन्द करेगा न, दूसरे की आँखों में वह अच्छी दिखेगी न?

हठात् हाथ की घड़ी की तरफ नजर पड़ते ही आरती सिहर उठी। ओ माँ, शाम के सात बज गए हैं! इधर अब तक उस आदमी के आने का नाम तक नहीं है। जल्दी-जल्दी जिस ब्लाउज को लेकर इतनी परीक्षा-निरीक्षा चल रही थी उसे ही पहनकर उसने साड़ी शरीर पर लपेट ली।

"ओ बेटी, ओ आरती—"

बाहर से पिता के बुलाने की आवाज कान में पड़ते ही आरती ने समझा, अब वह आया—

आरती सामने का काम-काज खत्म करते-करते चिल्लाकर बोल उठी, "आती हूँ पिताजी—"

कहीं जाना ही तो नहीं है, जाना माने हंगामा। घर-कमरे दरवाजे-बॉक्स-आलमारी सबमें ताला चाबी लगाना भी तो एक काम है। कुछ खुला पड़े रहने से तो चोरी-डकैती होगी। कलकत्ता तो लखनऊ नहीं है। सुललित कह गया है, यहाँ खाली घर रखकर कहीं निकलते ही साथ-साथ सबकुछ चोरी।

"कहीं जा रही हैं शायद भाई?"

आरती के कान में बात जाते ही उसने देखा, बगल के घर की खिड़की से वही बहू उस दिन भी खड़ी खड़ी उसकी तरफ ताककर देख रही है।

आरती हँसी। बोली, "हाँ भाभी, एक गाने का फंक्शन है—"

गाने का फंक्शन? कहाँ?"

आरती बोली, "भवानीपुर में ठीक किस जगह है यह मैं नहीं जानती। मैं तो कलकत्ता की कोई जगह पहचानती नहीं। पिताजी को गाना सुनने का खूब शौक है, बड़े-बड़े उस्ताद आ रहे हैं न, इसीलिए—"

"तो फिर जाइए, आपको और ज्यादा देरी नहीं करवाऊँगी। आपके पास टिकिट कटाने के लोग तो हैं ही, टिकिट कटाकर ला देते हैं—"

"आप सुललित की बात कह रही हैं न? हम लोग खूब मिहनत करवा लेते हैं उससे—सचमुच अपना काम-काज करके वह हम लोगों को देखता-सुनता है—"

बहू ने कहा, "उनके साथ ही तो आपका विवाह होगा?"

विवाह!

आरती हँस उठी। बोली, "आपसे किसने कहा?"

बहू ने कहा, "मैं समझ गयी। वे सज्जन और आप लोग तो एक ही जात के हैं न?"

"एक जात होने से ही क्या विवाह हो जाता है? आप न जाने क्या कह रही हैं।"

बहू हँसी। बोली, "ना, तो भी मैं जान गयी। नहीं तो वे क्यों सवेरे से सारे दिन आपके घर में रहते हैं? आप लोग जहाँ घूमने जाते हैं, वे भी तो आपके संग रहते हैं देख रही हूँ।"

आरती बोली, "वे इसलिए संग रहते हैं क्योंकि हम लोग कलकत्ता में नये आए हैं—"

बहू ने कहा, "सो आप जो भी कहिए, उनके साथ आपका विवाह होने पर खूब जँचेगा। कैसा सुन्दर चेहरा है उनका—"

हठात् भीतर से पिता के गले की आवाज कान में पड़ी, "ओ री, ओ आरती, जल्दी आ, देर क्यों कर रही है?"

बहू ने कहा, "आप जाइए भाई, आपको मैंने बहुत देर रोके रक्खा, अब नहीं—"

पिता के पास आते ही आरती ने देखा, सुललित जाने कब चुपचाप आ गया है। उसका मुँह गम्भीर है, चेहरा भी अस्त-व्यस्त।

आरती ने आते ही कहा, "मैं बहुत देर से तैयार हूँ पिताजी, बगल के मकान की जिस बहू से बातचीत की थी, उससे ही बात करते-करते मुझे देर हो गयी। चलो, साढ़े सात बज रहे हैं—"

भूधर बाबू बोले, "लेकिन जा नहीं पाएँगे री हम लोग—"

आरती ने सुललित की तरफ ताका। बोली, "क्यों? जा क्यों नहीं सकेंगे?"

भूधर बाबू बोले, "सुललित से सुन न, उसे टिकिट नहीं मिला, खूब भीड़ है।"

आरती अवाक्। फिर सुललित की तरफ देखा उसने। बोली, "क्या, सब टिकिट बिक गए?"

सुललित बोला, "नहीं, यह बात नहीं है, टिकिट मिल रहे हैं, लेकिन ज्यादा दामों में—"

आरती बोली, "तो हो न हो ज्यादा दाम के टिकिट ही होते, और भी कुछ सामने के चेयर में बैठते—"

सुललित बोला, "नहीं, यह बात नहीं है, दस रुपये का टिकिट बीस रुपयों में बिक रहा है, गुंडे टिकिट ब्लैक कर रहे हैं—"

भूधर बाबू बोले, "तो हो न हो तीस रुपये के टिकिट ही खरीदते! अब्दुल करीम खाँ साहब की ठुमरी के लिए तीस रुपये खर्च करने से भी लाभ है—और तीस न हो तो पचास—"

सुललित गम्भीर गले से बोला, "ना काका बाबू, गुंडों को सहारा देना अन्याय है। मैं उसे पाप समझता हूँ—"

भूधर बाबू बोले, "लेकिन सुललित, हम लोग जो सजे-धजे बैठे हैं जाने के लिए! कितनी आशा से बैठे हैं—"

बोलकर उन्होंने आरती के मुँह की ओर ताका। उससे बोले, "क्यों बेटी, तू क्या कहती है?"

आरती चुप रही आयी। सुललित बोला, "लेकिन आप लोग होते तो क्या करते बोलिए? आप होते तो दस रुपये का टिकिट वीस रुपये देकर खरीदते? जो वाजिब दाम हैं, वह मैं दे सकता हूँ, लेकिन उससे एक पैसा ज्यादा क्यों दूँगा, बताइए?"

इस बात के जवाब में भी आरती कुछ नहीं बोली।

जवाब दिया भूधर बाबू ने। बोले, "लेकिन सब चीजें तो आजकल हम लोगों को ब्लैक में खरीदनी पड़ रही हैं, और गाने-बजाने का टिकिट ही ब्लैक से खरीदने पर दोष हो गया?"

सुललित बोला, "मैंने जानबूझकर कोई चीज आज तक ब्लैक में नहीं खरीदी काका बाबू, जिस दिन वह खरीदनी होगी उस दिन मानो मैं जीवित न रहूँ—"

भूधर बाबू बोले, "बात दुमने अन्याय की नहीं कही सुललित, मैंने भी तुम्हारे समान ही एक काल में वे सब बातें कही हैं, लेकिन मिलिटरी में घुसने के बाद से वे सब आदर्श मुझे एकदम तिलांजलि दे देने पड़े। अब सोचता हूँ जैसे सब चलता है वैसे ही चले, मैं अकेला आखिर क्या कर सकूँगा। पृथ्वी के सब लोग जिस दिशा में चल रहे हैं उसी ओर ताल मिलाकर चलना ही तो अच्छा है।"

बात करते-करते हठात् उन्हें ध्यान आया। उन्होंने सामने देखा, आरती कमरे में नहीं है। तिस पर थोड़े पहले ही वह सज-धजकर आयी थी और गाना सुनने जाने के लिए तैयार खड़ी थी। शायद अन्त में घटना सुनकर उसे मन में खूब कष्ट हुआ है

इसीलिए वह फिर अपने कमरे में चली गयी है।

भूधर बाबू ने लड़की को बुलाया, "ओ री आरती, कहाँ गयी?"

सुललित की तरफ देखकर वे बोले, "उस बेचारी ने बड़ी आशा की थी, इसी-लिए शायद उसे मन में कष्ट हुआ है। तुम एक बार जाओ न बेटा, उसके पास जाओ न, जाओ—"

सुललित ने बगल के कमरे में जाकर देखा, आरती के कमरे का दरवाजा भीतर से बन्द है। लौटकर उसने कहा, "काका बाबू, आरती के कमरे का दरवाजा तो बन्द है!"

भूधर बाबू ने कहा, "तो तुम दरवाजा ठेलो न, ठेलकर देखो न वह क्या कहती

सुललित ने कहा, "इसकी बनिस्बत आप ही उसका गुस्सा ठंडा कीजिए, मैं अब चलूँ काका बाबू—"

"ना ना बेटा, तुम जाना मत, वह बड़ी गुस्सैल लड़की है। अन्त में शायद मेरे ऊपर ही बिगड़कर जाने क्या कांड कर बैठेगी। जानते तो हो, जिन बच्चों की माँ मर चुकी होती है, वे लड़के-लड़कियाँ थोड़े अभिमानी होते हैं। तुम और एक बार जाकर उसके कमरे का दरवाजा ठेलो न—"

सुललित बोला, "काका बाबू, मैं इस सबके बीच में आना नहीं चाहता। उसके बदले चलिए, आप लोगों को मैं फंक्शन में ले जाकर पहुँचा देता हूँ—"

"और टिकिट?"

सुललित बोला, "टिकिट जिस दर से मिले उसी दर से आप लोगों के लिए खरीद दूँगा—"

"और तुम?"

सुललित बोला, "मैं ब्लैक में टिकिट कटवाकर हाल में घुसूँगा नहीं काका बाबू, आप लोगों को भीतर घुसाकर मैं बल्कि बाहर खड़ा रहूँगा—"

भूधर बाबू बोले, "ना ना, यह कैसे हो सकता है! यह हो ही नहीं सकता। तुम्हें जाना ही होगा। और तुम नहीं जाओगे तो मैं भी नहीं जाऊँगा, हममें से कोई भी नहीं जाएगा—"

हठात् दोनों ने देखा, आरती के कमरे का दरवाजा खट से खुल गया। उस समय तक उसने अपनी साड़ी ब्लाउज सबकुछ बदल ली थी। मुँह का प्रसाधन पोंछ लिया था। दोनों व्यक्तियों की स्तम्भित दृष्टि के सामने वह धीर पैरों से सामने आ गयी। बोली, "मैं अब कहीं नहीं जाऊँगी पिताजी, तुम कलकत्ता छोड़कर अभी चले चलो। हम लोग लखनऊ में ही तो अच्छे थे। क्यों तुम यहाँ आए? क्या करने आए? मैं अब एक क्षण भी यहाँ नहीं रहूँगी—"

भूधर बाबू बोले, "तो तूने साज-पोशाक बदल क्यों लिया बेटी? गाना सुनने न

जाकर भी दूसरी किसी जगह भी तो हम लोग जा सकते थे—"

आरती बोली, "नहीं, मैं और कहीं नहीं जाऊँगी, जहाँ से हम लोग आए थे तुम वहीं लौट चलो—"

सुललित और ज्यादा खड़ा नहीं रह सका। बोला, "तो फिर मैं अभी जाऊँ काका बाबू—"

भूधर बाबू बोले, "ना ना, तुम जाना मत सुललित, मैं अकेला आरती को समझा नहीं सकूँगा, बल्कि तुम अब उसे थोड़ा समझाकर सब बातें बताओ—"

आरती बोल उठी, "ना, मैं दूध-पीती बच्ची नहीं हूँ जो मुझे समझाने की दरकार होगी। दरकार होने पर मैं तुम्हारे लिए खुद ही टिकिट खरीद लाऊँगी पिताजी, टिकिट के लिए दूसरे किसी की खुशामद करनी नहीं होगी तुम्हें—।"

भूधर बाबू बोले, "यह अच्छा ही तो है, बाद को न हो यही होगा। लेकिन अभी इतना गुस्सा-उस्सा होना क्या अच्छा है? देखती है न, सुललित घर चला जाना चाहता है—"

आरती बोली, "तो उन्होंने क्या समझा है? वे हम लोगों को देखेंगे-सुनेंगे नहीं तो हम लोग अगाध जल में डूब जाएँगे? हम लोग क्या बच्चे हैं? वे अगर नहीं भी आए, उससे क्या हम लोग उपास करेंगे, यह कहना चाहते हो?"

भूधर बाबू ने बाधा देकर कहा, "आह तू यह क्या बोल रही है?"

आरती बोली, "मैं जो बोलती हूँ ठीक बोलती हूँ पिताजी। सब जान गए हैं कि

हम लोगों ने गाना सुनने का टिकिट कटवाया है। अब उन लोगों के सामने मुँह कैसे दिखाऊँगी बोलो तो? अब उनसे क्या कहूँगी?

सुललित बोला, "मैं तो कहता हूँ तुम चलो, तुम लोगों के गाना सुनने में मैं बाधा नहीं डालूँगा। मैं खुद सिर्फ न गया तो काम चल जाएगा।"

भूधर बाबू बोले, "हाँ, यह तो अच्छी बात है, तो फिर ऐसा ही करें, चल न बेटी"

आरती बोली, "ना, जाना हो तो तुम लोग जाओ, मैं नहीं जाऊँगी—" कहकर फिर वह अपने कमरे की तरफ चली गयी।

भूधर बाबू बोले, "वह जब जाएगी नहीं तब क्या किया जाएगा सुललित, तो फिर मैं भी यह साज-पोशाक खोल दूँ जाकर—"

सुललित बोला, "तो फिर मैं चलूँ काका बाबू—"

यह कहकर वह एक मुहूर्त भी वहाँ खड़ा नहीं हुआ। कमरे से बाहर निकल गया। उसके बाद आँगन पार करके दरवाजे के बाहर आते ही पीछे से आरती का गला सुनायी पड़ा, "सुनिए!"

सुललित ने मुँह फिराकर खड़े होते ही देखा, आरती उसे ही लक्ष्य करके बात

कह रही है। वह बोला, "क्या बोलोगी, बोलो?"

आरती बोली, "अपने को इतना साधु समझना दूसरे को खूब छोटा मानने के बराबर होता है, यह याद रखियेगा।"

सुललित ने कहा, "किसने कहा मैं आप लोगों को छोटा समझता हूँ?"

आरती बोली, "आप जप-तप करते हैं, और हम लोग म्लेच्छ हैं, इसीलिए जप-तप नहीं करते; आप ब्लैक मार्केट नहीं करते, और हम लोग चोर-बदमाश ब्लैक मार्केटियर हैं, यही तो? सो इस तरह दूसरों को छोटा बनाना लेकिन बड़े मन का परिचय नहीं है—

यह कहकर वह फिर वहाँ खड़ी नहीं हुई। सीधे जैसे आयी थी वैसे ही फिर सीधे घर के भीतर जाकर खटाक से सदर दरवाजे की साँकल बन्द करके अदृश्य हो गयी।

सुललित वहाँ कुछ देर स्थिर भाव में खड़ा। उसके बाद फिर धीरे-धीरे अपने गन्तव्य स्थान की ओर चलने लगा।

इसके कुछ दिनों के बाद ही हमने सुना कि सुललित का विवाह होगा। विवाह होगा सुललित के नये काका बाबू की लड़की आरती देवी के साथ। खबर हम लोगों के लिए अवाक् होने के समान कुछ नहीं थी। क्योंकि सुललित हम सब मित्रों में ईर्ष्या का पात्र था। वे लोग बड़े आदमी हैं, और सिर्फ बड़े आदमी नहीं, खान-दानी बड़े आदमी हैं। उनके घर में विवाह होने पर मुहल्ले के सब गण्यमान्य लोगों को न्यौता मिलता है। बँधी लिस्ट में हम लोगों का नाम भी उसमें घुस गया था। इसलिए उसके विवाह में हम लोगों को न्यौता मिलेगा, इस विषय में हम लोग निश्चिन्त थे। और इससे ज्यादा हम लोग और क्या चाहेंगे? और जीवन में चाहने से ही क्या सबकुछ मिल जाता है? सुललित के समान तो हम लोगों में कोई गुण भी नहीं था। लिखने-पढ़ने में भी वह हम लोगों में सबसे ऊपर था। चेहरे से भी वह सबसे अच्छा था देखने में। तो फिर?

लेकिन उस समय हम क्या जानते थे कि मनुष्य के भाग्य विधाता की दृष्टि से हम लोगों की दृष्टि में इतना फर्क है? तब कौन जाने हम लोग जो आँखों से देखते हैं वह असल देखना नहीं है। असल देखना जो आँखों से देखने की चीज ही नहीं है, यह भी उस समय हम लोग नहीं जानते थे।

वह दिखायी पड़ा तमाम दिनों के बाद।

तब सबकुछ कब मिट मिटा गया था, यह बाहर का कोई नहीं जान सका। मिटमिटा जाने पर भी सुललित ने अपना निजी मतवाद नहीं छोड़ा। आरती ने भी अपनी जिद नहीं छोड़ी। और लगता है ऐसी जिद्दी लड़की पहले किसी ने भी नहीं देखी।

एक जिद्दी लड़की और एक सत् प्रकृति का लड़का, इन दोनों के सामंजस्य से

क्या उलट पलट हो जा सकता है इस उपन्यास में उसकी ही कहानी है। और इसके अलावा इतने दिनों बाद यदि सुललित से भेंट न होती तो इस विपर्यय का इतिहास मैं तो जान ही न पाता।

सुना कि उस समय ज्यों ही जरूरत होती तभी भूधर बाबू दौड़कर सन्दीप के पास आते। इतने दिनों के बाद दोनों मित्रों को परस्पर नजदीक रहने का सुयोग मिला, यह दोनों के भाग्य की बात थी।

भेंट होते ही दोनों मित्रों में पहली बात होती, "कैसे हो भाई आज?"

सन्दीप कहता, "कल थोड़ी नींद आयी थी, भाई। तुम्हें?"

भूधर कहता, "मुझे नींद आयी थी, लेकिन तुम लोगों के कलकत्ते में जो आवाज होती है!"

भूधर फिर कहता, "अरे बोलो मत, लाउडस्पीकर की सारी रात लाउडस्पीकर से हिन्दी सिनेमा का गाना बजता रहा, इसीलिए पहली रात को नींद आने में थोड़ी देर हुई।"

उसके बाद थोड़ा ठहरकर पूछता, "तुमने वह दवाई खायी थी न? जो तुम्हें दी थी?"

सन्दीप कहता, "भाई, मेरा शरीर अब अच्छा नहीं होगा।"

भूधर कहता, "क्यों, क्यों अच्छा नहीं होगा? तुम्हारी और मेरी तो एक ही उमर है भाई—"

सन्दीप कहता, "तुम अपनी बात छोड़ दो भाई, तुमने मिलिटरी में नौकरी की है, हमेशा कठिन मिहनत की है, अच्छा अच्छा खाया-पिया है, तुम अच्छे क्लाइमेट में रहे हो, तुम्हारे साथ मेरी तुलना? तुम जितनी भी दवा-दारू दो, इस उमर में अब मेरा शरीर नीरोग नहीं होगा। तब सिर्फ सुललित का कुछ भला देखकर जा सकने पर ही मैं खुश हूँ—"

भूधर पूछते, "सुललित क्या करने को कहता है?"

भविष्यत् में सुललित क्या करेगा, भविष्य जीवन में सुललित क्या होगा, यही प्रसंग उठता। क्योंकि सुललित की प्रतिष्ठा के साथ आरती का भाग्य भी जुड़ा हुआ था।

भूधर कहते, "रानू के मर जाने के बाद मैं बड़ी चिन्ता में पड़ गया था भाई, सोचा इधर मेरे भी रिटायर होने का दिन बहुत नजदीक आ रहा है, उधर छोटी लड़की का भी एक कोई बन्दोबस्त नहीं हो पाया—"

सन्दीप कहता, "तुम्हारी छोटी लड़की के लिए चिन्ता क्या है, वह तो बहुत अच्छी लड़की है।"

भूधर कहता, "लड़की अच्छी है यह मैं जानता हूँ, लेकिन सिर्फ अच्छी लड़की

होने से क्या होगा? मैं तो यहाँ किसी को पहचानता नहीं—एक बात सम्भव हो सकती है, तुम अगर उसे ले लो, अवश्य तुम अगर आरती को पसन्द करो—"

"मैं?"

जीवन की यन्त्रणा में क्षत-विक्षत होकर मनुष्य जब आकाश-पाताल की दौड़ लगाता है तब लज्जा-संकोच मित्र-शत्रु किसी की कोई बाधा नहीं रह जाती। मेजर भूधर गांगुली के साथ भी लगता है यही हुआ था। छोटी उमर में जब उन्होंने डाक्टरी पढ़ना शुरू किया था, वह डाक्टर विधान राय का जुग था। डाक्टरों का उस समय बाजार में खूब सम्मान-प्रभाव था और वैसी ही उनकी प्रतिष्ठा थी। जिस किसी डाक्टर का नाम लेते ही, श्रद्धा से मनुष्य का माथा नीचा हो जाता था।

मेजर भूधर गांगुली ने सोचा था, डाक्टरी पास करने के बाद वे भी एक दिन उसी तरह का मान-सम्मान पाएँगे। लेकिन डाक्टरी पूरी-पूरी पास करने के पहले ही उनके आत्मीय स्वजन सब मर गए, तब एकदम अकेले हो गए वे। और तब भाग्यवश मिलिटरी में एक नौकरी पा गए। और उसी क्षण पसन्द के योग्य और कोई काम-काज न पाने के कारण भगवान् का आशीर्वाद मानकर उसे ही दौड़कर उन्होंने ग्रहण कर लिया।

उसके बाद कब नौकरी शुरू हुई, कब एक दिन वह समाप्त भी हो गयी, यह ख्याल करने का समय उन्हें नहीं मिला।

इसी तरह कितने दिन कट गए थे कौन जाने! हठात् एक दिन उन्हें मिलिटरी-हेडक्वार्टर से उन्हें एक नोटिस मिला। नोटिस में लिखा था, आगामी महीने में फलाँ एक दिन उन्हें रिटायर होना होगा।

चिट्ठी पाकर वे चौंक उठे। रिटायरमेंट! अवकाश! उन्हें अवकाश लेना होगा! यही तो उस दिन। यही तो सिर्फ उस दिन उन्होंने नौकरी शुरू की थी! यही तो सिर्फ उस दिन उनकी पहली लड़की रानू पैदा हुई थी।

इतनी जल्दी सब उनका खत्म हो गया!

और रानू! रानू की बात याद आते ही वे न जाने कैसे अन्यमनस्क हो जाते! क्यों ऐसा हुआ! क्यों रानू ने ऐसा किया? रानू ने किस तरह अपने पिता को इस प्रकार...?

रिटायरमेंट का नोटिस पाने के बाद घर लौटते ही आरती ने पूछा, "क्यों पिताजी? तुम्हें क्या हुआ है? आज तुम इतने सूखे-सूखे क्यों दिखायी पड़ रहे हो?"

"सूखा-सूखा दिखायी पड़ रहा हूँ?"

भूधर गांगुली पहले बात बताना नहीं चाहते थे, लेकिन आरती के तंग करने पर बिना बोले भी रह नहीं सके आखिर में। बोले, "मेरे रिटायरमेंट का नोटिस आया है बेटी।"

आरती बोली, "तो बूढ़े होने पर रिटायर तो सबको ही होना होगा पिताजी, उमर हो जाने पर रिटायर नहीं होंगे?"

भूधर गांगुली बोले, "यही तो सोचता हूँ बेटी, इतनी जल्दी बूढ़ा हो गया, लेकिन तेरा कुछ कर नहीं पाया।"

आरती बोली, "मेरा? मेरा और क्या होना बाकी है? मैंने लिखना-पढ़ना सीखा है, मैं मनुष्य बन गयी हूँ, और तुम मेरा क्या करना चाहते हो?"

भूधर गांगुली बोले, "क्यों, तेरा विवाह? हमेशा क्या तू अविवाहित रहेगी? मैं अब तक तेरा विवाह जो नहीं कर सका।"

आरती कह उठी, "वाह रे, मेरे विवाह करके ससुराल चले जाने पर तुम्हें देखेगा कौन, सुनूँ?"

भूधर बाबू बोले, "मेरी बात तू छोड़ दे, मैं तो अब हमेशा जीवित नहीं रहूँगा। तब क्या होगा? तब तू किसके पास जाकर खड़ी होगी?"

आरती बोली, "तुम निश्चिन्त रहो, मैं किसी के पास कभी जाकर खड़ी नहीं होऊँगी पिताजी। यदि कभी खड़ी होऊँ तो मैं अपने निजी पैरों पर ही खड़ी होऊँगी।"

भूधर बाबू की आँखों में आंसू आ गए थे उस दिन लड़की की बात सुनकर। उन्होंने उस दिन सोचा था, आरती यदि उनका लड़का होती तो आज उन्हें क्या यह दुश्चिन्ता होती! और यह भी वे समझे थे कि संसार में रुपया ही सबसे बड़ी चीज नहीं है। रुपये से भी बड़ी चीज एक उपयुक्त—योग्य लड़का है, यह भी उन्होंने उस दिन हृदयंगम किया था।

लेकिन उसके लिए आखिर वे क्या करें? यही तो संसार का नियम है। एक व्यक्ति घर-भर लड़के-लड़कियाँ लेकर हैरान है, और एक व्यक्ति अगाध रुपयों के पहाड़ पर बैठा एक लड़के के लिए हाहाकार कर रहा है। और सिर्फ क्या लड़का चारों तरफ के इस परस्परविरोधी प्रयोजन को पूरा करने के मामले को लेकर ही तो यह पृथ्वी चल रही है! इस पृथ्वी में इसीलिए कोई समय काटने के साधन के अभाव में छटपटा रहा है, और कोई समय के अभाव में अपनी आँखों के सामने अँधेरा पाता है!

अन्त में भूधर बाबू ने चिट्ठी लिखी, कलकत्ते के सन्दीप चाटुज्जे को।

सन्दीप चाटुज्जे उनके बचपन के कलकत्ता के मित्र हैं। उन्हें उन्होंने लिखा कि वे अपना शेष जीवन अपनी छोटी कन्या को लेकर कलकत्ता में ही काटना चाहते हैं। सन्दीप मानो एक घर ठीक कर रक्खे उनके लिए।

और उधर से सन्दीप ने भी लिखा—तुम यहाँ चले आओ, यहाँ तुम्हें कोई असुविधा नहीं होगी, मेरा लड़का सुललित है, वह तुम लोगों को देखे-सुनेगा।

उस समय रिटायर होने में और भी छह महीने बाकी थे। छुट्टी शुरू हो गयी

थी, छह महीने छुट्टी काटने के बाद फिर एकदम छुट्टी, तब एकदम मुक्ति। तब लड़की का विवाह कर दे सके तो फिर कोई दुश्चिन्ता नहीं। पिंजरे से छूटे परिन्दे की तरह तब वे अपनी खुशी से जो तबीयत हो वही करते हुए घूम घाम सकेंगे।

सो इतने दिनों के बाद उन्हें वह सुयोग मिल गया। एक दिन लड़की को सन्दीप की चिट्ठी दिखायी। बोले, "यह देख, मेरे मित्र ने क्या लिखा है...देख..."

आरती ने चिट्ठी पढ़कर देखा और कहा, "यह सुललित कौन है जानूँ तो?"

"और कौन है, उस चिट्ठी में ही तो लिखा है कि कौन है। सन्दीप का लड़का सुललित।"

आरती थोड़ी देर के बाद बोली, "समझी, तुम अपने मित्र के लड़के के साथ मेरा विवाह करने के मतलब में हो—मैं सब समझ गयी हूँ।"

भूधर बाबू हँस पड़े। बोले, "ना, देखता हूँ तेरी बुद्धि से मैं, मुकाबिला नहीं कर सकूँगा।"

लेकिन जब सचमुच आखीर में वे कलकत्ते में आए तब लड़की की गति-मति देखकर डर गए। सुललित को सशरीर देखकर सचमुच वह उन्हें पसन्द आया, सुललित की चाल-ढाल भी पसन्द आयी। उन्होंने कुछ महीनों मिल-जुलकर ही समझा, इस जमाने में ऐसा लड़का दुर्लभ है। जरा-सी भी झूठ बात नहीं करेगा, बात जरा भी अदल-बदल नहीं करेगा, जरा-सी भी विलासिता नहीं करेगा कभी। आजकल के लड़कों की चाल-चलन के साथ मानो कोई मुकाबिला नहीं है सुललित का।

सुललित कहता, "आजकल नाम की क्या कोई बात है काका बाबू? पृथ्वी भी तो आजकल की नहीं है, तो फिर मनुष्य का ही क्यों आजकल के मापदंड से विचार करेंगे?"

भूधर बाबू पूछते, "लेकिन इस प्रकार के मन से तुम आजकल की पृथ्वी में निभोगे कैसे सुललित?"

सुललित कहता, "सो निभ यदि न सकूँ तो बल्कि ठहर जाऊँगा, लेकिन तब भी पृथ्वी से मैं आपसपन नहीं निभाऊँगा कभी।"

सुललित के चले जाने पर भूधर बाबू कन्या से कहते, "नहीं री, तू जो डर रही है वह बात नहीं है री, देखना यही सुललित एक दिन इन मनुष्यों की भीड़ ठेलकर सिर ऊँचा करके खड़ा होगा, होगा ही।"

अन्त में बात सब पक्की हो गयी। पहलेवाली मन की कसा-कसी एक दिन जब मन समझने-समझाने की दशा में बदल गयी तब फिर दूसरी तरह का दृश्य सामने आ

गया। तब भूधर बाबू का अकेले-अकेले घर में बैठे-बैठे घर का पहरा देने की पारी आ गयी। वे लोग बच्चे ठहरे, उन लोगों की बराबरी करके वे क्यों दौड़ेंगे?

आरती कहती, "पिताजी, हम लोगों को आज लौटने में देर होगी। लेकिन तुम देखो अपने मन में कुछ सोचना मत।"

लौटकर आने पर भूधर बाबू कन्या से पूछते, "क्यों री, इतनी देर क्यों हुई तुम लोगों को? इतनी देर के लिए कहाँ गयी थी?"

आरती कहती, "वाह रे, तुम्हारे मित्र के लड़के ने जो छोड़ा नहीं, रात कर दी! मैं क्या करूँगी?"

"कौन? सुललित? तुझे कहाँ ले गया था वह?"

आरती कहती, "दक्षिणेश्वर में।"

किसी दिन दक्षिणेश्वर, किसी दिन बैराडेल चर्च में, और किसी दिन डायमंड हारबर में। मनुष्य को देखना होगा न! मनुष्य को देखना हो तो एकदम मिट्टी के निकट-निकट जाना होगा न! जाना होगा वहाँ जहाँ वह दीन-हीन-असहाय है। जहाँ वह निःसंग, निरवलम्ब, निर्भीक है। सिर्फ कलकत्ता ही सब नहीं है आरती, जैसे लखनऊ नहीं है सबकुछ। यह शहर छोड़कर, यह ग्राम-जनपद बस्ती पार करके समस्त पृथ्वी के मनुष्य की अन्तरंग कामना-वासना का हिस्सेदार होना होगा। सब मनुष्य आज धीरे-धीरे परस्पर एक-दूसरे से विच्छिन्न हो गए हैं।

सुललित के पास आरती जितनी देर रहती उतनी देर ये ही सब बातें। आरती पूछती, "तुम क्या ये ही सब बातें सुनाने के लिए मुझे यहाँ ले आए हो न सुललित दादा?"

सुललित कहता, "क्यों, ये सब बातें सुनना शायद तुम्हें अच्छा नहीं लग रहा?"

आरती कहती, "ना, अच्छा क्यों नहीं लगेगा? लेकिन हर वक्त ये ही सब बातें सुनते क्या अच्छा लगता है? मनुष्य के जीवन में और तमाम बातें भी तो हैं!"

"और कौन-सी बातें हो सकती हैं तुम बताओ?"

आरती कहती, "क्यों, मनुष्य क्या सारे दिन मनुष्य की बात ही सोचेगा? उसका निज का खाना-पीना, उसकी निजी सामाजिकता भी तो है! साड़ी-गहना-घरद्वार-गाड़ी की बातें भी तो मनुष्य सोचता है!"

सुललित बोलता, "यह सब चिन्ता तो बाघ भालुओं को भी है, तो फिर जन्तु-जानवरों से हम लोगों का फर्क क्या है?"

आरती कहती, "जाने दो, तुमसे मैं ज्यादा तर्क नहीं करूँगी।"

सुललित तब थोड़ा नरम होता। कहता, "ठीक है, तो फिर अब से तुम्हारे साथ कौन-सी बातें करूँ, बोलो?"

आरती कहती, "तुम्हीं बताओ न, और कौन-सी बातें करोगे?"

सुललित कहता, "सचमुच आरती, मुझसे अन्याय हो गया है। इस बार से तुम जो बात करने को कहोगी, वही बात करूंगा। मेरे जप-तप, मेरी पूजा पर तो तुम्हारा इतना गुस्सा है, तुम अगर कहो तो मैं हो न हो उसे भी त्याग दूँगा—"

आरती सुललित के मुँह की तरफ देखती। उस आदमी के लिए बड़ी माया होती उसके मन में। दिन-दिन मनुष्य मानो उसके सामने शिशु होता जा रहा है। छोटे बच्चों के समान सरल, सीधासादा, साधारण!

आरती उसी समय कहती, "मैंने तुम्हारा खूब नुकसान किया है, जानते हो?"

सुललित अवाक् हो जाता। बोलता, "नुकसान? कैसा नुकसान?"

आरती कहती, "मैं जब पहले-पहल कलकत्ता आयी तब तुम कितने बड़े थे, कितनी जगहों में जाते, कितने लोगों से मिलते-जुलते, तुम्हारा क्लब था। मैंने आने के बाद से तुम्हारा वह सब अपनापन नष्ट किया है..."

"नष्ट? नष्ट किया है तुमने?"

आरती कहती, "हाँ, मैं जानती हूँ, मैंने ही तुम्हारा सब कुछ नष्ट किया है, मैंने तुम्हारा सर्वनाश किया है..."

"क्यों? यह बात कह क्यों रही हो तुम? मैं तो कुछ भी समझ नहीं पा रहा हूँ।"

ये सब घटनाएँ निर्जन में एकान्त में घटतीं। एक मनुष्य ने बचपन से बड़े होने के बीच की जगह पहुँचकर हठात् आविष्कार कर लिया था कि उसके जीवन में जिस चीज का सबसे ज्यादा अभाव है उसे ही पूरा किया है आरती ने। आरती ने आते ही उसे पहले जता दिया कि वह इतने दिनों असम्पूर्ण था। आरती ने ही उसके जीवन का अर्द्धांश उसे प्रकट कर दिया।

यह आविष्कार करने के बाद से ही सुललित मानो एकदम दूसरा मनुष्य हो गया। उन लोगों के विराट् घर के एक-एक छेद से जो अशान्ति इतने दिनों उसे यन्त्रणा दे रही थी वह मानो कुछ कम होने लगी। जरूरत क्या है उसे छोटी-छोटी रती-रती बातें लेकर सिर खपाने की? किन लोगों की नौकरानियों ने किनके घर के किस हिस्से में कूड़ा-करकट फेंका, और किनकी अन्नपूर्णा के आयोजन में कौन न्यौता पाए बिना भी आकर न्यौता खा गया, यह देखने की उसे जरूरत क्या है?

और क्लब? क्लब भी मानो पहले के समान उतना उसे आकर्षित नहीं कर पाता था। संसार में बन्धु-मित्र, आत्मीय-स्वजन सब मानो कुछ दिनों में ही सुललित के लिए मिथ्या हो गए।

आरती ने एक दिन कहा, "जानते हो, पिताजी ने कहा था तुमने मुझसे विवाह करने की कोई बात कही है या नहीं..."

"विवाह?"

आरती बोली, "हाँ, पिताजी का विश्वास है कि तुम मुझसे विवाह करने के लिए एकदम अस्थिर हो उठे हो—"

सुललित घास पर सिर रखकर सोया था। बात सुनकर ही उठ बैठा। हालत बाहर के व्यक्तियों के सामने कितनी दूर घुसपैठ कर चुकी है यह मानो वह तभी पहले-पहल समझ सका।

आरती सामने बैठी-बैठी साड़ी के आँचल को उँगलियों से लपेटते हुए बोली, "पिताजी ने हमारी तरफ की बात ही सिर्फ सोची है। पिताजी को भी दोष नहीं दिया जा सकता, हजार हो कन्या के पिता हैं न..."

"यह सुनकर तुमने क्या कहा?"

"मैं और क्या बोलूँगी, कुछ भी नहीं बोली—"

सुललित बोला, "क्यों, तुम कुछ नहीं बोलीं?"

आरती ने कहा, "बोलने के लिए मेरे पास क्या था तुम्हीं कहो?"

सुललित बोला, "यह भी तो ठीक है। इतने दिनों तुम्हारे साथ मिला-जुला विवाह की बात तो मैंने तुमसे एक दिन भी नहीं की।"

कहकर थोड़ा रुककर फिर बोला, "सचमुच ही तो, काका बाबू के मन में सन्देह होना ही तो स्वाभाविक है!"

आरती समझ न पाकर बोली, "क्या सन्देह?"

"सन्देह नहीं होगा? तुम हम दोनों इतनी देर घर के बाहर रहते हैं, साथ में बड़ा बूढ़ा कोई नहीं, मन की भूल से हम लोग एक कुछ खराब काम भी तो कर बैठ सकते हैं..."

आरती बोल उठी, "वाह रे, तुम हो न हो इसी तरह के लड़के हो क्या?"

"क्यों, मैं कैसा हूँ? मैं किस तरह का लड़का हूँ?

"तुम तो संन्यासी मनुष्य हो। जप-तप-पूजा-अर्चना किये बिना जल ग्रहण नहीं करते। झूठ बात बोलने की शक्ति भी तुममें नहीं है यह भी पितांजी जानते हैं। तुमसे मन की भूल नहीं होगी, यह पिताजी अच्छी तरह जानते हैं।"

सुललित हँसने लगा, बोला, "लेकिन कहावत है मन या मति। मुनियों को भी तो मतिभ्रम होता है।"

"तुम उस प्रकार के मुनि नहीं हो जो तुम्हें मतिभ्रम होगा। तुम जो एकदम देवगुरु बृहस्पति हो—"

सुललित बोला, "लेकिन बृहस्पति ही होऊँ या दैत्यगुरु शुक्राचार्य ही होऊँ, स्वयं मेनका अगर पास में बैठी हों तो ध्यान भंग होते कितने क्षण लगेंगे! मेनकाएँ जो सब कर सकती हैं—"

बात कहकर सुललित हँस पड़ा। लेकिन आरती हँस नहीं सकी। हठात् उसका मुँह बहुत गम्भीर हो उठा।

सुललित बोला, "क्या हुआ, मैंने मेनका कहा इससे तुम गुस्सा हो गयीं क्या?"

आरती तो भी हँस नहीं सकी। बोली, "ना, तुम जानते नहीं इसीलिए हँस रहे हो। मेरे पिता का कोई अन्याय नहीं है। पिता को इस बूढ़ी उमर में जो धक्का लगा है उसे अगर कोई दूसरा आदमी होता तो सह न पाता। इसीलिए पिता वही गाना-बजाना, म्युजिक कान्फरेन्स में भूले रहते हैं। सब कुछ भूलने की कोशिश करते हैं—"

"धक्का? तुम्हारी दीदी के मरने का धक्का?"

आरती उसी प्रकार गम्भीर होकर बोली, "ना, हमारी दीदी मरी नहीं..."

"मरी नहीं?"

सुललित मानो आसमान से गिरा। बोला, "तुम्हारी दीदी का नाम तो रानू था!"

आरती बोली, "हाँ, रानू, मैं रानू दीदी कहकर पुकारती उसे। लेकिन वह मरी नहीं!"

सुललित बोला, "लेकिन मैंने तो पिताजी के सामने काका बाबू को बोलते सुना है कि मर गयी है। उस समय तो तुम खुद भी वहाँ हाजिर थीं! तुम भी तो उस समय कुछ भी नहीं बोलीं। और आज कह रही हों वे मरी नहीं?"

आरती बोली, "हाँ, आज तुमसे कहूँ कि रानू दीदी मरी नहीं—"

सुललित और भी अवाक् हो गया। बोला, "अगर वे मरी नहीं तो उन्हें काका बाबू ने मर गयी हैं क्यों कहा था?"

आरती के मुँह का जवाब मानो मुँह में ही अटक गया।

सुललित बोला, "क्या हुआ, बात क्यों नहीं कर रही हो?"

आरती का मुँह जाने कैसा औंसा-रुआँसा हो उठा। उसने मुँह नीचा कर लिया। बोली, "असल घटना कोई नहीं जानता। कहना हो तो मुझे और पिताजी को छोड़कर पृथ्वी में और कोई नहीं जानता यह बात। पिताजी भी रानू दीदी को भूले रहने की कोशिश करते हैं। इसीलिए तो मैं सब समय पिताजी के नजदीक-नजदीक रहती हूँ। और पिताजी भी इसीलिए मुझे छोड़कर ज्यादा देर दूर रह नहीं सकते। यहाँ जो मैं यहाँ हूँ, जब तक मैं घर में लौटूँगी नहीं तब तक पिताजी छटपट करेंगे। पिताजी को नींद नहीं आएगी। मेरे घर लौटकर जाते ही पिताजी पूछेंगे, अब तक कहाँ थी, क्या करती थी, तुमसे क्या बातें हुईं, सबकुछ। रत्ती-रत्ती सब बातें पूछेंगे—सब कुछ न जान पाने तक रात को पिताजी को नींद ही नहीं आएगी—"

तुम्हारी वे रानू दीदी अब कहाँ हैं?"

आरती बोली, "कहाँ हैं यह कोई नहीं जानता—"

"इसके माने? दीदी जीवित हैं न?"

आरती बोली, "जीवित हैं कि नहीं यह खबर भी हम लोगों में से कोई नहीं जानता।"

"लेकिन इस तरह की बात हुई क्यों?"

आरती बोली, "कैसे जानेंगे कि इस तरह की बात क्यों हुई। हमारी माँ नहीं है, शायद इसी से इस तरह की बात हुई। माँ होती तो शायद रानू दीदी किसी की आँखें टाल नहीं पातीं। पिताजी की मिलिटरी की नौकरी, पिताजी तो दिन-रात नौकरी में पागल रहते, उस नौकरी में छुट्टी उट्टी थी नहीं। पिताजी हम लोगों के लिए रुपये खर्च करके ही निश्चिन्त हो जाते, और हम लोग दोनों हाथों से वे रुपये खर्च करतीं। जानती नहीं कि कहाँ से वे रुपये आते हैं, जानना चाहती भी नहीं थीं कि पिताजी हम लोगों को कितना प्यार करते हैं—"

बोलते-बोलते आरती इस बार कुछ रुकी। लगता है उन पुराने दिनों की बातें याद करके ही उसने एक लम्बी साँस ली। उसके बाद फिर कहने लगी, "लेकिन अन्त में रानू दीदी पिताजी को इतना कष्ट देंगी, यह उन दिनों मैं कल्पना भी नहीं कर सकी—"

सुललित अब तक एकमन से आरती की बातें सुन रहा था। इस बार बोला, "उसके बाद?"

आरती कहने लगी, "हम दोनों उस समय उस्ताद रखकर गाना सीखतीं। पिताजी का खुद का भी छुटपन में थियेटर करना, गाना गाना इन सब बातों की तरफ झोंक था। लेकिन मिलिटरी में नौकरी पाने के बाद पिताजी फिर वह सब-कुछ भी नहीं कर सके। इसीलिए पिताजी का मन था हम दोनों बहनें गाना गाना सीखें, खयाल, ठुमरी, भजन, यही सब—"

"तुम भी गाना सीखती थीं क्या? अब भी गाना गा सकती हो?"

आरती बोली, "गा सकती हूँ। लेकिन मेरी दीदी का गाना सुनने पर समझते कि किसे कहते हैं गाना। मेरी रानू दीदी घर के दुतल्ले में गाना गातीं तो नीचे के रास्ते के लोग जमा हो जाते—"

सुललित बोला, "थोड़ा सुनाओ न गाना, देखूँ न कैसा गाना गातीं तुम्हारी दीदी—"

आरती बोली, "यहीं? इसी गंगा के तीर पर?"

"इससे क्या हुआ?"

आरती बोली, "लेकिन अगर लोगों की भीड़ जम जाय?"

सुललित बोला, "जोर के गले से न भी गाओ तो क्या हुआ, गुनगुनाकर गाने में दोष क्या है?"

आरती बोली, "हमारी दीदी एक गाना बहुत अच्छा गाती थीं, झिझिट खम्बाज

की ठुमरी, चिमे तेताला, नवाब वाजिद अली शाह का लिखा गाना—"

सुललित बोला, "सुनूँ, गाओ न—"

आरती ने गाया—

डोले रे जीवन मदमाती गुजरिया—
तेरा संग जोड़ा मोसे मरा ले कटरिया—
लटपट सोहत कुंजभवन में,
पहिर कुसुम रंग की रे चुनरिया—

गाना बार-बार घुमा-फिराकर बहुत देर तक गाया आरती ने। गाना रुकने पर किसी के मुँह से बड़ी देर तक कोई बात नहीं निकल सकी। बाहर की समस्त प्रकृति भी मानो गाना सुनकर स्तब्ध हो गयी हो—

उसके बाद आरती खुद ही निस्तब्धता भंग करके बोल उठो, "चलो, अब उठें—"

सुललित बोल उठा, "सचमुच आरती तुम तो चमत्कार गाना गाती हो—"

आरती बोली, "यह भी ऐसा क्या गाना है, तुम अगर हमारी दीदी के मुँह से गाना सुनते तो अवाक् हो जाते!"

"फिर उसके बाद?"

"उसके बाद पूरा शहर टूट पड़ता हमारे घर में, हमारी रानू दीदी का गाना सुनने के लिए। एक-एक सुर का सूक्ष्म काम सुनकर ऐसा लगता कि उसे सोने के फ्रेम में मढ़वाकर घर की दीवाल में टाँग रक्खें। कितनी ही जगहों से कितने ही न्यौते आते दीदी का गाना सुनने के लिए। किन्तु पिताजी हम लोगों को बाहर दूसरे किसी के घर में या किसी फंक्शन में गाना गाने के लिए जाना पसन्द न करते। सिर्फ अचम्भा है, तब क्या मैं ही जानती थी कि यह गाना ही एक दिन रानू दीदी का काल होगा—"

"क्यों?"

आरती बोली, "वही बात तो कह रही हूँ। हम दोनों उस समय कॉलेज में पढ़ते थे। एक संग जाते किसी दिन और किसी दिन मेरा क्लास पहले खत्म होने पर मैं घर चली आती और रानू दीदी आती बाद को—! लेकिन उस दिन शाम को पाँच बज गए, तब भी रानू दीदी नहीं आयी। जब शाम को सात बजे घड़ी में, उस समय भी रानू दीदी के आने का नाम नहीं। अन्त में रात को आठ बजे, नव बजे, दस बजे ग्यारह-बारह सब बज गए घड़ी में, दूसरे दिन सवेरा हो गया। तब भी रानू दीदी दिखायी नहीं पड़ीं। मैं उस समय घर में अकेली थी। किसे खबर दूँ, क्या करूँ, कुछ भी समझ नहीं पा रही थी।"

"उसके बाद?"

"उसके बाद पिताजी को तार कर दिया। पिताजी उस समय स्पेशल ड्यूटी में बरेली में थे। मेरा टेलिग्राम पाकर पिताजी दौड़े आए। मुझसे सब सुनकर पिताजी का मुँह सूख गया। तत्र पुलिस थाना सब जगहों में खबर दी गयी, कहीं फिर रानू दीदी मिलीं नहीं। पिताजी को हठात् स्ट्रोक हुआ उसी समय—"

"स्ट्रोक हुआ था क्या काका बाबू को?"

"हाँ, एक बार स्ट्रोक हो चुका है पिताजी को। इसीलिए तो मैं पिताजी को बहुत सँभालकर रखती हूँ अब। सब समय पिताजी के साथ-साथ रहने की कोशिश करती हूँ—"

"उसके बाद?"

"उसके बाद रानू दीदी की बहुत खोज हुई, लेकिन कहीं वे मिलीं नहीं। तिस पर यह ऐसी एक खबर है जो आत्मीय-स्वजन वन्धु-बान्धव किसी से बतायी नहीं जा सकती। इसीलिए उसके बाद से ही पिताजी एकदम चुप हो गए। किसी से अब बात नहीं करते, नौकरी तो आखिर करनी ही पड़ती है इसीलिए नौकरी करते हैं। बहुत दिनों के बाद फिर पिताजी ने नौकरी ज्वाएन की जरूर लेकिन उसके बाद उनका मन फिर नौकरी में लगा नहीं। और उसके बाद एक दिन रिटायर होने की मियाद आ गयी, पिताजी बोले, चल कलकत्ता ही चलें। इसीलिए कलकत्ता चली आयी पिताजी को लेकर।"

सुललित चुपचाप अब तक आरती की बातें सुन रहा था। बातें खत्म होने के बाद भी बड़ी देर तक कोई जवाब दे नहीं सका वह।

आरती बोली, "चलो, अब घर चलें—"

"अभी? अभी जाओगी?"

आरती बोली, "मेरी ये उलटी-पलटी बातें सुनते क्या तुम्हें अच्छा लग रहा है? यहाँ मुझे बिठाल रखने में लेकिन मैं ऐसी और तमाम बेकार बातें करके तुम्हारे कान झर्झर कर दूँगी यह कह रखती हूँ—"

सुललित बोला, "कौन-सी बेकार बात है और कौन-सी काम की बात है, वही तो आज तक समझ नहीं पाया। आज लगता है तुमसे भेंट होने के पहले तक जो कुछ करता आया वे सब बेकार काम हैं और जो कुछ सुनता आया सब बेकार बातें—"

आरती बोली, "छि:, मेरे समान एक तुच्छ लड़की के लिए तुम अपने को छोटा मत करो सुललित दादा, उससे मैं खुद भी जो छोटी हो जाऊँगी—"

"लेकिन तो फिर क्यों तुम कलकत्ता आयीं? और कलकत्ता ही अगर आयीं तो क्यों मेरे साथ तुम्हारी भेंट हुई?"

आरती बोली, "इस तरह मत बोलो, यह बात सुनकर मुझे कष्ट होता है—"

सुललित बोला, "तुम तो जानती नहीं हो तुम्हारे आने के बाद से मैं कितना बदल गया हूँ, और तुम्हीं बताओ पहले मैं जो था अब भी क्या वही हूँ? अब मुझे देखकर मेरे पुराने मित्र भी अवाक् हो जाते हैं। एक लड़की जो मेरे समान पुरुष को कितना बदल दे सकती है, यह मुझे देखे बिना वे कल्पना ही न कर सकते— "

आरती बोली, "सचमुच मेरे कारण अगर तुम्हारा अध:पतन हुआ हो मैं उसके लिए बहुत ही दु:खित हूँ। तो फिर देखती हूँ आज से मेरे साथ तुम्हारी भेंट न होना ही अच्छा है— "

सुललित ने खप से आरती का एक हाथ पकड़ लिया। बोला, "यह नहीं होगा, मैंने तो कोई अन्याय किया नहीं तुम्हारे साथ जिसके लिए मुझे ऐसा दंड दोगी— "

"लेकिन तुमने क्या सोचा है, मेरे लिए तुम्हारा कोई नुकसान होने पर वह नुकसान मैं ही सहन कर सकूँगी?"

सुललित बोला, "तो फिर वादा करो कि तुम कहीं चली नहीं जाओगी!"

आरती ने हँस उठकर वातावरण को हल्का कर दिया। बोली, "ओ माँ, तो फिर क्या मैं सारी रात इसी प्रकार यहाँ बैठी-बैठी तुमसे गप करूँ, यह बोलना चाहते हो क्या? घर में पिताजी मेरे लिए रास्ता देखते हुए बैठे हैं यह जानते हो? और हमारे बगल के घर में एक बहू है वह दिन-रात खिड़की से मुझे ताकती रहती है। यही जो अभी रात को घर नहीं लौटूँगी, यह भी वह देखेगी। उसके बाद कल सवेरे दिखायी पड़ते ही पूछेगी, रात को कहाँ गयी थी। हम लोगों की सब बातें उसे जाननी चाहिए। तुम्हारे साथ यहाँ बैठे-बैठे कौन-सी बातें हुईं यह जानने की भी उसकी इच्छा रहती है!"

उसके बाद कुछ हँसकर बोली, "बहू मुझसे क्या कहती है जानते हो?"

सुललित बोला, "क्या?"

"कहती है हम दोनों का विवाह होगा क्या? तिस पर उसने कैसे यह अद्‌भुत धारणा की है कौन जाने!"

सुललित बोला, "अद्‌भुत धारणा क्यों कहती हो? जब किसी के साथ किसी के मन देने लेने की पारी चलती है, और जब उसमें अभिभावकों का भी मत रहता है, तब क्या यह बात किसी की नजरों से छिपी रहती है? लोग जिसे दो दिनों बाद जान पाते उसे दो दिन पहले जान लेने पर ऐसा नुकसान ही आखिर क्या है? यह तो लुकाचोरी की बात नहीं है।"

आरती बोली, "सो तो नहीं ही है, तुम जानते हो, पिताजी ने तो अभी से मेरे गह्नों का आर्डर दे दिया है।"

सुललित बोला, "गहना? गहना क्या होगा?"

आरती बोली, "वाह रे, कन्या के विवाह में गहना गढ़वाना नहीं होगा?" सुललित

बोला, "गहनों की क्या जरूरत? गहना न देने पर मैं क्या तुम्हें पसन्द नहीं करूँगा?"

आरती बोली, "सो होने दीजिए, मैंने मना नहीं किया। पिताजी के जीवन में कोई साध ही नहीं मिटी। पिताजी ने छुटपन में गायक होना चाहा था, नौकरी के दबाव से नहीं हुआ। मुझे और दीदी को उस्तादजी रखकर बड़ी गायिका बनाना चाहा था वह भी नहीं हुआ, यह साध भी उनकी मिटी नहीं। अब सिर्फ बाकी है मेरा विवाह, पिताजी की वह साध अगर मुझे गहने देकर, सजाकर मिटे तो मैं क्यों बाधा डालने जाऊँगी, बोलो?"

उसके बाद बोली, "चलो, बहुत रात हो जाएगी घर लौटने में, उठूँ चारों ओर सम्पूर्ण वातावरण उस समय शान्त एकान्त था। नजदीक दूर कहीं कोई भीड़ नहीं थी। सुललित उठा। हाथ पकड़कर उसने आरती को भी उठा लिया।

हाय रे मनुष्य का स्वप्न, और हाय री मनुष्य की आशा! उस दिन हो न हो दोनों में से कोई भी जानता नहीं था कि उन दोनों के निविड़ सम्पर्क सूत्र में इस प्रकार ऐसे अप्रत्याशित भाव से ऐसी एक गाँठ बँध जाएगी।

इस पर भी अब तक कोई आभास ही नहीं मिला उसका। जिस प्रकार पृथ्वी की पूर्व दिशा के अन्त में रोज सूर्य उदय होता, उसी प्रकार तब भी सूर्य रोज उगता। सूरज उगने के बाद ही एकदम पूरे दिन के लिए तैयार होकर आता. सुललित। आकर बिल्कुल भूधर बाबू के घर-परिवार का एक व्यक्ति हो जाता, भले चाहे झंझा-वर्षा हो, चाहे भूकम्प हो।

भूधर बाबू बोलते, "यह देखो सुललित, आज का अखबार देखा है?"

"क्यों काका बाबू, कोई नयी खबर है?"

काका बाबू कहते, "फिर मानो पाकिस्तान के साथ लड़ाई शुरू होगी, लगता है।"

सुललित कहता, "तो लड़ाई छिड़ने पर आपका अब क्या है काका बाबू? आप तो मिलिटरी से रिटायर हो गए हैं।"

भूधर बाबू कहते, "असल में तो पूरा-पूरा रिटायर अभी तक हुआ नहीं भाई, अब भी तो छुट्टी में हूँ।"

यह कहकर अखबार की खबरों पर एक-एक लकीर में आँखें डुलाते। उस समय सुललित रसोईघर में या भांडारघर में चला गया होता। घर का अपना व्यक्ति हो जाने पर फिर बाहर-भीतर जाने-आने में कोई बाधा-विघ्न का सवाल ही नहीं उठता।

आरती के पास जाकर वह बोलता, "यह क्या, इतना कौन-सा काम कर रही हो तुम?"

आरती विचलित होती। कहती, "तुम यहाँ मेरे पास आए क्या करने?"

सुललित कहता, "मुझसे बोलो न, अगर तुम्हें कुछ सहायता कर सकूँ—"

आरती कहती, "तुम चलो तो यहाँ से, यह सब तुमसे नहीं हो सकेगा—"

सुललित कहता, "हो कैसे नहीं सकेगा? बड़ा भारी है न दो आदमियों का संसार, तिस पर फिर काम दिखा रही हो तुम!"

आरती कहती, "यह तुम्हारे क्लब का काम नहीं है, क्लब की मीटिंग में खड़े होकर लेक्चर देना नहीं है, वह सब कर सकते हैं—रसोईघर सँभालना इतना सहज काम नहीं है—"

सुललित कहता, "तो देखता हूँ तुम लेक्चर भी दे सकती हो अच्छा—"

आरती ने कहा, "हाँ, मैं क्यों, सब यह कर सकते हैं—तुम पिताजी के पास जाकर बैठो, मुझे काम करने दो—"

तब सुललित तर्क में हारकर फिर भूधर बाबू के पास आता कहता, "आज कहाँ जाइयेगा काका बाबू?"

काका बाबू कहते, "मैं सोचता हूँ एक बार तुम्हारे घर जाऊँ बेटा—"

"हम लोगों के घर?"

काका बाबू कहते, "तुम्हारे पिताजी ने एक बार मुझसे मिलने को कहा है।"

"लेकिन कहाँ, मुझसे तो पिताजी ने इस बारे में कुछ कहा नहीं!"

"कल जब तुम थे नहीं तब भगीरथ के जरिए तुम्हारे पिताजी ने मेरे पास खबर भेजी है—"

सुललित तब फिर आरती से जाकर पूछता, "कल क्या भगीरथ यहाँ आया था?"

"हाँ, मैंने भी तो घर आकर पिताजी से यही सुना।"

"लेकिन मुझसे तो पिताजी ने कुछ कहा नहीं?"

आरती कहती, "तुम्हारे विवाह की बात तुमसे कहने से फायदा क्या? तुम तो सिर्फ दूल्हा सजकर विवाह करके ही छुट्टी पा जाओगे, करेंगे तो सब कुछ मालिक लोग।"

"तो मेरा विवाह और मैं ही कुछ जानूँगा नहीं?"

आरती कहती, "वाह, पहले से जान जाने से अगर तुम फिर विवाह तोड़ दो, तब?"

सुललित कहता, "वाह रे, तुम खूब कहती हो, ऐसा विवाह मैं तोड़ दूँगा?"

आरती कहती, "अरे भाई, साधु-संन्यासी मनुष्य ठहरे, कुछ कहा जा सकता है क्या?"

बातों के साथ दोनों व्यक्ति हो-हो करके हँस उठते। आखिर में सुललित कहता, "तुमने मुझे और साधु-संन्यासी रहने कहाँ दिया, तुमने तो मेरा जप-तप सबकुछ

छिन्न-भिन्न कर दिया है—"

हठात् बगल के कमरे से भूधर बाबू का गला सुनायी पड़ता, "ओ री आरती, सुललित का गला जो सुन रहा हूँ, सुललित अभी तक है क्या—

आरती गला धीमा करके कहती, "ए, जाओ, छिप-छिपकर मुझसे गप करने से नहीं चलेगा, पिताजी के कानों में बातें सुनायी पड़ी हैं—"

सुललित कहता, "तो तुम्हारे साथ छिप-छिपकर गप करने में कुछ अन्याय है क्या? मैं तो रोज बाहर जाकर तुमसे मिलता-जुलता हूँ तब तो अन्याय नहीं होता—"

"बाहर तुम क्या करते हो यह क्या कोई देखने जाता है? घर के भीतर यह नियम नहीं चलेगा। अन्तत: अभी तो नहीं चलेगा—"

सुललित कहता, "और बाद को?"

आरती कहती, "बाद की बात बाद को होगी, अभी पिताजी बुला रहे हैं, जाओ, सुन आओ पिताजी क्या कहते हैं!"

जितने दिनों विवाह की बात चलती रही उतने दिनों कहाँ से समय कटता चला जा रहा था, यह किसी को खयाल करने का समय नहीं था, तिस पर विवाह की बात होने पर ही तो चट से विवाह हो नहीं जाता। चाहे लड़के का ही विवाह हो और चाहे लड़की का भी। भूधर बाबू की तरफ से इतनी चिन्ता नहीं थी। बैंक में रुपया मौजूद था। वे चेक काटेंगे और रुपये खर्च करेंगे। कलकत्ता शहर में एक घंटे के नोटिस में भी विवाह होना सम्भव है।

लेकिन चैर्जियों के घर में तब तमाम समस्याएँ थीं। सन्दीप चैटर्जी के वंश की अनेक शाखा प्रशाखाएँ हैं, इसलिए तमाम उनकी जिम्मेदारियाँ हैं।

रात को ज्ञानदामयी बोलीं, "तुमने पक्का वायदा कर दिया क्या?"

सन्दीप चाटुज्जे ने कहा, "हाँ, कर दिया।"

"लेकिन इधर घर में इतना गोल माल है, ऐसे में ही क्या सब होगा, मेरे शरीर से निभेगा कि नहीं यही सोचती हूँ—"

सन्दीप चाटुज्जे ने कहा, "मेरा शरीर ही क्या खूब अच्छा है? और इसीलिए तो जल्दी-जल्दी, हम लोग कब हैं कब नहीं। हम लोगों के चले जाने पर खोका के काका-ताऊ क्या फिर उसे देखेंगे? और भूधर की लड़की को तो तुमने भी देखा है, तुम्हें भी तो वह पसन्द आयी है—"

गृहिणी ने कहा, "हमें पसन्द हो या न हो, खोका को पसन्द आयी है यही हम लोगों का भाग्य है, वह किसी दिन विवाह करने को राजी होगा यही तो किसी दिन

सोच नहीं सकी—"

"खोका को पसन्द आयी है यह कैसे समझा? खोका ने तुमसे अपने मुँह से कुछ कहा है क्या?"

"मुँह से क्यों बोलना होगा? आँखें खोलते ही तो दिखायी पड़ता है। देखो न, पहले अपने क्लब में आता-जाता था, भगीरथ बोला आजकल शायद वहाँ जाना भी एकदम बन्द कर दिया है। उसके दोस्त यहाँ आकर उसे खोजकर लौट जाते हैं, उसे नहीं पाते। हर समय तो वहीं पड़ा रहता है। आजकल तो घर में खाता भी नहीं है—"

घर के भीतर की ये सब खबरें लोकपरम्परा के आधार से हम सबके कानों में भी आयीं। हम लोग अवश्य अवाक् नहीं हुए। क्योंकि जिस दिन से सुललित ने हमारे क्लब में आना बन्द किया था, उसी दिन से हम लोगों ने समझ लिया था कि कहीं शायद कुछ गोलमाल चल रहा है। इसके बाद जिस दिन भगीरथ से सुना कि सुललित किन्हीं एक मुँहबोले पराये काका बाबू के घर में जाता है उसी दिन हमारा सन्देह सुदृढ़ हुआ। और उसके बाद जिस दिन सुललित के घर के सामने टैक्सी से एक सुन्दरी लड़की को उतरते देखा, उस दिन से हम लोगों के मन में कोई सन्देह बाकी नहीं रहा।

उन्हीं दिनों एक दिन हठात् हम लोगों ने सुललित को पकड़ लिया। वह उस वक्त अपने काका बाबू के घर से लौट रहा था।

पीछे से हमने पुकारा, "सुललित—"

अंधेरे में वह हमें अच्छी तरह पहचान नहीं सका। नजदीक आने पर पहचान-कर बोला, "ओ, तुम? क्या खबर है?"

मैंने कहा, "तेरी क्या खबर है, बोल? तूने तो हम लोगों को एकदम त्याग दिया है—"

सुललित बोला, "ठीक त्याग नहीं किया। लेकिन मामला यह है कि मेरे न देख सकने पर भी तुम लोगों के क्लब को देखने के लिए मनुष्य की कमी नहीं है, लेकिन मुझे छोड़कर आरती आदि को कोई देखनेवाला जो नहीं है—"

"सुना, उस लड़की के साथ तेरा विवाह हो रहा है, सच है क्या?"

सुललित साफ गले से बोला, "हाँ, खबर ठीक ही सुनी है, मेरे साथ आरती का विवाह हो रहा है—"

"तो फिर तूने अन्त में शादी कर ली?"

सुललित बोला, "क्यों? मैंने क्या कभी तुम लोगों से कहा था कि मैं शादी नहीं करूँगा? और तिस पर शादी करना क्या कोई अन्याय का काम है?"

मैंने कहा, "नहीं, हम लोगों ने कुछ दूसरी तरह से सोचा था—"तुम लोगों ने दूसरी तरह से क्या सोचा था?"

"सोचा था, तू माँ-बाप की पसन्द की हुई लड़की से शादी करेगा। तेरे समान बुनियादी मकान में पहले तो कभी इस तरह की लव मैरिज हुई नहीं।"

सुललित बोला, "नहीं तो, मेरे बाप-माँ ने ही तो आरती को पसन्द किया है, और काका बाबू ने खुद ही तो इस शादी का प्रस्ताव किया है—"

"छोड़, कब है तेरी शादी?"

सुललित बोला, "अभी तक तारीख ठीक नहीं हुई।"

"हम लोगों को खबर मिलेगी न?"

"जरूर, मैं तो छिपाकर कुछ करता नहीं। हम लोगों की तो रजिस्ट्री से शादी होगी नहीं। पुरोहित-नाई शालग्राम शिला को साक्षी रखकर हिन्दू-पद्धति से शादी होगी।"

उसके बाद कुछ ठहरकर बोला, "देख, जिसके साथ एक संसार में पूरा जीवन काटना होगा उसे ग्रहण करते समय बहुत सोच-विचारकर जाँचकर निर्णय करना अच्छा है। इससे बाद को पछतावा नहीं करना पड़ता। इसीलिए इतने दिनों जाँचने की बारी चल रही थी, इसी से तो क्लब में इतने दिनों नहीं जा सका।"

"जाँचकर क्या देखा?"

सुललित बोला, "आदर्श स्त्री कहने से जो मतलब निकलता है आरती में वह होने की योग्यता है। हम दोनों—दोनों को तमाम तरह से जांचकर तब इस शादी के लिए राजी हुए हैं।"

मैंने कहा, "तू सुखी हो तो हम लोगों को निश्चय आनन्द होगा, दुःख नहीं।" सुललित बोला, "देख, सुख शब्द बड़ा गोलमोल है। सुख बाहर खोजना नहीं होता, वह भीतर की चीज है। हम अपने भन के भीतर अगर सुख पा सकें तो उसके लिए और कुछ नहीं चाहिए। रुपया, घर, मोटर, ख्याति, नीरोग शरीर सब-कुछ पाकर भी कितने ही लोगों को मैंने मरे के बराबर देखा है।"

सुललित की वे ही सब पुराने दिनों की बातें। ये सब बातें पहले हमने तमाम सुनी हैं, ये सब बातें सुनकर ही सुललित को हमने श्रद्धा की नजरों से देखा है। श्रद्धा किया है उसके व्यक्तित्व को। और इस व्यक्तित्व ने ही हमारे क्लब के सब लोगों को उसकी तरफ आकर्षित किया है। उस दिन देखा आरती के साथ इतना घनिष्ठ होने पर भी उसने अपनी निजी स्वकीयता नहीं खोयी। वह तब भी पहले का सुललित ही बना हुआ है। देखकर मुझे बहुत अच्छा लगा।

मैं बोला, "ठीक है, देखकर खुश हुआ कि तू तो फिर वही हमारे लिए पहले के समान है आज भी।"

सुललित बोला, "तुम लोगों ने क्या सोचा है कि प्रेम में पड़ गया हूँ इससे मैं मनुष्य भी बदल जाऊँगा?"

मैंने कहा, "नहीं, बदल जाना तो कुछ अपराध नहीं है। संसार में सबको हो तो शादी के बाद बदल जाना पड़ता है।"

सुललित बोला, "मैं नहीं बदलूँगा। तुम लोग देख लेना मैं पहले जैसा था बाद को भी मैं वैसा ही रहूँगा। उमर होने पर मनुष्य के सिर के बाल पक जाते हैं, दाढ़ी पक जाती है, लेकिन असल मनुष्य क्या ऐसा होने से बदल जाता है? तुम लोग कुछ फिक्र मत करो, मैं थोड़ी फुरसत पाने पर फिर तुम लोगों के क्लब में जाऊँगा। मुझे तुम लोग अब थोड़ी छुट्टी दो भाई, सिर्फ कुछ दिनों के लिए, उसके बाद मैं फिर ज्यों-का-त्यों।"

इस गल्प का यही सूत्रपात है। जो मनुष्य अहंकार करता है, उसका लगता है यही अन्त है। तब भी सुललित को अहंकारी लड़का कहने से काम नहीं चलेगा। अहंकार और आत्मविश्वास क्या एक ही बात है? दूसरा कोई अगर सुललित के समान बातें करता तो उसे हम अहंकारी कहते। लेकिन सुललित के लिए तो यह नहीं कहा जा सकता। उसके आत्मविश्वास ने उसे स्वातन्त्र्य दिया था, उसे नि:संग किया था, उसे विच्छिन्न किया था। और यह सब किया था इसीलिए सुललित को लेकर यह गल्प लिखने बैठा हूँ—जिस सुललित को आज इतने दिनों के बाद लखनऊ में देखा।

किस तरह कब क्या हो जाता है यह अगर पहले से मालूम हो पाता तब तो मनुष्य सावधान होकर आत्मरक्षा कर ले सकता। मनुष्य कहता, मैं असहाय हूँ, मैं असमर्थ हूँ, हे मेरे भाग्यविधाता, तुम मुझे बचाओ—

और इसके अलावा भविष्यत् के सम्बन्ध में अगर मनुष्य अन्धा न होता तो संसार-यात्रा लगता है एकदम सुखहीन हो जाती। भावी विपत्ति की सम्भावना देखकर किसी भी सुख में फिर कोई तन्मय न होता। मिल्टन यदि जानते कि वे अन्धे हो जाएँगे तो लिखने-पढ़ने का नाम भी न लेते। शाहजहाँ यदि जानते कि औरंगजेब उन्हें बुढ़ापे में जेलखाने में कैद करके रक्खेगा तो वे कभी दिल्ली का सिंहासन छूते तक नहीं। भास्कराचार्य यदि जानते कि उनकी एकमात्र कन्या चिर-विधवा हो जाएगी तो वे शायद कभी विवाह ही न करते। नवकुमार या उनकी नयी स्त्री को मालूम होता कि उनके विवाह से कैसा विषमय फल फलेगा तो शायद उनका विवाह ही न होता।

ये सब बातें बंकिमचन्द्र ही लिख गए हैं। यहाँ मैं भी कहूँ कि सुललित यदि जानता कि आरती से मिलने-जुलने से उसका कैसा सर्वनाश होगा तो वह सम्भवत: इस प्रकार मन की पूरी एकाग्रता के साथ उससे घुलता-मिलता नहीं।

लेकिन सुललित तब किससे शिकायत करेगा? किससे आश्रय माँगेगा? कौन

उसे सान्त्वना देगा?

लेकिन घटना शुरू से बताना जरूरी है। जैसे चारों तरफ जब कोमल आबहवा हो, किसी तरफ से तूफान का कोई संकेत नहीं, कहीं किसी प्रकार की आकस्मिक दुर्घटना का भी कोई अन्दाज नहीं, ऐसे ही समय अकस्मात् पश्चिम बंग के आकाश के मेघ का एक टुकड़ा देखते-देखते सब कुछ ढाँककर एकदम सारी पृथ्वी को तहस-नहस कर दे, ठीक ऐसी ही घटना सुललित के जीवन में घटी।

उस दिन सवेरे चाटुज्जे-परिवार के वकील आ पहुँचे। घर के मालिकों के बुलाने पर उन्हें आना पड़ा।

सन्दीप बाबू ने सुललित को बुलाया। वे बोले, "तुम्हें आज थोड़ा घर में रहना होगा।"

सुललित बोला, "घर में रहना होगा? लेकिन मुझे तो एक काम था—"

"जितना भी काम हो, यह सब कामों से भी जरूरी है। आज सवेरे हमारे वकील साहब आ रहे हैं। बड़े दादा ने बुला भेजा है—"

"वकील साहब?"

"हाँ।"

"तो वकील साहब के साथ मुझे क्यों ठहरना होगा?"

सन्दीप बाबू बोले, "मैं बूढ़ा हो गया हूँ, मैं अब कितने दिन जिऊँगा? मेरे मरने पर यह सब तो तुम्हें ही देखना होगा। इसीलिए मैं चाहता हूँ कि अभी से ही तुम अपनी सम्पत्ति वगैरह सब कुछ समझ लो—"

सुललित बोला, "लेकिन मैं सम्पत्ति के बारे में क्या समझूँगा? मैंने तो यह सब लेकर कभी सिर नहीं खपाया—"

सन्दीप बाबू बोले, "पहले सिर नहीं खपाया, लेकिन अब से तुम्हें यह फिक्र रखनी होगी। यह दस आदमियों का संसार है, यहाँ अपना हिस्सा खुद देख न लेने पर कौन तुम्हें दिखाने जाएगा? तुम बड़े हुए हो, दो दिन के बाद तुम्हारा विवाह होगा, संसार होगा, तुम पर जो लोग निर्भर करेंगे उनके भरण-पोषण की बात तुम्हें ही सोचनी होगी, तब यह सम्पत्ति तुम्हारे काम में आएगी। और अभी से यह सब हिसाब कौड़ी-गंडे के समान सूक्ष्म रूप से न समझ लो तो बाद को हिसाब में गोल-माल होने पर तब तुम्हीं अपने परिवार के साथ मुश्किल में पड़ जाओगे! तब तो मैं यह सब सँभालने में तुम्हें कोई मदद ही नहीं कर सकूँगा। मैं चाहता हूँ कि मेरे रहते-रहते तुम सब समझ लो—"

पिता की बात के खिलाफ कोई बात कहने की हिम्मत कभी नहीं रही सुललित को। अन्त में उस दिन फिर आरती के घर में उसका जाना नहीं हो सका।

सवेरे ही वकील साहब आए। बुनियादी घर के बुनियादी वकील। कोर्ट की उनकी छुट्टी थी। वे एकदम पूरे दिन के लिए तैयार होकर आए थे। सम्पत्ति जितनी पुरानी थी, उसके दस्तावेज भी उसी तरह एक गट्ठर थे। लोहे के विशाल सन्दूक से वे सब नक्शे, सनद वगैरह निकले। धूल झड़ जाने और मनुष्य का स्पर्श मिलने पर मानो वे सब एक साथ वाणीहीन आर्तनाद कर उठे। इतने दिनों की सम्पत्ति, इतने दिनों की परम्परा का सब इतिहास अगर तुम लोग नाश कर दो तो हम सब कहाँ जाएँगे? हमारा सुनाम कहाँ रहेगा। सब लोग कहेंगे कि चाटुज्जे घर के शामिल-शरीक में झगड़ा मच गया है!

बड़े मालिक बोले, "इन दो कमरों की हमें जरूरत है, नहीं तो हमारे लड़के का जब विवाह होगा तब वह कहाँ रहेगा?"

एक बोला, "तब तो मझले मालिक के हिस्से का कमरा जो कम हो जाएगा..."

बड़े मालिक बोले, "मझले मालिक को कमरे की जरूरत ही क्या है? उनके तो एक ही लड़का है। मेरे घर में अगर दामाद आए तो उसे एक कमरा देना नहीं होगा? वह क्या बरामदे में सोयेगा?"

बात बढ़ाने से ही वात बढ़ती है, भले उस बात के अभ्यन्तर में चाहे युक्ति हो, और चाहे न हो।

वकील साहब ने पूछा, "मझले मालिक कहाँ गए? उन्हें तो देख नहीं रहा...?"

छोटे मालिक बोले, "वे बीमार हैं, वे नहीं आए, उनका यह लड़का बैठा है यहाँ, यह सुललित।"

सुललित सवेरे से बैठा-बैठा ये ही सब बातें सुन और देख रहा था। शुरू से ही उसे खराब लग रहा था बहुत। इन ताऊजी को, इन काका बाबुओं को—इन लोगों को इतने दिनों दूसरी ही नजर से वह देखता आया है। लेकिन आज इस सम्पत्ति के भाग-बँटवारे के मामले को लेकर इनका एक दूसरा चेहरा खुल पड़ा उसके सामने। एक इंच जमीन लेकर इनकी नीचता-हीनता देखकर उसके मन में बड़ी तकलीफ होने लगी।

हठात् बातचीत के बीच में वह बोल उठा, "ठीक है ताऊजी, आप वे दोनों ही कमरे ले लीजिए, हम लोगों को ज्यादा कमरों की जरूरत क्या है!"

सँझले मालिक बोल उठे, "नहीं सुललित, आखिर तुम ही क्यों अपना वाजिबी हिस्सा छोड़ दोगे? भले ही तुम एक सन्तान होओ, तब भी तो बराबर-बराबर हिस्सा होना चाहिए..."

बड़े मालिक अपना मिजाज गरम कर बैठे। बोले, "तुम अपने ही हिस्से की बात करो, मझले मालिक की तरफ से बात करने का वकालतनामा तुम्हें किसने

दिया है, सुनूँ?"

बात करने के साथ-साथ ही हवा और भी गरम हो उठी।

सँझले मालिक ने कहा, "मझले दादा की तबीयत अच्छी नहीं है इसलिए क्या हम सब मिलकर उन्हें ठग लें आप यह कहना चाहते हैं?"

बड़े मालिक ने कहा, "ठगने की बात तुम कह क्यों रहे हो? मैं क्या किसी को ठगने की बात कह रहा हूँ? मझले मालिक का लड़का भी तो अब नाबालिग नहीं है, वह खुद ही तो सामने बैठा है, वह खुद भी तो मेरी बात के मुताबिक अपनी राय दे रहा है..."

उसके बाद बड़े मालिक ने सुललित की तरफ देखकर पूछा, "क्यों रे, तेरी राय है न?"

सँझले मालिक ने कहा, "वह क्या बोलेगा। उसकी क्या हिम्मत है तुम्हारे मुँह पर बोलने की? मैं जाता हूँ मझले मालिक के पास, मैं खुद मझले मालिक के पास जाकर उनकी राय है या नहीं पूछकर आता हूँ..."

कहकर वह जल्दी-जल्दी सीढ़ियों से चढ़कर दुतल्ले में मझले मालिक के कमरे के सामने जाकर पुकार उठा, "मझले दादा, मझले दादा—"

मझले मालिक का बुखार उस दिन बहुत बढ़ गया था। डाक्टर साहब उस वक्त उन्हें देख रहे थे। ज्ञानदामयी देवी घूँघट काढ़कर बाहर निकल आयीं। उन्होंने कहा, "कौन? सँझले देवर? मझले मालिक का बुखार फिर बढ़ गया है आज, इसी से डाक्टर साहब को बुला लिया है।"

सँझले मालिक ने कहा, "बड़े दादा का कांड सुना है भाभी, बड़े दादा कहते हैं, उनका काम तीन कमरों से नहीं चलेगा, उन्हें और भी दो कमरे चाहिए। क्योंकि उनके लड़के-लड़कियाँ ज्यादा हैं, और सुललित तुम्हारा एक लड़का है, इसलिए तुम लोगों का काम दो कमरों से ही चल जाएगा।"

ज्ञानदामयी ने कहा, "मेरा खोका तो वहीं है—यह सब उससे ही पूछो तुम लोग।"

सँझले मालिक ने कहा, "तुम्हारा लड़का तो एक ही बुद्ध है, वह बड़े दादा के मुँह पर बात ही नहीं कर पा रहा है—मूक हो गया है..."

ज्ञानदामयी ने कहा, "तो तुम लोग वहाँ क्या करने के लिए हो? तुम लोग ही न हो मझले मालिक की तरफ से कुछ बोलो..."

"बड़े दादा के मुँह पर कोई बात करेगा? तब तो हो गया। मैंने कहना शुरू किया तो बड़े दादा डाँट उठे..."

ज्ञानदामयी ने कहा, "तो मैं फिर क्या करूँ बोलो—हम कौन फिर बात करेगा? तुम जाकर बल्कि खोका को मेरे पास उसे समझाकर कह दूँ..."

सँझले मालिक फिर खड़े नहीं हुए। चले गए।

थोड़ी देर बाद सुललित आया माँ के पास।

लोगों की तरफ से भेज दो, मैं न हो

ज्ञानदामयी ने कहा, "हाँ रे, सँझले मालिक कह रहे थे बड़े मालिक शायद हिस्से-बँटवारे में गोलमाल पका रहे हैं?"

सुललित बोला, "उन लोगों की बड़ी गृहस्थी है, उन लोगों को ज्यादा कमरों की जरूरत है, यही कह रहे थे..."

"तो ज्यादा कमरे कहाँ से आएँगे? सब तो समान हिस्सों में ही बँटेगा..." सुललित बोला, "समान हिस्से होने पर ताऊजी को कैसे पूरेगा? ज्ञानदामयी ने कहा, "हम लोगों के ही कमरों का हिस्सा कम होने पर फिर हमें कैसे पूरा पड़ेगा?"

"खूब पूरा पड़ेगा, मैं तो तुम्हारा एक ही लड़का हूँ, मेरा काम तो एक कमरे से ही चल जाएगा।"

ज्ञानदामयी शायद कुछ कहने जा रही थीं लेकिन उसके पहले ही एकतल्ले से जाने कैसे एक अजीब गोलमाल की आवाज दोनों के कानों में पड़ी।

ज्ञानदामयी उसी तरफ देखकर कह उठीं, "नीचे कोई गोलमाल हो रहा लगत्ता है? झगड़ा हो रहा है क्या?"

सुललित को भी मानो एक तरह का सन्देह हुआ कि काका-ताऊ मिलकर शायद भयानक झगड़ा शुरू कर बैठे हैं।

वह फिर वहाँ खड़ा नहीं हुआ। एकदम सीधे सीढ़ियों से ऊपर चढ़ गया। वहाँ जाकर उसने देखा कि भीषण कांड चल रहा है। ताऊजी जोर-जोर से चिल्ला उठे हैं। काकाओं में से भी कोई दबकर बात नहीं कर रहे हैं...

सँझले मालिक ने कहा, "तुम ठहरो बड़े दादा, तुम अब बात बढ़ाना मत शुरू करो, तुम्हारी अपनी स्त्री ने जो कुछ कहा उसे ही सुनकर तुम मुझसे ये सब बातें कह रहे हो। और मैं अगर कहूँ कि बड़ी भाभी के मन में हम लोगों के लिए कितनी जलन है..."

"तुम लोगों पर जलन?"

"हाँ, जलन नहीं तो और क्या? हम लोग अगर सोलह रुपये किलो हिलसा मछली खरीदें तो बड़ी भाभी के मन में इतना दर्द क्यों होने लगता है?"

सँझले मालिक ने कहा, "इतने दिनों बहुत कुछ सहा है, मुँह से कुछ नहीं कहा, लेकिन आज जब बात उठी तब मैं कहता हूँ, हमारे सुनार से तुमने क्या कहा है?"

"कौन? हाराधन? हाराधन सुनार से मैंने क्या कहा है?"

सुललित जब सभा के बीच में पहुँचा तब वहाँ कुर्सी पर कोई बैठा नहीं था,

सब उठ खड़े हुए थे। मामूली बातों से कठिन मामले शुरू करके एक-दूसरे पर दोष मढ़ा जा रहा था। किसकी नौकरानी ने किससे कब क्या कहा है, कब किस शामिल-शरीक के गहने गढ़वाने के समय किसके सुनार से किसने क्या कहा है, ये ही सब बातें उठ गयी थीं।

हठात् इसी बीच सँझले मालिक चिल्लाकर बोले, "सच न हो तो बुलाओ, बड़ी भाभी को ही बुलाओ। वे यहाँ आकर माँ काली के नाम से कसम खाएँ..."

बड़े मालिक भी अपना गला ऊँचा करके बोले, "उसके पहले हाराधन को बुलाओ, वह आकर माँ काली के नाम से कसम खाए..."

पूरा घर उस समय मानो विचलित हो गया था। सब लोग मतलबी मालिकों की कड़ी बातें सुनकर लज्जा और धिक्कार से कानों में उँगली लगा लेना चाहते थे। सुललित का भी मन हो रहा था कि वह भी कानों में उँगली लगा ले। यह कैसे शर्म की बात है! मामूली दो-एक इंच जमीन, या दो-एक स्क्वायर फुट जगह लेकर चतुर मनुष्यों के मन की संकीर्णता मानो उन्हें ही शर्मिन्दा कर रही थी। तो फिर बस्ती के जिन सब मामूली आदमियों को हम निचले स्तर के लोग कहते हैं उनका अपराध कहाँ है?

सुललित अब रुक नहीं सका। एकदम उस आग के बीच में कूद पड़ा। दोनों तरफ दो हाथ बढ़ाकर सबको चुप करता हुआ बोला, "आप लोग ठहरिए काका बाबू, दया करके ठहरिए..."

हठात् मानो आग में पानी पड़ा। सब लोग अचकचाकर सुललित की तरफ देखने लगे। सुललित बोला, "हम लोगों का हिस्सा लेकर ही जब इतना गोलमाल हो रहा है तो अपना हिस्सा मैं छोड़ दे रहा हूँ..."

वकील साहब अब तक सब बातें चुपचाप सुन रहे थे। इस घर के तमाम बरसों के वकील। इस घर के सुख-दुःख में बहुत नमक खाया है, बड़ा उपकार हुआ है उनका, बड़े उपकार किये भी हैं। वे चकित हो गए इस छोटे लड़के के व्यवहार से। वे कोई बात कहने जा रहे थे लेकिन उसके पहले ही सँझले मालिक ने बाधा डाली 1 सँझले मालिक सुललित की बात खतम होने के पहले ही बोल उठे, "यह नहीं होगा, मैं होने नहीं दूँगा। वह कौन है? मझले मालिक इस समय बीमार हैं तब उनकी तरफ से उनके लड़के की बात मैं नहीं मानूँगा..."

सुललित बोला, "नहीं, मैं पिताजी की तरफ से ही बोल रहा हूँ, पिताजी स्वस्थ होने पर भी मेरी यही बातें कहते..."

"कानून तो यह नहीं कहता खोका। मझले मालिक जब तक जिन्दा हैं तब तक अदालत उनकी बात ही सुनेगी, तुम्हारी बात नहीं सुनेगी..."

तो फिर आज यह मामला रोक दिया जाय। मझले मालिक पहले स्वस्थ हो जाएँ।"

आखिर में यही बात तय हुई। वकील साहब भी निश्चिन्त हुए। वे सवेरे से इस मामले का फैसला करने आए थे। फैसला होने पर उसके बाद वेलुअर आता, इंजीन्यिर आता, मामला रफादफा करने की कोशिश होती। आखिर तक और कितना क्या होता यह कहा नहीं जा सकता। शायद अदालत तक जाता यह झगड़ा।

लेकिन उसकी अब जरूरत नहीं रही। ऊपर जिस समय वाद-वितंडा-प्रतिवाद चल रहा था तभी हठात् ऊपर से एक आर्त्तनाद की आवाज ने पूरे वातावरण को चकित करके सुललित के भाग्य का रास्ता दूसरी दिशा के मोड़ में फिरा दिया।

सब लोग जल्दी-जल्दी ऊपर चढ़ आए। सबसे जल्दी चढ़कर आया सुललित। लेकिन तब तक सब समाप्त हो चुका था। डाक्टर साहब गम्भीर मुँह से कमरे के बाहर चले गए। और फर्श पर ज्ञानदामयी उस समय बेहोश पड़ी थीं।

भूधर बाबू को रोज की आदत चाय पीते-पीते कुछ गप करने की थी। उमर बढ़ने पर जैसे सबको गप करने का स्वभाव बढ़ जाता है, भूधर बाबू का भी वैसा ही हो गया था।

गप लगाने के लोगों में तो सिर्फ वे ही दो जने थे। वही आरती और सुललित। अकेली आरती को लेकर गप ज्यादा जमती नहीं। इसीलिए जरूरत पड़ती सुललित की। सुललित रोज एक बार न आता तो उसे अच्छा न लगता।

गप माने उनके मिलिटरी जीवन की गप। बीते दिनों की गप करते-करते कभी मानो वे अपने ही अतीत में अपने ही यौवन में लौट जाते। और सुललित के समान ऐसा श्रोता भी वे कहाँ पाते?

लेकिन उस दिन चाय पीना हो गया फिर भी सुललित नहीं आया।

आरती बोली, "इतना सोच क्यों रहे हो पिताजी तुम, वह जरूर आएगा..."

भूधर बाबू बोले, "लेकिन इतनी देर तो उसे कभी होती नहीं बेटी..."

"तो तुमसे गप लगाने से ही उसका काम चलेगा? उसका निजी काम-काज कुछ नहीं है?"

"यह भी तो ठीक है। सुललित का भी तो घर-द्वार है, उसके माँ-बाप-ताऊ-चाचा-काका सभी तो हैं। और वह बाप का अकेला योग्य लड़का है। उसको काम नहीं रहेगा तो और किसको रहेगा? इतने दिनों जो वह सब छोड़कर इस घर में नियम से आया यही तो बहुत है।"

लेकिन अबेर होते-होते दुपहर हो गयी, दो पहर बीतकर तीसरा पहर आया, उसके बाद तीसरा पहर बीता और शाम भी हो गयी लेकिन सुललित नहीं आया। हठात् उसी दिन शाम को एक जीप और एक लारी भूधर बाबू के घर के सामने आकर खड़ी

हुई। उस समय चारों तरफ अँधेरा हो गया था। ठीक जगह खोज-पहचानकर वे लोग सदर दरवाजे के कड़े बजाने लगे।

आरती के दरवाजा खोलते ही एक अनजान आदमी बोला, "मेजर बी.डी. गांगुली इसी घर में रहते हैं?"

उसके बाद कौन-सी घटना घटी कोई नहीं जानता। मानो मशीन की तरह काम शुरू हो गया। बगल के मकान की बहू राज ही खिड़की खोलकर इस घर की तरफ ताकती रहती। सवेरे, दुपहर, तीसरे पहर, शाम को हर वक्त। घर के भीतर चलने-फिरने की आवाज होते ही इस घर की तरफ नजर डालने की उसकी आदत हो गयी थी।

बहू का पति कौन जाने किस आफिस में काम करता है। वह सवेरे निकल जाता है, और फिर शाम को लौटता है। तब बहू के साथ बैठा-बैठा बातें करता है। वह आरती की चर्चा करता, सुललित की बातें करता।

बहू कहती, "उन दोनों का विवाह होगा जानते हो!"

पति कहता, "तुम इतनी खबरें जानती कैसे हो? पूरे दिन खिड़की के किनारे बैठी रहती हो शायद?"

बहू कहती, "क्या और करूँ बोलो, और तो कोई काम रहता नहीं, इसीलिए उस लड़की को बुलाकर उससे बातें करती हूँ। विवाह की बात तो उस लड़की ने ही बतायी..."

"लड़की कौन है?"

"यह क्या मुझसे बतायेगी! लड़की इस मामले में बड़ी चालाक है। रोज दोनों घूमने जाते हैं। और बूढ़े पिता घर में अकेले रहते हैं..."

इस प्रकार की बातें रोज ही होतीं दोनों में। बगल के घर की लड़की के बारे में दोनों को कौतूहल था।

उस दिन पति के आफिस से लौटते ही बहू बोली, "ए, सुना है? वे लोग चले गए घर छोड़कर।"

"वे लोग, माने कौन लोग?"

बहू बोली, "वही देखो न, उस घर की तरफ ताककर देखो, घर एकदम भाँय-भाँय कर रहा है। तुम थोड़ा पहले आते तो सब देख पाते। शाम को जीप-गाड़ी में बैठकर कोई आए, साथ में एक लारी थी। उन लोगों के साथ लड़की के पिता की जाने क्या-क्या बातें हुईं, उसके बाद उन्होंने देर नहीं की। सब लोग निकलकर जीप-गाड़ी के भीतर बैठ गए और माल पत्र जो कुछ था सब लारी में रख दिया गया।"

"तो तुमने पूछा क्यों नहीं लड़की से, कि वे लोग कहाँ जा रहे हैं? कितने दिनों के लिए जा रहे हैं।"

"बात करने का क्या फिर समय मिला?"

"घरवालों को कुछ बोल नहीं गए?"

"यह मैं कैसे जानूँ?"

"और वह उनका नौकर?"

बहू ने कहा, "नौकर भी तो देखा तनखा-वनखा चुकता कराके चला गया।"

पति भी मानो समस्या में पड़ गया। लेकिन वह रहस्य क्या था यह आसपास के घर के लोगों को पता लगने का उपाय ही नहीं था।

लेकिन असल घटना घटी ठीक उसके बाद।

हठात् बगल के घर के दरवाजे की कड़ी बज उठी।

रात उस समय काफी गम्भीर हो गयी थी। बगल के घर की बहू भी उस समय सो गयी थी। हठात् बगल के घर के दरवाजे की कड़ी बजते सुनकर बहू अपने पति को पुकारने लगी, "ए, उन लोगों के घर में मानो कोई बात कर रहा है—तुम एक बार देख आओ न जाकर। मालूम होता है वही लड़का आया है..."

"कौन-सा लड़का?"

बाहर अँधेरे में सुललित तब दरवाजे की कड़ी हिलाते-हिलाते पुकार रहा था, "आरती आरती..."

बहू ने कहा, "तुम एक बार उठो न, उठकर जाकर कह आओ न कि वे लोग घर में नहीं हैं।"

पति बेचारा उठा। उठकर देह में कुरता पहनते-पहनते भी उसने थोड़ी देर की। उसके बाद जल्दी-जल्दी एकदम सीधे जाकर खड़ा हुआ सुललित के सामने। सुललित की आँखों और उसके चेहरे की हालत पागलों की-सी थी, सिर के बाल बिखरे-बिखरे। आँखों की दृष्टि भी जाने कैसी मटमैली।

सुललित ने पूछा, "आप बता सकते हैं इस घर में जो लोग थे वे कहाँ गए हैं?"

जवाब मिला, "वे लोग तो चले गए..."

"चले गए माने? कहाँ गए हैं? कब लौटेंगे?"

"यह तो बता नहीं सकूँगा। और मैं तो घर में था नहीं। मैं सवेरे आफिस के लिए निकल गया था, शाम को देर से लौटा हूँ। मैंने अपनी स्त्री से सुना कोई शायद आकर उन्हें बुलाकर लिवा ले गए।"

"असबाब-सामान सब?"

"वह सब भी लारी में भरकर ले गए हैं वे।"

“लेकिन कहाँ गए हैं कुछ बोल नहीं गए? घर का किराया चुकता कर दिया है या नहीं यह जानते हैं?”

भले आदमी ने कहा, “यह बात घर के मालिक ही बता सकते हैं। उन्हें बुला देता हूँ...”

घर-मालिक दुतल्ले के पीछे की तरफ रहते हैं। इतनी रात को उन्हें भी बुलाया गया। वे भी आए। सुललित को देखकर पहचान गए।

वे बोले, “वे लोग क्यों अकस्मात् चले गए, कहाँ चले गए यह कुछ बता नहीं सके। तीसरे पहर तक वे खुद भी कुछ नहीं जानते थे। शायद अकस्मात् चले जाना पड़ा—जाने के पहले हमारा भाड़ा भी चुका गए...”

सुललित ने पूछा, “अच्छा, मुझसे कुछ कहने को कह गए हैं क्या वे?”

“ना, सो तो कुछ बोल नहीं गए। मैं बहुत पूछता रहा, लेकिन मेरी किसी बात का भी जवाब नहीं दिया उन्होंने—”

सुललित क्या कहे समझ नहीं सका। गूँगे की तरह कुछ देर वहाँ खड़ा रहा। फिर एक बार सिर नीचा करके जमीन की तरफ देखा। आखिर वह क्या करे, कहाँ जाए—यही बात शायद सोचने लगा, किसके पास जाने पर आरती लोगों के जाने की जगह का पता पा सके—यही बात शायद सोचने लगा।

“अच्छा, उन लोगों के घर में जो आदमी काम करता था वह कहाँ गया जानते हैं?”

घर के मालिक ने कहा, “उसे उसकी तनखा चुकता कर दी गयी, वह अपने देश चला गया...”

—तो फिर? अगर काका बाबू वगैरह चले ही गए तो थोड़ी-सी खबर क्यों नहीं दे गए? कौन-सी ऐसी जरूरत आ पड़ी अकस्मात् कि किसी को खबर दिए बिना ही चले जाना पड़ा?

इस बात का जवाब कोई कैसे देता? और जवाब कोई अगर जानता तब तो देता?

“देखिये, आज मेरे पिताजी की मृत्यु हो गयी है इससे मैं आ नहीं सका। अगर भूधर बाबू लौट आएँ तो यह खबर उन्हें दे दीजिएगा। मैं दो-एक दिन के बाद फिर आकर खबर ले जाऊँगा वे लोग आए या नहीं।”

कहकर सुललित फिर वहाँ खड़ा नहीं हुआ। लगता है उसे वक्त भी नहीं था वहाँ खड़े होने का। सचमुच उस समय तक भी शवदेह् श्मशान में ले जायी नहीं गयी थी। सिर्फ पिता की मृत्यु की खबर काका बाबू को देने के लिए ही वह एक क्षण के लिए यहाँ आया था। घर की उस मर्मान्तक परिस्थिति का दृश्य भी उसकी आँखों के सामने नाच उठा। फिर उसने देर नहीं की। सीधे जल्दी-जल्दी घर की तरफ जाने लगा।

रास्ते से घर की तरफ जाने के पथ में ही हठात् अखबारों के हाकरों की चीत्कार सुनायी पड़ी—टेलिग्राफ—टेलिग्राफ—

टेलिग्राफ!

बेवक्त इस 'टेलिग्राफ' चीत्कार के क्या माने हैं यह कलकत्ते के लोग मर्म-मर्म से जानते हैं। लड़ाई के वक्त इस 'टेलिग्राफ' ने ही कलकत्ते के लोगों को पहले-पहल खबर दे दी थी कि जर्मनी के हिटलर ने पोलैंड पर आक्रमण किया है।

और इस बार? इस बार किसने लड़ाई छेड़ी है?

इस बार पाकिस्तान के अय्यूब खाँ हैं। कहे-सुने बिना इस 1965 ईसवी में अय्यूब खाँ ने फिर आक्रमण शुरू किया काश्मीर की छाती पर और इसीलिए उस दिन कलकत्ता के रास्तों की रोशनी अकस्मात् बुझ गयी। जो थोड़ी-सी दूकानें और बिक्री की चीजें उस वक्त तक खुली थीं वे सब भी अकस्मात् ढाँक-ढूँककर बन्द कर दी गयीं। युद्ध—युद्ध फिर इंडिया की छाती पर अनिवार्य रूप से निष्ठुर भाव से लद गया।

उस अन्धकार में ही चाटुज्जे परिवार के सन्दीप चाटुज्जे का शवदेह श्मशान की चिता पर जलकर राख हो गया। और शायद उसी समय उसके साथ ही जलकर खाक हो गया चाटुज्जे-परिवार का पूरा घर।

और उसके साथ जलकर खाक हो गया सुललित। और सुललित का अतीत वर्तमान भविष्यत् शायद उसी आग में जलकर एकदम निश्चिह्न हो गया।

यह उसी 1965 ईसवी की घटना है। सम्भवत: घटना ऐसी कुछ नहीं है, शायद एक देश के जीवन में युद्ध पहले के युद्ध के समान उतना दीर्घस्थायी नहीं है इसलिए उतना मारात्मक भी नहीं है। सिर्फ इंडिया के नगर-कस्बों और जनपदों में मामूली कुछ दिनों के लिए ब्लैक-आउट हुआ, कुछ लोगों ने अपनी जानें भी खोयीं। इसके। हम लोगों अलावा शायद कुछ हजार लोगों ने कुछ मुनाफा भी कमा लिया। लेकिन के मुहल्ले के चाटुज्जे परिवार के घर पर ही लगता है यह आघात सबसे भीषण रूप से लगा।

भूधर बाबू जाने कितने प्लैन बनाकर कलकत्ता आए थे। उन्होंने सोचा था, आखिरी जिन्दगी कलकत्ते में ही काटेंगे। इसके अलावा पहले जो भूल उन्होंने की थी, उस भूल को दुहराये बिना आरती का विवाह कर देंगे सोचा था। उसके लिए वर भी ठीक हो गया था। और प्रत्येक साड़ी पसन्द की थी सुललित ने। यहाँ तक कि प्रत्येक गहना भी।

सुललित ने कहा था, "यह सब मुझे क्यों पसन्द करने को कहा है काका बाबू, यह सब तो आरती खुद ही पसन्द कर सकती..."

काका बाबू बोले थे, "ना ना, आरती की पसन्द अच्छी नहीं है, तुम्हारी पसन्द ही आरती की पसन्द है..."

और सिर्फ क्या इतना ही? किस तरह जुड़ा बाँधने पर आरती सुन्दर दिखेगी यह तक सुललित को ही बताना होगा। किस तरह टिकुली कपाल पर आरती लगायेगी यह भी शायद सुललित के बताये बिना काम नहीं चलेगा।

सुललित कहता, "आप लोगों का यह सब काम क्या मैं इतना जानता हूँ काका बाबू?"

काका बाबू कहते, "ना ना, जानने-वानने की बात नहीं, तुम आरती से विवाह करोगे, तुम्हारी जैसी पसन्द हो उसी तरह आरती को सजा लेना..."

इतना ज्यादा अपना कर लिया था भूधर बाबू ने इस सुललित को कि लगता है यह बात कहकर समझायी नहीं जा सकेगी। आरती कमरे के भीतर से सज-धजकर आती और भूधर बाबू पूछते, "क्यों? अच्छी सजी है? बोलो..."

सुललित बोलता, "अच्छी..."

काका बाबू कहते, "सिर्फ मन रखने के लिए अच्छा कहने से चलेगा नहीं सुललित, तुम्हें कहना पड़ेगा बहुत अच्छी या थोड़ी कुछ अच्छी।"

सुललित को मजबूर होकर कहना पड़ता, "बहुत अच्छी।"

इसी तरह दिन के बाद दिनों और महीने के बाद महीनों में काका बाबू ने उसे अपना परमात्मीय बना लिया था। और कहाँ से अकस्मात् कौन-सा कलंकी तूफान आकर सब तोड़-फोड़कर छार-छार करके चला गया यह मानो पहले कल्पना ही नहीं की जा सकी।

इसके बाद और कितने दिन कट पाये! एक पोस्टमैन एक दिन चाटुज्जे-परिवार के घर के सामने चिट्ठी देने आकर अकबका गया!

इतना बड़ा घर, घर तोड़-फोड़कर मरम्मत कर रहे थे राजमिस्त्री और जन-मजूर। चारों तरफ चूना-सुर्खी और चूरचार ईंटों के ढेर।

एक आदमी को देखकर पोस्टमैन ने पूछा, "इस घर में कौन रहता है?"

उस आदमी ने पूछा, "क्यों?"

पोस्टमैन बोला, "सन्दीपकुमार चट्टोपाध्याय के नाम से एक चिट्ठी है, और सुललित चट्टोपाध्याय के नाम से भी एक चिट्ठी है..."

उस आदमी ने कहा, "आप क्या नये हैं इस पोस्ट आफिस में?"

"हाँ, मैं नया आया हूँ..."

"तभी है। तो चाटुज्जे लोगों के घर बेच देने पर जाने कब वह बँट गया है।"

पोस्टमैन समझ नहीं सका। बोला, "बँट गया है माने?"

"माने सब अलग हो गए हैं। अपने पोस्ट आफिस के पुराने लोगों से पूछने पर ही सब जान सकेंगे..."

"तो वे लोग कहाँ चले गए हैं अब?"

"वही सन्दीपकुमार चट्टोपाध्याय जिनका नाम है वे पहले ही मर चुके हैं, और उसके बाद घर छोड़कर जाने के दिन उनकी स्त्री भी परलोक चली गयी।"

"तो फिर? ये सुललित चट्टोपाध्याय फिर अब कहाँ हैं? उनका पता क्या है?"

"बाप-माँ के मर जाने पर लड़का यहाँ क्यों रहेगा? वह फिर दिखायी नहीं पड़ा। कहीं नौकरी-वौकरी में लगकर चला गया है लगता है..."

"पोस्टमैन फिर और क्या करे! उसका ठीक आदमी के पास चिट्ठी पहुँचा देना ही काम है। ठीक आदमी और ठीक पता ढूँढ़ न पाने पर वह फिर चिट्ठी पोस्ट आफिस को लौटाल देगा। उसके बाद उस चिट्ठी की कौन-सी गति होगी यह जानने के लिए वह सिर नहीं खपायेगा। तब वह दूसरे डिपार्टमेंट का काम है।

और यह क्या सिर्फ एक बार? और भी जाने कितनी बार दो आदमियों के नाम कितनी ही चिट्ठियाँ आयीं और गलत पता देने की वजह से वे चिट्ठियाँ लौट भी गयीं। उसके बाद उस पुराने घर की जगह पर नये तरीके से एक नया घर बनकर ऊँचा उठ गया। उस घर में भी कोई नया आदमी रहने नहीं आया। आए दल-के-दल कर्मचारी। सरकारी कर्मचारी सब। जो नये घर के मालिक हुए थे उन्होंने वह घर मोटे किराये पर सरकार को उठा दिया था। एक दिन इस प्रचुर सम्पत्ति के प्रतिष्ठाता शक्तिधर चाटुज्जे ने यहाँ अपना निवास गढ़कर सोचा था, वे अक्षय कीर्ति पैदा कर गए इस घर को गढ़कर। लेकिन परलोक से शायद उनकी आत्मा ने देख लिया कि उनके ही सब उत्तराधिकारी आपस में झगड़ा झंझट करके सब जलांजलि देकर निश्चिह्न हो गए। शक्तिधर चाटुज्जे इस मुहल्ले के मनुष्यों के लिए हमेशा-हमेशा के समान एकदम मिट गए।

उनके परिवार के जो लोग अब भी थे उन्होंने विराट् शहर के किस गली-कूचे में जाकर आश्रय लिया था यह जानने के लिए और किसी के सिर में दर्द नहीं हुआ। इतिहास के रथ-चक्के के नीचे मनुष्य के पिसकर मिट जाने के बाद फिर किसी एक मनुष्य ने उसकी जगह दखल कर ली। मुहल्ले-मुहल्ले में जो सब क्लब इतने दिनों आदर्शवाद की ध्वजा उड़ाकर मनुष्यत्व की जय घोषणा करते थे वहाँ उस समय दूसरे एक दल ने आकर अपने दखल के हक पक्के कर लिए थे। तब से क्लब के आयोजनों में आदर्शवाद के व्याख्यानों के बदले लाउडस्पीकर से हिन्दी फिल्मों के गाने के सुर से मुहल्ला मत्त होने लगा, मनुष्यों के कान बहरे हो गए उस सुर से। सुललित चाटुज्जे नाम का एक व्यक्ति उस क्लब का सेक्रेटरी या प्रेसिडेंट गए। भूल

था यह तक वे लोग चर्चा तक में भूल गए।

शायद ऐसा ही होता है संसार में। जो आशा-सम्भावनाएँ लेकर मनुष्य जीवन शुरू करता है उसे कितने लोग अन्त तक पूरा कर पाते हैं!

लेकिन सुललित भूला नहीं। कुछ भी भूल नहीं सका वह! एक पल में जो उलट-पुलट उसके जीवन में घटित हो गया उसे उसने अपने निजी जीवन में चिर-स्थायी होने नहीं दिया। जिस आदमी ने अपने हाथ से किसी दिन अपना कोई काम ही नहीं किया वही उन दिनों पूरे उत्तरप्रदेश में और पूरे मध्यप्रदेश में मारा-मारा फिर रहा था। रेल में घूमते-घूमते अकस्मात् उसके मन में आया कि किसी स्टेशन में उतरना होगा वहीं वह उस समय उतर गया, और अगर किसी दिन मन हुआ तो दूसरी किसी गाड़ी में फिर चढ़कर बैठ गया। वह गाड़ी आखिर कहाँ जा पहुँचेगी यह जानने की जरूरत भी मानो उसे नहीं थी।

"दादा बाबू, दादा बाबू, यहाँ कहाँ उतर रहे हो?"

"हाँ, यहाँ उतरूँगा।"

"यह कौन-सा स्टेशन है? यहाँ क्या काम है तुम्हारा?"

"तुम्हें इतने खोज-बीन की जरूरत क्या है? मैं जो कहता हूँ करो।" बोलते-बोलते सुललित उतर पड़ता और उसके साथ-साथ भगीरथ को भी उतरना पड़ता।

पुराना आदमी। कब एक दिन किसी घटनाचक्र से भगीरथ शक्तिधर चाटुज्जे के वंशधरों के घर में उनकी फरमाइशें पूरी करने की नौकरी में कलकत्ता आया था। उन दिनों उस नौकरी में गौरव था। मालिकों के हुक्के चिलमों का हिसाब रखना पड़ता, उनका पान तम्बाकू सजाना पड़ता। जब-तब मजलिसें होने पर मोटी बखशीशें भी पाता भगीरथ। लेकिन उसके बाद न जाने क्या मालिक लोग जाने किस तरह के हो गए सब। रसोईघर की हाँड़ियाँ अलग हो हुआ! गयीं। मालिकों में मुँह देखादेखी बन्द हो गयी। सब लोगों को अपने-अपने हिस्से के घरों के भीतर संसार चलाने में जानदेवा कष्ट हुआ।

उस समय और भी तमाम लोग थे चाटुज्जे-भवन में। मालिकों की हालत बिगड़ने के साथ-साथ वे सब नौकरी छोड़कर नौकरी तय करके चले गए। लेकिन भगीरथ जा नहीं सका।

वह इस दादा बाबू की वजह से जा नहीं सका। इस दादा बाबू को बचपन से देखभाल कर बड़ा किया है भगीरथ ने। दादा बाबू ही फिर एक दिन और बड़ा हुआ। तब भी लेकिन दादा बाबू कुछ अन्याय करता तो भगीरथ उस पर नाराज होकर बकता।

बोलता, "खबरदार, मैं लेकिन मालिक से कह दूँगा।"

खाने का मन न होने पर भगीरथ उसे डरवाकर खिलाता, घर में स्कूल से देर करके आने पर बकता। उन दिनों सुललित भी डरता भगीरथ से।

उसके बाद जब सुललित के विवाह सम्बन्ध की बात हो रही थी तब उसको ऐसा लगता था कि उसके ही लड़के का विवाह है। उसके निज का लड़का होता तो अब तक उसका भी विवाह करना होता।

और उसके बाद सब एक दिन खत्म हो गया।

वे सब बातें सोचने पर अब भी भगीरथ की दोनों आँखें छलछला उठतीं। उसके बाद एक दिन दादा बाबू भगीरथ को लेकर यहाँ चला आया। इसी बिलासपुर में।

आसपास के घरों के कुछ लोग भगीरथ को देखने पर पूछते, "क्यों भाई भगीरथ, तुम्हारे बाबू कहाँ हैं?"

भगीरथ ज्यादा बातों का आदमी नहीं है। कहता, "बाहर..."

सुललित ने भगीरथ को ज्यादा बातें करने को मना कर दिया था। सुललित कहाँ जाता है, क्या करता है यह सब कुछ भी मानो वह किसी से न कहे!

सुललित कहता, "तुम सिर्फ खाओ पियो और काम करो। और जब काम न रहे तब पड़े-पड़े सोओ..."

भगीरथ बोला, "तो आदमी क्या सारे दिन पड़े-पड़े सो सकता है? तो फिर तुम मुझे काम दो..."

लेकिन काम और कहाँ पायेगा सुललित? जो काम उसका है वह उसका निजी है। अपना काम उसे खुद ही करना होगा।

उसे याद है बाप-माँ के मर जाने के बाद एक दिन भेंट हो गयी थी हरनाथ बाबू के साथ। राय बहादुर हरनाथसिंह। गवर्नमेंट के पहले दर्जे के आफिसर। सवेरे रोज वे हाफ-पैंट पहनकर छड़ी लेकर घूमने जाते। भेंट होते ही पूछते, "क्यों सुललित, कैसे हो?"

उस समय तक पिता-माता की मृत्यु का अशौच मिटा नहीं था सुललित का। वह कहता, "अच्छा हूँ ताऊजी।"

हरनाथ बाबू बोलते, "तुम्हारे ताऊ-चाचा सब कहाँ रहने लगे अन्त में?"

सुललित जवाब देता, "कौन कहाँ रहने लगे पता नहीं है..."

"यह अच्छा ही किया। आजकल एक साथ रहना अब वाजिब भी नहीं है। जाएंट फैमिली सिस्टेम ही बेकार हो गया है। तुम लोग जो इतने दिनों एक साथ एक घर में रहे आए यही तुम लोगों की बहादुरी है। एक दिशा से जो हुआ अच्छा ही हुआ।"

उसके बाद कुछ ठहरकर कहते, "तो तुम अब किसके साथ हो?"

"श्यामबाजार के एक मेस में ठहरा हूँ

"काम-काज कुछ करते हो?"

सुललित कहता, "नहीं, घर बिक्री के जितने रुपये थोड़े-से मेरे हिस्से में मिले हैं, उन्हें ही खर्च करके चला रहा हूँ, और मेरे साथ भगीरथ है, वही मेरा खाना बना देता है।"

"सचमुच, सब भाग्य है! क्या और करोगे बोलो, सब स्थितियों में अपने को निभा सकने का नाम ही मनुष्यत्व है। तुम हतोत्साह मत होना। मैं खुद भी एक दिन बहुत गरीब था जानते हो। लेकिन अब तो मुझे यह देख ही रहे हो।"

सुललित ने कहा था, "लेकिन मेरे जो आज कोई नहीं है, कुछ नहीं है, एक आश्रय-अवलम्बन या सिर छिपाने की जगह तक अब कुछ नहीं है..."

हरनाथ बाबू ने कहा था, "तुम्हारे समान बहुतेरे लोगों के यह सबकुछ नहीं है'
"आपसे मैं सब बातें खोलकर नहीं कह सकूँगा। लेकिन अगर कह सकता तो आप कुछ तो आखिर समझ पाते..."

"लेकिन घर-बिक्री के रुपयों का तो एक मोटा हिस्सा तुमने पाया था?"

"मैंने अपना वाजिब हिस्सा लिया नहीं।"

"लिया नहीं माने? वह रुपया तो कोर्ट से ही बाँट दिया जाता है—"

सुललित ने कहा था, "कोर्ट से जो दिया गया था वह मेरा वाजिब हिस्सा नहीं था।"

"तो तुम्हारा वकील उस समय क्या कर रहा था? उसने अपील क्यों नहीं की?"

"अपील करना चाहता था लेकिन मैंने मना किया था। ताऊ चाचा किसी के खिलाफ मैंने कुछ करना नहीं चाहा। जज ने जब सबसे पूछा था, किसी को कोई आपत्ति है या नहीं, तब सबके साथ मैंने भी कह दिया था कि मेरा कोई विरोध नहीं है—मैंने खुद भी उस कागज पर दस्तखत कर दिए थे।"

सुललित को याद है उसके सँझले काका ने उस दिन उसे उत्तेजित करना चाहा था। उन्होंने कहा था, "तू इतना पागल क्यों है रे? तूने अपना वाजिब हिस्सा छोड़ क्यों दिया? वह तो तेरे हक का पावना है।"

सुललित ने तब जवाब दिया था, "नहीं सँझले काका, उस सम्पत्ति का कुछ भी मैंने अपनी मिहनत से नहीं कमाया, इसलिए उसके किसी हिस्से पर मैं अपना हक नहीं जमाऊँगा।"

"तो यह विचार तो हम लोगों के वक्त भी वाजिब होगा रे। हम लोगों में से भी तो किसी ने अपनी मिहनत से उसे पैदा नहीं किया, सब ही तो उन्हीं शक्तिधर चाटुज्जे की सम्पत्ति को भोग दखल कर रहे हैं। लेकिन इससे हम अपने हक के रुपये क्यों छोड़ें, सुनूँ! बड़े दादा जो बोलेंगे वही हम लोगों को सुनना होगा।"

सुललित ने कहा था, "लेकिन रुपयों के लिए कोई अगर गुरुजन होकर कुछ नीचता करे तो हम भी क्या रुपयों के लिए इतने नीच बनेंगे? मेरे सामने रुपयों की बनिस्बत मनुष्यत्व का दाम ज्यादा है..."

सँझले काका ने उस पर और कोई बात नहीं कही। जाते समय सिर्फ कहा था, "ठीक है, अपना मनुष्यत्व लेकर ही तो फिर तू रह, जब रुपयों की कड़की होगी तब तू समझेगा कि संसार कौन सी चीज है, समझेगा कि रुपयों की क्या कीमत है..."

कहकर संझले काका चले गए थे।

सब बातें सुनकर हरनाथ बाबू ने कहा था, "एक नौकरी मिलने से तुम करोगे?"

"कैसी नौकरी?"

हरनाथ बाबू ने पूछा था, "कितने रुपये तनखा पाने पर तुम्हारा काम चलेगा? तुम लोग कितने आदमी हो?"

सुललित बोला था, "मैं अकेला हूँ। और मेरे साथ है भगीरथ। भगीरथ किसी तरह मुझे छोड़कर जाना नहीं चाहता। छुटपन से उसने मुझे बड़ा किया है न, इसीलिए वह भी है मेरे साथ।"

"दो सौ रुपये तनखा की एक नौकरी का इन्तजाम तुम्हारे लिए कर सकता हूँ, करोगे?"

सुललित ने राजी होकर साथ-ही-साथ कहा था, "तनखा बड़ी चीज नहीं हैं, मैं जो भी नौकरी हो वही कर लूँगा।"

"लेकिन वह नौकरी करने पर तुम्हें कलकत्ता से बाहर जाना होगा, समझे।"

"पृथिवी की किसी भी जगह में जाने को तैयार हूँ मैं, इसी वक्त कलकत्ता छोड़कर जा सकने पर मैं बच जाऊँगा।"

हरनाथ बाबू ने कहा था, "लेकिन काम हुआ चोर पकड़ने का!"

"चोर पकड़ने का?"

"हाँ, एंटी-करप्शन। इंडिया गवर्नमेंट के बहुत से लोग घूस लेते हैं, गवर्नमेंट की प्रापर्टी चोरी करते हैं। उनको पकड़ने के लिए गवर्नमेंट ने यह डिपार्टमेंट खोला है, उसकी ही नौकरी है, तुम होओगे एंटी करप्शन आफिसर। कर सकोगे?"

"कर सकने की कोशिश करूँगा।"

हरनाथ बाबू ने कहा था, "मैं भी कहता हूँ तुम कर लोगे। तुम्हारे समान आनेस्ट लड़के ही हमारे डिपार्टमेंट को चाहिए। स्वाधीनता मिलने के बाद से सारे देश में चोरों की तादाद बहुत बढ़ गयी है, तुमने एक बात में घर का इतना बड़ा हिस्सा छोड़ दिया है, इस तरह की नजीर कहीं दिखायी नहीं पड़ती। तुम कल हमारे आफिस में मिलो।"

यही हुआ उसकी नौकरी पाने का इतिहास।

कलकत्ता छोड़कर हमेशा के लिए उसे बाहर रहना होगा। बिलासपुर में सिर्फ रहना। बिलासपुर ही हुआ उसका हेड क्वार्टर। लेकिन महीने के बाद महीनों कटेंगे बाहर। फिर किस दिन वह हेड क्वार्टर में लौटेगा, इसका कोई ठीक-ठिकाना नहीं है।

बाहर जाने के पहले भगीरथ हर बार नियम के मुताबिक सुललित से पूछता, "अब कब लौटोगे दादा बाबू?"

इसका कोई ठीक-ठीक जवाब क्या सुललित खुद भी दे सकता है जो कहेगा कि फलाँ तारीख को फलाँ वक्त लौटेगा। उसकी जैसे बाहर जाने की तारीख ठीक नहीं थी वैसे ही लौटने की तारीख भी कुछ ठीक नहीं रहती थी। किसी-किसी दिन रात को सुललित अकस्मात् आ पहुँचता। इतने दिनों कहाँ था दादा बाबू, इतने दिनों क्या कर रहा था, यह पूछने का हक नहीं था भगीरथ को। वह मामूली एक आदमी है, हुक्म तामील करने के लिए ही वह पैदा हुआ है। छुटपन में एक दिन मालिकों की तम्बाकू सजाकर सेवा करके वह इतना बड़ा हुआ है, लेकिन कभी एक दिन वह अपने ही अनजाने में इस घर का भला चाहने लगा था, इस घर के लिए उसने जान होम दी थी। और अब मझले मालिक के इकलौते बेटे की सेवा करके वह अपने जीवन की चरम और परम चरितार्थता खोज रहा है।

दादा बाबू को देखकर भगीरथ को बड़ी तकलीफ होती। जल्दी-जल्दी नजदीक आकर कहता, "दादा बाबू, दूध पिओगे? दूध गरम कर लाया हूँ..."

सुललित नाराज होकर चिल्ला उठता। कहता, "दूध? मैं क्या बच्चा हूँ जो दूध पीऊँगा? तुम अभी जाओ..."

"तो फिर क्या भात खाओगे? भात चढ़ाऊँ?"

सुललित तब और भी बिगड़ जाता। कहता, "तुम अभी जाओ तो भगीरथ यहाँ से, मैं कुछ नहीं खाऊँगा, मुझे नींद लगी है..."

तब फिर और कुछ करने का रास्ता न रहता। सुललित सो जाता। भगीरथ धीरे-धीरे दादा बाबू का बिछौना ठीक कर देता, उसके बाद मशहरी टाँगकर बिछौने के चारों तरफ अच्छी तरह लपेटकर रोशनी बुझा देता। उसके बाद कमरे के बाहर जाकर दरवाजे के पास ही सोया रहता।

जिस दिन से दादा बाबू ने नौकरी शुरू की थी, जिस दिन से कलकत्ते के घर का बँटवारा करके उसके सब मालिक अलहदा हो गए थे, उस दिन से ही दादा बाबू एकदम दूसरी तरह का मनुष्य हो गया था। पहले कितने ही दोस्त आते, कितना हँसते-खेलते। अब उस तरह हँसना भी वह मानो भूल गया था।

पहले-पहल भगीरथ साथ नहीं छोड़ता। जब जहाँ जाते दादा बाबू, भगीरथ भी जाता, कहाँ रायपुर, कहाँ बरेली, कहाँ मुजफ्फराबाद। ट्रेन चल रही है तो चल ही

रही है। दिन के बाद दिन, रात के बाद रात। हठात् मन में आया तो दादा बाबू ने कहा, "भगीरथ, यहाँ उतरेंगे..."

उतरोगे तो उतरो! अनजाने-विदेश की जगह। भगीरथ न तो समझता है वहाँ की भाषा, और न पहचानता है वहाँ के एक भी आदमी को। तो भी हुक्म ठहरा, उतरना ही पड़ता। उसके बाद भगीरथ को ठहराकर कहाँ जाता दादा बाबू, उसकी कोई खोज-खबर नहीं। तब उसी स्टेशन के प्लेटफार्म में अकेले-अकेले बैठे दिन काटना। वह एक मुश्किल मामला था! तब कहाँ दादा बाबू जाता, कहाँ घूमता-फिरता, और कौन-सा काम करता इसका भी कोई पता-ठिकाना भगीरथ न पाता।

उसके बाद से फिर कभी भगीरथ साथ न जाता। बिलासपुर के घर में ही अकेले अकेले दिन काटता। दादा बाबू ने भी उससे कहा था, "तुम्हें अब मेरे साथ घूमना नहीं होगा भगीरथ, तुम अब से घर में ही रहो, तुम्हें घूमने में तकलीफ होगी..."

एक दिन हिम्मत करके भगीरथ ने कहा था, "दादा बाबू, तुम कौन-सा काम करते हो बोलो तो?"

सुललित चमक उठा था, "क्यों, तुम्हें यह जानने की जरूरत क्या है? भगीरथ बोला था, "लोग जो मुझसे पूछते हैं..."

"क्या पूछते हैं...

"क्या पूछते हैं? कौन पूछते हैं?"

भगीरथ बोला था, "मुहल्ले के लोग सभी पूछते हैं। कहते हैं, तुम शायद पुलिस में नौकरी करते हो। तुम शायद चोर पकड़ते हो..."

बात सुनकर दादा बाबू के मुँह में कुछ हँसी फूटी थी। उसने कहा था, "मैं चोर पकड़ता हूँ? क्यों, कोई चोर है क्या बिलासपुर में?"

भगीरथ बात का मजाक पकड़ नहीं पाया। उसने कहा था, "चोर सब जगह हैं और बिलासपुर में नहीं होंगे यह क्या मुमकिन हो सकता है?"

"इसीलिए मैं समझता हूँ, तुमसे यह बात पूछी है तो तुम उन लोगों से कह देना भगीरथ, कि चोरी की सजा एक दिन उन्हें भोगनी ही पड़ेगी, भले मैं पुलिस की नौकरी करता होऊँ या नहीं ही करता होऊँ..."

कहकर दादा बाबू फिर कहाँ चला गया था यह हमेशा की तरह भगीरथ से बोला नहीं गया।

रायबहादुर हरनाथसिंह असल उद्देश्य हैं। मनुष्य की जिन्दगी में ऐसी ही वजहें एक दिन अकस्मात् आकर पैदा होती हैं और उनकी जिन्दगी का रास्ता एक रुक

न सकनेवाले नतीजे की दिशा में मोड़कर फिरा देती हैं। नहीं तो कहाँ सुललित था कलकत्ते के किसी एक शक्तिधर चाटुज्जे का छोटा वंशधर और वही मनुष्य भाग्य के किस एक अमोघ निर्देश से चला आया इस मध्यप्रदेश के अल्पख्यात शहर में। और ऐसी ही उसकी एक नौकरी जिससे किसी एक आदमी के साथ प्राणमन खोलकर बात तक नहीं कर सकता। वह पुलिस है। मामूली पुलिस नहीं, प्लेन पोशाक में और पाँच भले आदमियों के समान घूमने-फिरने पर भी असल में वह पुलिस है। दूर से उसे देखकर अकेले में लोग कहेंगे—वह देखिये, वह जो आदमी इधर आ रहा है, वह पुलिस है!

सो सिर्फ वह बिलासपुर में ही घूमता हो ऐसा नहीं है। ट्रेन में जाकर बैठने पर ही हो गया। उसके बाद वह ट्रेन जितनी दूर जाती हो जाए। उसके बाद एक-दम अखीर तक अपने काम की जगह में जाकर वह फिर ट्रेन पकड़ता है। उस ट्रेन में बैठकर सीधे बरेली चले जाओ, लखनऊ चले जाओ, भोपाल चले जाओ। कोई तुमसे कोई जवाबदेही नहीं चाहेगा। सिर्फ हफ्ते-हफ्ते में एक-एक रिपोर्ट भेज देना दिल्ली में। तुम्हारा हेड आफिस जिससे जान सके तुम कहाँ-कहाँ घूम रहे हो, कौन-सा काम कर रहे हो। उस यातायात के रास्ते में ही तुमसे कितने ही लोगों की जान-पहचान होगी, उनसे बात करने पर ही तुम जान जाओगे, कौन आदमी सरकार को धप्पा देकर लम्बी रकमें पैदा कर रहा है, कौन परमिट लाइसेन्स के बदले में मोटी घूस ले रहा है।

जान-पहचान करके खबर खींच लेने में ही तुम्हारी काबलियत है। जान-पहचान तो करना, लेकिन अपना असल परिचय मत देना।

अगर कोई पूछे—आप क्या करते हैं?

तुम कहना—मैं गवर्नमेंट का सेक्शन आफिसर हूँ...

सेक्शन आफिसर शब्द बहुत धुँधला है। सो रहे धुँधला। तुम जो पुलिस के स्पाइ हो यह कोई समझ न सके यही काफी है।

उस दिन इसी प्रकार एक आदमी से परिचय होते ही सुललित जान गया कि वे लखनऊ में रहते हैं।

"लखनऊ? आप कितने दिनों से वहाँ हैं?"

"पाँच बरस से। पाँच बरस से वहाँ यह नौकरी कर रहा हूँ।"

"वहाँ के सब बंगालियों को पहचानते हैं?"

"अच्छी तरह पहचानता हूँ। सब बंगाली हमारे बैंक में आते हैं।"

"अच्छा, मेजर भूधरचन्द्र गांगुली नाम के किसी को पहचानते हैं आप? मिलिटरी के डाक्टर। उनकी एक लड़की है। लड़की का नाम आरती है। आरती गांगुली। लखनऊ से ही बी.ए. पास किया है।"

भला आदमी बड़ी देर तक सोचता रहा। ना, बहुत कोशिश करने पर भी वे पहचान नहीं सके। बोले, "किस मुहल्ले में वे रहते हैं बताइए तो? बंगाली-टोला?"

सुललित बोला, "यह ठीक नहीं जानता। बहुत दिनों पहले उनसे मेरी जान-पहचान हुई थी कलकत्ता में..."

सचमुच काका बाबू वगैरह कलकत्ता आने के पहले लखनऊ में रहते थे, इतना ही सिर्फ जाना था उसने। इससे ज्यादा जानने की उसे जरूरत ही नहीं हुई कभी। और जरूरत होगी भी क्यों? कलकत्ता छोड़कर वे जो फिर किसी दिन कहीं चले जाएँगे यह भी तो उसने कल्पना नहीं की थी।

और उसी समय ही तो तमाम तरह के झमेले जुट गए उसके जीवन में। कहाँ से लड़ाई छिड़ गयी पाकिस्तान के साथ। रात को ब्लैक आउट और शाम के बाद कहीं निकलना भी खतरे से खाली नहीं। बिना किसी अन्दाज़ और संवाद के अकस्मात् साइरन बज उठना। और तिस पर घर में वह सब अशान्ति। घर के मालिकों में झगड़ा झंझट, काकियों में आपस में मुँह देखादेखी बन्द। पिता की मृत्यु, और उसके बाद माँ की बीमारी।

तो भी उसके बाद ही मौका निकालकर फिर एक दिन वह उस घर में गया था। फिर उसने उस घर के मालिक से भेंट की थी। लेकिन काका बाबू और आरती की कोई खबर दे नहीं सके वे।

"अच्छा, उनका पहले का ठिकाना जानते हैं आप?"

"कैसे जानूंगा? आपने ही तो घर किराये पर लिया था। मैं तो उन लोगों को पहचानता नहीं था, आपकी बात पर ही तो मैंने उन्हें घर किराये पर दिया था।"

यह तो ठीक ही है। सुललित की बात पर ही तो वे उन लोगों को घर किराये पर देने को राजी हुए थे। इसलिए उनका पहले का हाल-चाल वे कैसे जान सकते थे?

लेकिन एक दिन और ठहर नहीं सका सुललित। रात को कई दिनों से उसे नींद नहीं आ रही थी। सारे दिन छटपट करता हुआ वह घूमा। सुललित को लगा कि शहर में एक भी आदमी नहीं है जिससे बात करके वह मन हलका करे।

भगीरथ दूर से देख रहा था कई दिनों से। उस दिन बोला, "दादा बाबू!" सुललित ने जवाब दिया, "क्या?"

भगीरथ बोला, "तुम्हें अब नौकरी करने की जरूरत नहीं है यहाँ, चलो कलकत्ता चले जाएँ..."

सुललित ने भगीरथ के मुँह की तरफ ताका। वह बोला, "क्या कह रहे हो तुम?"

"कहता हूँ अब यहाँ तुम मत रहो दादा बाबू..."

"क्यों? रहें क्यों नहीं?"

"यहाँ रहने पर तुम अब बचोगे नहीं दादा बाबू! इस तरह रहने से कोई बचता है क्या?"

"क्यों? मैं किस तरह रहता हूँ?"

"खाने का ठीक नहीं है तुम्हारा, सोने का ठीक नहीं है, यह घर है या पेड़ की छाँह? तुम कहाँ निकल जाते हो उसका ठीक-ठिकाना नहीं, और मैं भी अकेला भूत की तरह घर का पहरा देता बैठा रहता हूँ। मुझे भी क्या यह अच्छा लगता है?"

सुललित बोला, "लेकिन नौकरी न करने पर खाएँगे क्या तुम बताओ? मेरे क्या बैंक में रुपया है जो उसे ही निकालेंगे और खाएँगे?"

भगीरथ बोला, "लेकिन लोग तो मुझसे तमाम बातें कहते हैं..."

"कौन-सी बात कहते हैं?"

"वही एक बात। तुम शायद बड़े-बड़े सब लोगों को गिरफ्तार करके जेल में भरे दे रहे हो। इतने लोगों को जेल में भरने से तुम्हें शाप नहीं देंगे, तुम्हारे खिलाफ मनौती नहीं करेंगे?"

"तो फिर देश में इतने चोर रहने पर देश भी तो हमारा मिट्टी में मिल जाएगा भगीरथ। गवर्नमेंट तो हमें इसीलिए तनखा देती है, खिलाती-पहनाती है..."

भगीरथ बोला, "तो देश डूब जाय, तुम्हारा जीवन पहले है या देश पहले है! अखीर में सब मिलकर अगर घर में धावा बोल दें? अगर तुम्हारा खून करने आएँ? तब गवर्नमेंट तुम्हें देखेगी?"

सुललित हँसा। हँसते-हँसते बोला, "तो अगर खून ही करें तो मरूँगा। मेरे तो कोई नहीं है जिसके लिए मैं जिन्दा रहूँ। मेरे अब जिन्दा रहने से क्या फायदा है बोलो?..."

कहकर फिर खड़ा नहीं हुआ वहाँ। जिधर जा रहा था उधर ही चला गया।

ये सब बातें बाद को भगीरथ से ही मैंने सुनी थीं। कलकत्ता छोड़कर चले जाने पर सुललित से यही मेरी पहली भेंट है। बीच के दिनों में जो इतनी भयानक घटनाएँ घट गयी हैं यह मैं कैसे जानूंगा?

इसीलिए एक दिन जब फिर बहुत दिनों के बाद सुललित से भेंट हुई तब मैंने उसके जीवन के सम्बन्ध में नये रूप से सोचना शुरू किया। सब मनुष्यों का जीवन सुख का नहीं होता, सुख तो पाना ही होगा, इसका भी कोई मतलब नहीं है। क्योंकि सुख शब्द आपेक्षिक है। लेकिन विश्रृंखलता? विश्रृंखलता की तीव्रता की भी एक मात्रा है। मनुष्य के सहन करने की तो एक सीमा है। उत्थान-पतन का एक ज्यामेट्रिकल नियम भी है। सुललित के मामले में क्या वह भी नहीं रहेगा?

भगीरथ ने कहा था, "जानते हैं, दादा बाबू को कितनी तकलीफ है, घर में जब यह कांड हुआ, उधर उस समय काका बाबू वगैरह की भी कोई खोज-खबर नहीं..."

सचमुच कहीं नहीं मिला काका बाबू का पता। आखिरी दिनों में सुललित एकदम पागल हो उठा था। जब जिस शहर में जाता, वहाँ जाकर सुललित पूछता, "अच्छा, मेजर भूधर गांगुली नाम के किसी को आप पहचानते हैं? वे थे मिलिटरी-डाक्टर, रिटायर हो गए हैं, उनकी अकेली लड़की है, जिसका नाम है आरती। पहचानते हैं उन लोगों को?"

आफिस के काम से दिल्ली भी जाना पड़ता सुललित को, जबलपुर भी जाना पड़ता। ट्रेन में, टैक्सी में, बस में सब लोगों के चेहरों की तरफ खोद-खोद वह देखता। अगर अकस्मात् नजर में पड़ जाएँ। लखनऊ कई बार गया। स्टेशन में उतरकर सारे दिन शहर के रास्ते-रास्ते में घूमा है। किसी खास आदमी को देखते ही उसने पूछा है, "अच्छा, यहाँ मेजर गांगुली, रिटायर्ड मिलिटरी डाक्टर कहाँ रहते हैं—आप बता सकते हैं?"

कोई नहीं बता सका। इतना बड़ा देश, इतने असंख्य मनुष्य, उनकी भीड़ में कहाँ वे लोग खो गए हैं कौन उनकी खबर रक्खेगा? सब आदमी आज सामने की तरफ दौड़े जा रहे हैं, उनमें से किसी को वक्त नहीं है पीछे फिरकर ताकने का। उन्हें अपनी नौकरियों में और भी प्रोमोशन चाहिए, उनके बैंक में और भी रुपया जमा होना चाहिए, और जिनके कुछ नहीं है उनका अभाव मिटना चाहिए, जिनके है उन्हें और भी मिलना चाहिए। इसलिए कहाँ कौन हैं मेजर गांगुली, कौन उनकी लड़की आरती है, इसका पता-ठिकाना रखने का समय कहाँ है उन्हें!

ऐसा ही प्राय: होता।

आफिस से चिट्ठी आती सुललित की। आफिस की ताकीद होती और भी केस दो। वह चाहता सुललित और भी चोर पकड़े, सुललित और भी गजेटेड आफिसरों के नाम से शिकायत भेजे। वह चाहता देश में जितने चोर कारबारी मुनाफेबाज हैं सुललित उन सबको कोर्ट के कटघरे में खड़ा करवा दे।

लेकिन कितने लोगों को पकड़ेगा वह! उनकी संख्या जो असीम है। उनके रुपयों और प्रभाव का जोर जो आसमान फाड़ने के समान है! रास्ते से जब वह जाता तब आमने-सामने सब उसे नमस्कार करते, आदर से सिर झुकाते। लेकिन आड़ में पहुँचते ही उसे गाली-गलौज।

भगीरथ एक-एक बार कहता, "थोड़ा सावधान रहना दादा बाबू!"

सुललित हँसता। बोलता, "मेरा वे और क्या करेंगे भगीरथ, ज्यादा-से-ज्यादा खून करेंगे। उससे किसी का कोई नुकसान नहीं होगा, बल्कि मिटेगा..."

उस दिन झमझमाकर बाहर पानी बरस रहा था। जाफरी लगे बरामदे पर एक चेयर लेकर सुललित बैठा हुआ आफिस की फाइलें देख रहा था। हफ्तेवार डायरी लिखने में देर हो गयी थी, उसे तैयार करना जरूरी था। हफ्ते के हर दिन का रत्ती-रत्ती हिसाब।

बाहर आकाश-भरी वर्षा देखने में बड़ा अच्छा लगा सुललित को। वर्षा नहीं है तो, मानो करुणा है। विधाता की करुणा मानो वर्षा की अविरल धारा बनकर उसके सिर पर ही झरी पड़ रही है। सामने ही रास्ता था। रास्ते के उस पार बहुत दूर तक मैदान था। मध्यप्रदेश की रूखी ब्लैक-काटन साएल। सुललित का काम-काज सब चूल्हे में गया। लगता है आरती पास होती तो ऐसी ही शान्ति वह पाता।

हो, बरखा हो। और भी बहुत देर तक बरखा हो। यह बरखा अगर पूरा बनकर उसे बहा ले जाए तो उसके लिए और अच्छा। एक दिन उसका सब कुछ चला गया है, इस बार वह खुद भी तो फिर मुक्ति पा जाए।

हठात् उसकी नजर पड़ी, जाने कहाँ की किसके घर की एक छोटी साफ-सुथरी लड़की रास्ते में निकलकर भींग रही है। किनकी लड़की है वह?

सुललित ने चिल्लाकर पुकारा, "ओ खुकु—खुकु—भींगो मत..."

सुललित को देख पाकर लड़की और भी खुश। आश्चर्य, यह किनके घर की लड़की है, हठात् घर से निकल पड़ी है! कोई देखनेवाला नहीं है क्या?

सुललित ने और देर नहीं की। जाफरी का दरवाजा खोलकर बरखा में ही वह बाहर निकल पड़ा। उसके बाद दोनों हाथों से लड़की को गोद में उठाकर वह बरामदे के भीतर आया।

लड़की नाराज हो गयी। बोली, "तुम क्यों मुझे भीतर ले आए?"

सुललित बोला, "बरखा में भींगने से तुम जो बीमार हो जाओगी खुकुमणि। ऐसी बरखा में कोई भींगता है?"

लड़की बोली, "हाँ भींगता है, वर्षा में भींगने से मुझे बहुत अच्छा लगता है।"

सुललित अकचका गया लड़की की बात सुनकर। उसने पूछा, "तुम्हारा घर कहाँ है?"

लड़ली भी वैसी ही। बोली, "तुम लगता है मेरी माँ से कह दोगे?" सुललित ने पुकारा, "भगीरथ, भगीरथ'

लड़की बोली, "भगीरथ को क्यों बुला रहे हो? मैं उससे भी नहीं बताऊँगी मेरा घर कहाँ है..."

तब तक भगीरथ नींद से उठकर आ गया था। सुललित बोला, "यह किनके घर की लड़की है बताओ तो भगीरथ? इसे पहचानते हो? सामने के रास्ते में देखा पानी में भींग रही है, इसीलिए उठाकर ले आया..."

भगीरथ बोला, "तुम्हारा घर कहाँ है खुकुमणि?"

"इश, मैं क्यों बताऊँ तुम्हें?"

सुललित बोला, "भगीरथ, तुम उसकी कोई बात मत सुनो। इसी मिनट तुम उसका भींगा कपड़ा उतारकर उसे एक सूखा कपड़ा पहना दो और थोड़ा खूब गरम दूध उसे पिला दो..."

लड़की बोली, "क्या पहनाओगे मुझे? तुम्हारा कोट—पैंट मेरी देह में नहीं होगा..."

भगीरथ बोला, "आओ-आओ, क्या पहनाऊँगा उसकी उतनी फिक्र तुम्हें नहीं करनी होगी..."

कहकर उसे भीतर खींच ले गया भगीरथ। भीतर ले जाकर भगीरथ ने क्या किया यह देखने की फुरसत फिर उसे नहीं रही। उसने फिर फाइलों में अपना मन लगाया। लड़की थोड़ी देर के बाद जब फिर उसके कमरे में आयी तब सुललित ने देखा उसके शरीर में एक सूखा फ्राक है, उसके सिर के बाल पोंछकर कंघी से अच्छी तरह कोर दिए हैं भगीरथ ने।

सुललित उसकी तरफ देखकर बोल उठा, "वाह, तुम तो इस बार बहुत सुन्दर दिखायी पड़ रही हो..."

उसके बाद भगीरथ की तरफ देखकर पूछा, "तुम यह सूखा फ्राक कहाँ पा गए भगीरथ?"

भगीरथ बोला, "बगल की गुजराती दीदीमणि से माँग लाया..."

लड़की हठात् बोली, "तुम आफिस नहीं जाओगे?"

सुललित बोला, "क्यों, आफिस क्यों जाऊँगा?"

"वाह रे, सभी तो आफिस में जाते हैं। मुन्नी के बाप आफिस जाते हैं, कल्पना के बाप आफिस जाते हैं, मेरी माँ भी आफिस जाती है..."

"तुम्हारी माँ? तुम्हारी माँ कैसे आफिस जाएगी?"

"हाँ, जाती है। बड़े आफिस में। माँ बड़े आफिस में नौकरी करती है। छोटी लड़कियाँ सिर्फ स्कूल जाती हैं..."

बातें सुनकर सुललित हँसा, भगीरथ भी हो-हो करके हँस पड़ा। बोला, "इसके देखता हूँ बुद्धि तो बड़ी है दादा बाबू..."

सुललित बोला, "बरखा बन्द होने पर तुम पता लगाना भगीरथ, कि यह किनकी लड़की है, उसके बाद उनकी लड़की उनके घर पहुँचा देना..."

लड़की कह उठी, "मैं घर नहीं जाऊँगी, मैं यहाँ रहूँगी..."

भगीरथ बोला, "क्यों, घर क्यों नहीं जाओगी? तुम्हारी माँ जो फिकर करेगी?"

“नहीं, घर जाने से मेरी माँ नाराज होगी...”

सुललित ने पूछा, “क्यों, नाराज क्यों होगी? तुमने क्या किया है?”

“वाह रे, मुझसे नाराज नहीं होगी? मैंने जो गिरिजा की बात सुनी नहीं। गिरिजा ने मुझसे घर में लेटकर सोने को कहा था। गिरिजा की बात न सुनने पर माँ मुझसे खूब नाराज होती है!”

“कौन है गिरिजा?”

“तुम गिरिजा को पहचानते नहीं। गिरिजा को देखते ही तुम्हें डर लगेगा। वह मुझे दूध पीने को देकर खाना बनाने जाती है और मैं रोज खिड़की से सब दूध बाहर फेंक देती हूँ। तुम यह बात गिरिजा से बोल मत देना। बोल देने से वह मुझसे खूब नाराज होगी...”

भगीरथ बोला, “तुम दूध फेंक देती हो? लेकिन तुमने तो मुझसे दूध पी लिया?”

“वाह रे, तुमने तो दूध चीनी मिलाकर दिया। गिरिजा दूध में चीनी नहीं मिलाती, चीनी न मिलाने से मुझे जो उल्टी आती है...”

थोड़ी देर के बाद ही पानी बन्द हो गया। सुललित बोला, “जाओ, अब तुम घर जाओ, नहीं तो तुम्हारी माँ अन्त में तुम्हें इधर-उधर खोजेगी...”

“इश, माँ तो आफिस में है। माँ जान कैसे पायेगी?”

“तो फिर गिरिजा तुमसे बिगड़ेगी न!”

“हाँ, गिरिजा मुझसे बहुत बिगड़ती है। लेकिन गिरिजा अभी नाक बजाकर सो रही है। वह जान नहीं सकी मैं कब बाहर निकल आयी हूँ। गिरिजा अगर मुझ पर बिगड़े तो तुम उससे खूब नाराज होओगे न?”

“हाँ, खूब नाराज होऊँगा। लेकिन गिरिजा तुम्हारी क्या लगती है?”

“दुर, तुम कुछ नहीं जानते, गिरिजा तो हम लोगों के घर में खाना पकाती है, वह तो हम लोगों की मिसरानी है...”

भगीरथ उस समय लड़की को लेकर बाहर जाने को तैयार था।

सुललित बोला, “तुम फिर आना, समझीं?”

“हाँ, आऊँगी...”

“अपना नाम तो तुमने हमसे बताया नहीं भाई?”

“माँ मुझे रिनि कहकर पुकारती है, लेकिन असल नाम कोई नहीं जानता, जनते हो?”

“असल नाम क्या है?”

“असल नाम? मेरा असल नाम है रिनिल...”

“वाह, अच्छा नाम है, मैं लेकिन तुम्हें रिनि कहकर बुलाऊँगा, क्यों?”

रिनि ने गला हिलाया। उसके बाद उसी पिछले रास्ते से चलते-चलते बाहर निकल गयी।

मामूली एक दिन की एक घटना। लेकिन भगीरथ के मन में आया कि दादा बाबू के मुँह में वही पहले दिन थोड़ी हँसी देखी उसने। लेकिन लड़की के चले जाने पर ज्यों-के-त्यों ही। फिर मुँह पर काले मेघ की घन-घटा छा गयी। उसके बाद जाने कहाँ वह निकल गया रात की ट्रेन से।

भगीरथ भी उस दिन सुललित की आँखों के सामने से ही घर में घुसा, तब भी सुललित मानो दूसरा आदमी हो। एक बार पूछा तक नहीं उस लड़की को उसके घर में पहुँचा आए हो कि नहीं। भगीरथ खुद खबर बतानेवाला था, लेकिन दादा बाबू के चेहरे का भाव देखकर बताने में उसे डर लगा।

यह एक अद्‌भुत मनुष्य ही तो है! उस बार कलकत्ते में जिस दिन घर हिस्सों में बँट-चुट गया उस दिन से ही ऐसा हो गया है। अच्छी तरह न तो खाता है, और न बातें करता है। इतनी तकलीफ करके भगीरथ रांधता है, तो भी मानो दादा बाबू को खिलाकर खुश नहीं कर पाता। खाने को बठने पर भगीरथ पूछता है, "मछली का झोल कैसा हुआ है दादा बाबू?"

दादा बाबू अन्यमनस्क भाव से कहता है, "अच्छा..."

"तो फिर सब क्यों नहीं खाया?"

दादा बाबू कहता है, "और भूख नहीं है..."

"तो फिर जरूर मैंने अच्छा नहीं पकाया, नहीं तो तुमने खाया क्यों नहीं? सब भात जो पड़ा रह गया..."

दादा बाबू कहता, "ना, बहुत अच्छा पकाया है तुमने..."

भगीरथ कहता, "तुम एक किसी को रक्खो दादा बाबू, नहीं तो..."

"नहीं तो क्या?"

"नहीं तो विवाह करो—तो फिर तुम्हें खाने में अच्छा लगेगा..."

दादा बाबू उसी समय खाना छोड़कर उठ जाता। उस समय मुँह का रूप जाने कैसा अन्यमनस्क हो जाता दादा बाबू का।

मुहल्ले के दूसरे घरों के लोग भगीरथ से पूछते, "अच्छा भगीरथ, तुम्हारे दादा बाबू के कोई नहीं है लगता है?"

भगीरथ कहता, "मैं तो हूँ, और कौन रहेगा दादा बाबू का?"

"नहीं, तुम तो हुए दादा बाबू के अर्दली, लेकिन उनका अपना तो कोई नहीं

है? माँ या बाप, भाई या बहन? तो तुम्हारे बाबू का विवाह ही क्यों नहीं हुआ?"

भगीरथ कहता, "विवाह करनेवाला तो कोई नहीं है दादा बाबू का, आप लोग एक पानी देख दीजिए न..."

लेकिन यहीं तक। दूसरे के मामले में सब कौतूहल की बात कर सकते हैं, लेकिन उसके उपकार के वक्त कोई नहीं दिखायी पड़ता।

लेकिन इस जवाब से भी उनमें से कोई खुश नहीं होता। वे पूछते, "तो बाबू के आत्मीय-स्वजन भी कोई नहीं हैं, काका-ताऊ-मामा, भानजा? वे सब लोग ही कहाँ हैं?"

"भगीरथ कहता, "बाबू के बाप मर गए, उनकी माँ भी मर गयी, काका-ताऊ वगैरह में खूब झगड़ा मच गया। कलकत्ते का इतना बड़ा सातमंजिला घर इतने लोग, हर बरस अन्नपूर्णा की पूजा होती, कैसी घटा होती थी उस पूजा की, उसे देखे बिना वह सब कथा बताना मुश्किल है..."

यह कहकर भगीरथ श्रोताओं से सुललित के उन्हीं पुराने दिनों के ऐश्वर्य की कहानी रत्ती-रत्ती करके बताता। इतने बड़े घर का लड़का क्यों इस परदेश-विभूमि में दूसरों की नौकरी करने आया है, बोलो!

उस दिन हठात् वही लड़की फिर आयी। बाहर से ही पुकारने लगी, "भगीरथ, दरवाजा खोलो, दरवाजा खोलो न..."

भगीरथ बाहर निकलकर अवाक्। बोला, "रिनि खुकुमणि, तुम!"

पीछे और एक औरत थी।

जल्दी-जल्दी चाबी से ताला और फिर दरवाजा खोल दिया भगीरथ ने। वह बोला, "आइये, आइये..."

रिनि बोली, "तुम लोगों ने मुझसे आने को कहा था इसी से मैं आयी हूँ, यह देखो, यह मेरी माँ है, अपने साथ अपनी माँ को भी ले आयी हूँ..."

महिला देखने में बड़ी सुन्दर थीं। उनके माथे पर आधा घूँघट था। वे बोलीं, "रिनि रोज ही तुम लोगों की बात कहती है, लेकिन मैंने उसे आने नहीं दिया। आज लेकिन किसी तरह उसने छोड़ा नहीं मुझे, खींचते खींचते ले आयी।"

भगीरथ ने कहा, "अच्छा ही किया। बैठिए।"

यह कहकर उसने कुर्सी दिखा दी।

महिला बोलीं, "मेरा उसी दिन आना वाजिब था, लेकिन रिनि को सर्दी-खाँसी हो गयी थी इसीलिए फिर आ नहीं सकी। मैं तो उसे गिरिजा के पास रख-कर आफिस

जाती हूँ, वह सो गयी और यह बरखा में रास्ते पर निकल पड़ी। भाग्य से तुम थे, नहीं तो जाने क्या होता..."

भगीरथ बोला, "मैं नहीं दीदीमणि, मैं तो घर के भीतर था। दादा बाबू यहीं बैठा-बैठा आफिस का काम कर रहा था, रिनि को देख पाते ही दादा बाबू उसी बरखा में रास्ते पर निकलकर रिनि को पकड़ लाये..."

"तो तुम्हारे दादा बाबू कहाँ हैं! उन्हें तो देख नहीं रही हूँ!"

"दादा बाबू! मेरे दादा बाबू की अब छोड़िये दीदीमणि। दादा बाबू बरस के आधे दिनों घर में नहीं रहते।"

"क्यों? क्या काम है उनका?"

भगीरथ एक-एक करके गड़गड़ाता हुआ सब बोल गया। अन्त में बोला, "मेरी बात तो सुनते नहीं दादा बाबू। दादा बाबू जब आपकी इस लड़की के समान छोटे थे, तब से तो मैं ही दादा बाबू की देखभाल करता आ रहा हूँ। और अब और भी बड़े हो गए हैं, अब वे मेरी बात आखिर क्यों सुनेंगे! मैं कौन हूँ बताइये न, मैं तो मामूली नौकर, और तो कुछ नहीं हूँ..."

"तुम्हारे दादा बाबू तो फिर लगता है अकेले ही रहते हैं यहाँ?"

"और कौन रहेगा बताइये? शादी-वादी कर लेते तो मैं हो न हो थोड़ी छुट्टी पा जाता, वह भी मेरे भाग्य में नहीं है। घर से बाहर कहीं थोड़ा निकलूँ इसका भी उपाय नहीं है। कब हुट करके आ पहुँचेंगे और उस वक्त मुझे न पाकर घर में ही घुस नहीं पाएँगे। इसीलिए हर वक्त मुझे घर में ही रहना पड़ता है। इस नौकरी में तो दादा बाबू के आने-जाने का कुछ ठीक नहीं है न..."

"तो इतना जो बाहर घूमते हैं तुम्हारे दादा बाबू, उनका खाना-पीना? खाने-पीने का क्या होता है?"

"खाना-पीना होता ही नहीं। दादा बाबू की जैसी नौकरी है, उसमें तो कहीं जाकर किसी के घर में खाना-पीना वाजिब नहीं है। मैंने मना कर दिया है, दादा बाबू के सभी दुश्मन हैं, अन्त में भात के साथ क्या मिला दे कौन कह सकता है..."

महिला बोलीं, "नहीं-नहीं, कहीं किसी के पास जाने को मना कर देना। और तुम भी तो दादा बाबू के साथ-साथ घूम सकते हो, तुम संग रहो तो तुम्हारे दादा बाबू को सुभीता होगा, तुम तो फिर बाबू का खाना पका दे सकते हो..."

"तब तो काम चल जाता, दादा बाबू मुझे साथ ले जाते तब तो। पहले-पहल तो इसी से जाता था। इसीलिए तो मेरी नौकरी है। मैं तो दादा बाबू का अर्दली हूँ, सरकार से ही तो मुझे तनखा मिलती है। लेकिन दादा बाबू कुछ भी नहीं सुनते दीदीमणि, एक बार कहीं तो, लेकिन मेरी बात सुनकर दादा बाबू बोले-नहीं, तुम्हें जाना नहीं

होगा भगीरथ, तुम घर में रहो

महिला ने पूछा, "क्यों?"

"यही जो मुझे देखने पर लोग पहचान जाएँगे! दादा बाबू जहाँ जाते हैं, वहाँ तो लुक-लुककर रहते हैं, न, जिससे कोई जान न सके। जान पाते ही तो वे लोग सावधान हो जाएँगे।"

उसके बाद कुछ ठहरकर कहने लगा, "साथ ही दीदीमणि, मेरी भी तो उमर हो गयी है, मैं अब कितने दिनों का! मैं जब नहीं रहूँगा तब दादा बाबू को कौन देखेगा मैं सिर्फ यही सोचता हूँ।"

"तुम्हारे दादा बाबू तो अब अपना विवाह भी तो कर ही ले सकते हैं।"

भगीरथ का मुँह जाने कैसा गम्भीर हो आया। बोला, "विवाह का तो सब ठीक-ठाक हो ही गया था दीदीमणि, लेकिन तकदीर में न रहने पर क्या होगा बोलिए?"

"क्यों, विवाह क्यों नहीं हुआ? कहाँ विवाह की बात हो रही थी?"

भगीरथ बोला, "बड़े बाबू के एक दोस्त की लड़की के साथ, वे लखनऊ के डाक्टर थे, उनकी ही लड़की है। लड़की देखने में भी परम सुन्दरी है..."

लखनऊ के डाक्टर? क्या नाम है बताओ तो?"

"उनका नाम है भूधरचन्द्र गांगुली। बड़े भले आदमी, उनकी लड़की भी बड़ी लक्ष्मी है। लड़की का नाम आरती है—पहचानती हो क्या दीदीमणि..."

महिला बोली, "नहीं-नहीं, मैं कैसे पहचानूँगी? मैं तो यहाँ के पोस्टआफिस में नौकरी करती हूँ। मैं तो कलकत्ता कभी गयी नहीं। तो फिर वह विवाह हुआ क्यों नहीं?"

भगीरथ कहने लगा, "भवितव्य दीदीमणि, भवितव्य। हठात् बड़े बाबू मर गए और उसी वक्त देश में भी लड़ाई छिड़ गयी, और घर के सब मालिक अपनी-अपनी सम्पत्ति लेकर अलग हो गए। वहाँ सरकारी किरायेदार आकर जम गए, और हमारे दादा बाबू भी उसी समय से विरागी हैं..."

"विरागी माने?"

"विरागी नहीं तो और क्या? मैं अगर साथ में न होता तो दादा बाबू और भी विरागी हो जाते। यही देखिए न, सात दिन हुए दादा बाबू घर का रास्ता भूले हुए हैं, कहाँ वे गए हैं, क्या खाते हैं, कब आखिर घर लौटेंगे इसका ठीक हो नहीं है..."

बात सुनकर महिला का मुँह भी मानो अजाने में ही करुण हो उठा। थोड़ी देर के बाद बोली, "जाने दो, तुम और क्या करोगे, बोलो भगीरथ? जो होनहार है उसे कोई रोक नहीं सकता। रिनि बीमार न हुई होती तो मैं बहुत पहले आती, मैंने सोचा था तुम्हारे दादा बाबू को धन्यवाद दे जाऊँगी, लेकिन यह हो नहीं सका। फिर एक दिन बल्कि आऊँगी, अब चलूँ..."

कहकर लड़की की तरफ देखकर बोली, "चल री रिनि, चल..."

लड़की को लेकर महिला चली गयीं।

इस बार बहुत दिनों पहले की बात कहूँ। उन सब दिनों की बातें कितने लोगों ने याद रक्खी हैं कौन जानता है। सफेद चमड़ेवाले जरूर चले गए थे, लेकिन चले जाने के बाद कितना सर्वनाश कर गए थे, वह नुकसान लगता है शायद पूरा नहीं किया जा सकता। देशी साहब हठात् गजगजा उठनेवाले नवाबों के समान मानों पृथिवी को अपनी निजी जमींदारी के समान मान बैठे। वे समझ बैठे कि उनके ऊपरवाला अब कोई नहीं है। ऊपरवाला अगर कोई कहीं हो तो वह आसमान की आड़ में रहता है। उस ऊपरवाले में जुरमाना करने की ताकत तक नहीं है, फाँसी देने की शक्ति भी नहीं है। सिर्फ शक्ति है मरने के बाद नरक में भेजने की। लेकिन वह तो परलोक की बात है। इस संसार में तो आराम के दिन काटे जाएँ। जब परलोक में जाएँगे तब परलोक की बात सोची जाएगी। और परलोक में क्या घूस का इन्तजाम नहीं है? जरूर है।

ठीक इसी तरह के विचार के एक बहुत बड़े गजेटेड अफसर को रँगे-हाथों पकड़ने के मामले में उन कई दिनों सुललित बड़ा व्यस्त रहा। अफसर घूस लेते थे। बहुतेरे लोगों की तरफ से उसके पास तमाम शिकायतें आती थीं। अफसर शायद दफ्तर में बैठे-बैठे ही घूस लेते थे। देश स्वाधीन होने के बाद सिर से विदेशी सफेद चमड़ेवाले साहब दूर चले गए थे। जो नीचे थे वे ऊपर उठ गए थे। ऊपर उठने के साथ-साथ उनकी पद-मर्यादा जिस तरह बढ़ी थी, उसी तरह उनके प्रभाव-प्रतिष्ठा में बढ़ती हुई थी। उन लोगों ने उस समय समाज-संसार में हाथ से ही सिर काटना शुरू कर दिया था। ऐसा ही चल रहा था बहुत दिनों से। अन्त में बरत के बाद बरस अत्याचार से हैरान होकर एक दिन कुछ लोगों ने पागल होकर ठीक किया कि इसका बदला लेना होगा।

किसी एक आदमी ने उन्हें खोज-खबर बतायी थी कि बिलासपुर के सुललित चट्टोपाध्याय नाम के एक गवर्नमेंट एंटी करप्शन अफसर हैं, उन्हें खबर देते ही बैनर्जी साहब को हाथों-हाथ पकड़ लिया जाएगा। बैनर्जी साहब के हाथ से हमेशा-हमेशा के लिए मुक्ति मिल जाएगी।

कई दिन तक घर में आ-आकर भी सुललित को वे पा नहीं सके। ज्यों ही घर में आकर खोज-खबर ली है तभी भगीरथ ने कहा, "नहीं, दादा बाबू घर में नहीं हैं।"

उन लोगों ने पूछा है, "कब लौटेंगे वे।"

भगीरथ का वही एक ही जवाब, "सका कुछ ठीक नहीं है—मैं नौकर आदमी ठहरा, मैं यह कैसे जान सकता हूँ?"

वे लोग फिर खड़े नहीं हुए इसके बाद। लेकिन उन लोगों ने पतवार नहीं छोड़ी।

बैनर्जी साहब का बड़ा भारी क्वार्टर था, वहाँ बावर्ची-खानसामा चपरासी-बेयराओं का जुलूस था। और आफिस में दुर्व्यवहार। तिस पर सबसे बड़ी बात थी रोजगारियों से मोटी रकमों की घूस। वे रेल के एक-एक वैगन में अगर किसी तरह बीड़ी पत्ते लादकर शालीमार भेज सकें तो तुरन्त दो हजार रुपयों का फायदा। उससे बैनर्जी साहब को पाँच सौ रुपये देने में कोई नुकसान नहीं। बैनर्जी साहब ही हैं वैगन देने के मालिक।

इस पर भी है दुर्व्यवहार। दुर्व्यवहार कैसा? हठात् साहव किसी क्लर्क को अपने चैम्बर में बुलवा लेते।

"मित्तिर, तुम्हें थोड़ा वक्त मिलेगा?"

"बोलिए सर, क्या करना होगा?"

बैनर्जी साहब बोले, "हमारे घर में दो गेस्ट आएँगे, तुम बाजार से छह मुर्गी खरीदकर ला सकते हो? यही मझोले साइज की..."

"ज़रूर ला सकता हूँ सर.."

"तो ये रुपये लो"—कहकर बड़ी तकलीफ से पाकेट से दस रुपये का एक नोट निकालकर उन्होंने मित्तिर को दिया। मित्तिर और कुछ बोल नहीं सका। वे ही दस रुपये लेकर छह मुरगी खरीद लाकर उसने बँगले के खानसामा के हाथ में दे दिया।

बैनर्जी साहब को मोटा फायदा ही हुआ। बाजार में उन दिनों छह मुरगी का दाम पचीस रुपया था। सिर्फ दस रुपये में मुर्गियाँ मिल गयीं। जो नुकसान हुआ वह हुआ मामूली क्लर्क मित्तिर का।

और सिर्फ क्या मित्तिर? मित्तिर, गांगुली, सरकार, भट्चार्ज, रामलिंगम्, सबकी वही एक ही हालत थी। वे दलबल के साथ ढूँढ़ने निकलते सुललित को। सुललित ही अकेला उन लोगों का उद्धार कर सकता है।

अखीर में एक दिन उन्होंने सुललित को पा लिया। पाया रास्ते में। वह ट्रेन चढ़कर जा रहा था इलाहाबाद की तरफ। एक आदमी ने दिखा दिया। वह बोला, "वह देखो, उनका ही नाम सुललित चैटर्जी है—यहाँ के एंटी करप्शन अफसर..."

उनकी वही पहली भेंट थी। सुललित ट्रेन से उतर पड़ा। ये सब बातें ट्रेन के कम्पार्टमेंट में सबके सामने बैठकर नहीं की जा सकतीं।

वे लोग सब बातें पक्की करके चले गए।

कहाँ के कौन बैनर्जी साहब, उन्हें सुललित पहचानता भी नहीं। उनका नाम कभी सुना नहीं उसने। लेकिन जिन लोगों ने शिकायत की थी, उन्होंने बैनर्जी साहब के नाड़ी-नक्षत्र की खबर दे दी थी। उसके बाद उनके पीछे ही लगा रहा वह। कभी उसे धोती-कुरता पहनना पड़ता, कभी सूट और कभी फटा हुआ कुरता और उसके साथ लुंगी।

आफिस के कैंटीन में बैठकर नजर रखने लगा सुललित। बड़े-बड़े मर्चेंट आते बैनर्जी साहब के कमरे में। थोड़ी देर बात करने के बाद ही वे चले जाते। तब और एक कोई आता। वैगनों की बड़ी कमी थी। तिस पर भी मर्चेंट लोगों में से सबको वही वेगन चाहिए। जितने वैगन पाएँ उतना ही उनका फायदा।

अखीर में एक मर्चेंट से आपसपन हो गया सुललित का। आदमी ज्यादा रुपये दे नहीं सकता इसलिए वैगन भी नहीं पाता। सुललित ने उससे पूछा, "एक वैगन देने के लिए बैनर्जी साहब कितनी घूस लेते हैं?"

उस आदमी ने कहा, "आठ सौ नौ सौ..."

सुललित बोला, "ठीक है, मैं तुम्हें नकद एक हजार रुपये दूँगा, तुम साहब को पकड़ा दोगे?"

"क्यों नहीं पकड़ा दूँगा हुजूर। वह तो हरामी है। उसे पकड़कर जेल नें ठूंस दीजिए हुजूर। वह सबको वैगन देता है, मुझे किसी तरह नहीं देता..."

"क्यों, तुमने क्या कुसूर किया है?"

"कुसूर और मैं क्या करूँगा हुजूर। मेरे पास रुपया नहीं है, यही मेरा कुसूर है, मैं गरीब मर्चेंट हूँ न इसीलिए मेरा एलाटमेंट नहीं होगा..."

तो ऐसा ही इन्तजाम हुआ। एक दिन सुललित सबको अपने साथ ले आया। फर्स्ट क्लास मजिस्ट्रेट, पुलिस के दो इन्सपेक्टर, और कई कान्स्टेबुल। सबकी मामूली पोशाक। जो आदमी बैनर्जी साहब को पकड़वायेगा उसके हाथ में दिए गए एक-एक सौ रुपये के दस नोट। नोट के नम्बर मजिस्ट्रेट ने अपने हाथ से डायरी में लिख लिए।

बैनर्जी साहब के कमरे में घुसकर मर्चेंट ने घूस के वे रुपये दिए, बैनर्जी साहब ने भी तुरन्त रुपये अपने पाकिट में रख लिए। और ठीक उसी वक्त दरवाजा खोलकर घुसे पुलिस के लोग और मजिस्ट्रेट और सुललित।

"हू आर यू?"

मजिस्ट्रेट ने अपना परिचय दिया। बैनर्जी साहब तब भी मानो ठीक अपनी हालत समझ नहीं सके। बोले, "आप लोग किससे परमिशन लेकर मेरे कमरे में घुसे?"

लेकिन जब सचमुच सबका स्वरूप पहचान सके तब बैनर्जी साहब का दूसरा चेहरा था, दूसरा रूप था।

घटना मामूली है। आधे घंटे की मियाद। बल्कि शायद आधा घंटा भी नहीं। उसी आधे घंटे के भीतर बैनर्जी साहब के आकार-प्रकार और आचरण में ऐसी एक आकुलता, ऐसी एक कातरता प्रकट हो उठी जिसके साथ पहले के व्यवहार का कोई मेल नहीं था। बैनर्जी साहब ने अखीर में अकस्मात् सुललित के सामने आकर उसके दोनों हाथ पकड़ लिए। बोले, "आपने बंगाली होकर एक बंगाली को

पकड़ा? आपने मेरा कैसा सर्वनाश किया आप जानते नहीं? मैं अब सबको मुँह कैसे दिखाऊँगा बोलिए?"

सुललित गम्भीर खड़ा था। बैनर्जी साहब की आँखों को फाड़कर उस समय आँसू बहने-बहने को थे। वे बोले, "आपका नाम मैंने पहले ही सुना था। आप ही वे मिस्टर चैटर्जी हैं?"

सुललित बोला, "हाँ, मेरा नाम सुललित चैटर्जी है..."

बैनर्जी साहब की उस समय फूट पड़ने की हालत थी। वे सुललित के दोनों हाथ उस वक्त भी जकड़कर पकड़े हुए थे। बोले, "मैंने आपका क्या नुकसान किया था जो आपने मेरा इतना बड़ा सर्वनाश किया? आप जानते हैं मेरा क्या सोशल-स्टेटस है, समाज में मेरी क्या पोजिशन है, मेरा कितना सम्मान है? ऐसे ही आपने मेरा सब स्टेटस, मेरी पोजिशन, मेरा सम्मान, सबकुछ धूल में मिला दिया?"

उसके बाद मिस्टर बैनर्जी सबके सामने ही कहने लगे, "जानते हैं, मेरे घर में मेरी स्त्री, मेरे लड़के-लड़कियाँ सब हैं, वे लोग मेरे बारे में क्या सोचेंगे? मेरे कोलीग लोगों की फैमिली है, वे भी अब से मुझे किस निगाह से देखेंगे? वे बोलेंगे, मैं घूसखोर हूँ, मैं चोर हूँ—मैं..."

बोलते-बोलते बैनर्जी साहब के आँखों के आँसू टप-टप करके सुललित की देह और कपड़ों पर गिरने लगे।

सुललित ने अपने दोनों हाथ छुड़ा लेने की कोशिश की। लेकिन बैनर्जी साहब छोड़नेवाले नहीं थे। वे उसी तरह कहने लगे, "बोलिए, बोलिए, आप मेरे लिए क्या कुछ भी नहीं कर सकते? बोलिए, बोलिए, चुप मत रहिए सुललित बाबू, आप भी बंगाली हैं, मैं भी बंगाली हूँ, आप अगर मेरे लिए कुछ कर सकिए तो कीजिए। मैं और मेरी फैमिली सारी जिन्दगी आपके सामने एहसानमन्द रहेंगे..."

लेकिन मजिस्ट्रेट ने बातों के बीच में बाधा डाली। वे जात से महाराष्ट्रीय थे। बंगला भाषा की बातें समझ नहीं पा रहे थे, उसका कुछ अन्दाज कर पा रहे थे। उन्होंने इशारा किया, "हरी अप, प्लीज, हरी अप..."

सुललित के मुँह से इस बार बात फूटी। उसने कहा, "मिस्टर बैनर्जी, अब कुछ मत कहिए मुझसे, अब हमें अपनी डिउटी करने दीजिए..."

"डिउटी? आपके लिए आपकी डिउटी ही बड़ी हो गयी। तो फिर आपके पास माया-दया-क्षमा किसी चीज का कोई दाम नहीं है कहना चाहते हैं? कल सवेरे अखबारों में यह खबर छपकर निकलेगी तब मेरी क्या हालत होगी, आप यह कल्पना कर पा रहे हैं? इसकी बनिस्बत मेरी अभी फाँसी हो जाना भला है..."

लेकिन इस बात का और कोई जवाब देना नहीं पड़ा सुललित को। कानून ने

अपना निजी काम सँभाल लिया। वह सुललित का काम नहीं है। वह काम पुलिस का है। सुललित उस समय दूसरे काम में व्यस्त हो गया। वैनर्जी साहब की पर्सनल फाइल से शुरू करके उनके सम्बन्ध में जरूरी कागजपत्र सब इकट्ठे करने होंगे उसे...

लेकिन वे सब बातें लेकर सुललित कभी ज्यादा माथापच्ची नहीं करता था। उस दिन बैनर्जी साहब जमानत पर छूट जरूर गए थे, लेकिन सुललित के मन में हुआ था कि ऐसा आदमी अगर जमानत न पाता तो वह खुशी ही होता।

उसे याद है सब काम-काज पूरे होने में उस दिन बहुत रात हो गयी थी। उस समय भी ट्रेन आने में बड़ी देर थी। प्लेटफार्म पर अकेले घूमते-घूमते उसके दिमाग में सारे जीवन की बातें चक्कर काटने लगीं। यही थोड़े पहले उसने ऐसे एक आदमी को गिरफ्तार किया था जिसकी जिन्दगी में कल से अँधेरा छा जाएगा। उसका सम्मान, उसकी प्रतिष्ठा-ख्याति सबकुछ नेस्तनाबूद हो जाएगी। लेकिन सुललित क्यों जिम्मेदार होगा उसके लिए! सुललित ने तो सिर्फ अपनी निजी डिउटी की है, सुललित ने तो सिर्फ अपनी जिम्मेदारी का पालन किया है।

सुललित ने हाथ की घड़ी देखी, और एक घंटे की देर है। वेटिंग रूम की इजी चेयर में थोड़ा लेटकर वह आराम करने लगा।

हठात् नींद में मानो उसके कान में किसी के गले की आवाज सुनायी पड़ी—माँ तो मुझे रिनि कहकर बुलाती है, लेकिन मेरा अच्छा नाम? मेरा अच्छा नाम रिनिला है बात कहकर ही लड़की खिलखिलाकर हँस पड़ी। उसी हँसी की आवाज से नींद खुल गयी सुललित की। सुललित तुरन्त इजी चेयर पर उठ बैठा। उसने देखा प्लेटफार्म पर उसकी ट्रेन हुडहुड आवाज करती पहुँची जा रही है। सुललित जल्दी-जल्दी सूटकेस-बिछौना लेकर गाड़ी पर चढ़कर बैठ गया।

मनुष्य का यह जीवन जिस प्रकार दुःख से भरा है, उसी प्रकार सुख का भी है। छुटपन से सुललित ने सुख क्या कम पाया है? एकदम छुटपन की बात छोड़ दो, जितने कुछ दिनों लखनऊ से काका बाबू वगैरह कलकत्ता आकर रहे थे, वे दिन भी बहुत अच्छे कटे थे उसके जीवन में। वह कितना गम्भीर सुख था। वे सुख के कुछ दिन ही उसके सारे जीवन के अवलम्ब थे। उस सम्बल का पाथेय लेकर ही वह इतने दिनों के पथ में चला था।

हेड आफिस के सुपरिंटेंडेंट रघवीरसिंह ने पहले दिन ही पूछा था, "यह नौकरी तुम कर सकोगे?"

सुललित बोता था, "भरोसा है कि कर सकूँगा।"

रघवीरसिंह बोले थे, "बड़े लोभ की नौकरी है लेकिन यह। यहाँ तुम्हें तमाम लोग तमाम तरह के लोभ दिखाएँगे, तुम्हें सोना देंगे, रुपये देंगे, बहुतेरे वक्त सुन्दरी लड़कियाँ देकर भी तुम्हें बहकाने की कोशिश करेंगे। वह लोभ तुम दबा सकोगे न?"

सुललित ने गर्व से कहा था, "पृथिवी की किसी चीज पर ही अब मेरा लोभ नहीं है सर, सिर्फ एक चीज छोड़कर..."

"कौन-सी है वह चीज?"

सुललित बोला था, "शान्ति।"

रघवीरसिंह बोले थे, "वह तुम मत चाहना। वह चाहना नहीं चाहिए। उसे पाते ही तुम रुक जाओगे। अपने विवेक के सामने खरे रहना, वही तुम्हारा श्रेष्ठ पुरस्कार है। और एक बात है, में बहुत दिनों से पुलिस की नौकरी कर रहा हूँ, मैंने बहुतेरा देखा है, लेकिन एक बात मन में याद रक्खो, मनुष्य रुपयों का लोभ त्याग कर सकता है, सोने का लोभ भी त्याग सकता है, जैसे तुमने त्याग दिया है। तुमने तो अपने बाप-दादों की जायदाद भी त्याग दी है, तुम मुझसे कह रहे थे। उसमें कोई बहादुरी नहीं है। लेकिन सबसे कठिन है स्त्री को त्यागना।"

बात याद थी सुललित को। इस नौकरी के पहले दिन की बात है वह सब। सुललित को याद है आने के पहले सुललित सिंह साहब से बोल आया था, "औरतों के सम्बन्ध में मेरी कोई कमजोरी नहीं है सर, इस मामले में आप बेफिक्र रह सकते हैं..."

कि उस दिन बैनर्जी साहब की गिरफ्तारी के बाद बड़ी मुश्किल से दोनों पैर खींचते-खींचते फिर घर में लौट आया सुललित। इस बार बड़ी मिहनत करनी पड़ी। एक महीने तक लगातार छिप-छिपकर जाल फैलाना पड़ा, एक महीने तक अपना परिचय छिपाकर रास्ते-घाट में घूमते रहना पड़ा है जिससे वैनर्जी साहब के दूत सुराग न पाएँ। उसके बाद ठीक वक्त में रिपोर्ट देने गया रघवीर सिंह के पास जबलपुर। साहब खूब खुश। सुललित से हैंड शेक करके साहब ने कृतज्ञता जतायी। वे बोले, "वंडरफुल एचीवमेंट चैटर्जी..."

साथ-ही-साथ दिल्ली में चिट्ठी लिख दी होम डिमार्टमेंट में। लिखा—हमारे स्टाफ में एस. चैटर्जी के समान सच्चा और मिहनती अफसर एक भी नहीं है...

घर के बाहर पहुँचते ही सुललित ने पुकारा, "भगीरथ..."

आवाज सुनकर ही सुललित ने भीतर से दरवाजा खोल दिया। वह बोला, "यह कैसा चेहरा हो गया तुम्हारा दादा बाबू?"

सुललित बोला, "होने दो चेहरा खराब, चेहरा लेकर क्या मैं खोया खाऊँगा?"

कहकर वह अपने कमरे में घुस गया।

उसके बाद जब खा-पीकर आराम कर रहा था तब भगीरथ ने कहा, "तुम्हारे

साथ मिलने के लिए रिनि और उसकी मां आयी थी दादा बाबू..."

वे सब बातें सुललित को कुछ याद ही नहीं थीं। उसने पूछा, "रिनि कौन?" भगीरथ के सब घटना की याद दिलाते ही सुललित पहचान गया। बोला, "लेकिन उसकी माँ क्यों आयी थी?"

"आयी थी तुमसे मिलने।"

"मुझसे मिलकर उनका क्या फायदा होगा?"

भगीरथ बोला, "तो मिलने नहीं आएँगी? उस दिन तुम न होते तो बरखा में भीगकर तो रिनि बीमार हो जाती। यही कहने आयी थीं।"

सुललित ने ज्यादा आग्रह नहीं दिखाया।

भगीरथ बोला, "लेकिन रिनि की माँ औरत बड़ी अच्छी है दादा बाबू सुललित बोला, "जो अच्छा है सो अच्छा है, उससे मेरा क्या? इस बार से किसी औरत को तुम इस घर में घुसने मत देना भगीरथ, समझे..."

भगीरथ बोला, "तो मैं क्या उन्हें बुला लाया था? वर में अगर कोई आए तो मैं क्या उसे भगा दूँ कहना चाहते हो?"

सुललित बोला, "हाँ, भगा देना, बोलना दादा बाबू घर में नहीं हैं। कौन क्या मतलब लेकर आता है यह क्या कहा जा सकता है! बहुत बार तमाम मतलबों से तमाम लोग औरतों को भेज देते हैं यह जानते हो..."

हठात् बाहर से एक स्त्री की आवाज सुनायी पड़ी, "भगीरथ, ओ भगीरथ..."

"वही रिनि आयी है" कहकर भगीरथ सदर दरवाजा खोलने गया। और उसके बाद ही भगीरथ के साथ रिनि भी आकर घर में घुसी। उसके बाद सुललित को देखकर बोली, "ओ माँ, तुम कब आए? कहाँ गए थे तुम?"

सुललित के मुँह में इतनी देर में हँसी फूट पड़ी। बोला, "आफिस में..."

"तुम्हें आफिस से आने में इतनी देर क्यों होती है? माँ तो ठीक तीसरे पहर आफिस से घर लौट आती है! मैं कितनी बार तुम्हें देखने आकर लौट गयी हूँ। मेरी माँ भी आयी थी तुम्हारे घर में, जानते हो?"

"क्यों, तुम्हारी माँ क्यों आयी थी?"

"वाह रे, मैंने जो माँ से तुम्हारी बात कही है!"

"तो तुम जो अभी हमारे घर आयी, तुम्हारी माँ तुम्हें बकेगी नहीं?"

रिनि बोली, "बकेगी क्यों? तुम जो अच्छे आदमी हो, अच्छे लोगों के घर जाने से माँ कुछ भी नहीं कहतीं!"

"मैं अच्छा आदमी हूँ यह तुमसे किसने कहा?"

रिनि बोली, "मैंने ही कहा है। जानते हो मैंने माँ से कहा है तुम मुझे बहुत प्यार

करते हो, इसीलिए माँ तुमसे मिलने आएगी। मुझसे तो माँ पूछती है..."

"क्या पूछती है?"

रिनि बोली, "तुम देखने में कैसे हो। तुम्हारी कितनी उमर है, और भी कितनी ही बातें पूछती है यह जानते हो..."

सुललित बोला, "और क्या पूछती है तुम्हारी माँ?"

अकस्मात् बाहर एक आवाज होते ही सुललित ने उधर देखा, एक महिला खड़ी हैं। रिनि बोल उठी, "यही तो मेरी माँ है, मेरी माँ को तुम पहचान नहीं सके?"

सुललित बोला, "आइए-आइए, आपकी बात मैंने भगीरथ से सुनी है। महिला बोली, "उस दिन आपने रिनि को बरखा से बचाकर भगीरथ के हाथ से उसे घर भिजवा दिया था, उसके बाद मैं आपसे मिलने आयी थी।"

सुललित बोला, "मैं तो बरस में छे महीने घर में ही नहीं रहता।"

महिला ने कहा, "मैंने सुना है। आपकी गृहिणी ने सब कहा है।"

"गृहिणी? मेरी गृहिणी?"

महिला इस बार हँस उठीं, बोली, "गृहिणी माने आपका भगीरथ।"

सुललित व्याख्या सुनकर और भी जोर से हँस उठा। बोला, "ठीक ही कहा है, वह मेरी गृहिणी ही तो है। गृहिणियाँ जैसे अपने पतियों को बकती हैं, मेरे कुछ अन्याय करने पर भगीरथ भी मुझे उसी तरह बकता है, और गृहिणियाँ जैसे पति की सेवा करती हैं, वह भी वैसा ही है।"

ऐसे ही वक्त भगीरथ एक प्लेट में नाश्ते की चीजें लेकर घुसा। सुललित बोला, "वह देखिए, पक्की गृहिणी का जो कर्तव्य है भगीरथ ने वही किया है।"

महिला बोली, "मैं लेकिन इतना खा नहीं सकूँगी दादा..."

रिनि बोली, "मैं लेकिन खा लूँगी माँ..."

"छि:!" महिला ने लड़की को धमकाया। बोलीं, "देखा, कैसी असभ्य हो गयी है रिनि, आपने थोड़ा प्यार किया और उससे ही सभ्यता-शालीनता सब भूल गयी है

सुललित ने उसी समय गोद में बिठाल लिया था रिनि को। वह बोला, "नहीं, तुम सब खाना, जितना खा सको उतना खाओ, और भी अगर चाहो, वह भी ला दूँगा..."

प्यार पाकर रिनि बोल उठी, "देखा न, माँ मुझे सिर्फ बकती है..."

महिला बोलीं, "आप उसे इतना प्यार मत कीजिए, प्यार करते ही आपके पीछे लग जाएगी..."

सुललित बोला, "उसकी बात आपको सोचनी नहीं होगी, यह मैं समझ लूँगा, आप तब तक खा लीजिए..."

महिला नाश्ते की प्लेट सामने खींचकर बोलीं, "मैं खाती हूँ, लेकिन आपको

मेरी एक बात रखनी होगी..."

"कौन-सी बात, बताइए?"

महिला बोलीं, "मेरी रसोई एक दिन आपको खानी होगी..."

सुललित बोला, "खाने की बात कह रही हैं?"

महिला जाने कैसा सन्देह करके बोलीं, "डर लगता है खाने में? ना ना, आपको वह डर नहीं! हम भी ब्राह्मण हैं। हम लोग गांगुली हैं..."

सुललित के पूरे स्नायु में उस समय अकस्मात् खींचतान शुरू हो गयी। साथ-ही साथ मानो चाबुक खाकर वह सीधे उठ बैठा है। उसने पूछा, "आप लोग, क्या बोली? गांगुली?"

महिला हठात् सुललित के इस तरह मिजाज बदलने से चौंक गयीं। बोलीं, "हाँ, गांगुली। क्यों? विश्वास नहीं हुआ शायद?"

सुललित बोला, "नहीं, यह बात नहीं है, आपके पिता का नाम क्या भूधरचन्द्र गांगुली है? मिलिटरी के डाक्टर? मेजर बी. सी. गांगुली?"

महिला और भी अवाक्। बोलीं, "नहीं तो..."

"आपकी क्या एक छोटी बहन है?"

महिला बोलीं, "हाँ, लेकिन..."

"तो फिर आपका नाम क्या रानू है? बोलिए, आप छिपाइए मत। आप मुझसे सच बात बताइए, मैं किसी से नहीं कहूँगा, बोलिए, बोलिए..."

बोलते-बोलते सुललित भयानक रूप से उत्तेजित हो उठा।

महिला ने कहा, "आप क्या बोल रहे हैं, मैं कुछ भी समझ नहीं पा रही हूँ..."

सुललित उस समय भी बोलता जा रहा था, "आप लखनऊ में रहती थीं न?"

महिला के बोल बन्द। उसके मुँह से उस समय कोई बात निकल नहीं रही थी। "सच बोलिए, मेरा जानना जरूरी है। बाहर के सब लोग जानते हैं कि आप मर गयी हैं। आप बहुत अच्छा गाना गा सकती थीं। आप घर में बैठकर गाना गातीं, नीचे रास्ते में लोगों की भीड़ जमा नहीं हो जाती थी? वाजिदअली खाँ का वही 'डोले रे जोवन' आप नहीं गाती थीं? सब सच है या नहीं बोलिए..."

इसके बाद क्या होता कौन जाने! हठात् बाहर गिरिजा ने आकर पुकारा, "दीदीमणि, आपके आफिस से आदमी बुलाने आया है..."

बात सुनकर महिला फिर रुकीं नहीं, रिनि को लेकर बाहर चली गयीं। जाते समय बोली, "एक दिन लेकिन आपको हमारे घर में खाने जाना होगा, मैं न्यौता दिए जा रही हूँ, भूल मत जाइएगा फिर फिर एक दिन आकर आपको अपने साथ लिवा ले जाऊँगी..."

और उसके बाद उस दिन रात को ही सारे शरीर को कँपाकर बुखार आया सुललित को। एकदम अचेतन हालत। भगीरथ उसी घड़ी जाकर शहर से डाक्टर बाबू को बुला लाया। डाक्टर बाबू ने आकर देखा। बड़ी देर तक देखा।

भगीरथ ने पूछा, "क्या देखा डाक्टर बाबू? डर-वर तो नहीं है? डाक्टर बाबू ने एक कागज पर दवा लिखकर कहा, "यह दवा खिला देना तीन बार—" कहकर वे चले गए।

भगीरथ ने बगल के घर के आदमी से दवाई खरीदकर मँगवा ली और वह सारी रात नजदीक बैठा रहा। भगवान को पुकारने लगा एक मन से, कौन ऐसा है जिसे वह खबर देता। दादा बाबू तो किसी से भी मिलते-जुलते नहीं।

कई दिन ऐसी ही भयंकर हालत में कंटे सुललित के। बैनर्जी साहब के केस में शरीर की तमाम लापरवाही हुई है, अनेक अत्याचार हुआ है शरीर पर यह सब उसी का नतीजा है।

जिस दिन फिर सुललित ने आँखें खोलकर देखा, उसे लगा कि मानो कोई उसके सामने बैठा है। उसके दुर्बल कण्ठ से एक शब्द फूटा बड़ी कोशिश के बाद! वह धीरे-धीरे बोला, "तुम आयी हो?"

सामने के व्यक्ति ने कोई भी बात नहीं कही।

सुललित बोला, "तुम कहाँ गयी थीं आरती? मैंने तुम्हें कितना ढूँढ़ा है, इतने दिनों के बाद आया जाता है?"

बातें करने में लगा बड़ी तकलीफ हुई सुललित को। थोड़ी देर में ही थकान से चूर हो गया वह फिर। फिर घोर अचेतनता।

भगीरथ कब कमरे में आया था किसी को पता नहीं लगा। वह बोला, दीदीमणि, आप अब उठिए, मेरे हाथ का काम खत्म हो गया है, आपको बड़ी तकलीफ हुई..."

महिला ने कहा, "तुम्हारे दादा बाबू किसे बुला रहे थे बताओ तो? आरती किसका नाम है भगीरथ?"

भगीरथ बोला, "आजकल ऐसे ही हो गए हैं, मुझे भी बीच-बीच में पहचान नहीं पाते दादा बाबू..."

"लेकिन आरती कौन है?"

भगीरथ बोला, "वही जो आपसे बताया था, काका बाबू की लड़की। बीमारी की बेहोशी में दादा बाबू उनका ही नाम सिर्फ पुकारते हैं।

"तो वह आरती अब कहाँ है! उन लोगों को एक बार खबर नहीं दे सकते तुम?"

भगीरथ बोला, "आरती दीदीमणि कहाँ हैं यहीं अगर जानते तो दादा बाबू क्यों इतने बीमार होते?"

बैनर्जी साहब का केस सुललित की बीमारी की वजह से कुछ अटक गया था। लेकिन इतने दिनों में शहर-शहर में शोरगुल मच गया है। आजकल की अराजकता के जुग में पाप की भी सजा होती है, उसका प्रमाण लगता है यही मामला है। रास्ते-घाट में स्टेशन के प्लेटफार्म पर सबके मुँह में यही एक बात है। शैतान बैनर्जी साहब पकड़ा गया है...

सब कहते हैं, "अच्छा हुआ, बहुत अच्छा हुआ, साला वदनाम हो गया..."

इतने बड़े आनन्द की खबर आज तक और किसी ने सुनी नहीं। बहुतेरे लोगों के मन की छिपी हुई भावना मानो आज पूरी हुई। सब कहते हैं—हाँ, इस बार साबित हुआ कि भगवान हैं भाई—अब दिखायी पड़ेगी बैनर्जी साहव की दुर्दशा। बैनर्जी साहब की नौकरी जाएगी। वैनर्जी साहब को फिर से पैदल चलकर रास्ते में निकलना होगा हम लोगों की तरह। इतने दिनों घूस लेकर जितना रुपया बैनर्जी साहब ने जमा किया है, सब इस बार मामले में खर्च कर देना पड़ेगा। वकील-मुहर्रिर-पेशकार सब रुपये लूट-लूटकर खाएँगे। बैनर्जी साहब को रास्ते में खड़े होकर भीख माँगते देखने पर ही मानो सब खुश होंगे...

बुखार से उठते ही काम का बोझ बढ़ गया सुललित का। घर से बाहर जाने के पहले ही भगीरथ बोला, "इस हालत में तुम फिर बाहर जा रहे हो दादा बाबू?"

सुललित ने उस बात का जवाब नहीं दिया। सीधे निकल गया स्टेशन की तरफ।

थोड़ी देर के बाद ही रिनि की माँ रिनि को लेकर हाजिर हुईं। बोलीं, "यह क्या? यही उस दिन बुखार से उठते न उठते ही बाहर चले गए? तुमने जाने क्यों दिया?"

भगीरथ बोला, "मेरी ही बात अगर दादा बाबू सुनते तो मुझे फिर दुःख किस बात का था?"

रिनि को लेकर महिला चली जा रही थीं, लेकिन रिनि का मुँह गम्भीर हो गया। वह बोली, "मैं घर नहीं जाऊँगी माँ, मैं यहाँ रहूँगी..."

"ना, अभी गोलमाल मत करो, देखती नहीं हो अभी भगीरथ के दादा बाबू नहीं हैं। उनके आने पर फिर तुम्हें लिवा लाऊँगी—" कहकर बाहर चली गयी।

उस तरह कोर्ट में उस समय केस चल रहा था बैनर्जी साहब का। पुलिस की तरफ के वकील जो-जो कह रहे थे, वह सब अकाट्य तर्क था।

सुललित ने पूरी तरह सँभालकर सबकुछ सजा दिया था। अन्याय की सजा होगी, अत्याचारी का पतन होगा, इससे ज्यादा बड़ी कामना सुललित की और कुछ नहीं है।

उसकी जिन्दगी की सब आशाएँ धूल में मिल गयी हैं, उसका अतीत नष्ट हो

गया, वर्तमान भी नहीं है, भविष्यत् जाने-जाने को है। और क्या लेकर जिन्दा रहेगा वह। अब सिर्फ अपना निजी कर्तव्य वह पूरा करे। यह सत्यता, यह न्याय-निष्ठा और यह कर्तव्य-बोध, इतना हो तो उसकी जिन्दगी का मूलधन है। यह भी अगर न रहे तो उसका रह क्या गया?

दिन-पर-दिन इसी तरह बीत रहे थे। सुललित कोर्ट में जाता है, मामले की जाँच-तदवीर करता है। पेशकार-मुहर्रिरों से बात करता है। सरकारी वकील से सलाह करता है। लेकिन कोर्ट-कचहरी का अनाचार देखकर उसे मन-ही-मन में बड़ी तकलीफ होती है। इतना पाप, इतना अनाचार जमा पड़ा है यहाँ! न्याय-अन्याय के विचार करने के आसन पर अगर इतना अविचार होता रहे तो मनुष्य अत्याचारी के हाथ से बचने के लिए किसके पास जाकर प्रतिकार की प्रार्थना करेगा?

हर पल सुललित मानो छटपटाता रहता। सारी पृथिवी से अपने को अलग करके खुद भी वह मानो पूरी तरह दूर नहीं हो रहा था।

सरकारी वकील पूछता, "आप इतने अधीर क्यों हो रहे हैं मिस्टर चैटर्जी?"

सुललित कहता, "अधीर नहीं होऊँगा? एक सिम्पिल केस, उसकी सुनवायी में इतनी देर क्यों हो रही है?"

सरकारी वकील बोलता, "इतनी जल्दी-जल्दी अगर सब मामलों की राय तय हो जाए तो हम लोग खाएँगे क्या मिस्टर चैटर्जी?"

"इसके माने? आप लोग क्या मिहनताना नहीं पाते? आप लोग फीस नहीं पाते?"

सरकारी वकील कहता, "वह तो पाते हैं, लेकिन मिह्नताने से क्या हम लोगों का पेट चलता है? कोर्ट में कोई मिहनताने के भरोसे में काम नहीं करता यह जानते हैं न? ऊपर की आमदनी पर ही तो वकील-मुहर्रिर पेशकार—हाकिम सब जिन्दा हैं..."

लेकिन उन सब बातों का जवाब देने का भी मन न होता सुललित का। उसके बाद वह कोर्ट से सीधे डाकबंगले में लौटकर सो जाता।

अखीर में दुर्गा पूजा की छुट्टी पड़ी। पूजा की छुट्टी के बाद फिर मामला शुरू होगा।

—पूजा! पूजा ही तो!

किसी समय जब वह कलकत्ते में रहता था तब पूजा के आनन्द में वह भी शामिल होता। वह भी हिस्सेदार होता सबके आनन्द का। सुललित के क्लब में भी पूजा करते वे लोग।

लेकिन अब कलकत्ते के उन दिनों की बात सोचना भी शायद पाप है। कलकत्ता को वह भूल जाना चाहता। कलकत्ते की याद आते ही उसे सबकुछ याद आ जाता। उसके बदले यही अच्छा है। इस डाकवेंगले की लोहे की खाट पर रात को चित

पड़े-पड़े सीलिंग की तरफ ताकते हुए पड़े रहना।

लेकिन दोनों आँखें थोड़ा-सा मूँदते ही हठात् मानो कोई आकर हाजिर हो जाता। सोने पर भी नींद नहीं आती। फिर उठ बैठता। उसके बाद डाकबँगले के बगोचे में जाकर घूमना शुरू करता। घूमते-घूमते जाने कब सवेरा हो जाता। डाक गले के बरामदे में जब चाय आ जाती तब फिर उसका होश लौटता। तत्र फिर वास्तव जगत् में लौट आता सुललित। फिर रोज के समान कोर्ट जाने के लिए तैयार होना पड़ता।

पूजा की छुट्टी खत्म होने में अब थोड़े ही दिन बाकी थे। फिर उसे घर से चले जाना पड़ेगा। भगीरथ बोला, "इस बार कुछ दिनों की छुट्टी लो दादा बाबू, और खटने पर तुम्हारा शरीर टुट जाएगा..."

छुट्टी! छुट्टी की बात सुनते ही सुललित को हँसी आती है। जब हमेशा के समान वह इस पृथिवी से छुट्टी लेगा तभी उसे सचाई का विश्वास होगा, उसके पहले नहीं। उसके पहले उसे अपना कर्तव्य करते जाना होगा। अथक उसकी साधना है। अशेष उसकी तपस्या।

सोचने में भी हँसी लगी सुललित को। सारी जिन्दगी ही उसने तो एक उद्देश्य में ही अपना जीवन काटा है। जीवन को सुन्दर बनाना होगा। वह जीवन किसी प्रकार का कीचड़, कोई असत्य छुएगा नहीं, यही था उसका प्रण! लेकिन पूरी तरह यह हुआ नहीं। निजी जीवन ही उसका असार्थक और असम्पूर्ण रह गया। लेकिन उसके लिए हो न हो उसका भाग्य ही जिम्मेदार है। लेकिन व्यक्ति-गत जीवन के अलावा और एक जीवन भी तो है उसका। वह उसका सामाजिक जीवन है। वह सामाजिक जीवन जरूर आखिर पूरा हुआ है। यहाँ के लोग उसे असामाजिक कहते हैं। क्योंकि उसकी जीविका ही ऐसी है कि सबके साथ मन खोलकर उसका मिलना सम्भव नहीं है। लेकिन विदेक के अर्थ में तो वह निष्पाप है। अपनी आत्मा से तो वह पवित्र है उसके प्रतिदिन के जीवनयापन में कितने ही प्रलोभन उस पर आक्रमण करने आए। कितने ही दुश्चरित्र लोगों ने हजार-हजार रुपयों के बदले में उसे खरीदना चाहा। लेकिन किसी दिन वह नीचे नहीं गिरा, उसने लोभ में पड़कर किसी दिन दुर्नीति के सामने सिर नहीं झुकाया, अपने को बिक्री भी नहीं किया किसी के सामने।

दुर्गा पूजा बीत गयी।

आश्चर्य, कहाँ से किस वन-जंगल में, किस डाकबंगले में, निःसंग एकाकीपन में उसके जीवन का सबसे बड़ा स्त्रोत कट गया। उसका हिसाब रखने का मन भी उसका नहीं हुआ। उसके बाद वह चुपचाप आ गया अपने क्वार्टर में। बिलासपुर।

अकेले अकेले अब उसका समय मानो कट नहीं रहा था। दो दिन के बाद फिर उसे जाकर कोर्ट में खड़ा होना होगा। कोर्ट फिर जनसंख्या से भर जाएगा। और कठघरे में खड़े होकर बैनर्जी साहब फिर वकीलों के सवाल-जवाब सुनेंगे।

एक-एक करके सब गवाह अपनी-अपनी जबानवन्दी करा गए। बैनर्जी साहब ने चुपचाप उनकी जवानबन्दियों सुनीं। जरा भी विरोध नहीं किया। बैनर्जी साहब के समान इतना बड़ा जंडेल अफसर जिसकी धमक से एक दिन सब अफसर बाघ गाय एक घाट में पानी पीते थे, उसकी यह हालत देखकर उस समय माया लगती। माया होती उसका सूखा मुँह देखकर उसके आफिस के मामूली कर्मचारी तक छिप-छिपकर कोर्ट के भीतर आकर दिन के बाद दिन अदालत की कार्यवाही सुनते। और ज्यों ही कोई बैनर्जी साहब के खिलाफ गवाही देता उनके मुँह पर आनन्द फूट पड़ता। उन्हें उल्लास होता बैनर्जी साहब का अपयश सुनकर।

बिलासपुर में अपने क्वार्टर में बैठे-बैठे थकान से भरा हुआ सुललित उस समय ये ही बातें सोच रहा था। हठात् वही महिला घुसी। सुललित पहचान गया उन्हें। वही रिनि की माँ।

सुललित बोला, "आइए-आइए, भगीरथ से मैंने सुना कि आपने शायद मेरो खोज की थी..."

महिला ने कहा, "सिर्फ एक दिन नहीं, कई दिन आयी..."

"मैं कुछ दिनों यहाँ नहीं था—" सुललित ने कहा, "और काम है इसीलिए तो जिन्दा हूँ, नहीं तो रहता किस भरोसे में?"

उसके बाद बोला, "रिनि कहाँ है? उसे ले क्यों नही आयीं। वह कैसी है?" महिला की तरफ से कोई जवाब न पाने पर सुललित ने मुँह उठाकर देखा। लेकिन महिला के मुँह की तरफ अच्छी तरह देखते ही वह चौंक उठा। मानो पहचाना-पहचाना मुँह।

हठात् मानो उसकी पीठ पर किसी ने चाबुक मारा। महिला की माँग में सिन्दूर था। ऐसा आविर्भाव गानो सुललित स्वप्न में भी कल्पना नहीं कर सका था।

साथ-ही-साथ वह खड़ा हो गया। मनुष्य सामने साँप देखने पर भी मानो इतना सतर्क नहीं होता। बोला, "यह क्या, आरती? तुम?

आरती ने घूँघट उतारकर कहा, "तुमने किसको सोचा था? रिनि को?"

सुललित बोला, "वह कोई नहीं, मुहल्ले की छोटी पाँच बरस की लड़की है, मैंने सोचा था उसकी माँ शायद आयी है! सो इतने दिनों के बाद तुमसे यहाँ भेंट होगी यह मैं सोच ही नहीं सकता था। तुम्हारा विवाह हुआ है, देख रहा हूँ, तुम्हारे पति कहाँ हैं? और तुम ही इस विलासपुर में कैसे आयी?"

आरती बोली, "तुमसे मिलने के लिए मैं जवलपुर से आ रही हूँ।"

"जबलपुर? वहीं शायद तुम्हारी ससुराल है?"

"हाँ, यही इसी ट्रेन से उतरकर सीधे तुम्हारे पास आयी हूँ..." "तुमने जाना कैसे कि मैं यहाँ रहता हूँ?"

आरती बोली, "तुम्हारी स्त्री कहाँ है बताओ, उससे जान-पहचान करवा दो..."

सुललित जोर से हँस उठा। बोला, "लेकिन मेरी बात का जवाब तो तुमने दिया नहीं? बता नहीं रही हो कि तुमने कैसे मेरा पता जाना?"

आरती बोली, "तुम इतने बड़े एक प्रसिद्ध आदमी हो और मैं तुम्हारा पता खोज नहीं पाऊँगी? क्या बोलते हो तुम?"

"प्रसिद्ध आदमी? मैं?"

"हाँ, ऐसा नहीं है? तुम्हारे कारण तीन सौ लोग जेल भोग रहे हैं और तुम कहते हो कि तुम प्रसिद्ध आदमी नहीं हो? तुम सिर्फ प्रसिद्ध आदमी ही नहीं, वरन कह सकते हो कि सुप्रसिद्ध हो।"

सुललित बोला, "तो इतना ही सुप्रसिद्ध आदमी मैं अगर हूँ तो जिनसे तुमने मेरा पता लगाया है उनसे पूछते ही तो जान सकती थीं कि मैंने विवाह किया है कि नहीं!"

आरती इतनी देर के बाद एक चेयर पर बैठी। बोली, "मैं बड़ी दूर से आ रही हूँ, तुम्हारे बिना कहे ही लेकिन मैं बैठ गयी, मन में कुछ बुरा मत मानना..."

सुललित भी उसी समय अपनी चेयर पर बैठ गया। बोला, "तुम्हें बैठने को कहूँ तब तुम बैठोगी, तुमसे क्या मेरा यही सम्बन्ध है?"

आरती बोली, "बहुत दिन हो गए हैं, अब पहले के सम्पर्क की बात अगर नहीं ही उठायी..."

सुललित बोला, "यह सच है, तुम अब परस्त्री हो, हम लोगों का पहले का सम्पर्क वगैरा रहना उचित नहीं है..."

आरती हँसी। बोली, "हाँ, तुमने ठीक ही कहा है, दूसरे के साथ मेरा जब विवाह हो गया है, तब मैं तुम्हारे सामने परस्त्री ही तो हूँ, लेकिन क्यों परस्त्री हुई यह तो तुमने मुझसे पूछा ही नहीं..."

सुललित बोला, "अब वे सब बातें मैं सुनना नहीं चाहता..."

आरती बोली, "यह तो कहोगे ही, अपने दोष की बात कोई भी सुनना नहीं चाहता..."

"मेरा दोष?" सुललित बोला, "एक दिन तुमने ही मुझे लोभ दिखाया था, मुझसे मिलकर तुम्हारा जीवन धन्य हो गया है, एक दिन तुमने ही मुझसे कहा था..."

बोलते-बोलते उत्तेजित हो गया था सुललित, लेकिन तभी अपने को उसने सँभाल लिया। बोला, "हो न हो, अब फिर उन सब बातों के उठाने से कोई फायदा नहीं

है। तुम अब परस्त्री हो..."

आरती ने लेकिन रुकने देना नहीं चाहा। बोली, "नहीं, बात रुके क्यों, बात जब तुमने उठायी ही है तब तुम्हें बोलना ही होगा, बोलो, सुनूँ।"

"सुनोगी? तो सुनो, हर दिन सवेरे मैं तुम लोगों के घर जाता, उस दिन भी तुम्हारे घर जाने को तैयार हुआ था, उसी समय पिताजी के हृदय में अकस्मात् दर्द शुरू हुआ यम और मनुष्य की खींचतान के समान। और शाम को ही पिताजी उस दिन मर गए।"

"तो हम लोगों को तो एक खबर भी नहीं दी, हम लोग तो कोई बात जान ही नहीं सके।"

सुललित बोला, "अपना कर्तव्य मैंने ठीक ही किया है। मैं श्मशान से ही तुम लोगों के घर गया था, जाकर मैंने देखा तुम लोग उसके पहले ही कलकत्ता छोड़कर चली गयी थीं।"

आरती बोली, "लेकिन क्यों हम लोगों को चले जाना पड़ा था यह तो पूछा नहीं? क्यों जाते समय तुम लोगों को खबर देकर हम लोग आ नहीं सके यह भी तो तुमने पूछा नहीं?"

सुललित बोला, "जाने भी दो, जो हो गया सो हो गया। अब उन सब बातों को लेकर सोचना नहीं चाहता।"

आरती बोली, "ना, तुम्हारे सुनना न चाहने पर भी आज वह बताये बिना रह नहीं सकूँगी। बात एक बार जब उठ गयी है तब उसे लेकर क्यों तुम्हारे मन में सन्देह रहे? तो सुनो, उस दिन तीसरे पहर अकस्मात् मिलिटरी हेडक्वार्टर्स फोर्ट विलियम से एक जीप आयी हमारे घर। उसमें जो अफसर थे, उन्होंने पिताजी को बताया कि उनकी छुट्टी रद्द हो गयी है, उनको उसी क्षण उनके साथ चले जाना होगा। पिताजी ने पूछा कहाँ?

"उन लोगों ने कहा—फ्रंट पर पाकिस्तान से लड़ाई छिड़ रही है।

इससे ज्यादा बताने का नियम नहीं है मिलिटरी आइन में। तुम्हें याद है वही सन् 1965 की दुर्गापूजा के बाद की घटना। उस समय भी कलकत्ता के लोगों में से कोई भी उस घटना की बात जानता नहीं था। जान सके थे बहुत-बहुत रात के बाद जब हम लोग पहुँच गए थे कश्मीर..."

सुललित सुन रहा था आरती की बातें। बोला, "कश्मीर में।"

"हाँ, उस समय ऐसी एक हालत थी कि क्या करें समझ नहीं पा रही थी। पिताजी की नौकरी की जिम्मेदारी, विशेष रूप से मिलिटरी की नौकरी की जिम्मेदारी, इसलिए पिताजी को जाना ही होगा। लेकिन पिताजी को छोड़कर मैं ही फिर अकेली कलकत्ता में कैसे पड़ी रहूँ! उसी समय घर का भाड़ा घरवाले को चुकता कर देना

पड़ा। वैद्यनाथ को भी कौड़ी-कौड़ी उसकी तनखा चुका देनी पड़ी। रुपये लेकर वह देश चला गया। किसी से कुछ कहें इसका वक्त भी नहीं था। मिलिटरी की नौकरी का यही नियम है। उसके बाद मैं कश्मीर में रही मिलिटरी के फैमिली क्वार्टर में और पिताजी चले गए फ्रंट पर।"

सुललित मन्त्रमुग्ध के समान सब बातें निगल रहा था। बोला, "उसके बाद?"

आरती बोली, "पिताजी उसी फ्रंट में एक दिन मारे गए..."

"काका बाबू मारे गए?"

कुछ ठहरकर आरती फिर कहने लगी, "हाँ, पिताजी मारे गए। पहले माँ मर गयी थीं, उसके बाद दीदी, और उसके बाद सबसे अखीर में पिताजी। मेरी बात एक बार सोचो, सारी पृथिवी में उस समय मैं अकेली थी। मेरे कोई नहीं था। मैं क्या करूँ, समझ नहीं पा रही थी उस समय। किसके पास जाऊँ, कौन मुझे आश्रय देगा, किसका सहारा लेकर मैं उस समय जियूँ..."

सुललित बोला, "तब मुझे एक खबर क्यों नहीं दी?"

"खबर क्या दी नहीं सोचते हो? सबसे पहले तुम्हारी बात हो तो मेरे मन में आयी थी। मैंने तो कश्मीर पहुँचते ही तुम्हें चिट्ठी लिखी थी। लेकिन उसके बाद और भी कितनी चिट्ठियाँ लिखी थीं उसका ठीक नहीं है। वे सब चिट्ठियाँ एक-एक करके फिर मेरे पास लौट आयीं। तिस पर पते में कोई भूल नहीं थी कहीं। तुम्हारा ठिकाना मुझे मुखाग्र था।"

सुललित बोला, "समझा...तुम शायद जानती नहीं। तुम लोग जिस दिन कलकत्ता छोड़कर चली गयीं, उसी दिन मेरे पिताजी मर गए और पिताजी के मरने के बाद ही हम लोगों का वह घर भी बिक गया। जिन्होंने खरीदा उन्होंने मिस्त्री लगाकर तोड़कर नया घर बनवाया। उसके बाद उसे गवर्नमेंट ने भाड़े में ले लिया। और मेरे ताऊ-काका कहाँ कौन रहने लगे उसकी खबर मैंने नहीं रक्खी..."

"और तुम?"

सुललित बोला, "मैं? मैंने क्या तुम्हें कम ढूँढा है सोचती हो? कितनी बार लखनऊ गया था इसका कुछ ठीक है? कितने लोगों से तुम लोगों की बात पूछी है इसका भी कुछ ठीक है? रास्ते घाट में, ट्रेन बस में बंगाली किसी को पाते ही उन-उनसे तुम्हारी बात पूछी है, कोई तुम लोगों का कोई ठिकाना दे नहीं सका मैं 'तुम लोगों पागल के समान पूरे लखनऊ शहर को जोतकर घूमा हूँ, लेकिन तो भी की कोई खोज पा नहीं सका। मैं घर छोड़कर भगीरथ के साथ पहले एक भेस में ठहरा था, उसके वाद यहाँ, तब से यहीं हूँ..."

आरती बोली, "तो अच्छे ही तो हो"

सुललित बोला, "खराव रहूँगा किस दुःख में? सो मेरी बात रहने दो, उसकी निस्वत बोलो तुम कैसी हो?"

"मैं? मेरी बात कह रहे हो? मैं जब कश्मीर में उस क्वार्टर में अकेली थी, तब पिताजी के ही एक दोस्त ने मेरे उपकार के लिए दया करके अपने लड़के से मेरा विवाह करके मुझे रास्ते में खड़े होने से बचाया..."

सुललित बोला, "तो फिर तो बहुत अच्छी ही हो कहना होगा, और कोई दुश्चिन्ता ही नहीं है तुम्हें..."

आरती बोली, "इतने दिनों मोटे हिसाब से अच्छी ही तो थी, लेकिन अकस्मात सब उलट-पलट हो गया।"

"क्यों?"

आरती बोली, "तुमने ही मेरे संसार का चरम सर्वनाश किया।"

"मैंने? मैंने तुम्हारा चरम सर्वनाश किया? मैं तो जानता ही नहीं तुम कहाँ रहती हो। तुमसे इतने दिनों तो मेरी भेंट ही नहीं हुई। तुम्हारे लड़के-लड़की-पति किसी को तो मैंने अब तक आँख से भी नहीं देखा..."

"नहीं, देखा है।"

"देखा है? कब देखा? कौन हैं तुम्हारे पति?"

आरती बोली, "बैनर्जी साहब।"

"कौन बैनर्जी साहब?"

आरती बोली, "जिन्हें तुमने एरेस्ट किया है! जिनके नाम से मामला चल रहा है जबलपुर कोर्ट में..."

सुललित की पीठ में सपाट्-से मानो किसी ने चाबुक मारा।

"तुम बोल क्या रही हो? तुम मिस्टर बैनर्जी की स्त्री हो?"

"हाँ।"

सुललित का मुँह जाने कैसा गम्भीर हो गया बात सुनकर।

आरती बोली, "आज इतने कष्ट से इसीलिए मैं तुम्हारे पास आयी हूँ। तुमसे एक अनुरोध करने आयी हूँ, बोलो मेरी बात तुम रक्खोगे या नहीं?"

सुललित गम्भीर आवाज में बोला, "पहले बताओ तुम्हारा कौन-सा अनुरोध है तब मैं सोचूँगा कि वह अनुरोध रख सकूँगा या नहीं।"

आरती बोली, "अचम्भा, तुम अब इतने बदल गए हो सुललित दादा? पहले तो तुम मेरे सब अनुरोध मानते थे। पहले मैं जो करने को कहती तुम तो वही करते! मेरा अनुरोध रख पाने पर तुम पहले कितने खुश होते..."

सुललित बोला, "पहले की बात रहने दो। पहले की तुम भी अब वह तुम नहीं

हो, पहले का मैं भी अब वह मैं नहीं हूँ, अब हम दोनों का ही सबकुछ बदल गया है। सो वह सब बात रहने दो, अब तुम बताओ क्या है तुम्हारा अनुरोध?"

आरती बोली, "डरकर बोलूँ या निडर होकर बोलूँ?"

सुललित बोला, "मैं तुम्हारा कौन हूँ जो तुम मुझसे डरने जाओगी? मुझसे तुम्हें डरना नहीं होगा, जो कहना है निडर कहती जाओ..."

आरती बोली, "तुम मेरे पति को छोड़ दो..."

सुललित को लगा उसके शरीर का सब खून मानो उसके माथे में उठकर उसे मजबूर किये दे रहा है। वह मानी बेहोश होकर इसी पल जमीन पर गिर पड़ेगा...

"क्यों, तुम कोई जवाब तो दे नहीं रहे सुललित दादा? तुम क्या मेरी बात सुन नहीं पा रहे हो?"

तो भी सुललित के मुँह से कोई बात नहीं निकली।

आरती कहने लगी, "तुम अच्छी तरह समझ देखो सुललित दादा, तुम अगर उसे छोड़ न दो तो मेरी क्या दशा होगी! मेरे लड़का है, लड़की है, मेरे संसार है, मेरे पति हैं, तुम क्या चाहते हो मैं सब खोकर रास्ते की भिखारिन बनूं? मैं, मेरे लड़के-लड़कियाँ, सब उपास करें यही क्या तुम चाहते हो? बोलो, यही क्या चाहते हो तुम ?"

सुललित तब भी पत्थर बना रहा। उसके मुँह पर उस समय भी मानो कोई जवाब नहीं था। आरती तब सुललित के और भी पास सरक आयी।

एकदम उसका शरीर घिसकर खड़ी हुई। आरती के शरीर की नजदीकी की गरमी मानो सुललित अनुभव कर पा रहा था।

आरती बोली, "बोलो सुललित दादा, जवाब दो।"

सुललित धीरे-धीरे इस बार बोल उठा, "मुझसे तुम ऐसे अन्याय का अनुरोध मत करो आरती। मैं तुम्हारा यह अनुरोध मान नहीं सकूँगा।"

"लेकिन मैं तुम्हारी आरती हूँ सुललित दादा, मैं तुम्हारी वही आरती हूँ! वही मैं तुमसे अनुरोध कर रही हूँ। एक दिन तुम जिस आरती को मन-प्राण से प्यार करते थे, वह आरती ही आज तुमसे यह अनुरोध कर रही है।"

लेकिन तुम्हारे पति को छोड़ने का अधिकार तो मुझे नहीं है। क्योंकि बैनर्जी साहब ने जो जघन्य अपराध किया है, उसके गवाह प्रमाण सबकुछ गवर्नमेंट के पास हैं। स्वयं परमेश्वर उतर आने पर भी उन्हें बचा नहीं सकेंगे।"

आरती बोली, "यह जानती हूँ, मैं स्वीकार करती हूँ उन्होंने अपराध किया है। मेरा संसार जिससे सुख का हो इसीलिए तो किया है। तुम तो भी वही मेरे लिए थोड़ा-सा कर सकते हो? मैं जानती हूँ जीवन में तुमने कोई अन्याय नहीं किया है, जीवन में तुम किसी दिन झूठ बात नहीं बोले। मेरे लिए भी तो तुम इतना-सा कर सकते हो! मेरे

लिए तुमने न हो इतना-सा अन्याय किया, थोड़ी झूठ बात ही बोले..."

सुललित चुप रहकर सबकुछ सुनने लगा।

आरती थोड़ा ठहरकर फिर कहने लगी, "और...और...एक बात। एक दिन तो तुमने मुझे ही मन-प्राण से चाहा था सुललित दादा, तुम अगर चाहो तो तुम आज भी जो चाहोगे मैं वही दे सकती हूँ..."

सुललित ने बात सुनकर हठात् साँप के समान फन उठा लिया, "क्या कहा?"

आरती जाने कैसी एक रहस्य-कुटिल हँसी हँस उठी, "हाँ।" सुललित की तरफ तिरछी नजर से देखकर बोली, "हाँ, जो कह रही हूँ सब सच है, सुललित दादा! मैं आज अपना सबकुछ दे सकती हूँ तुम्हें..."

यह कहकर सुललित के और भी नजदीक सटकर खड़ी होने की कोशिश में आगे बढ़ आयी।

लेकिन उसके पहले ही सुललित ने गुस्सा, घृणा और अपमान से आरती के बाएँ गाल में जोर से एक तमाचा मारा। उसके शरीर में जितनी शक्ति थी, उतने ही जोर से उसने चाँटा मारा। साथ-ही-साथ चीत्कार कर उठा सुललित, "निकल जाओ, निकल जाओ यहाँ से, निकल जाओ..."

आरती मानो उस समय भी ठीक अवस्था को हृदय में समझ नहीं सकी। बोली, "तुमने मुझे मारा!" उसकी आँखों में विस्मय-हताशा-अपमानबोध सबने एक साथ फूटकर उसे संशय में डाल दिया।

सुललित उस समय भी गुस्से से फुफकार रहा था। हाँफते-हाँफते कहने लगा, "तुम मुझे घूस देने आयी हो? तुम मुझे लोभ दिखाने आयी हो? तुम मुझे खून करने आयी हो? जानती हो, एक दिन मैंने अपने बाप-दादों की मिल्कियत के हजार-हजार रुपयों का लोभ त्यागकर यह मामूली नौकरी की थी और वही मुझे तुम लोभ दिखाकर मुझसे झूठ बात बुलवा लोगी, तुमने सोचा है? तुम्हारा इतना बड़ा दुस्साहस? इतना बड़ा तेज? तुमने सोचा है कि मैं तुम्हारा रूप-यौवन देखकर भूल जाऊँगा? तुम अभी निकलो, निकल जाओ यहाँ से!"

भीतर के कमरे में भगीरथ सो रहा था अभी तक। सारे दिन की मिहनत के बाद खाना-पीना, काम-काज खत्म करके जाने वह थकान से सराबोर हो गया था। हठात् दादा बाबू की चीत्कार से बाहर के बरामदे में आकर देखा, दादा बाबू फफक-फफककर रो रहे हैं। दादा बाबू को कभी उसने रोते नहीं देखा। लेकिन हठात् ऐसा क्या हुआ जो दादा बाबू इस प्रकार आँसू बहा रहे हैं...

भगीरथ ने पुकारा, "दादा बाबू, दादा बाबू..."

बहुत पुकारने पर दादा बाबू उठकर बैठे। अब तक मानो वे भगीरथ की पुकार

सुन नहीं सके थे।

उसके बाद भगीरथ की तरफ अकबकाकर देखता रहा वह थोड़ी देर देखता रहा। और उसके बाद मानो होश में आकर बोला, "ओ, तुम भगीरथ..."

भगीरथ, "क्या हुआ है दादा बाबू, क्या हुआ तुम्हें?"

सुललित उस बात का जवाब दिए बिना बोला, "भगीरथ, तुम मेरा एक काम कर सकोगे?"

"कौन-सा काम बोलो न?"

सुललित ने पाकेट से दस रुपये के दो नोट निकालकर भगीरथ को दिए, बोला, "ये कुछ रुपये लेकर तुम एक बोतल शराब खरीदकर ला सकते हो?"

"शराब?" भगीरथ चौंक उठा। दादा बाबू शराब पिएँगे?

भगीरथ हिचकिचाने लगा। सुललित चिल्ला उठा, "जाओ, सोच क्या रहे हो? खरीद लाओ, जो बोलता हूँ, करो..."

भगीरथ ने कहा, "तुम वह रद्दी चीज पियोगे क्या?"

सुललित बोला, "तुम नौकर हो, मैं जो हुक्म देता हूँ उसे ही तामील करो।

तुम अपना काम करो, बात मत बढ़ाओ, जाओ..."

भगीरथ फिर वहाँ खड़ा नहीं हुआ। चला गया सामने से। उसके बाद जब बोतल लेकर आया, उस समय दादा बाबू की दोनों आँखें जवा फूल के समान लाल हो उठी थीं। उसी हालत में दादा बाबू बोतल खोलकर ढक ढक करके उसे गले के नीचे उतारने लगे। एक गिलास खत्म हो तो और एक गिलास।

भगीरथ अन्त में अपने दोनों हाथों से दादा बाबू के हाथ दबाकर, पकड़-पकड़-कर बोला, "दादा बाबू, अब मत पियो। तुम्हारे पैरों पड़ता हूँ, अब मत पियो यह रद्दी शराब। और पियोगे तो तुम बचोगे नहीं..."

आखिर जब किसी तरह रोका नहीं जा सका तब भगीरथ ने ज्यों-त्यों करके बोतल छीनने की कोशिश की, लेकिन दादा बाबू की कठिन हालत थी। उसी हालत में भगीरथ को रोकने की कोशिश करके वे अपने को संभाल नहीं सके। हुडहुड़ाकर उसी चेयर टेबुल पर गिर पड़े।

यहीं पर इस गल्प पर परदा खींच लिया जाता तो अच्छा होता। उससे आर्ट बचे या न बचे, सुललित शायद बच जाता। लेकिन सुललित के सृष्टिकर्ता, लगता है, इतने से ही खुश नहीं हो सके। क्योंकि उन्हें पूरी विश्वसृष्टि चलानी होती है। विश्वसृष्टि का आरम्भ जिस प्रकार है, उसी प्रकार उसका एक अन्त भी है। उसी अन्त का खाताबाकी अखीर तक न लिखने पर मानो हिसाब-किताब में गोलमाल होने का डर रहता है। आर्ट में जहाँ हम पूरी पाई लगाते हैं, इन विश्वकर्ता के आर्ट का वहाँ अन्त

नहीं होता। उसकी खड़ी पाई एकदम पूर्णता में पहुँचकर मुक्ति पा जाती है।

और सुललित के जीवन में उस दिन खड़ी पाई लगी नहीं, इसीलिए शायद एक दिन उससे मेरी मुलाकात हो गयी। मुलाकात हुई लखनऊ के एक रास्ते में। हो सकता है, मेरी मुलाकात के लिए ही वह तब तक बचा था।

मैं अवाक् उसे देखकर मैंने पूछा, "सुललित हो न?"

सुललित ने मेरी तरफ ताककर देखा। बोला, "तुम? तुम यहाँ कहाँ?"

मैंने अपनी कहानी बताई। मैं बोला, "नौकरी के घाट घाट पानी पीते-पीते न जाने कैसे अब इस लखनऊ में आकर ठहरा हूँ लेकिन तुम यहाँ क्यों हो?"

"मैं भी भाई, तुम्हारे समान तकदीर के घाट घाट में पानी पीते-पीते अब यहाँ आकर ठहरा हूँ..."

मैं उसकी बात का मतलब समझ नहीं सका। बोला, "तुम तो उस समय कलकत्ता से अकस्मात् लापता हो गए। उसके बाद किसी से शायद मैंने सुना था, तुम एक नौकरी में बिलासपुर चले गए हो..."

सुललित बोला, "ठीक ही सुना था। लेकिन मैंने तो नौकरी छोड़ दी है..."

मैं अवाक् हो गया। बोला, "नौकरी क्यों छोड़ दी? कहीं और नौकरी कर रहे हो? कौन-सी नौकरी?"

सुललित बोला, "ना, नौकरी फिर नहीं की। अब एकदम बेकार..."

मैं बोला, "तो फिर नौकरी छोड़ी क्यों? क्या किया था?"

सुललित बोला, "मैंने जिन्दगी में जो कभी नहीं किया था, वही किया था भाई। मैं झूठ बोला था!"

अचम्भे की बात है! सुललित मानो वही पहले के समान ही है। अब भी वही आदर्शवादी सुललित। संसार इतना बदल गया, संसार इतनी झूठ से भर गया, झूठ न बोलने पर आज के संसार में सिर ऊँचा करके खड़ा होना ही सम्भव नहीं है। और सुललित उसी संसार का मनुष्य होकर भी इतने दिन उसी सत्यवादिता का आदर्श लेकर चल रहा था?

तो सत्यवादिता का यही आदर्श अगर वह मानता आया है तो हठात् झूठ बात कहकर अपनी नौकरी ही उसने क्यों खो दी?

और भी तमाम बातें हुईं उससे। हम लोगों के और सब दोस्तों की बातें, हमारे क्लब की बातें। क्लब बन्द हो गया है, सुनकर उसने दुःख प्रकट किया।

उसके बाद इतने दिनों की जमी हुई सब बातें दोनों के मुंह से निकलने लगीं। शक्तिधर चाटुज्जे के इस वंशधर की हालत देखकर मुझे भी खूब दुःख हुआ। ऐसे लड़के की तो इस हालत की कल्पना भी नहीं की जा सकती।

थोड़ा-सा मौका मिलते ही मैंने पूछा, "विवाह किया है?"

सुललित बोला, "हाँ भाई, किया है..."

"किससे? वही जो, वह जिससे तुम्हारी शादी की बात ठीक हुई थी, उससे ही? उसी आरती से?"

सुललित बोला, "हाँ भाई, वही आरती अब मेरी स्त्री है..."

उसके बाद मेरी तरफ देखकर बोला, "तुम एक दिन आओ न मेरे घर? अपनी स्त्री से तुम्हारी जान-पहचान करवा दूँगा, कब आओगे?"

मैं बोला, "अगले इतवार को तीसरे पहर..."

सुललित बोला, "ठीक है, मैं रहूँगा—" कहकर अपने रहने का पता देकर वह चला गया।

इतने दिनों के बाद सुललित से मुलाकात होने पर मैं सचमुच खुश हुआ था। इसीलिए अगले इतवार को ठीक समय निवास की खोज करके अवाक् हो गया। ऐसी ही जगह में रहता है सुललित? यह क्या मनुष्य के रहने के काबिल जगह भी है?

पता खोजकर घर पाने में भी मुझे बहुत घूमना पड़ा था। तमाम लोगों से पूछकर घूम-घूमकर अन्त में मैं उसका घर ढूँढ़ सका था। घर के सामने जाकर दरवाजे की कड़ी हिलाते ही भीतर से एक आदमी हिन्दी में बोल उठा, "कौन?"

मैं बोला, "मैं। सुललित बाबू का दोस्त..."

दरवाजा साथ-ही-साथ खुल गया। देखा, वही भगीरथ ..

मैं बोला, "भगीरथ, तुम मुझे पहचान नहीं पा रहे हो? वही कलकत्ते का तुम्हारे दादा बाबू का दोस्त..."

भगीरथ मुझे पहचान पाने पर बोला, "आइए बाबू, भीतर आइए..."

मैंने पूछा, "तुम्हारे दादा बाबू कहाँ हैं? तुम्हारे दादा बाबू ने तो आज इतवार को मुझे आने को कहा था..."

भगीरथ का मुँह जाने कैसा करुण हो उठा। बोला, "आप आए, आपने अच्छा ही किया लेकिन आए क्या देखने?"

मैं बोला, "तुम तो फिर अभी तक दादा बाबू के साथ-साथ हो भगीरथ?"

भगीरथ बोला, "दादा बाबू के साथ न रहने पर ही अच्छा होता, तो फिर और नरक-यन्त्रणा न देखनी पड़ती, यह सब देखने के पहले मेरा मर जाना ही अच्छा था..."

मैं बोला, "यह बात क्यों कहते हो भगीरथ? दादा बाबू के तो तुम्हारे अलावा और कोई नहीं है, तुम न होते तो तुम्हारे दादा बाबू और भाभी को कौन देखता, बोलो..."

"भाभी? भाभी कौन? किस भाभी की बात कह रहे हैं?"

मैं बोला, "क्यों, भाभी माने तुम्हारे दादा बाबू की बहू?"

भगीरथ मेरी बात सुनकर अवाक् हो गया, "दादा बाबू ने विवाह ही कब किया जो फिर भाभी होगी?"

मैं बोला, "यह क्या बात है? सुललित ने विवाह नहीं किया? तो उसने तो मुझसे कहा कि उसने विवाह किया है, घर में उसकी बहू है? मुझसे तो उसने कहा कि भाभी से आज जान-पहचान करवा देगा?"

भगीरथ ने अपने कपाल में हाथ मारकर कहा, "दादा बाबू के क्या अब दिमाग का ठीक है बाबू? दादा बाबू अब वे दादा बाबू नहीं हैं। आप लोगों ने तो कुछ देखा नहीं, मैं जो हमेशा से देखता आ रहा हूँ बाबू..."

मैं बोला, "लेकिन क्यों ऐसा हुआ बोलो तो भगीरथ? तुम्हारे दादा बाबू ने नौकरी ही क्यों छोड़ दी?"

"आप दादा बाबू से ही तो यह बात पूछ सकते थे?"

मैं बोला, "तुम्हारे दादा बाबू ने तो कहा था कि यहाँ आने पर वह सब बातें बतायेगा। रास्ते में तो सब बातें होती नहीं, इसीलिए उसने घर में आने को कहा था, इस घर का पता तो उसने खुद ही मुझे दिया था, नहीं तो मैं कैसे यहाँ इस गली के भीतर यह घर ढूँढ़ पाता, बोलो?"

जिस कमरे में मैं बैठा था, उसके चारों तरफ ताककर मैंने देखा। दरिद्रता की छाप सब कहीं थी। एक पुराना तख्त बिछा था, उस पर एक तकिया थी। दो टूटी चेयर थीं, धूल-गन्दगी का परिवेश चारों ओर था। सुललित के घर में यह परिवेश मैं न देखता तो कल्पना भी नहीं कर सकता था।

भगीरथ बोला, "सब तकदीर है बाबू, सब तकदीर! नहीं तो दादा बाबू को तो आप लोगों ने पहले भी देखा है, वही आदमी इस तरह का कैसे हो गया बोलिए तो?"

मैं बोला, "यहाँ लखनऊ में सुललित क्यों आया है? इतनी जगहें रहते हुए यहाँ लखनऊ में कैसे आया वह? यहाँ उसका कौन है?"

भगीरथ बोला, "यह बात आप दादा बाबू से ही पूछिएगा बाबू, मैं बोलकर झूठ-मूठ और पाप का भागी क्यों होऊँ? मैं भी तो दादा बाबू से पूछता हूँ, क्यों तुम यहाँ पड़े हो?

"तो, जवाब में दादा बाबू क्या बोलता है?"

"और क्या बोलेंगे? कुछ भी नहीं बोलते, मेरी बात का जवाब ही नहीं देते।"

उसके बाद कुछ ठहरकर भगीरथ बोला, "जानते हैं, बिलासपुर में जब हम लोग थे तब वहाँ की एक छोटी पाँच बरस की लड़की को दादा बाबू खूब प्यार

करते थे। उसके घर में आते ही दादा बाबू के मुँह पर हँसी फूटती। लेकिन एक दिन जाने क्या हुआ, घर में घुसकर मैंने देखा, दादा बाबू फफक-फफककर रो रहे हैं। अकेले-अकेले चेयर पर बैठे-बैठे रो रहे हैं—मैंने जब पुकारा तब दादा बाबू ने मुझे देखकर एक बोतल शराब ले आने को कहा..."

"शराब?"

भगीरथ बोला, "हाँ, शराब खरीदकर लाने को कहा।"

"उसके बाद? तुम शराब खरीद लाए?"

"खरीद नहीं लाता तो क्या करता बाबू? मैं तो हुक्म का नौकर हूँ। मैं शराब खरीद लाया, और उस समय से ही दादा बाबू ने शराब पीना शुरू किया। उस दिन जो शुरू किया शराब पीना, फिर आज तक उसे छोड़ा नहीं। उसके बाद एक दिन मुझसे बोले, "मैंने नौकरी छोड़ दी है, तुम्हें अब मैं तनखा नहीं दे सकूँगा, तुम देश चले जाओ..."

"उसके बाद?"

भगीरथ बोलने लगा, "तो, दादा बाबू के चले जाने को कहने पर भी क्या मैं जा सकता हूँ! मेरी माँ-मणि मरने के पहले मुझसे कह गयी थीं, भगीरथ, खोका के अब कोई रह नहीं गया, तू खोका को देखना। माँ-मणि की वह बात मैं टाल सकता हूँ बाबू? दादा बाबू मुझे छोड़ सकते हैं, लेकिन मैं दादा बाबू को कैसे छोड़, बोलिए?"

उसके बाद भगीरथ वे सब पुराने दिनों की बातें कहने लगा। जिस दिन घर छोड़कर चले जाने का वक्त आया, उस दिन सुललित ने सारे दिन कुछ खाया नहीं। सब एक-एक करके घर छोड़कर चले गए थे। चीज वस्तु लारी में भरकर हटा लिया गया था। सुललित बोला, "माँ, अब चलो, गाड़ी खड़ी है, यह घर हम लोगों को खाली कर देना होगा—चलो..."

कई बार कहने पर माँ उठीं, लेकिन पैर मानो अब चल नहीं रहे थे माँ के। सुललित ने फिर कहा, "माँ, चलो..."

हठात् विधवा ज्ञानदामयी को याद आयीं वे ही बहुत दिनों पहले की बातें। जिस दिन वे पहले-पहल नयी बहू होकर इस घर में आयी थीं, आकर ससुरजी को उन्होंने प्रणाम किया था। उनके ससुर उन्हें आशीर्वाद देकर बोले थे—बहू, तुम इस घर की लक्ष्मीप्रतिमा हो, तुम इस घर को छोड़कर कभी भी चली मत जाना। तुम्हारी सास से भी हमारे पिताजी ने यह बात कही थी, आज मैं भी फिर तुमसे वही एक ही बात कह रहा हूँ बहूरानी, बात याद रखना तुम...

बातें याद आते ही ज्ञानदामयी वहाँ से फिर उठीं नहीं। वहाँ उन्होंने अपनी अन्तिम साँस त्याग दी।

भगीरथ बोला, "तो तब से ही मैं दादा बाबू को देख रहा हूँ बाबू, दादा बावू मुझे देखें या न देखें, मैं दादा बाबू को बराबर देखता रहूँगा, मेरे न मरने तक मुझे मुक्ति नहीं है..."

कहकर कपड़े के खूँट से आँखें पोंछने लगा।

मैंने कहा, "तो, सुललित इतनी जगहें रहते हुए इस लखनऊ में क्यों आया बोलो तो? यहाँ तुम्हारे दादा बाबू का कौन है? क्या है?"

"तो मैं कैसे जानूँगा बोलिए, दादा बाबू वह नौकरी छोड़ देने पर, तब से सिर्फ घूमने लगे, कभी काशी, कभी वृन्दावन, कभी दिल्ली, कभी प्रयाग हम लोग जाते हैं। कहीं जाकर दादा बाबू दो पल चुपचाप नहीं बैठेंगे। मुझे धर्मशाला में रखकर दादा बाबू सिर्फ टो-टो करते फिरते। क्यों वे फिरते यह कौन जाने। आखिर में एक दिन यहाँ आए। इस लखनऊ में। यहाँ इस शहर में आते ही, कौन जाने क्यों, दादा बाबू यह घर भाड़े में लेकर यहीं रह गए। अब यहाँ मुझे रखकर दादा बाबू सारे दिन बाहर टो-टो करते घूमते-फिरते रहते हैं—और वही विष-शराब निगलकर। मैंने कितना मना किया है, लेकिन नौकर की बात क्या मालिक सुनता है बाबू? किसी-किसी दिन रात को घर भी नहीं लौटते। सारी रात बाहर काटकर दूसरे दिन सवेरे घिसलते-घिसलते घर में आकर हाजिर होते हैं..."

मैंने पूछा, "सारी रात कहाँ रहते हैं तो फिर?"

भगीरथ बोला, "वे सब बातें मुँह में लाना भी पाप है बाबू, वे सब बातें मुँह से कहने में भी मुझे घिन होती है। भले आदमी कभी उन सब जगहों में जाते नहीं। आप तो जानते हैं इस शहर में वे सब गन्दी जगहें..."

मैं अवाक् हो गया अपने उस सुललित के अध: पतन की कथा सुनकर। मैंने पूछा, "सचमुच सुललित उन्हीं सब जगहों में जाता है?"

"हाँ बाबू...दुख की बात क्या बताऊँ, मैं खुद वहाँ जाकर देख आया लेकिन भीतर नहीं घुसा..."

"लेकिन क्यों ऐसा हुआ?"

भगीरथ बोला, "दादा बाबू को गाना सुनना अच्छा लगता है। दादा बाबू जहाँ कहीं जाते हैं, जाकर गाना सुनते हैं। वही गाना सुनकर शायद एक दिन उस हत-भागी के घर के भीतर घुस पड़े थे। यहाँ उन सब मुहल्लों में गाना-बजाना होता है न? उन सब मुहल्लों में जाने पर रास्ते से भी गाना सुनने को मिलता है। ऐसे ही शायद दादा बाबू एक दिन रास्ते से जा रहे थे, उस समय भीतर किसी का गाना हो रहा था, दादा बाबू वह गाना सुनकर भीतर घुस गए, उसी समय से राक्षसी ने दादा बाबू को ग्रास किया है..."

"राक्षसी! तुमने उसे देखा है? कैसी है देखने में?"

उस दिन वह एक अद्भुत घटना सुनी भगीरथ के मुँह से। जितनी अद्भुत, उतनी ही रोमांचकर। ऐसी घटना एक सस्ते बाजार के उपन्यास को छोड़कर और किसी के जीवन में उस समय तक घटी नहीं थी।

सुललित दूसरे दिनों की तरह उस दिन भी हो न हो शराब की दूकान के सामने जाकर घूम-फिर रहा था। मामूली तरह से शाम के अँधेरे में सबकी दृष्टि बचाकर सुललित जाता वहाँ, क्योंकि पूरे दिन अपनी अन्तरात्मा से लड़ते-लड़ते शाम का वक्त आते ही सुललित जाने कैसा हार जाता। तब घर से निकलकर धीरे-धीरे जाकर हाजिर होता उस दूकान में। उस समय अच्छी शराब खरीदने का पैसा भी नहीं था सुललित के पास।

लखनऊ के भट्टीखाने का मालिक सुललित को ताकता। उसके नियमित ग्राहकों में अकेला सुललित ही बंगाली था, इससे नजर ज्यादा पड़ती उसकी तरफ।

लेकिन बड़ा शान्त-शिष्ट गाहक था बंगाली। आता है, चुपचाप पीता है और टलता-टलता घर लोट जाता है।

एक दिन एक आदमी आकर उसके पीछे पड़ गया। नजदीक आकर खड़ा होकर वह बोला, "बाबूजी..."

सुललित को उस वक्त काफी नशा हो गया था। आदमी की बात सुनकर वह चौंककर खड़ा हुआ।

बोला, "क्या है?"

"आप, बंगाली हैं?"

सुललित बोला, "हाँ..."

आदमी बोला, "हामि भी बंगाली..."

बंगाली तो बंगाली। उससे सुललित का क्या आता-जाता है। सुललित तो बंगला देश छोड़कर यहाँ आ पहुँचा है। तब भी तो उसे अपना देश समझ बैठा है। उसके लिए अब बंगाली जो हैं, गुजराती भी वही हैं। वह किस देश का मनुष्य है, यह लेकर उसने कभी सिर नहीं खपाया। उन आरती वगैरह के चले जाने के बाद से ही वह मनुष्य के घर और समाज के बाहर का आदमी बन गया है। यह कहना होगा कि खुद भी नहीं जानता कि वह बंगाली है या बंगाली नहीं है।

आदमी बोला, "आइए न बाबूजी, दो बंगाली मिलकर थोड़ी मौज करें।"

"क्या मौज करेंगे?"

"थोड़ा माल पिएँगे, माल पीकर अच्छी मौज करेंगे, गाना सुनेंगे..."

"गाना?"

गाने की बात सुनते ही मानो एक टनक उठ गयी सुललित के मन में! गाना! आरती भी गाना गाती थी। बहुत दिनों ईडेन गार्डन के भीतर या कभी गंगा के किनारे बैठे-बैठे आरती ने गाना गाया है। लेकिन जिस आरती ने उन दिनों सुललित को गाना सुनाया था, वह तो जाने कब उसके जीवन से खो गयी है। वह तो अब बैनर्जी साहब की स्त्री है। उसकी बात वह सोचता क्यों है? असल में वह तो अब परस्त्री है। सिर्फ परस्त्री नहीं, एक आसामी की स्त्री है।

आदमी बोला, "आइए बाबूजी...आइए..."

सुललित बोला, "कहाँ जाएँगे?"

"आप जानते नहीं बाबूजी, मैं आपको एकदम स्वर्ग में पहुँचा दूँगा। स्वर्ग पहचानते हैं न? विहिश्त? इस दुनिया में भी विहिश्त है।"

सुललित ने उस आदमी की तरफ से मुँह फिरा लिया। समझ गया कि उसका मतलब खराब है।

पीछे से वह आदमी पुकारने लगा, "बाबूजी...बाबूजी...सुनिए..." लेकिन कौन सुनता किसी की बात! तुम शराबी हो, और मैं भी शराबी हूँ। लेकिन तो भी सोचो मत कि तुम्हारे साथ मैं एक हूँ। मैं किसी से भी मिलना-जुलना नहीं चाहता। मैं समाज का जंजाल हूँ। मैं अलगाया हुआ हूँ। मैं एक डस्टबिन छोड़कर और कुछ भी नहीं हूँ। मुझे छूना भी पाप है। मैं आज अछूत हूँ।

आदमी लेकिन किसी तरह भी साथ नहीं छोड़ रहा था। क्यों सुललित को देखते ही उसके साथ आपसपन करना चाहता था, यह कौन जाने!

लखनऊ के मस्तान महल में खूब नामवर आदमी है कुन्दनलाल। कुन्दनलाल ने जीवन में बड़े खानदानी आदमी को इस रास्ते में उतारा है। उसके बाद धीरे-धीरे मांस खाकर, उसका सूखा अँगूठा चबाकर, उसे छार-छार करके नाबदान में डालकर फेंक दिया है। वह क्षुद्र कुन्दनलाल हठात् इस बंगाली बाबू को देखकर थोड़ा अचकचा गया था पहले। यह बंगाली बाबू क्यों इस लाइन में आया? यह बंगाली बाबू क्या करता है? इसका पेशा क्या है? इस कौतूहल ने ही कुन्दनलाल को सुललित की तरफ आकर्षित किया था।

सुललित को देखते ही नजदीक आगे बढ़ आता।

कहता, "आइए बाबूजी, पियो..."

पहले-पहल सुललित कुन्दनलाल को टालकर ही चलता। लेकिन ज्यादा दिनों टाल नहीं सका।

सुललित कहता, "ना-ना, तुम्हें पिलाना नहीं होगा कुन्दनलाल, मैं ही खरीदता हूँ..."

कुन्दनलाल कहता, "यह कैसे हो सकता है बाबूजी, हम सब यहाँ एक हैं।" उसके बाद एक श्लोक सुनाकर कहता, "श्मशान में क्या फिर मुर्दे का जात-विचार किया जाता है बाबूजी? श्मशान में सब मुर्दे हैं।"

कहकर हो-हो करके हँस उठता और हाथ पकड़कर जोर करके सामने की बेंच पर बिठाल देता। एक गिलास बढ़ाकर कहता, "पी लीजिए बाबूजी, यह जिन्दगी है सिर्फ पीना और पीकर मरना।"

एक दिन कुन्दनलाल ने ठाँसकर पिला दिया सुललित को। सुललित ने भी पेट भरकर पिया। क्योंकि कुन्दनलाल की बातें बड़ी अच्छी लगी थीं सुललित को। जिन्दगी के माने ही हैं शराब पीना और शराब पीते-पीते बेहोश होकर मर जाना। इसकी बनिस्बत सच्ची बात लगता है सुललित ने पहले कभी किसी से सुनी नहीं। सचमुच ही तो सुललित को एक दिन की ध्यान-धारणा, शिक्षा-दीक्षा, सुललित का इतने दिनों का किया हुआ जीवन-दर्शन सबकुछ मानो इतने दिनों में असत्य में बदल गया था। अपनी सतता, अपनी आदर्श-निष्ठा का दाम क्या उसने किसी से कभी पाया है? अपना सर्वस्व काका-ताउओं के हाथों में विलीन करके उसके बदले में उसने पाया है सिर्फ उपहास। सबने उसे निर्बोध मानकर यह भाव मन-ही-मन में घोषित किया है। किसी के मन में सतता को निर्बुद्धिता के समान प्रमाणित होने में और जो भी हो उसके समान ट्रेजेडी और क्या है? जिस आदर्शवाद को अपनी नौकरी के जीवन में वास्तविक रूप देने पर उसने सबसे ज्यादा धोखा खाया, उसके समान ट्रेजेडी भी और क्या है। और उस ट्रेजेडी ने किसके जीवन में इतनी मर्मान्तक होकर किसे इतना आघात पहुँचाया है।

तिस पर भी सबकुछ तो उसने सिर झुकाकर ही स्वीकार कर लिया है। अपने आघात से जिस तरह उसने सिर झुका लिया है, अपने इस अध:पतन को भी उसी प्रकार सर्वान्त:करण से स्वीकार करके वह मुक्ति पाना चाहता है। यह शराब पीना, यह घृणित मनुष्य से मिलना-जुलना, इसे ही तो साधारण अर्थ में अध:पतन कहा जाता है। और सिर्फ ये ही क्यों, पृथिवी का कोई मनुष्य यह नहीं जानता, जानना नहीं चाहता, और किसी दिन जानेगा भी नहीं। वह अगर शराब पीकर यहाँ इस कलारी के अड्डे में बेहोश होकर गिर पड़े और आखिरी साँस छोड़े तो भी कोई नहीं जान सकेगा उसके चरम अध: पतन की कथा। सिर्फ बैनर्जी साहब के विचार के दिन यह बात उसने धर्माधिकरण न्यायपति के सामने खड़े होकर कही है, वही गवर्नमेंट की फाइल में सच के समान रिकार्ड रह जाए। सब जानें की सुललित का लोभ था

बैनर्जी साहब की सुन्दरी युवती स्त्री की देह पर।

कुन्दनलाल बोलता, "और पियो भइया..."

सुललित समझ न पाता कुन्दनलाल क्यों उसकी इतनी खातिर करता है। कहता, "मुझे इतनी शराब पिलाकर तुम्हारा क्या फायदा होता है कुन्दनलाल? मैं तो जात-बाहर हो गया हूँ भाई। भले आदमियों के समाज ने तो अपनी फेहरिस्त से मेरा नाम काटकर निकाल दिया है..."

कुन्दनलाल बोलता, "भले आदमियों की बात छोड़ दो। भले आदमियों को हमने ही निकाल दिया है। बाबू। बहुत भले आदमी देखे हैं मैंने..."

उसके बाद बोलता, "वे लोग भी पीते हैं, हम लोग भी पीते हैं।"

यह सच ही है। सुललित कुन्दनलाल की बात मंजूर करता। वे लोग छिपकर पीते हैं। वे हैं छिपे रुस्तम।

मिलते-जुलते दो दिनों में ही कुन्दनलाल मानो सुललित का जिगरी दोस्त हो गया। एक-एक दिन सुललित कुन्दनलाल को लेकर एकदम अपने डेरे में आता। भगीरथ को ही तब सबसे ज्यादा तकलीफ होती। उसके बाद कितनी रात तक उन लोगों की मदहोशी चलती, इसका ठीक नहीं है।

मैं भगीरथ की बात सुनकर अवाक् हो गया।

मैंने पूछा, "घर में बैठकर शराब पीता है क्या सुललित?"

"हाँ बाबू। और सिर्फ क्या शराब? मुझे ही तब बाजार से शराब खरीदनी पड़ती है और मुझे ही गोश्त खरीदकर लाना पड़ता है और उसे पकाकर देना पड़ता है!"

"लेकिन रुपये? शराब पीने में तो मैं सुनता हूँ, बहुत रुपये लगते हैं?"

भगीरथ बोला, "वही जो कहा आपसे, दादा बाबू ने नौकरी छोड़ने के बाद आफिस से जितना रुपया पाया है सब वही विष निगल-निगलकर खत्म किये दे रहे हैं..."

लेकिन वे रुपये और कितने दिन के? वे रुपये जब खत्म हो जाएँगे तब कैसे चलेगा?"

भगीरथ बोला, "भगवान जाने..."

मैं बोला, "भगवान को तो लेकिन कोई देख नहीं सकता, भगीरथ। वे दिखायी पड़ते तो न हो उनसे पूछते कि दादा बाबू के रुपये जब खत्म हो जाएँगे तब कैसे चलेगा! दादा बाबू अगर अबूझ हों तो फिर तुम भी क्या अबूझ हो जाओगे? तुम तो पुराने आदमी हो, दादा बाबू को गोद-पीठ पर लादकर तुमने बड़ा किया है। तुम थोड़ा अच्छी तरह समझाकर बोल नहीं सकते?"

भगीरथ अकस्मात् रोने लगा। फतुई की खूंट से आँखों के आँसू पोंछते पोंछते

बोला, "मैं तो नौकर हूँ बाबू, मैं नौकर छोड़कर और क्या हूँ! मेरी बात कौन सुनेगा? मेरी बात सुनने की दादा बाबू को क्या परवाह है..."

आश्चर्य! सुललित का जो इतना अध:पतन हो गया है तिस पर भी जो भगीरथ के समान एक हितकारी पाया है, यह देखकर सचमुच मुझे उस पर जलन होने लगी। इस जुग में भगीरथ के समान एक आदमी पाना भी जलन की बात है। तिस पर इतना पाकर भी इतनी न पाने की विडम्बना लगता है सुललित को छोड़कर और किसी की तकदीर में नहीं है।

मनुष्य सोचता कुछ है, होता कुछ है। जीवन में जो नहीं देखा है वह भी होता है।

बात किताब में ही पढ़ता आया हूँ। लेकिन तो भी यहाँ तक?

विरोध जिसके जीवन में आता है, उसका लगता है इसी तरह आता है। नहीं तो कहाँ का कौन एक कुन्दनलाल ही उसके जीवन में आकर क्यों जुड़ जाता?

पहले-पहल कुन्दनलाल ने पिलाया था सुललित को। लेकिन अन्त में सुललित ही पिलाने लगा कुन्दनलाल को। कुन्दनलाल को लगता है यह विश्वास हो गया था कि सुललित के पास अगाध रुपये हैं। किसी तरह उसे एक बार अपनी लाइन में उतार सकने पर मुफ्त में पेट भर खाने-पीने को मिलेगा।

वही कुन्दनलाल एक दिन अकस्मात् अकेला मकान में आकर हाजिर हुआ। भगीरथ सदर दरवाजा खोलकर कुन्दनलाल को देखते ही अकचका गया। भगीरथ ने कहा, "बाबू घर में नहीं हैं।"

कुन्दनलाल बोला, "घर में नहीं है तो गया कहाँ?"

कुन्दनलाल का चेहरा देखकर ही भगीरथ को गुस्सा आ गया था।

वह बोला, "कहाँ गया यह मैं क्या जानूँ? बाबू क्या मुझे बोलकर जाते हैं?' कुन्दनलाल बोला, "लेकिन बाबू ने तो मुझे आने को कहा था?"

भगीरथ बोला, "यह मैं नहीं जानता..."

कुन्दनलाल बोला, "तो फिर मैं कमरे में बैठूँगा..."

बात सुनकर और भी गुस्सा आ गया भगीरथ को। यह आदमी पहले से ही भगीरथ को पसन्द नहीं था।

वह बोला, "आप तो बैठियेगा, लेकिन बाबू कब आएँगे इसका कोई ठीक नहीं है। आप फिजूल-फिजूल यहाँ बैठकर क्यों हैरान होंगे, उसके बदले बल्कि आप फिर एक बार आकर जान लीजिए..."

यह कहकर वह दरवाजे के पल्ले बन्द करने जा रहा था। लेकिन कुन्दनलाल

ने दोनों हाथों से दरवाजा रोक लिया। फिर भगीरथ को धक्का देकर घर के भीतर घुस गया।

साथ-ही-साथ भगीरथ चिल्ला उठा, "कैसे बेशरम आदमी हैं आप? मैं कहता हूं बाबू घर में नहीं हैं तो भी जोर-जबर्दस्ती आप घर में घुस रहे हैं?"

कुन्दनलाल भी चुप नहीं रहा। वह भी चिल्लाकर बोला, "तुम तो नौकर हो, तुम चुप रहो—जो बोलना है मैं सुललित बाबू से बोलूँगा..."

लेकिन इसका कोई जवाब भगीरथ के देने के पहले ही घर के भीतर से सुललित की गम्भीर आवाज सुनायी पड़ी, "इतना चिल्लाता क्यों है रे भगीरथ? क्या हुआ है?"

बोलते-बोलते सुललित सशरीर कमरे के भीतर घुस पड़ा। घुसकर कुन्दनलाल को देखते ही हँसते-हँसते उसकी तरफ बढ़ा। वह बोला, "अरे, तुम कब आए कुन्दनलाल?"

कुन्दनलाल अवाक्। बोला, "अरे यार, तुम कोठी में हो? और तुम्हारा नौकर झूठ बात बोलता है कि तुम घर में नहीं हो?"

सुललित भगीरथ की तरफ देखकर बोला, "क्यों भगीरथ, तुमने कहा है कि मैं घर में नहीं हूँ?"

भगीरथ अपराधी के समान खड़ा था। उसके मुँह से उस वक्त कोई बात निकल नहीं रही थी। वह मानो पत्थर हो गया था।

सुललित फिर चिल्ला उठा, "बोलता क्यों नहीं? क्या कहा है बोल?"

कुन्दनलाल बोला, "मैं तुम्हारी खोज में आया था यार, मैंने उससे पूछा तुम कहाँ हो, उसने सिर्फ कह दिया तुम कोठी में नहीं हो..."

सुललित अब गुस्सा सँभाल नहीं सका। भगीरथ की तरफ आगे बढ़ गया। बोला, "बोल, क्यों तूने झूठ बात कही? किसलिए झूठ बोला, बोल?"

भगीरथ ने इस बार मुंह खोला। बोला, "हाँ, मैंने कहा है..."

"क्यों झूठ बोला यही मैं तुझसे पूछता हूँ..."

भगीरथ ने इस बार साफ-साफ ही कह दिया, "क्यों तुम इस आदमी से मिलते हो? यह आदमी क्या अच्छा है?"

सुललित बात सुनकर बोल उठा, "निकलो तुम, निकलो यहाँ से निकल जाओ— तुम्हारा अब मुँह नहीं देखना चाहता मैं, निकल जाओ मेरे घर से..."

कहकर भगीरथ के गले में धक्का मारकर वह घर के बाहर निकालने जा रहा था। लेकिन रोका कुन्दनलाल ने। वह बोला, "अरे छोड़ दो यार...वह नौकर है, नौकर कभी मालिक का मिजाज समझेगा क्या?"

भगीरथ तब काठ। जिस आदमी को उसने जनमते देखा है, जनम के बाद से

जिसने उसे तिल-तिल बड़ा किया है, अपने बेटे की तरह प्यार किया है, वही क्या आज उसे गले में धक्का देकर घर से बाहर निकाल दे रहा है!

भगीरथ ने और कुछ नहीं कहा। मालिक के हुकुम के मुताबिक वह सीधे घर से बाहर निकला जा रहा था। लेकिन पीछे से सुललित चिल्ला उठा, "कहाँ जा रहे हो तुम?"

भगीरथ दादा बाबू की बात से थोड़ा थमककर खड़े होकर पीछे फिरा।

"तुमने ही तो मुझसे चले जाने को कहा!"

"तो मैंने जाने को कहा और तुम भी चल दिए? तो फिर मेरा काम कौन करेगा?"

"कौन-सा काम?"

सुललित बोला, "क्या काम यह भी तुम्हें याद दिलाना होगा? मैं खाऊँगा नहीं? तुम राँधोगे नहीं तो मैं खाऊँगा क्या, सुनूँ? मैं हवा खाऊँगा? हवा खाकर मनुष्य जी सकता है?"

तो भी कोई जवाब नहीं था भगीरथ के मुँह में। वह पत्थर के समान चुप खड़ा रहा वहाँ। हिलता भी नहीं, डुलता भी नहीं।

सुललित फिर गुस्सा हो गया।

बोला, "बात कान में जा नहीं रही है शायद? देह में हाथ लगाने पर तब बात कान में जाएगी? यही तुम चाहते हो क्या?"

भगीरथ ने बड़ी तकलीफ से आँखों के आँसू रोक रक्खे थे। जी-जान से वह दोनों आँखें सूखी रखने की कोशिश कर रहा था और दाँतों में दाँत दबाकर मुँह बन्द किए हुए था।

सुललित ने तब जाकर फिर उसका गला पकड़ा। गला पकड़कर खींचते-खींचते घर के भीतर खींच ले आया। उसके बाद धक्का देकर एकदम घर के भीतर की तरफ ठेल दिया।

बोला, "चाय बना दो कुन्दनलाल के लिए..."

भगीरथ बिना कुछ बोले भीतर जाकर चाय बनाने बैठा। लेकिन बाहर के कमरे से दादा बाबू की चिल्लाहट सुनायी पड़ी, "भगीरथ, भगीरथ, इधर सुन जाओ..."

झंझट क्या कम है? चाय का पानी अभी तक गरम नहीं हुआ। चूल्हे से चाय का पानी उतारकर दादा बाबू के पास आकर खड़े होना पड़ा।

"पान ले आओ।"

"पान?"

"हाँ, पान की बात याद क्यों नहीं रहती तुम्हें? जानते नहीं, कुन्दनलाल पान खाते हैं? सब बातों की तुम्हें याद दिलानी होगी? तुम्हारे निजी मगज में बुद्धि-उद्धि

कुछ नहीं है। जितनी उमर होती जा रही तुम्हारी, उतनी बुद्धि-उद्धि सब गुम हुई जा रही है देखता हूँ। काम अगर न कर सको तो नौकरी छोड़ दो। भात छिटकाने पर कौओं की कमी नहीं रहती, मैं दूसरा आदमी देख लूँगा..."

भगीरथ उसी वक्त पान लाने दौड़ा। सिर्फ पान लाने से काम नहीं चलेगा। कुन्दनलाल पहले चाय पियेगा, उसके साथ खाएगा तली हुई दालमोठ। उसके बाद पान।

वह सब हड़पकर तब दोनों निकलेंगे। कब जाएँगे, कहाँ जाएँगे इसका कोई भी पता-ठिकाना नहीं लगेगा। उसके बाद जब अबेर रात को घर लौटेंगे तब फिर होश नहीं रहेगा दादा बाबू को। तब दादा बाबू को पकड़कर बिछौने पर सुला देना होगा। तब दादा बाबू नशे के घोर में रोना शुरू करेंगे। तब भगीरथ को नजदीक बुलाएँगे। तब भगीरथ के पैर पकड़ने लगेंगे। तब बोलेंगे—भगीरथ, तुम्हें छोड़कर संसार में मेरा और कोई नहीं है...तुम हो इसी से मैं जिन्दा हूँ भगीरथ...

जितना रोएँगे दादा बाबू, उतना ही भगीरथ के पैर जकड़कर पकड़ने की कोशिश करेंगे।

भगीरथ की उस समय त्रिशंकु के समान दोषी अवस्था हो जाती। न तो रह सकता था और न छोड़ सकता था। उसके बाद बड़ी मुश्किल से समझा-बुझाकर दादा बाबू को नींद में सुलाकर तब बेफिक्र हो पाता।

लेकिन जब सवेरा होता तब दादा बाबू का दूसरा चेहरा हो जाता। उस समय उनका ऐसा भाव होता मानो रात को कुछ हुआ ही नहीं। तब बुलाएँगे, "भगीरथ..."

भगीरथ के सामने जाते ही दादा बाबू बोलेंगे, "कल कुन्दनलाल किस वक्त चले गए भगीरथ?

भगीरथ कहेगा, "जी, कुन्दनलाल तो कल आए नहीं..."

"यह क्या? आए नहीं माने? तो फिर मैं क्या झूठ बोल रहा हूँ?"

"नहीं दादा बाबू, तुम क्यों झूठ बात बोलोगे। वे आते तो मुझे तो याद रहता।"

भगीरथ की बात सुनकर सुललित जाने कैसा अनमना हो जाता।

वह कहता, "मैं इतना क्यों भूल जाता हूँ बोलो तो भगीरथ? मुझे कुछ याद क्यों नहीं रहता?"

भगीरथ कहता, "दादा बाबू...तुम यह सब जहर पीना छोड़ दो। तुम देखोगे उससे तुम्हें फायदा होगा। यह सब जहर गीलने पर तुम बचोगे नहीं अब..."

दादा बाबू ऐसे समय भगीरथ की बात मन लगाकर सुनते।

कहते, "अच्छा भगीरथ, तुम मुझे शराब पीने को मना नहीं कर सकते?" भगीरथ कहता, "मैं तो तुमको मना करता हूँ दादा बाबू!"

"तुम्हारे मना करने पर भी सुनता नहीं मैं?"

"नहीं, उस समय तुम मेरी बात बिल्कुल सुनना नहीं चाहते..."

"तो तुम मेरे हाथ से शराब का गिलास छीन नहीं ले सकते! मुझे तुम मार नहीं सकते? तुमने तो मुझे गोद और पीठ-पीठ पर लादकर बड़ा किया है, तुम्हें तो मुझे मारने का हक है भगीरथ?"

बात सुनकर शर्म से सिर नीचा हो जाता भगीरथ का। दादा बाबू यह क्या कहते हैं? यह बात तो सुनना भी पाप है। भगीरथ तब और सब बातें सुन नहीं पाता। कान में उँगली लगाकर वहाँ से चला जाता।

लेकिन यह घटना थोड़ी देर के लिए होती। उसके बाद फिर शाम होने के पहले ही कब दादा बाबू घर से बाहर निकल पड़ते, उसकी आहट ही न मिलती भगीरथ को। दौड़ते-दौड़ते ठीक जगह पर पहुँचते ही कुन्दनलाल से फिर उसकी भेंट हो जाती। भेंट होने के साथ-साथ ही एकदम उसके सारे वादे बह जाते।

कुन्दनलाल कहता, "यार..."

कुन्दनलाल भी तैयार था। दोस्त को देखते ही उसने एक नयी बोतल का आर्डर दे दिया था। जो सुललित बराबर एक-एक आदर्श के पीछे ही दौड़कर बाहर निकला है, वही मनुष्य उस समय एकदम नाबदान के कीचड़ के भीतर मुँह घुसेड़-कर मानो अपनी जिन्दगी की परम मुक्ति खोज पा रहा है। मानो वह कलारी ही उसके लिए उस समय स्वर्ग था।

लेकिन कुन्दनलाल की आदत दूसरी किस्म की थी। सिर्फ कलारी की दूकान की चहारदीवारी के भीतर अपने को बाँधकर रखने में उसे सन्तोष न होता। वह चाहता कि अपने नशे को वह जमीन और आसमान के चारों तरफ फैला दे। लोग समझें कि वह मौज में है। शराब पीकर नशे में बेहोश घर के भीतर पड़े रहने में उसे कोई सुख न मिलता। सच भी तो है, उसके सुख की घोषणा अगर बाहर का कोई जान ही न सके तो ऐसे सुख की उसे दरकार क्या है?

कहता, "चलो यार, थोड़ा बाहर को..."

"बाहर? बाहर कहाँ जाएँगे?"

"बाहर तमाम जगहें हैं। लखनऊ शहर में क्या जाने की जगहों की कनी है?"

"तो चलो।"

सुललित राजी हो जाता। और राजी न होने की वजह भी नहीं थी उसकी। और कौन उसे पहचानेगा यहाँ! कौन जानेगा कि शक्तिधर चाटुज्जे का अन्तिम वंशधर

सुललित चट्टोपाध्याय शराब की मदहोशी में रास्ते रास्ते में घूमता फिर रहा है। यहाँ उसका यही परिचय है कि वह रास्ते का आदमी है। रास्ते के अनगिनत मामूली आदमियों में से वह भी एक है, इतना ही। और कुछ नहीं है वह। यहाँ और कुछ परिचय नहीं है उसका।

रास्ते में चलते-चलते दोनों तरफ के घरों की ओर वह बीच-बीच में ताक-ताककर देखता।

कुन्दनलाल पूछता, "क्या देख रहे हो चैटर्जी?"

"कुछ नहीं..."

सुललित मुँह से जरूर कहता 'कुछ नहीं' लेकिन मन-ही-मन में लगता हैं उसे भी याद आती एक किसी की बात। लेकिन याद आते ही वह तुरन्त अनमना होने की कोशिश करता। उसके बाद जब रात को बड़ी अबेर हो जाती तब कुन्दनलाल ही उसे घर ले जाकर पहुँचाता और लौट आता। तब सुललित एकदम बेहोश अचल हो पड़ता। भगीरथ तब उसे दोनों हाथों से लिपटाकर उसके बिछौने पर सुला देता।

लेकिन एक दिन अकस्मात् एक अचम्भे की घटना घट गयी। एक गली से जाते-जाते हठात् एक गाने का सुर कानों में पड़ते ही जाने कैसा चमककर खड़ा हो गया सुललित।

"कौन गा रहा है? किस घर से गाने का सुर आ रहा है?" कुन्दनलाल भी थमककर खड़ा हो गया था।

उसने पूछा, "क्या यार? क्या देखते हो?"

सुललित की आँखें और उसके कान तक सजग हो उठे थे। चारों तरफ के ऊँचे मकानों की खिड़कियों की तरफ देखता हुआ वह मानो कुछ खोज रहा हो।

कुन्दनलाल ने फिर पूछा, "क्या यार? क्या देखते हो चैटर्जी?"

सुललित बोला, "इस गाने की आवाज कहाँ से आ रही है भाई?" अब समझ सका कुन्दनलाल। बोला, "गाना सुनोगे?"

सुललित उस वक्त भी एक मन से गाना सुन रहा था। वही बहुत दिनों पहले का सुना गाना—

डोले रे जीवन मदमाती गुजरिया
तेरा संग जुड़ा मोसे मरा ले कटरिया
लटपट पोहट कुंजभवन में
पहर कुसुम रंग की रे चुनरिया...

सुर भी उसे याद आ गया। झिझिट खम्बाज। आरती के मुँह से ही सुनी थीं

उसने ये सब बातें। नवाब वाजिद अली शाह का निज का लिखा हुआ ठुमरी गाना...

कुन्दनलाल पहले समझ नहीं सका।

उसने फिर पूछा, "क्या हुआ चैटर्जी? गाना सुनोगे?"

सुललित बोला, "यह किसके घर में गाना हो रहा है भाई?"

कुन्दनलाल हँसा। बोला, "तवायफ। अगर गाना सुनना चाहो तो ऊपर ले जा सकता हूँ तुम्हें..."

"ले जा सकते हो? तो फिर चलो..."

उस वक्त दोनों की खोयी हुई मजे की हालत थी। उस दिन बहुत ज्यादा पी ली थी सुललित ने। दोनों पैर बड़े ठगे जा रहे थे सुललित के। तो भी हिसाब करके पैर रख रखकर चलना पड़ा। पुराने अमल का घर। दीवालों की ईंटें पतली-पतली। नवाबी अमल की। उस जमाने के नवाब-बादशाहों के वंशधर लड़के मौज करने के लिए इन सब घरों में आते। तब यहाँ की इज्जत थी; खानदान था यहाँ का। लेकिन यह होने से ही क्या होगा, ऊँची-ऊँची सीढ़ियाँ। उन सीढ़ियों से ऊपर चढ़ने पर बराबर लोग हाँफ उठते। तिस पर अगर नशे में हों तो उसके बाद तो कोई बात ही नहीं है।

कुन्दनलाल हाथ पकड़-पकड़कर उसे ऊपर चढ़ा ले चला। दोनों तरफ नोना लगी दीवाल और पैरों के नीचे गड्ढों से भरी ईंटें। थोड़ा-सा भी असावधान होने पर लचक लग जा सकती है। तिस पर घर भी वैसा ही ऊँचा। एकतल्ला पार करके जब वह दुतल्ले पर चढ़ा तब कमरे से तबला-सारंगी और तानपूरे की और भी साफ ध्वनि कानों में सुनायी पड़ी। समझ में आया कि भीतर तमाम गुणी-समझदार लोग बैठे हुए गाना सुन रहे हैं। कुन्दनलाल को लेकिन कोई संकोच नहीं था। उसके मन में कोई जड़ता नहीं थी। लगता है, ऐसी जगहों में आने की उसकी आदत है।

सुललित एक निगाह से ताक ताककर देखने लगा। गाना जो गा रहा था, गा रही थी, उसकी नजर तब भी इस तरफ नहीं थी। कमरे के भीतर कुछ रईस लोग गाना सुन रहे थे और तारीफ कर रहे थे। वही गाना। बहुत दिनों पहले यही गाना ईडेन गार्डेन की घास पर बैठकर गाया था आरती ने। वही गाना हू-ब-हू गाए जा रही थी बाईजी। यह तो एक अजीब समानता है।

कुन्दनलाल के सुललित का हाथ पकड़कर खींचते ही वह चमक उठा। कुन्दनलाल बोला, "यार, आ जाओ चैटर्जी..."

यह कहकर उसने सुललित को खींच ले जाकर महफिल के एक किनारे बिठाया। गाना उस वक्त भी चल रहा था। एक दाढ़ीवाला आदमी सारंगी बजा रहा था, उसके नजदीक ही एक तानपूरा पकड़े हुए था। और बाईजी की दाहिनी तरफ बैठा एक तबला बजा रहा था।

हठात् एक चीत्कार सुनकर सब चमक उठे...

"आरती...आरती...तुम?"

अकस्मात् मानो एक ईंट छिटककर आ गिरी महफिल के बीच। इतना सुर, इतना मिजाज, इतनी लयकारिता मानो हठात् एक बे-पर्दा सुर के छू जाने से टूट-फूटकर टुकड़े-टुकड़े होकर छार छार फैल गयी।

सबने वेवकूफ की तरफ ताककर देखा। कौन ऐसा बेसुरा बेताल मनुष्य यहाँ आ जुटा? कौन है वह बदतमीज? कहाँ है वह? किसने उसे यहाँ घुसने दिया है?

उसी समय बाईजी की भी नजर पड़ी सुललित पर। सारंगीवाले, तबला-वाले, तानपूरावाले ने भी गुस्से से किसपिसाकर देखा उस आदमी की तरफ।

"कौन है वह?"

कुन्दनलाल की हालत उस वक्त सबसे ज्यादा बुरी थी। वह बड़ी शर्म से गड़ गया चैटर्जी का कांड देखकर। वह चैटर्जी को लेकर धीरे-धीरे वहाँ से खिसक जा सकता तो बच जाता।

उसने कहा, "यह तुमने क्या किया चैटर्जी? चलो...चलो...चलो यहाँ से..."

कहकर सुललित का हाथ पकड़कर खींचने लगा। लेकिन सुललित को उस वक्त किसी तरफ नजर फेरने की परवाह नहीं थी। वह एक दृष्टि से बाईजी की तरफ देख रहा था। बाईजी की तरफ देखकर वह कहने लगा,—"आखिर में तुम शायद यहाँ आ बैठी हो? तुम बाईजी हो गयी हो?"

लड़की उस वक्त किंकर्तव्यविमूढ़ हो गयी थी, क्या करे क्या न करे। नजदीक के सारंगीवाले की तरफ देखकर उसने पूछा, "वह कौन है उस्तादजी? वह कैसे इधर घुसा?"

उस्तादजी उस वक्त सारंगी रखकर आगे बढ़ आए।

"तुम कौन हो बदतमीज?"

आसपास के खानदानी रईस जो बाईजी का गाना सुनकर मौज करने आए थे, वे भी गुस्से से पागल हो उठे थे

सब लोग बढ़ आए सुललित की तरफ। बोले, "निकल जाओ यहाँ से...निकल जाओ..."

कुन्दनलाल भी डर गया। सुललित का हाथ पकड़कर खींचने लगा, "आइए भइया, आइए..."

लेकिन सुललित की उस वक्त किसी तरफ निगाह नहीं थी। वह सिर्फ एक निगाह से आरती की तरफ देख रहा था। उसे जो सब मिलकर इतनी गाली-गलौज कर रहे हैं, उस तरफ भी उसका खयाल नहीं था। वह तब भी सबको टालकर आरती

की तरफ आगे बढ़ने लगा।

तब लड़की ने कहा, "उसे छोड़ दो उस्तादजी..."

उस्तादजी ने कहा, "नहीं बाईजी, नहीं, बदतमीज को वाजिब सजा देनी होगी... उसे मैं पुलिस के हाथ में सौंप आऊँ..."

ये सब बातें मानो कुछ भी सुललित के कानों में नहीं जा रही थीं। वह उस वक्त भी बकता जा रहा था, "आरती, तुम मुझे क्या पहचान नहीं पा रही हो? मैं सुललित हूँ, सुललित चैटर्जी..."

आरती भी उस वक्त उठ खड़ी हुई थी। उसके मुंह की बात भी मानो उस वक्त बन्द हो गयी थी।

सुललित ने फिर कहा, "सच बोलो आरती, क्या तुम मुझे पहचान नहीं पा रही हो? तुम बिलासपुर में मेरे घर गयी थीं, यह तुम्हें याद नहीं है? तुम्हारे लिए मैंने इतना किया, तुम्हारे पति को मैंने जेल भोगने से बचा दिया और आज तुम्हें मुझे पहचान नहीं पा रही हो? क्यों तुम फिर यहाँ आकर बैठ गयी हो आरती? मैं तो खुद कोर्ट में खड़े होकर गड़गड़ाता हुआ सारी झूठ बातें बोल गया। मैंने जिन्दगी में जो नहीं किया, उस दिन तो वही किया सिर्फ तुम्हारे लिए! बैनर्जी साहब के जेल चले जाने पर तुम्हारा जीवन, तुम्हारा संसार सब-कुछ छार-छार हो जाता, इसीलिए तो मैं कटघरे में खड़ा होकर शुरू से आखिर तक झूठ बातें बोल गया। तो फिर? तो फिर तुम क्यों बैनर्जी साहब को छोड़कर आ गयीं?"

तब भी बाईजी के मुँह से कोई बात नहीं निकली।

कोई एक आदमी मानो नजदीक से बोल उठा, "उस्तादजी, यह आदमी दारू पिए है..."

सुललित उस वक्त भी बोलता जा रहा था, "तुम शायद जानती नहीं हो आरती, बैनर्जी साहब के केस के बाद मैंने भी नौकरी छोड़ दी है। सचमुच विश्वास करो तुम आरती, जीवन में वही पहली बार मैं झूठ बोला। उसके पहले कभी किसी वजह से और किसी के लिए झूठ नहीं बोला। और मेरे झूठ बोलने के बाद भी तुम्हारा यह नतीजा हुआ? तुम्हारा संसार जिससे सुखी हो, तुम्हारे लड़के-लड़कियों का जिससे भला हो इसीलिए तो मैंने अपने कण्ठ मिथ्या अपवाद स्वीकार करके अपने सिर पर उठा लिया, और तो भी तुम बैनर्जी साहब को छोड़कर यहाँ आकर बाईजी के रूप में जीवन काट रही हो? इसीलिए क्या काका बाबू ने इतने दिनों उस्तादजी रखकर तुम्हें गाना सिखाया था? इसीलिए क्या मैंने अपने माथे पर इतनी बदनामी उठा ली? इसीलिए क्या मैंने कोर्ट के कटघरे में खड़े होकर कहा कि बैनर्जी साहब की स्त्री मिसेज बैनर्जी के प्रति मेरी दुर्बलता थी? इसीलिए क्या उस दिन सबके सामने मैंने

ऊँची आवाज से कहा था कि तुम्हारे लिए मेरे मन में लोभ था?"

लेकिन इतनी बातों का जवाब देने का उस समय मिजाज ही नहीं था किसी का वक्त भी शायद किसी के पास नहीं था। पैसेवाले मौजी लोग बाईजी के घर में गाना सुनने आते हैं, थोड़ा वक्त आनन्द से काटने के लिए। और इसके अलावा इतने उत्तरप्रदेशी मनुष्यों के बीच में एक शराबी बंगाली आकर सबके सामने रसभंग करेगा, यह भी शायद कोई नहीं चाहता था।

हठात् उस्तादजी ने चिल्लाकर पुकारा, "सरदार अली...सरदार अली!" इस घर का कई लोगों के ऊपर का बड़ा दरबान है। हर वक्त उसका काम नहीं लगता। खास-खास वक्त में जब उसका बुलावा होता है तब वह आकर हाजिर होता है। नहीं तो मुहल्ले के दूसरे दरबानों के साथ गिरोह बनाकर भाँग पीकर मौज करता रहता है।

सरदार अली के मजलिस में आकर हाजिर होते ही सबने एक साथ हुकुम दिया, "इस बदतमीज को बाहर निकाल ले जाओ तो सरदार अली इसे बाहर कर दो..."

सुललित इस बार और भी कुछ बोलने जा रहा था। लेकिन उसके पहले ही कुन्दनलाल उसे खींचकर, झपटकर बाहर निकाल ले गया। बाहर के रास्ते में उस वक्त काफी रात-बीता माहौल था। लेकिन रात गम्भीर होने से क्या होगा, लखनऊ की उस गली के भीतर मानो उस वक्त भी शाम हुई थी।

कुन्दनलाल ने बाहर आकर सुललित से कहा, "यह तुमने क्या किया यार, इस तरह की बेअदबी क्यों करने लगे भाई? केसरबाई खानदानी बाईजी है, वहाँ जाकर कभी ऐसी बेअदबी भी की जाती है?"

सुललित अवाक् हो गया। वह बोला, "उसका क्या नाम बताया?"

"केसरबाई!"

नाम सुनकर नशे में चूर भी सुललित बोल उठा, "नहीं, कभी नहीं, उसका नाम किसी तरह केसरबाई नहीं है..."

"केसरबाई नहीं है?"

कुन्दनलाल और भी अचम्भे में पड़ गया। गली-मुहल्ले के सब लोग जिसे केसरबाई के समान जानते हैं, उसका नाम केसरबाई नहीं है तो और क्या है?

सुललित ने कहा, "और एक बाटल पिलाओ कुन्दनलाल। जरा पिलाओ..." कुन्दनलाल ने कहा, "अच्छा, मैं तुम्हें पिलाए देता हूँ, लेकिन उसका नाम केसरबाई नहीं है यह तुमसे किसने कहा यार?"

सुललित बोला, "मैं जानता हूँ!"

"जानते हो माने? किस तरह जाना?"

सुललित बोला, "मैं उसे बहुत दिनों पहले से पहचानता हूँ। मैंने उसके आदमी

को एक दिन पकड़ा था..."

"आदमी को माने?"

सुललित बोला, "आदमी को माने उसके खाविन्द को...उस समय मैं पुलिस की नौकरी करता था। एंटीकरप्शन अफसर था। उसका खाविन्द मिस्टर बैनर्जी रेलवे का बड़ा अफसर था। अढ़ाई हजार रुपये तनख्वाह पाता था, तो भी रिश्वत लेता था, घूस लेता था..."

"फिर क्या हुआ?"

बातें करते-करते सुललित का मानो नशा काफूर हुआ जा रहा था। वह बोला, "और एक-ठो बाटल पिलाओ कुन्दनलाल...और एक बाटल पिलाओ यार...मेरे पास के रुपये खत्म हो गए हैं..."

कहकर अपना पाकेट उलटकर देखा उसने।

कुन्दनलाल की जाने कैसी माया बढ़ी सुललित पर। गुंडों के भी मानो हृदय नाम की एक वस्तु है। नहीं तो क्यों उस दोस्त के लिए फिर वह एक बोतल खरीदने दौड़ा! सचमुच, पहले तो चैटर्जी के पैसे से तमाम माल पिया-खाया हैं उसने, बहुतेरा मजा उड़ाया है। कुन्दनलाल जानता था कि चैटर्जी बहुत बड़ी नोकरी करता था पुलिस में। चोरों को पकड़ने का काम था उसका, घूसखोरों को पकड़ने का काम। लेकिन यह नहीं जानता था कि क्यों उसकी नौकरी चली गयी।

उसने बोतल ढालकर गिलास चैटर्जी के सामने बढ़ा दिया।

वह बोला, "फिर क्या हुआ चैटर्जी? क्या हुआ फिर?"

सुललित सोचने लगा, "उसके बाद? उसके बाद क्या हुआ?"

नशे के घोर में विचार की कड़ियाँ मानो फँस गयी थीं।

बोला, "उसके बाद? उसके बाद उसने मुझसे क्या कहा जानते हो यार? उसके बाद बोली, मैं अगर उसके आदमी को छोड़ दूँ तो वह मेरे साथ सोयेगी। इसके माने मैं जो चाहूँगा वही वह मुझे देगी। सुनकर मुझे बड़ी रुलाई आ गयी यार। समझे? मैं रोने लगा। मुझे लगा कि उसकी इतनी बड़ी हिम्मत कि वह मुझे घूस देना चाहती है।"

"फिर? फिर क्या हुआ?"

"उसके बाद मैं फिर गुस्सा सँभाल नहीं सका भाई। मैंने उस लड़की के गाल में कसकर एक चाँटा मारा।"

"फिर? फिर क्या हुआ?"

"उसके बाद यार, उसी क्षण मैंने भगीरथ को बुलाकर एक बोतल वाइन लाने को कहा। उसके पहले मैंने कभी शराब नहीं पी थी भाई। वही अपने जीवन में पहली बार मैंने शराब पी, तिस पर पहले मैं शराब से घृणा करता था। शराबियों से भी मैं

घृणा करता था। लेकिन अचम्भा, वही मैं-जो-मैं हूँ, वही मैंने भी उस दिन और कुछ नहीं खाया, मैं सिर्फ शराब गीलने लगा। एक पूरी बोतल मैं पी गया, और जितना मेरा नशा बढ़ने लगा, उतनी ही मेरी आँखें फटने लगीं और मुझे रुलाई आने लगी। और शादी के पहले उस आरती को क्या मैं कम चाहता था!"

"फिर? फिर?"

सुललित बोला, "और थोड़ी दारू ढालो यार, और थोड़ी दारू ढालो..."

कुन्दनलाल ने सुललित के गिलास में और ढक ढक शराब ढाल दी।

उसने कहा, "और ज्यादा मत पियो, आज ज्यादा हो गयी। हमको तुमको घर जाना है..."

लेकिन सुललित ने उस समय फूट-फूटकर रोना शुरू कर दिया था, उस समय नशा होते ही सुललित को बड़ी रुलाई आती।

कुन्दनलाल बोला, "क्यों रोते हो यार, रोओ मत, घर चलो...चलो मैं तुम्हें घर पहुँचा आऊँ..."

सुललित कुन्दनलाल की बात सुनता नहीं था। कहता, "लेकिन मेरी आरती वहाँ आयी क्यों भाई? आरती बाईजी क्यों हो गयी यार?"

19

कुन्दनलाल कहता, "उसे आरती क्यों कहते हो? वह तो केसरबाई है?"

सुललित कहता, "नहीं भाई, वह आरती है, वह जरूर आरती है..."

कुन्दनलाल कहता, "नहीं, केसरबाई तो लखनऊवाली है। और तुम्हारी आरती तो बंगाली है..."

सुललित बोला, "नहीं यार, केसरबाई भी बंगाली है। उसका असली नाम आरती है, उसके फादर थे मेजर भूधर गांगुली, वे थे मिलिटरी के डाक्टर..."

"नहीं-नहीं, तुमने गलती की। तुम भूल रहे हो चैटर्जी। किसी को याद करके किसी को आरती कहकर पुकारा है तुमने। केसरबाई खूब गुस्सा हुई थी, देख नहीं रहे थे? और तुम्हारी आरती ही अगर होती तो वह यहाँ क्यों आने लगी थी? उसके तो मर्द है, उसके तो संसार घर-गिरस्ती है, वह सब कुछ छोड़कर दीवानी क्यों होगी?"

सुललित बोलता, "ना-ना भाई, वह मर्द को छोड़कर यहाँ चली आयी है मेरी वजह से। वह जो जानती थी कि उसका मर्द चोर है, वह घूस लेता है...। और यह भी जानती है कि उसके लिए मैंने कोर्ट के कठघरे में खड़े होकर शुरू से आखिर तक झूठ कहा है..."

कुन्दनलाल कहता, "चलो यार, बहुत रात हो गयी है, घर चलो, रोओ मत..."

सुललित किसी तरह घर जाना नहीं चाहता। कलारी के दरवाजे में उस समय

ताला बन्द हो गया था। लेकिन दरवाजे के सामने छोटा एक आँगन-सा था, दीवाल से घिरा हुआ। वहाँ उसी बेंच पर वह लम्बा होकर सो जाता है।

इसी तरह कुछ दिन कटे। इन कुछ दिनों में ही चैटर्जी मानो दूसरी तरह का मनुष्य हो गया। सारे क्षण उसके मुँह में वही एक बात थी। क्यों ऐसा हुआ! क्यों आरती बैनर्जी साहब को छोड़कर चली आयी! क्यों उसने पति को त्याग दिया? पति पर घृणा करके? पति से क्या झगड़ा करके निकल आयी आरती?

उसने कुन्दनलाल से कहा, "और एक दिन मुझे वहाँ ले चलो यार...और एक रोज..."

कुन्दनलाल ने एक दिन जो पागलपन किया है, वह पागलपन अब वह फिर करना नहीं चाहता। केसरबाई का कारबार नष्ट हो जाएगा। महफिल नष्ट होने के डर से कौन अब केसरबाई के घर जाएगा?

और उस दिन से ही केसरबाई का भी जाने कैसा मन बदल गया था। कुन्दनलाल वगैरह को भगा देने के बाद से केसरबाई की तबीयत बिगड़ गयी थी।

उस दिन फिर गाने-बजाने की महफिल जमाने का मन था उस्तादजी का। उस्तादजी के अपने हाथों से गढ़ी हुई थी बाईजी। इस मुहल्ले में केसरबाई को ले आने के बाद से ही आमदनी बढ़ गयी थी उसकी। गली-मुहल्ले के और सब घरों की बनिस्बत इस घर की तरफ ही सबकी ज्यादा नजर थी। केसरबाई सिर्फ गाना ही नहीं गाती, नाच भी सकती है। सुर्मा लगायी आँखों का कटाक्ष देखकर कितने ही बड़े-बड़े घरानों से उठती उमर के छोकरे केसरबाईजी के पैरों के सामने बड़े-बड़े नोट नजराने में देते थे, महफिल के बीच में ही नशे के शुरूर में चूर सँभल न पाने की वजह से दुलक पड़ते थे।

केसरबाई लेकिन उस तरफ भौंहें उठाकर भी न देखती। उसके गले का सुर 'पर्दे से पिछल नहीं सकता था, लय कभी कटती नहीं थी, ताल फेरने के वक्त कभी एक सींक भी भूल नहीं करती थी वह। सलमा-चुनरी की घूँघट खींचकर नाचते-नाचते जब वह भीतर से महफिल में आकर घूमती, तब दर्शक मुँह बाकर पागल के समान गला बढ़ाकर रास्ता देखते कि कब वह घूँघट खोलेगी, कब वह तिरछी नजर से सबकी तरफ कटाक्ष करेगी, कितनी देर में केसरबाई घँघरिया हिलाती हुई पैर जोड़कर महफिल में बैठेगी। तब तक सिर का घूँघट कब खिसक पड़ा, केसरबाई को ख्याल नहीं रहता था। तब उसकी चुन्नट लगायी हुई तहायी घरिया गोल होकर उसके चारों तरफ वेलवेट की जाजम पर पद्म-पुष्प पंखुड़ियों के समान फैल जाती है। और उसी

हालत में वह कभी बायाँ हाथ और कभी दायाँ हाथ अपने भक्तों की तरफ बढ़ा देती। और उसके साथ ही वही आँखों की तिरछी नजर। वह तिरछी नजर तो सिर्फ नजर नहीं है, मानो इस्पात की धार लगी छुरी है। वह छुरी मानो सीधे भक्तों के कलेजों में जाकर बिधती। उसी कलेजा फाड़नेवाले दर्द के आनन्द में भक्त लोग छटपटा उठते-उठते, मुँह से तारीफ की मानसिक रूप से चीत्कार निकल पड़ती—शाबास...शाबास...

और कोई-कोई कह उठता—शुभानअल्ला...शुभानअल्ला...

और साथ-ही-साथ केसरबाई के मेहँदी-रँगे पैरों के सामने नोटों का पहाड़ जम जाता। और तब केसरबाई के कृतज्ञता-प्रकाश की बारी आती, तब सबको एक-एक करके अलहदा अलहदा तरीके सिर झुकाकर वह सलाम करती।

ये सब घटनाएँ लखनऊ के खानदानी मुहल्ले में प्राय: कहावत के समान फैल गयी थीं। लेकिन हठात् उस दिन जाने क्या हुआ, कुन्दनलाल और सुललित की घटना के बाद ही वह बोल उठी, "बस, खतम..."

सबने कहा, "फिर गाना हो केसरबाईजी..."

लेकिन अब नहीं। केसरबाई के एक बार 'ना' कह देने पर उसे हिलाने-डुलाने का रास्ता नहीं था। नहीं तो नहीं। किसी की ताकत नहीं थी कि उससे 'हाँ' करा सके।

उस्तादजी भी अवाक् हो गए। कहना होगा कि उस्तादजी ही केसरबाई के गुरु थे। इन्हीं उस्तादजी ने एक दिन केसरबाई को तालीम देकर इतना गुणी बनाया था, केसरबाई का सुनाम बढ़ाया था। वे ही उस्तादजी केसरबाई की जिद देखकर दुखी हुए। वे सीधे भीतर जाकर बोले, "यह क्या किया बिटिया?"

केसरबाई बोली, "ना, आज मैं गाना नहीं गाऊँगी..."

"लेकिन वे लोग जो बैठे हैं, वे सब जो गाना सुनना चाहते हैं..."

केसरबाई बोली, "उन लोगों से कह दीजिए उस्तादजी, आज मेरी तबीयत खराब है..."

उस्तादजी ने तो भी एक बार अनुरोध किया, "तुम्हारी तबीयत खराब है, यह बात ही तुम एक बार मजलिस में जाकर खुद ही कह आओ न..."

"ना—ना—ना...कभी नहीं, आप अभी जाइए उस्तादजी, मेरे सिर में दर्द हो रहा है..."

उस्तादजी ने फिर दबाव नहीं डाला। उस्तादजी जानते थे कि दबाव डालने पर भी केसरबाई उनकी बात नहीं सुनेगी। बड़ी जिद्दी लड़की है केसरबाई। तमाम दिनों से ही केसरबाई को देखते आ रहे हैं उस्तादजी। सचमुच छुटपन से अपने हाथों से तालीम देकर उन्होंने उसे बड़ा किया है। वही उस दिन की छोटी लड़की ने आज उनके इस मुहल्ले में नाम कमाया है। लेकिन उसे चिढ़ाने की भी हिम्मत नहीं होती

उस्तादजी की। अगर एक बार केसरबाई का मिजाज बिगड़ जाए तो तब फिर उल्टी मुसीबत बरपा हो जाएगी। तब और किसी को पता ही नहीं देगी वह।

और कुछ न कहकर उस्तादजी धीरे-धीरे उसका कमरा छोड़ चले गए।

कहाँ से जाने क्या हो गया, कोई भी जान नहीं सका। कहाँ था सुललित, कलकत्ते के किन एक शक्तिवर चाटुज्जे का अन्तिम वंशधर किस घटनाचक्र से आकर हाजिर हुआ था लखनऊ में, और उसकी भेंट हो गयी थी कुन्दनलाल से। और उसी सूत्र से केसरबाई के साथ उसका भाग्य जुड़ गया।

दूसरे दिन फिर सुललित आया। कुन्दनलाल को देखते ही बोला, "चलो यार, केसरबाई के घर चलें..."

कुन्दनलाल ने कहा, "जा तो सकते हैं, लेकिन रुपये?"

"रुपये?"

रुपयों की बात सुनकर थोड़ी देर कुछ सोचा। उसके बाद बोला, "रुपये मैं जमा ले सकूँगा। कितने रुपये लगेंगे? मैं अकेला जाऊँगा, तुम और मैं, और कोई नहीं रहेगा...कितने रुपये लगेंगे तुम बताओ?"

कुन्दनलाल बोला, "लेकिन उसका मुजरा तो बहुत बड़ा है, घर में बुलाने पर पाँच हजार रुपये लगेंगे।"

"और वहाँ उसके घर जाने पर?"

"सो मैं जानता नहीं यार, मैं पूछकर आऊँगा। पाँच सौ से कम नहीं लगेंगे।"
"पाँच सौ रुपये। पाँच सौ रुपयों का इन्तजाम मैं कर लूँगा। मेरी माँ की दी हुई एक हीरे की अँगूठी है, उसे ही बन्धक रख दूँगा बाजार में..."

"यही ठीक है। मैं जाऊँगा..."

सुललित बोला, "नहीं यार, तुम आज ही जाओ, अभी जाओ कितने रुपये लगेंगे तुम जानकर आओ..."

जिस सुललित चॅटर्जी ने एक दिन अपने मुहल्ले के क्लब के आकर्षण में दिन-रात उसके पीछे समय और रुपये खर्च किये और उसके लिए चिन्ता-विचार किया, वही सुललित फिर एक बाईजी के आकर्षण में तब एकदम पागल हो उठा। और एक बार वह उसे देखना चाहता है, और एक बार वह उसके नजदीक जाना चाहता है। और एक बार वहाँ जाकर आमने-सामने उससे पूछना चाहता है, बात करना चाहता

है उससे—आरती, तुमने यह क्या किया? मैंने तो यह नहीं चाहा था! मैंने तो अपना सर्वनाश करके तुम्हें सुखी देखना चाहा था, मैंने जीवन में जो नहीं किया, वही झूठ बात बोलकर बैनर्जी साहब को सारे अपराधों से मुक्त करना चाहा था। तो फिर तुमने क्यों ऐसा किया? किसके लिए किया?

उस दिन के कोर्ट की वह घटना भी उसे याद आने लगी।

बैनर्जी साहब बहुत बड़े गजेटेड अफसर हैं। घूस लेने के अपराध में रँगे हाथों पकड़ लिए गए थे। एक-एक करके सब गवाह बैनर्जी साहब के खिलाफ गवाही दे गए थे। आसामी पक्ष की जिरह के दिन उनके वकील ने जिरह की सुललित से।

"आप क्या आसामी मिस्टर बैनर्जी को पहले पहचानते थे?"

सुललित बोला, "नहीं।"

"तो फिर उनकी स्त्री को क्या पहचानते थे?"

"हाँ।"

आसामी पक्ष के एडवोकेट ने इस बार थोड़ा निश्चिन्त होकर जज साहब की तरफ देखा। बल्कि एक खास तरह के भेद-भरे इशारे से समझाना चाहा कि हुजूर समझें फरियादी पक्ष के गवाह का मतलब।

"तो फिर आप मंजूर करते हैं कि आप आसामी की स्त्री माने मिसेज बैनर्जी को पहचानते थे?"

सुललित बोला, "मैं तो मंजूर करता हूँ कि मैं पहचानता था।"

"शादी के पहले से ही पहचानते थे, या शादी के बाद उनसे आपकी जान-पहचान हुई थी?"

"शादी के पहले से ही पहचानता था।"

"आपके साथ सिर्फ उनकी जान-पहचान नहीं, उनसे आपका नजदीकी मेल-जोल था, यही बात है न?"

"हाँ।"

"आपके साथ क्या उनकी शादी की बातचीत सब पक्की हो गयी थी?" सुललित बोला, "हाँ।"

"उसके बाद जब आपके बदले मिस्टर बैनर्जी से उनकी शादी हो गयी तब से ही आप मिस्टर बैनर्जी से बदला लेने की कोशिश कर रहे थे, यही बात है न?"

इतनी जिरह तक पहुँचकर सुललित मानो कुछ संकोच में पड़ गया। हठात् उसके मन में नाच उठी आरती के मुँह की दशा। उस दिन की वे सब बातें भी उसे याद आने लगीं—एक दिन तो तुमने मुझसे विवाह करना चाहा था सुललित दादा, एक दिन तो तुम मुझे प्यार करते थे, आखिर उसी हक से तुम मेरे पति को छोड़ दो,

मेरी बात एक बार सोचो, मेरा सुख, मेरा भविष्यत्, मेरा संसार, मेरे लड़के-बच्चों की बात भी एक बार सोचो। एक दिन तो तुमने मुझे चाहा था, आज भी अगर तुम मुझे फिर चाहो, तो मैं वह भी तुम्हें दे सकती हूँ...

आसामी पक्ष के वकील ने फिर सवाल किया, "क्यों, बोल क्यों नहीं रहे हैं, मेरी बात का जवाब दीजिए..."

हठात् सुललित मानो फिर होश में आया।

बोला, "क्या बोल रहे हैं बोलिए?"

वकील बोला, "मिस्टर बैनर्जी के साथ आरती देवी की शादी हो जाने के बाद आपने मिस्टर बैनर्जी से बदला लेना चाहा था, यह बात क्या सच है?"

"हाँ, सच है।"

"सच? सचमुच क्या मिस्टर बैनर्जी से आपको जलन हुई थी? सचमुच क्या आपने उनका नुकसान करना चाहा था?"

"हाँ-हाँ, सब सच है! मैंने चाहा था कि मिस्टर बैनर्जी को जेल की सजा हो जाए, क्योंकि मिस्टर बैनर्जी को जेल में ठूंस पाने पर आरती को मैं फिर अपनी मुट्ठी में पा जाऊँगा।"

हठात् सारी अदालत में एक मृदु गुंजन उठा। सब चमक उठे। मुख्य सरकारी गवाह यह क्या बोल रहा है। सरकार के खिलाफ ही कह रहा है सरकारी गवाह यह क्या हुआ? तो फिर क्या सरकारी गवाह ने भी घूस खायी?

कोर्ट उस समय लोगों से खचाखच भर गयी थी। बैनर्जी साहब के आफिस के बाबू लोग भी सब मामला सुनने आ गए थे। उनको बड़ा भरोसा था कि उनके साहब को जेल की सजा मिलेगी। जेल होने पर वे लोग चन्दा करके फीस्ट करेंगे। केंटीन में जाकर डिब्बों रसगुल्ला-राजभोग उड़ाएँगे। वह सब सपना एक मिनिट में मिट्टी में मिल गया।

सरकारी वकील ने खड़े होकर कहा, "मि लार्ड, हमारा गवाह होस्टाइल हो गया है, आज की सुनवायी मुल्तबी करने की कृपा कीजिए..."

लेकिन सुललित उस वक्त बेपरवा हो गया था। वह बोल उठा, "नहीं धर्मावतार, मैं मंजूर करता हूँ कि मैंने अन्याय करके मिस्टर बैनर्जी को पकड़ा है। मिस्टर बैनर्जी का कोई कुसूर नहीं है, मिस्टर बैनर्जी निष्पाप हैं...मिस्टर बैनर्जी एक आनेस्ट आफिसर हैं..."

ये सब घटनाएँ कितने ही दिनों पहले की हैं, लेकिन सबकुछ मन में है सुललित के। कुन्दनलाल को नजदीक पाकर शुरू से सब बातें बोल गया वह। वही मेजर भूवर गांगुली की बात, वही कलकत्ते के दिनों की बात, वही बिलासपुर में अपने घर

में आरती के आने की बात।

लेकिन सिर्फ एक प्रश्न ही उसके मन में काँटे की तरह खचखचाकर चुभने लगा।

कुन्दनलाल बातें सुन रहा था। वह बोला, "फिर क्या हुआ?"

"उसके बाद? उसके बाद नौकरी छोड़कर मैं बिना उद्देश्य के सारी इंडिया में घूमने लगा।"

"और वैनर्जी साहब?"

"बैनर्जी साहब बेकसूर रिहा होकर फिर नौकरी में बहाल हो गए। लेकिन उनकी बाद की खबर मैंने रक्खी नहीं यार..."

सचमुच वह खबर रखने का कोई इन्तजाम करने की जरूरत नहीं समझी सुललित ने। एक दिन जैसे उसने कलकत्ता से चले आने के बाद फिर वहाँ की खबर रखने की कोई जरूरत नहीं समझी, उसी तरह बिलासपुर की नौकरी छोड़ आने के बाद भी फिर उस जगह से अपना कोई सम्बन्ध रखने का प्रयोजन नहीं समझा। अपनी जिन्दगी को लेकर तब उसने जुआ खेला। जीवन में जो कभी नहीं किया, तब उसने वही किया। पेट भरकर विष पिया, साथ ही इतना विष पीकर भी नीलकण्ठ नहीं हो सका, उसी बात में था उसका सबसे बड़ा दुःख। मनुष्य के संसार त्यागकर वन में चले जाने की घटना भी इतिहास में है। लेकिन बीते दिनों की याद न भूल पाना कितना बड़ा अभिशाप है, यह सुललित के समान इस तरह और कोई समझ नहीं सका।

इसीलिए इतने दिनों के बाद हठात् वह आरती को देख सका तो वह फिर अपने को सँभाल नहीं सका।

कुन्दनलाल ने कहा, "तुम फिक्र मत करो यार, तुम घबड़ाओ मत, मैं आज ही केसरबाई से मुलाकात करूँगा।"

कुन्दनलाल। कुन्दनलाल वाजपेयी। वाजपेयी-वंश की सन्तान होने से क्या होगा, कुन्दनलाल छोटी उम्र में ही बिगड़ गया था। बाप का कारबार था सोने-चाँदी का। दूकान से हमेशा रुपये-पैसे चोरी जाते। एक दिन वह रंगे हाथों पकड़ा गया। कानपुर की इतनी बड़ी सोने-चाँदी की दूकान, कब कितने रुपये कैस-बाक्स में घुसते हैं और कितने रुपये कँस बाक्स से निकल जाते हैं उसका हिसाब रखना क्या बाप के लिए सब समय सम्भव था? लड़का बड़ा हो रहा था, उसे भी तो कार-बार सिखाना होगा। वही तो एक दिन बड़ा होकर बाप का कारबार देखेगा।

लेकिन जो डूबने को ही है, उसे कौन बचाएगा? संसार में बचानेवाले लोगों की जैसे कमी नहीं है, उसी तरह डुबानेवाले लोगों की संख्या भी तमाम है। लेकिन आजकल जिस तरह डुबानेवाले लोगों की संख्या दिन-दिन बढ़ती जा रही है, बचानेवाले लोगों की संख्या भी उसी तरह दिन-दिन कम होती जा रही है। यही डर की बात है।

यही डर हुआ था कुन्दनलाल वाजपेयी के पिता को। और वही डर एक दिन सच के समान साबित हुआ।

एक दिन बिना किसी बातचीत के एक औरत हठात् वाजपेयीजी की दूकान में आकर हाजिर हुई। भरी जवानी का चेहरा। माथे पर रंगीन टिकुली। हाथों में बिल्लौरी काँच की चूड़ियाँ चुनरिया-साड़ी।

"क्या चाहिए?"

औरत ने कहा, "आपका लड़का कल मेरे घर गया था, उसने मेरे घर में रात काटी, उसके बाद मुझे रुपया दिए बिना भाग आया..."

वाजपेयीजी अवाक् हो गए। उन्होंने पूछा, "लेकिन तुम कौन हो?"

"मैं? मैं बाजार की औरत हूँ।"

"बाजार की औरत!"

मन-ही-मन में बड़ा गुस्सा आया वाजपेयीजी को। इतनी बड़ी हिम्मत लड़की की कि उसने दूकान में आकर हमला किया। उनका मन हुआ कि एक चांटा मार-कर लड़की का मुँह मोड़ दें।

लेकिन नहीं, गुस्सा और चांडाल दोनों एक ही बात है। गुस्सा होने से रोज-गार जैसे नहीं चलता, शरीर भी उसी तरह नहीं टिकता। वे कुछ नहीं बोले। मन की बात मन में रखकर वे बोले, "वह तुम्हारा कितना रुपया चाहता है?"

लड़की ने कहा, "मेरा निजी रेट डेढ़ सौ रुपये, शराब का खर्चा अस्सी रुपये—सब मिलाकर यही दो सौ तीस रुपये..."

बूढ़े वाजपेयीजी ने और कुछ नहीं कहा। कैस-बाक्स से उसी मिनिट दो सौ तीस रुपये दे देने का हुकुम दे दिया।

रुपये देने के बाद लड़की चली ही जा रही थी, लेकिन वाजपेयीजी ने उसे बुलाया, "सुनो..."

लड़की फिरकर खड़ी हुई।

वाजपेयीजी ने कहा, "देखो, एक बात तुमसे कह दूँ, इस बार अगर कभी मेरा लड़का तुम्हारे घर में जाए तो उसे घुसने मत देना। और घुसने देने पर जिम्मा तुम्हारा। मैं अपने लड़के की मौज का खर्चा न सँभालूँगा। आज से वह मेरा घर से निकाला हुआ त्याज्यपुत्र है..."

लड़की बात सुनकर कुछ क्षण चुपचाप खड़ी रही। रुपये तब तक उसने अपने में रख लिए थे।

बटुए लकी वाजपेयीजी बोले, "जो किया सो किया, अब यहाँ से दूर हो जाओ निकल जाओ मेरी दूकान से, और कभी मेरे पास मत आना...जाओ..."

लड़की फिर एक पल भी खड़ी नहीं हुई। सीधे दूकान से निकलकर रास्ते में उतर गयी।

और उसी दिन वाजपेयीजी ने कुन्दनलाल को बुलाकर बाहर निकाल दिया। वे बोले, "जाओ, आज से इस घर का दरवाजा तुम्हारे लिए हमेशा के लिए बन्द हो गया, तुम आज से अब मेरे लड़के नहीं हो..."

यही हुआ कुन्दनलाल का आदि-इतिहास।

उसी समय से कुन्दनलाल घर से निकला हुआ है। तब से ही कुन्दनलाल आ घुसा इस गली-मुहल्ले में। लखनऊ के खानदानी रईस आदमियों के उठती उम्र के लड़कों को देखकर कुन्दनलाल उन्हें पकड़ता है। और उन्हें शराब पिलाकर इस लाइन में खींच लाता है। इस शहर में जितने बड़े लोगों के शराबी लड़के हैं, उन सबने अपने हाथों में खड़िया पायी है कुन्दनलाल से। कुन्दनलाल ही बना है उनका आदि-गुरुदेव। उसके बाद उनमें से बहुतेरे लड़कों ने गुरु की विद्या सीख ली है, गुरु को छोड़कर वे खुद भी एक-एक गुरुदेव बन गए हैं। लेकिन उससे कुन्दनलाल का कोई नुकसान नहीं हुआ। कुन्दनलाल का सचमुच कोई नुकसान भी नहीं होता किसी तरह। उसका ऐसा हाथ का यश है कि उनके गाहकों की भी कमी नहीं होती। कुन्दनलाल को भी गाहकों की कमी नहीं रहती। कुन्दनलाल एक-एक कप्तान को पकड़ता और उसे अपने साथ बाईजी के घर में लिवा जाता, उन्हें शराब पीना सिखाता, उसके बाद जितने दिनों तक वे फकीर न बन जाते उतने दिनों उनके पीछे लगा रहता, उनके पैसों से महफिल चलाता। और उसके बाद वे जब एकदम समाज से बाहर हो जाते तब उन्हें छोड़कर फिर दूसरे ग्राहकों की खोज में घूमता।

इसी तरह कुन्दनलाल का काम मजे में चल रहा था। इस बार आया यह चैटर्जी। जाने कैसे मानो कुन्दनलाल को गन्ध मिली कि इस बंगाली छोकरे के हाथ में माँ के कुछ गहने हैं, और तिस पर उसे शराब के नशे का शौक है। उसी दिन से कुन्दनलाल इस बंगाली कप्तान के पीछे पड़ गया। पहले-पहल जरूर अपने पैसों से थोड़ी-बहुत शराव पिलाकर उसने अपनी परले सिरे की उदारता दिखानी शुरू की। उसके बाद उसके साथ उसके घर जाकर देखा कि छोकरे का कोई नहीं है, देश-संसार में। घर में सिर्फ एक नोकर है। और वह भी बूढ़ा।

तब से ही उसने अपने दिमाग में मतलब तय कर लिया कि इस बंगाली छोकरे का सिर फिराना होगा। इसीलिए उसे वह अपने साथ बदनाम गली-मुहल्ले में ले गया।

लेकिन वहाँ जाकर बंगाली बाबू ऐसा तमाशा खड़ा कर देगा यह कौन जानता था!

सोने-चाँदी के कारवारी मालिक का लड़का है कुन्दनलाल। गहने गाँठ के दर-दाम का एक अन्दाज है उसे छुटपन से ही। अँगूठी को अच्छी तरह परखा कुन्दनलाल

ने। हीरे के पत्थर से जड़ी हुई सोने की अँगूठी।

सुललित दोस्त के हाथ में अँगूठी देकर ही बेफिक्र हो गया।

मैं वह बोला, "तुम आज दोस्त, इसे बन्धक रखकर जो पाओ वह दे आओ, और एक बार जाऊँगा, उसका गाना नहीं सुनूँगा यार, सिर्फ उसे एक बार देखूँगा, उससे सिर्फ एक बात पूछूँगा, तुम जाओ..."

चैटर्जी को कलियारी में बिठलाकर कुन्दनलाल चला। दीन-दुनिया का मालिक कब किसके नसीब में क्या जुटा देता है, यह सिर्फ अकेला वही जानता है। अँगूठी को रास्ते के टिमटिमाते उजाले में फिर अच्छी तरह कुन्दनलाल ने परखकर देखा। असली हीरा। बंगाली बाबू उसका दर दाम जानता नहीं, इसीलिए बिना हिचक के उसने उसे दे दिया। दो सौ रुपये क्यों, दस हजार से कम नहीं होगा उसका दाम। दाम की जाँच करते ही दीन-दुनिया के मालिक के उद्देश्य हाथ जोड़कर उसने अपने माथे पर लगाया—जय बजरंग बली, जय काली माई, सबकुछ तेरी किरपा...

उसके बाद अँगूठी लेकर उसे एक बार चूमा। और उसके बाद उसे भीतर के पाकेट में रखकर एक सिगरेट जलाकर शरीर को दम दिया।

साथ-ही-साथ सामने के एक आदमी से एकदम आमने-सामने भिड़ जाने के समान हुआ।

"ए साले, अन्धा है क्या! आँख से देख नहीं सकता?"

आदमी कुन्दनलाल को देखकर एकदम सकपका गया। "सलाम कुन्दनलालजी!"

"कौन?"

नशा पहले से कड़ा था कुन्दनलाल को। लेकिन दूसरे के मुँह से अपना नाम सुनकर एक तीखी नजर से देखते ही उसे लगा मानो पहचाना-पहचाना मुँह है।

"मैं सरदार अली हूँ। मैं हुजूर के पास ही जा रहा था।"

सरदार अली! नाम सुनकर ही कुन्दनलाल अकबका गया। केसरबाई का निजी खिदमतगार सरदार अली। खिदमतगार भी और दरबानों का दरबान भी 1 मजलिस जमने पर वह जिस तरह माल खरीदकर ले आता, उसी तरह लाठी भी पकड़ सकता था। गुंडों से मुकाबला करने के लिए सरदार अली की जरूरी पुकार होती थी। और जब कोई काम नहीं रहता तब वह भाँग खाकर मौज करता रहता है।

यह ऐसा सरदार अली क्यों उसके समान मामूली आदमी को बुलाने जा रहा था, यह समझ नहीं पाया कुन्दनलाल।

वह बोला, "क्यों? मुझे बुलाने क्यों जा रहे थे सरदार अली?"

"हुजूर, बाईजी ने आपको बुलाया है'

"केसरबाईजी! मुझे बुलाया है! तुम ठीक जानते हो मुझे बुलाया है बाईजी ने?"

"जी हाँ।"

"सचमुच मुझे बुलाया है?"

बोलकर मन-ही-मन में उसने एक बार दुर्गा माई को याद कर लिया, "जय बजरंग बली, जय काली माई..."

"जी हाँ।"

"लेकिन क्यों? मुझे क्यों बुलाया?"

"हुजूर, आप चलिए, बाईजी साहिबा की तबीयत अच्छी नहीं है, गाना-बजाना बन्द कर दिया है कल से..."

"लेकिन हुआ क्या है?"

सरदार अली बोला, "आप चलिए न, आप ही बाईजी साहिबा से पूछिए क्या हुआ है..."

"चलो, चलो, पैर बढ़ाकर चलो बाबा, देखूं क्या हुआ है। उस्तादजी कहाँ हैं?

"उस्तादजी भी हैं वहाँ, लेकिन उनसे बातचीत कुछ नहीं हो रही है, कल से बाईजी साहिबा का ऐसा ही हाल चल रहा है..."

कुन्दनलाल ने ज्यादा वक्त नहीं गँवाया। जल्दी-जल्दी पैर बढ़ा बढ़ाकर आगे-आगे चलने लगा। ऐसा नसीब तो मामूली तरह से होता नहीं मनुष्य का। जो बाईजी पाँच सौ रुपये पेशगी न रखने पर मुँह नहीं खोलती, उसने ही क्या उसे बुलवा भेजा है! चलो, चलो, सरदार अली, आगे बढ़ो...

बदनाम गली में घुसते ही वही जाना-पहचाना चेहरा। वही फूलवाली, वही अंतर, वही खुशबू, वही पान जर्दा, वही गजल और घुँघरू और सारंगी-तवले की मीठी आवाज। और उसके साथ मुल-पूरी, मलाई बरफ और शराब और हल्ला।

लेकिन सिर्फ केसरबाई के घर के दुतल्ले में ही अँधेरा नहीं था। दूसरे दिनों की तरह उस दिन घुँघरू और तबले और सारंगी की आवाज नहीं आ रही थी। सब मानो गूंगे हो गए हों। सारे मकान मानो गूंगे हो गए हों अकस्मात्।

केसरबाई के घर की सीढ़ियों के सामने दूसरे दिनों की तरह उस दिन भी एक टिमटिमाती हुई धुँए की दाग लगी बत्ती जल रही थी।

सरदार अली आगे-आगे जा रहा था। वह बोला, "आइए-आइए साब्..."

सीढ़ियों से चढ़ते चढ़ते कुन्दनलाल सोच रहा था, एक दिन कितना अपमान किया है उसका उस्तादजी ने एक दिन उसके यहाँ आने के लिए कितनी बातें सुनायी हैं सबने। और आज उसे कितनी खातिर से बुलाकर लिवा ले जाया जा रहा है। यह भी नसीब है। कुन्दनलाल के हाथ में अगर उस वक्त ऐसे रुपये होते तो वह एक हाथ बढ़ा देता। वही केसरबाई जब पहले-पहल इस लाइन में आयी, तब कुन्दनलाल

को याद है इस बदनाम गली-मुहल्ले के वासिन्दों में आहट फैल गयी थी। एकदम ताजी-टटकी बाईजी, तब ज्यादा मुजरा नहीं लेती थी। दिमाग में मिट्टी पर एकदम पैर नहीं पड़ते थे उसके।

और आज?

और खुद उसी मालकिन ने सरदार अली के जरिये उसे बुलवा भेजा है। इसका बदला कुन्दनलाल लेगा ही।

सरदार, अली चलते-चलते सीधे एकदम ऊपर चढ़ा जा रहा था। कुन्दनलाल ने पूछा, "आज सब चुपचाप क्यों हैं सरदार अली?"

सरदार अली बोला, "वही जो बताया सेठजी, बाईजी साहिबा की तबीयत गड़बड़ हो गयी है..."

एकदम ऊपर के खंड में खास केसरबाई के सोने के कमरे के सामने ले जाकर एक छोटे कमरे में कुन्दनलाल को बैठने को कहकर वह खुद भीतर चला गया।

साथ-ही-साथ ओढ़नी ओढ़कर निकल आयी केसरबाई।

कुन्दनलाल फर्श से उठ खड़ा हुआ। सिर झुकाकर सलाम करके बोला, "मुझे इत्तिला दी है बाईजी साहिबा?"

केसरबाई ने कहा, "हाँ..."

"बोलिए, क्या काम है? गुलाम तो हाजिर है। गुलाम को हुकुम करते ही वह तामील करेगा? गुलाम का नाम बाईजी साहिबा को याद है?"

"है, तुम्हीं तो कुन्दनलाल हो!"

"जी हाँ, कुन्दनलाल वाजपेयी।"

"तुम्हारे साथ जो कल बंगाली बाबू आए थे वे कौन हैं? ये कहाँ रहते हैं?"

"उनका नाम चैटर्जी है वाईजी साहिबा। सुललित चैटर्जी। बहुत पीते हैं। वे शराब पीकर इस गली से मेरे साथ जा रहे थे अकस्मात् आपका गाना सुनकर ऊपर चढ़े। आप उस वक्त वही गाना गा रही थीं..."

"कौन-सा गाना?"

"वही 'डोले रे जौवन'—वही गाना सुनकर वे जाने कैसा हो गए। उसके बाद मैं उसे ऊपर ले आया अपने साथ..."

केसरबाई ने पूछा, "संसार में उनके कौन है?"

कुन्दनलाल बोला, "कोई नहीं बाईजी साहिबा, एकदम आवारा आदमी, वहुत पीते हैं, खाली माल पीकर बेहोश रहता है..."

"शादी नहीं की?"

"नहीं वाईजी साहिबा, शादी कौन करेगा उससे? पहले फिर भी थोड़ा समझ-

बूझकर चलता था, आपके साथ मुलाकात होने के बाद से और भी दीवाना हो गया है..."

"क्यों?"

कुन्दनलाल बोला, "सिर्फ कहता है मुझे आरती बाईजी के पास ले चलो कुन्दनलाल, मैं फिर एक बार आरती को देखूंगा, मैं आरती से पूछूंगा क्यों वह अपने पति को छोड़कर चली आयी। मुझसे सिर्फ एक बात आपसे पूछने को उसने कहा है, बार-बार पूछने को कहा है..."

"कौन-सी बात?"

"आप क्या बंगाली औरत हैं?"

केसरबाई ने थोड़ा सोच लिया। उसके बाद वह बोली, "हाँ..."

"आप लोग क्या पहले इसी लखनऊ में थे?"

"हाँ कुन्दनलाल, मैं इसी लखनऊ में जन्मी हूँ..."

कुन्दनलाल ने कहा, "तब तो चैटर्जी बाबू ने ठीक ही कहा था। चैटर्जी आप लोगों में से सबको पहचानते हैं। आपका नाम आरतीबाई, आपके पिताजी का नाम मेजर बी. गांगुलि।"

केसरबाई की दोनों आँखें तब चमक उठीं।

उसने पूछा, "तुम्हारे साथ चैटर्जी बाबू की जान-पहचान कितने दिनों की है कुन्दनलाल?"

कुन्दनलाल बोला, "करीब चार-पाँच साल..."

"तुम्हारे चैटर्जी बाबू ने तो फिर सचमुच शादी-वादी नहीं की?"

"नहीं। मैंने तो कहा आपसे, शादी उस आदमी से कौन करेगा बाईजी साहिबा? और शादी उनकी करवायेगा भी कौन? दुनिया में तो कोई है नहीं उनके। एक बुड्ढ़ा नौकर और वे यही लेकर उनकी दुनिया है। बहुत बढ़िया सरकारी नौकरी करते थे चैटर्जी बाबू, लेकिन छोड़ दी अकस्मात्..."

"क्यों छोड़ दी?"

कुन्दनलाल बोला, "बैनर्जी साहब का मामला हुआ नौकरी के वक्त। उसके बाद फिर नौकरी नहीं की। चैटर्जी बाबू बोलते हैं नौकरी हराम है, कोई भला आदमी नौकरी नहीं कर सकता। नौकरी करने से लल्लोचप्पो करना पड़ता है, खुशामद करनी पड़ती है, झूठ बात बोलनी पड़ती है।"

केसरबाई बोली, "तो तुम चैटर्जी बाबू को अपने साथ यहाँ ले क्यों नहीं आए?"

कुन्दनलाल बोला, "यहाँ चैटर्जी बाबू आएँ, इतना रुपया उनके पास कहाँ है?"

"रुपया नहीं है?"

"ना बाईजी साहिबा, चैटर्जी बाबू की नौकरी चली गयी है, अब रुपया आएगा कहाँ से? खा भी नहीं पाते अच्छी तरह। मैं ही तो गाँठ का पैसा खर्च करके उसे माल पिलाता हूँ। भात-सब्जी हो या न हो, माल तो पीना ही होगा। नशा तो कोई छोड़ नहीं सकता..."

केसरबाई मानो कुछ पल अनमनी हो गयी। केसरबाई के चेहरे की तरफ देख-कर कुन्दनलाल भी कुछ अकबका गया। ऐसा तो होता नहीं केसरबाई को। इसी केसरबाई को देखने जाने के लिए मुझे नकद पाँच सौ रुपये रखने पड़ते उस्तादजी के हाथ में। कुन्दनलाल के पास कभी इतना रुपया नहीं था। बाप वाजपेयीजी के निकाल देने के बाद से सिर्फ माँग जाँवकर चलाता आया। और मौका पाते ही बड़े आदमियों के सिर पर हाथ सहलाकर उन्हें जहन्नुम के रास्ते में छोड़ गया है। उसके बाद जब वे शादी करके संसारी हो गए हैं तब उन्होंने यह लाइन छोड़ दी है। तब कुन्दनलाल को भी वे फटे जूतों की तरह छोड़कर चले गए हैं। तब फिर दूसरे बड़े लोगों के लड़कों की खोज में आकाश-पाताल छूता हुआ घूमा है कुन्दनलाल।

यही हुआ कुन्दनलाल का घर से निकलने के बाद का इतिहास। यही केसर-बाई जो आज उसे सरदार अली के जरिये बुलवाकर अपने खास कमरे में बुलवाकर उससे बातें कर रही है, पहले का वक्त होता तो क्या वह ऐसा करती?

केसरबाई ने अकस्मात् कहा, "अच्छा कुन्दनलाल, तुम अपने दोस्त को मेरे पास फिर एक बार ले आ सकते हो?"

कुन्दनलाल हो-हो करके हँस पड़ा।

वह बोला, "आपने तो ताज्जुब की बात कही बाईजी साहिबा, मैं उन्हें बुला क्या लाऊँगा,...वे खुद ही तो यहाँ आना चाहते हैं, लेकिन उस दिन से बहुत डर गए हैं वे, इसीलिए आ नहीं सक रहे हैं। और आपके पास आएँ उसमें रुपये नहीं लगेंगे! आपको मजूरी नहीं देनी होगी? वे बे-फायदा गाना सुन सकेंगे? उनके पास तो इतना रुपया नहीं है, मैंने तो सब बताया आपको। माँ के कुछ गहने थे उसके पास उन्हें ही बेच-खर्च कर इतने दिनों खाया-पिया है, अब तो एकदम फकीर हो गए हैं। पाकेट खाली है। मैं ही तो अपनी गाँठ की कौड़ियाँ खर्च कर अब उन्हें खिलाता हूँ।"

केसरबाई ने कहा, "रुपयों के लिए फिक्र नहीं करनी होगी। मैं उन्हें रुपये दूँगी..."

"आप रुपया देंगी?"

"हाँ, रुपया दूँगी..."

यह कहकर केसरबाई उठी, बोली, "तुम बैठो कुन्दनलाल...मैं आती हूँ..." बोलकर बगल के कमरे में चली गयी केसरबाई। उसके बाद ही कुछ ही क्षणों में रुपये लेकर लौट आयी।

रुपये कुन्दनलाल के हाथ में देकर बोली, "यह लो, इसमें तीन सौ रुपये हैं, ये तीन सौ रुपये ले लो, अपने दोस्त को देना, देकर उससे नये कपड़े खरीदने को कहना। तुम किसी से कहना मत कि मैंने उन्हें ये रुपये दिए हैं..."

रुपये हाथ में लेकर कुन्दनलाल थोड़ी देर गूंगों की तरह देखता रहा केसरबाई की तरफ। यह क्या सचमुच वही केसरबाई है जो रुपया न होने पर बात नहीं करती, रुपया न होने पर उसका दर्शन मिलना ही मुश्किल है। वह रुपया दे रही है! यह भी खड़े होकर देखना पड़ा कुन्दनलाल को। तो फिर दुनिया में ऐसी घटना घटना भी सम्भव है?

"जाओ, जल्दी जाओ कुन्दनलाल। तुम अपने दोस्त को आज ही यहाँ लिवा लाओ..."

कुन्दनलाल के मुँह से उस वक्त फिर कोई बात निकल नहीं पा रही थी। सारी दुनिया का ही मानो अकस्मात् मतलब बदल गया कुन्दनलाल के लिए। मानो उसकी पूरी ध्यान-धारणा ही उलट गयी।

केसरबाई के घर से निकलकर एकदम सीधे रास्ते पर चल पड़ा कुन्दनलाल। जय संकटमोचनजी, जय महावीरजी, जय हनुमानजी, तुम्हारी जय। एक दिन में ही इतने रुपयों का मालिक हो जाएगा कुन्दनलाल यह मानो वह सोच नहीं सका था। कुन्दनलाल आज नवाब है। पाकेट में हाथ लगाकर उसने देख लिया एक बार। बंगाली बाबू की दी हुई वही हीरे की अँगूठी पाकेट में है। वह रहे। उसके लिए एक पाकेट रख देने के बाद केसरबाई के दिए हुए तीन सौ रुपये हैं।

इतने रुपये आ गए मुबलिक। दीन-दुनिया के मालिक की कृपा। कुन्दनलाल रुपये और हीरे की अँगूठी माथे में घिसने लगा। उसके बाद सीधे जाकर हाजिर हुआ साहुजी की कलारी में। साहुजी ने शराब का कारबार करके हाथ पक्का किया है, लेकिन साथ-ही-साथ आदमी को भी पहचान लिया है। किसके पाकेट में पैसा है और किसके पाकेट में पैसा नहीं है, यह वह आदमी का मुँह देखकर ही बोल दें सकता है।

कुन्दनलाल ने दूर से देखा, चैटर्जी रास्ते की तरफ मुँह बाये देखता हुआ एक बेंच पर बैठा है। कुन्दनलाल फिर उस तरफ नहीं गया। अपने को छिपाकर बगल का रास्ता पकड़कर दूसरी तरफ चलने लगा। लखनऊ शहर में क्या साहुजी की दूकान छोड़कर और कोई कलारी नहीं है? साहुजी ने एक दिन पाकेट में पूँजी न होने की वजह से कुन्दनलाल की कितनी दुर्दशा की थी! आज उसका बदला लेना अच्छा है। इस बार से जितने कप्तान पकड़ेगा उनमें से किसी को अब साहुजी की दूकान में नहीं ले जाएगा। कुन्दनलाल तो उधार का कारबार करता नहीं जो बराबर साहुजी की परवा करेगा। नकद रुपया फेंकेगा और माल पियेगा,—तुम या कोई मेरा-पराया नहीं है!

रात और भी बढ़ गयी। सुललित और भी बड़ी देर तक बैठा रहा टूटी काठ की बेंच पर। जाने कौन गिलास लेकर पास में आकर बैठा। एक हाथ में शराब से भरा गिलास और एक हाथ में कागज के ठोंगे में मूँगफली-बड़े। खूब खरे सिंके हुए, एक बार चबाता वह आदमी और एक बार गिलास से चुस्की लेता!

एक बार, ताककर उसने देख लिया सुललित की तरफ। फिर पूछा, "बाबूजी, आप बंगाली हैं क्या?"

सुललित का उस समय बात करने का मन नहीं हो रहा था।

वह बोला, "जी हाँ!"

उस आदमी ने लेकिन फिर भी छोड़ा नहीं। पूछा, "आप पीते नहीं हैं?"

सुललित बेमन होकर उठा। बोला, "जी हाँ..."

बोलकर वह वहाँ खड़ा नहीं हुआ। तब तक बहुत पी चुका था। दोनों पैर भी अपने वश में नहीं थे। रास्ते में निकलकर समझ नहीं सका कि किस तरफ वह जाए। कुन्दनलाल तव तक भी नहीं आया था। इतनी देर तक वह क्या कर रहा है वहाँ! इतनी कौन-सी बातें कर रहा है आरती के साथ? सिर्फ अँगूठी बेचकर रुपये वाईजी के हाथ में रखकर वह चला आएगा और दिन-वक्त-तारीख ठीक कर आएगा यह ठीक हुआ था। इसमें ही इतनी देर हो गयी?

चलते-चलते घर की तरफ न जाकर कब फिर वह उस बदनाम गली-मुहल्ले की तरफ जा पहुँचा उसे ख्याल नहीं था। उसी फूलवाले, मलाई-बरफवालों की चिल्ल-पुकार। वही केंकड़े-चिंगड़ी मछली और दलालों की भीड़। और उसके साथ वही आस-पास के घरों से ठुमरी-गजल-सारंगी-तबले की तिहाई।

एक कोई आकर सुललित की बगल में घिसकर खड़ा हुआ। सुललित ने समझा आदमी दलाल है।

"क्या?"

"गाना सुनिएगा बाबूजी?"

सुललित उस बात का कोई जवाब दिए बिना जिस तरह चल रहा था, उसी तरह चलने लगा। सिर्फ एक दिन वह उस घर में आया था। सो भी ऐसी ही रात के वक्त। कुछ भी पहचान नहीं सका। एक घर के सामने आकर उसे लगा कि इसी घर में मानो आरती रहती है। पहले थोड़ा डर लगा उसे घुसने में। ऊपर से वैसे ही गाने का सुर बहता आ रहा था। साथ ही तबले और सारंगी के सुर का रेला चल रहा था। सीढ़ियों के मुँह पर वैसी ही टिमटिम रोशनी जल रही थी। उसी सदर दरवाजे के सामने खड़े होकर ही वह गाना सुनने लगा सुललित।

'आओ पिया मैं सेज बिछाई...'

यह गाना भी सुललित ने आरती के मुँह से सुना था। उस्तादजी ने ठुमरी सिखाने के वक्त यह गाना भी उसे सुनाया था। सुललित एक पैर करके सीढ़ियों से दुमंजिले पर चढ़ने लगा। वही ऊँची पतली ईंट की सीढ़ियाँ। पहले दिन भी वह कुन्दनलाल के साथ इन्हीं सीढ़ियों से दुमंजिले पर चढ़ा था। सीढ़ियाँ गोल घूमती हुई दुतल्ले के घर की तरफ उठी थीं। सुललित वहीं थोड़ा खड़ा हुआ। अकेले-अकेले भीतर जाने में लगा कि उसे हर डर सा लगने लगा। अगर फिर कल की तरह उसे कमरे से निकाल दिया जाए!

दोनों पैरों को खूब कड़ा कर स्थिर करके रखने की कोशिश की सुललित ने। लेकिन ज्यादा शराब पीने से जो होता है वही हो रहा था। सब समझ पा रहा है वह सब सोच सक रहा है, सब कुछ देख पा रहा है, तो भी मानो अपने ऊपर भी उसका अब कोई विश्वास नहीं रहा था। वह मानो पराधीन हो। उसके हाथ-पैर-दिमाग-मन सब कुछ मानो अब उसके वश में न हों, सब अवश थे।

तो भी दीवाल पकड़-पकड़कर सुललित किसी तरह दुमंजिले पर चढ़कर एक कमरे के सामने आकर खड़ा हुआ। इसी घर में ही क्या वह कल घुसा था? इस कमरे के भीतर जाकर ही वह मजलिस में बैठा था?

उसे लगा—यही होगा।

लेकिन आज कुन्दनलाल साथ में नहीं है। आज भी उसे अगर वे लोग भगा दें? कमरे के भीतर एक बार झाँककर वह देखने लगा। ठीक उसी तरह की फर्श पर जाजम बिछी थी, उस पर कई तकियाँ थीं। तकियों पर आसरा लगाकर कुछ अधेड़ उमर के लोग एक मन से गाना सुन रहे थे। सबके सामने एक-एक गिलास था। शराब पी रहे थे सब। और पानदान। उसमें ढेर-ढेर से पान और पान का मसाला रक्खा था। और उसके पास ही एक पीकदानी थी। भीतर से बढ़िया खुशबू की हवा बहकर उसकी नाक में लग रही थी। पान-तम्बाकू-जर्दा गुलाबजल-अतर धुँआ मिली हुई एक कड़ी खुशबू।

लेकिन आरती दिखायी नहीं पड़ रही है। वह कमरे की दीवाल की तरफ उससे घिसी हुई बैठी थी। वहीं बैठा है सारंगीवाला और तबलची।

गाना उस वक्त भी सुललित के कानों में लहराता हुआ भर रहा था...

'आओ पिया मैं सेज बिछाऊँ
गरवा लागू करूँ तोको पियार...'

गाना जहाँ सम पर आकर पहुँचता है वहीं ठीक कल के समान ही बोल उठते हैं—शुभानअल्ला—शुभानअल्ला—शाबास—शाबास...

इतनी देर में आरती दिखायी पड़ी। ठीक कल का वही चेहरा। वही पोशाक। सिर पर पतले लाल रंग की सिल्क की जालीदार ओढ़नी।

हिल-डुलकर सीधी-तिरछी होकर वह मेहमानों की तरफ नजर मारती हुई गाना गा रही थी...

'आओ पिया मैं सेज बिछाऊँ
मैं सेज बिछाऊँ...'

'सेज बिछाऊँ' कहने के साथ-साथ सारंगीवाले उस्ताद ने तार पर छड़ चला-कर एक मीड़ खींची। और उसके साथ-साथ ही तबलची ने बाएँ तबले में जाने कौन-सी एक आवाज की और आरती के घुँघरू सम में थाकर झम्झम् आवाज कर उठे।

"कौन? कौन है?"

अकस्मात् जाने किन लोगों ने कमरे के बाहर आकर सुललित को पकड़ लिया, "तुम कौन हो?"

सुललित के मुँह में थोड़ी देर के लिए मानो बात अटक गयी थी। लेकिन तब तक उन लोगों ने सुललित का गला दबाकर उसे दबोच लिया था।

"साला पिया है..."

सुललित किसी तरह मुश्किल से बोल सका, "आरती? आरती से मैं मिलने आया हूँ..."

पूरी मजलिस फिर ठीक कल की तरह किलबिलाकर उठ पड़ी।

"पकड़ो—साले को पकड़ो..."

इस मुहल्ले के राज की गतिविधियों में इस प्रकार की अराजकता नये सिरे से होती है। यह करीब-करीब रोज ही घटता है। इसके लिए इस मुहल्ले की बाईजियों को कुछ तनख्वाहवाले गुंडे पालने पड़ते हैं। इसके लिए पुलिस को भी कुछ बँधी हुई माहवारी देनी पड़ती है। इस वजह से ज्यादा हा-हाय भी नहीं उठानी पड़ती। सीधे ऐसे लोगों के गले में धक्का देकर घर के बाहर रास्ते पर निकाल देने से ही मामला खत्म हो जाता है। उसके बाद अगर कुछ ज्यादा गोल-माल हो तो पुलिस तो है ही। तब भी फिर आसामियों को कचहरी में ले जाकर हाजिर करने की जरूरत नहीं पड़ती। सीधे ठोंक ठाँककर सीधा कर देती है पुलिस।

यह भी उसी तरह से हुआ।

सुललित के सिर पर, हाथों में, गले में, गुंडों के घूंसे चल रहे थे चारों तरफ से।

सुललित हाथ उठाकर सारा अपमान सिर नीचा करके सहने लगा। लेकिन सिर्फ सिर झुका लेने से ही तो समस्या का समाधान नहीं हो जाता। उसे मारते-मारते जब तक वे लोग रास्ते की धूल पर न सुला दें तब तक उन्हें शान्ति नहीं है।

उसी हालत में कुछ बेकार मौजी लोग वहाँ आकर भीड़ जमा कर बैठे।

कोई बोला, "आदमी बंगाली है..."

एक बोला, "साला शराब पीकर बेहोश है..."

"ठीक हुआ बेटे का। इसको यही सजा मिलनी चाहिए..."

ऐसे समय जाने कहाँ से एक पुलिसवाला आकर हाजिर हुआ। वह भी लाठी के दो वार करके सुललित को चंगा कर देने की कोशिश में था। लेकिन उसके पहले ही वहाँ एक औरत आकर हाजिर हो गयी।

वह आते ही बोल उठी, "अरे इसको मारो मत सिपाहीजी..."

कहकर सुललित के मुँह पर झुक पड़ी औरत। उसने देखना चाहा कि मनुष्य मर गया है या जिन्दा है। उसके बाद आसपास के सब लोगों की तरफ देखकर उसने कहा, "इसे थोड़ा पकड़कर उठा लीजिए न आप लोग, यह आदमी जो मर जाएगा..."

उसके बाद सुललित के मुँह पर मुँह नीचा करके पुकारने लगी, "बाबूजी, ओ बाबूजी—सुनते हो..."

सुललित ने आँखें खोलीं। लेकिन आँखों से मानो वह कुछ देख न पा रहा हो। तो भी मुँह से बिड़-बिड़ करके जाने क्या बोलने की कोशिश की...

औरत ने अपना मुँह और नीचा किया। वह बोली, "क्या कह रहे हैं बाबूजी?"

"आरती..."

क्यों वह आरती कहकर पुकार रहा है औरत तो कुछ समझ नहीं सकी। आसपास के लोगों की तरफ देखकर औरत फिर बोली, "आप लोग थोड़ा इसे पकड़कर उठा लीजिए और ले चलिए न इसे, बाईजी साहिबा ने इसे ले आने को कहा है..."

एक किसी ने नजदीक से पूछा, "कौन बाईजी साहिबा? कौन तवायफ-वाली?"

और एक आदमी बोल उठा, "अरे इसे पहचानते नहीं? यह तो केसरबाई की एक नौकरानी है..."

"केसरबाई की नौकरानी है? लजवन्तिया?"

लजवन्तिया की उस वक्त इनमें से किसी तरफ नजर नहीं थी, वह उस समय किस तरह उस आदमी को अपनी मालकिन के कमरे तक ले जाएगी, यही सोच-विचार कर रही थी। और एक बार जब सबको पता चला कि केसरबाई ने उस आदमी को अपने घर में लिवा जाना चाहा है, तब तक उन सबने आकर हाथ बढ़ा दिया। हाथ के पंजों की गोद बनाकर उसे वे पास के केसरबाई के घर के भीतर ले चले।

दुमंजिले की पतली सीढ़ियाँ। उस पर एक लम्बे-चौड़े मनुष्य को पंजों की गोद में लिटाकर ले जाना क्या ऐसी सहज बात है? देखो, दीवाल में इसे ठोकर न लग जाए, उसके शरीर में चोट न लग जाए। खूब सावधान—खूब होशियार...

लेकिन सुललित को उस समय इन सब बातों की तरफ कोई खयाल नहीं था। वह मानो उस वक्त भी उसी दुमंजिले की महफिल के सामने खड़ा खड़ा आरती का गाना सुन रहा हो...

आरती मानो उस वक्त भी नाच नाचकर गा रही हो...

'आओ पिया मैं सेज बिछाऊँ
गरवा लागूँ करूँ
तोको प्यार...'

सुललित उस नाच-गान के बीच ही अकस्मात् चिल्ला उठा, "आरती... आरती..."

और उसी गली-मुहल्ले के और एक किनारे एक कलारी में बैठा कुन्दनलाल शराब पी रहा था और नशे के घोर में गाना गा रहा था..."

बरेली के बाजार से घुँघरू लाया रे—
बरेली के बाजार से घुँघरू लाया रे
घुँघरू लाया घाघरा लाया
छोकरी लाया रे...

उसके बाद एक चुस्की में गिलास खत्म करते ही उसने फिर कलारी के छोकरे को बुलाया, "हरीलाल, और एक प्वाइंट लाओ भइया..."

उसके पाकेट में उस वक्त दस हजार रुपये की कीमत की एक हीरे की अँगूठी और केसरबाई के दिए हुए नकद खरखरे तीन सौ रुपये थे। इसलिए किसकी परवा करेगा वह? दुनिया तो उसकी ही है। इस तमाम दीन-दुनिया का मालिक है वह। खाओ, पियो और मरो! इसलिए सिर्फ पियो भइया, सिर्फ पियो...

इसलिए नया गिलास फिर एक चुस्की में खतम करके उसने गाना शुरू किया...

बरेली के बाजार से घुँघरू लाया रे—
बरेली के बाजार से घुँघरू लाया रे
घुँघरू लाया घाघरा लाया
छोकरी लाया रे...

कहाँ सुललित पड़ा था मनुष्य को विचार करना होगा उसके कर्म को लेकर, उसके मुँह की बात से नहीं। हमारे क्लब में जब वह व्याख्यान देने को उठा है तब हम सबके कर्मविरुद्ध स्वभाव के विरुद्ध ही उसने प्रतिवाद की बात कही है।

सुललित कहता, "मनुष्य क्रम-क्रम से जानवर हुआ जा रहा है, इसीलिए हम लोगों का विद्रोह रहना उचित है इस पशुत्व के विरुद्ध?"

प्रभात हम लोगों के क्लब का मेम्बर है। उसने पूछा था, "पशुत्व के माने क्लीवत्व।"

"परन्तु क्लीवत्व क्या है?"

सुललित बोलता, "जगत्-संसार के साथ ताल-ताल में चलना—वही क्लीवत्व, नपुंसकता है! जो सचमुच का मनुष्य है वह विद्रोह करेगा, अन्याय के विरुद्ध विद्रोह। करेगा, आपसपन के विरुद्ध विद्रोह। मनुष्य अगर बचना चाहता है तो उसे आजीवन केवल संग्राम ही करते रहना होगा..."

इसी तरह की और कितनी ही बातें कहता सुललित।

हम लोग सोचते सुललित के समान आदर्श ही सब मनुष्यों का आदर्श होना उचित है। हम लोग सोचते सुललित सचमुच एक दिन आदर्श होगा, बड़ा होगा। बड़े होने पर एक दिन वह सबके सिर पर उठेगा, यही था उन दिनों के क्लब के सब लड़कों का विश्वास।

शायद सुललित खुद भी यही सोचता। इतने दिनों के बाद जब हम उस आदमी की बात सोचते हैं तब बीच-बीच में मन लगता है क्यों ऐसा हुआ! जो मनुष्य एक दिन शराब पीने को मन-प्राण से पसन्द नहीं करता था, आखिर वह खुद ही क्यों इस तरह पीने लगा? इस तरह उसकी सब आशा, ध्यान और उसकी धारणा बदल गयी! और उसका विवेक! तो फिर विवेक नाम की उस समय कोई चीज बाकी नहीं थी?

इन्हीं सब दिशाओं में जब केसरबाई के घर में वह अज्ञान-अचेतन अवस्था में सोया रहता तब भी क्या एक बार भी उसके मन में होता कि वह कहाँ किस घर में सोया है!

इन सब सवालों का जवाब क्या है यह जानने का आज कोई उपाय नहीं है। सुललित थोड़ा ज्ञान होने पर ही आँखें खोलकर देखता। सामने ताकता रहता आरती को।

बोलता, "आरती, मैं तुम्हारे घर में किस तरह आया?"

आरती बोलती, "तुम चुप रहो, बात मत करो।"

"लेकिन आरती, तुम केसरबाई क्यों बनीं? क्यों तुमने अपना नाम बदला? सब लोग जान जाएँगे सोचकर?"

"फिर बात करते हो! वे सब बातें अभी रहने दो, डाक्टर साहब ने तुम्हें चुप रहने को कहा है।"

सुललित बोलता, "लेकिन मेरा तो जानने का मन करता है आरती...जानने का मन होता है मैं यहाँ कैसे आया..."

आरती बोली, "मैं ही तुम्हें यहाँ ले आयी हूँ..."

"तुम? तुम किस तरह ले आयीं?"

"लजवन्ती के जरिये?"

"लजवन्ती कौन है?"

"मेरी नौकरानी। मैंने अपने कमरे की खिड़की से देखा कि तुम्हें रास्ते में गिराकर सब लोग मार-धाड़ कर रहे हैं। इसीलिए लजवन्ती को भेजकर तुम्हें अपने घर में उठवाकर बुलवा लिया। लेकिन तुम पड़ोस के उस घर में गए क्यों?"

"किस घर में?"

"उस हमारे बगल के घर में?"

सुललित बोला, "मैं तुम्हारी खोज में ही आया था आरती, लेकिन ठीक कौन-सा घर तुम्हारा है यह ठीक नहीं कर सका, इसीलिए गलत घर में घुस पड़ा था। मैं समझ नहीं सका आरती। तुम गाना गा रही थीं—आओ पिया मैं सेज बिछाऊँ—और मैं चुपचाप खड़ा सुन रहा था। ऐसे ही समय सब मिलकर..."

बोलकर सुललित थोड़ा हाँफने लगा। थोड़ी ज्यादा बात बोलते ही मानो उसका दम टूट जाएगा...

आरती सुललित के सिर पर हाथ सहलाने लगी।

बोली, "तुम ज्यादा बात मत करो, चुप रहो..."

सुललित बोला, "लेकिन मेरा जो जानने को बड़ा मन हो रहा है..."

"क्या जानने का मन करता है, बोलो?"

"यही जो मैंने कहा तुम आखिर यहाँ क्यों आयीं? क्यों इस नरक में आकर उतरीं? क्यों तुम केसरबाई बनीं?"

आरती बोली, "कहूँगी, कहूँगी तुमसे सब..."

"नहीं, अभी बोलो, बालो, क्यों तुम्हारा यह अध:पतन हुआ? मैंने तो तुम्हारा कोई नुकसान करना नहीं चाहा। मैंने तो चाहा था तुम सुखी होओ। तुम अपने पति-सन्तान—संसार को लेकर सुख से रहो, यही तो मैंने चाहा था। और इसीलिए तो कोर्ट के कठघरे में खड़े होकर सबके सामने इतनी झूठी बातें बोल आया, जिससे तुम्हारे पति पुलिस के हाथ से छूट जाएँ..."

आरती कहने लगी, "तुम चुप रहो, ज्यादा बात करने से तुम्हारी तबीयत खराब

होगी सुललित दादा..."

"तुमने मुझे फिर वही सुललित दादा कहकर पुकारा! तुम अब मुझे उस नाम से मत पुकारो आरती..."

"क्यों, पुकारने से क्या होगा?"

सुललित बोला, "क्या होगा बोलूँ? वही गांगुली काका बाबू के साथ तुम्हारे साथ कलकत्ते में जो कुछ दिन कटे हैं, उसकी बात सोचने से मेरे मन में तकलीफ होती है।"

आरती बोली, "वे सब बातें भूल जाओ..."

"भूल जाऊँ?"

आरती बोली, "हाँ, भूल जाओ, जीवन में तमाम घटनाएँ घटती हैं, तो फिर सबकुछ याद रखने पर क्या काम चलता है?"

"लेकिन तुम? वे सब घटनाएँ क्या तुम्हें याद आती हैं? वे सब बातें याद आने पर क्या तुम्हें भी कष्ट होता है?'

"होगा नहीं?"

सुललित के मुँह पर मानो एक क्षीण आशा की झलक फूट पड़ी। वह बोला, "याद आता है आरती, पहला दिन जिस दिन तुम लोग कलकत्ता गयीं, मैं तुम लोगों को सवेरे खाने की चीजें दे गया था, और मैंने खुद खाया नहीं, इसलिए तुम कितना गुस्सा हुई थीं?"

"हाँ, सब याद आता है मुझे। लेकिन तुम इतनी वातें मत करो, दुहाई तुम्हारी थोड़ा चुप रहो..."

सुललित तो भी बोलने लगा, "और वह बात याद आती है। वही जो तुम और मैं ईडेन गार्डेन में जाकर बैठते, तुम गाना गातीं, वही वाजिदअली शाह का लिखा, झिझिट खम्बाज की ठुमरी—डोले रे जौवन...?"

आरती इस बार गुस्सा हो उठी। बोली, "ना, मैं तो फिर अब कमरे से उठ जाऊँगी, इतनी बातें करने से आखिर में फिर तुम्हारा बुखार बढ़ जाएगा..."

यह कहकर आरती विछौने के पास से उठने जा रही थी, लेकिन सुललित ने धप्-से उसका घाघरा पकड़ लिया। आरती बोली, "छिः, कर क्या रहे हो?"

शर्म के मारे सुललित ने उसका घाघरा छोड़ दिया। घाघरा छोड़कर उसने दूसरी तरफ मुँह फिरा लिया।

आरती तब नजदीक खिंच आयी। बोली, "यों ही गुस्सा आ गया शायद—तुम तो अपनी निजी बात ही कर रहे हो, और मैं?"

"तुम?"

"हाँ, मैं। मेरी बात भी तुम एक बार सोचो तो! मैं एक दिन कहाँ थी, और देखो

आज कहाँ उतरी हूँ! यह भी तो तुम्हारे लिए ही है?

सुललित अवाक् हो गया। बोला, "मेरे लिए?"

"हाँ, तुम्हारे लिए, नहीं तो और क्या? तुम्हारे कारण ही तो मैं आरती गांगुल से एकदम केसरबाई हो गयी हूँ।"

"लेकिन तुम तो गाना गाकर बहुत से रुपये कमा रही हो, बहुत नाम कमाया है तुमने, कितने बड़े-बड़े लोग तुम्हारा गाना सुनकर तुम्हारी वाहवाही करते हैं—तुम फिर नीचे कहाँ उतरीं? इसे क्या नीचे उतरना कहते हैं?"

आरती बोली, "यह सब सुनने की तुम्हें जरूरत नहीं है, तुम पहले अच्छे हो जाओ, तुमसे एक दिन सब बताऊँगी..."

"लेकिन बाद को नहीं, अभी बताओ..."

"क्या बताऊँ?"

"बोलो, क्यों तुम यहाँ आयीं? बोलो आरती, बोलो..."

आरती शायद जाने क्या बोलने जा रही थी, लेकिन उसके पहले ही लजवन्तिया कमरे में घुसी। वह बोली, "वाई साहिबा, रामनगर से नवाब साहब आए हैं..."

सुललित की आँखों में उस वक्त भी नशे का घोर था। उसे याद आय, यह नौकरानी ही उसे कई दिनों दूध दे गयी है। आरती जब उसे दवा खिलाती है तब यह लजवन्तिया ही उसके पीने के पानी का गिलास लिए पास में खड़ी रहती है। जब डाक्टर कोठारी उसे देखने आया है तब उनके साथ जैसे आरती आयी है, उसी तरह साथ-साथ लजवन्तिया भी आयी हैं। सुललित ने समझ लिया था कि लजवन्तिया ही आरती का दाहिना हाथ है। आरती का जो कुछ काम होता, जो कुछ हुकुम होता, सब तामील करती यह लजवन्तिया ही।

आरती के कमरे से जाते ही उसके गले की आवाज बाहर से सुनायी पड़ी। वह बोली, "बोल जाकर, बाईजी साहिबा को काम है, इस वक्त मुलाकात नहीं होगी..."

लजवन्तिया बोली, "कल शाम को राजा साहब आए थे बाईजी साहिबा, कल आप मिलीं नहीं इससे राजा साहब आज भी दुबारा आए हैं..."

"तो पूछकर आ न कि राजा साहब का क्या काम है?"

"राजा साहब के घर में उनकी लड़की की शादी है, वहाँ मुजरा होगा, गाना गाने जाना होगा आपको रामनगर में..."

"तूने जाकर कहा क्यों नहीं कि मैं अभी कहीं नहीं जा सकूँगी—मेरे घर में मेहमान आए हैं—पहले मेहमान या पहले रुपया?"

लजवन्तिया बोली, "मैंने कहा था। कहा था कि बाईजी साहिबा अभी कहीं मुजरा नहीं लेतीं। तो भी सुना नहीं। बोले, राजा साहब को खास शौक है कि उनकी

लड़की की शादी में आपका गाना-बजाना हो..."

"तो उस्तादजी कहाँ हैं?"

लजवन्तिया बोली, "उस्तादजी भी आप पर खूब नाराज़ हैं बाईजी साहिबा..."

"क्यों?"

"बड़े-बड़े लोग सब फिर जाते हैं, आप किसी की खातिर नहीं करतीं..."

आरती बोली, "उस्तादजी नाराज रह जाएँ उससे मेरा क्या बिगड़ता है! जा, मैंने जो कहा तू जाकर वही उनसे कह दे..."

लाजवन्तिया शायद यही कहने कमरे से बाहर चली गयी, फिर वहाँ खड़ी नहीं हुई। लजवन्तिया के जाते ही आरती अपने कमरे की तरफ जा रही थी, लेकिन पीछे से उस्तादजी के गले की आवाज कानों में सुनायी पड़ी, "बेटी केसर-बाई..."

"हाँ, उस्तादजी! अभी मैं कहीं जा नहीं सकूँगी..."

"तो कहीं जा भी नहीं सकोगी तुम और घर में जो आएँगे उन्हें भी गाना नहीं सुना सकोगी तो हम लोगों का चलेगा कैसे?"

आरती बोली, "मैंने तो आपसे कहा है उस्तादजी, कि अभी हमारे घर में मेहमान आए हैं, इन कुछ दिनों मैं छुट्टी चाहती हूँ..."

"छुट्टी? छुट्टी बोलने से क्या पेट वह बात सुनेगा?"

आरती बोली, "पेट के लिए तो मैं यहाँ आयी नहीं उस्तादजी..."

उस्तादजी बोले, "क्या बोल रही हो वेटी, पेट के लिए अगर नहीं तो किसलिए यहाँ आयी हो? तारीफ लेने के लिए? नाम बढ़ाने के लिए?"

आरती बोली, "अभी मुझे वे सब बातें लेकर बहस करने का वक्त नहीं है उस्तादजी, अभी उस कमरे में मेरे मेहमान हैं, उनका इलाज करना होगा..."

उस्तादजी बोल उठे, "लेकिन तुम भले रुपया न चाहो बेटी, लेकिन मेरा तो रुपया न होने से चलेगा नहीं, मेरा तो नुकसान हो रहा है, मुझे तो रुपया चाहिए, अपना हिस्सा तो मैं पा नहीं रहा—मैं अपना खर्चा कैसे चलाऊँगा?"

आरती ने पूछा, "कितना रुपया चाहिए आपको?"

उस्तादजी बोले, "मेरी तो महीने में दो हजार की आय है, तुम्हारी वजह से वह सब अभी बन्द हो गयी है..."

"ठीक है..."

यह कहकर आरती फिर अकस्मात् अपने कमरे में घुसी। सुललित ने देखा, आरती का मुँह मानो गुस्से से लाल हो उठा है। मानो वह फट पड़ेगा। चाबी लेकर आरती ने अपने लोहे की आलमारी खोली, उसके बाद उसके भीतर से कुछ नोट निकालकर तुरन्त कमरे के बाहर चली गयी। और तब बाहर से उसका गला सुनायी

पड़ा, "यह लीजिए अपना रुपया, मैं आपको चार हजार रुपये देती हूँ, लीजिए..."

उस्तादजी लगता है थोड़ा लेकिन वेकिन कर रहे थे। वे थोड़ा हैरान हो गए थे।

आरती चिल्ला उठी, "ये रहे रुपये, रुपये लिए, रुपयों के लिए ही जब इस लाइन में आए हैं, तब रुपये क्यों नहीं लेते? मेरी वजह से ही तो आपका नुकसान हो रहा है, मैंने आपका वह नुकसान पूरा कर दिया, अब रुपये लेकर और कहीं जाइए,—और किसी नयी बाईजी को लेकर अपना पेट चलाइए, जाइए। आप मेहरबानी करके मुझे मुक्ति दे दीजिए—आप जाइए—मुझे अभी दूसरा काम है..."

कहकर नोट उस्तादजी के हाथों में गूंजकर आरती चली ही आ रही थी। लेकिन उस्तादजी ने पुकारा, "लेकिन बेटी..."

आरती मुँह फिराकर खड़ी हुई, "लेकिन क्या? क्या बोल रहे हैं बोलिए?" उस्तादजी बोले, "एक बात पूछता हूँ बेटी, लेकिन बुरा मत मानो। मेरी तदबीर की वजह से ही तुम्हारा इतना खानदान बना है, लेकिन वही मुझे ही तुम आज अपमान करके निकाल दे रही हो—यह क्या अच्छा हो रहा है?"

आरती बोली, "भला-बुरा करने के जो मालिक हैं वे ही समझेंगे कि यह अच्छा हो रहा है या बुरा हो रहा है। मैं आप उसका विचार करनेवाले कौन हैं?"

उस्तादजी बोले, "लेकिन मेरी एक बात का जवाब दो, जिसके लिए तुन इतना कर रही, वह आदमी कौन है?"

"यह आपको जानने की जरूरत क्या है उस्तादजी, आप अपना रुपया पा गए हैं, अब फिर आपको वह बात जानने की जरूरत क्या है?"

उस्तादजी बोले, "ना, यह बात नहीं है, मैं सोचता हूँ वह आदमी ऐसा कौन है जिसके लिए तुम इतने रुपये, इतनी तारीफ, इतनी खातिर सारे कुछ का लोभ त्याग कर दे सकीं?"

"उस्तादजी, आप सुर को इतना पसन्द करते हैं, सारंगी में इतना अच्छा सुर उठाते हैं और यह मामूली बात समझने में आपको इतनी तकलीफ हो रही है?"

उस्तादजी ने लगता है तब तक सब नोट अपनी पाकेट में भर लिए थे। वे बोले, "पर इन्सान सुर की बनिस्बत भी बड़ा है, यह तुम्हें देखकर ही आज पहले-पहल में जान सका बेटी..."

आरती बोली, "ना, सिर्फ इन्सान नहीं, अगर वह इन्सान के समान इन्सान हो तभी वह सुर की बनिस्बत बड़ा होगा..."

"इसके माने?"

"इसके माने आप इन्सान को पहचान नहीं सके, इसीलिए यह बात कह सके।"

उस्तादजी बोले, "लेकिन एक शराबी को आप इन्सान के समान इन्सान समझती

हो बेटी?"

"आपने तो बाहर से उसे शराबी ही देखा, लेकिन वह क्यों शराबी हुआ यह तो आपने जानना चाहा नहीं?"

उस्तादजी बोले, "मैंने न हो न जाना, लेकिन तुमने ही कैसे इन कुछ दिनों में ही जाना?"

आरती इस बार गुस्सा हो गयी लगता है मन-ही-मन। बोली, "आप तो अब रुपये पा गए हैं, अब तो आपको मुझसे कोई जरूरत नहीं है, आप अब जा सकते हैं उस्तादजी, मुझे मेरा काम है, मैं चलूँ..."

कहकर वह कमरे के भीतर चली जा रही थी, लेकिन घुसने के मुँह में ही एकदम सुललित के आमने-सामने पड़ गयी। सुललित जो कब बिछौने से उठकर आ गया था, यह आहट उसे नहीं मिली।

बोली, "यह क्या, तुम बिछौने से क्यों उठ आए हो? गिर जो पड़ोगे..."

बोलकर उसने सुललित को दोनों हाथों से पकड़ लिया।

सुललित बोला, "मुझे छोड़ दो, आरती, मैं घर जाऊँ..."

आरती अवाक् हो गयी। "बोली, "यह क्या? क्या बोल रहे हो तुम?"

"तुम मुझे छोड़ दो..."

"छोड़ मैं तुम्हें दे सकती हूँ, लेकिन तुम जो गिर पड़ोगे?"

सुललित बोला, "मैंने सब सुना है आरती। मैंने तुम्हारा बड़ा नुकसान कर दिया है, और नुकसान मैं करना नहीं चाहता—मेरे लिए तुम्हारे तमाम रुपयों का नुकसान हो रहा है, तमाम राजा-महाराजा तुम्हें तमाम रुपये दे रहे थे, मेरी वजह से तुम्हारी वह सब आय बन्द हो गयी है। तुमने मुजरा लेना छोड़ दिया है, उस्तादजी ने ठीक ही कहा है..."

"उस्तादजी की बात छोड़ दो, वे लोग सिर्फ दुनिया में रुपया ही समझते हैं।"

सुललित बोला, "लेकिन रुपया न होने पर तुम्हारा भी चलेगा कैसे आरती? मेरी बीमारी के लिए तुम जो डाक्टर दिखाती हो, उसके लिए भी तो तुमको बहुत रुपये खर्च करने पड़ रहे हैं। मेरे यहाँ रहने पर तुम्हारे तो और भी बहुत रुपये खर्च हो जाएँगे..."

आरती बोली, "रुपयों की बात अब मुझसे मत करना। रुपये मैंने बहुत कमाये हैं—मैंने पति के बहुत रुपये देखे हैं, रुपयों से कुछ नहीं होता..."

"लेकिन उन्हीं रुपयों के लिए ही मिस्टर बैनर्जी तमाम घूस लेते थे! रुपये से अगर कुछ नहीं होता तो फिर इतनी घूस वे लेते क्यों थे?"

आरती बोली, "तुम भी तो नौकरी करके बहुत रुपये कमाते थे, तो फिर तुमने वह नौकरी छोड़ी क्यों?"

सुललित बोला, "सो सिर्फ तुम्हारा मुँह देखकर आरती। तुमने जो मेरे घर आकर मिस्टर बैनर्जी को छोड़ देने का अनुरोध किया था?"

"लेकिन उससे तुम्हारा निजी इतना सर्वनाश होगा यह तो मैं जानती नहीं थी तब। सोच पाती तो मैं तुमसे ऐसा अनुरोध न करती।"

सुललित बोला, "मेरे सर्वनाश की बात छोड़ दो, मेरे संसार परिवार नहीं है, लड़के-लड़कियाँ कोई नहीं हैं, मेरे जीवन का दाम ही क्या है। मेरा सर्वनाश होने से ही क्या आता-जाता है, और न होने से भी क्या आता-जाता है। लेकिन तुम? तुम्हारी बात तो अलहदा है। तुम्हारे तो सब कुछ था आरती, तुम क्यों तब अपने पति, लड़के-लड़कियाँ सब छोड़कर चली आयीं? किस तरह छोड़कर चली आ सकीं?"

आरती ने उस समय भी सुललित को पकड़ रक्खा था।

वह बोली, "चलो चलो, ज्यादा बात मत करो, तुम हाँफ रहे हो, तुम गिर पड़ोगे..."

सुललित बोला, "ना, तुम पहले बताओ तुम किस तरह सब सुखों को जलांजलि देकर यहाँ चली आयीं? बताओ, तुम्हें बताना ही होगा—न बताने पर मैं अब किसी तरह यहाँ नहीं रहूँगा—बताओ आरती, बताओ"

आरती बोली, "तुम्हारे लिए। तुम क्यों कोर्ट में खड़े होकर वह सब बोले?" लेकिन मैंने तो सब झूठ बातें कही थीं!

आरती रोने लगी। उसकी दोनों आँखों से टस-टस करके आँसू गिरने लगे, बोली, "तुम्हारी वह झूठ बात ही मेरा काल बन गयी सुललित दादा! तुम्हारी उस झूठ बात के लिए ही मेरे पति ने मुझे गलत समझा।"

"यह कैसी बात है?"

"हाँ, तुम सो जाओ, मैं बताती हूँ..."

आरती सुललित को धीरे-धीरे एक चेयर पर विठलाकर खुद सामने पैरों के नीचे होकर बैठ गयी। बोली, "तुम तो जानते हो मेरी एक दीदी थी..."

"हाँ, सो जानता हूँ। यह तो तुमने खुद ही मुझसे कहा है।"

आरती कहने लगी, "मेरे पति मिस्टर बैनर्जी शादी के पहले तो जान्ते नहीं थे। लेकिन जब एक दिन कोर्ट में खड़े होकर तुम्हारे मुँह से वे सब जान पाए तब से जाने कैसे हो गए। तब से ही मिस्टर बैनर्जी ने शराब पीना शुरू किया।"

"शराब? मिस्टर बैनर्जी क्या शराव भी पीते थे?"

शराब न पीते तो इतने रुपयों की घूस किसलिए लेते? तुमने खुद पुलिस अफसर होकर इन्वेस्टिगेशन किया है और तुम यह बात भी नहीं जानते? और ऐसा न होता तो मैं यहाँ किस साथ से उस्तादजी के साथ भाग आयी हूँ?"

उसके बाद सुललित की तरफ ताककर उसने कहा, "तुम अब सो जाओ, इतनी बातें करने पर तुम्हारी तबीयत खराब खराब सी हो जाएगी..."

"मैं सो रहा हूँ, लेकिन तुम एक बार वही गाना गाकर सुनाओ न आरती—मेरा सुनने को बड़ा मन होता है।"

"कौन-सा गाना?"

"वही जो गाना तुम मुझे कलकत्ता के ईडेन-गार्डेन में घास पर बैठकर गाकर सुनाया करती थीं!"

आरती बोली, "सुनाऊँगी-सुनाऊँगी, पहले तुम अच्छे हो जाओ, तब तुम जितनी इच्छा करोगे उतना ही सुनाऊँगी..."

"लेकिन मेरे स्वस्थ हो जाने पर फिर क्या तुम यहाँ अपने घर में क्योगी? तब तो तुम फिर से गाना-बजाना शुरू करोगी। कितने बड़े-बड़े राजा-महाराजा तुम्हारे भक्त हैं, तुम्हारे लिए वे सब मुँह बाये दिन गिन रहे हैं, मेरे कारण ही तो वे लोग यहाँ आ नहीं पा रहे हैं।"

हठात् बाहर से लजवन्तिया के गले की आवाज सुनायी पड़ी :

"बाई साहिबा!"

"क्या है?"

"डाक्टर साहब आए हैं..."

आरती उठी। बोली, "वह सुनो, डाक्टर बाबू आए हैं—तुम उठो मत, चुपचाप पड़े रहो, मैं आती हूँ..."

बोलकर बाहर चली गयी।

कुन्दनलाल के दिन उस वक्त बहुत बढ़िया कट रहे थे। खासकर रातें उसकी बड़ी जल्दी-जल्दी खत्म हो जातीं। तब उसे किसी का मुँह हिलाना सहना न पड़ता। उस वक्त उसकी पाकेट में हर वक्त रुपये-पैसे झनझनाते रहते। तब वह छाती फुलाकर घूमता था, कलारी के सामने जाकर तब उसे सिर नीचा करके रहना न पड़ता। तब उसका अमीरी मिजाज था। वह कहता—एक दो नम्बर बोतल देखें...

बोतल देने के पहले ही पाकेट से नोट निकालकर सामने फेंक देता। उसके बाद बोतल और एक गिलास लेकर सामने के आँगन में एक बेंच पर बैठ जाता। तब सोडे की बोतल आती, मुर्गी की तली हुई टाँग आती। दालमोठ आता। चना-चूड़ा आता। केकड़े या लिवर तरी के साथ आता। और जितना खाता कुन्दनलाल, उतना ही उसका मिजाज तर हो जाता। उतना ही वह उदार हो जाता, उतना ही वह लोगों

को बुला-बुलाकर अपने पास बिठालकर अपनी गाँठ के पैसे खर्च करके उन्हें माल पिलाता-खिलाता। तब उसके मुँह से गाना फूट पड़ता। कुन्दनलाल ऐसे समय एकदम बेहिसाबी हो जाता। तब रामनगर के राजा साहब भी कौन हैं और कुन्दनलाल वाजपेयी कौन हैं, यह और कोई तय नहीं कर सकता था।

तब वह गला फाड़कर गाना शुरू करता—

बरेली के बाजार से घुँघरू लाया रे
घुँघरू लाया घाघरा लाया
छोकरी लाया रे...

और उसके बाद एक बंधे टाइम में आबकारी दुकान की जाफरी बन्द हो जाती, तब वह छूटता चोरी की शराब की खोज में। चोरी की शराब की दुकानें कुन्दनलाल के नाखूनों के आइने के समान जानी-पहचानी थीं। उन सबका असल रूप बाहर से देखकर समझा नहीं जा सकता। बाहर से लगता है—आलू-प्याज की दूकान है, लेकिन आड़ में चलती है चोरी की शराब। उनके गाहक बँधे गाहक हैं। मुँह देखते ही वे पहचान ले सकते हैं। कुन्दनलाल के वहाँ जाकर खड़े होते ही वे लोग खातिर करके, प्रार्थना करके बोलते हैं, "आइए सेठजी, बैठिए..."

कुन्दनलाल बोलता है। पूछता है, "क्या हाल है छेदीलाल?"

छेदीलाल कहता है, "आपकी कृपा हुजूर, मजे में हूँ।"

कुन्दनलाल कहता है, "हाँ-हाँ, मजे में रहना ही चाहिए छेदीलाल। जीवन में मजा छोड़कर और क्या है बोलो? पानी पीना और मरना, इसकी बनिस्बत बड़ा मजा और जिन्दगी में क्या है, बोलो छेदीलाल..."

थोड़ी देर बाद ही पीछे का दरवाजा खोलकर निकल आती है असल चोज। वह कपड़े से ढककर चालान हो जाती है कुन्दनलाल के हाथ में। उसे बगल में रखकर दाम चुकाकर कुन्दनलाल रास्ते में चलना शुरू करता है। उसके बाद उसे लेकर वह सीधे चला जाता है अपने डेरे में। किसी-किसी दिन पैदल जाने में तकलीफ होती है। दोनों पैर बड़ी बेईमानी करने लगते। तब ताँगा करता है।

ताँगेवाले कुन्दनलाल को पहचानते हैं। आदमी शराबी है। बहुतेरे दिनों उनके तांगे के भीतर ही वह कै कर देता है। उसे देखते ही इसीलिए अगल-बगल हो जाते हैं।

उस दिन भी दोनों पैर बड़ी बेईमानी कर रहे थे। दूर से देखा उसने, एक ताँगा आ रहा है।

"ए ताँगेवाले, ए ताँगेवाले—इधर आओ..."

ताँगेवाला कुन्दनलाल को देखते ही अगल-बगल हुआ जा रहा थ। ताँगे के

भीतर से किसी एक सवारी ने रुकवा दिया ताँगा।

वह बोला, "थोड़ा रोको तो ताँगेवाले—कोई मानो कुछ कह रहा है..."

ताँगेवाले ने कहा, "वह शराबी है, दिक्कत करेगा..."

"ना ना, रोको, वह कुन्दनलाल है..."

बोलते ही ताँगा रुका और उसके साथ ही सवारी उतर पड़ी। कुन्दनलाल के सामने आकर आमने-सामने अच्छी तरह देखते ही वह नजर में पड़ गया।

"अरे भगीरथ हो न?"

"कुन्दन बाबू, मैं अपने दादा बाबू को कई दिनों से खोज नहीं पा रहा हूँ, सारे शहर में खोज-खोजकर हैरान हो गया हूँ, दादा बाबू कहाँ गए हैं जानते हैं क्या?"

कुन्दनलाल तो अवाक्। बोला, "तुम्हारे दादा बाबू? चैटर्जी बाबू? और कहाँ जाएँगे, कहीं माल-टाल पीकर पड़े हैं लगता है..."

भगीरथ बोला, "मैंने तो सब जगहों में खबर ली है बाबू,—पुलिस में भी खबर दी है, कहीं मिल नहीं रहे हैं..."

कुन्दनलाल ने न जाने क्या सोचा। उसके बाद बोला, "केसरबाई के घर में तो नहीं गए?"

"केसरबाई कौन?"

"अरे केसरबाई का नाम सुना नहीं तुमने? इतनी बड़ी खानदानी बाईजी लखनऊ शहर में और दूसरी नहीं है, मुजरे के पीछे पाँच हजार रुपये लेती है..."

भगीरथ बोला, "दादा बाबू इतना रुपया कहाँ पाएँगे?"

"अरे, प्रेम के आगे आखिर रुपया क्या है। केसरबाई अगर तुम्हारे दादा बाबू को प्रेम कर बैठी हो तो रुपये नहीं लेगी। उलटे दादा बाबू को रुपये उड़ेल देगी, यह जानते हो भगीरथ?"

भगीरथ बोला, "लेकिन दादा बाबू बाईजी के घर में जाएँगे ही क्यों? क्या करने जाएँगे?"

कुन्दनलाल बोला, "तुम तो अजीब बात कह रहे हो भगीरथ, बाईजी के घर में लोग जिस वजह से जाते हैं, तुम्हारे दादा बाबू भी उसीलिए जाएँगे..."

बात भगीरथ को अच्छी नहीं लगी। जाने कैसी घिन होने लगी कुन्दनलाल के ऊपर। यही आदमी तो दादा बाबू को इस रास्ते में बहा ले गया है।

ताँगा उस वक्त भी खड़ा था। भगीरथ बोला, "मैं अब जाऊँ बाबू..."

कहकर ताँगे पर बैठ गया। बोलते ही ताँगा चल पड़ा था। आधी रात का सूना रास्ता। कई दिनों से भगीरथ को ख़ूब खटना पड़ रहा था। इतने दिनों से वह दादा बाबू को आँखों आँखों में रखता आया है, अब वह ऐसा नहीं कर सकेगा। अब

भगीरथ को भी उमर हो गयी है। छुटपन से इन दादा बाबू को उसने बड़ा किया है, अब इस बूढ़ी उमर में भी उसे अपने दादा बाबू को देखना पड़ता है। अब तो भगीरथ के आराम करने की वारी आ गयी है। अब तो सिर्फ बैठे-बैठे भगवान का नाम लेने का उसका समय है। अब अच्छी तरह सीधा होकर खड़ा भी नहीं हो पाता, थोड़ा-सा पैदल चलने पर छाती फूलने लगती है। तिस पर कई दिनों से उसके खाने-पीने का कुछ ठीक-ठाक नहीं है, सिर्फ दादा बाबू और दादा बाबू...

ताँगावाला सीधे जा रहा था, भगीरथ बोल उठा, "अरे उस तरफ नहीं, उस तरफ नहीं, इस वाएँ रास्ते से..."

थाने के दरोगा बाबू की बातें अब भी उसे याद आ रही थीं। थाने के दरोगा बाबू ने पूछा था, "तुम्हारे बाबू क्या करते हैं?"

भगीरथ बोला था, "कुछ भी नहीं करते, पहले नौकरी करते थे..."

"कौन-सी नौकरी करते थे?"

"पुलिस की नौकरी।"

दरोगा बाबू कुछ अकचका गए थे, "पुलिस की नौकरी? कहाँ? किस शहर में?"

"बिलासपुर में..."

कहाँ बिलासपुर और कहाँ यह लखनऊ! पुलिस के दरोगा बाबू को लगता है इस बार कुछ अचम्भा हुआ था। उन्होंने पूछा, "लेकिन अब? अब क्या तुम्हारे दादा बाबू रिटायर हो गए हैं?"

भगीरथ बोला, "ना, दादा बाबू ने नौकरी छोड़ दी है।"

"नौकरी छोड़ दी है? क्यों?"

"मैं नहीं जानता।"

दरोगा बाबू को इस बार और भी अचम्भा हुआ। वे बोले, "क्या नाम है तुम्हारे दादा बाबू का बताओ तो?"

"सुललित चाटुज्जे।"

"तो, अब यहाँ क्या करते हैं तुम्हारे बाबू?"

"कुछ भी नहीं करते।"

"कैसे चलता है तो फिर?"

"माँ के कुछ गहने-गाँठ दादा बाबू के पास थे, दादा बाबू उसे ही बेचते हैं और चलाते हैं..."

बातें बताकर भगीरथ को कैसा खराब-सा लग रहा था। पुलिस का लगता है कायदा ही इसी तरह का है। लेकिन एक कोई खोज-खबर दें, ऐसा कोई इशारा नहीं मिला। सिर्फ नाम-ठिकाना, बाप का नाम, कलकत्ते का पता लिख लिया था। और

वहाँ से लौटते वक्त ही इस कुन्दनलाल से भेंट हो गयी।

हठात् भगीरथ चिल्ला उठा, "ठहरो-ठहरो, घर पहुँच गया।"

घर का दरवाजा खोलने जाते ही लगता है कुछ आवाज हुई। बगल में ही घर के मालिक रहते हैं। भगीरथ को देखकर वे बोले, "क्यों भाई भगीरथ, पा गए? अपने दादा बाबू का पता पा गए?"

भगीरथ बोला, "नहीं बाबू, थाने में जाकर नाम लिखवा आया...

"तो वहीं इतनी रात हो गयी?"

भगीरथ बोला, "नहीं, और भी तमाम जगहों में घूमा, उसके बाद रास्ते में भेंट हो गयी दादा बाबू के एक दोस्त के साथ..."

"दोस्त? कौन दोस्त? कुन्दनलाल? वही हरामजादा?"

"जी हाँ, हरामजादा ही है। एकदम खून से हरामजादा। कहता क्या है, दादा बाबू एक औरत के पल्ले में पड़ गए हैं..."

"औरत कौन है?"

"केसरबाई या क्या नाम बताया लगता है..."

"केसरबाई?"

"कौन जाने?"

घरवाला कुछ समझ नहीं सका। अदरक के रोजगारी जहाज की खबर ही क्यों रक्खें? लखनऊ शहर में तो लड़कियों की कमी नहीं है कुछ। नाच-गाना और बाईजी को लेकर ही तो लखनऊ शहर है। इस शहर की सब बाइजियों के नाम रटकर रखना क्या मुमकिन है किसी के लिए! और जो गृहस्थ लोग हैं वे यह सब खबर भी क्यों रक्खेंगे?

घरवाले आदमी ने फिर ये सब बातें लेकर सिर नहीं पचाया। लेकिन फिक्र हुई उसे अपने भाड़े के मामले में। इस महीने में अगर किरायेदार उसका भाड़ा न दे तब क्या होगा?

लेकिन भगीरथ उस वक्त तक दरवाजे का ताला खोलकर भीतर घुस गया था।

कुन्दनलाल जिस प्रकार बहुत रात बीते घर लौटता है, उसी तरह नींद से उठने के वक्त लेकिन वह ज्यादा देर नहीं करता। हजरतगंज की एक बस्ती के एक कमरे में वह किसी तरह रात काटता है। सिर किसी तरह दुकाने के लिए ही वह घर में आता है। उसका बाकी सब काम बाहर-बाहर ही होता है।

उस दिन भी हमेशा की तरह वह सवेरे-सवेरे नींद से उठा। उठकर पहले ही उसे

जो चाहिए वह हुई चाय, चाय के लिए वह दौड़ता है रास्ते के मोड़ की एक दूकान में।

दूकान में तब तक काफी भीड़ जम जाती है। उनमें से कोई तांगेवाला, कोई मजदूर, कोई फेरीवाला होता है। और कोई कुन्दनलाल के समान बेकार। लखनऊ शहर में इस तरह के बेकार बहुत हैं। सिर्फ लखनऊ क्यों, भारतवर्ष के सब शहरों में ही हैं। उनका जात-वंश क्या है, उनका रोजगार क्या है, उनके शुरू का इतिहास क्या है, यह कोई नहीं जानता। और उनका शुरू का इतिहास जैसे जाना नहीं जा सकता, उनका अन्त भी उसी तरह अदृश्य है। असल में वे ही पृथिवी के डस्टबिन हैं।

तिस पर इन डस्टबिनों से बात कीजिए, वे लोग आपको समझा देंगे कि वे अगर न होते तो मनुष्य समाज एक दिन रसातल में डूब जाता।

कुन्दनलाल जब चाय की दूकान में बैठा गप्पें करता तब वह राजा को मारता, वजीरों को मारता। वे लोग साबित कर देंगे कि उन लोगों ने ही अंग्रेजों को भारत-वर्ष से भगाया है, 'भारत छोड़ो' आन्दोलन के समय बम गिराकर रेल लाइन उखाड़ फेंकी है, उन लोगों ने ही उस समय टेलिफोन और टेलिग्राफ के तार काट दिए थे और अन्त में जब देश आजाद हुआ तब जाने कहाँ से कितने सुविधावादी रुपयेवाले लोग उड़कर आकर उनके सिर पर जमे बैठे हैं।

कुन्दनलाल कहता, "यही हुई दुनिया भाई, इसका नाम है दुनिया..."

कुन्दनलाल चाय पीते-पीते ही व्याख्यान देकर साबित करता कि शराबी, गुंडों, बदमाशों, चोरबाजारी करनेवाले लोगों के दल की वजह से देश जहन्नुम में चला गया है। यही उसका असली दुख है।

आसपास के गाहक कुन्दनलाल की बातों की तारीफ करते। कहते, "ठीक दात, ठीक बात..."

उसके बाद कोई-कोई पूछते, "तो फिर इसका बदला लेने का क्या रास्ता है कुन्दनलालजी?"

कुन्दनलाल बोल उठता, "अरे इसके लिए हमीं साले जिम्मेदार हैं..."

"क्यों? क्यों?"

कुन्दनलाल एक सिगरेट जलाकर धुआँ छोड़ते-छोड़ते बोलता, "अरे, हाँ, इसके लिए तो हमीं साले जिम्मेदार हैं। हम शराबी, गुंडे, धोखेबाज, जुआड़ी हैं। हम लोग अगर इन्सान होते तो वे साले लोग हमारे सिर पर चढ़कर क्या बैठ पाते?"

आसपास के रिक्शेवाले, तांगेवाले, मजूर-बोझवाले, फेरीवाले सब चाय की चुस्की लेकर कुन्दनलाल की बातों में हाँ-में-हाँ मिलाते। कहते, "ठीक बात है, ठीक बात है..."

कुन्दनलाल कहता, "हम लोग सब जुर्दा हैं..."

सब बोल उठते, "ठीक बात है, ठीक बात है..."

लेकिन उसके साथ ही कुन्दनलाल उल्टे सवाल करता, "बोलो तो भाई लोग, हम क्यों मुर्दा हैं? क्यों बेवकूफ हैं?"

एक आदमी हठात् जवाब देता, "क्योंकि हम लोग दारू पीते हैं।"

सब कहते, "ठीक बात है, ठीक बात है..."

सब शराब पीते हैं यह बात उन्होंने कुन्दनलाल के सामने एक साथ मंजूर किया।

कुन्दनलाल फिर बोला, "लेकिन हम लोग झूठ बात बोलते हैं, बोलते हैं कि नहीं?"

सबने सिर झुकाकर मंजूर किया, "हाँ, झूठ बोलते हैं हम लोग।"

"तो फिर? तो हम लोगों का सर्वनाश नहीं होगा तो किसका होगा भइया? हम लोग ही अपनी तकलीफ के लिए जिम्मेदार हैं, और कोई नहीं। और देखो जाकर चौक में बाईजी के घर में, वहाँ रुपये उड़ते हैं, शराब उड़ती है, राजा-महाराजा सब वहाँ जाकर मौज करते हैं, उन्हें तो कोई तकलीफ नहीं है, उन लोगों को तो रुपयों की कोई कमी नहीं है।"

सच ही तो। सबने अच्छी तरह सो द-विचारकर देखा। सच ही तो। बड़े लोग तो बड़े आराम से हैं। चौक के गली-मुहल्ले में जाने पर तो दिखायी पड़ता है कि कितने ही खानदानी नवाब-राजा-महाराजाओं की मोटरगाड़ियाँ एक-एक लाइन से खड़ी हैं। घर-घर में ठुमरी-गजल-कजरियाँ चल रही हैं और फूल, शराब, गोश्त-कबाब-मसालों की गन्ध से जगह गमगमा रही है। तो फिर वे लोग क्या शराब नहीं पीते, वे लोग क्या झूठ नहीं बोलते? तो फिर क्यों वे लोग इस चाय की दुकान में बैठकर नाश्ता करते हैं?

कुन्दनलाल उन लोगों को गरम करके तब उठता है।

कुन्दनलाल के उठ खड़े होते ही दूकानदार कहता है, "कुन्दनलालजी, हमारा पैसा?"

"पैसा? काहे का पैसा रे बाबा?"

"हुजूर चाय का दाम। आज एक महीने से चाय और नाश्ते का दाम जो बाकी पड़ा है..."

टालमटोल के स्वर में वह बोल उठा, "अरे धत्, मैं क्या बड़ा आदमी हूँ जो तुम्हारा रुपया मार दूँगा? मैं तो तुम्हारे समान मसक्कत करके खानेवाला आदमी हूँ,—गरीब लोग क्या रुपया मारते हैं? पा जाओगे, पा जाओगे, मैं तुम्हें धोखा नहीं दूँगा—कुन्दनलाल ऐसा नमकहराम नहीं है—समझे?"

कहकर रास्ते की तरफ नजर पड़ते ही अकचका गया। ऐसा तो नहीं हो सकता।

उस्तादजी इधर क्यों?

"उस्तादजी, उस्तादजी "छरहरी दाढ़ी, मेहँदी के पत्तों से रँगी हुई। पैरों में वे ही नागरा जूते, और देह में कुरते के ऊपर मिरजई, पहनावे में चुस्त। ये उस्तादजी न हों यह हो नहीं सकता।

"उस्तादजी, उस्तादजी..."

उस्तादजी ने लगता है तब बात सुनी। उन्होंने पीछे की तरफ देखा, लेकिन वे पहचान नहीं सके कुन्दनलाल को।

बोले, "कौन?"

"मैं कुन्दनलाल हूँ उस्तादजी, कुन्दनलाल वाजपेयी। मुझे पहचान न सके?" उस्तादजी तब भी पहचान नहीं सके। उन्होंने पूछा, "कौन कुन्दनलाल?"

"जी कुन्दनलाल वाजपेयी, मैं केसरबाई की मजलिस में कितनी ही बार गया हूँ, गाना सुना है मैंने, आपकी सारंगी सुनी है। आप केसरबाई के उस्तादजी हैं, आपको कौन नहीं पहचानता?"

उस्तादजी के मुँह पर अब तक जाने कैसा उदास उदास भाव था, इस बार मानो वे कुछ खुश दिखायी पड़े।

बोले, "तुम वही कुन्दनलाल हो? तुम्हारा दोस्त, तुम्हारा मीत तो इस वक्त केसरबाई के पास है।"

"मेरा दोस्त? मेरा दोस्त कौन?"

"अरे वही छोकरा। उसका नाम नहीं जानता। जिसे लेकर तुम केसरबाई के घर में गए थे, वही बंगाली छोकरा..."

कुन्दनलाल मानो आसमान से गिरा, "कौन चैटर्जी? चैटर्जी की बात कह रहे हैं उस्तादजी?"

उस्तादजी बोले, "हाँ, वही होगा..."

"लेकिन वह किस तरह केसरबाई के पास गया? उसे रुपये कहाँ मिले? कितने रुपये दिए उसने?"

उस्तादजी बोले, "यह मैं नहीं जानता। मैंने केसरबाई को छोड़ दिया है..."

कुन्दनलाल चमक उठा। ऐसा अजीब मामला जिन्दगी में कभी देखा नहीं कुन्दनलाल ने। लखनऊ शहर के सब लोग जानते हैं कि केसरबाई का नाम-धाम, उसकी कीर्ति प्रतिष्ठा, उसका रुपया-पैसा-मान-दान-गौरव सबकुछ की जड़ में ये ही उस्तादजी हैं। इन्हीं उस्तादजी की मेहरवानी से तमाम हिन्दुस्तान के सानदानी नवाब-नवाबजादे आज केसरवाई के घर में आकर भीड़ जमाते हैं। इन्हीं उस्तादजी की मेहरबानी से आज केसरबाई का नाम सबके मुँह-मुँह पर है। इस केसरबाई के

पास इन कुछ दिनों में ही इतना रुपया जम गया है, इसके पीछे भी ये ही उस्तादजी हैं। कुन्दनलाल ने पूछा, "केसरबाई को आपने छोड़ दिया? क्यों, क्या किया था केसरबाई ने?"

उस्तादजी का मुँह मानो जहरीला हो उठा। वे बोले, "वही तुम्हारा दोस्त। तुम्हारे दोस्त का किया हुआ ही यह मामला है..."

"मेरा दोस्त? चैटर्जी? चैटर्जी ने यह तमाशा किया?"

"ना, चैटर्जी के केसरबाई के घर में जाने के बाद से ही उसका गाना-बजाना बन्द हो गया है। आमदनी खत्म। रामनगर के राजा साहब के मैनेजर आए थे, दस हजार रुपयों का मुजरा, उन्हें भी लौटाल दिया, एक बार मुलाकात भी नहीं की तुम्हारे दोस्त ने केसरबाई का यही सर्वनाश किया है, मेरा भी सर्वनाश किया..."

"लेकिन चैटर्जी वहाँ किसके साथ गया? किस तरह गया? आपने मुझे एकदम अकचका दिया उस्तादजी! जिस केसरवाई को आपने इतना ऊँचा उठाया है उसी ने क्या आज आपको रास्ते पर बिठाल दिया!"

उस्तादजी बोले, "इसका बदला मैं लूँगा कुन्दनलाल

"जरूर बदला लीजिये आप। और मैं भी चैटर्जी को देख लूँगा। मेरे दोस्त ने ही आपका ऐसा सर्वनाश किया।"

उसके बाद थोड़ा ठहरकर बोला, "और अभी तो चैटर्जी के नौकर से मेरी भेंट हुई, वह तो कुछ भी नहीं जानता। वह तो पुलिस के थाने थाने में घूम-फिर रहा है। तिस पर वह उधर केसरबाई के घर में जाकर बैठा है।"

उस्तादजी बोले, "उसका जो मन हो करे, उससे मेरा क्या आता-जाता है। कुन्दनलाल? वह क्या मेरा खाता है, या मैं उसका खाता हूँ? लेकिन आज दोपहर से मैं रास्ते में आ खड़ा हुआ हूँ..."

"तो आप अब फिर केसरबाई के घर में नहीं रहते?"

"नहीं, लेकिन मैं इसका बदला लूँगा, ठीक बदला लूँगा—देख लेना तुम!"

"किस तरह बदला लेंगे उस्तादजी?"

"मैं उस बंगाली बाबु को वहाँ से भगाऊँगा।"

"किस तरह भगाइएगा?"

"यह अभी नहीं बताऊँगा कुन्दनलाल। लेकिन जिसने मेरा सर्वनाश किया है उसे मैं रिहाई नहीं दूँगा। किसी भी तरह उसी बंगाली बाबू की वजह से ही तो मुझे आज यह तकलीफ है, यह मैं बर्दाश्त नहीं करूँगा किसी भी तरह..."

यह कहकर गुस्से से धड़धड़ाते हुए उस्तादजी आगे बढ़े जा रहे थे। लेकिन कुन्दनलाल ने उस्तादजी का साथ नहीं छोड़ा।

वह बोला, "उस्तादजी, आप रह कहाँ रहे हैं अब?"

उस्तादजी ने कोई जवाब नहीं दिया। और भी जोर-जोर से पैर बढ़ाकर वे चलने लगे। कुन्दनलाल चलने लगा साथ-साथ इतना बड़ा मौका उसे जिन्दगी में दोबारा नहीं मिलेगा। उस्तादजी का मुँह मानो गुस्से से फटा जा रहा था। साथ ही इन्हीं उस्तादजी को पहले कितना घमंड था। पहले का वक्त होता तो इस तरह वे रास्ते में भी नहीं फिरते, और कुन्दनलाल को देखकर इस तरह खड़े होकर बात भी न करते।

चलते-चलते एक घर के सामने खड़े हुए उस्तादजी। कुन्दनलाल ने देखा, भीतर कुछ माल असबाब नहीं है, सिर्फ मामूली एक खटिया है, उस खटिये पर शैली एक चादर बिछी है। उस पर वही सारंगी है। भीतर घुसकर उस्तादजी ने फिराकर कुन्दनलाल को देखकर कहा, "मैं यहीं रहता हूँ अब..."

कुन्दनलाल ने कहा, "मुझे एक बात कहनी है उस्तादजी..."

"कौन-सी बात?"

कुन्दनलाल बोला, "मैंने तमाम दुनियादारी देखी है, लेकिन केसरबाई के समान औरत कभी नहीं देखी उस्तादजी।"

"क्यों?"

"एक बाबू के लिए एक बाजारू औरत इस तरह सब छोड़ दे यह तो बड़ी अजीब घटना है उस्तादजी! ऐसी औरत को आपने कहाँ से जुटाया?"

उस्तादजी ने दाढ़ी में हाथ फिराते-फिटाते कहा, "नसीब कुन्दनलाल, नसीब। असल में केसरबाई बंगाली है..."

"बंगाली? तो फिर चैटर्जी ने जो कहा है सब सच है?

"हाँ, सब सच है।"

"बंगाली मिलिटरी डाक्टर की लड़की?"

उस्तादजी बोले, "हाँ, मैंने ही उसे तालीम देकर इन्सान बनाया है। लेकिन उसी ने मुझे आज निकाल बाहर किया कुन्दनदाल में इसका बदला वाजिब तरीके से लूँगा कुन्दनलाल, तुम देख लेना। मैं आज बुढ़ा हो गया हूँ, मैं आज रास्ते का भिखारी हूँ, मेरे पास इतना रुपया जमा नहीं है जो मैं अपना पेट चला सकूँ..."

कुन्दनलाल बोला, "तो इतने दिनों उस्तादी करके आपने कुछ जमा नहीं किया उस्तादजी?"

उस्तादजी बोले, "रुपया जमा किसलिए करता? मैंने मुजरों का हिस्सा पाया है, और जो पाया है, सब दोनों हाथों से खर्च किया है। उस वक्त सोचा रुपया जमा किसलिए करूँगा? मेरे बीबी-लड़के-बाल-बच्चे कुछ भी तो नहीं हैं। मैंने सिर्फ रुपये पाएँ हैं और उड़ाया है। तब क्या सोचा था कि केसरबाई इस तरह मेरे साथ

नमकहरामी करेगी?"

कुन्दनलाल राब सुनकर सोचने लगा।

वह बोला, "उस्तादजी, तो फिर क्या कीजिएगा?"

"मैं भी बदला लूँगा, तुम देख लेना कुन्दनलाल..."

यह कहकर और कुछ न कर सकने की वजह से हुक्के के गड़गड़े से कलक लेकर उसमें तम्बाकू सजाने लगा। अर्थात् लगता है बुद्धि के शुरू के हिस्से में बुला देने से एक कुछ मतलब की खोज मिलेगी।

कुन्दनलाल बोला, "मैं एक सलाह दूँ उस्तादजी?"

"वया सलाह?"

नैटर्जी का नौकर है भगीरथ। मैं उसे पहचानता हूँ। वह अगर पुलिस में डायरी लिखाए?"

"कौन-सी डायरी लिखाएगा?"

"थाने में जाकर इजहार देगा कि केसरबाई ने उसके बाजू को अपने घर में रोक रक्खा है, तो फिर पुलिस जाकर केसरबाई के घर पर जाकर हमला करेगी।"

उस्तादजी हो-हो करके हँस पड़े। वे बोले, "तुम बिल्कुल पागल हो! शराब पिये बिना ही तुम्हारा दिमाग खराब हो गया है। तब पुलिस की बात से केसरबाई तुम्हारे दोस्त को छोड़ देगी, या तुम्हारा दोस्त ही केसरबाई को छोड़ देगा? और पुलिस तो केसरबाई से मोटी रकम माहवारी पाती है, वहीं फिर केसरबाई के घर पर हमला क्यों करेगी?"

"तो फिर और क्या किया जाए उस्तादजी?"

"वह सब मैंने ठीक कर लिया है। अभी लजवन्तिया यहाँ आएगी। वह मेरे दल की औरत है।"

"लजवन्तिया कौन?"

"केसरबाई की नौकरानी। लजवन्तिया की आमदनी भी तो कम हो गयी है मैं। वह पहले की तरह बखशीश-वखशीश कुछ पाती नहीं। उसका भी तो बंगाली बाबू के ऊपर..."

लेकिन बात फिर खत्म नहीं हुई। उसके पहले ही दिखायी पड़ा कि एक ताँगा आकर खड़ा हुआ उस्तादजी के घर के सामने के रास्ते में। सिर से पैर तक बुरका पहने हुए औरत।

उस्तादजी उठ खड़े हुए। बोले, "वही लजवन्तिया जायी है, तुम अब जा सकते हो कुन्दललाल, हम लोगों में अब काम की बात होगी..."

कुन्दनलाल बोला, "मैं भी तो आपके दल का हूँ उस्तादजी, मैं यहाँ ठहरु न।

मैं भी तो आपको मदद दे सकता हूँ..."

"नहीं-नहीं-नहीं, तुम अभी जाओ..."

उसी वक्त बुरका पहनी हुई औरत घर के भीतर आयी। जाली से ढँकी आँखों से कुन्दललाल को देखकर वह मानो कुछ संकोच करने लगी।

उस्तादजी ने हुक्के की नली नजदीक रखकर लजवन्तिया से कहा, "बैठो इस चारपाई पर..."

यह कहकर कुन्दललाल की तरफ देखकर उसे डाँटने लगे।

बोले, "तुम जाते क्यों नहीं? जाओ-बाहर जाओ..."

इसके बाद फिर कुन्दनलाल का खड़ा होना मुमकिन नहीं था। वह निहाय्त वे तबीयत बाहर निकल गया। उस वक्त उसे नशा नहीं था। रात के नशे का घोर सबेरे की चाय के कप के साथ ही एकदम पूरी तरह से काफूर हो गया था।

कुन्दनलाल के बाहर निकलने के साथ-साथ ही उस्तादजी के गले की आवाज सुनायी पड़ी, "दरवाजा बन्द कर दो लजवन्तिया..."

लजवन्तिया ने तव मुँह से बुरके का ढक्कन खोल दिया। मुँह का चेहरा देख-कर ही मालूम पड़ा कि वह खूब डर गयी है। उसी हालत में उसने पहले दरवाज बन्द कर दिया। उसके बाद घर की दोनों खिड़कियों के पल्ले भी बन्द करके वह बेफिक्र हुई। और उसके बाद आकर बैठी चारपाई पर...

उस्तादजी बोले, "इतनी काँप क्यों रही है लजवन्तिया? डर लगता है?..."

लजवन्तिया उस वक्त भी हाँफ रही थी। उसके मुँह से कोई बात निकल नहीं रही थी।

उस्तादजी लजवन्तिया को भयभीत देखकर अभय देने लगे। वे बोले, "डर क्या है तुझे लजवन्तिया, मैं तुझे बहुत से रुपये दूँगा, फिर तेरे पास बहुत रुपये होंगे। तू इतना डरती क्यों है झूठ-मूठ, बोल तो भला? डरो मत..."

इस बार लजवन्तिया के मुँह से थोड़ी-सी बात फूटी। उसकी हँफाई रुकी। उस्तादजी ने फिर पूछा, "सब ठीक है न?"

लजवन्तिया बोली, "बड़ा डर लगता है उस्तादजी, बाई साहिबा हर वक्त बंगाली बाबू के साथ-साथ रहती हैं..."

"बंगाली बाबू अब कैसा है?"

"पहले की बनिस्वत अब बहुत अच्छा है..."

"अब भी शराब पीता है?"

"बहुत शराब पीना चाहता है बंगाली बाबू, लेकिन बाई साहिबा शराब पीने नहीं देतीं।"

"क्यों?"

"डाक्टर साहब ने शराब पीने को मना कर दिया है—सिर्फ दूध पीने को कहते हैं, मछली-मांस-अंडा यही सब खाने को कहते हैं। लेकिन बंगाली बाबू सिर्फ शराब पीना चाहता है..."

उस्तादजी बोले, "शराब ही हो या दूध ही हो, तुझे ताक-ताककर रहना होगा..."

"ताक-ताककर ही तो हूँ..."

कुन्दललाल घर के बाहर जरूर चला गया था, लेकिन थोड़ी दूर जाते ही उसे कुछ सन्देह हुआ। उसे उस्तादजी ने इस तरह घर से बाहर क्यों कर दिया! तो फिर कोई छिपा मतलब है क्या? कौन-सा मतलब हो सकता है? सोने-चाँदी के कारबार के खून से बना है कुन्दनलाल। वाजपेयी-वंश का खून उस वक्त भी उसकी नसों में बह रहा था। त्याज्यपुत्र ही हो या शराबी-बदचलन-आवारा हो, अक्ल उस वक्त भी उसकी मजबूत थी, दिमाग तब भी उसका ऊँचा था।

वह फिर लौट आया। उस्तादजी के घर के सामने आकर बगल की गली की तरफ घुसा। उधर ही एक खिड़की थी। दोनों पल्ले भीतर से बन्द थे। सो हों, लेकिन कान लगाने से कुछ सुना जा सकता है।

भीतर की बातचीत अधूरी भी उसके कानों में आने लगी। खिड़की के और भी नजदीक कान लगाए रहने पर ही वह साफ-साफ सुन सका सब बातें।

कुन्दनलाल ने दाँतों से दाँत दबाया। अच्छा।

भीतर उस समय लगता है बात खत्म हो गयी थी। दूध पीना नहीं चाहता न चैटर्जी, फल-गोश्त कुछ खाना नहीं चाहता। सिर्फ शराब पीना चाहता है। लेकिन केसरबाई उसे शराब नहीं देगी। डाक्टर कोठारी ने शराब पीने को मना किया है। सब तरफ शायद चैटर्जी के पेट में घाव हो जाएगा।

अकस्मात् एक बात से कुन्दनलाल ने फिर कान खड़े करना शुरू किया। जय संकटमोचनजी, जय महावीरजी की।

फिर खड़ा हुआ नहीं कुन्दललाल वहाँ। ज्यादा वहाँ खड़े होना खतरे से खाली नहीं था। कुन्दनलाल सीधे रास्ते में आकर खड़ा हुआ। और उसके बाद हनहनाता हुआ एकदम बंगाली टोले की चौहद्दी से वह गायब हो गया।

लखनऊ शहर के पूरे इलाके में उस वक्त सब कुछ नियम तरीके से चल रहा था। ट्रेन आकर ठहरती थी नियम से और छूटती भी थी नियम से। आफिस-बैंक, दूकान-पाट वक्त से खुलते थे। वक्त से ही नियम से मनुष्य सवेरे सोकर उठते थे और नियम-समय

से फिर बिछौने पर सो जाते थे। लखनऊ के सिविल लाइन्स से लेकर बंगाली टोला तक का हर आदमी नियम से अपना काम काज करता चला आ रहा था।

लेकिन तो भी समय-नियमपालन से बाहर अदृष्ट लोकदृष्टि की आड़ में कहाँ मानो क्या घट रहा है यह किसी के जानने की बात नहीं थी, हो न हो, न जानने का ही नियम हैं। जानने पर विश्व विधाता के जगत-संसार के प्रतिदिन के परिचालन में लगता है बाधा पड़ती। एक दिन हठात् कहीं एक नियम में उलट-पुलट होते ही उस दिन सबको होश आ जाता और मनुष्य चिल्लाकर कहता—गया—गया...

यह भी ठीक वैसा है।

बहुत अच्छे थे केसरबाई के उस्तादजी, अच्छी थी लजवन्तिया। अच्छी थी केसरबाई। बड़े-बड़े राजा बादशाह-महाराजा केसरबाई के कोठे पर आते। गाना सुनते, नाच देखते और नजराना दे जाते। या कभी दूर उत्सव आयोजन में ले जाकर अतिथि अभ्यागतों को सन्तुष्ट करते और उसके बदले केसरबाई के पैरों पर हजार-हजार रुपये गिनकर अपने को कृतार्थ-सफल समझते।

लेकिन अकस्मात् जाने कहाँ से जाने क्या हो गया, हठात् एक दिन एक बंगाली लड़के ने केसरबाई की मजलिस में घुसकर उसे आरती कहकर पुकारा और उसी दिन से सब नियमों के विधि-विधान चकनाचूर होकर चारों तरफ टुकड़े-टुकड़े में छितर गए। केसरबाई की मजलिस में उस दिन से फिर घुँघरू के बोल नहीं उठे, लजवन्तिया ने फिर अपनी बख्शीश नहीं पायी, उस्तादजी ने फिर केसरबाई के मुजरे का हिस्सा नहीं पाया, तबलची बरकत अली बरखास्त हो गया, और सरदार अली सदर दरवाजे में भाँग पीकर ऊँघने लगा।

डाक्टर कोठारी उस दिन भी आए। रोगी की परीक्षा की उन्होंने। केसरबाई नजदीक ही खड़ी थी। उसने डाक्टर कोठारी से पूछा, "कैसा देखा डाक्टर साहब?"

डाक्टर कोठारी का मुँह जाने कैसा भारी-भारी था।

सुललित बिछौना छोड़कर उठ बैठा।

वह बोला, "डाक्टर बाबू, आरती भुझे शराब नहीं देती..."

डाक्टर कोठारी बोले, "नहीं, आपको शराब नहीं दी जा सकती। मैंने शराब देने को मना कर दिया है..."

सुललित बोला, "लेकिन डाक्टर बाबू, शराब न पीने से मुझे सब बातें याद आ जाती हैं, मैं कुछ भी भूल जो नहीं पाता..."

"क्या नहीं भूल पाते आप?"

"मैं भूल नहीं पाता कि मेरी वजह से आरती का सर्वनाश हुआ है..."

"कैसा सर्वनाश?"

आरती सुललित की बात में बाबा डालकर बोल उठी, "तुम चुप रहो सुललित दादा, तुम ज्यादा बात मत करो, तुम चुप रहो, तुम सो जाओ..."

डाक्टर कोठारी अवाक् हो गए सुललित की बात सुनकर। कौन है आरती? यह तो केसरबाई है, इसे आरती कहकर पुकारता क्यों है बंगाली भला आदमी?

"आप सुनिए डाक्टर बाबू, आरती जानती है कि मैंने उसका क्या सर्वनाश किया है। मेरे लिए ही आरती ने अपने पति को छोड़ा है, संसार-परिवार छोड़-कर, लड़के-लड़कियाँ छोड़कर यहाँ चली आयी है, यहाँ आकर केसरबाई हो गयी है—इस सबके लिए मैं ही जिम्मेदार हूँ डाक्टर बाबू, यह बात मैं भूल नहीं सक रहा हूँ किसी तरह..."

डाक्टर कोठारी ने केसरबाई की तरफ देखा। वे बोले, "क्या मामला है केसरबाईजी? क्या मामला है बोलिए तो..."

आरती बोली, "वे सब बातें सुनने की आपको जरूरत नहीं है डाक्टर साहब, वह आपको सुनने की जरूरत नहीं है..."

सुललित बोला, "उन्हें सुनने ही अगर नहीं दिया जाएगा तो डॉक्टर बाबू किस तरह समझेंगे कि मैं क्यों शराब पीना चाहता हूँ? अगर मुझे शराब पीने को-न दीजिए तो आप मुझे दवाई देकर नींद में सुला दीजिए डाक्टर बाबू। ऐसी नींद में सुला दीजिए कि किसी दिन मेरी वह नींद फिर न टूटे..."

डाक्टर कोठारी कुछ भी समझ नहीं पा रहे थे। केसरबाई रोगी से बंगला में बातें कर रही थी, तो फिर क्या सचमुच केसरबाई बंगाली है?

उन्होंने पूछा, "आप क्या सचमुच बंगाली बाईजी साहिबा हैं?"

"केसरबाई मानो कुछ शर्मिन्दा हो गयी। बोली, "डाक्टर साहब, मैं बंगाली हूँ..."

सुललित बात के बीच में बोल उठा, "डाक्टर ब.वू, आप जानते नहीं। मैं सब जानता हूँ। उसके साथ मेरे विवाह की सब बात पक्की हो गयी थी, लेकिन कैसी है मेरी तकदीर कि एक दिन अकस्मात् लड़ाई छिड़ गयी और आरती को लेकर उसके पिता मेजर भूधर गांगुली जाने कहाँ चले गए, और उस दिन मेरी भी तकदीर फूट गयी, और आरती आ गिरी इस नरक में..."

"नरक, नरक क्यों कहते हैं मिस्स्टर चैटर्जी?"

"नरक नहीं है? जानते हैं डाक्टर बाबू, आरती कितने सुख से थी? उसके पति की कितनी बड़ी नौकरी है, कितना सुख था उसके संसार में, वही सब मैंने चूरमार कर दिया है डाक्टर साहब, सब चूरमार कर दिया है मैंने..."

आरती बोली, "मेरी बात कर रहे हो तुम? डाक्टर साहब, आप उसे बात करने को मना कीजिए न।"

डाक्टर कोठारी तमाम मकानों में तमाम रोगी देखते हैं, तमाम मकानों की

अन्दरूनी हालतों की खबर रखते हैं, इस बाईजी-मुहल्ले के भी तमाम घरों में रोगी देखने के लिए उन्हें आना पड़ता है, लेकिन कभी न तो उन्होंने ऐसा रोगी ही देखा, न ऐसी कहानी सुनी।

उन्होंने पूछा, "उसके बाद?"

रोगी देखने आकर रोगी या उसके घर-परिवार के निजी जीवन को लेकर कौतूहल प्रकाशित करना भलमनसाहत नहीं है, लेकिन डाक्टर कोठारी बूढ़े आदमी हैं। उनके बाल पक गए हैं। वे पहले दूसरी जगह नौकरी करते थे, बुढ़ापे में रिटायर होकर रोजगार जमा लिया रातों-रात। सबके लिए वे परम श्रद्धा के पात्र हैं। केसरबाई, सुललित भी उनके लड़के-लड़कियों की उम्र के हैं। इसलिए इस मामले में उन्हें कौतूहल दिखाने में संकोच नहीं हुआ।

वे बोले, "उसके बाद क्या हुआ?"

सुललित बोला, "हर वक्त वे ही सब बातें मुझे याद आ जाती हैं डाक्टर बाबू। लगता है मैं कसूरवार हूँ, मैं गिल्टी हूँ..."

तो आप यहाँ इस मुहल्ले में कैसे आए? कैसे केसरबाई से इतने दिनों के बाद आपकी मुलाकात हो गयी?"

मैं अपने सुललित बोला, "अकस्मात्, अकस्मात् भेंट हो गयी डाव्टर बाबू, एक दोस्त के साथ रास्ते से जा रहा था, अकस्मात् एक गाना सुन पाया, जो गाना विवाह के पहले आरती मुझे गाकर सुनाती थी, झिझिट खम्बाज का सुर, नवाब वाजिद अलीशाह का लिखा हुआ। मेरा दोस्त मुझे ऊपर ले आया, मैंने देखा, जो मैंने सोचा था वही..."

"आप यहाँ क्या करते हैं?"

सुललित बोला, "करूँगा और क्या डाक्टर बाबू, यहाँ कुछ भी नहीं करता। एक नौकरी करता था, पुलिस की नौकरी..."

"पुलिस की नौकरी?"

"हाँ, इंडिया गवर्नमेंट का एंटि-करप्शन अफसर था, एक दिन बिना जाने मैंने आरती के पति को गिरफ्तार किया था..."

"यह बात है क्या?" कहकर डाक्टर कोठारी ने केसरबाई की तरफ ताका। आरती ने उस बात का कोई जवाब नहीं दिया मानो शर्म-अपमान से अपने ऊपर घिन से वह सिर नीचा किए रही।

"डाक्टर बाबू! मेरा एक अनुरोध मानियेगा?"

"क्या? बोलिए।"

"आप आरती को अपने पति के पास लौट जाने को कहिए। यह अगर अपने

पति के पास लौट जाए तो फिर आप जो कहिएगा मैं वही मानूँगा। मैं शराब पीना छोड़ दूँगा डाक्टर बाबू, मैं वायदा करता हूँ, फिर शराब छुऊँगा नहीं। मैं तब दूध पिऊँगा, मछली खाऊँगा, गोस्त खाऊँगा, आप जो खाने को कहिएगा, वही खाऊँगा, आरती को सुखी होते देखकर ही मैं सुखी होऊँगा..."

डाक्टर बाबू ने फिर केसरबाई की तरफ देखा। उन्होंने पूछा, "आप पति के पास लौट क्यों नहीं जातीं केसरबाई? आपके पति कौन हैं?"

केसरबाई के कोई जवाब देने के पहले ही डाक्टर कोठारी बोले, "ज़रूर मेरा डाक्टरी करने आकर ये सब बातें पूछना वाजिब नहीं है, लेकिन मैं इस रोगी के भले के लिए ही ये सब बातें पूछ रहा हूँ। आपके पति के पास लौट जाने से अगर ये अच्छे हो जाएँ तो इसमें आपको आपत्ति क्या है? आप क्या यह नहीं चाहतीं?"

केसरबाई बोली, "आप जो बोल रहे हैं वह मुमकिन नहीं है डाक्टर साहब..."

सुललित बात करते-करते कभी उठ पड़ता था, कभी खड़ा हो जाता था। वह बोला, "क्यों मुमकिन नहीं है डाक्टर बाबू? आप ही बताइए? पति-पत्नी में झगड़ा नहीं होता? झगड़ा भी होता है और फिर मेल भी हो जाता है। इसीलिए यहाँ चली आएगी, इस तरह जिन्दगी बितायेगी? यह आप सोच सकते हैं, यह आप कल्पना कर सकते हैं?"

डाक्टर कोठारी दोनों की बात सुनकर बड़े भरम में पड़ गए। इतने दिनों उन्होंने कितनी दवाएँ, कितने इंजेक्शन, कितना पथ्य कितना क्या नहीं दिया? किसी से कुछ नहीं हो रहा था। उनकी इतने दिनों की इतनी जानकारी मानो इस रोगी के पास आकर सब झूठ में बदल गयी थी। वे इतने दिनों नियम से बराबर यहाँ आए हैं, नियम से उन्होंने इलाज किया है, लेकिन किसी से भी कुछ हो नहीं रहा था...

उसके बाद वे थोड़ा सोचकर बोले, "ठीक जिस तरह दवाई चल रही थी उसी तरह चलेगी, मैं अब चलूँ..."

सुललित बाधा डालकर फिर खड़ा हुआ, वह बोला, "लेकिन कहाँ डाक्टर बाबू, आपने तो मेरा अनुरोध नहीं माना? आपने तो आरती को पति के पास लौट जाने को नहीं कहा?"

डाक्टर कोठारी महामुश्किल में पड़ गए। वे बोले, "लेकिन मैं इस मामले में क्या कर सकता हूँ बोलिए? यह आप लोगों का निजी मामला है, और मैं भी आप लोगों का कोई नहीं हूँ, निहायत पराया हूँ, मैं ही फिर उनसे यह अनुरोध करने क्यों जाऊँगा, और वे ही फिर मेरा अनुरोध क्यों मानने लगीं? किससे उनका भला है, क्या उनका बुरा है, यह वे ही ज्यादा समझेंगी, इस मामले में क्या मेरा कुछ कहना वाजिब है?"

सुललित बोल उठा, "तो फिर मैं क्या करूँगा डाक्टर बाबू?"

"क्यों, आपको चिन्ता क्या है? आप फिर अच्छे हो जाएँगे!"

सुललित बोला, "लेकिन आरती अगर सुखी न हुई तो फिर मेरे अच्छे होने से क्या होगा डाक्टर बाबू?"

डाक्टर कोठारी बोले, "क्यों, आप फिर नीरोग हो जाएँगे।"

सुललित बोला, "यह क्या? आरती मेरे लिए ही इस नरक में आ पहुँची, और मैं नीरोग होकर बचा रहूँ? मैं क्या पत्थर हूँ डाक्टर बाबू, खा-पहनकर जन्तु जानवरों की तरह जिन्दा रह सकने से ही मैं सुखी रहूँगा? मेरे पास क्या मन नाम का कुछ नहीं है? मैं क्या अपने मन का गला दबाकर उसे मार डाल सकूँगा, या क्या कोई मनुष्य ऐसा कर सकता है? बोलिए डाक्टर बाबू, यह कोई कर सकता है?"

डाक्टर कोठारी को उस वक्त देर हुई जा रही थी। उन्होंने रिस्टवाच की तरफ ताका। उन्हें देर हुई जा रही है।

वे बोले, "आप दोनों का मामला है, मैं इस मामले में क्या बोलूँगा बोलिए। तो भी एक बात कह सकता हूँ, आपको गैस्टिक-ट्रबल है। अगर बचे रहना चाहते हैं तो और कुछ खाइए चाहे न खाइए, जितना पी सकें उतना दूध पीना होगा। कम-से-कम दिन में एक सेर से लेकर दो सेर तक दूध पीना चाहिए, उससे आपका लिवर भी सुधरेगा..."

सुललित भी अस्थिर हो उठा। बोला, "तो भी मेरा अनुरोध नहीं रखियेगा डाक्टर बाबू..."

लेकिन डाक्टर कोठारी फिर खड़े नहीं हुए। बोले, "मैं कल फिर आऊँगा, अभी चलूँ..."

सचमुच उस वक्त रुकने का समय नहीं था डाक्टर साहब को। उनके बहुतेरे रोगी हैं। सारे शहर में घूम-घूमकर उन्हें रोगी देखने पड़ते हैं। उनके चेम्बर में भी हर वक्त रोगियों की भीड़ रहती है। सुललित का कमरा छोड़कर बाहर आते ही पीछे से केसरबाई के गले की आवाज आयी—"डाक्टर साहब..."

डाक्टर कोठारी पीछे फिरे।

"एक बात है डाक्टर साहब, कैसा देखा बताइए? बचेंगे तो?"

डाक्टर कोठारी बोले, "बहुत दिनों का पुराना रोग है केसरबाईजी। बहुत दिनों से शराब पीते-पीते जो होता है वही हुआ है। इसे अच्छा होने में वक्त लगेगा, लेकिन आप उन्हें और कुछ खाने को मत दीजिएगा, सिर्फ दूध पीने को दीजिएगा..."

"लेकिन दूध वह बिल्कुल पीना नहीं चाहता। असल में बचना ही नहीं चाहता वह। सिर्फ शराब देने पर पियेगा। लेकिन मैं जान-बूझकर कैसे वह विष दूँ बोलिए?"

डाक्टर बाबू बोले, "लेकिन यह कहने से तो चलेगा नहीं। तो फिर उन्हें उनके निजी घर में भेज दीजिए।"

"उसके निजी घर में तो एक नौकर के अलावा और कोई है नहीं। उसे वहाँ देखनेवाला आदमी कोई नहीं है न..."

डाक्टर कोठारी बोले, "तो फिर वे जो कहते हैं आप वही कीजिए—आप अपने पति के पास फिर लौट जाइए..."

"लेकिन वहाँ तो मेरे लौटने का कोई उपाय नहीं है। मेरा यह कुल भी गया, वह कुल भी गया, मैं अब क्या करूँ बोलिए तो डाक्टर साहब?"

"तो सचमुच आपके साथ क्या एक दिन मिस्टर चैटर्जी के विवाह का सब ठीक-ठाक हो गया था?"

केसरबाई ने सिर नीचा करके कहा, "हाँ।"

"लेकिन तो फिर वह विवाह हुआ क्यों नहीं?"

केसरबाई बोली, "अभी तो आपने सुना, मेरे पिता थे मिलिटरी के डाक्टर, अकस्मात् एक दिन रात को उनका बुलावा आ गया, तब लड़ाई छिड़ गयी अकस्मात् आने के वक्त मैं घरवाले के पास एक ठिकाना दे आयी थी, लेकिन उसके बाद लगता है वे वह कागज खो बैठे थे।"

"उसके बाद?"

उसके बाद केसरबाई शुरू से आखिर तक जो घटा था सबकुछ गड़गड़ाकर बोल गयी। कहीं कोई बात छिपायी नहीं। कैसे एक दिन पिता के मर जाने के बाद उसकी एक दूसरे आदमी से शादी हो गयी। उसके बाद किस तरह एक दिन वह मिलने गयी सुललित से बिलासपुर में, और उसके बाद यह मामला। मामले में पति को बचाने के लिए झूठ कहकर सुललित ने उसके पति को छुड़वा दिया। सब-कुछ एक साँस से बोल जाने के बाद मानो केसरबाई निश्चिन्त हुई।

सब सुनकर डाक्टर कोठारी थोड़ी देर चुप रहे।

उसके बाद बोले, "स्ट्रेंज, वेरि स्ट्रेंज, यह एकदम उपन्यास के समान लगता है। आप बंगाली हैं, यह मैं समझ ही नहीं सका था..."

उसके बाद थोड़ा ठहरकर उन्होंने पूछा, "तो फिर केसरबाई आपका नकली नाम है? असल नाम आरती है?"

"हाँ डाक्टर बाबू, आरती गांगुली..."

"स्ट्रेंज, वेरि स्ट्रेंज इन्डीड। इट एपीयर्स लाइक ए नावेल।"

उसके बाद अकस्मात् लगता है खयाल आया कि बड़ा वक्त नष्ट हो गया। वे बोल उठे, "अच्छा चलूँ, कल इसी वक्त फिर आऊँगा।" यह कहकर उनके जाते

'बगल के कमरे से लजवन्तिया आकर बोली—"बाई साहिबा, दूध तैयार है, दूँगी?"

"हाँ, दे जा..."

कहकर केसरबाई फिर सुललित के कमरे में घुसी। देखा, सुललित अपने मन से ही कमरे के भीतर छटपटाता हुआ घूम-फिर रहा है।

केसरबाई बोली, "क्या हुआ सुललित दादा, क्या सोच रहे हो?"

सुललित बोला, "तुम्हारी ही बात सोच रहा हूँ आरती। यह मैंने क्या किया?"

अगर किसी का भला ही न कर सका तो मैं क्यों मनुष्य होकर जन्मा? क्यों मैं जानती पृथिवी पर आया था, और क्यों फिर इतने दिनों जीवित रहा? तिस पर, हो आरती, पहले मेरी कितनी आशाएँ थीं, मनुष्य का भला करने के कितने सपने थे, वे सब इस तरह क्यों मिट्टी में मिल गए, बोलो तो? वही मनुष्य मैं इस तरह कैसे शराबी हो गया? क्यों शराब का नशा छोड़ नहीं पाता? क्यों तुम्हें भूल नहीं पाता बोलो तो? इसके लिए किसे मैं जिम्मेदार ठहराऊँगा, किसे मैं सराप दूँगा, कौन बताएगा मुझसे?"

केसरबाई नजदीक जाकर दोनों हाथों से सुललित को पकड़ने लगी।

सुललित ने उसी क्षण केसरबाई के हाथों से अपने को छुड़ा लिया। बोला, "छिः, छुओ मत मुझे, छोड़ दो..."

केसरबाई अवाक् हो गयी। बोली, "क्यों, मैंने क्या दोष किया सुललित दादा, मैंने क्या किया है तुम्हारा? मैं तो तुम्हारे लिए अपने पति को छोड़कर चली आयी हूँ..."

कहकर सुललित को फिर दोनों हाथों से पकड़कर शान्त करने की कोशिश करने लगी।

सुललित केसरबाई के पास से दूर चला गया। बोला, "नहीं, तुम परस्त्री हो—मुझे छूने से तुम्हें भी पाप लगेगा, मुझे भी उसी पाप का हिस्सा लेना होगा, तुम इस कमरे से निकल जाओ..."

"लेकिन मैं जो तुम्हारे लिए सब छोड़कर चली आयी हूँ सुललित दादा, मेरा क्या होगा?"

"क्यों, तुम जो कर रही थीं, वही करना। तुम नाचकर, गाना गाकर राजा-महाराजाओं को खुश करना और रुपये पैदा करना!"

केसरबाई कुछ पल अवाक् होकर सुललित के मुँह की तरफ ताकती रही। वह बोली, "छिः, यह बात कहने के पहले तुम्हारे मुँह में अटकी नहीं? तुम मुझसे आज यह बात भी कह सके?"

हठात् सुललित अपना पेट हाथ से दबाकर 'ऊः' बोलकर आर्तनाद कर उठा। मानो एक आकस्मिक कष्ट से वह कातर हो उठा हो।

साथ-ही-साथ केसरबाई ने जाकर उसे पकड़ लिया। कहीं वह गिर न जाए।

लेकिन इतने दर्द में भी सुललित एक हाथ से केसरबाई को दूर हटा देने की कोशिश करने लगा। दर्द से एकदम कातर होकर कहने लगा, "तुम मुझे छुओ मत आरती, छुओ मत,—कहता हूँ छुओ मत—तुम अब परस्त्री हो आरती, मुझे छूना नहीं चाहिए—तुम हट जाओ..."

ऐसे ही समय लजवन्तिया एक गिलास में दूध लेकर कमरे में घुसी...उधर देखकर केसरबाई बोली, "दे लजवन्तिया, दूध दे मुझे..."

दूध का गिलास लजवन्तिया के हाथ से लेकर सुललित के मुंह के पास बढ़ाकर वह बोली, "तुम थोड़ा दूध पियो, देखोगे अभी तुम्हारी तकलीफ दूर हो जाएगी—पियो थोड़ा थोड़ी चुस्की लो..."

सुललित ने एक हाथ से मुँह दबाकर कहा, "नहीं, मैं किसी तरह नहीं पियूँगा..."

"पीकर देखो न थोड़ा, तुम अच्छे हो जाओगे।"

सुललित बोला, "नहीं, मुझे तुम शराब दो..."

"लेकिन शराब पीकर जो तुम्हारी तकलीफ और भी बढ़ेगी, तुम जो और तकलीफ पाओगे सुललित दादा, तुम जो..."

"मुझे अगर तकलीफ ही हो तो तुम्हारा क्या है आरती! जिस दिन तुमने दूसरे एक आदमी से विवाह किया, उस दिन तो मेरी तकलीफ की बात तुम्हारे मन में एक बार भी नहीं आयी। आज जब मैं शराबी हो गया हूँ तब तुम मेरी तकलीफ की बात सोचकर कष्ट पा रही हो? सचमुच तुम बढ़िया नाटक कर सकती हो आरती! सचमुच तुम लोग सब कर सकती हो..."

आरती बोली, "ना, मैं देखती हूँ तुम मुझे ऐसे बेवक्त बिना रुलाए छोड़ोगे नहीं...?"

सुललित बोला, "तुम किस दुःख से रोओगी आरती? तुम पति को छोड़कर आयी हो, संसार छोड़कर आयी हो, लेकिन यहाँ तुमने और भी बड़ा संसार पाया है, अब तुम्हारे पास कितने रुपये हैं, अब तुम्हारे कितने नौकर-चाकर दरबान, तुम्हारे उस्तादजी, तबलची हैं, तुम्हारे मुँह से एक गाना सुनने के लिए कितने राजा-महाराजा-नवाब-नवाबजादे तुम्हारे पैरों पर अपना सर्वस्व लुटा देते हैं—और मैं? मेरी बात सोचो तो एक बार? मैंने जिन्दगी में क्या पाया है?"

आरती बोली, "वे सब बातें छोड़ो, इस समय वह सब फिर से मत सोचो, अब तो मैं तुम्हारी हूँ—तुम दूध पी लो, तुम्हारे पैरों पड़ती हूँ सुललित दादा, तुम थोड़ा दूध पियो..."

सुललित के अपने हाथ से दूध का गिलास ठेल देते ही दूध से भरा गिलास फर्श पर गिरकर चूरमार हो गया।

फर्श का वह दूध सारे कमरे में फैल गया और टूटे गिलास के टुकड़े घरभर में झिलमिलाने लगे। फर्श की हालत देखकर फिर किसी के मुँह से कोई बात उस समय नहीं निकली। सब मानो उस वक्त पत्थर हो गए। आरती अब ठहर नहीं सकी। मुँह आँचल से छिपाकर झर-झर करके रोने लगी।

और कमरे के एक किनारे में खड़ी लजवन्तिया उस समय का कांड देखकर फिर वहाँ ठहर नहीं सकी। साथ ही कमरा साफ करने के लिए नीचे से झाड़ू लाने चली गयी।

लखनऊ शहर के निषादगंज से लेकर बाकरगंज तक उन दिनों कुन्दनलाल की गतिविधि थी, वह जो उस दिन उस्तादजी के डेरे से बाहर निकलकर खिड़की की फाँक से उसने जो सब बातें सुनी थीं उसके बाद से ही वह आदमी जड़मूल से एक-दम बदल गया। सब अवाक् होकर दूसरे एक कुन्दनलाल को देखने लगे। शराब की दूकान में जाकर वह बैठता अवश्य, लेकिन मुँह से न जाने क्या बिड़-बिड़ करता हुआ बकता रहता हर वक्त। शराब भी पीता और अविराम वकता भी रहता।

कहता, "सत्यानाश हो गया..."

नजदीक में कोई-कोई बैठा हुआ अवाक् हो जाता। पूछता, "किसका सर्वनाश हुआ है कुन्दन भइया?"

कुन्दनलाल कहता, "हिन्दुस्थान का..."

"हिन्दुस्थान माने? हिन्दुस्थान का और क्या सर्वनाश हो गया?"

ज्यादा तंग करने से गुस्सा हो जाता कुन्दनलाल। बिगड़कर मारने दौड़ता। कहता, "भाग साले भाग, हिन्दुस्थान का सर्वनाश हुआ जा रहा है और तुम साले बैठे-बैठे शराब निगल रहे हो, तुमको शरम नहीं आती?"

सब लोग कुन्दनलाल की बात सुनकर हँसते। कहते, "शराव हम लोग ही सिर्फ पी रहे हैं, और तुम शायद पी नहीं रहे हो? तुम क्या पी रहे हो?"

कुन्दनलाल ने बोतल मुँह में ढालते-ढालते कहा, "मैं विप पी रहा हूँ..."

कहकर खुद ही हँसने लगा। उसके साथ-ही-साथ और सब लोग भी हँसने लगे। वे जितना हँसते, कुन्दनलाल भी उतना ही हँसता। हँसते-हँसते अकस्मात् एक समय एकदम गम्भीर हो जाता।

कहता, "हिन्दुस्थान जहन्नुम में जाएगा..."

अकस्मात् कुन्दनलाल को गम्भीर देखकर दूसरे लोग भी गम्भीर हो जाते।

कहते, "क्या हुआ कुन्दन भइया, नशा हो गया है?"

कुन्दनलाल नाराज होकर खाली बोतल लिए हुए मारने दौड़ता। कहता, "दुर साले, मुझे नशा क्यों होगा? मैं क्या तुम लोगों की तरह शराब पी रहा हूँ? मैं तो जहर

पी रहा हूँ, मैं जहर पी रहा हूँ..."

कहकर फिर बोतल मुँह में ढालता और फफक-फफककर रोता। अकस्मात् वह रो क्यों पड़ा, यह भी कोई समझ न पाता। यह फिर क्या हो गया कुन्दनलाल को? ऐसा तो पहले कभी था नहीं कुन्दनलाल?

एक ने पूछा, "रोते क्यों हो कुन्दन भइया? रो क्यों रहे हो? कुन्दनलाल आँसू भरी आँखों से रो रहा था। बोला, "हमारा हिन्दुस्थान मिट्टी में मिल गया..."

हिन्दुस्थान के मिट्टी में मिलने के साथ कुन्दनलाल का क्या सम्बन्ध है, यह कोई समझ न पाता। रोते-रोते अकस्मात् मजलिस छोड़कर फिर चलना शुरू करता। कुन्दनलाल के चले जाने पर सब उसके बारे में चर्चा करने लगते। मानो कुन्दनलाल को कुछ हो गया है। नहीं तो कुन्दनलाल तो पहले ऐसे नहीं थे।

शहर के सब लोगों के मुँह में यही एक बात थी। बहुतेरों ने कहा, "खबर सुनी?"

"कौन-सी खबर?"

"हमारा कुन्दनलाल पागल हो गया है भइया।"

"पागल? पागल हो गया है?"

"हाँ, एकबारगी दिमाग बिल्कुल खराब हो गया है।"

"लेकिन ऐसा क्यों हुआ?"

"इतना नशा करने पर दिमाग बिगड़ नहीं जाएगा? सिर्फ शराब ही तो नहीं पीता, शराब पीने के साथ भाँग भी खाता-पीता है, गाँजा पीता है, चरस पीता है। देख आओ न, चौक की बदनाम गली में जाकर इस वक्त रास्ते के नाबदान पर बैठे-बैठे बेताला गाना गा रहा है।"

"यह कैसी बात है?"

बात झूठ नहीं है, जो लोग उस मुहल्ले की तरफ जाते हैं उन सबने देखा है सबकुछ। देखा है कि कुन्दनलाल का पहले का-सा चेहरा अब नहीं है। मुँह में झाँप झाँप दाढ़ी बढ़ गयी है, कितने दिनों से उसने दाढ़ी नहीं बनायी इसका कोई हिसाब नहीं है। पास में एक कुत्ता कुंडली मारकर बैठा है और उसके ही पास उसे पकड़कर चिपकाये हुए कुन्दनलाल गाना गा रहा है—दीवाना बनाना है तो दीवाना बना दे...

एक दिन उस्तादजी देख पाये।

"अरे, कुन्दनलाल हो क्या?"

कुन्दनलाल उस्तादजी को देखकर हँसा। बोला, "हिन्दुस्थान जहन्नुम में चला गया उस्तादजी, मैं भी जहन्नुम में जा रहा हूँ..."

"तेरी ऐसी हालत क्यों हुई रे?"

लेकिन इस बात का जवाब कौन देगा? केसरबाई के मकान के सामने की तरफ

आ रहा था सरदार अली। बोला, "कुन्दनलालजी पागल हो गए हैं उस्तादजी..."

"क्यों ऐसा पागल हो गया रे?"

"नसीब! इतनी दारू पीने से बेहोश नहीं होगा!"

"कितने दिनों से यहाँ है?"

"बहुत दिनों से यहाँ पड़ा है उस्तादजी। बीच-बीच में कहीं चला जाता है और फिर आकर यहाँ सो जाता है।"

"खाता कहाँ है? कौन उसे खाने को देता है?"

सरदार अली बोला, "किसी-किसी दिन मैं ही दे देता हूँ, रोटी खाना चाहता है। फिर कमरे के भीतर घुसता है। लजवन्तिया जब खाना पकाती है, तब किसी-किसी दिन भीतर घुस पड़ता है, चूल्हे के किनारे जाकर कहता है—लजवन्तिया, रोटी खिलाओ मुझे..."

उस्तादजी ने जीभ से एक चुक-चुक आवाज की। बोले, "अजब दुनिया..."

भगवान की खुद ही तो दस दशाएँ हैं और उनकी ही सृष्टि मनुष्य की जो हजार दशाएँ होंगी इसमें अचम्भा होने की कौन-सी बात है! उस्तादजी की निज की ही क्या कम दुर्दशा हुई? उस्तादजी ने खुद उस्ताद मइजुद्दीन खाँ साहब से कठिन शिक्षा पायी थी। मइजुद्दीन उस्ताद ने मार-मारकर अपने शागिर्द को तालीम देकर लायक बनाया था। मइजुद्दीन खाँ साहब ने सोचा था कि एक शागिर्द के समान शागिर्द बना जाएँगे वे। उनकी जितनी कमाई की विद्या थी, वह सब उन्होंने इस छोकरे में ढाल दी थी। इसी हामिद खाँ में। लेकिन शिक्षा पूरी होने के पहले ही गुरु मर गए। उसके बाद से ही लड़ाई शुरू हुई उस्तादजी की जिन्दगी की। सिर्फ प्रतिष्ठा पाने की लड़ाई नहीं, खा-पहनकर जिन्दा रहने की लड़ाई भी जुटी हुई थी उसके साथ। इन सब बाईजी के मुहल्ले में सारंगी बजाकर रकम कमाने का रास्ता साफ करने की कठिन साधना उस्तादजी ने दिन के बाद दिन की। उसके बाद जब थोड़ी तकदीर जागी तब थोड़े से संगीत-भक्त लोग अपने घर के लड़के-लड़कियों को गाना सिखाने की तालीम देने के लिए हामिद खाँ को बुलाने लगे। लेकिन इससे कितना रुपया कमाया जा सकता था? ज्यादा-से-ज्यादा बीस-तीस रुपये। अगर इससे भी ज्यादा हो तो सब मिलाकर पचास-साठ। इससे ज्यादा नहीं। उससे उस्तादजी का पेट चल जाने पर भी नशे की खूराक ठीक तरह से जुट नहीं सकी। अच्छी तरह सुर लेकर जादू पैदा करने की कोशिश करने पर सिर्फ रोटी-दाल खाने से तो काम नहीं चलता। मिजाज चाहिए। और इस मिजाज की पहली जरूरत ही हुई नशा। नशे की मौज में सुर लेकर साधना करने पर ही तो मन को एकाग्र किया जा सकता है।

इसी तरह उस्तादजी ने जब अधेड़ उम्र में पैर रक्खा तभी मिल गयी यह शागिर्द।

इस केसरबाई का जैसा सुर का सिलसिला था वैसी ही लयकारी थी। सारंगी के साथ सपाट तान खींचकर सम पर ले आने में जरा भी मिहनत करनी नहीं पड़ती। उसके साथ ही थी उम्र। केसरबाई भी उस समय ऐसे एक उस्ताद को ढूंढ़ रही थी जो सिर्फ उसके साथ सारंगी ही नहीं बजाएँगे, सुर की तालीम भी देंगे और बाईजी-जीवन की सोहबत भी सिखाएँगे, जिस सोहबत को सीखने पर गुणियों का समाज तारीफ करेगा।

इसी तरह शुरू हुआ केसरबाई का कारबार। दिन-दिन कप्तान-समाज में नाम फैल गया केसरबाई का। बनारस, इलाहाबाद, रामनगर, मेहर, कलकत्ता, बम्बई से जो लोग लखनऊ की इस बदनाम गली में महफिल के लिए आते उनके कानों में जा पहुँचा केसरबाई का नाम। उन्होंने सुना कि बरकत अली की तबले की लहर के साथ उस्तादजी की सारंगी की लयकारी मिलकर केसरबाई के गजल श्रोताओं के कानों में मधु बरसाते हैं। इसलिए चलो लखनऊ। जाकर सुनें वह क्या चीज है।

चौक के बदनाम मुहल्ले में उन दिनों राजा-महाराजाओं के मुसाहबों में से किसी के आते ही दलाल उन्हें पकड़ते। बदनाम मुहल्ले में दलाल तमाम थे। ऐसा ही एक दलाल था कुन्दनलाल वाजपेयी। बाप का निकाला हुआ लड़का। रुपया चाहिए। रुपया न होने पर नशा कैसे जमेगा!

उसी समय से उस्तादजी से जान-पहचान है।

उस्तादजी से एक दिन जान-पहचान हो गयी कुन्दनलाल की। उस्तादजी माइजुद्दीन खाँ साहब के शागिर्द थे। रामपुर घराने के अन्तिम गुणी, अन्तिम कलाविद। इससे रुपये भले न रहें, इज्कत लेकर चलना होता है उन्हें।

उस्तादजी का असल नाम था हामिद खाँ। लेकिन मइजुद्दीन खाँ साहब के मर जाने के बाद इस नाम से और कोई नहीं पुकारता। हामिद खाँ खुद भी अपना यह नाम भूल गए थे। उन दिनों बदनाम मुहल्ले में उस्तादजी के नाम से ही सब उन्हें पहचानते थे।

"उस्तादजी, सलाम..."

रास्ते से चलते-चलते पीछे से उनका नाम लेकर पुकारते ही मुँह फिराया उस्तादजी ने।

"कौन?"

"मैं कुन्दनलाल हूँ उस्तादजी। कुन्दनलाल वाजपेयी।"

"क्या चाहते हो?"

कुन्दनलाल बोला, "कुछ नहीं उस्तादजी, सिर्फ मेहरबानी।"

अर्थात् कुछ भी नहीं चाहता कुन्दनलाल, सिर्फ कृपा पाने पर ही वह सुखी होगा।

ये सब तो मामूली बातें हुईं। किसी से कुछ भीख माँगने पर इस भाषा का व्यवहार

करना ही लखनऊ के नानदानी समाज का कायदा है।

वह मेहरबानी ही अखीर तक पायी थी कुन्दनलाल ने। उठती हुई बाईजी का जितना फैलाव बढ़ता, जितनी ख्याति फैलती, उतना ही उनके सारंगीवालों का यश फैलता, उनकी ख्याति बढ़ती। साथ ही साथ तबलची, नौकर-नौकरानी, यहाँ तक कि दलालों का प्रसार, उनकी ख्याति, इज्जत सब कुछ बढ़ने लगती।

कुन्दनलाल का भी एक दिन ऐसा ही नाम फैला था, उसे भी यही ख्याति और इज्जत मिली थी। उसकी ख्याति के प्रसार और उसकी इज्जत की उन दिनों सीमा नहीं थी। तब कुन्दनलाल इस मुहल्ले में अपने हाथ से सबका गला काटता, उसके हाथ में मोटी आमदनी आती। केसरबाई के जितने मुजरे होते, सारंगीवाले भी उतना ही अपना हिस्सा पाते। केसरबाई की आमदनी का मतलब ही सबकी आमदनी होता था।

इसलिए कुन्दनलाल की भी बढ़िया आमदनी होती, मोटी रकम की।

लेकिन कुन्दन लाल का भाग्य सचमुच फूटा था। एक बार उसके बाप ने ही उसे घर से निकाल दिया, उसके बाद उस्तादजी की नेक नजर से वह गिर गया। गिरने की वजह हुई उसका नशा। इस नशे ने ही कुन्दनलाल को खोया। सिर्फ नशा नहीं, नशे के साथ लड़कियाँ भी। एक तो राम से ही रक्षा नहीं, सुग्रीव दूसरे। सिर्फ शराब का नशा होता तो भी उसे बचाया जा सकता, किन्तु उसके साथ लड़कियों का अनुपान लेने पर उसे बचाने की ताकत किसमें थी?

उस समय से ही कहना होगा कि कुन्दनलाल की लड़कियों की दलाली के कारबार में घाटा पड़ गया। उस समय से ही उसका शुरू हुआ आमोद-प्रमोद की उठती यारी पकड़ने का कारबार। एक-एक यार को पकड़ता और जब तक उसे चूसकर, खाकर पोपला करके फेंक न देता तब तक उसे रिहाई न देता। उसके बाद फिर नये यार की खोज में घूमता। नये यार की भी फिर अन्त तक यही हालत होती।

अन्त में आया चैटर्जी। सुललित चैटर्जी। चैटर्जी राजा-महाराजा भी नहीं था, नवाब-नवाबजादा भी नहीं था। निहायत एक बंगाली। डरपोक बंगाली। लेकिन लाइन में आना चाहता है। थोड़ा-थोड़ा घूँट-घूँट माल भी पीता है। कुछ दिनों निगाह लगाकर कुन्दनलाल ने समझा कि बंगाली की नौकरी भले न हो, कोई जमींदारी न हो, घर में कुछ पूँजी है। पूँजी माने सोने के गहने। उसके साथ कुछ जड़ाऊ गहने की गन्ध भी मिली। एक-एक करके उन्हें वह सोने-चाँदी की दूकान में जाकर बेचकर कलारी में आकर शराब पीता।

उसे ही अन्त में पकड़ा कुन्दनलाल ने। कहना होगा कि चैटर्जी ही कुन्दनलाल का आखिरी शिकार था!

वह आखिरी शिकारी भी जब हाथ से निकल गया तब भी कुन्दनलाल को कोई

दु:ख नहीं था। क्योंकि तब उसके हाथ में तुरुप का तारा आ पहुँचा था। वही दस हजार दाम की हीरे की अँगूठी। उसे उसने अखीर तक खर्च नहीं किया। सोचा था अभी तो वह है ही, जब कठिन विपत्ति में पड़ेगा तब उसकी शरण लेगा।

सो ऐसी ही जब हालत थी तब उसे चोट आ लगी एकदम दूसरी एक दिशा से, और एकदम अकल्पित भाव से।

अकस्मात् बंगाली बाबू हाथ से निकल गया, और उधर केसरबाई ने भी मुजरा छोड़ दिया। यह सब कुन्दनलाल की जिन्दगी में एक अजीब घटना थी।

लेकिन सबसे ज्यादा उलट-पुलट हुआ उस्तादजी की तरफ से। उस्तादजी की बनिस्बत भी ज्यादा उलट-पुलट हुआ लजवन्तिया की तरफ से। असल में कहना चाहिए कि ये ही लोग कुन्दनलाल के सबसे बड़े भरोसा थे। वे लोग खुद ही जब रास्ते में उतर आए हैं तब अब वह क्या करे?

कोई कहने लगे—कुन्दनलाल पागल हो गया रुपयों के अभाव में...

और कोई-कोई कहने लगे—शराब पी-पीकर कुन्दनलाल का दिमाग खराब हो गया है...

लेकिन कुन्दनलाल को खुद तब यह कोई फिक्र नहीं थी। वह भी तब रास्ते में उतर आया था। एकदम रास्ते के नाबदान में।

उस्तादजी ने एक बार चारों तरफ निगाह दौड़ाकर देखा। रोज की तरह उस दिन भी बदनाम गली में शराबियों और दलालों की भीड़ थी। उस दिन भी भेल-पूरी, मलाई-बरफ और फूलवालों की बिसाती बदस्तूर चल रही थी। आसपास के घरों से गाने, नाच और घुँघरुओं की आवाज हवा में लहरा रही थी। सिर्फ केसर-बाई के घर के सामने थोड़ा अँधेरा अँधेरा था। वहाँ उस वक्त दलालों की कोई भीड़ नहीं थी। चारों तरफ देखकर उस्तादजी घर के भीतर घुस पड़े।

भीतर घुसनेवाली गली में सिर पर टिमटिमाती हुई रोशनी उस दिन भी जल रही थी। सामने ही सिड्डी है। कलेजे में धक्का लगानेवाले सिड्ढी के ऊँचे सब पग।

उसके ही किनारे से दाहिनी तरफ जाने पर एकतल्ले में लजवन्तिया का कमरा है। वहीं लजवन्तिया केसरबाई के रसोईघर में खाना पकाती है। वही खाना लजवन्तिया भी खाती है, सरदार अली भी खाता है। और उसके ही बगल में पहले रहते थे उस्तादजी। गुरु मइजुद्दीन खाँ साहब के जिगरी शागिर्द ये उस्ताद हामिद खाँ।

लेकिन इस घर में आज अब उस्तादजी के लिए जगह नहीं है। यहाँ अब उनकी कोई कदर नहीं है। इस घर में कदर अगर किसी की बाकी हो तो उसी जाने कहाँ के सिर्फ बंगाली बाबू की है।

रसोईघर की तरफ गए उस्तादजी। यहाँ इस कमरे में उस्तादजी घुसे हैं यह अगर

केसरबाई न जाने पाएँ यही अच्छा। अब बहुत लुक-छिपकर यहाँ आना पड़ता है उस्तादजी को। केसरवाई नहीं चाहती कि अब उस्तादजी यहाँ आएँ।

हठात् उनके कानों में बातचीत के अस्पष्ट शब्द सुनायी पड़े। वही घिसी पिटी बात। बंगाली बाबू सिर्फ शराब पीना चाहता है और केसर बाई वह उसे पीने नहीं देगी।

लेकिन और एक झन-झन आवाज से उस्तादजी अचकचा गए। यह काहे की आवाज हुई? अन्दाज से लगा कि दुतल्ले में कोई एक चीज फर्श पर गिरकर टूट-कर चूरमार हो गयी है। क्या टूटा अकस्मात्? किसने तोड़ा?

उसके बाद किसी के तर-तर करके सीढ़ी से नीचे उतरने की आवाज हुई। उस्तादजी थोड़ा छिपकर एक किनारे खड़े हुए। देखा लजवन्तिया है। लजवन्तिया तर-तर करके उतरकर तब एक झाड़ लेकर फिर दुतल्ले की तरफ जा रही थी।

पीछे से उस्तादजी ने साड़ी पकड़कर खींचा।

"लजवन्तिया..."

लजवन्तिया भी उस्तादजी को देखकर अवाक्। गला दबाकर बोली, "उस्ताद जी..."

"चुप, धीरे ऊपर आवाज काहे की हुई? क्या टूटा?"

"गिलास। दूध का गिलास।"

उस्तादजी की दोनों आँखें डर के मारे सिकुड़ गयीं, "आहट पा गयी है क्या?"

लजवन्तिया बोली, "ना, बंगाली बाबू दूध नहीं पिएगा, सिर्फ शराब पीना चाहता है..."

"उसके बाद? क्या टूटा यह बता..."

लजवन्तिया बोली, "बाईजी साहिबा जोर करके दूध पिलाने जा रही थी, बंगाली बाबू के हाथ से गिलास को ठेलते ही वह फर्श पर गिरकर चूरमार हो गया। अब झाड़ू लेकर कमरा साफ करने जा रही हूँ..."

उस्तादजी बोले, "इतनी देर क्यों कर रही है तू?..."

लवन्तिया लगता है जाने कुछ कहने जा रही थी, लेकिन तभी पीछे से पैरों की आहट सुनकर उस्तादजी डर से सिहर उठे।

"कौन? कौन है?"

आधे अँधेरे में जगह सुममुम कर रही थी। ऐसे वक्त कौन यहाँ आ रहा है यह समझा नहीं जा सका। उस्तादजी ने एक दीवाल की आड़ में अपने को छिपाने की कोशिश की। लेकिन उन्हीं सीढ़ियों के पीछे से एक करुण आर्तनाद कानों में सुनायी पड़ा, "लजवन्तिया..."

उस्तादजी का सन्देह तब भी नहीं मिटा। बोले, "कौन है?"

एक अनजाने आतंक से उस्तादजी का हृदय काँप उठा। उसे किसी ने देख लिया है क्या?

लेकिन लजवन्तिया ने निर्भय किया। बोली, "वह हमारा कुन्दनलाल है..."

"कुन्दनलाल? कुन्दनलाल यहाँ क्यों? वह क्यों इधर आया?"

लजवन्तिया बोली, "वह पागल हो गया है उस्तादजी, एकदम घोर पागल..."

सचमुच कुन्दनलाल की तरफ देखकर उस्तादजी और भी अचम्भे में पड़ गए। उस्तादजी ने उसे रास्ते-रास्ते में भरमाया हुआ-सा घूमते देखा है। कई बार नर्दमे के किनारे धूल-कीचड़ में पड़े हुए भी देखा है। समझा शायद शराब पीकर बेहोश हो गया है। लेकिन यह तो वैसा नहीं है। यह तो सचमुच पागलों का चेहरा है।

कुन्दनलाल एकदम रसोईघर की तरफ घुसा जा रहा था। उस्तादजी ने उसे धमकाया, "उधर कहाँ जा रहे हो?"

कुन्दनलाल बोला, "जहन्नुम में उस्तादजी—जहन्नुम में..."

"जहन्नुम में? मतलब?"

"हुजूर, इसी का नाम तो जहन्नुम है?"

"कौन-सा जहन्नुम?"

कुन्दनलाल हो-हो करके हँसने लगा। बोला, "आपने इतने दिन जहन्नुम में काटे और मैं आपको जहन्नुम पहचनवा दूँगा उस्तादजी! आप जहन्नुम में रहकर भी जहन्नुम पहचान नहीं पाए..."

"दुर बदतमीज, भाग यहाँ से, भाग..."

यह कहकर उस्तादजी डाँटकर भगाने को हुए कुन्दनलाल की तरफ जाकर। कुन्दनलाल ने डर से सिकुड़कर लजवन्तिया को जकड़कर पकड़ लिया।

बोला, "मुझे मारिए मत उस्तादजी, मैं खाने आया हूँ, मुझे भूख लगी है..."

"छोड़-छोड़ बेटा, छोड़ उसे—छोड़..."

लजवन्तिया ने कुन्दनलाल को बचा दिया। बोली, "उसे मारिए मत उस्ताद जी, उस पर गुस्सा मत कीजिए, वह पागल है, वह पागल हो गया है..."

कुन्दनलाल हाथ जोड़कर बोल उठा, "नहीं उस्तादजी, मैं पागल नहीं हूँ, मैं कहता हूँ मैं पागल नहीं हूँ, मैं सिर्फ़ मिट्टी में मिल गया हूँ, मैं सिर्फ शराबी हो गया हूँ, मैं सिर्फ रंडीबाजी करके जहन्नुम में चला गया हूँ..."

उस्तादजी गाली-गलौज कर उठे। बोले, "दूर हो पगले..."

कुन्दनलाल लेकिन उसी तरह हाथ जोड़कर बोला, "आप गुलाम पर गुस्सा क्यों हो रहें हैं उस्तादजी? शराबी हो गया हूँ इसलिए? रास्ते में नशे में चूर रहता हूँ इसलिए? शराबी तो सभी होते हैं उस्तादजी, कोई शराब के लिए पागल होता है, कोई

पागल होता है भगवान के लिए। और मैं शराब के लिए पागल हुआ हूँ इसीलिए मेरा इतना दोष है? शराब क्या इतनी खराब चीज है?"

हठात् ऊपर से केसरबाई की आवाज सुनायी पड़ी, "लजवन्तिया..."

लजवन्तिया ने चकित दृष्टि से ऊपर की तरफ देखा, बोली, "जाऊँ, वह बाईजी हूँ, साहिबा बुला रही हैं..."

कहकर ऊपर की तरफ जा रही थी, कि उस्तादजी बोल उठे, "मैं भी जा रहा लेकिन याद रखना, समझी?"

कहकर एक इशारे की निगाह से देखकर दरवाजे की तरफ बढ़ गए। चारों तरफ का यह कांड देखकर कमरा फाड़कर हो-हो करके हँसते हुए कुन्दनलाल ने उस्तादजी की तरफ अँगुली से दिखाया, "वह भाग गया, वह भाग गया—डर के मारे भाग गया..."

उस्तादजी जाते-जाते एक बार कुछ बोलेंगे सोचकर पीछे फिरकर खड़े हो गए। लेकिन कह न पाने पर जल्दी-जल्दी घर से उतरकर रास्ते में बढ़ गए।

जिस मुहल्ले में दिन के वक्त रात होती है, और रात का वक्त ही दिन के समान लगता है उसी मुहल्ले में केसरबाई के घर में मानो सब उलट-पुलट हो गया। रात को जब इस बदनाम मुहल्ले में विलास का गान लहरा उठता है तब खाँ-खाँ करता है केसरबाई का घर। अवश्य पहले के समान ही घर अब भी एक ही जगह स्थिर खड़ा है, पहले के समान ही सदर में घुसने के दरवाजे के ऊपर शाम को टिम-टिम करके एक रोशनी भी जलती रहती है। ठीक पहले के समान ही लजवन्तिया रसोई-घर के भीतर खाना पका बाई साहिबा के घर में दुतल्ले में खाना दे आती है, पहले के समान ही फूलवाला आकर रोज के बँधे फूलों के गुच्छे दे आता है। लेकिन जिसे कहते हैं लक्ष्मी, वह लक्ष्मी ही विदा हो गयी थी घर से। उस बंगाली बाबू के के साथ मजलिस में आने के बाद से ही मानो इस घर से लक्ष्मी विदा कुन्दनलाल हो गयी थी। राजा-महाराजा, विलासी बाबू लोग विलास के लिए रुपये उड़ाने आकर भी मुँह काला करके लौटकर बगल की और किसी बाईजी के कमरे में जाकर महफिल जमाते।

सरदार अली के दिन भी बड़े बुरे कट रहे थे। गाहक न आने पर दूकान के मालिक का जैसा नुकसान होता है, दूकान के दरबानों का भी वैसा ही नुकसान होता है। उनकी भी आगे की तरह वैसी कोई ऊपरी आमदनी नहीं रह गयी। ऊपरी रोजगार—पात न रहने पर भाँग के नशे में भी तो जोर पड़ता है। भाँग खाते ही मलाई—रबड़ी खाना जरूरी होता है। दिन-दिन मलाई-रबड़ी की जो दर बढ़ रही है उससे ठीक से मलाई

जुट नहीं पाती सरदार अली की।

लेकिन सबेरे-शाम एक आदमी नियम से आता है। वह हुए उस्तादजी। उस्तादजी आते जरूर हैं, लेकिन पहले की तरह वैसी छाती फुलाकर नहीं आते। उस्ताद मइजुद्दीन खाँ साहब के शागिर्द उस्ताद हामिद खाँ की सब उस्तादी मानो खतम हो गयी। केसरबाई जिससे जान न सके इसीलिए छिप-छिपाकर लुका-चोरी से आते हैं और चुपचाप सरदार अली से पूछते हैं, "क्यों जी, बाई साहिबा कहाँ हैं?"

सरदार अली कहता, "मन्दिर में गयी हैं।"

"मन्दिर में?" मन्दिर का नाम सुनते ही ताज्जुब होता उस्तादजी को।

"किस मन्दिर में?"

"अमीनाबाद में। महावीरजी के मन्दिर में..."

"क्यों?"

"हुजूर, पूजा करने के लिए।"

अचम्भा! महावीरजी के मन्दिर में पूजा करने गयी हैं केसरबाई? खबर अवाक् करने के समान है।

"कब गयीं?"

"शाम को! आधा घंटा पहले।"

"कब लौटेंगी?"

"इसका ठीक नहीं है।"

फिर वहाँ खड़े नहीं हुए उस्तादजी। पूछा, "और लजवन्तिया? लजवन्तिया भी क्या साथ-साथ गयी है?"

सरदार अली बोला, "नहीं, बाई साहिबा अकेली ही गाड़ी में बैठकर गयी हैं—लजवन्तिया रसोईघर में है..."

उस्तादजी सीधे भीतर जा पहुँचे। लजवन्तिया उस्तादजी को देखते ही आगे बढ़ आयी। बोली, "उस्तादजी, आप इस वक्त आए क्यों? अभी ही जो बाई साहिबा महावीरजी के मन्दिर से लौट आएँगी..."

उस्तादजी बोले, "सुना है, सरदार अली ने मुझसे कहा है, लेकिन केसरबाई तो कहीं कभी निकलती नहीं, हठात् महावीरजी के मन्दिर में क्यों गयी?"

"पूजा करने के लिए, बंगाली बाबू के लिए हनुमानजी के पास मनौती मनाने।" उस्तादजी ने बात सुनकर थोड़ी देर न जाने क्या सोचा। उसके बाद पूछा, "बंगाली बाबू कहाँ हैं?"

"ऊपर।"

उस्तादजी बोले, "अब भी कुछ खाता-पीता नहीं?"

"ना।"

"कुछ भी नहीं खाता?"

"ना।"

ताजी अवाक् हो गए, "भात, मछली, मांस, मिठाई, लड्डू, कुछ भी नहीं खाता?"

लजवन्तिया बोली, "ना, सिर्फ शराब पीना चाहता है—लेकिन डाक्टर साहब ने मना कर दिया है। सिर्फ दूध पीने को कहा है, और बाई साहिबा भी शराब नहीं देंगी..."

उस्तादजी बोले, "तू एक काम कर न..."

"कौन-सा काम?"

"मैं शराब ला देता हूँ, तू शराब दे आ न। केसरबाई तो इस वक्त मन्दिर में गयी है, इस समय तो ऊपर कोई है नहीं, चुपचाप शराब लेकर ऊपर जाकर दे आ तू। और वह पुड़िया तेरे पास है न? उसे शराब के साथ मिला दे, कोई जान नहीं पाएगा..."

"तो फिर आप शराब ला दीजिए उस्तादजी। शराब तो और घर में है नहीं..."

उस्तादजी बहुत दिनों से यही मौका ढूँढ़ रहे थे। ऐसा सुयोग रोज-रोज आता नहीं। और शायद ऐसा सुयोग भविष्य में कभी आएगा भी नहीं। और देर नहीं की उस्तादजी ने। तुरन्त फिर निकल गए कमरे से। घर से बाहर निकलते ही सीधे कलारी की दूकान की तरफ चल दिए।

"लजवन्तिया..."

आवाज सुनकर लजवन्तिया चौंक उठी। नहीं, और कोई नहीं, कुन्दनलाल है। कुन्दनलाल इस बार कमरे के भीतर नहीं घुसा। खिड़की के बाहर से ही उझक रहा है।

"लजवन्तिया, एक-ठो रोटी खिलाओ मुझे..."

"दुर-दुर, दूर मुँहजले, निकल। भरी शाम को 'रोटी खिलाओ'! पहले और भी रोटी बनाऊँ। रोटी बना लेने पर तो खाएगा।"

कुन्दनलाल पागल होने के बाद से ही 'खाऊँगा खाऊँगा' शुरू करता है। पहले इतना खाना नहीं चाहता था। अब जब-तब उसके रसोईघर के आसपास फिरता रहता है। कभी घर के भीतर घुस जाता है, और कभी खिड़की से हाथ बढ़ाता है। खाने का बड़ा लोभ हो गया है पागल को। पागलों को लगता है जीभ का लोभ ज्यादा होता है।"

लजवन्तिया ने जल्दी-जल्दी धक्के से खिड़कियों के दोनों पल्ले बन्द कर दिए। "क्यों बाबू, इस बदनाम मुहल्ले में क्या और रोटी खिलाने के लिए कोई घर नहीं है! और भी तो तमाम बाईजी हैं इस मुहल्ले में, दूसरे-दूसरे मकानों में तो कलिया-पोलाव-कबाब-मुर्ग मुसल्लम पकता है, वहाँ जा न!"

"निकल, निकल यहाँ से, भाग..."

कुन्दनलाल को लेकिन इससे कुछ गुस्सा नहीं आता। नाराजी भी नहीं, दुःख

भी नहीं। वह हो-हो करके हँसने लगा। भूख लगने पर मनुष्य हँसता भी है यह पहले लजवन्तिया ने सुना नहीं था।

हठात् सदर से बाई साहिबा के गले की आवाज सुनायी पड़ी।

"लजवन्तिया!"

एक क्षण में चौंक उठी लजवन्तिया। इतनी जल्दी बाई साहिबा महावीरजी के मन्दिर से लौट आएँगी यह वह सोच ही नहीं सकी थी। जल्दी-जल्दी बाई साहिबा के सामने जाते ही केसरबाई ने पूछा, "बाबूजी कैसे हैं? बाबूजी को देखा है न? शराब तो नहीं दी?"

लजवन्तिया बोली, "ना बाई साहिबा, मैं क्यों शराब देने जाऊँगी, आपने जो मका कर दिया था..."

केसरबाई तब फिर खड़ी नहीं हुई। तर-तर करके ऊपर सीढ़ियों से दुतल्ले पर चढ़ने लगी। जिस स्त्री ने एक दिन घाघरा-घुँघरू पहनकर घंटे के बाद घंटों नाच-गाकर बड़े खानदानी लोगों को पराजित किया है, उसके ही पहनावे में उस समय चौड़े लाल पाड़ की गरद की साड़ी थी। कपाल में सिन्दूर की बिंदिया। इस केसरबाई को मानो अब पहचाना ही नहीं जा सकता।

सुललित उस वक्त कमरे में अकेला चुपचाप तोया था। बगल में तिपाई पर दूध का गिलास रखा था।

केसरबाई ने दूध की तरफ देखकर कहा, "यह क्या, दूध अभी तक पिया नहीं?"

सुललित उस बात का कोई जवाब दिए बिना जैसा लेटा था, वैसा लेटा रहा। केसरबाई बोली, "तुम उठकर बैठो..."

सुललित बोला, "क्यों..."

केसरबाई बोली, "जो कहती हूँ वही करो न। इतने एकरुखे होने से तुम्हारी बीमारी कभी नहीं मिटेगी।"

सुललित गम्भीर गले से बोला, "मैं नहीं चाहता कि मेरी यह बीमारी अच्छी हो।"

केसरबाई बोली, "लेकिन मैं तो चाहती हूँ कि तुम नीरोग हो उठो, मैं तो चाहती हूँ कि तुम अच्छे होओ..."

सुललित बोला, "मैं अब अच्छा नहीं होऊँगा आरती, झूठमूठ तुम मुझे अच्छा करने की कोशिश कर रही हो..."

आरती बोली, "ना, तुम देखो, तुम जरूर अच्छे हो जाओगे। मेरी इतनी कोशिशें, इतनी पूजा सब क्या तब फिर झूठ है कहना चाहते हो?"

सुललित बोला, "तुम्हारे देवता देवता सब झूठ हैं आरती। ठाकुर देवता अगर सचमुच होते तो इस तरह मुझे तुम्हारा सर्वनाश न देखना पड़ता।"

आरती बोल उठी, "छि:, ऐसी बात नहीं कहते। महावीरजी की दया से ही आज मैंने तुम्हें पाया। महावीरजी की दया से ही मेरे पति से मेरा झगड़ा हुआ, और अगर उनसे झगड़ा न होता तो मैं क्या इस तरह ठाकुर की दया से तुम्हें पाती?"

सुललित बोल उठा, "लेकिन इस तरह का पाना तो मैंने पाना चाहा नहीं था आरती। मैंने तो तुम्हें स्त्री के हिसाब से पाना चाहा था..."

"अब से तो मैं तुम्हारी स्त्री ही होऊँगी सुललित दादा..."

सुललित बोल उठा, "तुम चुप करो, यह सब मुझसे मत कहो..."

"क्यों? क्यों नहीं बोलूँगी यह बताओ! मेरे पति को क्या तुम मनुष्य समझते हो? वह एक शराबी, लम्पट, घूसखोर है,—इतने दिनों जो उसके साथ मैंने घर-संसार किया है वही मेरे लिए शर्म की बात है, वही मेरे जीवन का कलंक है..."

"लेकिन ये सब बातें तुम्हें विवाह के पहले सोचना वाजिब था।"

"तुम फिर वही एक ही बात कह रहे हो? कैसी हालत में मुझे वह विवाह करना पड़ा यह तुम नहीं जानते? तो भी क्यों बार-बार वही एक ही बात कहते हो यह तुम बताओ तो सुललित दादा? एक बार अजाने में जो अन्याय हो गया है उसका प्रायश्चित करने का भी क्या अधिकार नहीं है मेरा? उसकी क्या क्षमा भी नहीं है?"

"क्षमा? मुझे किसने क्षमा किया है आरती, जो मैं दूसरे को क्षमा करूँगा? मेरे पिता जब मरे, हम लोगों की पुरखों की सम्पत्ति जब बँटी, मेरे हिस्से में मेरी माँ के गहनों को छोड़कर जब और कुछ नहीं बचा, जब संसार में मैं एकदम नि:स्व निराश्रय हो गया, तब क्या किसी ने मुझे देखा है, तब क्या किसी ने मेरी बात सोची है? मैं क्या खाऊँगा, कहाँ रहूँगा, किस तरह पेट चलाऊँगा यह बात लेकर तब किसी ने क्या सिर खपाया है? आज तुम मुझे क्षमा करने को कहती हो? क्षमा की बात कहते तुम्हारा मुँह एक बार अटका नहीं?"

आरती बोली, "जो हो गया सो हो गया। आज से तुम जो कहोगे मैं वही करूँगी। मैं अब नये सिरे से तुम्हारा संसार रचूंगी सुललित दादा, तुम्हारे अच्छे होते ही यह मुहल्ला छोड़कर और एक देश में और एक जगह जाकर नयी जिन्दगी शुरू करेंगे..."

बात करते-करते आरती सुललित के नजदीक आकर उससे घिसकर खड़ी हो गयी थी। सुललित सरककर खड़ा हुआ। बोला, "यह अब नहीं हो सकता आरती—यह हो नहीं सकता..."

"क्यों नहीं होगा? होने में दोष क्या है?"

"ना, यह नहीं होगा, तुम जो परस्त्री हो..."

आरती इस बार और भी खिसक आयी सुललित के सामने। बोली, "तुम थोड़ा चुप होकर खड़े तो होओ सुललित दादा, मेरे अच्छे सुललित दादा, थोड़ा चुपचाप

खड़े होओ, उसके बाद तुम जो बोलोगे, मैं वही सुनूंगी, वही करूँगी..."

सुललित आरती की बात समझ नहीं सका। बोला, "तुम क्या करोगी?"

"यह देखो न क्या करती हूँ!"

बोलकर हाथ की तश्तरी से पूजा का प्रसादी सिन्दूर लेकर सुललित के माथे पर लगाने लगी।

सुललित बोला, "यह क्या है?"

"महावीरजी का प्रसादी सिन्दूर। तुम्हारे लिए जो मैं कभी नहीं करती वही मैंने किया है, मैं खुद अमीनाबाद के महावीरजी के मन्दिर में जाकर पूजा करके आयी हूँ। यह उसका ही प्रसाद है..."

बात सुनकर सुललित मानो पागल हो उठा। दोनों हाथों से प्रसाद की तश्तरी ठेलकर फेंकते ही वह फर्श पर गिरकर कमरे भर में फैल गया और सुललित साथ-ही-साथ बोल उठा, "रख लो तुम्हारा प्रसाद। मैं यह सब प्रसाद-वसाद पर विश्वास नहीं करता। मैं किसी पर अब विश्वास नहीं करता, मैं अपने भगवान पर भी विश्वास नहीं करता, मैं तुम्हारे महावीरजी पर भी विश्वास नहीं करता। सब झूठ है, सब खामखयाली है। सब सिर्फ लोगों को ठगने की कारसाजी है..."

यह कहकर अकस्मात् उसकी नजर पड़ी तिपाई पर रक्खे गिलास-भरे दूध पर। हठात् मानो उसका गुस्सा जा पड़ा उस दूध के गिलास पर। उसे भी उसने पैर से ढकेलकर फर्श पर गिरा दिया। पैर से ढकेलते ही सब दूध भी फर्श पर फैल गया।

सुललित को मानो उस वक्त प्रमाद हो गया था। प्रमादी के समान ही वह चिल्लाकर रोते-रोते कहने लगा, "यह दूध लजवन्तिया क्यों देती है मुझे? मैंने तो बार-बार कहा है मैं दूध नहीं पियूंगा, तो भी क्यों रोज बार-बार खाली इस दूध का गिलास लाकर मेरे सामने रख जाती है? तुम बोल नहीं सकतीं लजवन्तिया से कि वह कभी मुझे दूध न दे, बोल नहीं सकतीं तुम?"

आरती के मुँह से उस समय कोई बात नहीं निकल सकी। वह थोड़ी देर स्तम्भित होकर सुललित की तरफ ताकती हुई सिर्फ चुपचाप खड़ी रही। और उसके बाद जब दुःख सह न सकी तब साड़ी का अंचल मुँह में दबाकर हाउ-हाउ हरके अपना रोना दबाने की पूरी प्राणशक्ति से चेष्टा करने लगी।

नीचे के एकतल्ले में हठात् उस्तादजी धीमे-धीमे पैरों से फिर घुस पड़े हैं, रसोई-घर के पास जाकर उन्होंने देखा, कोई नहीं है। एक बार कान लगाए रहे वे ऊपर की तरफ। केसरबाई और उसी बंगाली बाबू की बातें कानों में पड़ीं। जैसी हर दिन होती

हैं वैसी ही बातें। तब क्या केसरबाई इसी बीच लौट आयी?

उस्तादजी क्या करें समझ नहीं पा रहे थे। अपने कुर्ते की आड़ में शराब की बोतल वे छिपाए हुए थे, जिससे कोई देख न सके। वे दौड़े गए अमीनाबाद और बोतल खरीदकर उसे लेकर सीधे यहाँ चले आए हैं। दूकानदार बोतल देने में थोड़ी देर कर रहा था, उतनी देर भी मानो सही नहीं जा रही थी उस्तादजी से पहले अगर उस्तादजी जानते कि केसरबाई महावीरजी के मन्दिर में जाएँगी तो वे पहले से ही बोतल यहाँ लाकर लजवन्तिया के पास रख जाते। ज्यों ही केसरबाई चली जाती तभी लजवन्तिया शराब में पुड़िया मिलाकर बंगाली बाबू के पास जाकर दे आती।

हाय अल्ला, ऐसा मौका भी हाथ से छूट जाता है!

आज और अब कोई सुभीता नहीं होगा। पाकेट से एक बार बोतल निकाली उस्तादजी ने। इस समय तक भी ढक्कन खोला नहीं था। जैसा दिया दूकानदार ने वैसा ही कागज में मोड़कर पाकेट में रखकर चले आए हैं।

हठात् किसी के पैरों की आहट पाते ही उस्तादजी ने बोतल टप् करके पाकेट में रखकर छिपा ली...

"उस्तादजी..."

वही कुन्दनलाल! वही पागल! इस बार खिड़की के बाहर से अपनी दाढ़ी-मूँछोंवाला चेहरा उसने बढ़ा दिया था।

"जरा शराब दिलाओगे उस्तादजी!"

"भाग, भाग यहाँ से, पागल कहीं का, भाग..."

कुन्दनलाल को देखते ही मानो जाने कैसी माया होती उस्तादजी को और गुस्सा भी आता। इतने बड़े आदमी का लड़का और उसकी यह हालत! इस तरह बहुतों को देखा है उस्तादजी ने इस लाइन में। पहले-पहल गाड़ी-जोड़ी हाँककर मुसाइब ले आते, दोनों हाथों से रुपये उड़ाते और कुछ बरसों के बाद एकदम फकीर हो जाते। तब फिर शराब पीने का पैसा भी नहीं जुटता उनके पास। उसके बाद इसके-उसके गले में पड़कर टो-टो करके भीख माँगते फिरते। ऐसा हमेशा होता है इस मुहल्ले में।

"भाग, भाग यहाँ से, पगला कहीं का..."

अकस्मात् लजवन्तिया दुतल्ले से तर-तर करती हुई सीढ़ियों से नीचे रसोईघर में उतर आयी। उस्तादजी को देखते ही बोली, "बाई साहिबा आ गयी हैं, अब नहीं हो सकेगा..."

उस्तादजी गला धीमा करके बोले, "कुन्दनलाल खड़ा है यहाँ, थोड़ा धीरे बात कर..."

लजवन्तिया ने खिड़की की तरफ देखकर कहा, "वह पगला है, वह कुछ नहीं

समझेगा, आप बोलिए, शराब लाए हैं क्या?"

उस्तादजी ने पाकेट में हाथ लगाकर कहा, "हाँ लाया हूँ, यहाँ तेरे पास रख जाऊँ?"

लजवन्तिया बोली, "ना, बाई साहिबा जान गयीं तो मुश्किल होगी, उसे आप अपने पास ही रख लीजिए, जरूरत होने पर मैं ही माँग लूँगी..."

"लेकिन केसरबाई इतनी जल्दी मन्दिर से लौट आएगी, मैं तो सोच भी नहीं सका..."

लजवन्तिया बोली, "मैंने भी तो सोचा नहीं था उस्तादजी—मैंने भी नहीं सोचा था कि इतनी जल्दी बाई साहिबा लौट आएँगी..."

"तो फिर अभी मैं चलूँ लजवन्तिया, फिर कहीं देख न ले केसरबाई। कल फिर आऊँगा—होशियार रहना खूब, जैसे दूध देती है रोज उसी तरह दूध सामने रखकर जाकर दे आना..."

यह कहकर बाहर जाने का उद्योग करते ही डाक्टर कोठारी आकर हाजिर हुए।

"वे डाक्टर साहब आ गए हैं, बाई साहिबा को खबर दूँ..."

उस्तादजी ने फिर अपने को कुछ छिपाया। डाक्टर कोठारी के दुतल्ले में जाने के पहले ही लाजवन्तिया ने ऊपर जाकर बाई साहिबा को खबर दे दी, "बाई साहिबा डाक्टर साहब आए हैं..."

सुललित का मुँह गम्भीर हो गया। फिर वही एक ही बात! वही उपदेश! हार्ट परीक्षा, लीवर परीक्षा! वही एक ही सवाल—दूध पीते हैं न?

और सुललित भी वही एक ही जवाब देगा—नहीं, मैं दूध नहीं पियूँगा...

लजवन्तिया डाक्टर कोठारी को दुतल्ले में पहुँचाकर ही फिर नीचे चली आयी। उस्तादजी उस वक्त वहाँ फिर नहीं थे। उस्तादजी जैसे धीमे-धीमे आते हैं वैसे ही धीमे-धीमे अपने डेरे में चले जाते हैं। ऐसा ही तो होता है। उस दिन भी डाक्टर कोठारी जिस तरह आए थे उसी तरह चले गए। और उसके बाद बदनाम गली के घरों के भीतर गुलजार शुरू हुआ। भेल-पूरी, बेल फूल और मलाई-बरफ के साथ ताल रखकर कहरवा ताल में शुरू हुई ठुमरी—

आओ पिया सेज बिछाऊँ...
गरवा लागू करूँ
तोको पियार...

और उसके बाद जब रात बढ़ने के साथ-साथ बदनाम गली-मुहल्ले के लोग और भी उत्ताल हो उठते तब केसरबाई धीरे-धीरे अपना बिछौना छोड़कर उठती। उठकर

टिप टिप पैरों से सुललित के कमरे की फाँक से कमरे के भीतर झाँकती। झाँककर देखती, केसरबाई उस समय केसरबाई न रह जाती। एक मुहूर्त में फिर आरती में रूपान्तरित हो जाती। देखती कि सुललित का बिछौना खाली है और सुललित अकेला अपने कमरे में तेज चाल से चलता हुआ घूम रहा है। जाने क्या सोच रहा है। जाने कौन-सी चिन्ता उसे हैरान कर रही है।

अब चुपचाप ठहर नहीं सकी आरती। सीधे कमरे में घुस पड़ी वह।

"यह क्या, तुम अब तक सोये नहीं सुललित दादा?"

सुललित चौंक उठा। बोला, "तुम फिर इस वक्त इस कमरे में आयी क्यों? "कहकर रोशनी जलाने जा रहा था। आरती ने खप से उसका हाथ दबाकर पकड़ लिया। बोली, "नहीं, रहने दो, रोशनी जलाना नहीं होगा..."

सुललित बोला, "इसके माने?"

आरती बोली, "ना, रोशनी जलाने से फिर तुम्हें नींद नहीं आएगी। तुम अब थोड़ा सोने की कोशिश करो। तुम जगे-जगे छटपट कर रहे हो इसीलिए मैं आई, तुम सोते होते तो मैं कमरे में घुसती नहीं..."

सुललित आरती का हाथ हटाकर बोला, "तुम मेरा हाथ छोड़ दो आरती..."

"क्यों? मुझसे क्या तुम्हें घृणा है?"

सुललित बोला, "मैंने तो तुमसे बार-बार वह बात कही है, तो भी एक ही बात बार-बार पूछती क्यों हो?"

आरती बोली, "लेकिन सुललित दादा, तुम क्या पत्थर हो? तुम्हारे मन में मेरे लिए क्या थोड़ी-सी भी माया दया नहीं होती? तुम क्या आँखें खोलकर देख नहीं पाते कि तुम्हारे लिए मैं कितने नीचे उतर आयी हूँ? पैसा-मान-सम्मान सब त्याग कर नरक में वास कर रही हूँ?

तुम्हारे लिए रुपया-इतना करने के बाद भी तुम मुझसे और क्या प्रायश्चित करने को कहते हो कहो? तुम जो बोलोगे मैं वही करूंगी, बोलो तुम..."

सुललित बोला, "मैंने तो तुमसे पहले ही वही बात कही है, मैं और कितनी बार बोलूँगा।"

आरती बोली, "तो भी तुम फिर एक बार बोलो, चेष्टा करके देखूं कर सकती हूँ या नहीं..."

"तुम अपने पति के पास लौट जाओ..."

"तुम क्या यह कहना चाहते हो कि मैं अपने शराबी पति के पास लौट जाऊँ? तुम क्या चाहते हो कि मैं अपना वह अपमान सिर-माथे पर सह लूँ?"

सुललित बोला, "शराबी तो मैं भी हूँ। तो फिर तुम मेरे पास आती क्यों हो? एक

शराबी को छोड़कर दूसरे एक शराबी की स्त्री क्यों होना चाहती हो?"

"तुम और वह क्या एक ही हैं?"

"एक नहीं तो क्या अलहदा हैं?"

"हाँ, अलहदा। वह और तुम एकदम अलहदा हो। वह शराब पीता है, घूस लेता है, सिर्फ शराबी बनकर रुपया अदा करता है विलासिता के लिए, और तुम तो शराबी हुए हो मेरे लिए, मुझे भूलने के लिए! तुम अलहदा नहीं हो?"

सुललित हठात् आर्त्तनाद कर उठा, "आरती..."

आरती बोली, "ना-ना-ना, तुम अब विरोध मत करो सुललित दादा, तुम्हारे मुझे मना करने पर भी मैं तुम्हारी बात सुनूँगी नहीं..."

हठात् सुललित मानो डकर-डकर कर रो उठा। बोला, "तुम मुझे दुर्बल मत बनाओ आरती, मैं तुम्हारी बात सुनते ही बहुत दुर्बल हो जाता हूँ, मैं तो तुम्हारी बात सुनता लेकिन तुम तो दूसरे की स्त्री हो, तुम क्यों परस्त्री हुई? क्यों...क्यों..."

बोलते-बोलते उसका गला अटक गया। अब वह खड़ा नहीं रह सका। इतने दिनों खाया नहीं उसने इतने दिनों सोया नहीं वह इतने दिनों एक घूँट पानी तक गले से निगला नहीं। सिर्फ जोर करके डाक्टर कोठारी दवा की जो टेबलेट देते उन्हें ही निगला है, लेकिन दवाओं का कितना तेज हो सकता है। आरती की बातें सुनते-सुनते वह और भी निस्तेज हो गया और निस्तेज अवस्था में ही बिछौने पर दुलक गया।

उधर नीचे उस समय हठात् एक कुत्ते की हू-हू करके रोने की आवाज से लजवन्तिया की नींद टूट गयी है।

कौन? क्या हुआ है? कुत्ता बराबर भो-भो करके चिल्लाता है, लेकिन इस तरह तो आर्त्तनाद नहीं करता कभी? रोता नहीं कभी?

नींद खुल गयी केसरबाई की भी केसरबाई बिछौने से उठी। दुतल्ले की खिड़की खोलकर बाहर गली की तरफ उसने देखा। इतनी रात को कुत्ता रो क्यों रहा है? मानो कोई विपत्ति घटी है कहीं?

लजवन्तिया ने भी खिड़की खोलकर बाहर की तरफ ताककर देखा। बदनाम गली में भी तो फिर किसी-न-किसी वक्त रात होती है। और वह रातं गम्भीर नीरव होना भी जानती है। सचमुच पूरा मुहल्ला उस वक्त निस्तब्ध था। बाईजी लोगों की ठुमरी और उनके घुंघरुओं के बोल उस समय थम गए थे। ऐसे समय क्यों कुत्ता रो उठा?"

"कौन?"

लजवन्तिया ने जवाब दिया, "वह कुन्दनलाल है बाई साहिबा—कुन्दनलाल—

कुन्दनलाल पागल हो गए हैं..."

कुन्दनलाल! केसरबाई उस अँधेरे में ही सीढ़ियों से नीचे उतर आयी। सरदार अली सदर के बगल में ही एक कोठरी में सोया रहता। वह भी कुत्ते का रोना सुनकर जाग उठा है।

सबने देखा, कुन्दनलाल कूड़ेखाने की बगल में ही बैठा है। और हो-हो करके हँस रहा है। और ठीक उसके ही सामने एक रास्ते का कुत्ता कूड़े में मुँह गुँजाए रो रहा है।

लजवन्तिया बोली, "वह कुन्दनलाल है बाई साहिबा—कुन्दनलाल—कुन्दन-लाल पागल हो गया है..."

"तू ठहर!"

बाई साहिबा नाराज हो गयीं। बोलीं, "तुझसे किसने बात करने को कहा है? कुन्दनलाल पागल हो गया है—यह तो मुझे मालूम है!"

लेकिन असल में मामला यह नहीं है, उस कूड़ेखाने में कुत्ता रो रहा है और कुन्दनलाल उसके बगल में बैठा एक निगाह से उसकी तरफ देख रहा है।

केसरबाई ने सरदार अली से कहा, "कुन्दनलाल को मेरे पास बुला लाओ तो सरदार अली..."

अँधेरी रात में एक पागल को बुला लाने का क्या फायदा है, यह लजवन्तिया समझ नहीं सकी।

वह तुरन्त बोल उठी, "वह पागल है बाईजी साहिबा, कुन्दनलाल पागल हो गए हैं...।"

"तू ठहर तो, जाओ सरदार अली, मैं जो कहती हूँ, वह करो..."

सरदार अली तुरन्त कुन्दनलाल को बुला लाया। दाढ़ी-मूँछों से मुँह भर गया है कुन्दनलाल का। केसरबाई ने देखा, पहले का कुन्दनलाल अब वह नहीं है। मैला-फटा कुर्ता-पाजामा। मुँह-भर दाढ़ी-मूँछें। भूत के समान घिसलता-घिसलता केसरबाई के सामने खड़ा हुआ।

बोला, "सलाम बाईजी साहिबा, बहुत सलाम। गुलाम को आपने बुलाया है?"

केसरबाई बोली, "कुत्ते को हुआ क्या? रोता क्यों है कुन्दनलाल? क्या हुआ है उसे? रो क्यों रहा है इस तरह?"

कुन्दनलाल बोला, "हुजूराइन, किसी ने जहर खिला दिया है..."

"जहर? जहर कहाँ से आया? किसने जहर दिया?"

कुन्दनलाल बोला, "जहर देनेवाले लोगों की तो कमी नहीं है बाई साहिबा।"

केसरबाई का तो भी कौतूहल नहीं मिटा। एक मामूली रास्ते का तुच्छ कुत्ता, उसके लिए केसरबाई के मन में इतना दर्द क्यों है यह भी कोई समझ नहीं सका।

लजवन्तिया बात के बीच में ही बोल उठी, "उस पागल की बात मत सुनिए बाईजी साहिबा, वह भयानक एक पागल है..."

"हाँ, बाई साहिबा, मेरी बात मत सुनिए। गुलाम की बात सुनी नहीं जाती। एक तो गुलाम तिस पर पागल पागल गुलाम की बात क्या कोई सुनता है बाई साहब..."

केसरबाई बोली, "नहीं कुन्दनलाल, मैं सुनूंगी, तुम बोलो..."

"सुनिएगा बाई साहिबा?"

"हाँ सुनूँगी। वह कुत्ता बराबर यहाँ रहता है, उसे मैंने देखा है बराबर, लेकिन उसे किसने जहर खिलाया?"

कुन्दनलाल हो-हो करके हँसने लगा। बोला, "मैंने बाई साहिबा, मैंने—मैंने उसे जहर खिलाया है..."

"क्यों? क्यों जहर खाने को दिया?"

कुन्दनलाल बोला, "बाई साहिबा, वह जो मेरे हिस्से का खाना खा लेता था। मैं भी इस कुत्ते की जूठन समेटकर खाता था, वह भी खाता, उससे मेरे हिस्से में कम पड़ जाता था बाईजी साहिबा..."

"इसीलिए तुम उसे जहर खिला दोगे कुन्दनलाल?"

"तो मेरे हिस्से में खाना कम पड़ने पर मैं जहर खिलाऊँगा नहीं बाईजी साहिबा? सभी तो यही करते हैं बाईजी साहिबा..."

"सब यही करते हैं?"

"तो सब लोग जहर नहीं खिलाते? हिन्दुस्थान में कौन किसको जहर नहीं खिलाता यही बताइए बाईजी साहिबा! बाजार में जो बिकता है वह सब ही तो जहर है बाईजी साहिबा! चावल में जहर, दाल में जहर, तेल-घी-नमक-दवा-मसाला-पानी हवा सबमें तो जहर मिलाता है मनुष्य, खालिस जहर भी तो आजकल बाजार में मिलेगा नहीं बाईजी साहिबा, उसमें भी मिलावट करता है मनुष्य..."

केसरबाई ने फिर उसे धमकाया। बोली, "पागलपन छोड़ो, तुमने जहर कहाँ पाया यह बताओ..."

"मैंने? इस गुलाम ने?"

"हाँ-हाँ, तुमने..."

लजवन्तिया बोल उठी, "उसकी बात मत सुनिए बाईजी साहिबा, आप सोने जाइए वह एक भयानक पागल है, पागल के साथ बकबक करने से आपका भी सिर घूम जाएगा..."

"तू ठहर!"

कुन्दनलाल बोला, "वह ठहरे क्यों बाई साहिबा, वह तो ठीक ही कह रही है,

मैं पागल हूँ, मैं भीषण एक पागल हूँ, मेरे साथ बकबक करने से आपका सिर भी खराब हो जाएगा, आप बल्कि सोने जाइए बाईजी साहिबा..."

केसरबाई ने उसकी बात पर कान न देकर फिर पूछा, "ना, वह बात जाने दो कुन्दनलाल, तुम बोलो तो कुन्दनलाल, तुमने क्यों कुत्ते को जहर खिलाया? कहाँ से जहर पाया तुमने?"

कुन्दनलाल बोला, "इसी लजवन्तिया ने इसी लजवन्तिया ने जहर दिया है..."

"लजवन्तिया?"

लजवन्तिया बोली, "उसकी बात मत सुनिए बाई साहिबा, वह पागल है, पूरम्पूर एक पागल..."

सरदार अली ने भी लजवन्तिया की बात का समर्थन किया। बोला, "वह पहले ऐसा नहीं था बाई साहिबा, अब पागल हो गया है, रोज आकर रसोईघर में घुसता है और लजवन्तिया उसे खाने को देती है..."

कुन्दनलाल बोला, "जी हाँ, मैं पागल हूँ, सरदार अली ने ठीक ही कहा, मैं पागल हूँ, आप पागल का कांड लेकर सिर मत खराब कीजिए, आप सोने जाइए, बंगाली बाबू अकेला कमरे में है, आप भीतर जाइए बाई साहिबा—लजवन्तिया मुझे रोटी खाने को देती है..."

इतनी देर में लगता है केसरबाई को ख्याल आया कि कुन्दनवाल सचमुच पागल है। कुन्दनलाल जो कुछ कहता है वह सब भी उसकी पगलामी है। उसकी बातों में सिर नहीं खपाना चाहिए। लेकिन तो भी आजकल जाने कैसा हो गया है केसरबाई को, किसी तरह उसे नींद नहीं आती। नींद लगते ही मानो सारे शहर की आवाज आकर उसके कानों में ढाक बजाने लगती है। छोटी-सी एक आवाज भी मानो प्रकांड होकर दिमाग में आकर घाव करना शुरू करती है। यह शायद पहले के तमाम अत्याचार का फल है। पहले तमाम रातों जगी है केसरबाई, पहले तमाम मुजरे किये हैं उसने रुपयों के लोभ में रातों के बाद रात सो नहीं सकी। और सिर्फ रुपयों का लोभ नहीं, खातिर का लोभ भी था उसे। पिता ने इतनी तकलीफ से इतने रुपये खर्च करके उस्ताद रखकर गाना सिखाया था उसे। लेकिन गाना क्या इस मुहल्ले में बाईजी होने के लिए सिखाया था? पिता उसका यह जीवन देख पाते तो क्या खुश होते?

आजकल जितनी देर केसरबाई जागती रहती है, उतनी देर सिर्फ ये ही सब बातें सब समय उसके दिमाग में घूमती रहती हैं। खासकर इस सुललित के यहाँ आने के बाद से।

कुत्ता रोते-रोते एक वक्त रुक गया। शायद मर गया। इसी तरह एक दिन यह कुन्दनलाल भी शायद मर जाएगा। उसके बाद एक दिन वह भी मर जाएगी। कुत्ते

के मरते समय कुन्दनलाल ने उसकी सेवा की, लेकिन केसरबाई के मरने के वक्त कौन उसकी बगल में रहेगा, कौन उसकी सेवा करेगा? अभी वह गाना गा सकती है, नाच सकती है, अभी उसकी जवानी है, उसका जुलूस है, उसमें चिकनाई है, शायद बाईजी-समाज में उसकी देशव्यापी फैली ख्याति भी है।

लेकिन जिस दिन उसका यह सबकुछ नहीं रहेगा!

जवानी, जुलूस, चिकनाई, नाम, रुपया हमेशा तो किसी के पास रहता नहीं। जो लोग इस तरह गाना सुनकर शाबासी देते हैं, सुभानअल्ला बोलते हैं, उसका गाना सुनकर इनाम देते हैं, इज्जत देते हैं, नजराना देते हैं, तब भी क्या वे लोग यह सब देंगे? तब भी क्या वे उसका गाना सुनने के लिए मजलिस जमाएँगे?

तब? तब क्या होगा केसरबाई का?

पूरा लखनऊ शहर लगता है उस समय धीरे-धीरे नींद में सोया है। और किसी तरफ कहीं भी कोई आवाज नहीं है। बदनाम गल्ली-मुहल्ले के ठुमरी-गजल-सारंगी की आवाज भी शायद उस वक्त नशे में सो रही है। मलाई-बरफ और भेल-पूरी और फूलवालों को भी जरूर नशा चढ़ गया है। सबको हर दिन कुछ क्षणों के लिए, कुछ घंटों के लिए शायद नशा चढ़ता है। नहीं तो सब आवाज कुछ समय के लिए रुक क्यों जाती है!

लेकिन इस समय भी नींद क्यों नहीं आयी केसरबाई को? चिन्ता में? कौन-सी चिन्ता? भविष्यत की? मौत की? या बीते दिनों की फिक्र? सबका जैसे एक अतीत होता है, केसरबाई का भी तो उसी प्रकार एक अतीत है। वही अतीत की भावना ही क्या आज उसे प्रवंचित कर रही है!

कुन्दनलाल पागल होकर बच गया। सचमुच बच गया। अच्छा ही तो था वह। शराब पीता और विलासिता करता हुआ घूमता और बड़े आदमियों के नौजवान रसिक लड़कों को देखते ही केसरबाई की मजलिस में लाकर गला दबाकर उनका सर्वनाश करके रास्ते का भिखारी बनाकर छोड़ता। कितनी ही बार केसर-बाई की मजलिस में कितने ही उठते हुए रसिक जवानों को ले आया है वह। उनके जरिये हजार-हजार रुपये उसके पैरों में नजराने भी दिलवाए हैं।

और अब? अब उसके ही मकान के सामने वह कुन्दनलाल ही कूड़ेघर के एक किनारे सोया रहता है और एक तुच्छ कुत्ते के साथ हिस्सा-बँटवारा करके जूठन-काठन खाता है। बच गया है कुन्दनलाल। सचमुच बच गया है। केसरबाई भी अगर कुन्दनलाल के समान पागल हो जा सकती, केसरबाई भी अगर कुन्दनलाल के समान अपना अतीत भूल पाती!

अकस्मात् दूर लखनऊ जंक्शन स्टेशन के प्लेटफार्म से एक ट्रेन का इंजन गरज

उठा, और उसके साथ ही केसरबाई को लगा मानो उसका अतीत वर्तमान-भविष्यत् फटकर-टूटकर टुकड़ा टुकड़ा हो गया एक क्षण में।

रात को अब नींद नहीं आएगी केसरबाई को। केसरबाई बिछौने से उठी। एक बार उसने दीवाल की घड़ी की तरफ देखा। सर्वनाश! सवेरा जो हो आया। सवेरे के पाँच बज गए। खिड़की के बाहर आकाश की तरफ ताककर उसने देखा। मकबरा रोड की तरफ का आकाश कुछ फीका हो आया है। उसके बाद नीचे के रास्ते की तरफ भी एक बार उसकी निगाह पड़ी। केसरबाई ने देखा वह कुत्ता रो नहीं रहा है, लगता है मर गया है। लेकिन कुन्दनलाल ने तब भी उसका साथ नहीं छोड़ा। जगा है। जगा-जगा लगता है उस वक्त भी बेसुरे गले से गा रहा है—

दीवाना बनाना है तो दीवाना बना दे...

हठात् उसे याद आ गया कि सुललित को दवाई खिलाने का समय हो गया। जल्दी-जल्दी बगल के कमरे के भीतर जाकर देखते ही अवाक् हो गयी। कहाँ गया सुललित दादा! बड़ी मुश्किल से उसे समझा-बुझाकर नींद की दवा खिलाकर उसने-सुला दिया था, उसके बाद वह अपने कमरे में जाकर सोयी थी। सोचा था कि वह निश्चिन्त सो रहा है। लेकिन कमरे में क्यों नहीं है? तो फिर कहाँ गया?

"लजवन्तिया—लजवन्तिया..."

लजवन्तिया भी लगता है भिनसारे के वक्त थोड़ा सो गयी थी। बाईजी साहिबा की आवाज से उठकर घड़मड़ करती हुई उठकर ऊपर आयी, "जी बाईजी साहिबा!

"हाँ री, बाबू कहाँ गए जानती है?"

लजवन्तिया भी अवाक्। बोली, "यह तो मैं नहीं जानती बाईजी साहिबा।"

"तो फिर तू अगर कुछ भी नहीं जानेगी तो घर में है क्या करने के लिए? सरदार अली जानता है?"

सरदार अली आया। वह भी नहीं जानता। वह भी कांड सुनकर हतवाक्। सदर दरवाजा जिस तरह वह बड़ी रात को बन्द कर देता है उस दिन भी उसने वैसे ही बन्द कर दिया था। तो फिर कब निकल गए बाबू? कहाँ से निकले?

—तो फिर खोज, खोजकर ला। भरा-पूरा मनुष्य कहाँ उड़ जाएगा घर से? सोता हुआ मनुष्य गया कहाँ?

इस बात का जवाब कौन देगा?

"उस्तादजी आए थे?"

"ना, बाई साहिबा..."

"तो फिर कहाँ गए यह बताओ? तुम लोगों में से कोई कुछ काम करेगा नहीं,

सिर्फ बैठे-बैठे तनखा खाएगा, हमारा रुपया क्या इतना सस्ता है सोचते हो? जा, जहाँ से हो सके, उन्हें खोजकर ला..."

कहते-कहते गुस्से से गर गर करने लगी आरती। फिर बोली, "जा, खड़ा क्यों है? जहाँ से हो सके खोजकर यहाँ ले आ, रोगी आदमी अगर अकेले-अकेले रास्ते में निकलकर मुँह के बल गिर पड़े? तब? तब क्या होगा?"

उसके बाद दोनों की तरफ देखते ही फिर बोली, "अब भी हाँ करके खड़े देखते क्या हो? जाओ, कहीं न पा सको तो थाने में जाकर एक खबर दे आओ..."

सरदार अली और लजवन्तिया क्या करें, कुछ समझ नहीं सके। रास्ते की तरफ निकले।

रास्ते पर डस्ट-बिन की बगल में उस मरे कुत्ते के पास बैठा पागल कुन्दनलाल उस वक्त भी अपने आनन्द में बेसुरे गले से गुनगुना रहा था—दीवाना बनाना है तो दीवाना बना दे...

सरदार अली और लजवन्तिया को आते देखकर वह अकस्मात् गाना रोककर बोल उठा, "हिन्दुस्थान जहन्नुम में जाएगा, बिल्कुल जहन्नुम में जाएगा..."

उसके बाद अपने मन से ही हो हो हो करके एक अट्टहास की हँसी हँस उठा।

सवेरे के समय मकबरा रोड से हन्हन् करता हुआ पैदल चला जा रहा था सुललित। दुर्बल शरीर और उसकी बनिस्बत और भी दुर्बल उसका मन। इतने सवेरे वह किसी को बताये बिना केसरबाई की बदनाम गली से सबके अनजाने में घर से निकल पड़ा था।

इसी तरह एक दिन बहुत दिनों पहले कितने ही महापुरुष रात के अँधेरे में संसार-स्त्री-पुत्र-कन्या-परिवार आश्रय छोड़कर अनिश्चित के उद्देश्य से निकल पड़े थे, उसका हिसाब इतिहास में लिखा है। यह विषय लेकर कितनी ही किंवदन्तियाँ, कितनी ही काव्य-गाथाएँ, कितने ही धर्म-सम्प्रदाय गढ़े जा चुके हैं। लेकिन बीसवीं शताब्दी में और एक सत्पुरुष किस अभिशाप से पाप की अन्तिम सीढ़ी में उतर पड़ा है, लखनऊ शहर के लोगों ने इसकी आहट भी नहीं पायी। कोई नहीं पा सका उसकी मन की यन्त्रणा की इतिकथा। तथागत बुद्धदेव ने घर छोड़ा था मनुष्य की मुक्ति के उद्देश्य से, श्री चैतन्यदेव ने घर छोड़ा था समाज की दुर्नीति की श्रृंखला का मोचन करने के उद्देश्य से, लालाबाबू ने घर छोड़ा था अपना परित्राण खोजने के लिए। लेकिन ख्रीष्ठ, साक्रेटिस, शंकराचार्य—इनमें से किसी को संसार आकर्षित नहीं कर सका। इन सबने पथ को ही संसार में परिणत किया था।

लेकिन सुललित?

थोड़ी-सी शराब! मुक्ति नहीं, वैराग्य नहीं, यहाँ तक कि अपना परित्राण भी नहीं। सिर्फ थोड़ी-सी शराब, शराब पीकर ही वह भूला रहेगा अपना पाप, अपना कलंक। शराब पीकर ही वह अपने को ध्वंस करके चिरकाल के समान नि:शेष कर देगा। एक दिन जिस पृथिवी को उसने उन्नत करने के लिए आप्राण यत्न किया है, छुटपन से अन्याय का प्रतिकार करने के लिए जितनी लड़ाई करता आया है, उसी पृथिवी ने ही आज उसे प्रवंचित किया है, वही अन्याय आज उसे आमूल ग्रास किये जा रहा है। इससे मुक्ति पाना हो तो एकमात्र जिस वस्तु की जरूरत है, वह वैराग्य नहीं है, त्याग नहीं है, संयम नहीं है, शराब है। शराब ही सिर्फ उसे अब बचा सकती है।

रास्ते में उस वक्त भी अच्छी तरह लोगों का आना-जाना शुरू नहीं हुआ था। सुनसान। तब भी पहचान-पहचानकर वह दूकान के नजदीक जाकर खड़ा हुआ। गली के भीतर घुसने पर छोटा एक घर है। बाहर से देखकर कुछ समझा नहीं जा सकता। एक दिन पहले-पहल खुद ही इस कलारी को उसने खोज निकाला था। यहीं उसका परिचय हुआ था कुन्दनलाल से। लेकिन वह कुन्दनलाल ही फिर आज कहाँ गया!

अकस्मात् पीछे से उसे किसी ने पुकारा, "सुललित दादा—सुललित दादा..."

सुललित अकचकाकर खड़ा हुआ। आरती...

आरती को देखकर अवाक् हो गया सुललित।

"तुम?"

"तुम मुझे बिना बताये चले आए? अगर रास्ते में सिर में चक्कर खाकर गिर पड़ते? चलो, चलो घर चलो।"

सुललित अवाक् होकर ताकता रहा आरती के मुँह की तरफ।

"तुम रास्ते में निकलकर आ गयी हो?"

आरती बोली, "क्या करती बोलो, तुम्हारे लिए आज मुझे उस रास्ते में उतरना पड़ा। सरदार अली, लजवन्तिया सब तुम्हें ढूँढ़ने निकले हैं, उन लोगों को बाहर भेज देने पर भी मैं निश्चिन्त रह नहीं सकी, इसीलिए खुद भी घर से निकल पड़ी। लेकिन यह क्या किया तुमने सुललित दादा, तुम क्यों इस तरह अपना सर्वनाश कर रहे हो? तुम्हें ऐसा शराब का नशा है?"

सुललित बोला, "शराब के नशे के लिए क्या मैं जिम्मेदार हूँ आरती? किसने मुझे शराब का नशा दिलवाया है?"

आरती ने सुललित का हाथ पकड़ा। पकड़कर खींचने लगी।

बोली, "छि:, एक तुच्छ स्त्री के लिए तुम ऐसे अध:पतन में जाओगे? तुम्हें लाज नहीं आती यह बात कहते? तुम क्या थे और आज क्या हो गए हो, बोलो तो भला! कहाँ आ उतरे हो! शराब पीने के लिए घर से छिपकर निकलकर इस देशी

कलारी के सामने आकर खड़े हुए हो!"

सुललित बोला, "मैं क्या था यह मैं ही जानता हूँ, यह तुम्हें मुझे याद नहीं दिलाना होगा। लेकिन तुम?"

"मेरी बात छोड़ दो।"

"क्यों छोड़ दूँ? तुम भी सोचो तो कि तुम क्या थीं और क्या हो गयी हो?

"लेकिन इसके अलावा मेरी और कौन सी गति थी यह बताओ! तुम क्या चाहते हो कि मैं घूसखोर लम्पट पति के साथ एक घर में संसार चलाऊँ?"

सुललित बोला, "तो फिर यह अभी जो कर रही हो वही करती रहोगी? जो लोग इस समय तुम्हारे पास आते हैं, जो लोग तुम्हारा नाच देखकर, गाना सुनकर वाहवाही देते हैं वे शायद साधु-पुरुष हैं?"

"लेकिन उन लोगों के साथ तो मुझे एक घर में रहकर एक साथ गृहस्थी करने की विडम्बना सहन नहीं करनी पड़ती?"

"इसको भी अगर गृहस्थी करना न कहें तो गृहस्थी-संसार करना और किसे कहते हैं, बोल सकती हो?"

आरती बोली, "तो फिर मैं क्या करूँ, बता दो? तुम जो बोलोगे, मैं वही करूँगी..."

सुललित बोला, "तुम अपने पति के पास लौट जाओ...

"और तुम?"

"मैं? मेरी बात क्या किसी दिन तुमने सोची है जो आज मेरी बात सोचकर कष्ट पा रही हो?"

"तुम्हारी बात न सोचती तो मैं आज सबकुछ छोड़कर इस तरह रास्ते में उतरकर आ सकती थी? बोलो सुललित दादा, मैं तुम्हारे लिए और क्या कर सकती हैं?"

"मेरे लिए तुम्हें कुछ भी नहीं करना होगा आरती। मेरी बात अब तुम्हें सोचनी ही नहीं होगी।"

आरती बोली, "लेकिन तुम्हारे इस अध:पतन के लिए मैं अपने को कौन-सा जवाबदेही दूँगी?"

सुललित बोला, "तुमने तो अपनी ही बात सिर्फ कही, मेरी भी तो एक जिम्मेदारी है, मैं ही फिर तुम्हारे इस अध:पतन के लिए अपने को कौन-सा जवाब दूँगा?"

"तो फिर तुम मुझे अपनी स्त्री बना लो..."

बात सुनने के साथ-साथ ही कोई मानो हठात् उसे धक्का देने लगा, "ए बाबूजी, बाबूजी..."

सुललित ने आँखें खोलकर ताकते ही देखा, यह वह कहाँ सोया है! आरती कहाँ

गयी? अच्छी तरह आँखें फैलाकर देखते ही विश्वास हुआ कि साहुजी की उस गली के भीतर कलारी के आँगन में एक काठ की बेंच पर वह सोया है और दूकान के मालिक साहुजी उसके मुँह की तरफ ताक रहे हैं।

सुललित अपना दुर्बल शरीर लेकर किसी तरह उठकर बैठा। तो फिर क्या अब तक सपना देख रहा था वह? यह कैसा भयानक सपना है? क्यों उसने ऐसा सपना देखा? तो फिर क्या वह मन-ही-मन चाहता है कि आरती उसकी स्त्री बने? यह कैसा बिना प्रसंग का सपना है? आरती बाईजी ही हो या जो भी हो, वह तो परस्त्री है! ऐसा अध:पतन क्यों हुआ उसका? ऐसा अवैध लोभ क्यों उसको होगा?

"बंगाली बाबू उठिए, उठिए, घर जाइए—घर जाइए..."

साहुजी के पास बहुत दिनों से शराब का लाइसेन्स है। बहुत दिनों से वे यही कारबार कर रहे हैं। कहना होगा कि शराबियों को चराकर ही उन्होंने धन कनाया है। इसलिए शराबी ही हुआ साहुजी के सामने लक्ष्मी। लक्ष्मी की अवहेलना य उसका अपमान नहीं किया जाता। इसीलिए हाथ पकड़कर धीरे-धीरे बंगाली बाबू को उन्होंने उठाकर बिठाया।

बोले, "आप घर जाइए बाबूजी, सवेरा हो गया है, घर चले जाइए..." सचमुच उस वक्त सवेरा हो गया था। एकदम धूप निकल गयी है। रात रहते-रहते ही सुललित आरती के घर से निकल आया था।

साहुजी कलारीखाने के कारबारी हैं, इसलिए ऐसी घटना उन्होंने पहले भी देखी है। कितने लोगों ने उनके ही आँगन के सामने उल्टी करके बहा दिया है। इस पर कुछ बोले नहीं हैं साहुजी। गाहक को सुखी न रखने पर लक्ष्मी चली जाती है, यह बात साहुजी जानते थे। इसीलिए उस समय मेहतर को बुलवाकर उल्टी साफ करवाके फिनाइल डलवाकर धुलवा-पुँछवाकर आँगन साफ करवा देते। दूकान की जाफड़ी बन्द करने के बाद भी कोई टलना नहीं चाहता, तब भी पियेगा। आहा, नशा करने पर क्या ज्ञान रहता है मनुष्य को!

बोले, "आप घर तो जा सकेंगे बाबूजी, या मैं अपने आदमी से पहुँचवा दूँ?" सुललित उस समय सीधा होकर खड़ा हो गया था।

बोला, "नहीं, आदमी नहीं देना होगा, मैं अकेला ही चला जा सकूँगा..."

कहकर घर की तरफ उसने पैर बढ़ाये। रास्ते में उस वक्त बहुतेरे लोगों का चलना-फिरना शुरू हो गया था। शहर फिर से कर्मव्यस्त हो उठा था। सबको जल्दी थी, सब हड़बड़ाकर चल-फिर रहे थे। जीवन-संग्राम की प्रतियोगिता में कोई पिछड़ा नहीं रहेगा। दूसरों को पार करके और भी सामने बढ़ जाना होगा। सामने बढ़ जा सकने से और भी रुपये, और भी ख्याति, और भी सम्मान और प्रतिष्ठा मिलेगी।

संसार में सुललित ने भी एक दिन हो न हो, इस तरह ही बढ़ जाना चाहा था। सबको पार करके सबके सामने की श्रेणी में खड़े होने का यत्न किया था। और आज वही सुललित एक बोतल शराब के लिए सवेरे के समय कलारी की दूकान के सामने आकर खड़ा हो गया है।

तिस पर यह सुललित ही एक दिन मित्रों के सामने कहता—मनुष्य का जीवन परमायु से मापा नहीं जाता, मापा जाता है उसके काम से। क्या काम वह कर गया वही होगा, मनुष्य के सम्बन्ध में उसके विचार का मापदंड...

इस समय अगर उस मकबरा रोड पर चलते हुए सुललित को कोई वे सब बातें याद दिला दे तो वह शायद उन सब बातों को याद भी नहीं कर पाएगा।

और ठीक उसी समय मेरे साथ उसकी भेंट हुई।

पहले ही तो मैंने कहा है कि मैं पहले उसे पहचान नहीं सका। कहाँ गया उसका वह चेहरा, कहाँ गया उसका वह पौरुष! रास्ते के किनारे से चल रहा है, तो भी मानो किसी तरफ उसके भौंहों की दृष्टि नहीं है।

पूछा, "सुललित हो न?"

मैंने सुललित की शुरुआत ही देखी थी, लेकिन उसका अन्त इस तरह होगा, यह कौन जानता था!

लेकिन सुललित मुझे पहचान गया अन्त तक।

उसने पूछा, "तुम यहाँ?"

उलटकर प्रश्न किया मैंने ही। मैं बोला, "लेकिन तुम्हीं यहाँ आखिर क्यों हो?"

सुललित बोला, "यहाँ आने की एक वजह है मेरी। लेकिन वह बात तो रास्ते में खड़े होकर बतायी नहीं जा सकेगी..."

मैंने पूछा, "तुम तो नौकरी करते थे सुना है, तुम्हारा आफिस कहाँ है?"

सुललित बोला, "मेरा आफिस? आफिस तो नहीं है? आफिस कैसे रहेगा? मैंने तो आफिस छोड़ दिया है..."

मैंने अवाक् होकर पूछा, "नौकरी छोड़ दी है माने? तुमने खुद ही नौकरी छोड़ दी है या आफ़िस ने तुम्हें नौकरी से छुड़वा दिया है?"

सुललित बोला, "मैंने खुद ही नौकरी छोड़ दी है..."

"क्यों?"

सुललित बोला, "मैं झूठ बोला था। झूठ बोलने के बाद क्या फिर आफिस में रहा जा सकता है? विवेक में बाधा जो पड़ती है..."

मैंने पूछा, "तो विवाह किया है?"

सुललित ने हँसकर कहा, "हाँ भाई, किया है..."

"किससे? वही जो जिसके साथ तुम्हारे विवाह की बात ठीक हुई थी, उसी से? उसी आरती से?"

सुललित बोला, "हाँ, भाई, वही आरती अब मेरी स्त्री है..."

उसके बाद मानो किस तरह वह अनमना हो गया। बोला, "तुम एक दिन आओ न मेरे घर में। अपनी स्त्री से तुम्हारी जान-पहचान करवा दूँगा—कब आओगे?"

मैं बोला, "अगले इतवार को तीसरे पहर..."

सुललित बोला, ठीक है, मैं रहूँगा..."

कहकर मुझे अपने रहने का ठिकाना देकर वह चला गया।

मैं थोड़ी देर उसकी तरफ अवाक् होकर देखता रहा। उस सुललित की क्या ऐसी हालत होनी चाहिए! लेकिन क्यों उस दिन सुललित ने वह बात कही थी इसके माने मैं आज तक भी समझ नहीं सका। हो सकता है उसकी मनोगत इच्छा यही थी, इसीलिए। अथवा शायद वह...

लेकिन वह बात अभी नहीं। इसके बाद जो उलट-पलट हुआ, वही पहले कहूँ।

मिस्टर बैनर्जी बड़े काम के आदमी हैं। मिस्टर बैनर्जी सचमुच काम के आदमी हैं, दो दिनों के बाद ही उसका प्रमाण मिल गया। मामला इस तरह तमाम लोगों के खिलाफ ही होता है। पृथिवी में जैसे सबका तुम्हारी तरह तमाम लोगों के खिलाफ ही होता है। पृथिवी में जब सबका तुम्हारा हित होना सम्भव नहीं है, तब कोई-न-कोई तुम्हारे विरुद्ध शिकायत करेगा ही। लोग मिस्टर बैनर्जी को पकड़वा देने के लिए उठ-बैठकर कोशिश कर रहे थे, वे ही फिर एक दिन सिर नीचा करके सब अत्याचार सहन करने लगे। गवर्नमेंट आफिस, चोरी का डिपो है। सिर से पैर तक जहाँ चोरी ही चोरी है, वहाँ जो लोग सिर पर बैठे रहते हैं उनकी चोरी चोरी नहीं, डकैती है। सुललित का कसूर हुआ था, उसी सिर को पकड़ने का।

जब कोर्ट से मिस्टर बैनर्जी को छोड़ दिया गया तब इंडिया गवर्नमेंट का मुँह और भी उजला हो गया। प्रमाणित हो गया कि जो लोग क्लास वन गजेटेड आफिसर हैं वे सन्देह से परे हैं। तुम लोग अखबारों में अमलों के खिलाफ चाहे जो क्यों न लिखो, महामान्य कोर्ट ने राय दे दी है कि आसामी निर्दोष है, आसामी निष्पाप है। उसके खिलाफ जो घूस लेने का मामला चला था वह मतलब से भरा था। सब झूठ है।

उस दिन से ही मिस्टर बैनर्जी का प्रोमोशन शुरू होने लगा। उनका वेतन ही

सिर्फ नहीं बढ़ा, इज्जत-खिताब-खातिर सबकुछ बढ़ते-बढ़ते क्रमशः बढ़ने लगा। मिस्टर बैनर्जी को तब देखते ही ससम्मान सलाम करना होगा। वह चाहे क्लर्क हो चाहे चपरासी हो। जो सलाम नहीं करेगा उसकी बदली हो जाएगी बाहर। उन सब इम्पर्टिनेंट, असभ्य अभद्र, लोगों का मुँह नहीं देखेंगे मिस्टर बैनर्जी।

जिस किसी आफिस में वे नये सिरे से जाकर बैठते, पहले ही दिन वहाँ के सब हेड लोगों को बुलवाते। उनसे कहते—देखिए, मैं आप लोगों से पहली बात जो चाहता हूँ वह है डिसिप्लिन, माने नियमशृंखला। डिसिप्लिन न रहने पर एड-मिनिस्ट्रेशन चल नहीं सकता। मैं चाहता हूँ कि प्रत्येक स्टाफ मन लगाकर काम करे। काम न करके जो क्लर्क ठगाई करेगा उसका प्रोमोशन, इनक्रिमेंट, सबकुछ बन्द होगा...

सब हेड सिर नीचा कर लेंगे मिस्टर बैनर्जी के हुकुम के सामने और उनके हुकुम के समान ही आफिस का सब काम-काज चलेगा।

लेकिन डिसिप्लिन जो पहले ही तोड़ेंगे वे मिस्टर बैनर्जी खुद ही हैं। आफिस का क्लर्क उनके घर का बाजार-हाट कर देगा, उनके लड़के-लड़कियों को स्कूल में भर्ती कर देगा। साथ ही उसकी बाबत कोई रुपया-पैसा या गाड़ी-भाड़ा, बस-भाड़ा वह नहीं पायेगा। आफिस का माली उनके बगीचे में जाकर काम करेगा, आफिस का चपरासी उनके घर में जाकर मेम साहब की खिदमत करेगा, आफिस का पिउन उनके घर जाकर उनके कपड़े-लत्ते काँवने, बासन माँजने, मसाला पीसने का सब काम कर आएगा।

और एक बात पर मिस्टर बैनर्जी ज्यादा जोर देते। कहते, "और एक बात आप लोग अपने स्टाफ से कह दीजिए..."

वे लोग पूछते, "क्या सर?"

मिस्टर बैनर्जी कहते, "वह है मारल कैरेक्टर। नैतिक चरित्र। हमारे गवर्नमेंट आफिस की बहुत बड़ी एक बदनामी है कि यहाँ के सब स्टाफ करप्ट हैं। माने घूस-खोर हैं। इसके लिए हम करोड़ों रुपये खर्च करते हैं इस घूस का कारबार बन्द करने के लिए। लेकिन तो भी घूस लेना बन्द नहीं हो रहा। मैं चाहता हूँ कि अन्ततः हमारे आफिस में कोई किसी दिन घूस न ले सके। अगर कभी मैं सुन पाऊँगा कि हमारे किसी स्टाफ ने किसी मर्चेंट से घूस लिया है तो उसे मैं इम्मीडिएटली सैक कर दूँगा..."

उसके बाद सिगरेट का धुआँ उड़ाकर कहते, "जाइए, आप लोग आज ही अपने-अपने डिपार्टमेंट में जाकर यह सर्कुलर दे दीजिए—बोल दीजिए कि यह मेरा आर्डर है..."

वह सर्कुलर ठीक समय पर सब डिपार्टमेंट में घुमा-घुमाकर सबकी नजरों में ले आया गया। सबने उस पर दस्तख्त भी किये।

लेकिन स्टाफ ने उस पर दस्तखत करने पर भी आपस में बातचीत की—अरे, बाबा, यह तो साला भूत के मुँह में राम-नाम है रे!

दे, स्टाफ चाहे जितनी गालियाँ दे, मिस्टर बैनर्जी के मुँह के सामने लेकिन किसी की ये सब बातें कहने की हिम्मत नहीं थी। वे लोग कैंटीन में बैठे-बैठे मिस्टर बैनर्जी के चौदह पुरखों का श्राद्ध करते, और उसके बाद अफिस में घुसते ही सिर नीचा करके काम करते। लेकिन काम माने काम का बहाना। पहले तिस पर भी थोड़ा-बहुत काम-काज करते, लेकिन यह सर्कुलर पाने के बाद से फिर कोई भी कोई काम न करता!

मिस्टर बैनर्जी दिल्ली के हेड क्वार्टर में चिट्ठी लिख देते—हमारे आफिस में कोई करप्शन नहीं है, कोई इर्रेगुलैरिटी नहीं है, मैंने आकर सब ठीक कर दिया है, एवरिथिंग ओ-के...

दिल्ली भी खुश रहती। पार्लमेंट में किसी विरोधी पक्ष से प्रश्न उठते ही कैबिनेट मिनिस्टर गर्व के साथ कहते—सारे अभियोग झूठे हैं...

कैबिनेट मिनिस्टर स्टैटिस्टिक्स देकर समझा देते—हमारी मिनिस्ट्री में कोई करप्शन नहीं है—यह देखिए फिगर, नाइन्टीन-फिफ्टी-टू और नाइन्टीन सेवेन्टी-टू के फिगर देखिए, देखिए प्रोडक्शन कितने पर्सेंट बढ़ा है...

—और स्ट्राइक?

मिस्टर बैनर्जी इस मामले में धुरन्धर हैं। खास-खास कुछ स्टाफ को प्रोमोशन देकर फेवर दिखाकर वे पहले ही उन्हें अपने हाथ में कर लेते। वे ही थे आफिस का स्ट्राइक भंग करने के अस्त्र।

कोई आकर कहता, "सर, हरीश गोखले आपको गाली-गलौज कर रहा था..."

"क्या गाली-गलौज कर रहा था?"

"बोल रहा था कि आप शायद सर, जब बरेली में थे तब आपके नाम से मामला चला था..."

"क्या नाम बताया?"

"हरीश गोखले!"

"कौन-सा डिपार्टमेंट?"

"स्टोर्स, स्टोर्स का सब-हेड..."

बस! दो दिन के बाद ही हरीश गोखले के बारह बज गए। उसके नाम से चार्ज-शीट निकला। गोखले ने मर्चेंट लोगों से शायद घूस लिया है। शो काज! आफिस के विजिलेन्स डिपार्टमेंट ने घर सर्च किया। भाग्यचक्र से पाए गए बंडल-बंडल नोट। सब मिलाकर पाँच हजार के करीब रुपये। पाँच हजार रुपये ऐसे कुछ ज्यादा रुपये

नहीं हैं। हरीश गोखले ने तमाम कैफियतें दीं। बोला, मेरी स्त्री ने अपने पिता के घर से दहेज पाया था। लेकिन इससे उसका केस टिका नहीं। मिस्टर बैनर्जी करप्शन बर्दाश्त नहीं करेंगे। उनकी सिर्फ एक बात है डिसिप्लिन। आफिस में अगर डिसिप्लिन न रहे तो करप्शन शुरू हो जाएगा। उससे गवर्नमेंट का नुकसान है, देश का नुकसान है, देश के मनुष्यों का और पूरे समाज का नुकसान है।

हरीश गोखले की नौकरी चली गयी।

और इसके फल से मिस्टर बैनर्जी के निजी प्रोमोशन के बाद प्रोमोशन होने लगे। बड़े एफिशिएंट आफिसर हैं, बड़े काम के आदमी हैं, बढ़िया एडमिनिस्ट्रेटर हैं मिस्टर बैनर्जी। जहाँ कहीं काम सुधारने की जरूरत हो, जहाँ कहीं स्पेशल अफसर की जरूरत हो वहीं भेजो मिस्टर बैनर्जी को। कभी बरेली, कभी भोपाल, कभी नागपुर, कभी अहमदाबाद, और कभी लखनऊ। जहाँ कहीं बदली हो, मिस्टर बैनर्जी के वहीं सारे बन्दोबस्त मौजूद हैं। क्वार्टर से शुरू करके टेबुल-चेयर-खानसामा ब्वाय-बावर्ची-डाक्टर गाड़ी-ड्राइवर सबकुछ।

और वह गाड़ी क्या ऐसी ही तुम्हारे मेरे समान गाड़ी? ये सब गाड़ियाँ कहाँ से आती हैं, कहाँ वनती हैं, इसका भी पता-ठिकाना नहीं दे सकेगा कोई। या तो अमरीका, अथवा जर्मनी, नहीं तो फ्रांस, या फिर इंग्लैंड।

लेकिन उससे मिस्टर बैनर्जी को कुछ सुभीता हो या न हो, सुभीता होता है इंडिया गवर्नमेंट को। मिस्टर बैनर्जी के समान अफसर मौजूद हैं इसीलिए इंडिया गवर्नमेंट का काम इतने निर्दोष तरीके से चल रहा है। क्योंकि इंडिया के प्राइम-मिनिस्टर तो इंडिया को चलाते नहीं, चलाते हैं इन्हीं मिस्टर बैनर्जी के समान एफिशिएंट अफसर लोग, इन लोगों की वजह से ही गवर्नमेंट का काम इतने पक्के और भले तरीके से चल रहा है, इन लोगों की वजह से ही आज इंडिया गवर्नमेंट का इतना सुनाम है।

सो उन दिनों मिस्टर बैनर्जी का हेड क्वार्टर था लखनऊ में। लखनऊ के सिविल लाइन्स में मिस्टर बैनर्जी का क्वार्टर था।

मिस्टर बैनर्जी के ब्वाय बावर्ची-नौकर-चाकर खानसामा ड्राइवर सवेरे से ही मौजूद रहते। किंस मिनिट साहब उन्हें बुला लेंगे यह विधाता पुरुष भी नहीं बता सकते थे। साहब रात को दो बजे भी अगर बुलाएँ तो इतने पर भी वे कुछ बोल नहीं सकते थे। उसी मिनिट हुजूर के दरबार में हाजिर होकर सलाम बजाना होगा। यही बैनर्जी साहब की चाकरी के जीवन का नियम था। हुकुम की तामील करने में अगर एक सेकेंड उनसे देर हो जाए तो इंडिया गवर्नमेंट का करोड़ करोड़ रुपया बर्बाद हो जाएगा।

और इसी आदमी को एक दिन घूस लेने के अपराध में कोर्ट के कटघरे में आसामी बनकर हाजिर होना पड़ा था।

सोचने पर भी अवाक् हो जाना पड़ता है। वह सब अतीत का मामला है। पकड़ने में लाज भी नहीं आयी उसे, जरा भी संकोच नहीं हुआ उसे! शेमलेस ब्रूट कहीं का! इडियट...पूरा एक इडियट है वह सुललित चैटर्जी!

रहने भी दो वे सब बातें। वह सब अतीत का मामला है। पास्ट इज पास्ट! अतीत अतीत ही है। उसे लेकर सिर खपाने का भी इतना समय नहीं है बैनर्जी को। मिस्टर बैनर्जी जीवन में सिर्फ एक बात समझते हैं, वह हुई स्पीड, माने गति। गति ही तो लाइफ है! और लाइफ ही तो एक रेस ग्राउंड है। जिस लाइफ में स्पीड नहीं है, वह लाइफ तो फेल्योर है। तुम पृथिवी में आए हो दौड़ने के लिए। दौड़ना ही जब हो तो दौड़कर फर्स्ट न आने पर जिन्दा रहने का क्या फायदा हुआ बोलो?

रास्ते में जाते-जाते ड्राइवर को वे इसीलिए कहते हैं, "रघुवीर, जरा जल्दी चलो..."

मिस्टर बैनर्जी के लिए घंटे में पचास-साठ-सत्तर माइल का कोई मतलब नहीं है। उससे उन्हें लगता है मानों वे पिछड़ गए हैं, लगता है कि मानो वे हार गए हैं। उसे अस्सी करो, नब्बे करो, एक सौ करो! जरूरत होने पर एक सौ बीस करो! लोग समझें कि यह गाड़ी जिसकी-तिसकी, टाम-डिक-हैरि की गाड़ी नहीं है, इंडिया गवर्नमेंट के क्लास वन गजेटेड आफिसर की गाड़ी है। इस गाड़ी के धीरे चलने से मिस्टर बैनर्जी का अपमान है, इंडिया गवर्नमेंट का भी अपमान है।

मिसेज बैनर्जी उस बार बहुत डर गयी थीं।

उन्होंने कहा था, "इतनी तेज गाड़ी क्यों चलाता है रघुवीर? थोड़ा धीरे चलाने को बोल नहीं सकते रघुवीर को..."

मिस्टर बैनर्जी ने कहा था, "तुम देखता हूँ बड़ी नर्वस हो न..."

मिसेज बैनर्जी ने कहा था, "नर्वसनेस नहीं, कहीं कोई एक्सिडेंट न हो जाए, इसीलिए कहती हूँ..."

मिस्टर बैनर्जी ने कहा था, "एक्सिडेंट अगर होगा तो होगा..."

"लेकिन कोई अगर दब जाए! तब तो तुम्हें ही पकड़ेगी पुलिस!"

मिस्टर बैनर्जी हो-हो करके हँस पड़े थे। बोले थे, "पकड़ेगा! क्या कहती हो तुम? एक बार तो मुझे उस बास्टर्ड ने पकड़ा था, याद है? वही बंगाली बास्टर्ड। एक बंगाली होकर तूने बंगाली को पकड़ा, तेरे विवेक में जरा भी बाधा नहीं पड़ी? लेकिन जाने दो वह बात, तुम तो उस बार भी नर्वस हो गयी थीं। उस बार भी तो तुम डर गयी थीं, सोचा था मुझे जेल हो जाएगी। कहा था तुम्हारी जान-पहचान है उस बास्टर्ड से, तुम्हारे जाकर थोड़ा अनुरोध करने पर ही वह मुझे छोड़ देगा। लेकिन कहाँ, उसने कुछ किया? तुम तो आखिर में इन्सल्टेड होकर लौट आयीं, तुमने कहा

कि उसने तुम्हारा अपमान करके तुम्हें भगा दिया। लेकिन अन्त में मेरा कुछ हुआ? कुछ हुआ, तुम्हीं बताओ?"

मिसेज बैनर्जी ने कोई बात नहीं कही, कोई जवाब नहीं दिया उस बात का।

"लेकिन तुम कितना डर गयी थीं, बताओ तो! अरे मैं हुआ क्लास वन गजेटेड आफिसर, मेरी बात पर इंडिया गवर्नमेंट उठती-बैठती है, मुझे पकड़ेगा वह ब्लडी बास्टर्ड..."

मिसेज बैनर्जी यह सब गाली-गलौज पसन्द नहीं करती थी। ज्यादा बोलने पर कहती, "इतनी गाली-गलौज क्यों कर रहे हो, उसने ऐसा क्या किया है? वह अपनी ड्यूटी नहीं करेगा?"

मिस्टर बैनर्जी नाराज हो जाते। कहते, "तुम फिर उसको सपोर्ट कर रही हो! उस ब्लडी बास्टर्ड को अब सपोर्ट करने में तुम्हें जरा भी शर्म नहीं आती! तुम्हारा देखता हूँ अब तक उसके प्रति वीकनेस है, थोड़ा साफ्ट कार्नर है उसके लिए!"

इस बात का कोई जवाब न देती मिसेज बैनर्जी। कहती, "जाने दो, जाने दो, वे सब बातें जाने दो।"

"ना, मुझे लगता है अब तक उसके ऊपर तुम्हारी एक दुर्बलता है। लेकिन याद रक्खो, उससे विवाह होने पर तुम्हारी भी वैसी ही दुर्दशा होती। ऐसी इम्पोर्टेड गाड़ी में भी बैठ न पातीं, इतनी पार्टी डिनर-लंच से न्यौता भी न पातीं, और इतने चपरासी-नौकर-खानसामा-बावर्ची लेकर संसार भी न कर पातीं। तुम्हें वही दूसरी लड़कियों की तरह रसोईघर के धुएँ में बैठे-बैठे हाँडी सरकानी पड़ती..."

मिसेज बैनर्जी बात में बाधा डालती। लगता है ये बातें उसे अच्छी नहीं लगती थीं। कहती, "प्लीज, ये सब बातें जाने दो अब। इसके बदले दूसरी बातें करो, सुनूँ..."

ये सब बहुत दिनों पहले की बातें हैं। उन दिनों बरेली में रहते थे मिस्टर-बैनर्जी। जितने दिनों मामला चला था उतने दिनों बैनर्जी थोड़े मलिन हो गए थे। जमानत पर छूटे जरूर थे, लेकिन दुर्भावना भी थी उनके मन में। उन दिनों दुर्भावना मिटाने के लिए सिर्फ बोतल व्हिस्की पीते और दुनिया के सबको ब्लडी-बास्टर्ड बोलकर गाली-गलौज करते।

लेकिन संसार में दंड पाने का भाग्य लगता है सिर्फ यीशु क्रीष्ट का साक्रेटिस का, तथागत बुद्धदेव का और महात्मा गांधी आदि का था। जो लोग मनुष्य का भला करने का यत्न करते हैं उन्हें ही लगता है सिर पर काँटों का मुकुट पहनना पड़ता है। पार पा जाते हैं कितने ही चंगेज खाँ और कालापहाड़ आदि, क्योंकि पृथ्वी का समसामयिक मनुष्य लगता है सम्पूर्ण सत्य को सहन नहीं कर पाता। सुललित ने भी इसीलिए हम लोगों से कितनी ही बार कहा है—कंटेम्पररी वर्ल्ड डज नेवर टालरेट

ऐब्सोल्यूट ट्रुथ...

लेकिन इतिहास?

सो इतिहास मिट्टी में मिल जाए। मेरे मर जाने के बाद पृथ्वी रही या रसा-तल में चली गयी, यह लेकर सिर खपाने की क्या जरूरत! मैं अच्छा खाऊँगा, अच्छा पहनूँगा, रुपयों की मर्यादा से—प्रतिष्ठा से सबके सिर पर चढ़कर बैठूंगा, सिर्फ यही लेकर तो मेरा सिर खपाना वाजिब है। मर जाने के बाद तो मैं देखने आऊँगा नहीं कि मर जाने के बाद लोग मेरे लिए रो रहे हैं या मुझे गाली-गलौज कर रहे हैं। अथवा इतिहास के पन्नों में हमारे बारे में क्या लिखा जा रहा है, निन्दा या प्रशंसा या अवज्ञा, यह भी मैं देखने आऊँगा नहीं।

इसलिए आराम किए जाओ, जितनी खुशी हो आराम करो और आगे बढ़े चलो। और भी स्फूर्ति, और भी गति, और भी वेग।

एक बार रिस्टवाच की तरफ देखते ही मिस्टर बैनर्जी ने फिर जोर दिया, "रघुवीर, जरा जल्दी चलो..."

रघुवीर ने गाड़ी की स्पीडोमीटर का काँटा और भी ऊँचा कर दिया।

और साथ-ही-साथ रघुवीर के अकस्मात् ब्रेक कसते ही मिस्टर बैनर्जी धक्का खाकर एकदम सामने की सीट के पीछे की तरफ गिर पड़े।

घटना एक मुहूर्त की थी। लेकिन उसी एक मुहूर्त में एक एक्सिडेंट हो गया।

रास्ते के आस-पास के जिन लोगों ने घटना देखी, वे लोग आतंक से एकदम हा हा कर उठे—गया, गया, गया,...

हाँ, सचमुच चला गया। गाड़ी का धक्का खाकर बेवकूफ आदमी छिटककर एकदम रास्ते के फुटपाथ पर जोर से गिर पड़ा।

ड्राइवर रघुवीर अप्रतिभ। शायद वह थोड़ा घबड़ा भी गया।

मिस्टर बैनर्जी ने उसी एक ही तरह गाड़ी के भीतर एक तरफ झुके पड़े हुए पूछा, "क्या हुआ रघुवीर?"

"हुजूर, एक्सीडेंट?"

"एक्सीडेंट? क्या एक्सीडेंट?"

लेकिन रघुवीर को उनकी बात का जवाब देना नहीं पड़ा। मिस्टर बैनर्जी अपनी निजी आँखों से ही देख पाए कि एक कमजोर लम्बा आदमी गाड़ी का धक्का खाकर फुटपाथ पर छिटककर मुँह के बल जा गिरा है। मिस्टर बैनर्जी ने सोचा था कि आदमी शायद मर गया है। लेकिन नहीं, उन्होंने देखा कि ऐसा कुछ नहीं हुआ। आदमी सोया था, उसके बाद खुद ही शरीर झाड़कर उठकर खड़ा हुआ। सिर की धूल झाड़ने लगा।

छुट्टी मिली, मिस्टर बैनर्जी बेफिक्र हुए। आदमी खुद भी बच गया, उन्हें भी

उसने बचा दिया। नहीं तो फिर उस लोफर को लेकर अभी अस्पताल में पहुँचाकर आना पड़ता। उसके बाद थाने में जाकर रिपोर्ट करनी पड़ती। वह तमाम बॉदरेशन था।

रघुवीर उस समय भी हुकुम का रास्ता देखता हुआ गाड़ी रोककर चुपचाप बैठा था।

मिस्टर बैनर्जी नाराज हो गए। बोले, "क्या देख रहे हो, जल्दी आगे बढ़ो..."

रघुवीर सिर्फ हुकुम पाने की राह देख रहा था। हुकुम पाने के क्षण ही उसने गाड़ी का स्पीडोमीटर ऊँचा कर दिया। फिर बीस से चालीस, चालीस से पचास, पचास से साठ, साठ से सत्तर, सत्तर से अस्सी-नब्बे तक स्पीडोमीटर का काँटा जाकर रुका।

मिस्टर बैनर्जी ने फिर पाइप सुलगायी। पाइप जलाकर धुआँ छोड़ा। जो सब छोटे लोग रास्ते के बीच से चलते हैं, खयाल भी नहीं रखते कि इंडिया गवर्नमेंट के क्लास वन आफिसर जा रहे हैं।

जानते नहीं कि इंडिया गवर्नमेंट का कितना जरूरी काम करना पड़ता है उन्हें! वे अगर जल्दी-जल्दी न जाएँ तो इंडिया जो मिट्टी में मिल जाएगा, यह बेवकूफ लोग समझ ही नहीं सकते। समझते तो क्या आज देश की ऐसी दुर्दशा होती?

"रघुवीर, जरा जल्दी चलो..."

रघुवीर ने गाड़ी की स्पीड और भी बढ़ा दी।

सरदार अली और लजवन्तिया ने तब तक सारा शहर खोज लिया था। बाईजी साहिबा का हुकुम था कि चाहे जहाँ से हो बंगालीं बाबू को खोजकर लाना ही होगा।

केसरबाई बोली, "तुम लोग और एक बार जाओ..."

"सब जगह तो जा चुके हैं बाईजी साहिबा।"

"हजरतगंज सिविल लाइन्स, बाकरगंज, हुसेनगंज, अमीनाबाद, सब जगहों में देखा है?"

"देखा है बाईजी साहिबा।"

"तो फिर सिविल लाइन्स?"

"सिविल लान्स में भी गए हैं बाईजी साहब। निषादगंज में भी गए हैं..."

केसरबाई बोली, "तो फिर गया कहाँ वह आदमी? तो फिर क्या रातोंरात पंख उगाकर आदमी उड़ गया बोलना चाहते हो? तो फिर थाने में गए थे? कोतवाली में? अस्पताल में? उनका घर कहाँ है जानते हो?"

थाने में कोई नहीं गया, अस्पताल में भी किसी ने खोज नहीं की। और उनका घर कहाँ है, यह भी कोई नहीं जानता। जानता है सिर्फ कुन्दनलाल। लेकिन वह तो

पागल है!

तो फिर दोनों अब दौड़े कोतवाली में, अस्पताल में।

केसरबाई एक बार खिड़की के नजदीक आकर खड़ी होती है, फिर भीतर चली जाती है। भीतर जाकर भी उसकी छटपटाहट नहीं मिटती। फिर बाहर की खिड़की में आकर खड़ी होती है। रात के आखिरी पहर से ही ऐसा ही चल रहा है। कहना होगा कि इतने दिनों अच्छी तरह वह एक रात को भी सोयी नहीं। जब मुजरा किया है, घर में महफिल की है, मजलिस बिठा ली है, तब की बात अलग है। तब दिन का भी हिसाब नहीं था, हिसाब नहीं था रात का भी। एक-एक पूरी रात गाना गाकर, काटकर जब घर आयी है तब हो न हो और किसी स्टेट का जागीरदार आकर उसी हालत में उसे बुलाकर ले गया है। उस समय भी अच्छी तरह हाथ-मुँह धो नहीं सकी, नाश्ता भी नहीं कर सकी—सब होगा वहाँ बाईजी साहिबा! वहाँ सब बन्दोबस्त है। आपको कोई तकलीफ नहीं होने देंगे। वहाँ बिल्कुल सारा इन्तजाम है। आपकी सेवा के लिए मैं सबकुछ तैयार कर चुका हूँ।

और रुपया? नजराना?

उसकी बात केसरबाई से नहीं होगी। रुपयों की बात होगी उस्तादजी से। उस्तादजी शुरू से हैं। उस्तादजी मुजरे का रेट जानते हैं। दर दस्तूर सबकुछ उस्तादजी से हो जाता है। इस मामले में सिर खपाना नहीं पड़ता केसरबाई को। उस्तादजी केसरबाई का रेट जितना बढ़ा सकेंगे उनका निज का हिस्सा, निज का भाग भी उतना ही बढ़ेगा।

इसी तरह कितने ही बरस बीते हैं केसरबाई के, दोनों हाथों से कितना ही रुपया कमाया है उसने, इसी लखनऊ शहर के चौक में कितने ही घर खरीदे हैं।

उन सब घरों से भी बहुत रुपया भाड़े में आता हैं महीने-महीने। और हिन्दुस्तान में गाने के इतने भक्त भी हैं जो एक दरबारी कानड़ा की ठुमरी सुनकर, खुश होकर अपना सर्वस्व उजाड़कर तुम्हारे पैरों पर डाल दे सकते हैं। उसके लिए तुम्हें कुछ करना नहीं होगा, सिर्फ दया करके उनके मकान में हाजिर होकर उनकी तरफ तिरछी नजर से ताककर हँसना और गाना गाना। बस, यहीं तक!

लेकिन सब गोलमाल हो गया इन कुछ महीनों में। फिर मानो केसरबाई को सबकुछ याद आ जाता। फिर आगे का जीवन सिनेमा की तरह केसरबाई की आँखों के सामने तैरने लगता। सुललित जब बगल के कमरे में सोया रहता, एक-एक बार उस कमरे में उसे देखने जाती केसरबाई। केसरबाई को देखते ही सुललित डर जाता। साथ ही साथ वह उठकर बैठ जाता।

कहता, "तुम?"

केसरबाई बोलती, "मैं देखने आयी हूँ तुम सोये हो कि नहीं।"

सुललित कहता, “रात को क्यों तुम मेरे कमरे में आती हो आरती मैंने तो कहा है रात को मेरे कमरे में तुम मत आओ...”

“ना, नींद के झोंक में तुम बिछौने से गिर भी पड़ सकते हो, इसी से डर लगता है।”

सुललित कहता, “नींद आए तब तो गिरूँगा, नींद तो मुझे आती नहीं “क्यों, नींद क्यों नहीं आती तुम्हें?”

सुललित कहता, “मेरे समान हालत होने पर तुम्हें भी नींद न आती आरती। मुझे सब याद जो आ जाता है, वही कलकत्ते में दिन के बाद दिन शाम को एक साथ घूमने जाना, वहाँ घास पर तुम मेरी गोद पर सोये-सोएँ गाना गातीं, और मैं सुनता, वे ही सब बातें जो मुझे याद आ जाती हैं...”

केसरबाई क्या बोले समझ न पाती। ये सब घटनाएँ सुललित के मुँह से उसने सुनी हैं। कई बार सुन-सुनकर उसे वे सब बातें मुखाग्र हो गयी थीं।

सुललित कहता, “तुम्हें भी क्या वे सब बातें याद आती हैं आरती? तुम्हें भी याद है वह सब?”

प्रतिदिन की तरह केसरबाई कहती, “हाँ, सबकुछ याद है, वे सब बातें क्या भूली जा सकती हैं, बोलो?”

सुललित कहता, “तुम्हें भी शायद इसीलिए नींद नहीं आती?”

केसरबाई कहती, “वह सब रहने दो अभी। दिन के वक्त वे सब बातें जितनी इच्छा हो सोचो। रात को थोड़ा सोने की कोशिश करो सुललित दादा, रात को न सोने से तुम्हारा शरीर और भी खराब हो जाएगा...”

“लेकिन...लेकिन...”

बोलते-बोलते सुललित का गला मानो रुँध जाता। कहता, “लेकिन विवाह करते समय ये सब बातें क्यों तुम्हें याद नहीं आयीं आरती? तब क्या एक बार भी तुम्हें याद नहीं आया कि तुम्हें छोड़कर मैं क्या लेकर रहूँगा, किस तरह जियूँगा?”

इसका जवाब केसरबाई क्या देती? तब उसे मन से बना-बनाकर झूठ बात बोलनी पड़ती। कहती, “क्या करूँ बोलो, पिताजी के मर जाने के बाद मेरी उस समय क्या हालत थी तुम कल्पना कैसे करोगे!”

सुललित कहता, “तो तुम न हो कोई एक नौकरी कर ले सकती थीं। ऐसी कितनी ही लड़कियों के ही तो विवाह नहीं होते, वे लोग क्या जीवित नहीं हैं? वे लोग तो अच्छी-भली नौकरी करके सुख-स्वच्छन्दता से दिन बिता रही हैं—तुम भी तो उसी तरह जीवन काट सकती थीं, मेरे लिए प्रतीक्षा कर सकती थीं, तो फिर आज तुम्हें दूसरे की स्त्री न बनना पड़ता, यह बाईजी भी न होना होता...”

केसरबाई को तब और भी झूठ बात कहनी पड़ती, “लेकिन तुम तो सब बातें

जानते नहीं, तो फिर तुमसे खुलकर ही बात करूँ, मेरे पिता के मर जाने की खबर पाकर हमारे देश से हमारे एक दूर सम्बन्ध के चाचा ने आकर मुझे यह विवाह करने को बाध्य किया, तब मैं फिर ना न कर सकी..."

"तुम्हारे चाचा? लेकिन तुम्हारे तो कोई चाचा थे यह कभी सुना नहीं..."

केसरबाई कहती, "वे तो हमारे दूर सम्बन्ध के चाचा थे। उनकी बात तुम जानोगे कैसे?"

"लेकिन जब तुम बिलासपुर में मेरे घर में गयी थीं तब तो तुमने ये सब बातें कुछ भी बतायीं नहीं आरती?"

केसरबाई कहती, "कहती कैसे? उस दिन तुम तो मेरे माथे में सिन्दूर देखते ही एकदम गुस्सा हो गए थे, तुमने मुझे यह बात कहने का समय कब दिया?"

बातें सुनते-सुनते सुललित, लगता है कुछ शान्त होता।

कहता, "तो फिर मैं क्या करूँ आरती, तुम बताओ! मैं किस तरह तुम्हें भूल पाऊँगा!"

केसरबाई कहती, "मुझे भूलोगे क्यों? अब तो मैं तुम्हारे निकट निकट ही रहूँगी।"

"लेकिन...लेकिन किस तरह निकट रहोगी? किस तरह तुम मेरी ही होगी? तुम तो अब मेरी नहीं हो, तुम तो दूसरे की स्त्री हो!"

केसरबाई कहती, "किसने कहा मैं दूसरे की स्त्री हूँ? देखते नहीं हो मेरे सिर की माँग में सिन्दूर नहीं है, मैं मिस्टर बैनर्जी को छोड़कर चली आयी हूँ। मैं तो अब तुम्हारी हो गयी हूँ, मैं तो अब केसरबाई भी नहीं हूँ, मैं तो फिर तुम्हारी आरती हो गयी हूँ, तुम समझ नहीं पा रहे हो?"

"तो फिर थोड़ी शराब दो आरती। थोड़ी शराब दो—मुझे जो बड़ा आनन्द आ रहा है सोचने में..."

केसरबाई कहती, "दूँगी, दूँगी, लेकिन डाक्टर बाबू ने जो तुमको शराब पीने से मना किया है यह जानते नहीं हो? तुम अच्छे हो जाओ पहले, उसके बाद फिर मैं तुम्हें शराब पीने को दूँगी..."

"सचमुच मैं अच्छा हो जाऊँगा आरती? सचमुच मैं फिर अच्छा होऊँगा?"

केसरबाई कहती, "जरूर अच्छे होओगे सुललित दादा, तुम आज से रोज दूध पियो, तुम ठीक अच्छे हो जाओगे—पियोगे? दूध पियोगे? लजवन्तिया से दूध लाने को कहूँ?"

"ना-ना, खबरदार, नहीं। दूध देखते ही मुझे उल्टी होने लगती है, दूध लाने को मत कहो, दूध देने पर उस दिन के समान फिर गिलास फेंक-फेंक दूँगा..."

किसी-किसी दिन लजवन्तिया भी नजदीक रहती है। कहती, "बाबूजी के लिए

दूध लाऊँगी बाईजी साहिबा?"

"ना—ना—ना..."

कहकर अपनी जगह से दूसरी तरफ भाग जाता है। दूध का नाम सुनते ही सुललित मानो पागल हो उठता। कहता, "तुम मुझे शराब दो न आरती, एक बूँद शराब दो, एक बूँद शराब पीने से मेरा कौन-सा नुकसान हो जाएगा? दो न आरती, थोड़ी-सी शराब दो..."

लेकिन जिस आदमी को केसरबाई इतने दिनों आँखों आँखों में रखती आयी, दिन के बाद दिन इतना नाटक करती आयी, जिसे बचाने के लिए केसरबाई ने अपना गाना-बजाना, मुजरा लेना तक छोड़ दिया है, वही मनुष्य क्यों इस तरह रात के अँधेरे में घर से लापता हो गया!

हठात् सरदार अली कमरे में घुसा। केसरबाई ने पूछा, "क्यों रे, पाया?"

"ना, बाई साहिबा। सब जगह गया, कहीं नहीं पाया।"

"कलारी की दूकान में? कलारीखाने भी ढूंढ़े हैं?"

सरदार अली बोला, "कलारी तो सवेरे बन्द रहती है, दस बजे दिन के पहले वे लोग दरवाजा नहीं खोलते..."

"चोरी-छिपे की कलारियाँ? चौक के भीतर तो तमाम घरों में लुक-छिपकर शराब बिकती है, वहाँ भी तो जा सकते हैं! वहाँ देखा?"

सरदार अली बोला, "सो इतने सवेरे कौन उन्हें शराब देगा?"

"देंगे, देंगे! इस मुहल्ले का रोजगार तू जानता नहीं? यहाँ दिन-रात सब समय शराब मिलती है, पैसा फेंकने पर यहाँ क्या नहीं मिलता? तुम लोगों के माथे में थोड़ी भी बुद्धि-उद्धि कुछ नहीं है!"

सरदार अली डर के मारे फिर बंगाली बाबू को ढूँढ़ने निकला।

लेकिन कहाँ वे लोग उसे ढूँढ़ें? इतने बड़े लखनऊ शहर में एक मनुष्य को ढूंढ़ पाना क्या इतना सहज है?

सोचते-सोचते केसरबाई का सिर मानो चकराने लगा। आरती ने क्यों ऐसा किया? क्यों इस तरह एक आदमी का जीवन नष्ट कर दिया? आरती कहाँ है, यह खबर भी जान सकने पर वह वहाँ चली जाती! जाकर कहती, "ओ री, तू एक बार आ, तू एक बार यहाँ आकर उससे दो बातें कर! मैं तो अब सक नहीं रही हूँ। तेरी जिम्मेदारी के लिए मेरी यह कैसी बुरी हालत है! मैं और कितने दिनों इस तरह आरती सजकर उसे भुलाऊँगी?

लेकिन फिर सोचा, जाने पर भी और क्या होगा? वह यदि उसका अपमान करके भगा दे? अगर कहे—तुम निकल जाओ हमारे घर से—अगर कहे—अपने

मुँह में कालिख लगाकर अब फिर हम लोगों के मुँह में कालिख पोतने आयी हो?

यह वह कह सकती है। आज उसे यह बात कहने का अधिकार है। उसने आरती के मुँह पर कालिख लगायी है, उसने अपने पिता के मन को कष्ट दिया है, उसने उनके वंश का नाम डुबाया है। और यह कलंक सब आत्मीयों-मुहल्ले-पड़ोसियों सबका कलंक है!

उसे याद है, वह जब उस्तादजी के साथ घर से भाग आयी थी तब पहले-पहल तमाम दिनों तमाम जगहों में छिपकर रही थी। वह जानती थी कि उसके घर से भाग आने की खबर अगर बाहर के लोग कोई जान जाएँ तो आरती के दिवाह होने का रास्ता चिरकाल के समान बन्द हो जाएगा, उसके पिता को मन में कष्ट होगा...

पिता की बात याद आते ही जाने कैसी मलिन हो गयी केसरबाई।

पिता खुद गाने के भक्त थे। पिता को खुद गाना सीखने का शौक था। लेकिन वे खुद गाना सीख नहीं सके, इसलिए लड़कियों को मास्टर रखकर उन्होंने उस्तादी गाने सिखाए थे।

लेकिन बाहर कहीं गाना गाने के लिए जाने देने को राजी नहीं होते थे पिता।

पिता कहते, "नहीं-नहीं रानू, कोई अगर तुम्हारा गाना सुनना चाहे तो वह हमारे घर में आए..."

केसरबाई कहती, "लेकिन कान्फरेन्स में गाने से मेरा कितना नाम होता, मैं कितने मेडल पाती!"

पिता कहते, "ना, मेडल की हमें जरूरत नहीं है, तुम्हें कितने मेडल की जरूरत है बताओ न मैं तुम्हें बाजार से खरीद देता हूँ..."

ग्रामोफोन कम्पनी से लोग आते पिता के पास। कितनी धर-पकड़ करते पिता को। मिस गांगुली का ऐसा गला है, रिकार्ड करने पर मिस गांगुली का खूब नाम होगा, रायल्टी भी पायेगी बहुत-सी...

और भी कितने ही लोभ दिखाते पिता को!

वे लोग कहते, "देखिए, लता मंगेशकर का कितना नाम है, कितना सम्मान है!"

पिता कहते, "ना, रुपयों का लोभ हमें मत दिखाइए जनाब, नाम-सम्मान किसी की हमारी लड़की को जरूरत नहीं है। उसका विवाह होने के बाद उसके पति, उसकी ससुराल के लोग अगर चाहें तो जितना मन हो गानों के रिकार्ड करें, तब उसमें मैं विरोध नहीं करूँगा..."

इसके बाद उनके पास कुछ कहने को न रहता। वे लोग हताश होकर चले जाते।

और घर में भी जिस-तिसके आकर गाना सुनना चाहते ही लड़की यों ही गाना गाकर सुनायेगी, यह भी नहीं चलेगा। हाँ, अगर पिता के आफिस का कोई अफसर

या अफसर की पत्नी मिलने आती तो उन्हें गाना सुनाने पर पिता को कोई आपत्ति न होती। इसके अलावा डिस्ट्रिक्ट मजिस्ट्रेट अथवा रेलवे के डिपुटी जेनरल मैनेजर या चीफ इंजीनियर लोग अगर कहीं सपरिवार आएँ तो गाना सुनाना चल सकता था।

लेकिन सबकी वही एक ही बात सब कहते—आपकी लड़कियाँ जीनियस हैं, प्रतिभा उनमें है मेजर गांगुली। इस तरह के गाने ग्रामोफोन रिकार्ड पर भी सुनने को नहीं मिलते...

तो पिता की तो बदली की नौकरी थी। कभी कश्मीर, कभी मेरठ, कभी दिल्ली, कभी अम्बाला और कभी असम की गोहाटी में बदली होती पिता की। लड़कियाँ किन्हीं आपस के परिवार में रहतीं उस समय और मुश्किल होती उनके लिखना पढ़ना सीखने में। गाना जिस तरह सीखती थीं उसी तरह लिखना पढ़ना भी अच्छा होना चाहिए। स्कूल-कालेज में रिजल्ट अच्छा आना चाहिए। परीक्षा का फल खराब होने पर गाना बन्द हो जाता। उन कई दिनों तानपूरा छूने की मनाही!

आरती ही ज्यादा आँखों आँखों में रखती दीदी को। पिता के घर में आते ही आरती पिता से बता देती।

बोलती, "जानते हो पिताजी रानू दीदी एक दिन फिर तानपुरा लेकर बैठी थी..."

पिता धमकाने लगते रानू को। बोलते, "क्यों तानपूरा छुआ था तुमने! मैं तो लेकिन तुम्हारा तानूपरा-हारमोनियम-तबला सब फेंक दूँगा। कहे देता हूँ..."

उसके बाद से पिता की बात को टालती नहीं वह।

लेकिन मनुष्य के भगवान नाम का कुछ रहे न रहे, यहाँ ऐसा एक कुछ है जिसके निर्देश से प्रतिदिन सूर्य उगता है, फिर प्रतिदिन शाम होती है। जिसके निर्देश से पेड़ों के पत्ते प्रतिदिन हिलते हैं, नदी में जल की धारा बहती है, वर्षा होती है, श्मशान की भस्म में भी घास के अंकुर सब बाधाओं को पार करके सिर ऊँचा करके खड़े होते हैं। वह कौन-सी चीज़ है, वह कौन-सा तत्त्व है, वह कौन-सा रहस्य है, यह वह जानता नहीं। जानने की जरूरत भी नहीं है उसे। उसे लेकर पंडित दार्शनिक सिर खपाएँ। एक दिन सुरों के आकर्षण से वह आकृष्ट हुई थी, एक दिन सुरों में उसने अपना स्वाद पाया था, अपनी सत्ता को खोज निकाला था, वही उसकी सम्पत्ति है। उसी सम्पत्ति ने उसे एकदम संगीत की साम्राज्ञी बना वृहत् पृथिवी में उसे परिव्याप्त कर दिया।

उस्तादजी ने उसे अपनी कन्या के समान प्यार किया था।

बोले थे, "लेकिन बेटी, तुम घर से भाग जाओगी तो कोतवाली में खबर देंगे तुम्हारे पिता, तब तो मैं ही दोषी होऊँगा..."

केसरबाई बोली, "लेकिन पिता की बनिस्बत मेरा गाना बड़ा है उस्ताद-जी..."

उस्ताद की अवस्था किसी समय अच्छी नहीं थी। खुद किसी तरह गाना सिखाकर

पेट चलाने का सामर्थ्य उन्होंने कमाया था, लेकिन उससे ज्यादा नहीं।

सो कोई ईश्वर के लिए घर छोड़ता है, कोई छोड़ता है धन कमाने के लिए अथवा कोई घर छोड़ता है परमार्थ के लिए।

लेकिन एक कोमल गान्धार के साथ कड़ी मध्यम मिलाने पर अथवा एक कोमल निषाद में खड़े होकर धैवत में हाथ बढ़ाने पर कौन-सा जो परमार्थ लाभ होता है इसका मजा जिसने समझा है, वह बाधा-निषेध के संसार में रह ही कैसे सकता है?

एक बार रामपुर के नवाबजादा केसरबाई का गाना सुनकर पागल हो गए थे। बोले थे "आप क्या लीजियेगा बताइए बाईजी साहिबा—आप माँगिए कुछ—कुछ भी माँगिए..."

केसरबाई हँसी थी। यह अच्छा लगना सचमुच का विशुद्ध अच्छा लगना है। केसरबाई पर नवाबजादे का कोई लोभ नहीं था, सिर्फ लोभ था उनका उनके उस दरबारी कानड़े के उस कोमल निषाद पर। जितनी बार सुर छूकर उदारा के कोमल निषाद में आ उतरती, उतनी बार 'हाय हाय' कर उठता नवाब-जादा।

ऐसा ही कितनी ही बार। कितनी ही घटनाएँ हैं केसरबाई के जीवन में। और केसर बाई ऐसी जगह में भी मुजरा करने गयी हैं जहाँ सुर की कोई कदर नहीं है, सिर्फ इज्जत दिखाने के लिए केसरबाई को ले जाते वे लोग। कोमल रैखब के साथ कोमल गान्धार का मेल-बन्धन घटाकर जब केसरबाई मशगूल होकर गाती तब उसके पेट की काँचुली और आँखों के कटाक्ष की तरफ ही उनकी नजर रहती।

सो हो, सिर्फ गाने को ही जब उसने अपना धर्म मान लिया है तब धर्म की विच्युति से वह आत्मरक्षा कैसे होगी?

उसके बाद जीवन के तमाम घाटों में अटकते-अटकते कब वह फिर इस लखनऊ शहर के इस चौक के बदनाम मुहल्ले में घर भाड़े पर लेकर बाईजी-जीवन के पेशे में सम्मान के शिखर पर उठ गयी थी, यह सोचने का समय नहीं था उसे तब।

ठीक ऐसे ही समय ऐसी एक घटना घटी जिसके हिसाब-किताब का फल आ पहुँचा यहाँ। और इतने दिनों के बाद उसे लौट जाना पड़ा अपने अतीत में, अपनी सत्ता के मूल की गम्भीरता में।

लजवन्तिया भी लौट आयी।

"क्यों री, पता-ठिकाना मिला?"

"नहीं, बाईजी साहिबा..."

"तो फिर एक काम कर, तू तैयार हो जा, मैं निकलूँगी, मेरे साथ तुझे जाना होगा।"

"कहाँ बाईजी साहिबा?"

"चल न तू, तुझे इतनी बातों की जरूरत क्या है?"

कहकर खुद भी तैयार होने लगी केसरबाई। तैयार होने के लिए और है ही क्या! साज-बाज, गहना-साड़ी, तबला-हारमोनियम-तानपूरे की तो जरूरत नहीं थी। असल में केसरबाई तो खुद जा नहीं रही, जा रही है मेजर गांगुली की बड़ी लड़की रानू गाँगुली!

रास्ते के कितने ही लोग पहले समझ नहीं पाए कुछ भी। और तब सवेरा भी नहीं हुआ था अच्छी तरह। चौक से ज्यादा दूर नहीं, सिर्फ करीब दो माइल के भीतर ही। जिस तरह रोज सवेरा होने के साथ-साथ ही लखनऊ शहर नींद से जाग जाता है, चौक का इलाका उस तरह का नहीं है। चौक में कुछ सोने-चाँदी की दुकानें हैं, वे लोग नियम से ही दुकान खोलते और बन्द करते हैं।

लेकिन भीतर की तरफ बाईजी-मुहल्ला है। वहाँ जिस तरह देर से रात होती है, उसी तरह सवेरा भी देर से होता है। वहाँ रात दो-तीन के बाद से आँखें झिमझिमा आती हैं सबकी। लेकिन रात एक तक वहाँ शाम है। इसीलिए नौ बजे तक इस मुहल्ले में किसी की टनक भी सुनायी नहीं पड़ती। कहाँ अब अमीना-बाद के संकटमोचनजी के मन्दिर में घंटा बजा, कब सवेरे की आरती शुरू हुई, उसकी आवाज इस मुहल्ले में पहुँचती नहीं।

उस्तादजी उस समय खूब चुपचाप आकर केसरबाई की खिड़की के सामने खड़े हुए।

"लजवन्तिया?"

लजवन्तिया सिर्फ उसके थोड़ा पहले ही सोयी थी। बाईजी साहिबा अभी नीचे से ऊपर चली गयी थीं। रास्ते के किनारे कूड़ेखाने के नजदीक उस समय भी कुन्दनलाल कुत्ते के नजदीक बैठा-बैठा गाना गा रहा था—दीवाना बनाना है तो दीवाना बना दे...

उधर भौं भी नहीं उठी उस्तादजी की। इतने दिनों की सब आशा, इतने दिनों का सब सपना, इतने दिनों की सब प्रतिष्ठा नष्ट करके केसरबाई ने उसे रास्ते पर बिठाल दिया है, इसका बदला उसे लेना ही होगा। बदला न लेने पर उस्तादजी को नींद नहीं आएगी।

कितने दिनों से उस्तादजी के सारंगी पर हाथ नहीं पड़े। सिर्फ धूल जमी है उसमें। हजरतगंज के छोटे-से डेरे में बैठे-बैठे उस्तादजी केवल गाँठा करते हैं।

अगर दूध न पिये बंगाली बाबू तो शराब—शराब के साथ ही उसे मिला देन लजवन्तिया!

"लजवन्तिया?"

लजवन्तिया उठकर आयी और खिड़की के पास खड़ी हुई।

बोली, "कौन, उस्तादजी?"

"क्या खबर है? कुछ नयी खबर है क्या?"

लजवन्तिया बोली, "बंगाली बाबूजी गायब हो गए उस्तादजी!"

"गायब हो गए हैं माने?"

"माने अब पता नहीं मिल रहा है उनका। बाईजी साहिबा के पास सिर्फ शराब पीना चाहते थे, इसीलिए शराब पीने को न पाकर बाहर निकलकर चले गए हैं। कहीं वे मिल नहीं रहे हैं।"

अँधेरे में खड़े-खड़े बात कर रहे थे उस्तादजी, हठात् चौंक उठे। पास में मानो कोई आकर खड़ा हुआ। पुरी गली शान्त-सुनसान है। ऐसे समय कौन यहाँ आएगा!

"कौन! कौन है?"

"मैं कुन्दनलाल हूँ, उस्तादजी।"

"कुन्दनलाल! यह बात है।"

कुन्दनलाल का नाम सुनकर मानो कुछ निश्चिन्त हुए उस्तादजी। पागल के कोई अक्ल नहीं है। यही थोड़े पहले कूड़ाघर में मरे कुत्ते के पास बैठा-बैठा गाना गा रहा था, और जाने कब यहाँ उठकर आ गया!

"उस्तादजी, कुछ पैसे दीजिए..."

"पैसे? पैसे कहाँ पाऊँगा रे मैं, भाग, भाग, यहाँ से—भाग..."

"दो न पैसा उस्तादजी..."

उस्तादजी नाराज हो उठे। एक जरूरी बात कहने आए हैं लजवन्तिया से और यह ठीक ऐसे ही समय आकर तंग करने लगा।

"जा जा, यहाँ से दूर हो जा, अभी पैसा-वैसा कुछ मिलेगा नहीं बाबा। पैसा मैं कहाँ पाऊँगा, मेरे निज के पास भी पैसा नहीं है..."

तो भी कुन्दनलाल हिलेगा नहीं। उस्तादजी ने लजवन्तिया की तरफ देखकर कहा, "यह पागल यहाँ पड़ा क्यों रहता है री? यह क्या चाहता है!"

लजवन्तिया बोली, "उसकी बात पर कान मत दीजिए उस्तादजी, शराब पी-पीकर इस तरह का हो गया है—अब रुपये खतम हो गए हैं इसीसे अब शराब पीने को नहीं पाता, भीख माँगता फिरता है। उसकी बात पर कान मत दीजिए आप..."

उस्तादजी बोले, "तो बंगाली बाबू भागा क्यों, बता सकती है?"

लजवन्तिया बोली, "कैसे बताऊँगी उस्तादजी, बाई साहिबा बंगाली बाबू के लिए बड़ी व्याकुल हो गयी हैं, सरदार अली गया है चौक की कोतवाली में खबर देने..."

हठात् ऊपर से केसरवाई का गला सुनायी पड़ा, "लजवन्तिया..."

साथ ही साथ लजवन्तिया बोल उठी, "आयी बाई साहिबा..."

बोलकर लजवन्तिया जल्दी-जल्दी दुतल्ले की तरफ दौड़ी।

रात बीती जा रही है। बड़ी आशा करके आए थे उस्तादजी। अनेक दिनों राह देखी है। रुपयों की आय बन्द हो गयी है उनकी। एक भी पैसा हाथ में नहीं है अब। इतने दिनों का सब मतलब मानो ढह गया उस्तादजी का। उस्तादजी सिर्फ सारंगी ही बजाते इतना ही तो नहीं है, वे थे केसरबाई के दल के सर्वेसर्वा। उनकी ही बात पर केसरवाई इतने दिनों उठती बैठती। केसरबाई का काम तो सिर्फ गाना गाकर और अपना हिस्सा लेकर पूरा हो जाता। लेकिन इतना हो तो सब नहीं है। कब कहाँ जाना होगा, कब मुजरा करना होगा, किस महीने की किस तारीख को केसरबाई का दिन खाली है, कितनी पेशगी पहले देनी होगी, इसका हिसाब कौन रखता? सब तो यही उस्तादजी। इन्हीं उस्तादजी के पास नोट-बही रहती एक। उसमें केसरबाई के रुपयों का और मुजरे का हिसाब लिखा रहता, उसी तरह खर्च का हिसाब भी लिखा रहता उसमें। और खर्च ही क्या था एक! नौकर-चाकर, और तबलची-हारमोनियम, तानपूरा और जो लोग बजाएँगे उन सबका भी खर्च है।

उस्ताद मइजुद्दीन खाँ साहब जहाँ जाते, वहीं ये उस्तादजी जाते साथ-साथ। उनका हिसाब भी उस वक्त रखते यही उस्ताद हामिद खाँ। तब से ही यह हिसाब लिखने की आदत पड़ गयी थी उस्तादजी की। ये उस्तादजी न होते तो क्या केसरबाई का इतना नाम होता, या इतना रुपया उनके पास होता!

सचमुच बड़ी आशा लगी थी उस्ताद हामिद खाँ के मन में। जिस दिन पहले-पहल केसरबाई ने उस्तादजी से कहा कि अब वह मुजरा नहीं करेगी, उस दिन वे अवाक् रह गए थे बात सुनकर।

उस्तादजी बोले थे, "तो फिर इतने आदमियों का क्या होगा?"

"किनका क्या होगा?"

"यही इनायत अली, बरकत खाँ, जलीलुद्दीन, इन लोगों ने जो इतने दिनों तुम्हारी सेवा की है, मदद की है, ये लोग क्या करेंगे?"

केसरबाई बोली थी, "वे लोग और किसी बाईजी के पास काम ढूँढ़ लें, मुझे छोड़कर क्या और बाईजी नहीं हैं चौक में? और मैं क्या चिरकाल नाच-गाकर ही दिन काटूंगी? मेरी क्या तबीयत खराब नहीं होगी? मैं अगर अकस्मात् मर ही जाती तो फिर वे लोग क्या करते?"

उस्तादजी बोले थे, "वह बात अलहदा है। मर जाने की बात कोई नहीं बोल सकता। सिर्फ तुम क्यों मैं भी तो मर जा सकता हूँ। लेकिन इतने दिनों जिन लोगों ने हमारी खिदमत की उनकी बात एक बार सोचो तुम! वे लोग क्या अब उपास करेंगे बोलना चाहती हो?"

केसरबाई भी वैसी ही तेज लड़की ठहरी। उसने कहा था, "तो मैं क्या सर-कार हूँ जो उन लोगों को पेंशन दूँगी? आप क्या कहना चाहते हैं कि चिरकाल उनके खाने-पीने-पहनने की जिम्मेदारी मेरी है? आपने जो मइजुद्दीन खाँ साहब से तालीम ली है, उनकी खिदमत की है, उसके लिए आप ही क्या अब पेन्शन पा रहे हैं?"

उस्ताद जी नाराज हो गए थे यह बात सुनकर। बोले, "तुम्हें मैंने काबिल बनाया है और तुमने आज यह बात कही बेटी? तुमने अपने गुरु को इस तरह बेइज्जत किया?"

केसरबाई बोली, "तो गुरु हैं इसलिए मेरी इच्छा अनिच्छा, साध-आह्लाद, जीवन-जिन्दगी नाम का कुछ नहीं रहेगा। गुरु हैं इसलिए आपके अन्याय की बात कहने पर भी मुझे सिर झुकाकर उसे मानना होगा?"

उस्ताद जी बोले, "तो फिर मैं भी इसका बदला लूँगा, यह कहे रखता हूँ..."

"कौन-सा बदला लेंगे? मेरी बदनामी करेंगे? मैंने आपका क्या किया है जो मुझसे आप बदला लेंगे?"

उस्तादजी ने कहा था, "मैं सिर्फ बदला ही नहीं लूँगा, तुम्हारा जीवन भी बरबाद कर दूँगा..."

केसरबाई हँस उठी थी बात सुनकर। बोली थी, "जीवन? जीवन की बात कर रहे हैं गुरुजी! जीवन मैंने कौन-सा पाया है बोलिए तो?"

"यह क्या? बोल क्या रही हो तुम? तुमने कुछ भी पाया नहीं?"

उस्तादजी अवाक् हो गए थे, "तुम एक दिन क्या थीं और वही तुम आज क्या हुई हो बोलो भला? मैंने तुम्हारे मुजरे का रेट पाँच हजार रुपये बढ़ा दिया है। इतना रुपया इस चौक में कोई बाईजी आज पाती है? मैं गाना न सिखाता तो यह तुम्हें मिलता? और अगर बाप के पास रहती तो बहुत ज्यादा किसी आदमी से तुम्हारा विवाह होता और रसोईघर में बैठकर तुम्हें हाँडी सँभालनी होती। इससे ज्यादा और लड़कियों की गृहस्थी आखिर क्या होती है सुनूँ? किस लड़की का और क्या हुआ है?"

"उस्तादजी, आपको मैं होशियार कर देती हूँ, मेरे पिता का नाम आप मुँह पर मत लाइएगा..."

उस्ताद जी ने कहा था, "तो बाप पर तुम्हारा अगर इतना ही दरद है तो उसी बाप को छोड़कर चले आने में तो उस दिन तुम्हें कुछ लगा नहीं! तो क्यों फिर उस दिन बाप को छोड़कर चली आयी थीं?"

केसरबाई उस समय उत्तेजित हो उठी थी, "उस्तादजी, आप फिर से वे सब बातें उठा रहे हैं?"

"उठाऊँगा नहीं? अपना काम सँभाल लेकर अब मुझे तुम निकाल दे रही हो और मैं वे सब बातें भूल जाऊँ कहना चाहती हो?"

केसरबाई इस बार अब ठहर नहीं सकी। बोली थी, "आप निकल जाइए मेरे घर से निकल जाइए कहती हैं, निकल जाइए..."

"न निकलने पर तुम क्या करोगी? क्या कर सकती हो?"

"सरदार अली को बुलाकर आपके गले में धक्के देकर निकाल दे सकती हूँ।"

"क्या बोलीं?"

इसी समय बगल के कमरे से गोलमाल सुनकर सुललित आकर खड़ा हुआ। सुललित को देखते ही उस्तादजी मानो और ज्यादा उत्तेजित हो उठे।

"उस्तादजी के कुछ बोलने जाने के पहले ही सुललित अपना दुर्बल शरीर लेकर सामने बढ़ आया। बोला, "आप क्यों चिल्ला रहे हैं उस्तादजी?"

उस्तादजी भी छोड़नेवाले जीव नहीं थे, "तुम कौन हो? केसरबाई मेरी शागिर्द है, मैं उसका उस्तादजी हूँ, मैं केसरबाई से मुकाबिला कर रहा हूँ, तुम क्यों बीच में बात करने आ रहे हो?"

सुललित बोला, "मेरा बात करने का हक है, इसीलिए मैं बोल रहा हूँ..."

"तुम्हारा हक? तुम्हारा काहे का हक? तुम क्यों आए हो यहाँ?"

सुललित बोला, "मेरा हक है उस्तादजी, आप सब जानते नहीं इसीलिए यह बात कह रहें हैं। मैं आपकी केसरबाई के पिता को पहचानता था, मेरे पिता के मित्र, मेरे साथ आपकी केसरबाई की शादी का सब ठीक-ठाक हो गया था। मेरे कारण ही आज आपकी केसरबाई की यह हालत है। मैं उसका भला चाहता हूँ, आपकी केसरबाई भी मेरा भला चाहती है। आपकी केसरबाई के भले के लिए ही मैं कहता हूँ, आप यहाँ से जाइए, केसरबाई अब आपका गाना-बजाना-मुजरा कुछ नहीं करेगी..."

उस्तादजी बिगड़ गए। बोले, "केसरबाई गाना-बजाना-मुजरा करेगी या नहीं, यह हम लोग समझेंगे, तुम चुप रहो..."

सुललित बोला, "नहीं, मैं किसी तरह चुप नहीं रहूँगा..."

"तो फिर तुम निकल जाओ इस घर से..."

सुललित बोला, "मैं तो निकल ही जाना चाहता हूँ, मैं तो यहाँ रहना नहीं चाहता, आपकी केसरबाई ने ही तो मुझे यहाँ अटका रक्खा है...। मैं अब यहाँ रहना नहीं चाहता, केसरबाई अगर मुझे छोड़ दे तो मैं अभी यहाँ से चला जाऊँ...?"

"तो जाओ तुम, तो फिर जाओ। तुम्हारे चले जाने पर हम लोग हाँफ छोड़कर बचें।"

अब तक केसरबाई चुप थी। अब वह दोनों के बीच में आ खड़ी हुई।

उस्तादजी की तरफ देखकर उसने सुललित को अटका रक्खा। बोली, "वे नहीं जाएँगे, सुललित दादा को मैं जाने नहीं दूँगी, आप जो कर सकिए कीजिए..."

उस्तादजी गुस्से से गर-गर करने लगे। बोले, "तुमने आज मेरा इतना बड़ा अपमान किया?"

"हाँ, अपमान किया। इसके बाद अगर फिर इनसे इसी तरह की बात कहें तो फिर आपका ऐसा ही अपमान करूँगी..."

उस्तादजी इसके बाद फिर खड़े नहीं हुए।

बोले, "ठीक है, मैं चला जाता हूँ, लेकिन यह बोल रखता हूँ इसका बदला मैं एक दिन लूँगा ही, लूँगा ही, लूँगा ही..."

"आप जो कर सकिए करिए। मैं आपकी परवा नहीं करती..."

"परवा करो या न करो, यह मैं उस दिन देख लूँगा। उस दिन मेरे पास आकर ही तुम्हें पैर पकड़कर मनाना होगा..."

बोलकर गुस्से से तनफनाते हुए उस्तादजी चले गए।

उस्तादजी ने बाहर से सुन पाया कि सुललित केसरबाई से कह रहा है, "क्यों तुमने उस्तादजी को इतना नाराज कर दिया बोलो तो? अगर वे तुम्हारा कोई नुकसान करें? इस मुहल्ले में कितनी खूनाखूनी होती है सुना है, वे अगर तुम्हारा खून करें..."

"मेरा खून करेंगे?"

"वह आदमी सब कर सकता है। वह आदमी अच्छा नहीं है, मैं उसके मुंह का चेहरा देखकर ही समझ गया हूँ, इसके बदले तुम अपने पति के पास लौट जाओ न। तुम्हारे पति जितने ही लम्पट, जितने घूसखोर ही क्यों न हों, इसकी बनिस्बत वे बहुत अच्छे हैं..."

"तो फिर तुम पहले शराब छोड़ दो सुललित दादा। तुम्हारे लिए ही मेरी इतनी चिन्ता हैं, तुम्हारे शराब छोड़ देने पर तुम जो करने को कहोगे मैं वही सुनूंगी, तुम थोड़ा दूध पियो। तुम्हारे लिए रोज दूध लिया जाता है और रोज सब फेंक देना पड़ता है, मैं लजवन्तिया को बुलाऊँ?"

कहकर बुलाना शुरू किया, "लजवन्तिया—लजवन्तिया..."

इतना ही सुनकर उस्तादजी फिर खड़े नहीं हुए। वहाँ से जल्दी-जल्दी सीढ़ियों से तर-तर करते हुए नीचे उतर गए थे।

ये सब तमाम दिनों पहले की बातें हैं। वह गुस्सा अभी तक गया नहीं उस्तादजी का। उसी गुस्से से उस्तादजी हजरतगंज जाकर एक छोटा कमरा भाड़े पर लेकर रह रहे हैं। और मन-ही-मन मतलब गाँठ रहे हैं कि एक दिन वे इसका बदला लेंगे ही।

लेकिन आज यहाँ आते ही जब उन्होंने खबर पायी कि बंगाली बाबू चला गया है तब बड़ा आनन्द हुआ उनके मन में इतना आनन्द मानो बहुत दिनों से उन्हें नहीं मिला था।

गली से बाहर निकलते ही फिर भेंट हुई कुन्दनलाल से।

कुन्दनलाल को देखकर ही उस्तादजी चिल्ला उठे, "भाग यहाँ से, भाग-भाग, जा..."

कुन्दनलाल लेकिन भागा नहीं। हठात् रो उठा। रोते-रोते बोला, "कुत्ता मर गया है उस्तादजी..."

"किसने मारा? कौन मरा?"

कुन्दनलाल उस वक्त भी उसी तरह रोता रहा। बोला, "दूध पीकर उस्तादजी, दूध पीकर..."

"दुर पागल। पागल का बच्चा कहीं का। दूध पीकर कोई मरा है?"

"हाँ उस्तादजी, दूध पीकर ही मरा..."

"किसने दूध दिया?"

"लजवन्तिया उस्तादजी, लजवन्तिया ने दूध दिया है..."

हठात् मानो कैसे चौंक उठे उस्तादजी। मानो सारंगी बजाते बजाते हठात् बे-पर्दे में हाथ पड़ गया हो। बोले, "जा, पागल कहीं का, भाग, भाग, जा..."

कहकर खुद ही भागने लगे सामने की तरफ। और कुन्दनलाल तब हठात् रोते-रोते हँस पड़ा। हो-हो करके हँसने लगा। लेकिन वह हँसी आस-पास के मकान में जिसके भी कान में गयी, उसने ही समझा कि पागल फिर रो रहा है। उसकी हँसी को भी उस दिन लोग रोना समझकर भूलकर बैठे।

कुन्दनलाल तब हँसते-हँसते ही कहने लगा, "भाग गया, भाग गया, भाग गया..."

यह जीवन जो कितना विचित्र है आज भी यही बीच-बीच में सोचता हूँ। बीच-बीच में सोचता हूँ तो लगता है इस जीवन का एक लेखा-जोखा पा गया हूँ। और ठीक उसके दूसरे क्षण ही सब हिसाब बेहिसाब हो जाता है। जिस दिन कलकत्ता के बड़े बाजार में एक साधु आकर शक्तिधर चाटुज्जे के पास एक पोटली जमा करके रख गया था, उस दिन क्या शक्तिधर चाटुज्जे ने ही सोचा था कि उसके भीतर इतने रुपये हैं! और उन्हीं रुपयों का अन्त में यह नतीजा होगा, यह भी अगर वे जानते तो क्या वे वह रुपया लेते? नवकुमार यदि जानते कि कपाल-कुंडला को घर में लाने पर उन्हें इस तरह कापालिक के कोपानल में पड़ना होगा तो क्या वे उसे अपनी स्त्री के रूप में घर में लाते?

शाहजहाँ यदि जानते कि औरंगजेब बुढ़ापे में उन्हें कैद करके रक्खेंगे तो क्या वे दिल्ली का सिंहासन स्पर्श करते?

लगता है भविष्यत् के सम्बन्ध में मनुष्य अन्धा रहता है, इसीलिए मनुष्य सुख की आशा में संसार-यात्रा का निर्वाह करता है। लेकिन दु:ख ही जो मनुष्य को सुख की मरीचिका दिखाकर सर्वनाश के रास्ते में खींच ले जाता है, यह तब उसे खयाल नहीं रहता। नहीं तो क्यों हम सब जानकर भी उस रास्ते में पैर बढ़ाते हैं! क्यों दु:ख को ही शान्ति समझकर इस तरह आत्म-प्रवंचना करते हैं?

ये सब बातें हम लोगों के पक्ष में जिस प्रकार सच हैं, सुललित और केसरबाई के सम्बन्ध में भी ठीक उतनी ही सच हैं। सुललित ने क्यों अपना सबकुछ शिक्षा-दीक्षा-आदर्श छोड़कर कहाँ की कौन-सी एक तुच्छ लड़की के आकर्षण में अपना सर्वनाश बुला लिया, और केसरबाई ने ही क्यों अपना घर, अपने आत्मीय-स्वजन-कुल-धर्म सबका परित्याग कर एक सारंगीवाले के साथ अनिश्चय के पथ में पैर बढ़ाया?

लेकिन भविष्यत् सोचने की क्या मनुष्य की इच्छा भी होती है, सोचने का मनुष्य को समय होता है? पृथिवी में जितना कुछ सच है उसमें से मृत्यु ही तो सबकी बनिस्बत बड़ा सच है! तो भी क्या, हम सब लोग क्या दल-दल में आत्म-हत्या करते हैं?

और आरती?

ना, आरती की बात अभी रहने दी जाए। आरती ठीक समय पर ही तो कहानी में आकर हाजिर हो जाएगी।

उस दिन केसरबाई ने कहीं भी पता नहीं पाया तब ठीक किया कि जैसे भी हो आरती का पता खोजकर निकालना है!

बहुत दिनों पहले एक वार एक मुजरा लेकर केसरबाई बरेली गयी थी। एक राजा के महल में उसकी मजलिस बैठी थी। वहीं उसने सुना था कि आरती के पति शायद वहाँ नौकरी करते हैं।

आदमी ने कहा था, "यहाँ बहुतेरे बड़े-बड़े अफसर हैं, गवर्नमेंट अफसर—वे भी आपका गाना सुनने आएँगे!"

"बड़े-बड़े अफसर?"

"हाँ, गजेटेड आफिसर सब। वे लोग आपका गाना सुनना चाहते हैं। सबने सुना है कि केसरबाई गाना गाने आएँगी, इसीलिए राजा साहब से कहा है कि वे भी आएँगे..."

अवश्य एक पलक की भेंट।

तो कहना होगा कि वह न देखने में ही शामिल है। गाना हो रहा था मजलिस में। केसरबाई वही गाना उस समय गा रही थी—

डोले रे जीवन मदमाती गुजरिया
तेरा संग जुड़ा मुझसे मारा ले कटरिया

लटपट पोहट कुंज भवन में
पहर कुसुम रंग की रे चुनरिया...

गाना सुनकर सब वाह वाह कर रहे हैं, जैसा कि केसरबाई का गाना सुन-कर साधारणत: सभी तारीफ करते हैं। झिझिट खम्माच का ऐसे जमक का ठुमरी ठाठ गान के जगत में सहसा सुनायी नहीं पड़ता। गा सकने पर इसी एक गाने से मजलिस को मात कर दिया जा सकता है। लेकिन गाना शुरू होते ही गाने के बीच में एक दुर्घटना घटी। ताल कट गया बरकत अली तबलची का, सुर नष्ट हो गया। सारंगीवाले उस्तादजी ने भी उस वक्त सारंगी रोक दी थी।

"क्या हुआ ? क्या हुआ?"

कोई मानो एक-दो लोग गाने की मजलिस छोड़कर हठात् बाहर चले गए। लेकिन वह सिर्फ एक मिनट के लिए। उसके बाद फिर गाना शुरू हुआ। फिर वही मजलिस। फिर महफिल जम गयी। फिर 'शाबाश' 'शाबाश' की ध्वनि गूँजी। फिर तबलची बरकत अली ने बँधे तबले पर तिहाई मारी। सारंगीवाले उस्ताद हामिद खाँ ने फिर केसरबाई के ठुमरी के कामों को अपनी छड़ी से हूबहू खींच लिया।

एक समय मजलिस भी टूटी।

लेकिन केसरबाई के मन में एक खीज रह गयी। उसके गाने के बीच में दो लोग इस तरह उठ क्यों गए? उसके गाने की मजलिस में तो सभी मशगूल होकर गाना सुनते हैं। जब तक उसका गाना खतम नहीं होता तब तक कोई उठकर जा नहीं सकता। तो फिर क्या उसका गाना उन लोगों को अच्छा नहीं लगा!

उसका गाना किसी को खराब लगा है, यह बात सोचने में भी केसरबाई को तकलीफ होती है।

गाने के अखीर में घर के मालिक सेठजी ने आकर खूब तारीफ करनी शुरू की। गाना बहुत अच्छा हुआ, मजलिस खूब जमी, वगैरह तमाम बातें।

सुनते-सुनते एक समय केसरबाई ने सेठजी से पूछा, "अच्छा सेठजी, एक बात है, गाने की मजलिस से दो आदमी उठ क्यों गए गाने के बीच में?" सेठजी को याद आया, "ओह, बैनर्जी साहब की बात कह रही हैं?" केसरबाई बोली, "यह मैं जानती नहीं..."

"हाँ, वे बैनर्जी साहब थे और उनकी बीवी थीं। गाना सुनते-सुनते बैनर्जी साहब की बीवी अकस्मात् बेहोश हो गयी, इसीलिए सब उनको धर-पकड़कर उनके घर पहुँचा आए।"

"बैनर्जी साहब कौन हैं?"

"यहाँ के डिवीजनल सुपरिटेंडेंट साहब। उनकी बीवी की तबीयत खराब हो गयी थी।"

"तो उनकी बीवी को क्या कोई बीमारी है? अकस्मात् वह बेहोश क्यों हो गयी?"

सेठजी यह नहीं जानते। लेकिन केसरवाई समझ गयी। मुँह देखकर ही समझ गयी थी, वह उसकी बहन है। वहीं आरती। उसके दूसरे दिन ही बरेली छोड़कर दल-बल लेकर चली आयी थी केसरबाई। फिर कभी बरेली नहीं गयी उसके बाद। बरेली से तमाम भुजरों में माँग आयी बाद को, तमाम रुपयों का लोभ दिखाया सेठजी लोगों ने। लेकिन फिर कभी जाने को राजी नहीं हुई केसर-बाई। बह्न का मुँह काला करने के बदले खुद ही बल्कि अपना काला मुँह लेकर जीवन काट लेगी, यही तो भी अच्छा है। तो भी कभी बरेली वह नहीं जाएगी।

लेकिन इस बार वह जाएगी। इस बार वह बरेली में ही जाएगी, उसे ढूँढ़ निकालने के लिए। केसरबाई हिसाब से नहीं जाएगी, जाएगी ऐसे ही सहज-स्वाभाविक भाव से। आरती की दीदी के हिसाब से जाकर कहेगी—यह तूने क्या किया बोल तो आरती, तूने मेरा यह सर्वनाश क्यों किया? मैंने तेरा क्या सर्वनाश किया था जो आज तेरे पाप का जिम्मा मुझे सहना पड़ रहा है? एक आदमी ने तेरे लिए अपना जीवन इस तरह नष्ट कर दिया है, और तू यहाँ पति-लड़के-लड़कियाँ लेकर संसार चला रहो है? तू एक बार उसके पास जाकर खड़ी हो, मैं अब कितने दिनों आरती सजकर अपने मन को आँखों का झूठा भरोसा दूँगी? तू आकर मुझे बचा आरती, मैं मुक्ति पाऊँ। यह तेरा ही बोझ है। चाहे तो तू यह बोझा सँभाल ले, और नहीं तो मुझे मुक्ति दे, मैं अब सह नहीं पा रही...

केसरबाई ने जल्दी-जल्दी सामने जो पाया उसी से एक सूटकेश सजा लिया। दो सांदी लाल पाड़ की मामूली साड़ियाँ, एक तौलिया और दो पेटी-कोट-ब्लाउज। और उसके साथ छोटी-मोटी और दो-एक फुटकर चीजें। अपने साथ कुछ रुप्ये भी लिए। ट्रेन भाड़ा और रास्ते का खरचा वरचा।

नीचे लजवन्तिया भी तैयार हो गयी थी। बाईजी साहिबा का हुक्म। घर में रहनेवालों में रहेगा सिर्फ सरदार अली। वह घर का पहरा देगा और अपनी रसोई खुद पकायेगा।

केसरबाई ने पुकारा, "लजवन्तिया..."

नीचे से जवाब आया, "जी..."

बोलते-बोलते ऊपर आयी। केसरबाई ने पूछा, "तू तैयार है?"

"तैयार बाईजी साहिबा।"

"तो फिर एक टैक्सी बुला ले। स्टेशन जाना होगा..."

लजवन्तिया नीचे चली जा रही थी, लेकिन केसरबाई ने उसे फिर पुकारा, "और

एक बात सुन, तू ठहर, सरदार अली से टॅक्सी बुलाने को बोल लजवन्तिया बोली, "लेकिन सरदार अली तो घर में नहीं है..."

"कहाँ गया है?"

"बंगाली बाबू को खोजने।"

"बंगाली बाबू को अब भी खोज रहा है? एक बार तो खोज आया है!

"आपने तो उसे फिर खोजने को भेजा है?"

अब याद आया केसरबाई को। सरदार अली को तो सचमुच भेजा है उसने। और कितनी जगहों में खोजेगा उसे? कोतवाली में खोजा है, निषादगंज से बाकरगंज तक सब जगहों में तो खोजा है। लेकिन और कहाँ जा सकता है वह सचमुच तो, वह तो उड़ नहीं जा सकता हवा की तरह! अकस्मात् सरदार अली हाँफता-हाँफता घुसा।

केसरबाई ने पूछा, "क्यों रे, पाया?"

"हाँ, पा गया बाईजी साहिबा।"

"कहाँ? कहाँ पाया? जल्दी बोल?"

"बड़े अस्पताल में।"

"बड़े अस्पताल में? जिन्दा हैं न?"

सरदार अली बोला, "यह नहीं जानता।"

केसरबाई गुस्सा हो गयी। बोली, "तो जानता नहीं तो कौन-सी खबर तूने पायी? अस्पताल गए क्यों? क्या हुआ था? शराब पीकर रास्ते में बेहोश हो गए थे?"

सरदार अली ने तब भी कहा, "यह नहीं जानता बाईजी साहिबा।"

"ना, तेरे जरिये देखती हूँ कोई भी काम होगा नहीं, तू सिर्फ भांग खाकर नशा करके सोया रह सकता है, चल, मैं जाऊँगी अस्पताल में..."

बोलकर केसरबाई थोड़ा ठहरकर सरदार अली से फिर बोली, "तू एक टैक्सी बुला, मैं तेरे साथ जाऊँगी..."

कहाँ बरेली जाएगी सोचकर सब ठीक कर लिया था केसरबाई ने, और कहाँ एक घटना से उसका सबकुछ ताल-मेल बिगड़ गया।

इमर्जेन्सी वार्ड की टेबिल पर उस समय सुललित का लम्बा शरीर सुलाकर रख दिया था अस्पताल के डाक्टरों ने। ऐसा कोई सीरियस केस नहीं है। लेकिन मरने के करीब हो सकता था। समय रहते रास्ते के कुछ दयालु लोग पकड़कर लिटाकर अस्पताल पहुंचा गए हैं।

डाक्टर ने पूछा था, "एक्सिडेंट कहाँ हुआ था?"

भले आदमियों ने कहा था, "रास्ते में...?"

"किस रास्ते में?"

"चौक के मोड़ पर।"

डाक्टर ने नियमकायदे से सबकुछ अपने रजिस्टर में नोट कर लिया। जो लोग रोगी को ले आए थे उनका भी नाम-गाँव लिखने का कायदा है। उन लोगों ने भी अपना नाम-ठिकाना लिखा दिया।

उसके बाद डाक्टर ने पूछा, "आप लोगों ने एक्सिडेंट अपनी आँखों से देखा था?" लोगों ने कहा—हाँ सर, देखा कि एक प्राइवेट कार खूब स्पीड से रास्ते से जा रही थी और यह भला आदमी उस गाड़ी का धक्का खाकर गिर पड़ा।

"ये रास्ते में किधर से जा रहे थे?"

"बीच से।"

डाक्टर ने रोगी की परीक्षा करके देखा। चौक से इतने सवेरे जब निकल रहे थे तो जरूर सारी रात बाईजो के घर में काटी है, और शराब-वराब भी जरूर पी है। उस मुहल्ले से अस्पताल में ऐसे केस अक्सर आते हैं। ये सब के आने पर मामूली तरह से कोतवाली में खबर भेजनी पड़ती है। वे लोग ही आकर इन्क्वायरी करते हैं, वे लोग ही भार ले लेते हैं रोगी का। उसके बाद कानून उनका निजी रास्ता पकड़कर चलता है।

लेकिन मुश्किल हुई नाम को लेकर। रोगी का नाम आखिर क्या है और घर का ठिकाना क्या है सो कोई जानता नहीं था। रोगी का हार्ट दुर्बल देखकर ही समझा जा सकता था कि कई दिनों से उसने कुछ खाया नहीं है। लिवर भी खराब है, लगता है शराब पीता है खूब। जो बड़े आदमी रोगी होते हैं उनके इस वार्ड में आने पर डाक्टरों में हल्ला मच जाता है। छोटे से बड़े डाक्टर तक सब देखने को दौड़े आते हैं। लेकिन इन रास्ते के लोगों के लिए, इनके लिए पृथिवी के किसी भी मनुष्य के सिर में दर्द नहीं होता। इसीलिए इतना मन नहीं लगा रहा या कोई।

रोगी ने एक बार थोड़ी-सी आँखें खोलीं।

डाक्टर ने पूछा, "आपका नाम क्या है? आप रहते कहाँ हैं।"

रोगी के कानों में मानो बातें घुसी नहीं। उसने जैसे आँखें खोली थीं वैसे ही फिर आँखें मूँद लीं।

लेकिन पुलिस के लोगों ने आते ही इन सब बातों का भार लिया। रास्ते का ट्रैफिक रूल बड़ा कड़ा है। उस कानून में जरा सा भी इधर-उधर होने पर कोर्ट में उसे फाइन हो जाएगी। उन्होंने ही पूछ-ताछ कर पता लगाया कि असल अप-राधी का नाम क्या है! नाम और किसी का नहीं था, मिस्टर बैनर्जी का था। सिविल लाइन्स के वी. आई. पी. मिस्टर बैनर्जी।

मिस्टर बैनर्जी के खिलाफ रिपोर्ट गयी ऊपरवालों के पास। एस. आई. से ओ. सी. के पास।

ओ. सी. खंडेलवाल चौंक उठे नाम देखकर।

मिस्टर बैनर्जी ने खंडेलवाल के साथ एक टेबिल पर बैठकर कितनी ही बार बीयर पी है। जिसे कहते हैं एक रास का यार। एक ही क्लब के मेम्बर हैं दोनों। एक ही कोर्ट में टेनिस खेलते हैं। और मिस्टर बैनर्जी के सिविल लाइन्स के घर में जाकर तास भी खेलते हैं।

मिस्टर बैनर्जी टेलिफोन उठाते ही बोले, "कैसा हाल है?"

"मजे में सर, लेकिन एक बात..."

"क्या बात है?"

"आपने कुछ एक्सिडेंट किया है क्या?"

"एक्सिडेंट? कैसा एक्सिडेंट?

खंडेलवाल ने घटना समझाकर बताया, ।"एक आदमी को शायद मिस्टर बैनर्जी, आपकी गाड़ी ने धक्का दे दिया है। वह आदमी अभी अस्पताल में है।"

"मरा नहीं तो?"

खंडेलवाल बोले, "नहीं, मरा नहीं, सिर्फ हाथ-पैर छिल गए हैं थोड़े, लगता है शराबी है। शराब पीकर रास्ते के बीच से चला जा रहा था..."

"करेक्ट! तो मुझे क्या कोर्ट में जाना होगा फिर?"

"नो नो, नेवर। मेरे रहते फिर आपको कोर्ट में क्यों जाना होगा? किसी एक लोफर ने आपकी गाड़ी का नम्बर दिया है मुझे। मैं सब हाश-पाश किये देता हूँ—कोई जान नहीं सकेगा..."

मिस्टर बैनर्जी बोले, "थैंक यू—थैंक यू सो मच, यह सब करके आ रहे हैं इधर? नयी इम्पोर्टेड ह्विस्की आयी है, किंग आफ किंग्स..."

"किंग आफ किंग्स! माई गाड, एकदम लिक्विड गोल्ड, मैं अभी जीप लेकर जा रहा हूँ..."

बोलकर साथ-ही-साथ पुकारा, "ड्यूटी..."

ड्यूटीदार कान्स्टेबिल ने भीतर घुमकर जूते ठोंककर सेल्यूट किया, "हुजूर..."

खंडेलवाल उठ खड़े हुए। बोले, "जीप रेडि?"

"जी हुजूर..."

खंडेलवाल साहब जीप लेकर ड्यूटी में निकल पड़े। अकस्मात् बड़ा जरूरी काम लग गया उन्हें। तब कोतवाली के और सब काम पड़े रहे। उस समय उनका सबसे बड़ा काम हुआ मिस्टर बैनर्जी से मिलना। मिस्टर बैनर्जी से न मिलने पर मानो

इंडिया गवर्नमेंट अचल हो पड़ेगी।

लेकिन बैनर्जी साहब की गाड़ी का नम्बर फिर उस दिन पुलिस के रोजना-मचे में लिखा नहीं गया। उसमें लिखा गया कि एक आदमी शराब पीकर रास्ते के बीच से चल रहा था, ऐसे ही समय एक अनजाने नम्बर की गाड़ी अकस्मात् उसे धक्का देकर भाग गयी। बहुत कोशिश करने पर भी उसका कोई पता मिल नहीं सका।

सिविल लाइन्स के मिस्टर बैनर्जी के घर के बगीचे से घिरे ड्राइंगरूम में खंडेलवाल साहब की जरूरी ड्यूटी चल रही थी उस वक्त। एक पेग के बाद और एक पेग। उसके बाद और फिर एक पेग।

खंडेलवाल बोले, "नो मोर, और नहीं मिस्टर बैनर्जी..."

मिस्टर बैनर्जी ने लेकिन छोड़ा नहीं। बोले, "नो, नो, वन मोर पेग फार दि रोड, रास्ते के लिए और एक पेग लीजिए..."

मिसेज बैनर्जी बगल के कमरे से सब सुन पा रही थी। खंडेलवाल के चले जाते ही भीतर आयी।

पूछा, "क्या हुआ था? कौन आकर बैठा था अभी तक? कौन आया ड्रिंक करने?"

मिस्टर बैनर्जी बोले, "वह एक स्काउंड्रल है, कोतवाली का ओ. सी. आफिसर-इनचार्ज..."

"तो उसके साथ तुम्हें ड्रिंक करने में शर्म नहीं आती? वह कितना वेतन पाता है? उसका स्टेटस क्या है?"

मिस्टर बैनर्जी बोले, "अरे साथ से क्या उसकी खातिर की है! पुलिस का आदमी ठहरा न, इसीलिए उन लोगों को हाथ में रखना पड़ता है—इसीलिए इम्पोर्टेड ह्विस्की पिलाकर उसे थोड़ा खुश कर दिया!"

मिसेज बैनर्जी अकस्मात् बोली, "तो तुमने फिर एक्सिडेंट किया था क्या?"

मिस्टर बैनर्जी सतर्क हो उठे, "तुमने जाना कैसे?"

मिसेज बैनर्जी बोली, "मैंने बगल के कमरे से सब सुन लिया हैं, मैंने तुमसे कितनी बार कहा रघुबीर से धीरे गाड़ी चलाने के लिए कहने को तो भी तुम नहीं सुनते..."

मिस्टर बैनर्जी के उस वक्त पाँच पेग पेट में ढल चुके थे। बोले, "तुम जानती नहीं इसीलिए यह बात कह रही हो, मेरा कितना जरूरी काम रहता है यह नहीं जानतीं। एक सेकेंड देर हो जाने पर दिल्ली से कड़ी कड़ी चिट्ठियाँ आती हैं..."

"तो तुम्हें छोड़कर और कोई लगता है गवर्नमेंट का काम नहीं करता?" मिस्टर बैनर्जी और एक पेग गिलास में ढालने जा रहे थे।

मिसेज बैनर्जी ने उनका हाथ पकड़ लिया धप्-से। बोली, "और पीना नहीं होगा,

वही विष पी-पीकर तुम मेरा सर्वनाश करोगे!"

"तुम इसे विष कहती हो?"

"हाँ, विष न हो तो मनुष्य उसे पीकर जानवर के समान क्यों हो जाता है?"

मिस्टर बैनर्जी पागल हो उठे। बोले, "क्या कहा?"

"बोली, उसे पीने पर मनुष्य अमनुष्य हो जाता है। उस समय फिर मनुष्य को भले-बुरे का ज्ञान नहीं रह जाता, तब मनुष्य का मनुष्यत्व चला जाता है। जानते नहीं तुम्हारे लड़के-लड़कियाँ हैं, वे लोग अगर देखें कि उनके पिता इसे पीकर नशाबाजी करते हैं तब तो वे भी एक दिन यही सब पीना सीखेंगे, तब वे भी तो तुम्हारे समान होंगे, तब मैं क्या कहकर उनका मुँह बन्द करूँगी बोलो तो?" मिस्टर बैनर्जी बोले, "इसीलिए तो उन्हें देहरादून के स्कूल में रखकर पढ़ा रहा हूँ, जिससे वे लोग अच्छी शिक्षा पाएँ,—जिससे मेरे लिए उन्हें झूठी शर्म न उठानी पड़े..."

"अच्छा किया है, भला किया है, लेकिन तुम तो अपना आफिस और अपने यार-दोस्त लेकर हो, तो फिर मैं क्या लेकर रहूँ बोलो तो, तो फिर मेरा किस तरह समय कटे?"

"क्यों, तुम्हारी भी तो गाड़ी है, तुम्हें भी तो गाड़ी दी है एक, तुम भी तो वह गाड़ी लेकर जहाँ मन हो जा सकती हो। तुम्हारे जाने की जगहों की क्या कमी है? यहाँ के लेडीज क्लब की मेम्बर हो जाओ न। दूसरे आफिसरों की औरतें जैसे सोशल वर्क करती हैं, तुम भी तो उसी तरह सोशल वर्क करके इन्दिरा गांधी के समान एक प्राइम मिनिस्टर हो सकती हो—। आजकल सोशल वर्क करने पर गवर्नमेंट मोटी रकम देती है। थोड़ी कोशिश करने पर तुम भी तो पाओगी, कोशिश करने पर अखबारों में नाम भी छपवा सकोगी, फोटो भी छपवा सकोगी—उसके बाद थोड़े ऊपरी समाज में तदबीर-तरकीब लगाकर पद्मश्री भी पा जा सकती हो, कहा नहीं जा सकता कुछ, सभी तो ऐसे ही पाते हैं..."

"तुम ठहरो, एक बार जब तुम्हारे हाथों में पड़ी हूँ तब मेरे भविष्यत् में क्या है वह मैं ही जानती हूँ..."

इस बार मिस्टर बैनर्जी शराब के नशे में झूमकर हा-हा करके एक अट्टहास से हँस उठे। उसके बाद हँसी रोककर बोले, "देखता हूँ सचमुच हँसा दिया मुझे आरती..."

"यह तो कहोगे ही। सच बात कहने पर तुम्हें वह हँसी की बात की तरह ही लगेगी..."

"ना ना, इसलिए नहीं कह रहा, कहता हूँ ऐसी एक स्त्री दिखा सकती हो जो अपने पति से यह न बोले कि तुम्हारे हाथ में पकड़कर मेरा जीवन एकदम नष्ट हो गया? सचमुच दिखा सकती हो ऐसी एक स्त्री को? मैं दस हजार रुपयों की शर्त

करता हूँ—दिखाओ, अभी-अभी तुम्हें दस हजार रुपये दे दूँगा..."

मिसेज बैनर्जी बोली, "देखो, यह सब रसिकता रहने दो, मैंने एक बार बड़ी मुश्किल से तुम्हें जेलखाने के फन्दे से बचाया है, अपनी इज्जत खोकर उस बार मैं तुम्हें बड़ी मुश्किल से जेल से छुड़ा लायी हूँ, लेकिन याद रक्खो इस बार मैं वह कर नहीं सकूँगी। मेरे भी मान-अपमान नाम की एक चीज है..."

मिस्टर बैनर्जी बोले, "अरे, तुम्हारा मान-अपमान-ज्ञान तो देखता हूँ बड़ा टनटनाता हुआ है, तुमसे तो मैंने कितनी बार कहा है, संसार में इज्जत-विज्जत सब गलत बात है। इस दुनिया में जिसके पास रुपया हैं, उसकी ही इज्जत है—रुपया न होने पर तुम हजार ईमानदार ही क्यों न होओ, कोई तुम्हें पूछेगा भी नहीं..."

मिसेज बैनर्जी बोली, "लेकिन अभी जो तुमने इस एक पुलिस अफसर को दामी की पिलायी, यह भी तो एक रकम की खुशामद है। ऐसा काम तुम क्यों करो जिसके लिए दूसरे की खुशामद करनी पड़े! एक बार तो मैं तुम्हारे लिए खुशामद करने जाकर बे-इज्जत होकर लौट आयी हूँ, उससे भी तुम्हें शर्म नहीं आयी? तुम्हारी स्त्री होकर मेरे बे-इज्जत होने पर उससे तुम्हें भी शर्म आना वाजिब है!"

"शर्म? बोल क्या रही हो तुम आरती? वह एक स्काउंड्रल है! मैं अगर घूस ही लेता तो हाईकोर्ट मुझे छोड़ देता सोचती हो? और फिर मुझे पकड़ने के लिए स्काउंड्रल की नौकरी चली गयी है यह जानती हो?"

मिसेज बैनर्जी मानो स्तम्भित हो गयी बात सुनकर बोली, "नौकरी चली गयी?"

"नौकरी जाएगी नहीं? मेरे नाम से फाल्स केस लाने पर नौकरी जाएगी नहीं उसकी? मैंने जो उसके नाम से डिफेमेशन चार्ज नहीं लगाया यही तो बहुत है!

"सचमुच नौकरी चली गयी?"

"अरे, नौकरी गयी माने क्या, इंडिया गवर्नमेंट ने तो उसको नौकरी से डिस्चार्ज कर दिया है..."

"क्यों?"

"सीधी बात है, एक क्लास वन गजेटेड आफिसर के नामसे झूठा चार्ज लगाया लगाया था, उसने इसलिए?"

मिसेज बैनर्जी ने कहा, "लेकिन तुम तो घूस लेते हो..."

"कौन कहता है मैं घूस लेता हूँ!"

"मैं कहती हूँ तुम घूस लेते हो। सिर्फ मैं नहीं, सब कहते हैं, सब जानते हैं। निहायत तुम बड़ी नौकरी करते हो इससे कोई मुँह से कहने की हिम्मत नहीं करता, तुमसे कह नहीं सकता। यही जो तुमने आज किसी को गाड़ी से दबाया है, तुम्हें क्या कोई पकड़ सकेगा? पकड़ नहीं सकेगा, क्योंकि जो लोग बोलते उन्हें तुमने हाथ की

मूठ में रख लिया है घूस खिलाकर..."

"घूस खिलाकर? तुम कह क्या रही हो?"

"तो दामी शराब पिलाना और घूस देना क्या एक बात नहीं है कहना चाहते हो? क्यों तुम जोर से गाड़ी चलाने को कहते हो रघुवीर से, क्यों निर्दोष आदमी तुम्हारी गाड़ी के नीचे दब जाता है?"

मिस्टर बैनर्जी बोले, "यह देखो, इसीलिए लोग कहते हैं औरत की जात! शराब पीकर मतवारी करते-करते कोई अगर हमारी गाड़ी के ऊपर कूद पड़े तो वह भी मेरा दोष है?"

"नहीं, कभी नहीं, मैंने बगल के कमरे से सब सुना है। उस आदमी ने शराब नहीं पी थी, वह सिर्फ रास्ते से पैदल चला जा रहा था, तुमने उसे धक्का देकर फेंक दिया है। लेकिन तुमने जब देखा कि वह तुम्हारी गाड़ी से धक्का खाकर गिर पड़ा तब तो तुम्हारी ड्यूटी थी उसे गाड़ी में बिठालकर अस्पताल पहुँचा देने की। सो तुमने उसे पहुँचाया है?"

मिस्टर बैनर्जी बोले, "एक लोफर की जिन्दगी बड़ी है, या इंडिया-गवर्नमेष्ट की ड्यूटी बड़ी है? तुम जानती हो मैं अगर एक दिन आफिस न जाऊँ तो इंडिया गवर्नमेंट का कितने करोड़ रुपयों का नुकसान होगा? तुम्हें वह आइडिया है? वह आइडिया रहने पर तुम यह बात न कहतीं—खंडेलवाल तो अब तक यही कह रहा था..."

अकस्मात् एक नौकर आकर सलाम करके खड़ा हुआ। बोला, "हुजूर, डाक्टर कोठारी..."

"डाक्टर कोठारी? अन्दर लाओ..."

मिसेज बैनर्जी डाक्टर कोठारी का नाम सुनते ही दरवाजे की तरफ बढ़ गयी।

डाक्टर कोठारी बड़े व्यस्त डाक्टर हैं। हजरतगंज से बाकरगंज, अमीनाबाद, बंगाली टोला सब कहीं उनका बुलावा होता है। मनुष्य के हिसाव मे भी डाक्टर कोठारी जितने अच्छे हैं, डाक्टर के हिसाब से भी उतने ही चतुर काबिल हैं।

डाक्टर कोठारी के घुसते ही मिसेज बैनर्जी बोली, "आइए डाक्टर कोठारी! इतनी देर हो गयी आपको, हम लोग आपके लिए ही अब तक रास्ता देख रहे थे..."

"मुझे थोड़ी देर हो गयी हजरतगंज में..."

कहकर उन्होंने ब्लड प्रेशर मापने का यन्त्र निकाला। गले में स्टेथिस्कोप लगाया। उसे लगाते-लगाते बोले, "अभी फिर एक जगह जाना होगा, आप लेट जाइए मिस्टर बैनर्जी..."

मिसेज बैनर्जी बोली, "देखिए डाक्टर कोठारी, ये तो आपका इन्स्ट्रक्शन कुछ मानते नहीं हैं..."

"क्यों, मानते क्यों नहीं?"

मिसेज बैनर्जी बोली, "ठीक से दवा ही नहीं खाते..."

डाक्टर कोठारी ने तब तक अपना काम शुरू कर दिया था। वे ब्लड-प्रेशर का यन्त्र मिस्टर बैनर्जी के हाथ में लगाकर देखने लगे। रक्त का दबाव मिस्टर बैनर्जी का बराबर ऊँचा रहता है। तिस पर मिजाज रूखा है। थोड़े में ही उत्तेजित हो जाते हैं। यह ब्लड प्रेशर के रोगियों के लिए अच्छा लक्षण नहीं है। डाक्टर कोठारी कई बार मि. बैनर्जी से कह गए हैं—चारों तरफ हंगामा होने पर भी आपको अपना मन कंट्रोल करना होगा, तब आप नीरोग रहेंगें मि. बैनर्जी...

लेकिन कौन सुनता है किसकी बात! मिसेज बैनर्जी हर दिन नियम से मिस्टर बैनर्जी के मुँह के पास दवाइयाँ रख जाती है। हर दिन ठीक समय पर खाने को, ठीक समय पर सोने को कहती। लेकिन मिस्टर बैनर्जी के आफिस के काम की वजह से यह ठीक-ठीक होता नहीं है।

डाक्टर कोठारी कहते हैं, "लेकिन इस रोग में अगर रात को नींद न आए तो फिर प्रेशर कम नहीं होगा, यह मैं कहे रखता हूँ। इसीलिए तो मैंने कहा है कि आप नियम से उन्हें रोज नींद टेबलेट खिला दीजिएगा..."

मिसेज बैनर्जी कहती, "लेकिन रात को तो घर ही लौटते हैं देर से।"

"क्यों?"

"कहते हैं, आफिस का काम था।"

आफिस का काम रात को होता है इस बात पर विश्वास नहीं कर पाते डाक्टर कोठारी। पूछते, "वे जरूर और कहीं जाते हैं, आफिस में इतनी रात कभी नहीं हो सकती..."

मिसेज बैनर्जी कहती, "ना, आफिस से समय रहते-रहते निकलकर वे क्लब जाते हैं टेनिस खेलने। उसके बाद फिर चले जाते हैं आफिस में..."

"क्यों, फिर आफिस क्यों जाते हैं?"

मिसेज बैनर्जी बोली, "उनके आफिस में शायद लेबर ट्रबल चल रहा है। स्ट्राइक की भी धमकी दी है स्टाफ ने। इन्हीं सब हंगामों में वे बड़े व्यस्त हैं..."

"लेकिन ऐसा होने पर भी पहले तो स्वास्थ्य है, उसके बाद तो सब है! और अगर मिस्टर बैनर्जी नियम ही न मानें तो मुझे बुलाने की जरूरत ही फिर क्या है? मैं ही क्यों झूठ-मूठ हर हफ्ते प्रेशर देखने आऊँ..."

सो आज भी वही बात हुई। डाक्टर कोठारी ने प्रेशर देखकर अपना स्टेथि-स्कोप गले से खोलकर यन्त्र वगैरह फिर बैग में भर लिया। मुँह बड़ा गम्भीर-गम्भीर।

मिसेज बैनर्जी ने पूछा, "कितना देखा डाक्टर कोठारी—ब्लड प्रेशर कितना है?"

डाक्टर कोठारी गम्भीर मुँह से ही बोले, "खूत्र बढ़ गया है..."

"कितना, बताइए न?"

मिस्टर बैनर्जी के सामने बोलने पर फिर वे डर जाएँगे, इसीलिए डाक्टर कोठारी मुँह से कुछ नहीं बोले। अपना बैग लेकर कमरे के बाहर आए। मिसेज बैनर्जी भी उनके साथ बाहर आकर खड़ी हुई। उनके मुँह आँख में उद्वेग और कौतूहल देखकर डाक्टर कोठारी बोले, "ज्यादा मत सोचिए मिसेज बैनर्जी, ज्यादा सोचने से तो कोई फायदा नहीं होगा..."

मिसेज बैनर्जी बोली, "यह तो मैं जानती हूँ डाक्टर कोठारी, कि सोचने से कोई फायदा नहीं है, तिस पर आप भी तो इतने दिनों से मिस्टर बैनर्जी को देख रहे हैं। जिस दिन से लखनऊ में हम लोग वदली होकर आए हैं उस दिन से ही देख रहे हैं, हम लोग तो और किसी डाक्टर को दिखाते नहीं..."

डाक्टर कोठारी बोले, "यह मैं जानता हूँ..."

मिसेज बैनर्जी बोली, "तो आप मुझसे बताइए उनका कितना ब्लड-प्रेशर है, मैं उनसे नहीं बताऊँगी, और बोलने पर भी कोई नफा-नुकसान नहीं है। क्योंकि वे सावधान नहीं होंगे। अजीब मिजाज है उनका। भीषण गुस्सैल आदमी हैं। मेरी बात भी बिल्कुल नहीं सुनते..."

डाक्टर कोठारी बोले, "लेकिन पीने का मामला तो आपके हाथ में है" उसे तो आप कंट्रोल कर सकती हैं..."

मिसेज बैनर्जी बोली, "उनका पीना मैं कंट्रोल करूँगी? तब तो हो गया..."

"जो सब रसोई उन्हें खाने को देती हैं उसमें जरा भी फैट न रहे। फैट-फ्री फूड खाने को देना होगा। चर्वी जाति की चीज एकदम न खाएँ, खाने पर रिस्क है..."

"लेकिन वे ही चीजें तो वे ज्यादा खाते हैं। घर में न हो मैंने सीधे-सादे खाने का इन्तजाम किया, लेकिन क्लब में? पार्टी में? वहाँ तो मैं रहती नहीं..."

डाक्टर कोठारी बोले, "तो फिर मैं और क्या कर सकता हूँ बोलिए? आप उनकी स्त्री हैं, आपकी बात ही अगर वे न सुनें तो मेरी बात वे सुनेंगे?"

मिसेज बैनर्जी बोली, "तो फिर मैं क्या करूँ बताइए तो?"

डाक्टर कोठारी बोले, "ठीक है, तो मैं फिर आऊँगा, देखूँ और एक कौन-सी दवा दे सकता हूँ, देखूँ फूड देकर न हो, दवा देकर या इंजेक्शन देकर उन्हें अच्छा कर सकूँ..."

"वही कीजिए डाक्टर कोठारी। वैसी दवा अगर दे सकें तो मैं जैसे भी हो उन्हें खिलाऊँगी। उन्हें जैसे भी हो आपको बचाना ही होगा, आप तो जानते हैं डाक्टर कोठारी, उन्हीं पति को छोड़कर मेरा कोई नहीं है जहाँ जाकर मैं खड़ा हो सकूँ।

मेरे लड़के-लड़कियाँ छोटे-छोटे हैं, उन्हें भी वे घर में रखते नहीं, देहरादून स्कूल में रखकर पढ़ा रहे हैं, उनके न रहने पर बच्चों को लेकर मैं कहाँ खड़ी होऊँगी बोलिए तो! वे तो एक पैसा भी जमा नहीं करते, जो पैदा करते हैं सब दोनों हाथों से उड़ाते हैं, भविष्यत् नाम का मेरा कुछ भी नहीं है डाक्टर कोठारी..."

डाक्टर कोठारी को इतनी बातें सुनने का समय नहीं था। किसी भी दिन उन्हें समय नहीं रहता। लेकिन जब कभी वे मिस्टर बैनर्जी को देखने आते हैं तभी मिसेज बैनर्जी की ये सब दुःख की बातें उन्हें सुननी पड़ती हैं।

इस बार अकस्मात् घड़ी की तरफ देखते ही वे चौंक उठे, "अभी उनके घर जाऊँगा, वड़ी देर हो गयी है।" बोले, "अब मैं जाऊँ मिसेज बैनर्जी, मुझे फिर अभी एक बार चौक जाना होगा।"

"चौक?"

"हाँ, चौक!"

"जहाँ बाईजी-मुहल्ला है?"

"हाँ, वहाँ केसरबाई नाम की एक बाईजी हैं, उनके ही घर जाऊँगा, बड़ी देर हो गयी है..."

"केसरबाई!!!"

केसरबाई का नाम सुनते ही मिसेज बैनर्जी का मुँह जाने कैसा फीका हो आया! एक क्षण में मानो एकदम अन्यमनस्क हो गया उनका चेहरा!

डाक्टर कोठारी बोले, "केसरबाई बहुत अच्छा ठुमरी गाना गाती हैं। बहुत अच्छा गला है। कभी उनका गाना सुना है?"

मिसेज बैनर्जी 'हाँ'-'ना' क्या बोले, समझ नहीं सकी। बरेली में जब थी तब केसरबाई का गाना सुनने जाकर कितनी दुःखदायी घटना घटी थी वह याद आते ही सिहर उठी।

डाक्टर बाबू बोले, "वह भी एक अद्‌भुत घटना है मिसेज बैनर्जी। रोगी देखने जाकर जो कितनी घटनाएँ कानों में आती हैं, कितनी विचित्र कहानियाँ जो सुन पाता हूँ उन्हें कहकर पूरा नहीं किया जा सकता। लेकिन अचम्भा है, उन्हीं केसरबाई का इतना नाम है, उनके पास इतना रुपया है, उन्होंने अब गाना-बजाना-मुजरा एकदम छोड़ दिया है..."

"छोड़ दिया? क्यों?"

डाक्टर कोठारी बोले, "वह लम्बी बात है, अभी वह सब बताने का समय नहीं है मुझे, बाद को जब आऊँगा, बताऊँगा, अभी चलूँ..."

कहकर वे घर का पोर्टिको पार करके अपनी गाड़ी में जा बैठे। उसके बाद गाड़ी

एंजिन का धंआ उड़ाकर मिसेज बैनर्जी की आँखों के सामने से चली गयी। पोर्टिको के उस किनारे ही मिस्टर बैनर्जी का कम्पाउंड से घिरा बगीचा है। गेट पर सरकारी बिजली ज्वल ज्वल करके जल रही है। उसके ही सामने सरकारी दरबान स्टूल पर बैठा पहरा दे रहा है। सतर्क पहरा। जिससे चोर डाकू-गुंडा कोई घुस न सके। जिससे उनमें से कोई इस घर में घुसकर कोई अशान्ति पैदा न कर सके। सरकारी दरबान की आँखें बचाकर जिससे कोई इस घर का कुछ चुरा न सके, कुछ लूट न सके। लेकिन इन सब बातों की तरफ उसकी निगाह नहीं थी। उस समय भी मिसेज बैनर्जी के दिमाग में बात चक्कर काट रही थी—केसरबाई! केसरबाई! गाना-बजाना छोड़ दिया है केसरबाई ने!

डाक्टर कोठारी की बातें उस समय भी उसके कानों में बज रही थीं—वह भी एक अद्भुत घटना है मिसेज बैनर्जी। रोगी देखने जाने पर जो कितनी विचित्र घटनाएँ कानों में आती हैं, कितनी विचित्र कहानियाँ जो सुनने को मिलती हैं, उन्हें बोलकर खत्म नहीं किया जा सकता। लेकिन अचम्भा है उन केसरवाई का इतना नाम, इतना रुपया है, उन केसरबाई ने गाना-बजाना-मुजरा एकदम सब छोड़ दिया है...

अकस्मात् पीछे से पुकार आयी, "मेमसाब?"

मिसेज बैनर्जी पीछे फिरी। देखा उसका बबर्ची हरीलाल है।

"मेमसाब, खाना तैयार..."

मिसेज बैनर्जी ने अपने को सँभाल लिया। बोली, "टेबुल पर लगाओ, मैं आ रही हूँ..."

मनुष्य के जीवन में कब जो किस घटना से किस तरह कौन-सी प्रतिक्रिया होती है, लगता है कि मनुष्य के सृष्टिकर्ता भी उसे बता नहीं सकते। जिस सृष्टिकर्त्ता के निर्देश से सिर के ऊपर के इस आकाश से एक दिन बादल जमकर वर्षा होती है, मैदानों-खेतों में हरीतिमा प्लावन बह जाता है, उन्हीं आकाश के देवता की रोषाग्नि से फिर एक दिन पत्थर फाड़नेवाली धूप से खेत के धान, खेत की फसल जल-भुन-कर छार-खार हो जाती है, मनुष्य के संसार में अनाहार का हाहाकार उठता है, उसका रहस्य कौन उद्घाटित कर सकता है?

केसरबाई के जीवन में भी लगता है ठीक वही प्रतिक्रिया हुई थी। प्रतिदिन शाम को केसरबाई जाकर हाजिर होतीं महावीरजी के मन्दिर में। मन्दिर में दूसरे पूजार्थियों की भीड़ होने पर भी केसरबाई का उससे कुछ आता-जाता नहीं। उनकी वही लाल पाड़ की साड़ी, वही माथे पर सिन्दूर की टिकुली, और उनके वही महावर-लगे

खाली पैर देखकर कौन कल्पना करेगा कि वे चौक के बदनाम मुहल्ले की बाईजी केसरबाई हैं? कौन कल्पना करेगा इन्हीं केसरबाई ने एक दिन राजा-महाराजाओं को ठुमरी-कजरी-दादरा-गजल सुनाकर महफिल मात की है। घाघरा ओढ़निया उड़ाकर उठते नवाबजादों और रईस लोगों की शिराओं के खून में तूफान की तरंग पैदा की है। उस समय वे भक्तिमती कुलवधू के समान, महावीरजी के सामने घुटने झुकाकर अपने प्राणों का निवेदन जनातीं। वे मन-ही-मन कहतीं—अपनी बहन के सब पापों का प्रायश्चित मैं कर रही हूँ देवता, मैंने अपने पिता के मन में भी जो कष्ट दिया है मैं उसका भी प्रायश्चित कर रही हूँ तुम मेरे सब पाप क्षमा करो प्रभु, सब संकट का मोचन करके मुझे तुम मुक्ति दो...

कितने लोग, कितने पूजार्थी, कितने यात्री पृथ्वी-भर के कितने देवताओं की कितनी मानताएँ करते हैं, कितनी अर्जियाँ पेश करते हैं, कितना आर्त निवेदन जताते हैं कौन उसका हिसाब रखता है! और एक मनौती, एक अर्जी, एक निवेदन जो सब जिन देवता के पास जाकर पहुँचते हैं बे देवता भी उनका क्या प्रतिविधान करते हैं उसका भी हिसाब कोई नहीं रखता, लगता है वह रखना सम्भव भी नहीं है। क्योंकि मनौती-अर्जी-निवेदन की जैसे सीमा-संख्या नहीं है, लगता है उसका समाधान भी विश्व-ब्रह्मांड के किसी देवता के द्वारा सम्भव नहीं है। तो भी मनुष्य अनादिकाल से इसी तरह मन्दिर में, मसजिद में, गिर्जे में जाकर अर्जी जताएगा और पत्थर के देवता अपनी निर्वाक् दृष्टि से अनादि-अनन्तकाल तक उसकी तरफ ताकता रहेगा, यही लगता है विश्व सृष्टि का नियम है। इसी तरह पृथिवी का इतिहास चला आ रहा है, लगता है इसी तरह ही और, और भी अनादि-अनन्त-काल तक यह चलेगा।

उसके बाद जब तमाम समय कट जाता, तब एक समय कैसरबाई उठ खड़ी होतीं। धीरे-धीरे माथे का घूंघट मुँह पर अच्छी तरह खींचकर मन्दिर के बाहर आकर गाड़ी में बैठतीं।

इसी तरह चल रहा था, अकस्मात् जिस दिन बंगाली बाबू नहीं मिले, उसी दिन से केसरबाई छटपट करने लगी दिन-रात। उसके बाद खबर आयी कि सरकारी अस्पताल में जो आदमी मिला है, उसका नाम ही सुललित चैटर्जी है और वह खबर लेकर आया सरदार अली।

केसरबाई बोलीं, "तो तू अपने साथ यहाँ क्यों नहीं ले आया? फिर अगर भाग जाए?"

सरदार अली बोला, "बाबूजी जो आए नहीं, इसीलिए तो मैं दौड़ते-दौड़ते आपके पास आया..."

केसरबाई तब हैरान हो उठी। बोली, "चल-चल, अभी चल—चल, जाकर

देख आऊँ..."

अस्पताल के इमर्जेन्सी वार्ड में तब ठीक तरह से आँखें खोलकर देखा सुललित ने। चारों तरफ देखकर अवाक हो गया। यह कहाँ आया है वह!

डाक्टर ने पूछा, "आपका नाम क्या है? आप किस तरह गिर गए? किसी गाड़ी ने क्या आपको धक्का दिया था?"

असंख्य प्रश्न उनके। सुललित पहले-पहल कुछ समझ न पाता। सब मानो धुंधला लगता। लगता वह मानो एक परम प्रशान्ति में निमग्न हो गया है, तन्मय हो गया है, गम्भीर भाव से उसने अपनी आत्मा को परमात्मा में एकदम मिला-जुला दिया है। उसे अब किसी यन्त्रणा की जलन नहीं है, वह मुक्त है। सब जिम्मेदारियों, सब जंजीरों, सब सम्बन्धों से वह मुक्ति पा गया है। वह सिर्फ जागता-जागता सोया रहता!

पहले दिन ही समझ में आ गया था कि हालत गम्भीर नहीं है। थोड़ा-सा ज्ञान होने पर रोगी को छोड़ देने का इन्तजाम किया गया था। लेकिन ज्ञान ही नहीं फिर रहा था रोगी का। अन्त में जिस दिन ज्ञान हुआ उस दिन डाक्टर ने फिर वही सवाल किया, "आपका नाम क्या है? आप किस तरह गिर पड़े? किसी गाड़ी ने क्या आपको धक्का दिया था?"

जवाब में सुललित उठकर बैठने की कोशिश करने लगा।

नर्स ने उसे पकड़कर उठाकर बिठाल दिया।

डाक्टर ने पूछा, "आप कहाँ रहते हैं?"

सुललित ने उस बात का जवाब दिए बिना कहा, "मैं घर जाऊँगा..."

"घर? आपका घर कहाँ है? आपके घर में हम लोग ही ख़बर दे सकते हैं। घर का पता बताइए?"

सुललित के सिर में उस समय भी बैंडेज बँधा था। डाक्टर की तरफ देखकर वह बोला, "आपने मेरे सिर में यह क्या बाँधा है?"

इसी समय सरदार अली वार्ड में घुस गया था। बोला, "बंगाली बाबू, आप यहाँ हैं? बाईजी साहिबा आपको ढूँढ़ जो रही हैं..."

"आरती? आरती कहाँ है सरदार अली?"

सरदार अली बोला, "बाईजी साहिबा ने तो आपको खोजने के लिए ही मुझे भेजा है बाबूजी, मैंने पूरे शहर में आपको खोजा है—आप चलिए—घर चलिए..."

सुललित बोल उठा, "कहाँ जाऊँगा! तुम्हारी बाईजी साहिबा के घर में? नहीं, मैं वहाँ नहीं जाऊँगा—तुम चले जाओ, मैं वहाँ नहीं जाऊँगा..."

सरदार अली बोला, "लेकिन बाईजी साहिबा ने तो आपको ढूँढ़कर ले आने को कहा है बाबूजी..."

सुललित बोला, "नहीं, मैं किसी तरह नहीं जाऊँगा वहाँ, मैं अब वहाँ कभी नहीं जाऊँगा..."

सरदार अली फिर वहाँ खड़ा नहीं हुआ। सीधे एकदम चौक में लौटकर उसने केसरबाई को खबर दी।

केसरबाई उस समय बरेली जाने को ही तैयार थीं। सरदार अली से खबर पाते ही एक गाड़ी बुलाने को बोलीं। गाड़ी आते ही लजवन्तिया से बोलीं, "तू घर में रहना, कहीं चली मत जाना, मैं बाबूजी को लेकर तुरन्त चली आऊँगी।"

उसके बाद सीधे अस्पताल की तरफ केसरबाई की गाड़ी चलने लगी।

लजवन्तिया के घर के भीतर जाते ही उस्तादजी घुसे। इतनी देर तक कहाँ लुके छिपे थे कौन जाने! गला धीमा करके उन्होंने पुकारा, "लजवन्तिया..."

लजवन्तिया डरकर चौंक उठी उस्तादजी को देखकर।

बोली, "उस्तादजी, आप?"

उस्तादजी ने अपने मुँह पर एक उँगली रखकर इशारा किया, "चुप, हल्ला मत कर। मैं सब जानता हूँ। केसरबाई सरकारी अस्पताल में गयी है बंगाली बाबू को लाने..."

"आपने जाना कैसे उस्तादजी?"

उस्तादजी बोले, "मैंने सब सुना। बाहर खड़े-खड़े सब सुना है। यही मौका है, यही फुरसत है, यह सुयोग अब आएगा नहीं लजवन्तिया, खूब होशियार, मैं अब खड़ा नहीं होऊँगा यहाँ, मैं चलूँ, फिर आऊँगा..."

"लजवन्तिया!"

बड़ा करुण सुर। बड़ा मर्मान्तक सुर।

"कौन?"

दोनों ने देखा कुन्दनलाल को। कुन्दनलाल कब खिड़की के बाहर आकर खड़ा हो गया था, किसी को आहट नहीं मिली। वही चेहरे-भर में दाढ़ी-मूँछें, वही गन्दी, भयानक मूर्ति। दिन-दिन कुन्दनलाल को मानो घोर पागलपन हो गया है। कभी-कभी कहीं लापता हो जाता है, तब फिर उसका पता ही नहीं लगता। और एक दिन अकस्मात् आकर उदय हो जाता है। बोलता है, "लजवन्तिया, एक रोटी खिलाओ मुझे..."

लजवन्तिया रोटी देती है। बीच-बीच में कुन्दनलाल पर माया भी होती है उसकी। ऐसा एक खानदानी घर का लड़का अपने कर्मफल से पागल हो गया, आखिर में क्या मर जाएगा! पागल में बुद्धि-विदेचना भले न रहे, भला-बुरा वह जो भी करे,

नाबदान-कूड़ाघर जहाँ भी पड़ा रहे, भूख तो उसको है। भूख से तो किसी की रिहाई नहीं है दुनिया में।

केसरबाई ने एक दिन देख पाया था।

पूछा था, "तेरे पास कुन्दनलाल इतना क्यों आता है री लजवन्तिया?"

लजवन्तिया ने कहा था, "वह सिर्फ रोटी खाना चाहता है बाईजी साहिबा..."

केसरबाई को भी देखकर माया हुई थी। दामी चीज वस्तु तो कुछ चाहता नहीं, सिर्फ खाना चाहता है। वह भी सूखी एक रोटी। एक समय दलाली करके जो पैसे-कौड़ी जमा किये थे, सब नशा करके उड़ाकर अब पागल हो गया है।

केसरबाई बोली थी, "तो दे दे, रोटी दे, बेचारा खाने को नहीं पाता..."

उसके बाद कुन्दनलाल से पूछा था, "तू यहाँ सारे दिन रहता क्यों है रे कुन्दनलाल? और कोई तुझे खाने को नहीं देता? यहाँ और कोई बाईजी नहीं हैं? उन लोगों के घर में जा न..."

कुन्दनलाल पागलों की तरह हँसने लगा। वह एक विचित्र हँसी थी।

लजवन्तिया ने पूछा था, "तू हँसता क्यों है? बाईजी साहिबा की बात का जवाब दे न? और कोई तुझे खाने को नहीं देता?"

कुन्दनलाल तो भी दाँत निकालकर हँसने लगा। बोला, "खाने को देते हैं, लेकिन मैं खाता नहीं—उन लोगों की रोटी मैं नहीं खाऊँगा..."

कहकर फिर ही-ही करके हँसने लगा।

"क्यों? खाता क्यों नहीं?"

बात का जवाब देते हुए कुन्दनलाल बोला, "उन लोगों की रोटी खाकर ही तो हिन्दुस्थान जहन्नुम में गया है। हिन्दुस्थान जहन्नुम में जाएगा बाई साहिबा, हिन्दुस्थान जहन्नुम में जाएगा..."

लजवन्तिया बोली, "देखा तो बाईजी साहिबा, पागल के मुँह में सिर्फ यही एक बात है, हिन्दुस्थान जहन्नुम में जाएगा!"

केसरबाई तो भी बात समझ नहीं सकी। कुन्दनलाल से उसने पूछा, "क्यों रे कुन्दनलाल, हिन्दुस्थान जहन्नुम में क्यों जाएगा?"

कुन्दनलाल बोला, "जहन्नुम में जाएगा नहीं? घी में मिलावट करने से हिन्दुस्थान जहन्नुम में नहीं जाएगा?"

"घी में मिलावट करते हैं?"

"जी हाँ, घी में मिलावट करते हैं, पानी में मिलावट करते हैं, दवा में मिलावट करते हैं, दूध में भी मिलावट करते हैं..."

"दूध में भी मिलावट करते हैं? कौन लोग?"

कुन्दनलाल बोल उठा, "गाय!"

"गाय!" केसरबाई अवाक् हो गयी। "गाय दूध में मिलावट किस तरह करती है?"

लजवन्तिया बात सुनकर चौंक उठी। लेकिन अपने को संभालकर बोली, "उससे बात मत कीजिए बाईजी साहिबा, उसकी बात छोड़ दीजिए, वह पागल है..."

कुन्दनलाल बोला, "ना बाई साहिबा, दुनिया का सबकुछ मिलावट है, पेड़ के फल में भी मिलावट है, नदी के जल में भी मिलावट है, पछिया हवा में भी मिलावट है। दुनिया में सबकुछ मिलावट है बाई साहिबा। इन्सान भी मिलावट हो गया है।"

लेकिन पागल से ज्यादा बात करने का समय फिर किसके पास ही होता है? केसरबाई ने लजवन्तिया से कह दिया था, "पागल हो, छागल हो, उसे तू बीच-बीच में रोटी देना लजवन्तिया, समझी, आदमी अच्छा है।..."

ये सब बातें उस्तादजी भी जानते थे। उस्तादजी कहते, "आदमी का दिमाग खराब हो जाने से क्या होगा, मन अच्छा हैं री, खाना चाहने पर रोटी देना..."

लेकिन जब कभी उस्तादजी कोई जरूरी बात कहने इस घर में आएँ, तभी कुन्दनलाल आकर रोटी खाना चाहेगा यह अच्छा नहीं लगता उस्तादजी को।

बीच-बीच में डराते-भगाते, "जा जा, अभी जा, अभी भाग यहाँ से..."

लेकिन उस दिन की हालत दूसरी तरह की थी। ठीक जब केसरबाई फिर अस्पताल में बंगाली बाबू को लेने गयी उसी वक्त तमाम जरूरी बातें कहने को थीं लजवन्तिया से, जो और किसी के सामने कही नहीं जा सकतीं। लेकिन कुन्दनलाल फिर उस वक्त रोटी माँगने आता है...

लौटकर जाते समय उस्तादजी ने कहा, "तो फिर मैं अभी चलूँ लजवन्तिया..." लजवन्तिया बोली, "आप जाइए, आप कुछ फिक्र मत कीजिएगा उस्तादजी, जो करना है, मैं ठीक वही करूँगी..."

उस्तादजी के रास्ते में निकलते ही पीछे से अकस्मात् हा-हा करके अट्टहास उठा, "भाग गया, उस्तादजी भाग गया—भाग गया..."

उस्तादजी को तब जल्दी थी। उसी वक्त केसरबाई आ जाएगी। पीछे फिरकर उस्तादजी ने सिर्फ एक बार कहा, "भाग जा, भाग जा पागल कहीं का, भाग..."

बोलकर उस्तादजी जोर-जोर से पैर चलाकर बड़े रास्ते में खो गए। लेकिन तब भी उनके कानों में गूँज रही थी कुन्दनलाल की हँसी। तब भी कुन्दनलाल हा हा करके हँसते-हँसते कह रहा था, "भाग गया, उस्तादजी भाग गया—भाग गया..."

डाक्टर कोठारी को सवेरे से ही मशगूल रहना पड़ता है। सवेरे छह बजे से रोगी जो

आना शुरू करते हैं तब से सवेरे नौ बजे तक उन्हें फिर फुरसत नहीं मिलती। उसके बाद ही वे चले जाते हैं चेम्बर में। अमीनाबाद के चेम्बर में लोग लाइन लगाकर खड़े रहते हैं। लेकिन रोगियों को देखते-देखते वे ज्यों ही देखते कि घड़ी बारह वजें हैं तभी उठ पड़ते हैं। उसके बाद फिर तीसरे पहर के पहले चेम्बर में रोगी नहीं देखेंगे। दोपहर को चेम्बर से निकलते ही जाएँगे तमाम रोगियों के घर में। कोई रहता हजरतगंज में, या फिर कोई सिविल लाइन्स में, और कोई चौक में। तो भी खास-खास रोगियों की खबर मिलने पर एक-एक दिन में उनके घर में दो बार तीन बार भी जाना पड़ता। और मिस्टर बैनर्जी के पास जाना होता है हफ्ते में एक बार। न जाने पर मिसेज बैनर्जी बार-बार तकाजा करके लोग भेजती।

मिस्टर बैनर्जी के लिए मिसेज बैनर्जी की चिन्ता का अन्त नहीं था।

हर बार प्रेशर देखने के बाद ही कौतूहल की निगाह से डाक्टर कोठारी के मुँह की तरफ ताकती रहती, पृछती, "कितना, डाक्टर कोठारी?"

मिस्टर बैनर्जी को लेकिन इस तरह कोई फिक्र नहीं थी। उनका प्रेशर बढ़ा या कम हुआ इसके लिए जितना सिरदर्द होता वह सब उनकी स्त्री का होता।

प्रेशर देखने में आखिर कितनी देर लगती है! वह तो जिस किसी छोटे-मोटे डाक्टर से भी दिखाया जा सकता है। लेकिन मिसेज वैनर्जी का उससे चलेगा नहीं। जिस-तिस से अपने पति को दिखाकर वह निश्चिन्त नहीं हो सकती।

डाक्टर कोठारी ने एक बार कहा था, "अच्छा मिसेज बैनर्जी, मुझसे क्यों अपने पति का ब्लड-प्रेशर दिखाती हैं, इससे तो आपका बहुत खर्च पड़ता है। एक आर्डिनरी रेल के डाक्टर को भी तो इस काम के लिए बुला सकती हैं।"

मिसेज बैनर्जी कहती, "सो तो कर सकती हूँ, उसमें तो मेरा पैसा भी खर्च नहीं होगा। लेकिन आप ही बताइए, रेलवे के डाक्टर क्या डाक्टर हैं? वे नौकरी करते-करते डाक्टरी भी भूल गए हैं—कितनी ही बार उनसे दिखाया है, लेकिन उन सबकी बात वे बिल्कुल नहीं सुनते...। लेकिन आपकी बात अलहदा है। आपसे वे डरते हैं..."

"डरते हैं माने?"

"डरते नहीं, मानते हैं, वे जानते हैं न कि आपके कितने कॉल आते हैं, आपके समय का कितना दाम है! इसीलिए आपके आते ही वे थोड़े शान्त-शिष्ट हो जाते हैं। नहीं तो सारे दिन जब तक घर में रहते हैं ब्वाय-बबर्ची-खानसामा सबको सिर्फ बकते-झकते हैं। मैं बहुत समझाती हूँ उनको, इतना मत चित्रियाओ, डाक्टर कोठारी ने चिल्लाने-विल्लाने से मना किया है, तो भी सुनेंगे नहीं..."

डाक्टर कोठारी को बहुत भली लगती मिसेज बैनर्जी। इतने घरों में वे रोगी देखने गए हैं, लेकिन किसी घर में किसी स्त्री को पति के लिए इतना परेशान होते उन्होंने

नहीं देखा। मानो पति अन्त प्राण। पति को क्या खाना वाजिब है, क्या खाने से पति का स्वास्थ्य अच्छा रहेगा यह अच्छी तरह जान लेती। बात-बात में बुला भेजती डाक्टर कोठारी को। किसी-किसी दिन रात को मिस्टर बैनर्जी को अच्छी नींद नहीं आयी, और साथ-ही-साथ डाक्टर कोठारी को टेलिफोन!

"डाक्टर कोठारी, एक बार आइयेगा?"

डाक्टर कोठारी भीषण व्यस्त हैं उस समय। टेलिफोन उठाते ही गला सुनकर समझते, मिसेज वैनर्जी हैं।

मिसेज वैनर्जी कहती, "एक बार अभी आइए डाक्टर कोठारी, मिस्टर बैनर्जी की खूब सीरियस कंडीशन है..."

"क्यों? क्या हुआ है उनको?"

"आप आइए, खुद आकर एक बार देख जाइए..."

साथ-ही-साथ रोगियों को छोड़कर डाक्टर कोठारी उस अमीनाबाद से सिविल लाइन्स में गाड़ी लेकर चले जाते। आकर देखते, मिस्टर बैनर्जी को कुछ भी नहीं हुआ। अच्छी तरह रोज के समान उन्होंने ब्रेकफास्ट खाया है, हमेशा की तरह फिटफाट।

मिसेज बैनर्जी बोलती, "ना-ना, आप एक बार उनके हार्ट की परीक्षा कीजिए..."

डाक्टर कोठारी अपना स्टेथिस्कोप कान में लगाकर मिस्टर बैनर्जी की छाती में लगाते...

सब तरह की ही परीक्षा करते। लेकिन कोई दोष न पाते।

कहते, "ना-ना, वे तो ठीक ही हैं-हार्ट में तो कोई भी दोष नहीं देख रहा..."

"तो फिर थोड़ा कार्डियोग्राफी कीजिए। हार्ट की एक बार अच्छी तरह परीक्षा करना अच्छा है!"

तो फिर वे वही करते। उसमें भी कोई दोष न' निकलता। ब्लड-यूरिन सब अच्छी तरह दिखा लेती मिसेज बैनर्जी। कहीं कोई दोष नहीं। और इस बीच तमाम रुपयों का श्राद्ध हो जाता।

मिसेज बैनर्जी बोलती, "तो फिर रात को उन्हें नींद क्यों नहीं आती?" डाक्टर कोठारी बोलते, "नींद इस तरह सबको ही बीच-बीच में नहीं आती, उसके लिए आप इतनी फिक्र क्यों करती हैं?"

मिसेज बैनर्जी कहती, "क्या कहते हैं डाक्टर कोठारी, इन्हें सारी रात नींद नहीं आएगी और आप कहते हैं मैं चिन्ता नहीं करूँगी?"

अन्त में कुछ टेबलेट का प्रेसक्रिप्शन लिख आते डाक्टर कोठारी। और उसे ही खाकर मिस्टर बैनर्जी को कुछ दिनों अच्छी नींद आती।

लेकिन कुछ दिनों के बाद ही फिर टेलिफोन। क्या? ना, दया करके एक बार

आइए डाक्टर कोठारी...

डाक्टर कोठारी पूछते, "अब फिर क्या हुआ?"

मिसेज बैनर्जी कहती, "डाक्टर, बैनर्जी की तबीयत फिर खराब हो गयी है!"

"क्या खराब है?"

"आप आने पर ही जान सकेंगे। किस समय आ रहे हैं?"

साथ-ही-साथ डाक्टर कोठारी ने भीड़ को ठेलकर रोका और वे उठे। उठकर जल्दी-जल्दी गाड़ी चलाकर लसर फसर होकर मिस्टर बैनर्जी के सिविल लाइन्स के क्वार्टर्स में आए। दरबान दरवाजा खोलकर सेल्यूट करके खड़ा हुआ।

जल्दी-जल्दी गाड़ी से उतरकर भीतर जाकर उन्होंने देखा, मिसेज बैनर्जी अधीर आग्रह से उनके लिए ही रास्ता देख रही हैं। आते ही उन्हें संग लेकर एकदम मिस्टर बैनर्जी के बेडरूम में चले गए।

मिस्टर बैनर्जी अपने बिछौने पर स्लीपिंग सूट पहने बेड-टी पी रहे हैं।

"क्या हुआ डाक्टर कोठारी, जो आप अकस्मात्?"

डाक्टर कोठारी बोले, "यह क्या, मिसेज बैनर्जी ने जो मुझे अर्जेंट कॉल * देकर बुलवा लिया, बोलीं, आपकी तबीयत खूब खराब है!"

"यह क्या?"

मिस्टर बैनर्जी अवाक् होकर मिसेज बैनर्जी की तरफ देखकर बोले, "मेरी तबीयत खराब है, किसने कहा तुमसे?"

मिसेज बैनर्जी पति को धमका उठी, "तुम ठहरो तो, तुम्हारी तबीयत खराब है या अच्छी यह क्या तुम मेरी बनिस्बत ज्यादा जानते हो?"

उसके बाद डाक्टर कोठारी की तरफ देखकर बोलीं, "आप उनका प्रेशर तो थोड़ा चेक कीजिए डाक्टर कोठारी..."

"मेरा प्रेशर? यही तो परसों प्रेशर लिया गया। दो दिन में ही फिर प्रेशर क्यों?"

मिसेज बैनर्जी ने फिर धमकाया। बोली, "तुम ठहरो तो, मैं जो कहती हूँ, वह करो..."

डाक्टर कोठारी ने प्रेशर देखा। ना, जैसा प्रेशर था वैसा ही है। कोई खास ख़राब लक्षण नहीं है...

मिस्टर बैनर्जी बोले, "मैं भी तो कहता हूँ, मुझे कोई ट्रबल नहीं है..."

मिसेज बैनर्जी ने पति को रोक दिया। बोली, "तुम रुको तो..."

उसके बाद डाक्टर कोठारी की तरफ देखकर बोली, "जानते हैं डाक्टर कोठारी कल मैंने अपने हाथ से उन्हें चिकेन सैंडविच बना दिया। इन्होंने एक मुँह में लेकर चबाते ही फेंक दिया, एक भी नहीं खाया। बोले—खाना मुझे अच्छा नहीं लग रहा है..."

मिस्टर बैनर्जी बोले, "तो खाने में अच्छा न लगने पर भी मैं कहूँ कि खाना अच्छा लगता है?"

मिसेज बैनर्जी फिर बोल उठी, "तुम ठहरो तो, मुझे बोलने दो..."

कहकर डाक्टर कोठारी की तरफ देखकर बोली, "जानते हैं, हलकी-सी थोड़ी बिरियानी तैयार कर दी, उसे भी उन्होंने नहीं खाया। भात भी नहीं खाया, बिरियानी भी नहीं खायी, चिकेन दोप्याजा भी नहीं खाया। कुछ भी अगर वे मुँह में न डालें तो वे खाएँगे क्या? आप ही बोलिए डाक्टर कोठारी, इस तरह बिना खाए रहने पर आफिस की इतनी मिहनत वे कैसे सँभालेंगे? और तिस पर पेट खाली रहने पर नींद आती है किसको?"

"क्यों मिस्टर बैनर्जी, रात को आपको नींद नहीं आती?"

मिस्टर बैनर्जी बोले, "हाँ, मुझे तो नींद..."

बात पूरी होने के पहले ही मिसेज बैनर्जी बोल उठी, "तुम ठहरो तो, तुम रात को सोते हो?"

मिस्टर बैनर्जी बोले, "सोता नहीं?"

"खाक सोते हो! तुम सोते हो या नहीं सोते, यह मेरी बनिस्बत तुम ज्यादा जानते हो? जानते हैं डाक्टर कोठारी, कल सारी रात जाग जागकर ये बिड़-बिड़ करके बकते रहे। इसे नींद कहते हैं? इसी तरह सोने से मनुष्य का शरीर अच्छा रह सकता है?"

डाक्टर कोठारी मिसेज बैनर्जी की तरफ देखकर बोले, "तो फिर आपको खुद भी तो सारी रात नींद नहीं आती!"

मिसेज बैनर्जी बोली, "मुझे नींद कैसे आएगी बोलिए? बगल में वे जागते-जागते बात करेंगे और मैं सोऊँगी? यह भी कभी सम्भव है?"

इसी तरह बार-बार। एक कहता है नींद आती है, और दूसरा कहता है नींद नहीं आती। डाक्टर कोठारी को ये ही सब बातें थोड़ी देर बैठे-बैठे सुननी पड़ती हैं। सुनना जरूर पड़ता है, लेकिन मन-ही-मन वे छटपटाते रहते हैं। उधर चेम्बर में असंख्य रोगी उनके लिए 'हाय राम' करते-करते बैठे हैं और यहाँ वे यही सब बेकार बातें सुनते-सुनते मोटी रकम पाकेट में भरकर चले जाते हैं। ऐसा ही हर हफ्ते करीब दो-तीन दिन। किसी दिन मिस्टर बैनर्जी का प्रेशर मापना, किस दिन उनका नींद न आना, और किसी दिन उन्हें भूख न लगना। तो भी मिस्टर बैनर्जी को स्वस्थ कर दें, डाक्टर कोठारी के डाक्टरी-शास्त्र में ऐसी कोई दवाई नहीं है।

लेकिन तो भी एक कोई प्रेसक्रिप्शन न लिख देने पर मिसेज बैनर्जी खुश नहीं होती। इसीलिए लिखकर वे खड़े होते हैं।

मिसेज बैनर्जी पोर्टिको तक पहुँचा देने को आती है।

गाड़ी पर बैठने के बाद मिसेज बैनर्जी फिर पूछती है, "अच्छा बोलिए तो डाक्टर बाबू, मिस्टर बैनर्जी आखिर अच्छे हो जाएँगे न?"

डाक्टर कोठारी बोलते हैं, "जरूर अच्छे हो जाएँगे—और इसके अलावा उन्हें तो कुछ सीरियस हुआ भी नहीं है। सिर्फ एक काम कीजिएगा, उनका मिजाज थोड़ा ठंडा रखने की कोशिश कीजिएगा, उनसे ज्यादा तर्क मत कीजिएगा। वे जो बोलें उसे ही 'हूँ' करते जाइएगा..."

कहकर वे गाड़ी स्टार्ट करके चले जाते।

लेकिन आज दूसरा आदमी। टेलिफोन आते ही सोचा, फिर लगता है मिसेज वैनर्जी हैं। लेकिन नहीं, इस वार अस्पताल से आया है टेलिफोन।

"कौन?""

"मैं केसरबाई हूँ डाक्टर साहब।"

"क्या हुआ बाईजी साहिबा? मेरा वह पेशेंट कैसा है?"

केसरवाई अस्पताल से ही बोल उठी, "उन्हीं बंगाली बाबू के लिए ही मैं टेलिफोन कर रही हूँ, बंगाली बाबू इस वक्त अस्पताल के इमर्जेन्सी वार्ड में हैं, मैं उन्हें अभी अपने घर में लिए जा रही हूँ, आप दया करके एक बार अभी मेरे में आइए..."

"ठीक है, मैं आ रहा हूँ..."

कहकर डाक्टर कोठारी ने रिसीवर रख दिया। रखकर उठ खड़े हुए। जं रोगी लोग अभी तक राह देख रहे थे वे सब हाँ-हाँ कर उठे, "डाक्टर बाबू, हम लोग जो बड़ी देर से बैठे हैं..."

डाक्टर कोठारी चेम्बर के बाहर निकलते-निकलते बोले, "तुम लोग जरा बैठो, मैं अभी चौक से आता हूँ..."

कहते-कहते ही गाड़ी स्टार्ट करके अदृश्य हो गए।

केसरबाई के घर में सुललित बिछौने पर सोया था। डाक्टर कोठारी के पहुँचते ही उठकर बैठ गया।

साथ-ही-साथ केसरबाई ने पकड़ रक्खा उसे। बोली, "तुम उठे क्यों, सोये रहो..."

सुललित बोला, "तुम मुझे यहाँ ले आयीं?"

"लेकिन यहाँ न ले आने से तुम्हारी बीमारी जो बढ़ जाती!"

सुललित बोला, "तो तुम क्या मुझे शान्ति से मरने भी नहीं दोगी आरती?"

केसरबाई बोली, "लेकिन तुम मरने क्यों जाओगे आखिर सुललित दादा? जिसके जीवन में कोई आशा नहीं है वही मरना चाहता है, लेकिन तुम्हें इतनी हताशा किस

बात की है? तुमने जो चाहा था सो तो पाया है!"

सुललित बोला, "मैंने आखिर क्या चाहा था और क्या पाया आरती..."

केसरबाई बोली, "क्यों, तुमने तो अपने मुँह से ही कहा है कि तुमने मुझे ही चाहा था, अब तो तुम वही मुझे पा गए हो!"

सुललित बोला, "इसे क्या पाना कहते हैं, तुम्हीं बताओ?"

केसरबाई बोली, "इसे अगर पाना नहीं कहते तो पाना किसे कहते हैं, यह मैं नहीं जानती। तुम्हारे लिए ही तो मैंने अपने पति को छोड़ा है, तुमको पाऊँगी, सोचकर ही तो मैं वह संसार छोड़कर चली आयी—जानती थी एक न एक दिन तुम आओगे ही..."

सुललित की एक लम्बी साँस निकली इस बार, "लेकिन जिसे इतने दिनों के बाद पाया, वह क्या पहले की वही उसी तरह है? ऐसा यदि होता तो फिर मैं इस तरह कोर्ट के कठघरे में खड़े होकर झूठ बात बोलता? या मैं छोटे लोगों के समान कलारी में जाकर शराब गुटकता!"

केसरबाई बोली, "लेकिन इस दुर्बल शरीर से क्यों तुम रास्ते में निकले, बताओ तो?"

सुललित बोला, "शराब पीने को—तुम जो मुझे शराब नहीं देतीं..."

केसरबाई बोली, "छिः, शराब भले आदमी पीते हैं?"

सुललित बोला, "क्यों? जो लोग यहाँ तुम्हारा गाना सुनने आते हैं वे लोग शराब नहीं पीते? उन्हें तुम शराब मँगाकर पिलाती नहीं? वे लोग लगता है सब छोटे लोग हैं?"

"छोटे लोग ही तो! तुम्हारे यहाँ आने के बाद से उन्हीं छोटे लोगों में से फिर किसी को यहाँ आते तुमने देखा है। फिर मैंने यहाँ घुसने दिया है?"

"और तुम्हारे पति? मिस्टर बैनर्जी, वे भी शराब पीते हैं? तो फिर वे भो क्या छोटे आदमी हैं?"

"वे क्या सिर्फ शराब पीते हैं? शराब पीते हैं, घूस लेते हैं, चरित्रहीन, लम्पट, क्या नहीं हैं वे? इसीलिए तो उन्हें छोड़कर मैं चली आयी हूँ..."

"लेकिन इतने दिनों तो उन्हें बचाने के लिए ही तुमने मेरे पास दरबार किया था आरती! उन्हें बचाने के लिए ही तो एक दिन मुझसे झूठ बात कहने को बोली थीं!"

केसरबाई बोली, "मैंने तुमसे बार-बार स्वीकार किया है सुललित दादा, कि मैंने पाप किया है। पति के लिए तुम्हारे पास दरबार करने जाकर पाप किया है, पति के लिए तुमसे झूठ बात बुलवाकर मैंने अन्याय किया है। उसी पाप, उसी अन्याय के लिए तो आज मैं यह सजा भोग रही हूँ। अब उस पाप का ही प्रायश्चित कर रही हूँ। जानते हो, जीवन में जो मैंने कभी नहीं किया, अब मैं वही कर रही हूँ। मैं रोज महावीरजी के मन्दिर में जाकर पूजा करती हूँ, रोज़ महावीरजी के पास जाकर प्रार्थना करती हूँ

जिससे तुम अच्छे हो जाओ, जिससे तुम स्वस्थ होओ, जिससे तुम सुखी होओ..."

सुललित केसरबाई की तरफ थोड़ी देर ताकता रहा, "सचमुच तुम कहती हो कि मैं अच्छा हो जाऊँगा आरती...?"

केसरबाई और भी नजदीक सरक आयी। बोली, "जरूर तुम अच्छे हो जाओगे सुललित दादा, हम लोग फिर नये सिरे से जीवन शुरू करेंगे। हम तुम यहाँ से दूर कहीं चले जाएँगे, ऐसी एक जगह जाएँगे जहाँ मुझे केसरबाई के समान कोई पहचानेगा नहीं, कोई मुझे मिसेज बैनर्जी के समान नहीं पहचानेगा—सिर्फ आरती के समान पहचानेगा और तुम्हें पहचानेगा सिर्फ सुललित चैटर्जी के समान, सब जानेंगे कि मैं तुम्हारी स्त्री हूँ..."

"सच बोलती हो आरती, सच बोलती हो?"

केसरबाई बोली, "सच बोलती हूँ सुललित दादा, मैं जो बोलती हूँ सब सच..."

सुललित बोला, "लेकिन मेरे जीवन में क्या इतना सुख महा जाएगा?"

"जरूर सहा जाएगा, तुम इतना डरते क्यों हो? मेरी बात का तुम्हें विश्वास नहीं हो रहा? इतने पर भी अगर विश्वास न हो तो फिर मेरी महावीरजी की पूजा झूठ जो हो जाएगी सुललित दादा..."

बातें सुनते-सुनते सुललित मानो जाने कैसा विह्वल हो गया। जीवन में जो उसने पाया नहीं हठात् मानो वह उसे पा गया है। जीवन में जो उसने खोया है वह मानो उसे फिर लौटकर मिल गया है। फिर मानो उसकी वचने की इच्छा हो रही है।

उसने इतने दिनों के बाद यही पहले दिन केसरबाई का हाथ पकड़ा। बोला, "आरती..."

केसरबाई ने सुललित के मुँह की तरफ मुँह उठाकर कहा, "बोलो..."

सुललित कुछ बोलना चाहने पर भी मानो रुक गया। उसके बाद बोला, "नहीं रहने दो..."

केसरबाई बोली, "क्यों, रहने क्यों दोगे, क्या बोल रहे थे, बोलो न?"

सुललित बोला, "देखो आरती, छुटपन में जीवन में एक दिन मैंने प्रतिज्ञा की थी कि मैं सत् होऊँगा, सब समय सच बात बोलूँगा, मैं विश्वास करता था कि झूठ से जो पाऊँगा, वह पाना नहीं खोना है, और सच से जो खोता है वह खोना नहीं पाना है।"

केसरबाई बोली, "तुम्हारा यह विश्वास ही तो सच्चा विश्वास हैं सुललित दादा..."

सुललित बोला, "मेरे चाचाओं और ताऊओं ने मुझे जो ठगा है वह मेरा ठगाना नहीं है, वही मेरी जय है। मैं मनप्राण में विश्वास करता था कि सब खोकर एक दिन मैं सब पाऊँगा। समस्त जय-पराजय को चूरमार करके एक दिन मैं अपनी लक्ष्यवस्तु को लाभ करूँगा। लेकिन क्यों मेरा यह विश्वास आज इस तरह टूट गया?"

केसरबाई बोली, "तुम्हारी इतनी सब बड़ी बातें मैं समझ नहीं पाती सुललित दादा!"

"लेकिन ये सब बातें तो मैंने तुमसे कलकत्ता में भी कितनी बार कही हैं, तुम क्या इतने दिनों में ही वे सब भूल गयीं? तुम क्या सच इस तरह बदल गयीं?"

केसरबाई बोली, "नहीं, बदलूँगी क्यों? बाईजी हो गयी हूँ इससे क्या तुम्हारी वे सब बातें भूल सकती हूँ! और भूल ही अगर पाती तो तुम्हारे लिए क्या मैं इस तरह सब छोड़ पाती?"

सुललित कहने लगा, "ना-ना, मैं क्या बोल रहा हूँ, तुम उसे ठीक समझ नहीं पा रही हो आरती! मुझे लगता है मैंने कोर्ट में खड़े होकर झूठ बात बोलकर अपना सब धर्म, सब विश्वास खो दिया है, मैं धर्मभ्रष्ट हो गया हूँ। मुझे दंड मिलना उचित है..."

केसरबाई बोली, "अभी वे सब बातें रहने दो, बाद को मैं तुम्हारी उन सब बातों का जवाब दूँगी, अभी मैं थोड़ा महावीरजी के मन्दिर से घूम आऊँ..."

सुललित बोला, "नहीं-नहीं आरती, तुम मुझे छोड़कर मत जाना। तुम्हारे चले जाने पर मुझे अच्छा नहीं लगेगा, मैं अकेला रह नहीं सकूँगा..."

केसरबाई बोली, "ज्यादा देर तुम्हें अकेले रहना नहीं होगा, मैं जाऊँगी और आऊँगी। देखो, मैं ठीक जाऊँगी और आऊँगी। तुम गाड़ी से दबते—दबते बच गए हो, इसलिए आज मुझे महावीरजी के मन्दिर में जाना ही होगा! तब तक मैं लजवन्तिया को बुलाती हूँ, वह तुम्हें थोड़ा दूध दे जाए..."

"फिर दूध!"

"हाँ, तुम बड़े अच्छे हो, तुम दूध पीने को मना मत करो..."

कहकर केसरबाई मन्दिर जाने के लिए तैयार हो गयी। वही लाल पाड़ की गरद की साड़ी, पैरों में महावर और माथे पर सिन्दूर की बिंदिया लगाकर फिर सुललित के सामने आ खड़ी हुई।

बोली, "मैं चलूँ तो फिर, मैं जाऊँगी और आऊँगी..."

उसके बाद कुछ सोचकर बोली, "लजवन्तिया को कहे जाती हूँ कि तुम्हें पीने को दे जाए..."

सुललित बोला, "तुम लेकिन आज बहुत अच्छी दिखायी पड़ रही हो आरती..."

केसरबाई हँसने लगी।

सुललित फिर बोला, "पहले तुम जैसी देखने में थीं, ठीक उसी तरह—सिन्दूर की बिंदिया लगाने पर लेकिन तुम खूब शोभन लगती हो..."

केसरबाई बोली, "ये सब बातें अभी रहने दो, शाम हो जाने पर फिर लौटने में देर हो जाएगी मुझे, मैं आकर तब फिर बातें करूँगी, अभी चलूँ..."

कहकर सीढ़ियों से नीचे चली गयी। उसके बाद नीचे क्या हुआ, यह फिर सुललित जान नहीं सका।

केसरबाई उसी समय जाकर हाजिर हुई महावीरजी के मन्दिर में मन्दिर में घुसने के पहले ही माथे पर अपना घूँघट खींच लेती। हाथ में नैवेद्य की तश्तरी लेकर मन्दिर का सदर दरवाजा पार करके एकदम सीधे भीतर चली जाती। किसी तरफ ताकती नहीं!

उस दिन भी ऐसा ही हुआ। मन्दिर के भीतर महावीरजी की मूर्ति के सामने दूसरे दिनों के समान मनुष्यों की भीड़ थी। सबकी सब तरह की प्रार्थनाएँ। कोई चाहता है रोग से मुक्ति, कोई चाहता है दरिद्रता से छुट्टी। किसी को धन चाहिए, किसी को चाहिए ख्याति। किसी को नौकरी में उन्नति चाहिए, किसी को चाहिए सन्तान, किसी को चाहिए स्त्री। और कोई चाहता है परीक्षा में पास होना। कोई नहीं जानता कि महावीरजी के कानों में वे सब अर्जियाँ पहुँचती हैं कि नहीं, लेकिन महावीरजी के पास मनुष्यों की अर्जियों का अन्त नहीं है। जव बैनर्जी साहब हाई स्पीड में गाड़ी चला ले जाते हैं, चौक के बाईजी मुहल्ले में जब ठुमरी गाने के साथ सारंगी की तान उठती है और तबले की तिहाई चलती है तव महावीरजी के मन्दिर में लेकिन उसकी कोई प्रतिध्वनि ही नहीं पहुँचती। वहाँ सिर्फ अर्जी और प्रार्थनाएँ हैं। निवेदन और आवेदन की शान्त आरती। वहाँ सब सिर्फ चाहते हैं! चाहते और कहते हैं—महावीरजी, मुझे संकट से मुक्ति दो, मुझे यश दो, धन दो, मुझे निःशत्रु करो...

लेकिन केसरबाई का उस समय सिर्फ एक ही निवेदन होता। दोनों आँखें मूंदकर वह उस समय एक ही प्रार्थना करती। कहती, 'मैं अब नाटक नहीं कर पा रही हूँ देवता। अब मैं नहीं कर पा रही। एक दिन संसार को धोखा देकर अपनी वासना की चरितार्थता में ही मैंने मन लगाया था। उस दिन संसार को ही मैंने खो दिया, मैंने अपने को ही खो दिया। इस बार मैं अपनी बहन के पाप का प्रायश्चित करना चाहती हूँ, तुम बता दो महावीरजी, मैं क्या करूँ? बोल दो और कितने दिनों में मेरे भोग की शान्ति मिलेगी?'

बीच-बीच में मन्दिर का बड़ा घंटा टँग्-टँग् करके बज उठता। लेकिन प्रार्थना करते-करते उस तरफ केसरबाई के कान न जाते। वह तन्मय हो जाती। छायानट का ठुमरी-गान गाते-जाते जिस तरह पहले वह तन्मय हो जाती थी, उसी तरह तन्मय हो जाती। इतने दिनों जो काम करती आयी हूँ उससे मैं आनन्द नहीं पा सकी देवता! वह काम मेरे लिए बेड़ियों के समान था, वह योग मेरे लिए था बन्धन। मैंने पहले गाना गाया है, गाना गाकर अपने श्रोताओं के पास, अपने खरीदारों के पास मैंने अपने को

बेचा है। उस गाने ने, उस कर्म ने सिर्फ मेरी जरूरत ही मिटायी है, सिर्फ मेरे विलास का उपकरण ही जुटाया है। इसीलिए वह काम तो मेरे लिए था बेड़ियों से घिरा हुआ। लेकिन इस बार मैं जो गान गाऊँगी, वह मेरे आनन्द का साधन जुटायेगा। आनन्द से जो गान निकलेगा, वहीं तो मेरी मुक्ति है। उसी मुक्ति का गान तुम मुझे सिखा दो देवता, मुझे परित्राण दिला दो।

प्रार्थना करते-करते कब जो उसकी आँखों से झर-झर करके उसके दोनों गालों पर जमते आँसू बह जाते, इसकी उसे आहट भी न मिलती। तब फिर उसकी भौंहें भी न उठतीं किसी तरफ। तब उसे याद हो आतीं वे ही छुटपन की बातें, वही पिता की बात, माँ की बात, आरती की बात। तब फिर वह मानो पहले के समान एक शिशु हो जाती। तब पिता ने उसे कितना मना किया, उसे कितना अनुशासित किया, उसे कितना मनाया-डाँटा, वह सब मनाना-डाँटना उसने तब सुना नहीं, उन सब अग्रह अनुशासनों की तरफ उसने तब कान नहीं दिया। आज लगता है कि फिर अगर वह उस दिन की तरह शिशु बन जा सकती, फिर अगर वह अपने अतीत में लौट जा सकती तो फिर शायद वह नये प्रकार से अपना जीवन शुरू कर पाती। तब वह समझ पाती कि किसी प्रयोजन से, अभाव से कर्म की जो प्रेरणा होती है बह बन्धन है, लेकिन आनन्द से कर्म की जो प्रेरणा होती है वह तब फिर बन्धन नहीं रहती, वह हो जाती है मुक्ति!

लेकिन अभाव भी उसे काहे का था तब? पिता उसे कहीं किसी के घर में गाना गाने को जाने न देते, किसी से मिलने-जुलने न देते, वही क्या उसका अभाव था? उसे अगर उस्ताद रखकर गाना ही सिखाया था पिता ने तो फिर क्यों लोक-समाज में वे गाने सुनाने का अधिकार नहीं देते थे? तो फिर लगता है उसे ख्याति का लोभ था। उस्तादजी ने उसे सोचना सिखाया था कि वह प्रतिभामयी है। लेकिन प्रतिभा ही अगर हो तो फिर उस प्रतिभा के विकास के सुयोग से क्यों वह वंचित रहेगी?

एक मन से केसरबाई देवता से ऐसी ही कितनी बातें कहती, इसका ठीक नहीं था। वे बातें दूसरा कोई आदमी सुन भी न पाता। तो भी सब समय याद आती उसके घर के उस मनुष्य की बात! बीच-बीच में अदृश्य आरती को भी उद्देश्य करके वह कहती—मुँहजली, तूने इस तरह क्यों उस मनुष्य का ऐसा सर्वनाश किया? और उसका सर्वनाश ही अगर किया तो में क्यों उसका बोझ लादकर घूमूँ! मेरी काहे की जिम्मेदारी है? मैं तो अच्छी थी, मैं बाईजी हुई थी, नाच-गाकर विलासी मनुष्यों को तृप्त करके विलास के स्रोत में शरीर बहाकर इतने दिनों सबकुछ भूली हुई थी। तो फिर तेरे पाप का बोझ क्यों मुझे उठाना पड़ रहा है? यह तुमने मेरा क्या किया देवता! इससे मैं कैसे मुक्ति पाऊँगी, इस जिम्मेदारी से मैं कैसे छुट्टी पाऊँगी, तुम

मुझे बता दो देवता...

लाल पाड़ की गरद की साड़ी पहने होने पर भी कोई-कोई केसरबाई को पहचान जाते।

केसरबाई की तरफ उँगली से दिखाकर कहते, "वह देखो, केसरबाई है रे..."

"केसरबाई? कौन केसरबाई!"

"अरे केसरबाई को पहचानते नहीं? केसरबाई का नाम नहीं सुना? चौक की वाईजी..."

मित्र अवाक् हो जाता। कहता, "अरे, एकदम घर की बहू-सी जो सजी है रे! बाईजी लोग भी मन्दिर में आती हैं! कितनी चाल देखेंगे रे भाई दुनिया में..."

"अरे चाल क्यों होगी? देवता के पास मनौती करने आयी है..."

"काहे की मनौती?"

"जिससे और भी बड़े-बड़े जवान विलासी गाहक घायल कर सके।"

"आसपास की भीड़ में कौन क्या कह रहा है, वह कानों में नहीं आता केसरबाई के। वह मुँह के ऊपर घूँघट बड़ा करके खींचकर धीरे-धीरे आँखें नीची करके घर में आकर पहुँच जाती।

दूसरे दिनों की तरह चौक से निकलकर उस दिन भी केसरबाई लाल पाड़ की साड़ी पहनकर कपाल पर सिन्दूर की टिकुली लगाकर गाड़ी में जा बैठी। शाम होने होने को थी। अभी यह मुहल्ला गान-नाच-विलास-मद में गुलजार हो उठेगा

जाते समय लजवन्तिया से कह गयी, "लजवन्तिया, देखना, बाबूजी अकेले हैं, फिर जिससे बाबूजी घर से न चले जाएँ, खूब होशियार..."

सरदार अली को भी एक बार याद दिला गयो। बोली, "देखना सरदार अली, बाबूजी अकेले हैं, जिससे निकल न जाएँ घर से, देखना..."

लजवन्तिया यही सुयोग ढूँढ़ रही थी। बोली, "बाबूजी को दूध दे आऊँगी बाईजी साहिबा?"

केसरबाई बोली, "देना, जैसे रोज देती है, वैसे ही देना, बाबूजी अगर पिएँ तो पिएँगे और अगर न पिएँ तो मैं तो अभी आ ही रही हूँ। मैं जाऊँगी और आऊँगी, मुझे ज्यादा देर नहीं लगेगी..."

उसके बाद गाड़ी केसरबाई को लेकर अमीनाबाद के महावीरजी के मन्दिर की तरफ चलने लगी।

गाड़ी के अदृश्य होते ही कहीं से अकस्मात् उदय हो गए उस्तादजी।

"लजवन्तिया?"

लजवन्तिया जानती है, ठीक इसी समय का रास्ता देखते रहते हैं उस्तादजी।

उस्तादजी ने घर में घुसते ही दरवाजे के दोनों पल्ले बन्द कर दिए।

"आज क्या हाल है?"

लजवन्तिया बोली, "आज तो हाल अच्छा ही है। बंगाली बाबू ऊपर हैं!"

"आज फिर एक बार कोशिश कर तू लजवन्तिया। तुझे मैं बहुत-से रुपये दिलवा दूँगा, तुझे फिर जीवन में नौकरी करके खाना नहीं होगा..."

"लजवन्तिया! एक रोटी खिलाओ मुझे!"

गला सुनते ही दोनों ने खिड़की की तरफ देखा। देखा, कुन्दनलाल है! जब कभी उस्तादजी आते तभी मानो कुन्दनलाल एकदम भूखा हो जाता है! तभी मानो उसे रोटी चाहिए। परेशानी हो गयी है पागल को लेकर!

उस्तादजी ने तुरन्त अपने हाथों से खिड़की के दोनों पल्ले झपाट से बन्द कर दिए। बोले, "तूने उसे रोटी खाने को दे-देकर ही उसकी हिम्मत बढ़ा दी है..."

कुन्दनलाल कांड देखकर हा-हा करके फिर उसी विकट एक अट्टहास से हँस उठा—उस्तादजी दीवाना बन गया...

कहकर वही पुराना गाना ही फिर गा उठा—

दीवाना बनाना है तो दीवाना बना दे...

अर्थात् मुझे अगर तुम पागल बनाकर ही खुश होओ तो मुझे पागल ही कर दो!

और उधर महावीरजी के मन्दिर में उस समय टन टन करके घंटा बज रहा है और देवता की आरती हो रही है। लाल पाड़ की गरद की साड़ी पहनकर केसरबाई उस समय देवता को उद्देश्य करके कहती चल रही है—मैं तो इतने दिनों अच्छी थी! देवता, मैं बाईजी बनी थी, नाच-गाकर विलासी लोगों को तृप्त करके विलास के स्रोत में शरीर बहाकर सबकुछ भूली हुई थी, इतने दिनों के बाद तुमने मुझे सब याद दिला दिया! क्यों आरती के पाप का बोझा मुझे लादना पड़ रहा है? यह तुनने क्या किया देवता, इससे मैं कैसे मुक्ति पाऊँगी, इस जिम्मेदारी से मैं किस तरह उद्धार होऊँगी देवता, तुम बता दो...

उस दिन भी कुछ लोगों ने पहचान लिया केसरबाई को।

बोले, "वह देख, केसरबाई रे—आज भी आयी है..."

"वही तो, यह मानो एकदम घर की बहू-सी सजी है रे, बाईजी लोग भी मन्दिर में आती हैं देखता हूँ, कितनी चाल देखेंगे भाई रे दुनिया में..."

डाक्टर कोठारी को उस दिन जाने में थोड़ी देर हो गयी थी। मिस्टर बैनर्जी, के मकान के पोर्टिको के नीचे गाड़ी ठहरने की आवाज होते ही भीतर से मिसेज़ बैनर्जी

दौड़कर बाहर आ गयी।

"डाक्टर कोठारी, आपने आने में इतनी देर की?"

डाक्टर कोठारी बैग लेकर भीतर के ड्राइंग रूम में घुसते घुसते बोले, "मैं बहुत दुखी हूँ मिसेज बैनर्जी, मैं अपनी बात रख नहीं सका। क्यों, मिस्टर बैनर्जी कहाँ हैं?"

मिसेज बैनर्जी ने कहा, "मैंने उन्हें बड़ी देर तक अटकाकर रक्खा था, आपके आने में देर देखकर मैंने आपको टेलिफोन किया था, मैं आपको पा नहीं सकी, और इधर बड़ी देर तक रास्ता देखकर वे भी चले गए..."

"कब लौटेंगे?"

"उनका क्या ठीक है? इस बार मैंने पतवार छोड़ दी है, डाक्टर कोठारी, उनका रोग अब अच्छा नहीं होगा, मेरा सर्वनाश किये बिना देखती हूँ अब वे मुझे छोड़ेंगे नहीं! कितनी बार बोली और थोड़ी देर ठहरो, अभी डाक्टर कोठारी आ जाएँगे और थोड़ा बैठो, किसी तरह सुनी नहीं मेरी बात। सचमुच इस बार मैंने पतवार छोड़ दी है, मैं अब उनको बचा नहीं सकूँगी..."

डाक्टर कोठारी बोले, "तो आप इतना सोचती क्यों हैं? कल उन्हें नींद आयी थी न?"

"नींद आती तो क्या मैं इतना सोचती?"

"तो वही पिल खिलायी थी न, जिसे मैं लिख गया था?"

"हाँ।"

"तो फिर सोचने की कोई बात नहीं है। दवाएँ ठीक तरह से खिला देने से, खिलाते रहने से ही काम होगा। आज मैं यहीं आ रहा था, अकस्मात् एक जरूरी काम पाकर एक बार चौक के बाईजी मुहल्ले में जाना पड़ा था, वहीं मुझे थोड़ी देर हो गयी..."

मिसेज बैनर्जी कौतूहली ही उठीं, "चौक में? बाईजी-मुहल्ले में?"

"हाँ, केसरबाई के घर में।"

मिसेज बैनर्जी चौंक उठी मन-ही-मन।

"केसरबाई?"

"हाँ, उस मुहल्ले में केसरबाई नाम की एक बाईजी है, नाम जरूर सुना होगा, बहुत रुपया है उसके पास। लेकिन वह एक अद्‌भुत केस है!

"कौन-सा केस? कौन-सी बीमारी हुई है उसे?"

डाक्टर कोठारी बोले, "उसे निज को कोई बीमारी नहीं हुई। बीमारी हुई है एक बंगाली छोकरे को। उसे लेकर केसरबाई को जितनी झंझट है मुझे भी उतनी ही झंझट हो गयी है..."

"बंगाली?"

डाक्टर कोठारी बोले, "एक शराबी लम्पट, उसके न है चावल, न है चूल्हा। उसके लिए केसरबाई के सिर में जो इतना दर्द है सो मैं समझ नहीं सकता, दिन-रात सिर्फ मेरे पास आदमी भेजेगी, और मुझे जाकर उसे देख आना होगा। लेकिन वह अब अच्छे होने का केस नहीं है। शिव के पिता भी आकर उसे वचा नहीं पाएँगे..."

"क्यों?"

"वह किस तरह बचेगा बोलिए मिसेज बैनर्जी? ये जो मिस्टर बैनर्जी हैं, मैं जो-जो दवाइयाँ लिख जाता हूँ उन्हें आखिर आप जोर करके मिस्टर बैनर्जी को खिलाती हैं। लेकिन वह छोकरा किसी की बात नहीं सुनता, जो दवाई खाने को कह जाऊँ उसे भी खाएगा नहीं। तिस पर पेट में हुआ है उसके अलसर। एकदम घाव हो गया है। मैंने सिर्फ दूध पीने को कहा है, लेकिन वह तो पियेगा नहीं। सिर्फ शराब पीना चाहेगा..."

"शराब?"

"हाँ, शराब। शराब पीते-पीते अब ऐसा हो गया है उसे कि शराब न पाने पर एक दिन केसरबाई के घर से वह भाग गया..."

"उसके बाद?"

डाक्टर कोठारी बोले, "उस समय कलारी में दूकान बन्द थी, कहीं शराब नहीं पा रहा था, रास्ते में भटक रहा था, शरीर भी खूब वीक, ऐसी ही हालत में एक गाड़ी उसे धक्का देकर फेंककर चली गयी। जिन लोगों ने देखा था, उन्होंने कहा है कि वह गाड़ी शायद मिस्टर बैनर्जी की गाड़ी थी, मैं जरूर सच-झूठ नहीं जानता..."

मिसेज बैनर्जी के आँख-मुँह में एक उद्वेग फूट उठा।

बोली, "आप ठीक कह रहे हैं? कब बताइए तो?"

"यही कल तो। बीते कल। गत कल सवेरे के वक्त। तब ढूँढ़-ढाँढ़ शुरू हो गयी चारों तरफ। कहीं पता नहीं चलता था। कुछ लोगों ने शायद छोकरे को अस्पताल में पहुँचा दिया था..."

मिसेज बैनर्जी को याद आया, "हाँ, हाँ, कल तो खूब सवेरे ही निकले थे, आफिस में खूब जरूरी एक काम है। देख रहे हैं कांड! मैंने उनसे कितना कहा है कि रघुबीर को इतने जोर से गाड़ी चलाने को मत कहो। लेकिन तो भी चलते-चलते सिर्फ बोलेंगे—रघुवीर, जरा जल्दी चलो, जरा जल्दी चलो। इसी तरह करके कितनी बार वे कितने एक्सिडेंट से बच गए हैं, इसका ठीक नहीं है। तो उसके बाद क्या हुआ? आदमी जिन्दा है?"

अकस्मात् टेलिफोन बज उठा।

मिसेज बैनर्जी उठकर रिसीवर उठाकर बोली, "हलो..."

उधर मिस्टर बैनर्जी का गला था, "आरती, आज अब घर नहीं लौट पा रहा

हूँ, तुम खा लेना, मैं अभी कानपुर जा रहा हूँ—जरूरी काम है..."

"कानपुर जा रहे हो? तो कब आओगे?"

"कल—कल सवेरे—"कहकर रिसीवर बन्द करने जा रहे थे, लेकिन मिसेज बैनर्जी बोली, "तो खा-पीकर जाने से ही होता, कौन-सा ऐसा जरूरी काम है जो एकदम अभी जाना होगा..."

"ना वहाँ पावर हाउस में एक सीरियस ब्रेक-डाउन हुआ है, मुझे अभी दौड़ना होगा..."

कहकर फिर टेलिफोन बन्द करने जा रहे थे, लेकिन मिसेज बैनर्जी ने छोड़ा नहीं। बोली, "सुनो, सुनो, बन्द मत करो, एक बात है। तुमने क्या एक्सिडेंट किया था कल? कल सवेरे?"

"क्यों, क्या हुआ है?"

"एक्सिडेंट हुआ है कि नहीं यह बताओ न! तुमने तो मुझसे कुछ बताया नहीं?"

मिस्टर वैनर्जी का गला सुनकर लगा कि वे खूब अनमने हुए। बोले, "एक्सि-डेंट हुआ है तो क्या हुआ! जितने शराबी लोफर सब शराब पीकर रास्ते में बीच से चलेंगे और एक्सिडेंट होते ही जितना दोष सो सब ड्राइवर का! क्यों आदमी मर गया है क्या! तुमसे किसने बतायी यह बात? तुमने जाना कैसे?"

"सो जिसने भी कहा हो, तुम तो फिर एक आदमी को यों ही दबा दोगे? दबाने के बाद तुम उसे अस्पताल क्यों नहीं ले गए?"

मिस्टर बैनर्जी का गला चढ़ उठा, "तो तुम इस मामले में इतना सिर क्यों खपा रही हो? वे सब बातें लेकर अभी सोचने का समय नहीं है मुझे..."

कहकर मिस्टर बैनर्जी ने रिसीवर रख दिया।

मिसेज बैनर्जी ने भी मानो अनिच्छा से टेलिफोन रख दिया। डाक्टर कोठारी ने देखा कि मिसेज बैनर्जी का मुँह मानो काला हो गया है।

मिस्टर बैनर्जी के बरेली से लखनऊ में बदली होने के बाद से ही डाक्टर कोठारी इस घर में नियम से आ रहे हैं। मिसेज वैनर्जी को भी उसी समय से देखते आ रहे हैं वे। इतने बड़े एक अफसर की स्त्री, लेकिन कभी पार्टी में नहीं जातीं, किसी महिला समिति में जाकर दूसरों की तरह सोशल वर्क करके नाम कमाना भी नहीं चाहतीं। यह डाक्टर कोठारी को बड़ा अस्वाभाविक लगता।

एक दिन डाक्टर कोठारी ने बात-बात में पूछा था, "अच्छा मिसेज बैनर्जी, आपसे एक दूसरी बात पूछूँ?"

मिसेज बैनर्जी ने अवाक् होकर पूछा था, "दूसरी बात? क्या बोलिए न?"

"आप क्या सारे दिन घर में ही रहती हैं?"

मिसेज बैनर्जी ने हँसकर कहा था, "घर में रहूँगी नहीं तो कहाँ जाऊँगी?"

डाक्टर कोठारी बोले थे, "ना, देखता हूँ आपकी निज की भी तो एक गाड़ी है, आपको तो कहीं देख नहीं पाता?"

मिसेज बैनर्जी बोली थी, "कहाँ जाऊँ बोलिए? जाने की जगह ही देख नहीं पाती। और तिस पर मैं अगर क्लब लेकर मत्त हो उठूँ तो उन्हें कौन देखेगा? जितने कुछ नियम से उन्हें दवा खिलाती हूँ उड़ना भी फिर तब कर नहीं पाऊँगी। उनका शरीर तब एकदम टूट जाएगा..."

सचमुच इस प्रकार की स्वामी भक्ति डाक्टर कोठारी और किसी गृहस्थी में देख नहीं पा सके। इसलिए जब कभी मिसेज बैनर्जी के घर में आते तभी थोड़ा समय निकालकर उनसे बातें करते।

टेलिफोन का रिसीवर रखने के साथ-साथ ही मिसेज बैनर्जी फिर डाक्टर कोठारी के पास आकर बैठी। बोली, "आपने ठीक-ठीक ही कहा था। डाक्टर कोठारी, उन्होंने ही एक्सिडेंट किया था। इससे उनको फिर कोर्ट में जाना पड़ेगा शायद!"

"क्यों?"

"कोर्ट में जाना नहीं होगा? एक्सिडेंट करने पर तो पुलिस कोर्ट में जाना पड़ता है!"

"लेकिन उनका कुछ भी न होगा। उनके ड्राइवर को भी कुछ नहीं होगा। आप इस मामले में कुछ डरिए मत।"

"क्यों डाक्टर कोठारी? कुछ होगा नहीं, कैसे कहते हैं?"

डाक्टर कोठारी बोले, "प्रमाण कहाँ है कि उनकी गाड़ी से ही धक्का लगा है! पुलिस तो उनका नाम सुनते ही उस केस को अन्याय होने पर भी दबा देगी। और तिस पर इस मामले में उस आदमी का ही तो असल दोष है। उस आदमी को तो मैं देख रहा हूँ। मैं ही ट्रीटमेंट कर रहा हूँ उसका। नहीं तो विचार करके देखिए, कोई भला आदमी बाईजी के घर में पड़ा रहता है?"

"वह केसरबाई का क्या लगता है?

डाक्टर कोठारी बोले, "कौन फिर होगा, कोई भी नहीं।"

"तो फिर बाईजी के घर में पड़ा क्यों रहता है? बड़े आदमी का लड़का है शायद?"

"ना, मिसेज बैनर्जी, तो भी उसका चेहरा देखने पर लगता है एक समय खूब बड़े वंश में पैदा हुआ था, लगता है कुसंग में पड़कर उसने इस तरह नशे की आदत डाल ली है, नशा कर-करके लिवर को भी सड़ा लिया है—केसरबाई को सिर्फ आरती कहकर बुलाता है, केसरबाई खुद भी बंगाली है यह मैं जानता नहीं था—उस आदमी की बात से ही मैं पहले जान सका..."

मिसेज बैनर्जी चेयर में और भी सीधी होकर बैठी, "केसरबाई को आरती कहकर पुकारता है! आदमी का नाम क्या है बताइए तो?"

डाक्टर बोले, "सुललित चैटर्जी—पहले शायद वह खूब बड़ी कोई नौकरी करता था..."

"सुललित चैटर्जी?"

डाक्टर कोठारी ने पूछा, "आप पहचानती हैं क्या? सुना वह कलकत्ता में रहता था..."

मिसेज बैनर्जी मानो क्षण-भर के लिए विचलित होती हुई दिखायी पड़ी। लेकिन सिर्फ एक मुहुर्त के लिए। बोली, "उसे ही क्या मिस्टर बैनर्जी ने धक्का देकर फेंक दिया है?"

डाक्टर कोठारी बोले, "मैंने तो यही सुना है..."

"लेकिन वह बाईजी के घर में कैसे गया?"

"यह मैं कैसे बताऊँगा, सिर्फ जो केसरबाई के मुँह से सुना है वही बोला। मैं तो वहीं से अभी आ रहा हूँ—लेकिन वह एक बड़ा बीहड़ पेशेंट है..."

"बीहड़? इसके माने?"

डाक्टर कोठारी बोले, "माने कुछ खाएगा नहीं जो! मैं जो-जो खाने को कह जाऊँगा वह कभी नहीं खाएगा, सिर्फ कहेगा आरती, तुम मेरे लिए शराब मँगवा दो..."

"आरती! केसरबाई को वह आदमी आरती कहकर पुकारता है क्या? केसरबाई का असल नाम क्या आरती है?"

डाक्टर कोठारी बोले, "डाक्टर होकर ये सब बातें तो मैं पूछ नहीं सकता। तो भी मुझे लगता है कि केसरबाई जब बंगाली लड़की है तब लगता है, उसका असल नाम आरती है। यह भी हो सकता है कि बाईजी होने के पहले केसरबाई के साथ लड़के की जान-पहचान थी। ऐसा होता है। मैंने पहले भी देखा है, जाने कैसे शायद इतने दिनों के बाद फिर अकस्मात् भेंट हो गयी।"

मिसेज बैनर्जी अकस्मात् बोली, "अच्छा डाक्टर कोठारी, वह अच्छा हो जाएगा न?"

"किसकी बात कह रही हैं? उसी लड़के की बात?"

"हाँ, आप किसी तरह उसे बचा नहीं सकते?"

डाक्टर कोठारी बोले, "बचाया जा क्यों नहीं सकता? मैं तो खूब कोशिश कर रहा हूँ, लेकिन वह खुद जो बचना नहीं चाहता। केसरबाई भी खूब कोशिश कर रही हैं उसे बचाने की, जानती हैं, केसरबाई ने उसी लड़के के कारण अपना गाना-बजाना तक छोड़ दिया है। बड़े-बड़े राजा-महाराजा आते हैं, कितने ही हजार रुपये

देकर केसरवाई का गाना सुनना चाहते हैं, लेकिन वह किसी भी तरह गाना नहीं गाती। लाख रुपये देने पर भी नहीं। मैंने तो मिसेज बैनर्जी, जीवन में डाक्टरी करते हुए तमाम तरह के रोगी देखे, अनेक प्रकार की जानकारी हुई मुझे, लेकिन सचमुच ऐसा अद्‌भुत प्रेम मैंने देखा नहीं। लड़के के लिए केसरबाई कहना होगा कि एकदम जोगिनी बन गयी है..."

"जोगिनी? इसके माने?"

"जोगिनी नहीं कहूँगा तो और क्या कहूँगा बोलिए? कहाँ का कौन एक गरीब आदमी। उसकी एक पैसे की भी हैसियत नहीं, उसके लिए कोई इतना करता है? इसे प्रेम छोड़कर और क्या कहूँगा बोलिए? कैसा प्रेम, जानती हैं? जिससे मनुष्य अच्छा हो जाए इसलिए केसरबाई रोज मन्दिर में जाती है..."

"मन्दिर में? किस मन्दिर में?"

"अमीनाबाद के महावीरजी के मन्दिर में। वहाँ रोज पूजा करने जाती है।" उसके बाद थोड़ा ठहरकर बोले, "लेकिन मनुष्य जो हो गया है बीहड़। बड़ा बीहड़ रोगी। उससे कहता हूँ दूध पीने को, रोज अगर वह और कुछ न खाकर सिर्फ रोज एक सेर दूध पिये तो इतना करने पर ही वह अच्छा हो जाए, लेकिन सो पियेगा नहीं, जितना झोंक है उसका वह उसी शराब पर..."

मिसेज बैनर्जी अधीर आग्रह से बातें सुन रही थी। बोली, "कोई उसे दूध पिला नहीं सकता?"

"ना, केसरबाई ने बड़ी कोशिश की है। पैर तक पकड़कर समझाया है, मेरे सामने कितनी बार बोली है—सुललित दादा, तुम इतना सा दूध पी लो, डाक्टर बाबू की बात सुनो, लेकिन उसकी वही एक जिद। वह कहता है, तुम पहले पति के पास लौट जाओ आरती, तब मैं दूध पियूँगा—तब मैं अच्छा होऊँगा, ऐसा न होने पर मुझे जिन्दा रहने की जरूरत नहीं है..."

मिसेज बैनर्जी और भी अचम्भे में पड़ गयी। उसने पूछा, "पति माने? केसरबाई के पति भी है क्या?"

डाक्टर कोठारी बोले, "पति है यही सुना है। पहले शायद लड़के-लड़कियाँ थीं, घर-गृहस्थी थी, पति थे, सबकुछ था, तब केसरबाई का नाम था आरती, उन सबको, सबकुछ छोड़ आने के बाद शायद आरती नाम बदलकर अपना नाम केसरबाई रख लिया है। असल में केसरबाई छद्‌म नाम है और क्या!"

"लेकिन पति को छोड़कर आरती चली क्यों आयी थी?"

डाक्टर कोठारी बोले, "वे सब तमाम बातें हैं मिसेज बैनर्जी, मेरे उधर और तमाम रोगी चेम्बर में बैठे हैं, मैं चलूँ, और मिस्टर बैनर्जी भी तो आज आएँगे नहीं..."

कहकर उठने जा रहे थे, लेकिन मिसेज बैनर्जी दुराग्रह करने लगी। बोली, "ना ना, डाक्टर कोठारी, और थोड़ा बैठिए, मुझे बताइए कि क्यों आरती पति को छोड़कर चली आयी थी?"

डाक्टर कोठारी बोले, "मैंने भी तो यही पूछा था केसरबाई से।"

"क्या जवाब दिया केसरबाई ने?"

"केसरबाई बोली—उसके पति जाने कहाँ शायद बरेली में बहुत बड़ी एक नौकरी करते थे, लेकिन एक बार घूस लेने के कारण पकड़े गए। और पकड़ा उस लड़के ने ही, वह लड़का उस समय पुलिस अफसर था।"

कहकर डाक्टर कोठारी एक-एक करके सब घटना बता गए। हू-ब-हू वही एक ही घटना जो मिसेज बैनर्जी के जीवन में घटी थी। आरती उसी सुललित के पास गयी थी अनुरोध करने कि वह उसके पति को...।

"उसके बाद?"

उसके बाद भी वही एक ही घटना। मिसेज बैनर्जी के जीवन में जो-जो घटा था सब हू-ब-हू बोल गए डाक्टर कोठारी। बोले, "एकदम उपन्यास के समान लगता है सुनने में मिसेज बैनर्जी, एकदम रोमांटिक उपन्यास। मैं इस केसरबाई के घर में न जाता तो इस प्रकार की घटना की कल्पना भी नहीं कर सकता था।"

मिसेज बैनर्जी ने पूछा, "केसरबाई ने आपको खुद कहा है कि उसके पति थे, गृहस्थी थी, लड़के-बच्चे थे?"

डाक्टर कोठारी बोले, "हाँ, खुद कहा है सब मुझसे..."

"तो फिर उनको छोड़कर क्यों बाईजी बनी?"

"वही जो कहा, सुललित चैटर्जी जब कोर्ट में खड़े होकर बोला कि आसामी की स्त्री के प्रति मेरी दुर्बलता थी, तब केसरबाई के स्वामी छूट जरूर गए, लेकिन उन्हें सन्देह होने लगा अपनी स्त्री पर। तब से ही झगड़ा होने लगा पति-पत्नी में। झगड़ा होते-होते एक दिन वह ऐसी हालत में आ पहुँचा कि फिर वह पति के घर में एक छत के नीचे रह नहीं सकी।"

"उसके बाद?"

"उसके बाद छुटपन से पिता ने उसे उस्ताद रखकर गाना सिखाया था, उस गाने पर भरोसा करके ही वह इस लाइन में चली आयी—केसरबाई के पिता थे एक मिलिटरी डाक्टर, मेजर..."

"लेकिन सुललित चैटर्जी से फिर आरती की भेंट किस तरह हुई?"

डाक्टर कोठारी बोले, "वह भी एक आश्चर्य की घटना है! छोकरे ने तब नौकरी छोड़कर शराब पीनी शुरू कर दी थी। जीवन में जो कभी झूठ बात नहीं बोला, उसने

कोर्ट में खड़े होकर झूठ बोलकर आरती के पति का उपकार जरूर किया, लेकिन अपने ऊपर उसे घृणा हो गयी। तब से ही वह अपने पाप का प्रायश्चित करने लगा शराब पी-पीकर। शराब पीते-पीते एकदम घोर मतवार हो गया। उसी समय इस लखनऊ शहर में चौक की गली में घूमते-घूमते अकस्मात उसके कान में आया एक गाना। बहुत दिनों पहले आरती के मुँह से जो गाना उसने सुना था..."

"गाना, कौन-सा गाना?"

"वह एक विख्यात ठुमरी गाना है और क्या। मैं तो गाना-वाना ऐसा समझता नहीं, नवाब वाजिद अली खाँ का लिखा...डोले रे जौवन..."

उसके बाद गाने की बाद की लाइनें डाक्टर कोठारी याद करने की कोशिश करने लगे, लेकिन याद नहीं आयीं। उसके बाद अकस्मात बाहर की तरफ देखते ही मानो खयाल आया। उधर असंख्य रोगी बैठे उनके लिए रास्ता देख रहे हैं और वे यहाँ बैठे मजे में बातें कर रहे हैं! वे हठात् उठ खड़े हुए। बोले, "मैं उठूं मिसेज बैनर्जी, आज तो अब मिस्टर बैनर्जी आएँगे नहीं, इसलिए बैठे रहने से भी कोई फायदा नहीं होगा अब..."

मिसेज बैनर्जी तुरन्त डाक्टर को फीस देने लगी।

डाक्टर कोठारी बोले, "ना-ना, रुपये क्यों दे रही हैं? और तिस पर मेरा ही तो दोष हैं, मैं ही तो ठीक समय पर नहीं आ सका..."

"नहीं डाक्टर कोठारी, यह आपको लेना ही होगा।"

"क्यों? ना ना, मैं ये रुपये नहीं लूँगा।"

"नहीं, ये रुपये आपको लेने ही होंगे, आपने मेरा जो उपकार किया उसे मैं जीवन में भूलूँगी नहीं।"

"उपकार? मैंने फिर कब आपका क्या उपकार किया?"

मिसेज बैनर्जी रुपये डाक्टर कोठारी के हाथ में जबर्दस्ती ठूँसकर बोली, "वह आप समझेंगे नहीं, आप कल्पना भी नहीं कर सकेंगे कि क्या उपकार किया मेरा आपने..."

डाक्टर कोठारी और भी अचम्भे में पड़ गए मिसेज बैनर्जी की बात सुनकर। मिसेज बैनर्जी के मुँह की तरफ थोड़ी देर तक देखते रहे। रुपये लेते समय मिसेज बैनर्जी के हाथ से उनका हाथ छू जाते ही उन्हें लगा कि मानो मिसेज़ बैनर्जी के हाथ की उँगलियाँ थर-थर काँप रही हैं।

"आपको क्या हुआ मिसेज बैनर्जी? आपका शरीर खराब है क्या? बुखार आया है?"

"ना-ना, ऐसा कुछ नहीं है, मैंने आपका तमाम समय नष्ट कर दिया..." कहकर तुरन्त मिसेज बैनर्जी अपने कमरे में घुस गयी। डाक्टर कोठारी मिसेज बैनर्जी

के व्यवहार से अवाक् हो गए। ऐसा व्यवहार तो कभी किया नहीं मिसेज बैनर्जी ने! ऐसा क्यों हुआ हठात्?

लेकिन इतनी सब बातें सोचने का समय नहीं था डाक्टर कोठारी को। वे गाड़ी स्टार्ट करते ही बाहर निकल गए। कमरे के भीतर से मिसेज बैनर्जी ने डाक्टर की गाड़ी के चले जाने की आवाज सुन ली। उसके बाद अपने कमरे के बिछौने पर बड़ी देर तक पट पड़ी रही। लगा इतने दिनों से वह जो गृहस्थी चलाती आ रही थी उसमें मानो एक अस्वास्थ्य, एक अशान्ति और एक अनिश्चयता थी। वह नि:संग होकर सिर्फ उसी अनिश्चयता में इतने दिनों जीवन-समुद्र का तीर ढूँढ़ती घूमी है। कभी वह सन्देह के झूले में झूली है और कभी आघात की शत्रुता ने उसे घायल किया है। लेकिन तीर का स्पर्श वह पा नहीं सकी इस जीवन में। यही पहली बार उसने जाना कि वह सचमुच नि:संग है। प्रतिदिन सूर्योदय के साथ-साथ उसने सिर्फ इतने दिनों अपने पति के मन से जुड़कर चलने के लिए अपने को क्षत-विक्षत करके अपनी सत्ता का अपमान किया है। और सिर्फ अपमान ही उसने अपना नहीं किया, अपमान किया है अपने परम प्रीतिभाजन का भी। एक मुहूर्त में वह मिसेज बैनर्जी से मानो एकदम वही पहले के दिन की पुरानी आरती में रूपान्तरित हो गयी।

धीरे-धीरे सब याद आने लगा आरती को। वे ही कलकत्ते के दिन, वही दोनों का मिलकर तीसरे पहर घूमने जाना, वही प्रतिदिन रात को घर में लौटकर पिता के आमने-सामने होना। वही पिता का एक प्रश्न, ' क्यों री, सुललित ने और कुछ कहा तुझसे?"

आरती बीच-बीच में नाराज हो जाती। कहती, "क्या बोलेगा बोलो तो? बोलने को है क्या?"

पिता मन-ही-मन दु:ख पाते। उसके बाद हिचकते मन से कहते, "ना-ना, तू गलत मत समझ, सुललित हमारा उस तरह का लड़का नहीं है। जानती है, ऐसे लड़के आजकल के युग में होते नहीं। देखती तो है रोज पूजा-जप किये बिना जल ग्रहण नहीं करता। और तिस पर हम लोग गरीब आदमी हैं यह बात तुझसे किसने कही। क्या सोचती है कि मैं तेरे विवाह में रुपये खर्च नहीं करूँगा? तेरे विवाह के लिए मैंने बैंक में कितने रुपये जमा करके रक्खे हैं जानती है? तेरी माँ का गहना तक मैंने एक भी खर्च नहीं किया। सोचा था सबकुछ तुम दोनों में बाँट दूँगा, वह..."

बोलते-बोलते दीदी की बात याद आ जाती पिता को। रानू दीदी की बात उठते ही पिता के मुँह की बात मानो अटक जाती और तब एक भी बात न निकलती मुँह-से।

उसके बाद जो कहाँ से सब क्या हो गया, जीवन के खिंचाव से भरी ज्वाला में कौन कहाँ छिटक पड़ा! और वह हो गयी मिसेज बैनर्जी और रानू दीदी हो गयी केसरबाई!

तिस पर भाग्य का ऐसा ही दोष है कि वही आरती मिसेज बैनर्जी होकर फिर एक दिन भीख की झोली लेकर खड़ी हुई उसी सुललित दादा के पास ही। फूटे भाग्य हैं उसके। फूटा भाग्य ही तो! नहीं तो किस लाज से वह माँग में सिन्दूर भरकर जा खड़ी हुई सुललित के सामने? और अगर गयी ही तो फिर किस लज्जा से अपने सुललित दादा का फिर इस तरह अपमान कर बैठी! सच ही तो, आत्म-दान करने का असंगत प्रस्ताव करके उसने तो अपमान ही किया था अपने सुललित दादा का। तब क्या इतने दिनों मिल-जुलकर भी वह अपने सुललित दादा को पहचान नहीं सकी! उस दिन जो उसके सुललित दादा ने उसके गाल पर चाँटा मारा था, उस चाँटे ने आरती को जितना आघात किया था उसकी बनिस्बत हजार गुना ज्यादा आघात कर बैठेगी सुललित दादा को, यह अगर वह उस दिन समझ पाती तो फिर क्या वह ऐसा प्रस्ताव करती? प्रवृत्ति को बुद्धि की तराजू से वजन करने पर लगता है ऐसा ही कष्ट घटता है। आरती भी उस दिन मरने को वह भूल कर बैठी थी। इससे भी अगर उसके भाग्य न फूटें तो फूटा भाग्य और किसको कहते हैं?

लेकिन उस दिन जो थी मामूली एक भूल, वही इतने दिनों के बाद पहाड़ रूप में लौटकर इतने हृदयवेधी रूप से उसको ही प्रत्याघात करेगी यह क्या उस दिन उसने कल्पना की थी?

"मेमसाब?"

आरती ने कोई जवाब नहीं दिया।

आया ने फिर डरते-डरते बुलाया, "मेमसाब...आपका टेलिफोन..."

कौन इस तरह टेलिफोन कर रहा है उसे, क्यों टेलिफोन कर रहा है, कहाँ से टेलिफोन कर रहा है, कहीं कुछ जानने का कौतूहल नहीं हुआ उसे। हो सकता है ऑफिस से वे टेलिफोन कर रहे हों। हो सकता है कहें रामदीन के हाथ से मेरी व्हिस्की की बोतल भेज दो, उसे कानपुर में अपने साथ ले जाऊँगा।

आरती ने अब जवाब दिया। बोली, "बोल मेमसाहब की तबीयत खराब है, अभी सो रही हैं। टेलिफोन उठा नहीं सकेंगी..."

कहकर फिर तकिये में मुँह छिपाकर जैसी पड़ी थी वैसी ही सोयी पड़ी रही। दूसरा दिन होता तो इस समय वह बबर्ची की रसोई में जाकर उसका खाना पकाना देखती, माली से दो बार बक-झक करती, फ्लावर पाट में फूल नहीं दिया कहकर दो बातें भी सुनाती, या रूम नये सिरे से सजाने को कहती। मेंटल-पीस पर मूर्तियाँ सजी रहती हैं, उन्हें साफ करती, अथवा कोई काम न रहने पर रेडियो खोलकर आखिर कोई गलत सलत गाना ही सुनती। लेकिन उस दिन कुछ भी नहीं किया उसने। उसी तरह चुपचाप सोयी रही एकमन से।

हठात् क्या हुआ कौन जाने, आरती उठ बैठी।

पुकारा, "रामदीन..."

आया दौड़कर आ गयी मेमसाहब के पास।

"जी मेमसाब?"

"रामदीन कहाँ है? रामदीन को एक बार बुला दे तो। गाड़ी बाहर करने को बोल, मैं निकलूँगी..."

मेमसाहब बाहर निकलेंगी, यह आया के लिए भी एक खबर है। घर के बबर्ची-खानसामा माली-रामदीन सबके लिए यह एक विशेष संवाद है।

रामदीन ने गैराज से गाड़ी निकालकर पोर्टिको के नीचे लाकर खड़ी की। रघुवीर बैनर्जी साहब की गाड़ी लेकर अब तक शायद कानपुर रवाना हो गया है। मेमसाहब की गाड़ी मामूली तरह से खड़ी ही रहती है। रामदीन का भी इसी से काम नहीं रहता सारे दिन। हुकुम पाते ही गाड़ी निकाली रामदीन ने। धूल-मैल साफ करके साफ झकाझक कर दिया उसने। एकदम तैयार है वह। मेमसाहब को सज-धजकर निकलने में जो भी देर हो।

आरती निकल रही थी। रामदीन मेमसाहब का चेहरा देखकर अवाक् हो गया। एक लाल गरद की साड़ी पहन ली है, कपाल के बीच में सिन्दूर की गोल एक बिंदिया, जरूर मेमसाहब आज मन्दिर में जाएँगी। अमीनाबाद के महावीरजी के मन्दिर में।

रामदीन घर से निकलकर सीधे रास्ते में गाड़ी चला रहा था। जाते-जाते अमीनाबाद के रास्ते में आने के पहले ही पीछे से मेमसाहब बोलीं, "रामदीन, चौक चलो..."

"चौक!!!"

रामदीन सुनकर चौंक उठा। चौक में तो बाईजी-मुहल्ला है। चौक में बाईजी-मुहल्ले के अलावा भी सोने-चाँदी की दूकानें भी हैं। शायद वहीं जाएँगी मेमसाहब। गाड़ी लेकर रामदीन चौक के भीतर घुसा। दोनों तरफ सोने-चाँदी की दूकानें हैं। लोगों की भीड़ है। सावधान होकर हार्न बजाते बजाते जाना होगा।

सोने-चाँदी की दूकानें पार हो गयीं। मेमसाहब ने इधर-उधर ताककर देखा। इधर खास बाईजी-मुहल्ला है। दोनों तरफ दुतल्ले घर हैं। रास्ते में मलाई-बरफ, फूलवाले और भेलपूरी-आलू-बड़ा का खोमचा है। इधर आने पर लगता है सारे शहर का जितना पुण्य, जितना पाप है सब कूड़े के समान यहाँ आकर ही जमा होकर डस्टबिन को भरे दे रहा है। मनुष्यों से और कूड़ों से शरीर बचा-बचाकर गाड़ी चलाए लिए जा रहा था रामदीन।

हठात् एक जगह पर आकर मेमसाहब ने पुकारा, "रामदीन..."

रामदीन ने साथ-साथ ही जवाब दिया, "जी..."

"यहाँ केसरबाई की कोठी कौन-सी है, पता लगाओ तो..."

हुकुम पाते ही रामदीन गाड़ी को एक किनारे रखकर रास्ते में उतर पड़ा। उसके बाद रास्ते के आसपास के लोगों से पूछा, "केसरबाई की कोठी कौन-सी है भइया...?"

केसरबाई जरूर इस मुहल्ले की प्रसिद्ध बाईजी है। नहीं तो लोगों ने साथ-ही-साथ घर क्यों दिखा दिया?

रामदीन गाड़ी में आकर फिर बैठा। उसके बाद एक घर के सामने ले जाकर उसे खड़ा किया।

पूछा, "आप यहाँ उतरेंगी मेमसाहब?"

"हाँ।"

'हाँ' बोलते ही रामदीन गाड़ी से निकलकर गाड़ी का दरवाजा खोलकर खड़ा रहा। आरती ने गाड़ी से उतरकर एक बार चारों तरफ देख लिया। देखा, आस-पास के लोग उसकी तरफ ताक रहे हैं। उधर अपनी भौंहें उठाये विना सीधे वह सदर दरवाजे से भीतर घुसी। रोज की तरह सरदार अली उस दिन भी भाँग खाकर झूम रहा था। बाईजी साहिबा को देखकर उसने उठकर खड़े होने की कोशिश की।

आरती ने पूछा, "घर में कोई है?"

लजवन्तिया उसी क्षण ऊपर से नीचे उतर रही थी। अकस्मात् एक अनजान महिला को देखकर वह अचम्भे में पड़ गयी। एकदम ठीक बाईजी साहिबा के समान देखने में। बाईजी साहिबा क्या इतनी जल्दी-जल्दी महावीरजी के मन्दिर से लोट आयीं?

बोली, "बाबूजी को मैं दूध दे आयी हूँ बाई साहिबा..."

लेकिन झिम झिम करती हुई बत्ती की रोशनी में अच्छी तरह नजर पड़ते ही समझ गयी कि ये बाई साहिबा नहीं हैं, और कोई है। बोली, "आप किसे चाहती हैं?"

आरती बोली, "केसरबाई कोठी में हैं?"

"जी नहीं। बाई साहिबा तो महावीरजी के मन्दिर में गयी..."

"और कोई है घर में? बंगाली बाबूजी?"

"हाँ, बंगाली बाबूजी हैं। वे तो बीमार हैं।"

"कहाँ हैं वे?"

"ऊपर में।"

आरती ने पूछा, "तुम कौन हो?"

लजवन्तिया बोली, "मैं केसरबाईजी साहिबा की नौकरानी हूँ..."

आरती बोली, "मुझे ऊपर बंगाली बाबू के पास ले जा सकती हो? मैं भी बंगाली हूँ, मैं बंगाली बाबूजी से एक बार मिलना चाहती हूँ..."

लजवन्तिया ने जाने क्या सोच! एक बार। अनजान अनपहचानी स्त्री, उसे ऊपर

के कमरे में ले जाऊँ? तिस पर बाई साहिबा घर में नहीं हैं! उसके बाद जाने क्या सोचकर बोली, "आइए, मेरे साथ आइए..."

कहकर सीढ़ियों से आरती के आगे-आगे चलने लगी। पीछे-पीछे आरती। घर के भीतर चारों तरफ का चेहरा देखकर आरती चौंधिया गयी। यही उसकी रानू दीदी का घर है! इस घर में रहकर ही वह अपना गाना बजाना करके विलासी मनुष्यों के पास से पैसे कमाती है? छुटपन की वही रानू दीदी आज इतने नीचे उतर आयी है, इतना अध:पतन हुआ है उसका! और सुललित दादा ने भी इतनी जगह रहते उसे खोजने के लिए यहाँ आकर आश्रय लिया है!

चारों तरफ देखते-देखते आरती की आँखें झँप उठीं। इसके लिए कौन जिम्मेदार है? आरती? या रानू दीदी कौन? या उसके पति मिस्टर बैनर्जी? पति की बात याद आते ही आँखों के सामने उनका चेहरा उतर आया। उसके स्वामी लगता है इस समय कानपुर के रास्ते में हैं। रघुवीर शायद जोर से गाड़ी चलाकर ले जा रहा है अपने साहब को। और उसके पति हो न हो उससे कहते रहे हैं, जरा और जल्दी चलो...

या हो सकता है अब तक कानपुर पहुँच गए हैं उसके पति। रेस्ट हाउस के लाउंज में बैठकर हो न हो स्काच ह्विस्की की बोतल खोल बैठे हैं। ह्विस्की पीते-पीते ऑफिस की फाइल देख रहे हैं। या यह भी हो सकता है कि चारों तरफ छोटे-मोटे अफसर लोग डर से किनारे होकर उनकी तरफ देखकर 'सर' 'सर' करके खुशामद कर रहे हैं।

एकतल्ले में उस्तादजी मुँह बाये खड़े छटपटा रहे थे।

लजवन्तिया के नीचे आते ही मानो उस्तादजी साँस छोड़कर बच गए। पूछा, "क्या हुआ? वह कौन है?"

लजवन्तिया बोली, "क्या मालूम? बंगाली बाबू की जान-पहचान की कोई औरत है।"

उस्तादजी ने पूछा, "जान-पहचान की अगर कोई हो तो उसने कैसे जाना कि बंगाली बाबू यहाँ हैं?"

लजवन्तिया कैसे जानेगी वह बात। वह उस समय भी थर-थर काँप रही थी।

उस्तादजी बोले, "खूब डर लग रहा है तुझे? डर क्या है, मैं तो हूँ..." उसके बाद थोड़ा झुककर उन्होंने असल बात पूछी। बोले, "लेकिन दूध? बंगाली बाबू ने क्या दूध पिया है?"

"नहीं।"

"पिया क्यों नहीं? तूने पीने को क्यों नहीं कहा?"

लजवन्तिया बोली, "मैंने पीने को कहा था। बाबूजी बोले-टेबुल पर रख दो। मैंने टेबिल पर रख दिया है।"

"अभी जाकर क्या देखा?"

"इस वक्त भी वह दूध टेबुल पर ही पड़ा है..."

उस्तादजी नाराज हो गए। बोले, "तुझसे कोई काम नहीं बनेगा। तू बिल्कुल बेकार औरत..."

और उधर महावीरजी के मन्दिर में हर दिन की तरह आरती का घंटा बज रहा है। चारों तरफ असंख्य भक्तों की भीड़ है। उसी के बीच में हर दिन की तरह लाल पाड़ की गरद की साड़ी पहने, पैरों में महावर लगाए केसरबाई महावीरजी के सामने अपनी नित्य की अर्जी पेश करती चली जा रही है—देवता, यह तुमने क्या किया मेरा? और कितने दिनों अपनी बहन के पापों का प्रायश्चित करना होगा मुझे? मैंने तो सब त्याग दिया है, मैंने तो अपने को अन्त में तुम्हारे पैरों पर अर्पण किया है, मैंने तो अपनी सारे जीवन की साधना उस गान को ही आपके पैरों पर उत्सर्ग किया है। मैं तो जान गयी हूँ मैंने इतने दिनों जो किया है सब भूल की है, अपनी उन समस्त भूलों का प्रायश्चित मैं आज कर रही हूँ देवता। मैंने समझा है मेरी प्रसिद्धि, मेरा धन, मेरा गान, सब कुछ का कृतित्व मैंने खुद पाना चाहा है, इसलिए वह सब कुछ मिथ्या हो गया है। मैं अगर वह ख्याति, वह धन, वह गान तुम्हारे चरणों पर अर्पित करती तो मेरा सबकुछ आज सच होता! वासना-कामना के मुँह में मैंने शरीर को शिथिल कर दिया, इसलिए वह सब इतने दिनों मुझे ही बहा ले गया था, आज उसे ज्वार के समान पीछे बहा ले आने के लिए मुझे ही ठेलठाल करके खींचतान करके मरना पड़ रहा है। पहले मैं यह सब समझती नहीं थी देवता। मुझे आज तुम इस यन्त्रणा से मुक्ति दो देवता, उससे मेरा उद्धार करो...

उस दिन भी वही एक मतलब—वह देख रे केसरबाई...

—यह क्या है रे! बाईजी लोग भी मन्दिर में आती हैं? यह सब सिर्फ चाल...

जिन लोगों के जो भी मतलब क्यों न हों, केसरबाई का उससे कुछ आता-जाता नहीं। उसके कानों में कुछ भी नहीं पहुँचता। वह उस समय तन्मय होकर जमीन पर लेटकर महावीरजी के सामने प्रणाम कर रही है।

और उसके बाद थोड़ी देर में सिर का घूंघट मुँह पर और भी अच्छी तरह खोंचकर मन्दिर के बाहर आकर गाड़ी पर बैठ जाती। तब उसे याद आ जाती घर की बात। घर में उसे अकेला छोड़ आयी है। लजवन्तिया से कह आयी है, वह ज्यादा देर नहीं करेगी, जाएगी और आ आएगी।

अमीनाबाद के रास्ते में भीड़ के बीच से फिर चौक की तरफ फिरकर आने लगी केसरबाई की गाड़ी।

ऊपर से अकस्मात् बंगाली बाबूजी का गला सुनायी पड़ा।

"लजवन्तिया!"

उस्तादजी भी चौंक पड़े हैं, लजवन्तिया भी चौंक गयी है। बंगाली बाबू तो कभी लवन्तिया को नहीं बुलाते। तो फिर आज अकस्मात् बुलाया क्यों?

लजयन्तिया तर-तर करके सीढ़ियों से फिर ऊपर चढ़ गयी। उस्तादजी चुपचाप रास्ता देखने लगे नीचे ही। इतनी देर क्यों हो रही है लजवन्तिया को? देर होने से तो सब गोलमाल हो जाएगा। और तिस पर अभी जो केसरबाई महावीरजी के मन्दिर से लौट आएगी। केसरबाई के लौटने के पहले तो सब खतम करना चाहिए।

लजवन्तिया के पैरों की आवाज सुनायी पड़ी फिर। फिर वह लौटकर रसोई घर में घुसी। वह उसी तरह हाँफ रही थी उस समय।

उस्तादजी खड़े हुए, "क्या हुआ? क्यों बुलाया बाबूजी ने..."

लजवन्तिया बोली, "और एक गिलास दूध मँगाया है।"

"क्यों?"

लजवन्तिया बोली, "क्या मालूम, जानती नहीं..."

बोलकर और एक गिलास दूध फिर ढाल लिया।

उस्तादजी बोले, "उसमें भी वह मिला दो..."

उस्तादजी पक्के आदमी हैं। कोई मतलब जब वे हासिल करना चाहते हैं तब उसमें कभी वे कोई फाँक नहीं रखते। दुश्मन का निशान रखना नहीं चाहिए, यही उनका बराबर का नियम है। सारे जीवन वे यही नियम मानते आए हैं।

उसी क्षण लजवन्तिया ने गिलास भरकर दूध ले लिया था। दूध से भरा गिलास लेकर वह फिर सीढ़ियों से चढ़कर ऊपर जा रही थी।

उस्तादजी को मानो जाने कैसा कौतूहल हुआ। पूछा, "वह औरत कौन है?" लजवन्तिया बोली, "कौन जाने?"

"आयी क्यों है?"

लजवन्तिया बोली, "यह भी नहीं जानती, तो भी बाबू के साथ खूब जमकर बात कर रही है। मालूम होता है जान-पहचान की कोई है। वह भी बंगाली है..."

उस्तादजी बोले, "तू जा..."

लाजवन्तिया ने फिर देर नहीं की। वह फिर सीढ़ियों से ऊपर चढ़ गयी। उस्तादजी

अपने मन से ही वह करने लगे जो उन्होंने कभी किया नहीं। लेकिन कोई एक खुट् करके आवाज होते ही उस्तादजी चमक उठे। आवाज हुई क्यों? कोई देख रहा है क्या? ना। कमरे में घुसकर ही कमरे की खिड़कियाँ सब बन्द कर दी थीं उस्तादजी ने। आज अब कुन्दनलाल घुसेगा कहाँ से?

अकस्मात् उस्तादजी के मन में हुआ मानो बाहर केसरबाई की गाड़ी आने की आवाज हुई है! केसरबाई क्या इतनी जल्दी आ जाएँगी?

मन-ही-मन जप करने लगे उस्तादजी। उस्तादजी ने जीवन में कभी जप नहीं किया। खुद मुसलमान होने के कारण कभी महावीरजी का नाम नहीं लिया मुँह से। तो भी मन-ही-मन बोले, 'जय महावीरजी, जय संकटमोचनजी..."

बाहर सरदार अली का गला सुनायी पड़ा :

"उस्तादजी!

उस्तादजी दौड़ गए, "क्या हुआ?"

सरदार अली बोला, "होशियार, बाईजी साहिबा आ गयीं..."

और लगता है सँभाला नहीं जा सका। उस्तादजी ने जल्दी-जल्दी रसोईघर की ताख की आड़ में अपने को छिपा लिया।

केसरबाई गाड़ी से उतरी। केसरबाई का वही एक ही रूप, एक ही पोशाक, एक ही लाल पाड़ की साड़ी। एक ही तरह की महावर-रँगी एड़ी-उँगलियाँ। गाड़ी का भाड़ा चुकाकर केसरबाई घर में घुसने जा रही थी। सरदार अली से पूछ बैठी, "बाबूजी ठीक हैं?"

सरदार अली हर दिन जो बोलता है उस दिन भी वही बोला, "जी, सबकुछ ठीक है बाईजी साहिबा..."

उसके बाद जाने क्या एक बात याद आ गयी।

बोला, "एक औरत आयी हैं बाईजी साहिबा।"

"औरत? कौन औरत?"

सरदार अली बोला, "यह मैं नहीं जानता बाईजी साहिबा। नयी औरत..."

"नयी औरत? कहाँ से आयी? क्यों आयी इस घर में? क्या चाहती है?"

"वह मुझे मालूम नहीं..."

"मालूम नहीं तो घुसने क्यों दिया? क्या मुश्किल है? जिसको-तिसको तुम लोग अगर मेरे घर में घुसने दोगे तो तुम लोगों को तनखा देकर पोसा क्यों जाता है? लजवन्तिता कहाँ है?"

सरदार अली बोला, "वह ऊपर गयी है..."

उस्तादजी रसोईधर की ताख की आड़ में लुके-लुके सब बातें सुन रहे थे। बहुत

दिनों की बहुत आग उनके दिल में पुसी हुई थी। बहुत साध भी थी उनकी। उस्ताद मइजुद्दीन खाँ उन्हें अपना शागिर्द बनाते समय बोले थे—तुमसे काम बनेगा...

उस्ताद मइजुद्दीन खाँ साहब के मुँह से ऐसी तारीफ की बात निकलना कम सौभाग्य की बात नहीं थी। तब से ही उस्ताद हामिद खाँ जानते थे कि उनसे तमाम काम होगा। बहुत नाम होगा उनका बहुत रुपया होगा, तमाम शागिर्द होंगे। तब से ही उस्तादजी की साध थी कि दुनिया-भर में उनका नाम फैल जाएगा। और नाम के माने ही रुपया है। तमाम नाम और तमाम रुपयों की गद्दी पर बैठकर दुनिया से अपना लोहा मनवाएँगे।

लेकिन केसरबाई ने सब गोलमाल कर दिया। जाने कहाँ से एक बंगाली बाबू ने आकर उसके तास के ताजमहल से दुश्मनी करके उसे तोड़-फोड़कर मींजकर चूरमार कर दिया। इसका बदला उसे लेना ही होगा, इसका बदला न लेने पर उसकी जिन्दगी बरबाद हो जाएगी।

अकस्मात् केसरबाई की आवाज फिर सुनायी पड़ी :

"आप लोग कौन हैं?"

साथ-ही-साथ बहुतेरे लोगों के जूतों की आवाज से समूची आबहवा सितार के झंकार के काम के समान झन-झन कर उठी। और जाने कौन लोग सीधे आकर रसोईघर के भीतर घुसे, एकदम चूल्हे के नजदीक, और उसके बाद ही उन लोगों ने उसे देख लिया...

कोई मानो साथ-ही-साथ बोल उठा—यह जो साला मिला—पकड़ो साले को...

और तभी दुतल्ले पर जनाना गले का एक करुण तीक्ष्ण आर्तनाद हठात् आबहवा को चीरकर टुकड़े-टुकड़े करके फिर हठात् बन्द हो गया।

चौक के बाईजी-मुहल्ले में एक बार अगर हल्ला उठे तो लोगों की भीड़ जमने में ज्यादा देर नहीं लगती। खून-खराबी की हवा इस मुहल्ले में कोई नयी घटना नहीं है। तो भी कहीं कुछ आदमियों की भीड़ होते ही और तमाम लोग वहाँ आकर भीड़ जमा लेते हैं।

उस दिन भी यही हुआ।

उस दिन भी केसरबाई के घर के सामने ठसाठस भीड़ जम गयी।

मिस्टर बैनर्जी के घर का टेलिफोन बार-बार बज उठा, लेकिन वे मकान में मिले नहीं। बैनर्जी साहब के खानसामा ने हर बार जवाब दिया, "साहब कोठी में नहीं हैं..."

इस बार सवाल हुआ, "कहाँ गए?"

खानसामा बोला, "ड्यूटी में..."

उसके बाद जब सबेरे बैनर्जी साहब घर में लौटे तब मामला सुनकर भौंचक्के रह गए।

"मेम साहब कहाँ हैं?"

"हुजूर, घर में नहीं हैं..."

"घर में नहीं हैं तो गयीं कहाँ? रामदीन को बुलाओ..."

"रामदीन भी नहीं है हुजूर। रामदीन गाड़ी में मेम साहब को लेकर निकल गया है..."

मिस्टर बैनर्जी के जीवन में ऐसा अघटन कभी घटा नहीं। बराबर वे टूर से हेडक्वार्टर में जब लौटे हैं तब गाड़ी की आवाज सुनते ही आरती आकर खड़ी हो जाती पोर्टिकों के सामने। मिस्टर बैनर्जी को देखकर पहले ही आरती ने पूछा है—कैसे हो? नींद आयी थी न?

लेकिन उस दिन फिर कोई नहीं आया। मिस्टर बैनर्जी के गाड़ी से उतरते ही उनका चपरासी आफिस की फाइलें लेकर भीतर रखने गया। वे गट-गट करके घर के भीतर जाकर घुसे। कहाँ, तो भी आरती दिखायी नहीं पड़ी!

अचम्भा, दूसरा कोई होता तो वे तभी उसे डिस्चार्ज कर देते। या सस्पेंड करते। कर्तव्य के मामले में गफलत देखने पर मिस्टर बैनर्जी कभी बर्दाश्त नहीं करते। वे आफिस में और घर में सिर्फ एक ही बात चाहते हैं, वह है डिसिप्लिन। नियम पालन। यह नियम पालन किसी के द्वारा न करने पर वे नाराज होजाते हैं। इंडिया में कोई अगर काम न करे तो गवर्नमेंट चलेगी कैसे? वे खुद एक क्लास वन गजेटेट आफिसर होकर यह अनियम सहन नहीं कर सकते! वे जब सारी रात काम करने के बाद घर से लौटकर आएँ तब उनकी स्त्री आकर खड़ी होगी। पूछेगी—कैसे हो? रात को नींद आयी थी न?

लेकिन कहाँ, यह तो हुआ नहीं! मिसेज बैनर्जी तो आयी नहीं। यह अनियम है। मिसेज बैनर्जी जानती थीं कि मैं इस वक्त आऊँगा, और ठीक इसी वक्त वे घर में क्यों नहीं हैं!

खानसामा से पूछा, "मेमसाहब कब गयी हैं?"

खानसामा बोला, "कल शाम को हुजूर..."

यह कैसी बात है! कल शाम को गयी हैं और सारी रात घर में लौटीं नहीं! दिस इज बैड! दिस इज वैरी बैड, वेरी वेरी बैड! यह अन्याय है, यह अत्यन्त अन्याय है!

सोचते-सोचते मिस्टर बैनर्जी कमरे में छटपट करने लगे। क्या करें समझ नहीं सके! आफिस स्टाफ होने पर अब तक उसे चार्ज-सीट दे देते, या सस्पेंड करते।

लेकिन—लेकिन...

अकस्मात् टेलिफोन बज उठा।

—यस, बैनर्जी स्पीकिंग हीयर...

उधर से आवाज आयी, "मैं खंडेलवाल बोलता हूँ मिस्टर बैनर्जी..."

"यस खंडेलवाल! क्या खबर है?"

"आप मिसेज वैनर्जी की खबर जानते हैं?"

"मिसेज बैनर्जी तो मकान में नहीं हैं, मैं तो उन्हें ही ढूँढ़ रहा हूँ, कहाँ हैं वे! व्हेयर इज शी?"

खंडेलवाल बोले, "आप इसी मिनिट चले आइए मिस्टर बैनर्जी। अभी। खूब अर्जेंट, बहुत जरूरी मामला है। अभी चले आइए..."

"कहाँ? कहाँ आऊँगा?"

"मेरे पास। इस चौक में। चौक के केसरबाई के घर में—मैं वहीं से टेलिफोन कर रहा हूँ। एक एक्सिडेंट हुआ है—अभी चले आइए..."

और कोई सवाल करने का समय नहीं दिया खंडेलवाल ने। बात खतम करते ही रिसीवर रख दिया। मिस्टर वैनर्जी कुछ क्षण किंकर्तव्यविमूढ़ के समान रिसीवर कान में रक्खे रहे, लेकिन कोई उपाय न देखकर उसे फिर उन्होंने ठीक जगह पर रख दिया। उसके बाद वहीं से पुकारा—रघुवीर...

रघुवीर बड़ा डिसिप्लिड ड्राइवर है। वह बराबर नियम मानकर चलता है। ज्यों ही उसे जोर से गाड़ी चलाने को कहा जाता है तभी वह जोर से गाड़ी चलाता है। एक बार भी नहीं कहता कि जोर से गाड़ी चलाने पर एक्सिडेंट हो जाएगा। उसके नजदीक आते ही बैनर्जी साहब बोले—गाड़ी निकालो...

मैं यह सब कुछ भी जानता नहीं था। भगीरथ को कोई भी खबर नहीं थी। वही जो एक दिन रास्ते में मेरे साथ सुललित से अकस्मात् अस्वाभाविक प्रकार से भेंट हो गयी थी, वही जो उसने कहा था कि उसने आरती से विवाह किया है, बोला था उसके घर जाने पर आरती से मिलवा देगा, उसी घटना के बाद एक दिन सिर्फ सुललित का पता ढूँढ़कर उसके घर में जाकर भगीरथ से मैंने थोड़ा कुछ सुना था। उसके बाद मैं अपने आफिस के काम में इतना रम गया कि फिर आँख कान से कुछ देख या सुन नहीं सका।

उतने दिनों मेरे लखनऊ-प्रवास की मियाद भी पूरी हो आयी थी। मैंने ठीक किया था कि जिस दिन मैं लखनऊ छोड़कर जाऊँगा, उसके पहले एक बार सुललित

से मिलूँगा। और मुझसे भेंट होने के बाद ही सुललित मिस्टर बैनर्जी की गाड़ी से धक्का खाकर अस्पताल में पड़ा था, यह बात भी मेरी जानकारी में नहीं थी। तो भी तमाम कामों के बीच में भी मुझे सुललित की बात याद जरूर आती थी। याद आते ही मनुष्य के जीवन की विचित्रता की बात ही सबसे पहले स्मरण आती। उन सब पुराने दिनों की बातें याद आते ही बड़ा अचम्भा होता। लगता, जीवन के सम्बन्ध में कितने कवि, कितने दार्शनिक, कितने साहित्यिक कितनी ही बातें तो लिख गए हैं, लेकिन तो भी किसी ने क्या जीवन का पता-ठिकाना पाया है? ठीक सुललित के उत्थान अथवा पतन की बात नहीं, मैं केवल सोचता मनुष्य के जीवन की विचित्रता की बात। सोचता, यह भी क्या सम्भव है? तिस पर मैंने कितने अख्यात-विख्यात मनुष्यों की जीवनियाँ तो पढ़ी हैं, उन्हें पढ़कर तो इस तरह चकित होना नहीं पड़ा। छापे के अक्षरों के लिखे और वास्तव जीवन के प्रत्यक्ष के साथ जरूर कोई फर्क है। नहीं तो सुललित से भेंट होने के बाद से ही उसके सम्बन्ध में जानने के लिए मेरे मन में इतना कौतूहल ही क्यों हुआ?

उन दिनों मेरी थी बदली की नौकरी। कुछ महीने कलकत्ते में रहता और तब अकस्मात् हो न हो मैं दो महीने के लिए पटना या तमिलनाडु चला जाता। ठीक जैसे नदी के जल पर पत्ते के समान बहते हुए घूमना।

लेकिन जिस दिन सचमुच लखनऊ शहर से चले जाने का दिन तारीख-क्षण सबकुछ ठीक हो गया, उस दिन फिर मैं ठहर नहीं सका। रात दस बजे मेरी ट्रेन थी, उसके पहले ही तीसरे पहर में सुललित के घर की तरफ रवाना हुआ। एक बार मिले बिना जाने से सुललित का मन दुखी होगा।

घर जाकर दरवाजे का कड़ा हिलाते ही वही भगीरथ निकल आया।

मुझे अच्छी तरह देखे बिना ही बोला, "दादा बाबू घर में नहीं हैं..."

मैंने अच्छी तरह याद दिला देने के लिए कहा, "मुझे तुम पहचान नहीं पा रहे हो भगीरथ? मैं तुम्हारे दादा बाबू का वही कलकत्ता का दोस्त हूँ। मैं आज रात की गाड़ी से कलकत्ता चला जा रहा हूँ, इसीलिए एक बार मिलने आया था..."

तब भगीरथ के मुँह की मुद्रा मानो अकस्मात् दूसरे प्रकार की हो गयी। बोला, "अब मिलकर क्या कीजिएगा बाबू, मिलने के लायक मनुष्य अब वे नहीं रहे..."

मैंने पूछा, "क्यों, क्या हुआ?"

भगीरथ बोला, "आपने सुना नहीं, दादा बाबू तो मोटर का धक्का लगने से अस्पताल में पड़े थे..."

"ऐसी बात है क्या? तो अब भी अस्पताल में ही हैं क्या वे?"

भगीरथ बोला, "अस्पताल में क्यों रहेंगे, अब उस राक्षसी ने आकर उन्हें फिर

अपने निजी घर में ले जाकर रक्खा है..."

मैं बोला, "लेकिन वह तो उन्हीं गांगुली बाबू की लड़की आरती है..."

भगीरथ बोला, "उसी कालसाँपिनी ने तो दादा बाबू का इस तरह सर्वनाश किया, उसीके लिए तो दादा बाबू ने शराब पीने की आदत डाली—और अन्त में वही लड़की शायद स्वामी-संसार छोड़कर यहाँ आकर बाईजी हो गयी है। और दादा बाबू ने शायद उससे ही विवाह किया!"

उसके बाद अपनी दोनों आँखें पोंछते-पोंछते बोला, "आज बाबू भी जीवित नहीं हैं, माँ भी नहीं हैं, वे लोग पुण्यात्मा हैं, मरकर वे लोग बच गए हैं, इसी से इतना पाप उन्हें आँखें खोलकर देखना नहीं पड़ा..."

देखा, भगीरथ वही पहले का भगीरथ ही है। सुललित जितना भी बदल क्यों न जाए, भगीरथ में मानो फिर भी कोई परिवर्तन नहीं है।

बोला, "मैं आज ही यहाँ से चला जा रहा हूँ भगीरथ। सोच रहा था जाने से पहले उससे एक बार मिलकर जाऊँगा। तो एक बार अभी तुम मुझे उसके पास ले जा सकते हो?"

भगीरथ चौंक उठा। बोला, "ना, ना बाबू, आप वहाँ मत जाइए, वह नरक है। आप भले आदमी हैं, आप क्यों वहाँ मरने जाएँगे? एक गुंडे से दोस्ती हो गयी थी दादा बाबू की, उसी-गुंडे-मतवार बदमाश ने दादा बाबू का यह सर्वनाश किया है..."

"गुंडा-मतवार माने? वही कुन्दनलाल, जिसकी बात तुमने बतायी थी? वह अभी कहाँ है? वह तुम्हारे दादा बाबू के साथ अब भी वहाँ रहता है क्या?"

भगीरथ बोला, "ना, जिसने दादा बाबू का ऐसा सर्वनाश किया, उसका क्या कभी अच्छा हो सकता है बाबू? उसका कभी भला नहीं हो सकता। वह पागल हो गया है—ठीक हुआ है..."

"पागल हो गया है माने?"

"हाँ बाबू, यह मैं अपनी आँखों से देख आया हूँ। वह एकदम भीषण हो गया है। केसरबाई के मकान के सामने नाबदान के पागल किनारे तुच्छ कुत्ते के ऊपर पड़ा रहता है और घर-घर में भीख मांगकर खाता है। और सिर्फ बिड़-बड़ करके बकता है। तो पागल नहीं होगा? भले आदमी का इस तरह सर्वनाश करने पर क्या किसी का भला होता है?"

मैंने सबकुछ सुना। उसके बाद मैं बोला, "लेकिन वह नरक ही हो चाहे जहन्नुम ही हो, मैं एक बार वहाँ जाऊँगा ही और हो सकता है जीवन में फिर कभी यहाँ आने का मौका नहीं मिलेगा, इतने दिनों के बाद लखनऊ में आया हूँ, मुझे एक बार तुम वहाँ ले चलो..."

भगीरथ बोला, "आपका जब मिलने का इतना मन है तब मैं आपको पता देता हूँ, आप ही जाइए..."

मुझे जाने कैसा सन्देह हुआ। भगीरथ क्या मुझे टालने की कोशिश कर रहा है?

भगीरथ बोला, "आप चौकवाली जगह पहचानते हैं न?"

बोला, "सो तो पहचानता हूँ..."

"वहाँ घुसकर आप पहले ही देखिएगा कि बहुतेरी छोटी-मोटी दूकानें हैं। वहाँ तमाम सोना-चाँदी बिकती है। उनके बाद थोड़ा बढ़कर जिससे पूछियेगा, वही आपको केसरबाई का घर दिखा देगा..."

और क्या करता! मैं अकेला ही गया! भगीरथ ने जैसा जैसा बता दिया था, ठीक उसी तरह जाकर एक आदमी से पूछने पर उसने मुझे केसरबाई के घर की ठीक-ठीक जगह समझा दी। मैं समझा, इस मुहल्ले में केसरवाई सचमुच प्रसिद्ध बाईजी है।

चारों तरफ उस समय मानो शाम का अँधेरा घना हो रहा था। आस-पास ठीक वही भेलपूरी-मलाई-बरफ और दलालों का आना-जाना चल रहा था। मुझे देखते ही लगता है एक दलाल श्रेणी का आदमी आगे बढ़ आया।

बोला, "कहाँ जाइयेगा बाबूजी?"

और भी जाने कितनी लुकी-छिपी खबरें देने लगा, जो काम की नहीं थीं। मैंने जब उससे केसरबाई के घर जाने का इरादा बताया तब वह आदमी जाने कैसा हतवाक् होकर मेरी तरफ थोड़ी देर ताकता रहा।

बोला, "लेकिन केसरबाई ने तो नाचना गाना छोड़ दिया है..."

उसके बाद उँगली से एक घर दिखाकर बोला, "वही जो घर देख रहे हैं, सामने खूब पुलिस की भीड़ है, वही घर, वही केसरबाई का घर है। वहाँ मत जाइए..."

कहकर दलाल फिर खड़ा नहीं हुआ। लगता है और किसी गाहक की खोज में भागा।

मैं थोड़ा किंकर्तव्यविमूढ़ की तरह वहाँ खड़ा रहा। उसके बाद धीरे-धीरे उसी भीड़ की तरफ बढ़ गया। जितना ही बढ़ने लगा, उतना ही देखता हूँ केसरबाई के घर के सामने भीड़-ही-भीड़ है। मैं और भी किंकर्तव्यविमूढ़!

इसी बीच पुलिस के लोग केसरबाई के घर का पहरा दे रहे हैं। किसी को भीतर नहीं जाने देते, घर के भीतर से किसी को बाहर भी आने नहीं देते।

मैं एक किनारे असहाय के समान उधर ही देखता हुआ खड़ा था। लेकिन कितनी देर खड़ा रहता? मुझे भी तो लखनऊ छोड़कर चले जाना होगा!

नजदीक के एक आदमी से मैंने पूछा, "यहाँ क्या हुआ है भइया?" वह आदमी बोला, "सुना है खून!"

खून? मैं तो चौंक उठा।

"किसका खून हुआ है?"

जिस आदमी से पूछा वह कुछ नहीं जानता, उसके बाद नजदीक के दूसरे एक आदमी ने जवाब दिया, "केसरबाई का..."

"केसरबाई का खून हुआ है? किसने उसका खून किया?"

असल में कोई नहीं जानता कि असल मामला क्या है! केसरबाई तो आरती का ही नाम है। आरती गांगुली। मेजर भूधर गांगुली की लड़की। भगीरथ ने तो मुझसे यही बात कही थी। तो फिर भगीरथ क्या जानता नहीं यह खबर! भगीरथ के कानों में क्या यह खबर अभी तक पहुँची नहीं?

एक आदमी अब तक हम लोगों की बातचीत सुन रहा था। उसने मतलब की बात बतायी, "नहीं-नहीं, एक बंगाली बाबू इस कोठी में था, उसका ही खून हो गया..."

मैं फिर चौंक उठा। बंगाली बाबू के माने तो सुललित है। उसका ही खून हुआ है क्या? कैसा सर्वनाश है! खबर सुनकर मैं सिर से पैर तक सिहर उठा। वही सुललित! उसी सुललित का शायद इस बाईजी के घर में खून हो गया? यही उसकी परिणति है?

मैं अब ठहर नहीं सका। मैंने पूछा, "किसने बंगाली बाबू का खून किया?"

उस आदमी ने कहा, "एक पागल ने..."

"पागल? कौन पागल? कहाँ का पागल? पागल ने क्यों बंगाली बाबू का खून किया? बंगाली बाबू ने क्या किया था उसका?"

और एक आदमी बोला, "अरे नहीं-नहीं, उस्तादजी का खून हुआ है..."

"कौन उस्तादजी?"

नजदीक का आदमी बोला, "अरे उस्तादजी को पहचानते नहीं? केसरबाई का सारंगीवाला, उस्ताद हामिद खाँ..."

इतनी परस्पर-विरोधी खबरों से मैं भ्रमित हो गया। किसने जो किसका खून किया है, क्यों खून किया है, हजार सवाल करके भी उसका कोई पता नहीं पा सका।

अन्त में हताश होकर पूछा, "खून किया किसने?"

आदमी ने अनमने होकर कहा, "कह तो रहा हूँ एक अजीब पागल..."

"अजीब पागल माने? उसका कोई नाम नहीं है?"

आदमी बोला, "उसका नाम कुन्दनलाल है..."

कुन्दनलाल! भगीरथ के मुँह से सुने हुए नाम का वही गुंडा-बदमाश-मतवार? वह क्यों खून करेगा सुललित का! सुललित पर उसका किस बात का गुस्सा है? आरती उसके हाथ से छूट गयी थी इसलिए? या यह मतवार का कांड है! शराब के नशे में मतवारी करते-करते शायद सुललित के साथ बाईजी के मामले में खींच-तान

करते-करते सुललित का खून कर बैठा है! इस मुहल्ले में सब सम्भव है। इस सब बाईजी-मुहल्ले में इस तरह की खूनखराबी हो न हो, रोज का मामला है। इसीलिए इस बात पर कोई ज्यादा सिर नहीं खपाता।

मुझे और उस समय खड़े होकर देखने का समय नहीं था। रिस्टवाच की तरफ देखते ही मुझे ध्यान आया। सात बज रहे हैं। मुझे चीज वस्तु बाँधना—बँधना होगा। मेरा तब और खड़े होकर प्रतीक्षा करने से नहीं चलेगा। मैं चौक छोड़कर अपने घर की तरफ रवाना हुआ।

यह घटना, यह जानकारी यहाँ खत्म हो जाने पर साहित्य के जीवन-दर्शन की दिशा सम्भवत: समाप्त हो जाती, परन्तु कहानी समाप्त न होती। इतना ही लिखकर शायद पूर्णविराम की लकीर खींच दे सकता था। दिखा सकता था कि मनुष्य का जीवन बड़ा विचित्र है, दिखा सकता था कि मनुष्य के जीवन का शुरू देखकर उसके शेष का अनुमान करना असम्भव है। सुललित का जीवन आरम्भ ही किस प्रकार हुआ था और उसका अन्त भी किस प्रकार हुआ, इसके निर्दोष विवरण के साथ पाठकों को पाप की पराकाष्ठा का एक उज्ज्वल दृष्टान्त दिखाकर बंकिमचन्द्र के 'कृष्णकान्त के विल' के समान शास्त्रसम्मत एक परिणति खींच ले आ सकता था। उससे पाठक भी मेरी वाहवाही करते और मैं भी लेखक के हिसाब से अमरत्व पा जाता।

लेकिन मेरे भाग्य फूटे हैं, इतना सौभाग्य मेरे भाग्य में नहीं है। मैं अत्यन्त एक अभाजन हूँ। मेरी मुश्किल यही है कि मैं जीवन का सबकुछ तिरछी निगाह से देखता हूँ। काले को ठीक काला मानने में मेरी निगाह का निर्धारण नहीं होता, इसीलिए काले के पिछले भाग में क्या है उसे देखने के लिए ही मैं छटपटाता हूँ। उसी प्रकार सफेद को भी ठीक सहज मन से सफेद के समान मान लेने में मुझे बाधा होती है। अर्थात् मेरा मन ही अवश्य कुटिल है। नहीं तो बंकिमचन्द्र, शरच्चन्द्र ने जिस तरह कहानी शेष की है, मैं उस प्रकार शेष क्यों नहीं कर पाता?

वही शेष कथा अब कहूँ।

मैंने पहले भी कई बार कहा कि उमर ज्यादा बढ़ने का एक सुभीता यह है कि जिसका शुरू देखा है उसका अन्त भी देखा जाए। इस बार भी ठीक वही हुआ।

मैंने नाना घाटों का पानी पीकर, नाना घाटों के धूल-कीचड़ से अपने शरीर को लपेटकर जीवन काटा है। धीर स्वस्थ भाव से एक जगह में बैठकर स्थिर होकर कुछ करूँ यह शायद मेरे भाग्यविधाता का विधान नहीं है। कश्मीर से कन्याकुमारी तक की बात बहुत पुरानी है। इसकी बनिस्बत कहूँ कि कलकत्ता से कोचीन तक किसी ने मुझे

सब जगहों में घाट अघाट में नाक में रस्सी लगाकर खींच घसीटकर घुमाकर मारा है।

अन्त में एक दिन कर्मसूत्र से जा पहुँचा मध्यप्रदेश के बस्तर स्टेट में। जगदलपुर शहर में। बस्तर एक समय एक स्टेट था। अब वही बस्तर मध्यप्रदेश के एक जिले में बदल गया है। रायपुर स्टेशन से एक सौ चौरासी मील दूर का रास्ता है जगदलपुर। कलकत्ता, लखनऊ या दिल्ली की तुलना में जगह कुछ भी नहीं है।

जहाँ जब मैं रहता हूँ तब वह जगह ही मेरा देश हो जाती है। भारतवर्ष की सब जगहें ही मेरे लिए अपनी हैं। कोई मेरा पराया नहीं है।

इसीलिए बस्तर के जगदलपुर में कुछ दिन रहते-रहते बहुतेरे लोगों से मेरी जान-पहचान हो गयी। कोई कारबारी है या नौकरी करता है, या कोई राजनीतिक नेता है, कोई विद्यार्थी है और कोई वकील। और पहचान हुई एक डाक्टर से। डाक्टर प्रभुदयाल। डाक्टर प्रभुदयाल का बहुत बड़ा नाम है। वह नाम सिर्फ बस्तर अंचल में ही सीमाबद्ध हो ऐसा नहीं है। दंडकारण्य के भीतर मलकानगिरि, कोंडागाँव, उधर धरमपुरा, दन्त्येवाड़ा, भोपालपटनम, काँकेर सब कहीं उनकी गतिविधि है। छुट्टी के दिनों में डाक्टर प्रभुदयाल के साथ मैं भी घूमता हूँ। उनकी एक टुटही गाड़ी थी, वह गाड़ी वे खुद ही चलाते। उससे मुझे एक सुभीता यह होता कि मैं भी अनेक जनपद, अनेक मनुष्य देख लेता। कितना बड़ा देश है हमारा यह भारतवर्ष, और कितनी उसकी विचित्रता है, उसे देखकर मैं अवाक् हो जाता।

एक-एक दिन एक-एक जगह में वे ले जाते। बोलते, "चलिए, आज काँकेर जाएँ वहाँ मेरा एक पेशेंट है..."

मैं भी राजी हो जाता। रोगी के घर में ही खाते-पीते, राज-समादर के समान हमारा जो समादर होता, उसी प्रकार रोगी का इलाज भी होता, एक-एक कष्ट का। और डाक्टर को भी मोटी रकम की कमाई होती। और मेरा पावना था बिना खर्च के भ्रमण।

इसी तरह जब चल रहा था तब वे एक दिन बोले, "आप तो धरमपुरा की तरफ कभी गए नहीं। जगदलपुर के नजदीक ही तो है वह।"

मैं बोला, "नहीं..."

"तो फिर खाना-पीना करके आज एक बार चलिए, धरमपुरा जाएँ। देखियेगा उधर भी अच्छा डेवेलप हो रहा है आजकल। पहले ऐसे ही दो-चार पुराने टूटे घर थे, लेकिन अब वहाँ तमाम बंगाली पुनर्वासी आ गए हैं..."

मैंने पूछा, "कितनी देर लगेगी वहाँ?"

"ज्यादा दूर नहीं, यहाँ से चार-पाँच मील का रास्ता है। एक डेलिवरी केस है। थोड़ा सीरियस है इसी से मुझे बुलाया है..."

बोला, "तो चलिए..."

गाड़ी में जाने पर चार-पाँच मील कुछ भी नहीं है। देखते-देखते पहुँच गए। जगह खुली हुई है। डाक्टर प्रभुदयाल मुझे गाड़ी में ही बैठाकर एक बस्ती के भीतर घुस गए। मैं गाड़ी में बैठा हूँ तो बैठा ही हूँ। देखकर लगा कि रोगी गरीब है। आदिवासी सम्प्रदाय का आदमी है। आदिवासी सम्प्रदाय का आदमी डाक्टर प्रभुदयाल के समान डाक्टर को एक विजिट देकर रोगी दिखाने को ले गया है, यह सोचकर मुझे कुछ अचम्भा होने लगा। इन लोगों के पास क्या इतना रुपया है! उनकी झोपड़ी की हालत देखकर तो ऐसा नहीं लगता।

एक घंटे के बाद डाक्टर प्रभुदयाल जब लौट आए तब देखा उनके साथ और एक भले आदमी हैं।

देखते ही चौंक उठा। सुललित है क्या?

सुललित लगता है पहले मुझे पहचान नहीं सका। जाने क्या सब जरूरी बातें करने लगा डाक्टर प्रभुदयाल से। वह सब मेरे कानों में भी सुनायी नहीं पड़ा।

अन्त में मैं और ठहर नहीं सका। फिर पूछा, "सुललित हो क्या?" सुललित ने मुझे देखकर पहचानने की कोशिश की। उसके बाद निरासक्त गले से वह बोला, "तुम? तुम यहाँ? लखनऊ से कब आए?"

मैं बोला, "मेरी बात छोड़ो, मैं तो घूम-घूमकर नौकरी में इधर-उधर जाता रहता हूँ, घूमने की ही मेरी नौकरी है। लेकिन तुम? तुम्हें यहाँ देख पाऊँगा, यह तो कल्पना भी नहीं कर सका था..."

डाक्टर प्रभुदयाल हम लोगों की बातचीत सुनकर अवाक् हो गए थे। उन्होंने आग्रह से पूछा, "आप पहचानते हैं क्या मिस्टर चैटर्जी को?"

मैं बोला, "हम दोनों एक समय एक स्कूल में, एक ही कालेज में पढ़ते थे..."

सुललित मुझसे बोला, "मैं तो जानता नहीं था कि तुम डाक्टर बाबू के साथ आए हो..."

मैं बोला, "तुम यहाँ क्या करते हो? इस सुदूर अंचल में? लखनऊ से कब आए? और तुमने लखनऊ छोड़ा भी क्यों?"

सुललित बात सुनकर जाने कैसा गम्भीर हो गया।

बोला, "यह सब बातें यहाँ इतने थोड़े समय में तो हो नहीं सकतीं..."

मैं बोला, "तुम अगर कहो तो मैं ही फिर एक दिन आ सकता हूँ तुम्हारे पास—कितने दिनों से भेंट नहीं हुई तुमसे! लखनऊ छोड़कर आने के दिन तुमसे भेंट करने के लिए चौक में गया था। लेकिन इतने पुलिस—कान्स्टेबिल देखकर फिर घुस नहीं सका। कोई कह रहा था, तुम्हारा खून हो गया है, और कोई-कोई कह रहे थे कि शायद केसरबाई का खून हो गया है? लेकिन केसरबाई के साथ तुम्हारा सम्बन्ध क्या है?"

सुललित बोला, "तुम्हारे पास अभी कोई काम है?"

मैं बोला, "आज तो मेरा इतवार है, आफिस की छुट्टी है, सारे दिन मेरा कोई काम नहीं है। लेकिन तुम्हारा? तुम्हारे पास तो काम है..."

सुललित बोला, "मेरे पास और क्या काम है, मैं तो यहाँ अकेला रहता हूँ..."

"अकेले! मुझे जाने कैसा अचम्भा हुआ बात सुनकर। इस जंगल और आदिवासियों के बीच में सुललित अकेला निःसँग जीवन काट रहा है! तो फिर आरती कहाँ गयी? खून किसका हुआ? तो फिर क्या उस्तादजी, या कुन्दनलाल या लजवन्तिया का! मैं सुललित को देखकर उसके मुँह की तरफ बड़ी देर तक एक निगाह से ताकता रहा। मुझे मानो अपनी आँखों पर भी विश्वास नहीं हो रहा था। यह क्या वही सुललित है? जो सुललित 'शराब' न होने पर एक पल रह नहीं सकता था, जो सुललित 'शराब शराब' करता हुआ केसरबाई को परेशान किये रहता था, जो सुललित कुछ खाता-पीता नहीं था, जिसे खून करने के लिए उस्तादजी बैठते-बैठते पीछे पड़े थे—उसी सुललित को क्या मैं अपनी आँखों के सामने देख रहा हूँ? या यह और कोई है?

मैंने डाक्टर प्रभुदयाल से कहा, "अच्छा, डाक्टर प्रभुदयाल, मिस्टर चैटर्जी मेरे पुराने दोस्त हैं, बहुत दिनों के बाद उनसे भेंट हुई है, आज मैं यहीं रह जाऊँ..."

डाक्टर प्रभुदयाल को इस सम्बन्ध में कोई आपत्ति कैसे हो सकती थी! वे गाड़ी लेकर चले गए। सुललित मुझे अपने घर ले गया।

याद है उस दिन उसके घर में जाकर ही पहले-पहल मैंने समझा कि मनुष्य का जीवन किसे कहते हैं। और साथ ही साथ यह भी समझा कि मौत किसे कहते हैं। जीवन का अर्थ हम लोग समझते हैं केवल पैदा होना और उसके बाद संग्राम करके खाने-पीने और छाया का इन्तजाम करते-करते एक दिन विलास—वैभव के शिखर पर उठना। और मौत को हम समझते हैं केवल अन्त होना। लेकिन जीवन और मृत्यु की एकमात्र सार्थकता जो अमृत में है। और अमृत-योग ही जो जीवन का एकमात्र सार्थक योग है, यह सुललित के साथ भेंट न होने पर हो सकता है उस दिन मैं समझ ही न पाता।

सुललित मुझसे बोला, "जानते हो भाई, जीवन में एक उमर आती है जब उससे और कोई प्रत्याशा करना उचित नहीं है। आज मेरी वही उमर आ गयी है। मैंने पहले तुम लोगों से बड़ी-बड़ी बातें की हैं, लेकिन कोई धर्म-निष्ठा लेकर उसका पालन नहीं किया। जो काम किया है उस काम का कोई माने नहीं समझा। इतना समझा है कि केवल काम किये जाना ही जीवन की सार्थकता है। लेकिन इतने दिनों में जो सब काम करता आया हूँ वह सब किया है अपनी जरूरत से, अपने अभाव से, इसीलिए

वह सब काम था मेरे लिए बन्धन। लेकिन आज इतने दिनों के बाद मैं जो काम कर रहा हूँ वह प्रयोजन से ही नहीं, सिर्फ आनन्द से। आनन्द से ही यह काम कर रहा हूँ, यह मेरे लिए मुक्ति है। मैं इसीलिए भाई, आज मुक्त पुरुष हूँ। मेरे लिए मेरे निज का कोई अतीत नहीं है, भविष्यत् भी नहीं है। मैं सवेरे से शुरू करके इसीलिए सिर्फ वह काम ही करता हूँ..."

मैंने पूछा, "कौन-सा काम?"

सुललित ने जो जवाब दिया उससे मेरा मुँह बन्द हो गया। इसी बस्तर में बहुत दिनों पहले एक बाढ़ आयी थी। तब उसी बाढ़ से त्रस्त लोगों की रक्षा के लिए वह यहाँ आया था। उसके बाद से यहीं वह रह गया। यहाँ इन आदिवासियों के बीच ही वह अपना शेष जीवन काट देगा, यही उसका मन है। इन लोगों के सुख-दुःख के साथ उसने अपने निजी सुख-दुःख को एकाकार करके सुख पाया है। वह बोलने लगा, "मैं बहुत तरह के मनुष्यों से घुला मिला हूँ, एक बार मैंने ऐसी एक नौकरी की थी जिससे मैंने सोचा था कि मैं मनुष्य-समाज से असत्य दूर कर सकूँगा, समाज को पाप और दुर्नीति से मुक्त कर सकूँगा। लेकिन क्यों मैं वह कर नहीं सका? क्यों मैंने केसरबाई के घर में जाकर आश्रय लिया? क्योंकि मैंने वह नौकरी की थी अपने खाने और अपनी छाया का प्रयोजन मिटाने के लिए। अभावमोचन करने के लिए। उस कर्म का स्रोत आनन्द नहीं था। था प्रयोजन। इसीलिए मैं व्यर्थ हुआ था। यह जो उपलब्धि है, एक मर्मान्तक घटना से यह उपलब्धि हुई। भाई, तुमने क्या सोचा है कि यह जो विश्व-सृष्टि है, यह जो अनन्त काल से इतिहास के दुर्गम-पथ में मानवात्मा का विजयरथ दिन-रात पृथिवी को आगे बढ़ाती हुई चल रही है, इसका कोई सारथी नहीं है? है। एक दिन आरती ही मेरे मन में इस उपलब्धि का बीज बुन गयी। वह भी एक विचित्र घटना है!"

बात करते-करते कब दिन डूब गया, शाम हो आयी, रात बीत गयी उसकी आहट तक नहीं मिली।

उसी रात को सुललित के मुँह से उस दिन की घटना सुनी। याद आया मैं जिस दिन चौक में जाकर केसरबाई के घर के सामने मनुष्यों की भीड़ के एक किनारे खड़े होकर भ्रमित हुआ था, उस समय भी जानता नहीं था कि उस घर के भीतर तब एक और वियोगान्त नाटक का अभिनय हो रहा था।

शुरू हुआ था शाम से ही।

केसरबाई के महावीरजी के मन्दिर में चले जाने के बाद ही लजवन्तिया गिलास में जैसे रोज दूध ले जाती, उस दिन भी उसी तरह ले गयी थी।

लजवन्तिया को देखकर सुललित बोल उठा, "फिर क्यों दूध लायी हो

लजवन्तिया—मैंने तो कह दिया है कुछ पियूंगा नहीं मैं—इसे तुम ले जाओ..."

लजवन्तिया बोली, "बाईजी साहिबा आपको दूध देने को कह गयी हैं बाबूजी, थोड़ा-सा दूध पी लीजिए..."

सुललित बोल उठा, "नहीं, मैं नहीं पियूंगा, आरती कहे या जो भी कहे, मैं उसे किसी तरह नहीं पियूँगा—तुम अभी ले जाओ, न ले जाने पर मैं लेकिन फिर गिलास उठाकर फेंक दूँगा..."

लेकिन लजवन्तिया के दूध रखकर जाते ही सुललित उठा। उठकर दूध का गिलास हाथ में लेकर जोर से फेंकने जा रहा था, लेकिन अकस्मात् किसी को सामने देखकर चौंक उठा।

कुछ क्षण उसके मुँह से और कोई बात नहीं निकली।

"यह क्या, आरती! तुम? मन्दिर से अभी लौट आयीं क्या?"

आरती चुपचाप खड़ी होकर एक निगाह से थोड़ी देर सुललित के मुँह की तरफ ताकती रही। सुललित का चेहरा देखकर उसकी दोनों आँखें छलछला उठीं।

बोली, "यह तुम्हारा कैसा चेहरा हो गया है सुललित दादा?"

सुललित आरती के गले का स्वर सुनकर जाने कैसा हतवाक् हो गया था। आरती बोली, "कितने दिनों बाद तुम्हें देखा, कितने बरसों के बाद, कितने काल के बाद, लेकिन तुम इस तरह अपना सर्वनाश क्यों कर रहे हो?"

सुललित और भी हतवाक् हो गया आरती की बात सुनकर। बोला, "क्यों, तुम तो मुझे रोज ही देखती हो, आज क्या तुम मुझे नया देख रही हो? यही थोड़े पहले ही तो तुम कह गयीं कि तुम महावीरजी के मन्दिर में जा रही हो—कह गयीं कि तुम जाओगी और चली जाओगी, ज्यादा देर नहीं करोगी..."

आरती गम्भीर गले से बोली, "तुम जिसकी बात कह रहे हो वह मैं नहीं हूँ..."

सुललित स्तम्भित, बोला, "इसके माने?"

"इसके माने आज ही मैं पहले-पहल इस घर में आयी। वही एक दिन तुम्हारे बिलासपुर के घर में गयी थी, और आज फिर इतने दिनों के बाद यहाँ तुम्हारे पास आयी..."

सुललित बोला, "तुम बोल क्या रही हो?"

आरती बोली, "हाँ, ठीक ही बोल रही हूँ। आज ही डाक्टर कोठारी से तुम्हारी सब बात सुनी, सुनते ही तुम्हारे पास दौड़कर चली आयी।"

सुललित अवाक्, विस्मय से तब हतबुद्धि हो गया था।

आरती फिर बोली, "आज स्वीकार करती हूँ सुललित दादा, तुम्हारी इस हालत के लिए मैं ही जिम्मेदार हूँ। मुझे तुम आज जितना कर सको अपमान करो, मुझे तुम

उस दिन के समान मेरे गाल में जितना मार सको चांटे मारो। मैं कोई आपत्ति नहीं करूँगी। आज मैं तुम्हारा सब अपमान सिर झुकाकर सहने आयी हूँ करो अपमान, करो, मुझे गालियाँ दो, मुझे फिर चांटे मारो सुललित दादा, तुम्हारे दोनों पैरों पड़ती हूँ सुललित दादा, मुझे तुम प्राण भरकर गालियाँ दो एक बार..."

सुललित तो भी जरा भी डिगा नहीं, पत्थर बनकर अपनी जगह में खड़ा रहा। आरती बोली, "क्यों, तुम मुझसे कुछ बोल क्यों नहीं रहे?"

आरती सुललित के और भी सामने जाकर उसके शरीर को घिसकर खड़ी हुई।

बोली, "क्यों, तुम मुझसे कुछ बोलोगे नहीं? मुझे थोड़ा जैसे भी हो शास्ति दो तुम। तुम्हारे शास्ति न देने पर जो मेरे और किसी अपराध का प्रायश्चित नहीं होगा? तो फिर जो मैं अनन्तकाल तक नरक में सड़हूँगी? क्या हुआ? मेरी बात सुन नहीं पा रहे हो तुम?"

सुललित उस समय भी पत्थर के समान ठंडा।

हठात् आरती एक कांड कर बैठी। सुललित की छाती पर अपना सिर घिस—घिसकर फफक-फफककर रोने लगी।

सुललित ने दोनों हाथों से उसे दूर ठेलकर सरकाकर अलग हटा दिया। बोला, "छि..."

आरती ने गिरते-गिरते अपने को सँभाल लिया। बोली, "अच्छा किया है सुललित दादा, अच्छा किया। मुझे और भी मारो, और मारो मुझे सुललित दादा, मेरे सब अपराध धुलकर मिट जाएँ..."

सुललित के मुँह से इतनी देर के बाद बात फूटी। बोला, "मैं तुम्हारी बात कुछ समझ नहीं पा रहा, तो फिर इतने दिनों जिसे मैं आरती समझता आया वह कौन है?"

"वह केसरबाई है, मेरी दीदी, मेरी रानूदि, जिसकी बात मैंने तुमसे कही थी, और मैं वही मिस्टर बैनर्जी की स्त्री हूँ, आरती, जिसके कारण तुम्हारी यह दुर्दशा है, जिसके लिए तुमने कोर्ट में खड़े होकर जीवन में पहली बार झूठ बात कही है, जिसके लिए तुमने सारे अपराध अपने सिर पर उठा लिए हैं, जिसके कारण तुमने शराब पीकर अपना सर्वस्व नष्ट किया है—चरित्र नष्ट किया है, धर्म नष्ट किया है।"

सुललित हारा हुआ-सा थोड़ी देर चुपचाप खड़ा रहा। उसके मुँह से उस समय कोई बात नहीं निकली।

आरती ने सुललित के दोनों हाथ पकड़े इस बार। बोली, "तुम मेरी एक बात याद रक्खो सुललित दादा, तुम अब इस तरह अपने को नष्ट होने मत देना, तुम मेरे पास चलो..."

"तुम्हारे पास माने?"

"माने मेरे घर में।"

"यह कैसे हो सकता है? मिस्टर बैनर्जी कुछ बोलेंगे नहीं?"

आरती बोली, "मैं क्या मिस्टर बैनर्जी की नौकरानी हूँ जो वे जो हुकुम देंगे वही मुझे तामील करना होगा? मेरा भी तो उस घर में बराबर का अधिकार है। मैं उनकी स्त्री हूँ, इससे क्या मेरे निजी मन का भी कोई दाम नहीं है? अपने स्वाधीन मत के नाम पर कुछ नहीं रहता?"

सुललित बोला, "लेकिन एक दिन तो तुम अपने इन्हीं पति को बचाने के लिए ही मेरे दरवाजे पर आयी थीं! मुझे तो तुमने अपना सर्वस्व देना चाहा था!

आरती बोली, "अपने उस पाप का प्रायश्चित करने के लिए ही तो आज तुम्हारे पास आयी हूँ सुललित दादा, नहीं तो क्या आज यहाँ इस नरक में मैं आती?"

सुललित बोला, "इसे अगर नरक कहो तो किसने तुमसे इस नरक में आने को कहा था? मैंने तो नरक में ही जो सुख हो सकता है, पाया है। यह नरक था इसी-लिए तो मैं अब तक बचा हूँ—लेकिन तुम अपने सुख का संसार छोड़कर क्यों इस नरक में आ पहुँची? मैंने तो तुम्हें यहाँ आने के लिए सिर की कसम खिलायी नहीं..."

आरती रोने लगी। बोली, "लेकिन सुललित दादा, तुम मेरी बात एक बार सोचते नहीं हो, मैं खुद भी क्या सुख से हूँ सोचते हो—मैं भी तो अपने संसार में नरक की यन्त्रणा भोग रही हूँ..."

सुललित अवाक् हो गया। बोला, "नरक? बोल क्या रही हो तुम? एक दिन जिस संसार के लिए तुमने मेरा जीवन नष्ट कर दिया था, अब वह संसार ही तुम्हारे लिए नरक हो गया?"

आरती बोली, "नरक नहीं है? नरक नहीं कहूँगी तो क्या कहूँगी उसे? जानते हो, जिस गाड़ी से धक्का खाकर तुम्हें सिर फुड़वाकर अस्पताल में जाना पड़ा था वह गाड़ी किसकी है?"

"किसकी?"

"वह मेरे पति की गाड़ी है। बाद को मेरे पति पकड़ न लिए जाएँ, इसलिए उस गाड़ी का नम्बर तक पुलिस के रिकार्ड से मिटा दिया गया। मिस्टर बैनर्जी ने जिस तरह एक दिन मुझे तुम्हारे पास भेजकर तुम्हारा सर्वनाश किया है, उसी प्रकार आज मेरा जीवन भी उन्होंने नष्ट कर दिया है ठीक उसी तरह हमारी गवर्नमेंट का सर्वनाश करते आ रहे हैं। तिस पर भी उसका कोई प्रतिकार नहीं है, प्रतिविधान नहीं है उसके लिए कहीं, किसी दिशा से उनका विरोध भी नहीं है।"

सुललित बोला, "लेकिन मैंने तो तुम्हारे सुख के लिए ही उस दिन अपना सर्वनाश किया था, तो भी तुम सुखी नहीं हुईं!"

आरती बोली, "सुख? सुख मेरे भाग्य में नहीं है सुललित दादा होता तो ऐसे आदमी के साथ मेरा विवाह न होता, सुख होता तो अन्तस् की लाज पचा-पीकर तुम्हारे पास इस तरह यहाँ मुझे आना न पड़ता। तुम मेरे पास चलो सुललित दादा, तुम्हें ले जाने के लिए मैं अपनी गाड़ी लायी हूँ, चलो—जितने दिनों तुम अच्छे न हो जाओ उतने दिनों मेरे पास रहना, मैं तुम्हारी सेवा करूँगी, मैं तुम्हें अच्छा कर दूँगी, मैं अपने सब पापों का प्रायश्चित करूँगी—चलो..."

"लेकिन तुम्हारे पास जाने से तुम मुझे शराब पीने को दोगी?"

"शराब?"

"हाँ, शराब पीने को न पाने पर मैं मर जो जाऊँगा आरती!"

आरती बोली, "लेकिन डाक्टर कोठारी ने जो तुमको सिर्फ दूध पीने को कहा है। उन्होंने जो कहा है कि दूध पीने से ही तुम फिर अच्छे हो जाओगे..."

सुललित बोला, "लेकिन मैं अच्छा होकर क्या करूँगा बोलो तो? मैं अच्छा होकर क्या करूँगा बोलो तो? मैं अच्छा होऊँगा किसलिए? किसके लिए? मेरा कौन है?"

आरती बोली, "क्यों! मैं हूँ सुललित दादा, मेरे लिए आखिर तुम जीवित रहो..."

सुललित बोला, "लेकिन तुम तो दूसरे की स्त्री हो आरती। तुम मेरी कौन हो बोलो न, जो तुम मेरे लिए इतना करने जाओगी?"

आरती बोली, "मैं एक दिन दूसरे की स्त्री क्यों न रही होऊँ, आज से न हो मैं तुम्हारी ही होऊँगी, तुम हम दूसरे एक देश में चले जाएँगे, दूसरे एक घर में हम लोग एक साथ रहेंगे..."

"लेकिन तुम्हारे पति? मिस्टर बैनर्जी? वे क्या यह सह लेंगे?"

"वे यह सह सकेंगे या नहीं, यह सोचने की मुझे क्या पड़ी है, मैं ही उन्हें अब सह नहीं पा रही हूँ! मैं जो और उस संसार में रहने पर मर जाऊँगी। मेरी बात भी क्या एक बार तुम नहीं सोचोगे? मैं आत्मघाती होऊँ, यही क्या तुम चाहते हो?"

"लेकिन शराब न पीने पर मैं क्या बचूँगा?"

आरती बोली, "शराब जो लोग नहीं पीते वे क्या जीवित नहीं हैं? मैं तुम्हें बचा लूँगी सुललित दादा। तुम्हें भी बचा लूँगी और मैं खुद भी बच जाऊँगी। हम दोनों ही बच जाएँगे सुललित दादा, जितने दिनों डाक्टर तुम्हें दूध पीने को कहेंगे, उतने दिनों मैं भी न हो तुम्हारे साथ दूध ही पियूँगी..."

उसके बाद टेबिल के ऊपर का दूध का गिलास उठाकर सुललित के मुँह के पास ले गयी। बोली, "लो, दूध तुम पी लो मेरे अच्छे दादा, मेरी बात रक्खो, पियो..."

सुललित बोला, "तो फिर पहले तुम पियो..."

"मैं दूध पियूँ! तो तुम अगर कहो तो मैं तुम्हारे लिए विष भी पी सकती सुललित

दादा। लेकिन मेरे पीने पर तुम भी पियोगे वचन दो..."

सुललित बोला, "वचन देता हूँ पियूँगा, तुम पहले पियो..."

"लेकिन तुम्हारा दूध?"

सुललित बोला, "मैं अभी लजवन्तिया को और एक गिलास दूध लाने को कहता हूँ..."

कहकर लजवन्तिया को बुलाया, "लजवन्तिया..."

पुलिस अफसर के हिसाब से खंडेलवाल पक्का आदमी है। लखनऊ शहर में खंडेलवाल के पहले तमाम पुलिस के ओ. सी. आए हैं और चले गए हैं। लेकिन खंडेलवाल के समान ऐसा चौकस अफसर पहले और कभी किसी ने देखा नहीं। खंडेलवाल जहाँ जैसा होना चाहिए वहाँ वैसा ही है। सरकारी समाज में अफसर के हिसाब से खंडेलवाल का सुनाम दिल्ली के आई. जी. के पास तक पहुँच गया था। तिस पर मिस्टर बैनर्जी के समान जबरैल अफसर भी जानते थे कि जब तक खंडेलवाल है तब तक उनके सात खून माफ हैं। मेरी गाड़ी के नीचे अगर कोई दब जाए तो उससे कोई भी हरजा नहीं है। खंडेलवाल है। उसे एक दिन घर में बुलाकर स्कॉच व्हिस्की पिला देने से ही काम चल जाएगा!

और रुपया! रुपया तो हम लोगों के लिए तुच्छ चीज है। हमारे पास जो रुपया है उसे जिस तरह खंडेलवाल जानते हैं उसी तरह जानते हैं उसके एस. पी., उसी तरह जानते हैं उसके आई. जी.। और रुपया होना ही तो दुनिया में सबकुछ होना है। इसलिए और भी जोर से गाड़ी चलाओ रघुवीर। बीस से तीस, तीस से चालीस, चालीस से पचास-साठ-सत्तर-अस्सी-नब्बे मील की स्पीड से गाड़ी चलाओ। और जरा जल्दी चलो रघुवीर..."

सो उस दिन भी खंडेलवाल अपने आफिस में बैठा था। थाना गरम।

अकस्मात् एक पागल कमरे में घुसा। मैले कपड़े, पूरे मुँह में झोंप-झोंप दाढ़ी-मूँछें।

जरूर भिखारी है, भीख माँगने आया है।

खंडेलवाल बोले, "मेरे पास तो इस वक्त पैसा नहीं है, मेरी कोठी में चलो, तुम्हें पैसा दूँगा..."

खंडेलवाल को दया माया है, कहना होगा। नहीं तो एक पागल भिखारी को पैसा देने के लिए कोई आदमी उसे अपने घर ले जाता है?

उसके बाद फिर क्या हुआ कोई नहीं जानता। खंडेलवाल साहब जीपगाड़ी लेकर खुद ही निकले। लेकिन कहाँ जो गए, यह जाते वक्त और किसी से बोल नहीं गए।

और उसके बाद जब रात बहुत गम्भीर हो गयी थी तब बैनर्जी साहब के मकान में टेलिफोन की घंटी बज उठी, "हलो..."

"बैनर्जी साहब हैं?"

लगता है मिस्टर बैनर्जी के चपरासी या खानसामा किसी ने टेलिफोन उठाया।

"जी, साहब कोठी में नहीं हैं..."

'नहीं हैं' सुनकर खंडेलवाल साहब ने रिसीवर रख दिया। उस दिन थाने के कान्स्टेबिल-अर्दली किसी को सोने की फुसरत नहीं मिली। खंडेलवाल साहब यहाँ-वहाँ तमाम जगहों में टेलिफोन करने लगे। एक बार बड़े अस्पताल के डाक्टर को, और कभी म्युनिसिपैलिटी का एम्बुलेन्स मँगाने के लिए।

थोड़ी देर के बाद फिर मिस्टर बैनर्जी के बँगले में टेलिफोन किया।

"बैनर्जी साहब कोठी में हैं?"

उस बार भी मिस्टर बैनर्जी के चपरासी या खानसामा ने टेलिफोन उठाय। "जी, साहब कोठी में नहीं हैं..."

जितने बार भी टेलिफोन करते उतने बार ही वही एक ही जवाब मिलता, "साहब कोठी में नहीं हैं..."

अन्त में रात बीतने पर मिले मिस्टर बैनर्जी।

"मिस्टर बैनर्जी, मैं खंडेलवाल बोल रहा हूँ, आप कहाँ गए थे? मैं सारी रात आपको टेलिफोन करता रहा और आपको पा नहीं सका।"

मिस्टर बैनर्जी बोले, "मैं कानपुर गया था, लेकिन मामला क्या है?"

खंडेलवाल इधर से बोले, "मिसेज बैनर्जी घर में हैं?"

मिस्टर बैनर्जी के गले का सुर भरकर बह उठा, "क्यों बताइए तो? सुनता हूँ शाम को रामदीन को लेकर बाहर चली गयीं। कहाँ गयी हैं, जानते हैं क्या आप?"

"हाँ जानता हूँ। यहीं यहाँ चौक में—मैं इस चौक से ही आपको टेलिफोन कर रहा हूँ..."

"चौक में? बोल क्या रहे हैं आप? मिसेज बैनर्जी रात को चौक क्या करने गयीं?"

"आपको सब बताऊँगा। आप अभी चले आइये।"

"कहाँ?"

"कहा तो, मैं चौक से टेलिफोन कर रहा हूँ, चौक के केसरबाई के मकान से। आपके आने पर मैं सब बताऊँगा—अभी चले आइये, देर मत कीजिएगा..."

कहकर खंडेलवाल ने टेलिफोन रख दिया।

लेकिन बैनर्जी साहब रिसीवर रख देने के बाद भी निश्चिन्त नहीं हो सके। मन-ही-मन गुस्से से गरजते रहे। मिस्टर बैनर्जी का क्लास वन-गजेटेड खून उबलने लगा।

वे डिसिप्लिन के भक्त हैं। मिसेज बैनर्जी की डिसिप्लिन की यह गफलत उनके लिए असह्य हो उठी। जरूर इसके पीछे कोई राज है, कोई षड्यन्त्र है।

उन्होंने फिर देर नहीं की। अपनी स्टील की आलमारी खोलकर उन्होंने लॉकर से एक बाक्स निकाला। उसके बाद उसे पाकेट में रखकर, उसे लेकर वे निकल गए। बाहर आकर उन्होंने पुकारा, "रघुवीर, गाड़ी निकालो..."

साथ-ही-साथ रघुवीर ने फिर गाड़ी निकाली। मिस्टर बैनर्जी गाड़ी में जाकर बैठ गए। बोले, "चौक चलो, जरा जल्दी चलाओ..."

मरने के पहले मनुष्य क्या सोचता है? कौन-सी बात उसके मन में उदय होती है? वह क्या फिर नये सिरे से जिन्दा रहना चाहता है? वह क्या फिर शुरू से शुरू करना चाहता है अपना जीवन? वह क्या फिर अपना यौवन लौटाकर पाना चाहता है? जो दुःख, जो शोक, जो यन्त्रणा वह सारे जीवन भोग करता आया है वही दुःख, वही शोक-यन्त्रणा भोग करने के लिए क्या फिर वह नये सिरे से जीवन की परिक्रमा करने को राजी होता है?

उस अँधेरी रात में खंडेलवाल साहब की जीप आकर केसरबाई के घर के सामने रुकी। उसके साथ-साथ ही कई-एक कान्स्टेबिल उतरे। उतरते ही भीतर घुस पड़े।

घुसने के मुँह पर ही सदर में सरदार अली रोज की तरह अफीम खाकर ऊँघ रहा था। हठात् कुछ पुलिसवाले घर के भीतर घुस रहे हैं, देखकर मानो चटका उसका टूट गया।

रुँधे गले से उसने पूछा, "कौन है?"

लेकिन नशेखोर की बात का जवाब देने की खंडेलवाल साहब को क्या पड़ी थी!

और कुछ बोलने के पहले ही एक कान्स्टेबिल ने उसे पकड़ लिया। और उधर खंडेलवाल साहब उस वक्त बगल के रसोईघर में घुस पड़े दलबल लेकर।

लेकिन कहाँ कौन है? उस्तादजी कहाँ गए? भाग गए क्या? समूचे कमरे के चारों तरफ खोजकर भी वे कहीं दिखायी नहीं पड़े। कहाँ गए तो फिर?

अकस्मात् एक आदमी देख पाया। एक ताख की आड़ में तब छिप गए थे उस्तादजी।

देख पाते ही कान्स्टेबिल चिल्ला उठा, "पकड़ो साले को, पकड़ो..."

खंडेलवाल खुद उस वक्त सीढ़ियों से ऊपर चढ़ने को थे। एकदम आमने-सामने भेंट हो गयी लजवन्तिया से। नीचे कोई गोलमाल सुनकर वह बंगाली बाबू को दूध देकर ही जल्दी-जल्दी सीढ़ियों से नीचे उतर रही थी। लेकिन पुलिस देखते ही वह

थमककर खड़ी होकर फिर ऊपर की तरफ दौड़कर चढ़ने को हुई...

लेकिन खंडेलवाल साहब ने उसे भी रिहाई नहीं दी। उस्तादजी के समान उसके हाथों में भी हथकड़ी लगा दी गयी।

इसके बाद ही दुतल्ला। केसरबाई के रहने के कमरे में।

केसरबाई हर दिन के समान उस दिन भी महावीरजी के मन्दिर से लौटी। गाड़ी से उतरते ही वह अवाक्। यह क्या हुआ? इतनी भीड़ क्यों है उसके घर के सामने? पुलिस की गाड़ी यहाँ क्यों? क्या हुआ है उसके घर के भीतर?

भीड़ के भीतर से घर में घुसना भी आफत है। कोई-कोई केसरबाई को पहचान गए। तमाम लोगों की अनदेखी स्त्री आज उन सबके सामने खड़ी है।

"हटो, हटो—हट जाओ..."

जो लोग पहचान गए, उन लोगों ने खुद ही भीड़ हटाकर रास्ता कर दिया। गरद की लाल पाड़ की साड़ी पहने है, माथे पर सिन्दूर की टिकुली है। हाथ में महावीरजी का प्रसाद।

सदर में घुसने जाते ही पुलिस ने बाधा डाली। कोई घर से निकल नहीं सकेगा, कोई घुस भी नहीं सकेगा घर के भीतर। उनको कड़ा हुकुम है खंडेलवाल साहब का।

केसरबाई शुरू से ही चौंधिया गयी थी, "यह कैसा कांड है! अपने निजी घर के भीतर भी वह घुस नहीं सकेगी?"

पहरावाला बोला, "नहीं जी, आर्डर नहीं है..."

रास्ते के एक आदमी ने चिल्लाकर बता दिया, "अरे भाई, ये केसरबाईजी हैं, यह कोठी इनकी ही है—इन्हें जाने दो..."

सिपाहीजी लेकिन अटल। उसे आर्डर नहीं है किसी को भीतर जाने देने का।

ऊपर कमरे के भीतर सुललित उस समय पागल के समान चिल्ला रहा था। दोनों हाथों से आरती के दोनों कन्धे पकड़े उसे झकझोर रहा है, "आरती—आरती—क्या हुआ तुम्हें आरती?"

आरती की उस समय ढुलककर गिर जाने की हालत थी। वह मानो उस समय अच्छी तरह बात नहीं कर पा रही थी।

सुललित फिर उसे झकझोरकर चीत्कार करके बुलाने लगा, "आरती, आरती, क्या हुआ तुम्हें! ऐसा क्यों कर रही हो? बात करो..."

आरती की बात का स्वर रुँधा जा रहा था। वह बड़ी तकलीफ से बोलने लगी, "तुमने तब कहा था, मैंने विश्वास नहीं किया, मैं उस समय तुम्हारी बात सुनकर हँसी, मैंने ही तुमसे झूठ बात बुलवायी है, मैंने ही तुम्हारा सर्वनाश किया है, मेरे उस पाप का प्रायश्चित क्या आज हुआ? बोलो सुललित दादा, मेरे उस अपराध को क्या

तुमने क्षमा किया, बोलो, तुमने वह अपराध..."

सुललित तब भी उसे पकड़कर चिल्ला रहा है, "ना आरती, तुम्हारा कोई दोष नहीं है, मैंने ही तुम्हारा खून किया, हाँ, मैंने ही आज तुम्हारा खून किया, मैंने ही तुम्हारा सर्वनाश किया, मैंने ही आज तुम्हारी हत्या की, क्यों मैंने तुम्हें विष पीने को दिया..."

आरती कहने लगी, "नहीं सुललित दादा, तुम नहीं हो, तुम्हारा कोई दोष नहीं है, यह मेरे भाग्य का दोष है, यह मेरे पाप का फल है, यह मेरे..."

कहते-कहते उसके मुँह में मानो बात अटक गयी।

सुललित उसके मुँह की तरफ ताकता हुआ चीत्कार करके बुलाने लगा, "आरती—आरती..."

साथ-ही-साथ तूफान की गति से कुन्दनलाल दलबल लेकर घर में घुसा। सुललित उस समय भी आरती को जकड़कर पकड़े हुए था। घर के भीतर पुलिस का दलबल घुसते देखकर वह अवाक् होकर देखता रहा।

अकस्मात् उन लोगों के बीच से कोई एक आदमी बोल उठा, "चैटर्जी..." सुललित गले की आवाज सुनकर अवाक् हो गया। किसने उसे चैटर्जी कहकर पुकारा?

"मैं कुन्दनलाल हूँ, चैटर्जी!"

"कुन्दनलाल?"

सुललित की आँखों के सामने उस समय सबकुछ धुँधला-सा लग रहा था! यही वह कुन्दनलाल है! लेकिन यह कैसा चेहरा हो गया है उसका! कहाँ गयीं उसकी वे दाढ़ी-मूँछें! कोट-पेंट-टाई पहने हुए यह कौन कुन्दनलाल है!

कुन्दनलाल ने घर में घुसते ही दूध का गिलास हाथ में उठा लिया था। लेकिन खाली गिलास देखकर चौंक उठा।

बोला, "इस गिलास का दूध किसने पिया है?"

सुललित बोला, "आरती ने—इसी आरती ने पिया है..."

कुन्दनलाल बोला, "यह क्यों, इसमें तो विष था! किसने उसे पीने को कहा?"

सुललित बोला, "मैंने। मैं कुछ भी नहीं जानता था कुन्दनलाल। मैंने आरती से कहा था वह पियेगी तो मैं भी पियूँगा, इसीलिए उसने पिया है। अब क्या होगा?"

इतने में खंडेलवाल कमरे में घुसे। पीछे कान्स्टेबिल के साथ हाथ में हथकड़ी लगाए हुए सरदार अली, उस्तादजी, और लजवन्तिया।

कुन्दनलाल बोल उठा, "सर, सर्वनाश हो गया!"

"क्या हुआ?"

"सर, मेरे आने में थोड़ी देर हो गयी। हमारे आने के पहले ही मिसेज वैनर्जी ने विष मिला दूध पी लिया है।"

"यह क्या हो गया!"

ठीक उसी समय केसरबाई कमरे में घुसकर अवाक्!

"आरती, तू? क्या हुआ तुझे? चारों तरफ इतनी पुलिस क्यों है? यहाँ क्या मामला हुआ है? लजवन्तिया, सरदार अली—इन लोगों के हाथ में हथकड़ियाँ क्यों लगायी गयी हैं? इन लोगों ने क्या किया है? आप लोग मेरे घर के भीतर घुसे क्यों?"

और भी न जाने क्या कहने जा रही थी केसरबाईजी। लेकिन उसकी बात के बीच में ही कुन्दनलाल आकर सामने खड़ा हुआ।

बोला, "मुझे पहचान पा रही हैं केसरबाईजी? मैं कुन्दनलाल हूँ, कुन्दनलाल वाजपेयी..."

"कुन्दनलाल? लेकिन..."

"हाँ, केसरबाईजी, इतने दिनों आप लोग मुझे पहचान नहीं पायीं। मैं पुलिस का आदमी हूँ, इस लखनऊ शहर में स्मगलिंग केस होने के कारण मतवार और पागल सजकर घूमता फिरता था, आपका उस्तादजी भी एक स्मगलर है। उसके खिलाफ स्मगलिंग का केस भी है। मैं बहुत दिनों से उसे पकड़ने की कोशिश कर रहा हूँ, लेकिन अखीर में रक्षा हो नहीं सकी केसरबाईजी! मैंने बंगाली बाबू को बचा दिया, लेकिन अपनी थोड़ी-सी देर की वजह से मैं आपकी बहन को बचा न सका..."

खंडेलवाल इस बार आगे बढ़ आए।

"आपका टेलिफोन कहाँ है बाईजी साहिबा? मैं एक बार अभी अस्पताल में टेलिफोन करूँगा..."

"टेलिफोन? वही तो, उस कमरे में है—जाइए..."

खंडेलवाल फिर वहाँ खड़े नहीं हुए। बगल के घर में घुसते ही उन्हें टेलिफोन दिखायी पड़ा। एक-एक करके अस्पताल, म्युनिसिपैलिटी आफिस से एम्बुलेंस के लिए टेलिफोन करने लगे। अन्त में बैनर्जी साहब के बँगले में।

पूछा "बैनर्जी साहब हैं?"

"जी नहीं, साहब कोठी में नहीं हैं..."

"कहाँ गए हैं साहब?"

"कानपुर में। ड्यूटी में..."

"साहब कब लौटेंगे?"

खानसामा बोला, "बड़ी रात होगी लौटने में। रात दो-तीन बज जाएँगे..."

खंडेलवाल ने अपनी रिस्टवाच की तरफ नजर डालकर देखा। इस वक्त रात के साढ़े ग्यारह बजे हैं। अब भी बड़ी देर है। तब फिर अस्पताल को टेलिफोन करने लगे। फिर म्युनिसिपैलिटी के आफिस में। नाइट ड्यूटी में सभी सो गए हैं। कोई ड्यूटी

नहीं कर रहा मन लगाकर।

अन्त में अकस्मात् और एक टेलिफोन करते ही मिस्टर बैनर्जी मिल गए।

"मिस्टर बैनर्जी, मैं खंडेलवाल बोल रहा हूँ। आप कहाँ गए थे? मैं सारी रात आपको टेलिफोन करता रहा और आपको पा नहीं रहा था! आपके खान-सामा ने बताया, आपको लौटने में रात के दो-तीन बजेंगे..."

मिस्टर बैनर्जी ने कहा, "हाँ, यही बात थी, लेकिन मैं थोड़ा पहले ही लौट आया, मेरा काम जल्दी हो गया इसीसे—लेकिन मामला क्या है?"

खंडेलवाल ने पूछा, "मिसेज बैनर्जी क्या घर में हैं?"

मिस्टर बैनर्जी के गले में इस बार उद्वेग का सुर भर उठा, "क्यों, बोलिए तो? वे तो सुनता हूँ रामदीन को लेकर बाहर चली गयी हैं। कहाँ गयीं हैं जानते हैं क्या आप?"

"हाँ जानता हूँ, यहाँ आयी हैं, चौक में। मैं इसी चौक से टेलिफोन कर रहा हूँ..."

"चौक में? क्या बोल रहे हैं आप? मिसेज बैनर्जी चौक में क्या करने गयीं?"

खंडेलवाल बोले, "आपको सब बताऊँगा, आप अभी चले आइए..."

"कहाँ? कहाँ आऊँगा?"

"बोला तो, मैं चौक से ही आपको टेलिफोन कर रहा हूँ, चौक की केसरबाई के घर से। आपके आने पर आपको खोलकर बताऊँगा। आप चले आइए, देर मत कीजिएगा, अभी..."

कहकर खंडेलवाल ने रिसीवर रख दिया।

सिविल लाइन्स से चौक गाड़ी से बहुत दूर का रास्ता नहीं है। लेकिन मिस्टर बैनर्जी को मन में ऐसा लगा मानो चौक पहुँचने में उन्हें अनन्तकाल लगेगा।

उन्होंने फिर ताकीद की, "रघुवीर, जरा जल्दी चलाओ न..."

लेकिन उस दिन उस आधी रात में केसरबाई के घर में तब जीवन-मृत्यु का और एक भयंकर दृश्य शुरू हुआ था।

आरती को उस समय दोनों हाथों से पकड़े था सुललित। और आरती उस समय सुललित से क्षमा माँग रही थी। आरती बोल रही थी, "क्यों, बोलो तुमने मुझे क्षमा किया, बोलो तुम। जाने के पहले मैं तुम्हारे मुँह से सुन जाऊँ कि तुमने मेरे सब अपराध क्षमा कर दिए हैं..."

।

सुललित कुन्दनलाल की तरफ देखकर बोला, "कुन्दनलाल, तुम एक डाक्टर के पास अभी खबर भेजो, कोशिश करने पर अभी आरती को बचाया जा सकता

है, खबर भेजो..."

खंडेलवाल बोले, "मैंने बड़े अस्पताल को खबर भेजी है—एम्बुलेन्स भी आ रहा है..."

केसरबाई इतनी देर तक पत्थर के समान बगल में अचल होकर खड़ी थी। आरती सरकते सरकते उसकी तरफ जा रही थी।

सुललित उसे पकड़े रहा दोनों हाथों से। बोला, "ना, तुम चलो मत, गिर पड़ोगी, तुम सो जाओ, इस बिछौने पर सो जाओ..."

आरती सिर हिलाने लगी। बोली, "ना ना ना, मैं सोऊँगी नहीं, मुझसे सोने को मत कहो, रानूदि को मैंने कितने दिनों के बाद देखा है, मैं सिर्फ रानूदि से दो बातें कहूँगी—मुझे बाधा मत डालो..."

उसके बाद रानूदि की तरफ देखकर आरती बोलने लगी, "रानूदि, जाने से पहले तुमसे मैं एक अनुरोध करती हूँ, तुम मेरे सुललित दादा को देखना रानूदि, इतने दिनों से तुम देखती आयी हो, इसके बाद जितने दिनों तुम जीवित रहो उतने दिनों देखना, तुम अपने यत्न से, अपनी सहानुभूति से सुललित दादा को जीवित रखकर मेरे सब पाप सब अपराध पोंछ देना। तुम खुद मेरी होकर मेरे पाप का प्रायश्चित करो—तुमसे मेरा यही अनुरोध है रानूदि..."

सुललित फिर आरती से बोला, "तुम सो जाओ आरती, सो जाओ..."

हठात् नीचे गाड़ी का एक हार्न बज उठा। कड़ा हार्न। चौक के बदनाम मुहल्ले में इस तरह का कड़ा हार्न बजानेवाली राजा-महाराजाओं की गाड़ियाँ हमेशा ही आती हैं। यह ऐसी कुछ नयी घटना नहीं है। खंडेलवाल की जीप पुलिस की गाड़ी है। वह भी एक किनारे खड़ी थी। लेकिन उसकी दूसरी तरफ खड़ी थी मिसेज बैनर्जी की गाड़ी। मेमसाहब को उतारकर उस समय रामदीन ने नींद में दुलना शुरू किया था। बैनर्जी साहब की गाड़ी का हार्न सुनते ही उसका ढुलना रुक गया।

रामदीन ने देखा, बैनर्जी साहब गाड़ी से उतरे। भीड़ के बीच से होकर घर के भीतर घुसे। बैनर्जी साहब के गाड़ी से उतरते ही रामदीन मेम साहब की गाड़ी से उतरा। उसके बाद रघुवीर की गाड़ी के पास गया। दोनों ही बैनर्जी साहब का नमक खाते हैं!

रामदीन ने पूछा, "क्या भइया, साहव यहाँ क्यों आए हैं?" उसने उलटकर पूछा, "मेमसाहब ही यहाँ क्यों आयी हैं? यह तो बाईजी का घर है?"

सिर्फ इतना ही नहीं। इतने आदमियों की भीड़, पुलिस पहरा देखकर भी दोनों अवाक् हो गए थे। मामूली आदमी हैं वे, तनखा पाते हैं और हुकुम तामील करके ही उनका काम खलास। वे लोग अदरक के व्यापारी हैं, जहाज की खबर रखने की उन्हें दरकार ही नहीं हुई कभी। लेकिन इस बार दोनों को ही कौतूहल हुआ है। इस

बार इसी से दोनों ही गाड़ी से उतरकर सबसे पूछ रहे हैं, "यहाँ क्या हुआ है भइया?"

कोई एक आदमी बोला, "एक बाईजी का खून हुआ है..."

"बाईजी? केसरबाईजी?"

बाईजी के घर में बाईजी का खून होना भी स्वाभाविक है। और यह जब केसर-बाईजी का घर है, इस घर में जब केसरबाईजी ही रहती हैं तब केसरबाईजी को छोड़कर और किसका खून होगा यहाँ? लेकिन उसके लिए मेमसाहब क्यों आयीं यहाँ? साहव भी इतनी जगहें रहते यहाँ क्यों आए?

घर के भीतर मिस्टर बैनर्जी के घुसते ही पुलिस पहरेवाले रोकने जा रहे थे। लेकिन खंडेलवाल ने ऊपर से हुकुम भेज दिया कि मिस्टर बैनर्जी के आते ही उन्हें भीतर घुसने दिया जाए। मेरा हुकुम है।

उन्हें तुरन्त जाने दिया गया।

मिस्टर वैनर्जी सीढ़ियों के ऊपर चढ़ने लगे। नैस्टी मकान। जीवन में वे तमाम औरतों के सम्पर्क में आए हैं, लेकिन इस तरह की लाइसेन्स पायी हुई औरत के घर में पहले कभी नहीं आए। उन्होंने सुना था कि इस मुहल्ले में बाईजी लोग रहती हैं। वे कभी इस मुहल्ले के भीतर घुसे ही नहीं। दुतल्ले में चढ़ते ही बगल के कमरे में उन्होंने तमाम लोगों के गले की आवाज सुनी। समझे कि यहीं खंडेलवाल हैं।

खंडेलवाल उन्हें भीतर से देख पाते ही सामने बढ़ आए हैं।

बोले, "आइए मिस्टर बैनर्जी, आइए..."

सबके मुँह की तरफ आँखें फिराते-फिराते हठात् उनकी नजर आरती के चेहरे की तरफ पड़ी। आरती को देखते ही उनका क्लास-वन-गजेटेड खून फिर डब डब करके उबल उठा।

"तुम? तुम यहाँ क्यों? ह्वाई?"

आरती के कोई जवाब देने के पहले ही अकस्मात् फिर उनकी नजर पड़ी सुललित की तरफ। वही आदमी, जिसने उन्हें महामान्य कोर्ट के कठघरे में खड़ा किया था! दैट स्काउंड्रेल! वही स्काउंड्रेल आरती को दोनों हाथों से जकड़कर पकड़े हुए है। उनकी स्त्री के शरीर में स्काउंड्रेल ने हाथ लगाया है? यह तो दुस्साहस है! यह तो बड़ी एडा सिटी है!

मिस्टर बैनर्जी सुललित की तरफ देखकर चीत्कार कर उठे, "रास्केल, तुमने मेरी स्त्री के शरीर में हाथ लगाया है! इतनी बड़ी एडासिटी तुम्हारी? छोड़ो, छोड़ दो उसे..."

सुललित न जाने क्या उत्तर देने जा ही रुँधे हुए गले से बोल उठी, "रास्केल? शर्म नहीं आती गाली-गलौज करने में?"

"शट अप!"

रहा था, लेकिन उसके पहले ही आरती रास्केल तुम किसको कह रहे हो? तुम्हें

गुस्से से फट पड़े मिस्टर बैनर्जी। बोले, "तुम चुप रहो, मैं इस स्काउंड्रील से बात कर रहा हूँ, तुम क्यों मेरी बात के बीच में बात कर रही हो..."

खंडेलवाल इस बार आगे बढ़ आए मिस्टर बैनर्जी की तरफ। बोले, "आप चुप रहिए मिस्टर बैनर्जी, मिसेज बैनर्जी अभी अस्वस्थ हैं, उन्हें अस्पताल में पहुँचाने का इन्तजाम कर रहा हूँ। अभी एम्बुलेंस आ रही है..."

"अस्वस्थ? सिक? अस्वस्थ होने पर मैरिड वाइफ होकर कोई इतनी रात में घर छोड़कर इस बाईजी-घर में आता है?"

आरती उनकी बात के बीच में बोल उठी, "हाँ आता है। तुम्हारे समान एक घूसखोर गवर्नमेंट आफिसर के साथ जिनका विवाह होता है वे ही आते हैं..."

कुन्दनलाल ने इस बार मिसेज बैनर्जी की तरफ देखकर कहा, "आप ज्यादा बात मत कीजिए मिसेज बैनर्जी, प्लीज, आप चुप रहिए..."

उसके बाद मिस्टर बैनर्जी की तरफ देखकर बोला, "मिस्टर बैनर्जी, आप एक्साइटेड मत होइए। मिसेज बैनर्जी सचमुच अस्वस्थ हैं! उन्होंने अकस्मात् विष पी लिया है..."

"विष?"

"हाँ, विष, इस दूध के साथ विष मिला दिया था इन लोगों ने। यह देख रहे हैं, इन लोगों ने..."

बोलकर हथकड़ी लगे उस्तादजी, लजवन्तिया और सरदार अली को दिखा दिया।

उसके बाद बोला, "इन लोगों को मैंने एरेस्ट किया है..."

मिस्टर बैनर्जी ने कुन्दनलाल को सिर से पैर तक देख लेने के बाद पूछा, "हू आर यू? आप कौन हैं?"

खंडेलवाल बोले, "ये कुन्दनलाल वाजपेयी हैं, हमारे एंटि-स्मगलिंग स्क्वार्ड के इंटेलिजेन्स अफसर, इन लोगों को पकड़ने के लिए बहुत दिनों से इन्होंने जाल फैलाया था। लेकिन थोड़ी देर हो गयी इनको आने में, इसीलिए मिसेज बैनर्जी को फिर बचाया नहीं जा सका..."

"लेकिन मिसेज बैनर्जी को विष पिलाने से उन लोगों का फायदा?"

खंडेलवाल बोले, "बाद को वह सब डिटेल्स आप सुनियेगा, सब आपसे बताऊँगा। असल में उन लोगों का मतलब इन चैटर्जी का खून करना था। लेकिन उसके बदले मिसेज बैनर्जी ने अनजाने में वह दूध पी लिया..."

मिस्टर बैनर्जी बोले, "लेकिन मैं समझ नहीं पा रहा हूँ कि इतनी जगह रहते हुए

मिसेज बैनर्जी आखिर यहाँ आयी ही क्यों?"

कहकर ही उन्होंने आरती से पूछा, "तो तुम इस स्काउंड्रेल के पास आयीं ही क्यों? तुम जानती हो कि एक दिन इस रास्केल ने ही मुझे कोर्ट के कठघरे में खड़ा किया था? तुम जानती हो कि उसके लिए ही..."

आरती शरीर की पूरी ताकत से चिल्ला उठी, "स्काउंड्रेल वह है, या तुम हो?"

"आरती, तुम बहुत ज्यादा बढ़ी जा रही हो!"

आरती बोली, "हाँ यह जानती हूँ, लेकिन तुम जो किस तरह के मनुष्य हो, यह मेरी बनिस्बत और कोई अच्छी तरह नहीं जानता..."

"वह बात रहने दो, पहले तुम मेरी बात का जवाब दो, बोलो, तुम मुझे बताये बिना यहाँ क्यों आयीं?"

आरती बोली, "आयी थी तुम्हारे और अपने पाप का प्रायश्चित करने..."

"पाप? काहे का पाप? काहे का प्रायश्चित? क्या सब ऊल-जुलूल बात कर रही हो?"

"ऊल-जुलूल बात? जानते हो, तुमने सुललित दादा का क्या सर्वनाश किया है? तुम्हारे समान एक घूसखोर गवर्नमेंट अफसर को बचाने के लिए मैंने सुललित दादा से झूठ बात बुलवायी है। वह आदमी जीवन में कभी झूठ बात नहीं बोला, उससे झूठ बुलवाकर तुम्हारे समान एक स्काउंड्रेल को मैं जेल से छुड़वाकर ले आयी हूँ! इतने बड़े पाप का प्रायश्चित नहीं करना होगा?"

सुललित आरती के मुँह की तरफ देखकर बोला, "तुम ज्यादा बात मत करो आरती, चुप रहो..."

आरती बोल उठी, "क्यों चुप रहूँगी? और कितने दिनों चुप रहूँगी? चुप रह-रहकर तो इतने दिन मेरे कटे हैं, अब मरने के समय अगर चुप रह जाऊँ तो अपने विधातापुरुष के पास जाकर मैं कौन-सी जवाबदेही दूँगी? मैं वहाँ जाकर किस तरह भगवान को मुँह दिखाऊँगी?"

सुललित फिर बोला, "वे सब बातें अभी रहने दो आरती, मैं कहता हूँ तुम अभी चुप रहो..."

आरती बोली, "ना सुललित दादा, मुझे बोलने दो, आज अगर सब बातें न बोल जाऊँ तो कब बोलने का सुयोग पाऊँगी बोलो तो? इस आदमी के साथ मैंने किस तरह इतने बरस एक कमरे में एक बिछौने पर रातें काटी हैं, मैं सिर्फ यही सोचती हूँ..."

कुन्दनलाल बोला, "अभी अपनी घरू बातें रहने दीजिए मिसेज बैनर्जी, यहाँ बहुत से बाहर के लोग हैं..."

सुललित भी बोला, "हाँ, कुन्दनलाल ने ठीक ही कहा है, अभी वे सब बातें

रहने दो आरती...”

आरती बोली, “तुम भी? तुम भी मुझे बोलने नहीं दोगे सुललित दादा? लेकिन मैं अगर आज सब बातें न बोलूँ तो कौन वे सब बातें बोलेगा? मुझे छोड़कर और कौन जानता है वे सब बातें? जानते हो, मर्चेंट लोगों के पास से घूस लेकर इन्होंने कितने लाख रुपयों की बेनामी सम्पत्ति बनायी है? जानते हो, कितने लाख रुपयों के इनकमटैक्स का धोखा किया है? इनके मकान की फर्श खोदने पर कितने लाख रुपयों के हीरे मिलेंगे, यह जानते हो? जानते हो कितने आदमी इनकी गाड़ी के नीचे दबे-मरे हैं?”

उसके बाद थोड़ा दम लेकर फिर बोलने लगी, “तुम्हें भी गाड़ी में दबाकर खून करना चाहा था, यह क्या तुम जानते हो सुललित दादा? लेकिन इनका तो कहीं कुछ भी नहीं हुआ! इनका कुछ होगा भी नहीं किसी दिन! तुमने क्या सोचा है उसके लिए कभी इन्हें सजा मिलेगी? किसी दिन ये जेल काटेंगे? नहीं। कुछ भी नहीं होगा इनका। सजा मिलेगी सिर्फ तुम्हारे और मेरे समान लोगों को। जो लोग सिर्फ मरने के लिए ही पैदा हुए हैं! मरना हो तो सिर्फ तुम और हम मरेंगें...”

मिस्टर बैनर्जी बोल उठे, “मैंने बहुत सहा है आरती, लेकिन अब इट इज टू मच—बहुत ज्यादा बात बढ़ी जा रही है...”

“बात बढ़ा रही हूँ? फिर कहते हो मैं बात बढ़ा रही हूँ? बात इतने दिनों अगर नहीं बढ़ायी तो सिर्फ तुम्हारे लड़के-लड़कियों का मुँह देखकर ही। लेकिन जब सहने की सीमा एकदम पार हो गयी, तभी मैं यहाँ चली आयी। सोचा था यहाँ से अब मैं लौटूंगी नहीं, लेकिन यह अच्छा ही हुआ कि तुम्हारे घर में भी अब मुझे जाना नहीं होगा, यहाँ भी अब मुझे रहना नहीं होगा। इस बार मैं अब ऐसी जगह में चली जा रही हूँ जहाँ जाने पर फिर तुम्हारा मुँह मुझे देखना नहीं पड़ेगा, यही मेरी थोड़ी-बहुत सान्त्वना है...”

मिस्टर बैनर्जी बोले, “लेकिन मैंने क्या तुम्हें कुछ भी नहीं दिया? तुम्हें गाड़ी नहीं दी? तुम्हें साड़ी नहीं दी? तुम्हें गहना नहीं दिया? तुम्हारा जो कुछ अभाव था उसे मैंने मिटाया नहीं कहना चाहती हो?”

“मिटायी है, लेकिन वह क्या मेरे लिए—या अपनी निजी इज्जत बचाने के लिए! मुझे साड़ी गाड़ी-गहना देकर न सजाने पर तुम्हारी इज्जत में जो धक्का लगता इसी से तुमने मुझे गाड़ी साड़ी-गहने दिए हैं! तुमने क्या समझा है मैं ऐसी मूर्ख हूँ कि वह सब पाकर मैं भूल जाऊँगी? साड़ी-गाड़ी-गहने पाने पर मैं समझँगी कि तुम मुझे प्यार करते हो? समझेंगी कि वह सब तुम्हारे प्रेम का दान है? तुमने मुझे क्या ऐसी ही मूरख लड़की समझा है?”

मिस्टर बैनर्जी बोले, "इतनी ही अगर चालाक लड़की हो तुम तो फिर तुम्हारी बहन जिस तरह वेश्या बनकर घर से निकल आयी थी, उसी तरह तुम भी मेरा घर छोड़कर चली जा सकती थीं! किसने तुम्हें अटका रक्खा था?"

इस बार केसरबाई आगे आयी। बोली, "थोड़ी भलमनसाहत से बात कीजिए मिस्टर बैनर्जी—जो कहा वह दूसरी बार मेरे घर में बैठकर आपको उच्चारण करने नहीं दूँगी, यह मैं कहे रखती हूँ..."

"आप कौन हैं?"

केसरबाई बोली, "आपकी स्त्री की जो बहन बाईजी बनकर घर छोड़कर चली आयी थी, मैं ही उसकी वह बहन हूँ। मैं ही वह केसरबाई हूँ..."

"यही कहिए, तो फिर आप ही मेरी स्त्री को यहाँ बुला ले आयी हैं? आपकी वजह से ही मेरी स्त्री की आज यह दुर्दशा है? आप ही आरती को इस रास्ते में उतारना चाहती हैं? आप ही वह बाजार की बाईजी हैं?

केसरबाई बोली, "मैं फिर आपको सावधान कर देती हूँ मिस्टर बैनर्जी, भलमनसाहत से बात न करने पर मैं आपका गला पकड़कर आपको अपने घर से बाहर कर दूँगी..."

"ह्वाट? जानती हैं मैं कौन हूँ?"

केसरबाई बोली, "जानती हूँ, थोड़ा पहले आपकी स्त्री ने ही आपका वह परिचय दिया है। आप घूसखोर, लम्पट, मतवार हैं, आप एक दागी आसामी हैं। घूस लेने के अपराध में एक बार आपको आसामी के कटघरे में खड़े होना पड़ा था..."

"आपका तो देखता हूं तेज कम नहीं है?"

"मेरा तेज अभी आपने कितना सा देखा है? मैं अगर आरती होती तो कब की आपके समान स्काउंड्रेल को जूते मारकर ठंडा कर देती!"

मिस्टर बैनर्जी चीत्कार कर उठे, "स्टाप दैट। आई से स्टाप..."

केसरबाई ने अपना गला तेज कर दिया, "ठहरूँ? क्यों ठहरूँ? आपके डर से? मैं क्या आपकी नौकर हूँ जो नौकरी चले जाने के डर से मैं आपकी गाली-गलोज हजम करूँगी! जो लोग आपके अंडर में नौकरी करते हैं उन्हें आप लाल आँखें दिखाइए जाकर, मैं आपकी लाल आँखों की केयर नहीं करती..."

"अगर केयर नहीं करतीं तो आपकी भी उसकी-सी हालत होगी। वह आदमी जो सामने चुपचाप खड़ा है..."

कहकर सुललित की तरफ उँगली से दिखा दिया।

उसके बाद उसी सुर से बोलने लगे, "एक दिन इस आदमी ने भी मुझे फाँसना चाहा था, मेरी स्त्री का भोग करने के लिए मुझे जेल में भेजना चाहा था—सो वह

कर सका?"

"क्या बोले? क्या बोले तुम?"

आरती सुललित का हाथ छोड़कर घिसटते घिसटते सामने की तरफ बढ़ने लगी, लेकिन सुललित ने उसे रोका। बोला, "आरती—आरती..."

आरती बोली, "नहीं, तुम छोड़ो मुझे, मुझे बोलने दो..."

उसके बाद पति की तरफ देखकर बोली, "क्या बोले—क्या बोले तुम? जिस मनुष्य ने तुम्हें बचाने के लिए तुम्हारे सब अपराध अपने कन्धे पर उठा लिए, जिसने मेरा मुँह देखकर अपना चरम सर्वनाश किया, उसके नाम पर तुमने इतना बड़ा लाँछन लगाया? इतने बड़े लायर, इतने बड़े हिपोक्रेट हो तुम? तुम इतने बड़े नीच हो? इतनी बड़ी झूठ बात कही तुमने कि तुम्हें नरक में भी जगह नहीं मिलेगी..."

मिस्टर बैनर्जी बोले, "ऐसा क्या? तो नरक अगर ऐसी ही खराब जगह हो तो तुम क्यों इस नरक में आयीं? इस आदमी के साथ आनन्द-उपभोग करने के लिए?"

आरती चीत्कार कर उठी, "फिर—फिर तुम गाली-गलौज कर रहे हो सुललित दादा को? इतने से भी तुम्हें शिक्षा नहीं मिली?"

खंडेलवाल इस बार मिसेज बैनर्जी के सामने बढ़ आए। बोले, "मिसेज बैनर्जी, आप क्यों बात कर रही हैं? आप चुप होइए, अभी एम्बुलेंस आएगी, तब तक आप लेट जाइए..."

"आप ठहरिए..."

कहकर आरती ने खंडेलवाल का हाथ सामने से हटा दिया। बोली, "आप ठहरिए, आप कुछ मत कीजिए, आप लोगों की वजह से ही तो आज इसकी इतनी हिम्मत बढ़ गयी है! आपको ही तो इसने व्हिस्की पिलाकर अपने हाथ में किया है? कितने लोगों को जो इसने गाड़ी से दबाया है, उसके लिए कभी इसको पकड़ा है आपने? इन सुललित दादा को भी तो वह रास्ते में गाड़ी का धक्का देकर गिरा-कर भाग गया था, उसके लिए क्या आपने इसके नाम से केस किया है? बोलिए, मेरी बात का जवाब दीजिए? इसके रुपयों से आपने कितनी बोतल व्हिस्की पी है, बोलिए?"

उसके बाद थोड़ा दम लेकर फिर कहने लगी, "और आज आए हैं मुझे बचाने? मेरे चुप रहने पर शायद आप लोगों के पाप सब लोगों की निगाहों से छिपे पड़े रहेंगे, उनकी जलांजलि हो जाएगी? यह नहीं होगा, मैं यह होने नहीं दूँगी, मरने के पहले मैं आप लोगों की सब कीर्ति का पर्दाफाश करके छोड़ जाऊँगी। एक भला आदमी हार जाए और आप सब जीत जाएँ यह मैं किसी तरह होने नहीं दूँगी। इतने दिनों मैं सब मुँह बन्द करके सहती आयी हूँ, लेकिन अब मैं सहनशक्ति की आखिरी सीमा पर पहुँच गयी हूँ। आज मैं गला फाड़कर बोल जाऊँगी कि यह एक मनुष्य ही सत्

है और आप सब लोग ठग हैं, सब जुआखोर हैं, सब झूठे हैं, इसीलिए इसे शराब पिलाकर मतवार बनाकर इसे मिथ्यावादी प्रमाणित करके, इसे छोटा बनाकर आप लोग साधु का मुखौटा पहनना चाहते हैं...। ये सब बातें आज ही मुझे बोल जानी होंगी—बोल न जाने पर मैं मर जाने पर भी शान्ति नहीं पाऊँगी..."

बोलकर सुललित की तरफ मुँह उठाकर देखा। बोली, "सुललित दादा, आज मैं चली जा रही हूँ लेकिन तुम गवाह रहे, यह पृथिवी गवाह रही, यह मेरी रानूदि गवाह रही, तुम लोग जान रक्खो, मैं कहे जा रही हूँ कि जिन लोगों को इन्होंने हथकड़ियाँ पहनाकर बाँध दिया है, जिन लोगों ने मुझे विष पिलाया है, वे असल अपराधी नहीं हैं, असल अपराधी हुए ये, यही ये...यही ये..."

कहकर सबकी तरफ हाथ से दिखाने लगी आरती।

सुललित उसे पकड़कर शान्त करने लगा, "आरती, तुम क्यों इतनी बातें कर रही हो, चुप तो रहो।"

यह दृश्य मिस्टर बैनर्जी की आँखों को खराब लगा। वे आरती की तरफ बढ़ गए। जाकर उन्होंने आरती को पकड़ा। बोले, "आरती, मैं कहता हूँ तुम इतनी बातें मत करो..."

आरती ने एक धक्का देकर मिस्टर बैनर्जी का हाथ दूर हटा दिया, "छोड़ो, तुम मुझे मत छुओ, मेरे पास से हट जाओ तुम—जाओ..."

बोलकर सुललित की तरफ और भी शरीर घिसकर खड़ी हुई।

सुललित मिस्टर बैनर्जी की तरफ देखकर बोला, "मिस्टर बैनर्जी, आप हट जाइए, हट जाइए आप, आरती जब चाहती नहीं तब क्यों आप उसके शरीर में हाथ लगाते हैं?"

"व्हाट?"

मिस्टर बैनर्जी का क्लास वन-गजेटेड खून फिर गरम हो उठा। बोले, "मैं उसका हस्बैंड हूँ, आरती मेरी स्त्री है, मुझसे तुम हट जाने को कहते हो?"

आरती मरण-चीत्कार कर उठी, "ना-ना, मैं आज से तुम्हारी स्त्री नहीं हूँ, मैं किसी की स्त्री नहीं हूँ, तुम भी मेरे हस्बैंड नहीं हो आज से, तुम हट जाओ..." सुललित बोला, "मिस्टर बैनर्जी, देख रहे हैं मिसेज बैनर्जी कितनी एक्साइटेड हो गयी हैं, आप हट जाइए—क्यों आप उन्हें तंग कर रहे हैं?"

"मैं हट जाऊँ? मैं उसे तंग कर रहा हूँ? व्हाट डू यू मीन?"

बोलकर पाकेट से जो चीज उन्होंने निकाली उसे देखकर सब चौंक उठे। एक रिवाल्वर। रिवाल्वर का मुँह सुललित की तरह करके उन्होंने हाथ सामने बढ़ा दिया।

सुललित एक निगाह से देखता रहा मिस्टर बैनर्जी की तरफ। बोला, "आप डर

दिखा रहे हैं मुझे?"

वह चीज आरती देख पायी। देख पाने के साथ-ही-साथ एक प्रचंड आवाज से सारी आबहवा प्रतिध्वनित हो उठी। लेकिन उसके पहले ही आरती चीत्कार करके मिस्टर बैनर्जी के ऊपर कूदकर जा गिरी, "कर क्या रहे हो तुम? क्या कर रहे हो..."

बाहर से कोई मानो पुकार उठे, "बाबू, बाबू..."

धरमपुरा के सुललित के छोटे मकान के भीतर बैठकर बातें सुनते-सुनते कब जो सवेरा हो गया, हम दोनों जान नहीं सके। खिड़की के बाहर हमने ताककर देखा, आकाश का रंग पतला नीला हो आया है।

सुललित पुकार सुनकर ही बाहर चला गया। उसके बाद उन लोगों से जाने कौन-सी बात करके वह फिर लौट आया घर के भीतर। बोला, "मुझे भाई, अभी एक बार निकलना होगा, पास के गाँव में फिर उनके दोनों दलों में मारकाट शुरू हुई है, मुझे वहाँ जाकर फैसला करके आना होगा..."

मैं बोला, "लेकिन उसके बाद? उसके बाद क्या हुआ बोलो?"

सुललित बोला, "बताऊँगा, लेकिन लौटकर बताऊँगा, तुम आज मेरे यहाँ ठहर जाओ न..."

मैं बोला, "आज मेरा आफिस जो है। आज तो और मैं ठहर नहीं सकूँगा..."

"तो फिर कल?"

मैं बोला, "कल तो मेरे नागपुर चले जाने की बात है, वहाँ जाकर फिर वहाँ के आफिस के आउटर काम में भिड़ पड़ूँगा—उसके बाद और फिर कब यहाँ आऊँगा, नहीं जानता..."

सचमुच उस दिन फिर सुललित के पास समय नहीं था। उस थोड़े समय में ही मैंने जो कुछ सुना है, उतना ही अब बार-बार याद आता है। याद आता है कि सुललित को हम लोग छुटपन से देखते आए हैं, उसके जीवन का सबकुछ जानने के बाद मनुष्य के जीवन के सम्बन्ध में ही हमें एक नयी जानकारी हुई है। देखा कि सुललित बराबर जो बातें कहता आया है, वे सब बातें उस समय उसके लिए मानो झूठ हो गयी थीं!

वह बोला, "देखो, कलकत्ता में वह जो मैं था, उसके बाद मेरे जीवन पर कितना आँधी-तूफान बह गया है। तब सोचता था जीवन की सबसे बड़ी सार्थकता है सचाई में। लेकिन आज मैं समझा हूँ कि मेरी वह उस दिन की सचाई में एक बड़ा भारी धोखा छिपा हुआ था। वह मेरी आँखों में उस समय पकड़ाई नहीं दिया। उस दिन

सचाई की उच्चतम सीमा दिखाने के लिए मैंने अपने पिता की सब सम्पत्ति का अंश छोड़ जरूर दिया था। लेकिन भोग और लोभ की लालसा से उस समय भी मैं मुक्त नहीं हो सका। मेरे जीवन में आरती का आविर्भाव ही हुआ सबसे बड़ा पदस्खलन। आरती जिस दिन से कलकत्ता में आयी उसी दिन से मैं पथभ्रष्ट हो गया। मैंने तुम लोगों का क्लब छोड़ दिया, तब से ही लगा आरती मेरे लिए ही जन्मी हुई है और मैं भी आरती के लिए जन्मा हूँ। मन में आया कि संसार में रुपया-पैसा, शक्ति सामर्थ्य सबकुछ मेरे चाहने की चीज है, सबकुछ मेरे भोग की चीज है। उन सब भोगों में ही मनुष्य के जीवन की सार्थकता है।

"लेकिन उस दिन लखनऊ की केसरबाई के घर के भीतर उस आधी रात को जो दुर्घटना घटी, उसके बाद से ही मेरा चैतन्य हुआ। एक दिन बिलासपुर में भारती के आकस्मिक आविर्भाव से मैंने शराब पीने की आदत डाल ली, और लखनऊ की केसरबाई के घर में आरती के आकस्मिक आविर्भाव से एक दिन राब छोड़ दी..."

सुललित की बात मैं समझ नहीं सका।

पूछा, "कैसे?"

सुललित उस समय बाहर जाने के लिए तैयार हो रहा था। तैयार होते-होते अपने जीवन के अन्तिम परिच्छेद की, अपने जीवन की चरम दुर्घटना की बात ताने लगा। सुललित की बातें सुनते-सुनते मुझे लगा कि मैं मानो फिर से सशरीर स जगह में हाजिर हुआ हूँ। वही चौक, वही केसरबाई का घर, वही आधी रात, ही खंडेलवाल, वही कुन्दनलाल, वही केसरवाई और वही आरती।

रास्ते की भीड़ में हठात् एक एम्बुलेंस गाड़ी आ पहुँची। रामदीन और रघुवीर दोनों ने उस समय दो बीड़ियाँ सुलगायी थीं।

एम्बुलेंस देखकर भीड़ के लोग जैसे अचम्भे में पड़ गए, रामदीन और रघुवीर भी उसी प्रकार चकित हो गए।

"भीतर क्या हुआ भइया?"

एक आदमी बोला, "मैंने तो कहा कोई खून हो गया है, उनको अस्पताल में ले जाने के लिए एम्बुलेंस आयी..."

लेकिन सवाल तो वह नहीं है, सवाल यह है कि किसका खून हुआ है और किसने खून किया है!

एम्बुलेंस से स्ट्रेचर उतरा। स्ट्रेचर लेकर दो-तीन आदमी गाड़ी से उतरे। लेकिन उसके पीछे-पीछे और एक गाड़ी आ पहुँची। उस गाड़ी से और एक आदमी उतरा।

रामदीन और रघुवीर दोनों उसे पहचान गए।

"डाक्टर कोठारी। डाक्टर कोठारी साहब आ गए।"

डाक्टर कोठारी किसी तरफ नजर किये बिना तुरन्त सदर की सीढ़ियों से एकदम सीधे ऊपर चढ़ गए। ऊपर पहुँचते ही अवाक्। उन्होंने आने के पहले समझा था केसरबाई के बंगाली पेशेंट सुललित चैटर्जी को लगता है कुछ हुआ है।

उन्होंने टेलिफोन पर पूछा था, "कौन हैं आप?"

पुरुष का गला। उसने कहा था, "मैं चौक की केसरबाई के घर से टेलिफोन कर रहा हूँ, अभी एक बार आइये डाक्टर बाबू..."

"कल सवेरे जाने से नहीं चलेगा?"

"नहीं, खूब जरूरी केस है।"

"क्या हुआ है? कौन बीमार है? वही बंगाली बाबू मिस्टर चैटर्जी?" कुन्दनलाल बोला, "जी हाँ..."

कहकर कुन्दनलाल ने फिर देर नहीं की। देर करने से ही रत्ती-रत्ती तमाम बातें बतानी होंगी। उसने तुरन्त टेलिफोन का रिसीवर रख दिया। लेकिन उस रिसीवर को रखते ही बगल के कमरे की एक विकट आवाज से कुन्दनल ल चौंक उठा। साथ ही साथ उस कमरे में दौड़कर पहुँचते ही देखा, सर्वनाश। मिसेज बैनर्जी चैटर्जी की छाती पर दुलक गयी हैं, और चैटर्जी ने उसे दोनों हाथों से जकड़कर पकड़ रक्खा है। और मिसेज बैनर्जी की साड़ी खून से सराबोर हुई जा रही है...

कुन्दनलाल दौड़कर गया मिसेज बैनर्जी के पास पूछा, "मिसेज बैनर्जी, क्या हुआ आपको? यह क्या हुआ?"

उसके बाद मिस्टर बैनर्जी की तरफ देखकर बोला, "आपने मिसेज बैनजी का खून किया?"

खंडेलवाल उस समय हैरान होकर बगल के कमरे में टेलिफोन करने जा रहे थे। बोले, "कुन्दनलाल, तुम देखो इधर, मैं डाक्टर कोठारी को एक बार टेलिफोन कर आऊँ..."

कुन्दनलाल बोला, "ना सर, टेलिफोन अब नहीं करना होगा, मैं यही अभी डाक्टर कोठारी को टेलिफोन करके ही आया हूँ, वे अभी आ जाएँगे..."

केसरबाई घटना की आकस्मिकता से अब तक विह्वल हो उठी थी, इस बार वह दौड़ी गयी आरती के पास...

बोली, "क्या हुआ, आरती, क्या हुआ तुझे?"

उसके बाद जब देखा, उसकी साड़ी में खून बहकर जम गया है तब फिर स्थिर न रह सकी। आरती को उसी हालत में पकड़े मिस्टर बैनर्जी की तरफ देखकर बोली, "आप पिशाच हैं या जानवर? आपने आरती के पति होकर खुद अपनी स्त्री का खून किया?"

उसके बाद मिस्टर खंडेलवाल की तरफ देखकर बोली, "आप मिस्टर बैनर्जी को एरेस्ट कीजिए खंडेलवाल। हम लोग सब गवाह हैं, आप खुद भी गवाह रहे, मिस्टर बैनर्जी एक मर्डरर है, मिस्टर बैनर्जी ने खुद रिवाल्वर से मेरी बहन का खून किया है, यहाँ जितने लोग हैं, सबने देखा है..."

आरती को लगता है तब भी मामूली होश था।

वह कहने लगी, "ना दीदी, मेरी मौत के लिए कोई जिम्मेदार नहीं है, किसी का कोई दोष नहीं है, दोप मेरा निजी है, दोष मेरे भाग्य का है, दोष मेरे विधाता-पुरुष का है, मैंने सब पाकर भी कुछ भी नहीं पाया, सब रहते हुए भी मैंने सब खोया, मुझे यह दंड नहीं मिलेगा तो किसे मिलेगा? तुमसे सिर्फ एक अनुरोध कर जाती हूँ दीदी, तुम इसे देखो, इस सुललित दादा को मैं तुम्हारे हाथ में दे जाती हूँ, तुम देखो दीदी, सुललित दादा को जिससे कोई कष्ट न हो, जीवन में सुललित दादा का मानो कोई नुकसान न हो। सुललित दादा का कोई नुकसान होने पर मैं स्वर्ग में जाकर भी कोई सुख नहीं पाऊँगी..."

बोलते-बोलते आरती के मुँह की बात अटक गयी। सिर लुढ़क पड़ा सुललित की छाती पर। सुललित उस समय भी आरती को उसी एक ही तरह से जकड़कर पकड़े हुए था। मानो वह गिर न जाए, मानो अनन्तकाल तक वह उसके हृदय पर ही सिर रखकर सोयी रहे...

ऐसे समय तूफान की-सी तेजी से डाक्टर कोठारी कमरे में घुसे। घुसकर आरती को उस खून से लथपथ हालत में देखकर बोले, "इन्हें सुला दीजिए, जाँच कर देखूँ..."

सुललित बोला, "अब जाँच करने से क्या होगा डाक्टर..."

लेकिन डाक्टर कोठारी ने तब भी छोड़ा नहीं। हाथ से मिसेज बैनर्जी को छुआ। देखा पूरा शरीर ठंडा—हिम। कान में स्टेथिस्कोप लगाकर मिसेज बैनर्जी के हृदय में लगाया।

उसके बाद उसे कान से उतार लिया। उनका मुँह और भी गम्भीर हो गया। उसके बाद बोले, "शी हैज एक्सपायर्ड..."

उस दिन धरमपुरा से लौटने के रास्ते में सुललित की अन्तिम बातें बार-बार याद आ रही थीं। सत्यधर चाटुज्जे के अन्तिम वंशधर सुललित चैटर्जी ने मानो अपनी निजी सत्ता फिर लौटाकर फिर से पा ली है, ऐसा लगा।

उसने कहा था, "आरती की मौत ही फिर मुझे नये रूप से पुनर्जीवन दे गयी भाई। मेरे मन में आया, मरने के पहले मनुष्य क्या सोचता है? कौन-सी बात उसके

मन में उदय होती है। वह क्या फिर नये सिरे से जीवित रहना चाहता है? वह क्या शुरू से नये रूप से शुरू करना चाहता है अपना जीवन? वह क्या फिर नये रूप से अपना यौवन लौटाकर पाना चाहता है?

लेकिन इन सब बातों का उत्तर जो दे पाता सो तो चला गया। इसका जवाब अब किसी दिन नहीं पाऊँगा। तो भी इस बात का ही जवाब वह दूसरी तरह से मुझे दे गयी है। वह जवाब ही अब मेरे जीवन का सर्वश्रेष्ठ सम्पद है। आरती ही अपनी मृत्यु के जरिये मुझे बता गयी है कि जो मनुष्य अपना जीवन संसार के लिए उत्सर्ग कर सकेगा वही जीवित रहेगा। जो अपने भोग के लिए लालायित होकर सबकुछ अपनी तरफ नहीं खींचेगा, इस संसार में उसी की जय होगी। इस दान का नाम ही हुआ अमृत और लेने का नाम ही हुआ मृत्यु।"

"और केसरबाई?"

"केसरबाई उसी रात को अपना घर छोड़कर जो कहाँ चली गयी उसका. फिर कोई पता नहीं पा सका। उसने भी लगता है आरती की मौत से जीवन की चरम चरितार्थता खोजकर पा ली थी। नहीं तो वह भी क्यों अपना सबकुछ मुझे दान करके चली गयी? उसने भी लगता है सबकुछ पाकर कुछ भी नहीं पाया, इसीलिए सबकुछ देकर ही वह सर्वस्व पा गयी है। अपना जमा किया हुआ सब रुपया-पैसा गहना-सम्पत्ति जो कुछ उसका था, सब मुझे देकर चली गयी। लेकिन यह सब लेकर मैं क्या करूँगा? मैं फिर यह सब किसे दूँगा? किसको देकर मैं मौत के हाथ से मुक्ति पाऊँगा? तिस पर बैनर्जी साहब? उनका तो कुछ भी नहीं हुआ! लगता है बैनर्जी साहब को सजा दे सके ऐसी किसी भी शक्ति का आज भी आविष्कार नहीं हुआ। सो न हो, उससे कोई नुकसान नहीं है। अँधेरा न होने पर प्रकाश की कीमत देंगे क्यों? अहं न होने पर अहंकारत्याग कैसे करेंगे? इसीलिए आज इस मध्यप्रदेश के बस्तर जिले में इन आदिवासियों के बीच आकर, इन लोगों के सुख-दुःख में शरीक होकर मैं जीवन की चरम चरितार्थता खोज ले सका हूँ। आज अब मुझे कोई दुःख नहीं है। आरती के खून की कीमत देकर मैंने आज यह शान्ति खरीदी है। बहुत कीमती है यह शान्ति। यह शान्ति पृथिवी का कोई कोटिपति अपने कोटि-कोटि डालर खर्च करने पर भी खरीद नहीं सकेगा। संसार की हिसाबी बुद्धि की तराजू लेकर वजन करके इसका दाम जाँचा नहीं जा सकेगा...

सिर्फ एक बात अन्त में कहूँ। उस दिन सब जब घर से चले गए, जब आरती की लाश लेकर वे लोग चले गए, तब भी मैं अभिभूत होकर उसी एक जगह खम्भे की तरह खड़ा रहा।

अकस्मात् कुन्दनलाल के गले की आवाज सुनकर चौंक उठा, "यार..."

सुललित ने सामने ताककर देखा, कुन्दनलाल है। कुन्दनलाल ने पाकेट से निकालकर सुललित की तरफ हीरे की अँगूठी बढ़ा दी। बोला, "इसे लो यार..."

"क्या है यह?"

कुन्दनलाल बोला, "यह तुम्हारी माँ की वही हीरे की अँगूठी है, जो तुमने मुझे दी थी केसरबाई को देने के लिए। उसे मैंने अपने पास ही इतने दिनों रख लिया था, इस बार तुम्हें लौटा दे रहा हूँ।"

उसके बाद केसरबाई की तरफ एक बंडल नोट बढ़ाकर बोला, "आप भी ये रुपये लीजिए, इसमें तीन सौ रुपये हैं। ये रुपये एक दिन आपने ही मुझे दिए थे मिस्टर बैनर्जी को देने के लिए..."

सुललित ने यन्त्र के समान हाथ बढ़ाकर उसे लिया। केसरबाई ने भी अपना हाथ बढ़ा दिया। लेकिन कोई अनुभूति फिर उन दोनों को अभिभूत नहीं कर सकी। उस समय भी उन लोगों की, दोनों की आँखों के सामने आरती की वे अन्तिम बातें बज रही थीं—मैं चली जा रही हूँ, मेरी मौत के लिए कोई जिम्मेदार नहीं है दीदी, किसी का कोई भी दोष नहीं है, दोष मेरे निज का है, दोष मेरे अपने भाग्य का है, दोष मेरे विधातापुरुष का है, मैंने सब पाकर भी कुछ भी नहीं पाया, मैंने सोना फेंककर आँचल में गाँठ लगाया था, इसीसे सब रहते हुए भी मैंने सब खोया मुझे यह सजा नहीं मिलेगी तो किसे मिलेगी? तुमसे सिर्फ एक अनुरोध किये जाती हूँ दीदी, तुम इसे देखो, इस सुललित दादा को मैं तुम्हारे हाथों में दिए ज रही हूँ, दीदी, तुम देखना जिससे सुललित दादा को कोई भी कष्ट न हो, जिस जीवन में सुललित दादा का कोई नुकसान न हो। सुललित दादा का कोई नुकसा होने पर मैं स्वर्ग में जाकर भी कोई सुख नहीं पाऊँगी...

बातें कहकर सुललित फिर खड़ा नहीं हुआ। उसे उस समय देर हो गयी थी। वह आदिवासियों के साथ कहीं किसी गाँव की तरफ रवाना हो गया। उसके बा सुललित से फिर मेरी भेंट नहीं हुई।

✪✪✪